ଅଭିଶପ୍ତ ଗାଜନଡିଣ୍ଡ

ଅଭିଶପ୍ତା ରାଜନନ୍ଦିନୀ

ଇନ୍ଦିରା ଦାଶ

ବ୍ଲାକ୍ ଇଗଲ୍ ବୁକ୍ସ

ଭୁବନେଶ୍ୱର, ଓଡ଼ିଶା

BLACK EAGLE BOOKS
Dublin, USA

ଅଭିଶପ୍ତା ରାଜନନ୍ଦିନୀ / ଇନ୍ଦିରା ଦାଶ

ବ୍ଲାକ୍ ଇଗଲ୍ ବୁକ୍ସ : ଭୁବନେଶ୍ୱର, ଓଡ଼ିଶା ● ଡବ୍ଲିନ୍, ଯୁକ୍ତରାଷ୍ଟ୍ର ଆମେରିକା

 BLACK EAGLE BOOKS

USA address:
7464 Wisdom Lane
Dublin, OH 43016

India address:
E/312, Trident Galaxy, Kalinga Nagar,
Bhubaneswar-751003, Odisha, India

E-mail: info@blackeaglebooks.org
Website: www.blackeaglebooks.org

First International Edition Published by
BLACK EAGLE BOOKS, 2025

ABHISAPTA RAJANANDINI
by **Indira Dash**

Cover Art: **Baldev Maharatha**

Interior Design: Ezy's Publication

ISBN- 978-1-64560-669-7 (Paperback)

Printed in the United States of America

ଉତ୍ସର୍ଗ

ମୋର ଆଦରର ସାନଭାଉଜ, ଶ୍ରୀମତୀ ଶାନ୍ତିରଥ, ଯିଏ
ମୋର ଭଗିନୀ ସଦୃଶା ତାଙ୍କ ହସ୍ତରେ ଏହି ପୁସ୍ତକ
ଖଣ୍ଡିକ ଅର୍ପଣ କରି ମୁଁ ନିଜକୁ ଧନ୍ୟ ମନେ କରୁଛି।

ଇନ୍ଦି

ବହି ବିଷୟରେ ଦୁଇପଦ

ଏହି ସଂକଳନଟି ପ୍ରକାଶ କରିବା ପାଇଁ ମୋର କେତେଜଣ ଶୁଭାକାଂକ୍ଷୀ ବ୍ୟଧୁମାନଙ୍କର ଇଚ୍ଛା ଓ ପ୍ରେରଣାରୁ ମୁଁ ଏହି ବହିଟିକୁ ପ୍ରକାଶ କରିବା ପାଇଁ ସ୍ଥିର କଲି। ଏଥିରେ ସନ୍ନିବେଶିତ ଦୀର୍ଘ ଗଳ୍ପଗୁଡ଼ିକ ଉପନ୍ୟାସିକା (Novela) ବର୍ଗରେ ଯିବ ଓ ସେଗୁଡ଼ିକ ସେମାନଙ୍କ ହୃଦୟକୁ ଛୁଇଁ ପାରିଛି ବୋଲି ସେମାନେ କହିଲେ। ଏହି ସଂକଳନଟି ପ୍ରକାଶ କରିବା ପାଇଁ ମୋ ଭିତରେ ଆଗ୍ରହର ଅଭାବ ଥିଲା, କିନ୍ତୁ ପୁଣି ଭାବିଲି ମୋର ଏହି ଅତିକ୍ରାନ୍ତ ବୟସରେ ହୁଏତ ମୁଁ ଆଉ ଏମିତି ବଡ଼ ଗଳ୍ପ ଲେଖ୍ ପାରିବି ନାହିଁ। ତେବେ ବ୍ୟଧୁମାନଙ୍କ କଥା ଓ ଅନୁରୋଧ ରକ୍ଷା କରି ଏସବୁକୁ ପ୍ରକାଶ କରିଦେବା ବୁଦ୍ଧିମତ୍ତାର କାର୍ଯ୍ୟ ହେବ ଭାବି ମୁଁ ସେସବୁରୁ କିଛି ଗଳ୍ପ ଚୟନ କରି ପ୍ରକାଶ କରିବାକୁ ସ୍ଥିର କଲି।

କିଛିଦିନ ଲାଗିଗଲା କେଉଁ କେଉଁ ଗଳ୍ପଗୁଡ଼ିକୁ ଉପନ୍ୟାସିକା ଶ୍ରେଣୀଭୁକ୍ତ ହୋଇପାରିବ ଭାବିବା ପାଇଁ। ଯାହା ହେଉ ତାହା ବେଶୀ ସମୟ ନେଇ ନଥିଲା, ତା' ପରେ କେଉଁ ପ୍ରକାଶକଙ୍କୁ ଏହାର ପ୍ରକାଶନର ଦାୟିତ୍ୱ ଦେବି ଭାବିବା ସମୟରେ ଭାଗ୍ୟକୁ ମୋର ବ୍ୟଧୁ ଡ. କେ.ସି. ବଳ 'ବ୍ଲାକ ଇଗଲ ବୁକ୍‌' ପ୍ରକାଶନ ସଂସ୍ଥାର ନାମ କହିଲେ ଓ ତାଙ୍କର ଫୋନ୍‌ ନମ୍ବର ଦେଲେ ତାଙ୍କ ସହିତ ଯୋଗାଯୋଗ କରିବା ପାଇଁ। ଯାହାହେଉ ମୁଁ ଫୋନ୍‌ କଲି ଏବଂ ମୋ ଭାଗ୍ୟକୁ ଶ୍ରୀ ଅଶୋକ ପରିଡ଼ା ଆନନ୍ଦର ସହିତ ମୋର ଏହି ସଂକଳନଟି ପ୍ରକାଶ କରିବାକୁ ରାଜି ହୋଇଗଲେ।

ଏହି ସଂକଳନରେ ସ୍ଥାନିତ ଉପନ୍ୟାସିକାଗୁଡ଼ିକ ବହୁତ ଦିନରୁ ବିଭିନ୍ନ ପତ୍ର ପତ୍ରିକାରେ ପ୍ରକାଶ ପାଇଥିଲା ଏବଂ ପାଠକ ମହଲରେ ଯଥେଷ୍ଟ ଆଦୃତ ହୋଇଥିଲା। ତେଣୁ ମୋର ବିଶ୍ୱାସ ହେଲା ଏଗୁଡ଼ିକ ମଧ୍ୟ କିଛି ନୂତନ ପାଠକପାଠିକାଙ୍କୁ ଆନନ୍ଦ ଦେଇପାରେ। ଏହି ବିଶ୍ୱାସ ଓ ଆଶା ନେଇ ମୁଁ ଏହି ସଂକଳନଟି ପ୍ରକାଶ କରିବାକୁ ସ୍ଥିର କଲି।

ଏହାର ପ୍ରଚ୍ଛଦ ଶିଳ୍ପୀ ଚିତ୍ରକାର ଶ୍ରୀ ବଳଦେବ ମହାରଥାଙ୍କୁ ମୋର କୃତଜ୍ଞତା ଜଣାଉଛି ଏବଂ ଅନ୍ତରର ଧନ୍ୟବାଦ ଜ୍ଞାପନ କରୁଛି କାରଣ ଖୁବ୍ ସ୍ୱଳ୍ପ ସମୟ ମଧ୍ୟରେ ଚିତ୍ରଟି ଶେଷ କରି ମୋତେ ଦେଇଥିଲେ ।

ମୋର ବନ୍ଧୁମାନେ ଯେଉଁମାନେ ସଂକଳନଟିର ପ୍ରକାଶ ପାଇଁ ପ୍ରେରଣା ଓ ଉତ୍ସାହ ଯୋଗାଇଥିଲେ ସେମାନଙ୍କୁ ମଧ୍ୟ ଧନ୍ୟବାଦ ।

ଏହି ପୁସ୍ତକର ନାମ କରଣ ମୋ ବଡ଼ଝିଅ ରୂପାର ଇଚ୍ଛାରେ ହୋଇଛି । ଏହି ବହିଟି ପଢ଼ିସାରି ଯଦି କେହି କିଛି ଆନନ୍ଦ ପାଆନ୍ତି ତେବେ ମୁଁ ଭାବିବି ମୋ ଶ୍ରମ ସାର୍ଥକ ହେଲା ।

ମୁଁ ଭାବେ ପାଠକମାନେ ହିଁ ପ୍ରକୃତ ବିଚାରକ । ମୁଁ ସବୁବେଳେ ପାଠକମାନଙ୍କ ସ୍ୱୀକୃତିକୁ ଯେକୌଣସି ପୁରସ୍କାର ଓ ସମ୍ମାନ ଅପେକ୍ଷା ଅଧିକ ମୂଲ୍ୟ ଦେଇ ଆସିଛି ।

ଇନ୍ଦିରା ଦାଶ

ସୂଚିପତ୍ର

ଅଭିଶପ୍ତା ରାଜନନ୍ଦିନୀ

ଉତ୍କଳର ରାଜନନ୍ଦିନୀ ଜଗନ୍ମୋହିନୀ ବୟସର ଭାରରେ ଅତ୍ୟନ୍ତ ଦୁର୍ବଳ ହୋଇପଡ଼ିଲେଣି। ଏକଦା କୋଣାର୍କର ମୂର୍ତ୍ତି ପରି ସୁନ୍ଦରୀ ରାଜକନ୍ୟା ଆଜି ଅସ୍ଥିକଙ୍କାଳସାର। ତାଙ୍କର ଆକର୍ଷଣମୟିତ ଢଳଢଳ ଚକ୍ଷୁ ଦ୍ୱୟ କେଉଁ ଗର୍ତ୍ତରେ ପଶିଯାଇ କେବଳ ଦୁଇଟି କାଚଗୋଲି ପରି ପ୍ରତୀୟମାନ ହେଉଛି, ଆଜାନୁଲମ୍ବିତ ଘନକୃଷ୍ଣ କେଶରାଶି ଲଣ୍ଡିତ ମସ୍ତକରେ ପରିଣତ। କୃଷ୍ଣଦେବରାୟଙ୍କ ତିରୋଧାନ ପରେ ଜଗନ୍ମୋହିନୀ କଠିନ ବୈଧବ୍ୟବ୍ରତ ପାଳନ କରି କେବଳ କୃଷ୍ଣଙ୍କ ପୂଜାଅର୍ଚ୍ଚନାରେ ସମୟ ଅତିବାହିତ କରି ଆସୁଛନ୍ତି। ଶ୍ୱେତବସ୍ତ୍ର ପରିହିତା ରାଜକୁମାରୀଙ୍କ କପାଳରେ ଚନ୍ଦନ ଟିକା, ବେକରେ ତୁଳସୀମାଳା ଓ ହାତରେ ନାମମାଳା ଝୁଲା। ଦୀର୍ଘଦିନ ହେଲା ସେ ବାଛି ନେଇଛନ୍ତି ଏଇ ବେଶ, ଏଇ ଜୀବନ।

ତଥାପି ଏ ଅତିକ୍ରାନ୍ତ ବୟସରେ ବି ଚକ୍ଷୁ ବନ୍ଦ କଲେ ଅତୀତ ଆସି ଠିଆ ହୋଇଯାଏ ତାଙ୍କ ସମ୍ମୁଖରେ। ଭାସି ଆସେ ବିଗତ ଦିନର ସବୁ କଥା, ସବୁ ଗାଥା– ପିତା ପ୍ରତାପରୁଦ୍ର ଦେବ, ମାତା ପଦ୍ମାଳୟା ପାଟମହାଦେଈ, ଭାଇ ବୀରଭଦ୍ର ଓ ବାଲ୍ୟ ଜୀବନର ମଧୁର ସ୍ମୃତିରେ ରଙ୍ଗାୟିତ ସମସ୍ତ ପ୍ରିୟଜନ ଓ ପିତୃରାଜ୍ୟର ବାରବାଟୀ ଦୁର୍ଗ ଆଜି ବି ତାଙ୍କ ହୃଦୟରେ ଆଲୋଡ଼ନ ସୃଷ୍ଟି କରେ। ପ୍ରାୟ ପଚିଶ ଛବିଶ ବର୍ଷ ତଳର ଘଟଣା ସହିତ ନିଜର ଅନୁଭୂତି ଜଗନ୍ମୋହିନୀଙ୍କୁ ସମୟ ସମୟରେ ବିଚଳିତ କରି ପକାନ୍ତି। ଶତ ଚେଷ୍ଟା କଲେ ବି ସେ ଦିନକ ପାଇଁ ଭୁଲି ପାରିନାହାନ୍ତି ତାଙ୍କ ଜନ୍ମଭୂମି ଉତ୍କଳକୁ। ଚକ୍ଷୁରେ ଭରି ଆସେ ଲୋତକ, ରକ୍ତର ସମ୍ପର୍କକୁ ଭୁଲିବା ସମ୍ଭବ ନୁହେଁ ଗୋଟିଏ ଜୀବନକାଳ ମଧ୍ୟରେ।

କେତେ ଆନନ୍ଦରେ କଟିଥିଲା ତାଙ୍କ ବାଲ୍ୟକାଳ। ମାତାପିତାଙ୍କ ଅମାପ ସ୍ନେହ

ଓ ଧାଇ ମା' ବିମଳାର ଅଭୟ କୋଳରେ ଶୈଶବ ଡେଇଁ ଡେଇଁ ଆଗେଇ ଚାଲିଥିଲା । ଗେହ୍ଲାରେ କେତେ ନାଁରେ ଡାକୁଥିଲେ ମାଆ ତାଙ୍କୁ, କେତେବେଳେ ଜଗନ୍ମୋହିନୀ ତ କେତେବେଳେ ଅନ୍ନପୂର୍ଣ୍ଣା, ଆଉ କେତେବେଳେ ତୁକ୍ନା ନ ହେଲେ ଅନ୍ନମା । ପାଦରେ ସୁନାର ନୂପୁରର ରୁଣୁଝୁଣୁ ଶବ୍ଦରେ ମୁଖରିତ ହେଉଥିବା ବାରବାଟୀ ଦୁର୍ଗର ରାଣୀ ହଂସପୁରର ସୁଦୀର୍ଘ ବାରଣ୍ଡା । ଜେମାଙ୍କର ମନ ମାନେନି ସୁନା କଣ୍ଢେଇରେ, ସେ ଦୌଡ଼ି ଯାଇ ମାଟିରେ ହାଣ୍ଡିବୁଲି କରି ଖେଳନ୍ତି ସହଚରୀମାନଙ୍କ ସହ । କଣ୍ଢେଇ ବାହାଘର କରନ୍ତି ବାହୁବଳେନ୍ଦ୍ରଙ୍କ କନ୍ୟା ରନ୍ମାଲାର ରୂପା କଣ୍ଢେଇ ସାଥିରେ । ଜେମାଙ୍କ କନ୍ୟା ସୁବର୍ଣ୍ଣ ପିତୁଲା, ରନ୍ମାଲାଙ୍କ ପୁତ୍ର ରୂପାର ରାଜକୁମାର... ପଦ୍ମାଳୟା ପାଇମହାଦେଇ ହସି ହସି ପଚାରନ୍ତି, "ଯୌତୁକରେ କେତେ ହସ୍ତୀ, କେତେ ଅଶ୍ୱ ଦେଲେ ରୂପନାରାୟଣଙ୍କୁ ଜେମା ?" ଜେମା ଝପଟି ଉତ୍ତର ଦିଅନ୍ତି, "ସଂଗ୍ରାମରେ ନ ଜିଣିଲେ ମୁଁ କନ୍ୟାଦାନ କରିବି ନାହିଁ କେଉଁ ରାଜକୁମାରଙ୍କୁ ।" "ତେବେ ଆମ ଜେମାଙ୍କୁ ପାଇବାକୁ ହେଲେ ଭାବି ଜାମାତାଙ୍କୁ ଯୁଦ୍ଧ କରିବାକୁ ପଡ଼ିବ ?" ହସି ହସି ପଚାରିଲେ ରାଣୀ ।

ଗମ୍ଭୀର ହୋଇ ଉତ୍ତର ଦିଅନ୍ତି ଜେମା, "ହଁ, ମୁଁ ଉତ୍କଳ ରାଜନନ୍ଦିନୀ– ବୀରରକ୍ତ ପ୍ରବାହିତ ମୋ ରକ୍ତରେ । ମୁଁ ସମ୍ରାଟ କପିଲେନ୍ଦ୍ର ଦେବଙ୍କ ପୌତ୍ରୀ– ତାଙ୍କ ପରି ଯୋଦ୍ଧା ହିଁ ମୋ ପାଇଁ ଉପଯୁକ୍ତ ସ୍ୱାମୀ ହୋଇପାରିବ ।"

ରାଣୀ ହସନ୍ତି– 'ଉତ୍କଳ କଳିଙ୍ଗ ରାଜନନ୍ଦିନୀଙ୍କର ଅହଂକାର ତ କମ ନୁହେଁ ।' ଜେମା କଣ୍ଢେଇ ଫିଙ୍ଗି ଦେଇ କହନ୍ତି, 'ମୁଁ ଏଥିରେ ଖେଳିବି ନାହିଁ । ମୁଁ ବଡ଼ଭାଇଙ୍କ ପରି ଖଣ୍ଡାରେ ଖେଳିବି ।' ରାଣୀ ତାଙ୍କ ପାଟକାନିରେ ଜେମାଙ୍କ ମୁହଁକୁ ପୋଛିଦେଇ କହନ୍ତି – "ମୋ ଜେମା ଏ କଣ୍ଢେଇ ବାହାଘର ଖେଳ ଖେଳିବ ନାହିଁ । ସେ ଖଣ୍ଡା ତଲଓ୍ୱାରରେ ଖେଳିବ । ଜଗତଜିତା ହେବ । ମୋ ଝିଅ ଏମିତି ସେମିତି ରାଜକନ୍ୟା ନୁହେଁ । ସେ ଉତ୍କଳ କଳିଙ୍ଗର ରାଜକନ୍ୟା । ସେ ଯୁଦ୍ଧ ବିଦ୍ୟାରେ ନିପୁଣା ହେବ ।" ଗଡ଼ଚଣ୍ଡୀଙ୍କ ଠାରୁ ଖଣ୍ଡା ଛୁଆଁଇ ଆସି ରାଣୀ ପଦ୍ମାଳୟା ଉପହାର ଦେଇଥିଲେ ଜେମାଙ୍କୁ । ଉପଯୁକ୍ତ ଶିକ୍ଷକ ନିଯୁକ୍ତ କରିଥିଲେ ଖଣ୍ଡାଚାଳନା ଓ ଯୁଦ୍ଧବିଦ୍ୟା ଶିକ୍ଷା ଦେବାକୁ ।

ଲୁଚିଲୁଚି କେତେବେଳେ ଶୈଶବ ଚାଲିଯାଇଛି ଜଗନ୍ମୋହିନୀଙ୍କ ପାଖରୁ ସେ ଜାଣିପାରିନାହାନ୍ତି । ଏବେ ସେ ଯୌବନର ସୋପାନ ଆରୋହଣ କରିବାକୁ ଲାଗିଲେଣି । ତାଙ୍କ ଶରୀରରେ ପରିବର୍ତ୍ତନ ସହ ମନରେ ବି ପରିବର୍ତ୍ତନ ଆସିଛି ।

ସପ୍ତତାଳ ରାଜପ୍ରାସାଦର ଛାତ ଉପରୁ ଶୁକ୍ଲପକ୍ଷ ରାତ୍ରିରେ ସଖୀମାନଙ୍କ ସହିତ କଉଡ଼ି ଖେଳିଲା ବେଳେ ହଠାତ୍ ତାଙ୍କର ଇଚ୍ଛା ହୁଏ ଏକାନ୍ତରେ ଚନ୍ଦ୍ରରାତିର ଶୋଭା

ଉପଭୋଗ କରିବାକୁ। ସଖୀ ସହଚରୀମାନଙ୍କୁ ବିଦାୟ ଦେଇ ନିଜେ ଏକୁଟିଆ ବସି ରହି ଜ୍ୟୋସ୍ନାଧୌତ ମହାନଦୀର ଜଳରାଶିକୁ ଚାହିଁ ରହନ୍ତି ସେ। ଧାଇ ମା ତାଙ୍କୁ କହିଛି ଓଡ଼ିଆ ବଣିକମାନଙ୍କ ଜାଭା, ସୁମାତ୍ରା, ସିଂହଲ ଓ ବୋର୍ଣିଓକୁ ଯାତ୍ରା କଥା, କହିଛି ତପପୋଇ କଥା। ତାଙ୍କୁ ଲାଗେ ମହାନଦୀ ଜଳ ଆଉଟା ରୂପାରେ ପରିଣତ ହୋଇଛି। ସେ ସେଇ ରୂପା ନଈରେ ସୁନା ବୋଇତରେ ଭାସି ଭାସି ଚାଲିଛନ୍ତି କେଉଁ ଅଜଣା ଦୂର ଦେଶକୁ। ବୋଇତ ଯାଇ ପହଞ୍ଚୁଛି ସୁବର୍ଣପୁରରେ, ସେଇ ଦେଶର ରାଜକୁମାର ଘୋଡ଼ାରେ ଚଢ଼ି ଆସି ଠିଆ ହୋଇଯାଉଛି ତାଙ୍କ ବୋଇତ ନିକଟରେ। ତାଙ୍କୁ ଟେକି ନେଇଯାଉଛି, ଘୋଡ଼ାପିଠିରେ ବସେଇ ଚାଲିଛି ଏକ ଅଗ୍ନାଅଗ୍ନି ବନସ୍ତରେ। ରାଜକୁମାରୀ ହଠାତ୍ ସମ୍ବିତ ଫେରିପାଇ ଭାବନ୍ତି, "ନା, ମୁଁ କେଉଁଆଡ଼େ ଯିବିନି, ମୋ ଉତ୍କଳ ମୋ ପାଇଁ ସ୍ୱର୍ଗ, ମୋ ଠାକୁର ମୋର ଚିର ଆରାଧ୍ୟ।"

ଜଗନ୍ମୋହିନୀ ଯୁଦ୍ଧବିଦ୍ୟା ଶିକ୍ଷା କରିଥିଲେ ଉପଯୁକ୍ତ ସେନାପତି ଗୁରୁଙ୍କ ଠାରୁ। ବୀଣାବାଦନ ଶିକ୍ଷା କରିଥିଲେ ଦକ୍ଷିଣର ବୀଣା ପାରଙ୍ଗମା ନାଗାମ୍ମାଙ୍କ ଠାରୁ ଓ ନୃତ୍ୟଶିକ୍ଷା କରିଥିଲେ ଦେବଦାସୀ ମେନକାଙ୍କ ଠାରୁ। ଶିକ୍ଷାର ଭାର ଗ୍ରହଣ କରିଥିଲେ ସ୍ୱୟଂ ରାଜଗୁରୁ। ସଂସ୍କୃତରେ ପାଣ୍ଡିତ୍ୟ ଲାଭ କରିବା ସହ କବିତା ମଧ୍ୟ ରଚନା କରିପାରୁଥିଲେ ଜଗନ୍ମୋହିନୀ। ପ୍ରତାପରୁଦ୍ରଦେବ ସର୍ବଗୁଣସମ୍ପନ୍ନା କନ୍ୟା ଜଗନ୍ମୋହିନୀଙ୍କ ପାଇଁ ମନେ ମନେ ଗର୍ବ ଅନୁଭବ କରୁଥିଲେ।

ଜ୍ୟେଷ୍ଠ ଭ୍ରାତା ବୀରଭଦ୍ର ଭଉଣୀର ଉକ୍ରୁଷ୍ଟ ଖଣ୍ଡାଚାଳନା ଦେଖି ତାଙ୍କୁ ଉସ୍ସାହିତ କରି କହିଥିଲେ, 'ଏହି ଉତ୍କଳ ରାଜ୍ୟର ଇତିହାସରେ ବୀରାରମଣୀମାନଙ୍କ ସଂଖ୍ୟା ଅନେକ ଅଧିକ। ଇତିହାସ ସେମାନଙ୍କର ନାମ ଲିପିବଦ୍ଧ କରିନାହିଁ ସିନା, କିନ୍ତୁ ସମ୍ରାଟ ଅଶୋକଙ୍କ ସହିତ କଳିଙ୍ଗ ଯୁଦ୍ଧରେ ବହୁ ସଂଖ୍ୟାରେ ନାରୀମାନେ ଯୁଦ୍ଧ କରିଥିଲେ ବୋଲି ପ୍ରମାଣ ଅଛି। ଏଠାରେ ମାଟିରେ, ପାଣିରେ, ପବନରେ ବୀରତ୍ୱ ଛନ୍ଦି ହୋଇରହିଛି। ମୋର ବିଶ୍ୱାସ ରାଜଜେମା ଦିନେ ତାଙ୍କ ଜନ୍ମଭୂମିର ସମ୍ମାନ ରକ୍ଷା କରିବାକୁ ସମର୍ଥ ହେବେ।'

ଚଉଦ ପନ୍ଦର ବର୍ଷର ଚପଳମତି ରାଜକନ୍ୟା ଆଖି ବଡ଼ ବଡ଼ କରି ଭାଇଙ୍କ କଥା ସବୁ ଶୁଣି ଯାଆନ୍ତି। ଭାବନ୍ତି ସମୟ ଓ ସୁଯୋଗ ପାଇଲେ ସେ ମଧ୍ୟ ଯୁଦ୍ଧ କ୍ଷେତ୍ରକୁ ଅବତରଣ କରିବେ ଉତ୍କଳର ଗୌରବ ରକ୍ଷା ଲାଗି। ଶତ୍ରୁଙ୍କ ସହିତ ଲଢ଼େଇ କରିବେ ଓ ତାଙ୍କ ଖଣ୍ଡା ଚୋଟରେ ଟଳି ପଡ଼ିବେ ଶତ୍ରୁପକ୍ଷର ସୈନ୍ୟମାନେ। ସେ ବିଜୟିନୀ ହୋଇ ଉତ୍କଳର ପତାକା ଉଡ଼େଇ ହାତୀ ପିଠିରେ ବସି ଫେରି ଆସିବେ ନିଜ ରାଜ୍ୟକୁ।

ଦୀର୍ଘ ନିଃଶ୍ୱାସ ନେଇ ଜଗନ୍ମୋହିନୀ ଆଖ୍ ବନ୍ଦ କଲେ । ଏସବୁ ଭାବିଲା ବେଳେ ବିଧାତା ଉପରେ ରହି ହସୁଥିଲା ନିଶ୍ଚୟ ।

ଲୀଳାବତୀ ତାଙ୍କୁ ହଲେଇ ଦେଇ କହିଲା, 'ଜେମା କାଲି ଏକାଦଶୀ ଥିଲା । ନିର୍ଜଳା ଉପବାସ କରିଥିଲ । ଟୋପାଏ ପାଣି ବି ପେଟଣ ଭିତରକୁ ଯାଇନି । କେତେବେଳୁ ପଣାଟିକିଏ ଧରି ଡାକୁଛି, କେଉଁ ଭାବନାରେ ବୁଡ଼ି ରହିଛ ଯେ ଜେମା ଶୁଣୁନ...?'

ଜଗନ୍ମୋହିନୀ ଆଖ୍ ଖୋଲି ଚାହିଁଲେ ଲୀଳାବତୀକୁ । ସେ କ'ଣ ଜାଣେନି ସେ କେଉଁ ଭାବନାରେ ବୁଡ଼ି ରହିଥିଲେ ? ତାଙ୍କ ଜ୍ଞାନ ହେଲା ଦିନୁ ତାଙ୍କ ପାଖେ ପାଖେ ଅଛି ଲୀଳାବତୀ । ବାଲ୍ୟ ଜୀବନର ମାଟିଖେଳ, କିଶୋରୀ ଜୀବନର ନୂତନ ଜୀବନ ରହସ୍ୟ, ଯୁବତୀ ବେଳର ଉନ୍ମାଦନା ସବୁ ସାଥ୍ ହୋଇ ବାନ୍ଧିଛନ୍ତି ସେ ଲୀଳାବତୀ ସହିତ । ଆହୁରି ଅନେକ ଦାସୀ ଥିଲେ ଜେମାଙ୍କର- ମଉନାବତୀ, କେତକୀ, ଲକ୍ଷ୍ମୀ ଓ ସ୍ୱର୍ଣ୍ଣଲତା । କିନ୍ତୁ ଲୀଳାବତୀ ସହିତ ତାଙ୍କ ସମ୍ପର୍କ ଥିଲା ଭିନ୍ନ । ମଲୟକୂଟ ପ୍ରାସାଦରୁ କୃଷ୍ଣାନଦୀ ତଟରେ ଏହି ପରିତ୍ୟକ୍ତ ଦୁର୍ଗକୁ ଆସିବା ପରେ ସେ ତାକୁ କହିଥିଲେ ବିଜୟ ନଗରର ନରସିଂହ ମହାପାତ୍ରଙ୍କ ସହିତ ବାରବାଟୀ କଟକ ଫେରି ଯିବାକୁ । କିନ୍ତୁ ଲୀଳାବତୀ ତାଙ୍କୁ କୁଣ୍ଢେଇ ପକେଇ କାନ୍ଦିକାନ୍ଦି କହିଥିଲା, 'ଜେମା, ତୁମେ ମୋର 'କା', ତୁମକୁ ଛାଡ଼ି ମୋ ଶରୀରରେ ଜୀବନ ରହିପାରେନି । ମୁଁ କୁଆଡ଼େ ଯିବି ? ତୁମରି ସହିତ ଜୀଇଛି, ତୁମରି ସହିତ ମରିବି ।' ଜଗନ୍ମୋହିନୀଙ୍କ ଦୁଇ ଚକ୍ଷୁ ଲୋତକପୂର୍ଣ୍ଣ । ବିଗତ ଗୋଟିଏ ବର୍ଷ ମଧ୍ୟରେ ତାଙ୍କ ଜୀବନରେ ଯେତେ ଦୁଃଖ କଷ୍ଟ ଆସିଛି ତା' କେବଳ ହୃଦୟଙ୍ଗମ କରିଛି ଲୀଳାବତୀ । କାଙ୍କର ବିରାଟ ରାଜ୍ୟରେ ଲୀଳାବତୀ ଛଡ଼ା ତାଙ୍କର ଆପ୍ଣାୟ କିଏ ଥିଲା ? ଏହି ଦୁଃସହ୍ୟ ଜୀବନ ଧରି ବଞ୍ଚିବା ପାଇଁ ଲୀଳାବତୀ ହିଁ ତାଙ୍କର ଆଶା-ବାଡ଼ି । ସେଦିନ ଲୀଳାବତୀର କଥାରେ ଜେମା ଅନେକ ଆଶ୍ୱାସନା ପାଇଥିଲେ । ଏସବୁ କାହିଁ କେଉଁ ଯୁଗର କଥା କେଜାଣି ।

ସ୍ୱେଚ୍ଛାରେ ଜଗନ୍ମୋହିନୀ ବାଛି ନେଇଥିଲେ ସ୍ୱାମୀଙ୍କ ଠାରୁ ଦୂରେଇ ରହିବାକୁ । କୃଷ୍ଣାତୀରେ ମଙ୍ଗଳଗିରି ନିକଟରେ ଗୋଟିଏ ପରିତ୍ୟକ୍ତ ଦୁର୍ଗ ହେଲା ତାଙ୍କର ନିର୍ବାସିତ ଜୀବନର ବାସସ୍ଥଳୀ । ଦୁର୍ଗ ଭିତରେ ଛୋଟ ଉଆସଟିଏ- ଅଳ୍ପ କେତେକ ଦେହରକ୍ଷୀ, ସେବକ ଓ ଦାସଦାସୀଙ୍କୁ ଖଞ୍ଜି ଦେଇଥିଲେ କୃଷ୍ଣଦେବରାୟ ଉତ୍କଳ ରାଜକନ୍ୟା ଜଗନ୍ମୋହିନୀଙ୍କ ପାଇଁ ।

ବହୁତ ଦୃଶ୍ୟ ମାନସ ପଟରେ ଭାସି ଯାଉଛି । ଯିଏ ଚାଲିଗଲାଣି ସେ ଅତୀତ । ସେଇ ଅତୀତକୁ ନେଇ ଦୀର୍ଘ ଦିନ ଧରି ସେ ବଞ୍ଚ ଆସିଛି ।

ଅଙ୍ଗ ହସି ଲୀଳାବତୀ ହାତରୁ ପଣା ଗିଲାସଟଣି ପାଟି ପାଖୁ ନେଉନେଉ ଜଗନ୍ମୋହିନୀ କହିଲେ, "ଆଜି ପରା ଦ୍ୱାଦଶୀ। ନିର୍ମାଲ୍ୟ ନ ପାଇ ଜଳସ୍ପର୍ଶ କରିବି କେମିତି ଲୋ ଲୀଳାବତୀ ?"

"ଦେଇଛି ଗୋ ଦେଇଛି। ପଣାରେ ରୁଆଟିଏ ପକେଇ ଦେଇଛି। ଆଜିକାଲି ତ ନିର୍ମାଲ୍ୟ ପୁଡ଼ାଟାଏ ପାଇବା ବଡ଼ କଷ୍ଟକର ହେଲାଣି।"

ଜଗନ୍ମୋହିନୀ ଆଖି ବୁଜି ପଣା ଗିଲାସଟି ପିଇଦେଲେ। ଭାବିଲେ ଲୀଳାବତୀ ମିଛ କହୁନି। ଗତ ବର୍ଷ ବିଜୟଉତ୍ସାଡ଼ାର ପୁଷ୍ପରାଜୁର ପୁଅ ରଥଯାତ୍ରା ଦେଖିବାକୁ ପୁରୀ ଯାଇଥିଲା। ଲୀଳାବତୀ ତା' ପାଖୁ ଲୋକ ପଠେଇଥିଲେ ଖବର ଦେଇ ସେଠାରୁ ନିର୍ମାଲ୍ୟ ଆଣିବାପାଇଁ। ତା' ପୂର୍ବରୁ ରାଜମହେନ୍ଦ୍ରୀ ଦୁର୍ଗରୁ କୌଣସିମତେ ସେ ନିର୍ମାଲ୍ୟ ମଗେଇ ଆଣୁଥିଲା। ଅଙ୍ଗଦିନ ତଳେ ବିଜୟନଗରର ଲୋକ– ଲକ୍ଷ୍ମୀଧରଙ୍କ ମାମୁଁ ପୁଅ ଭାଇ ବିଷ୍ଣୁପ୍ରିୟ ପୁରୀରୁ ଫେରିଲା ବେଳେ ଏଇବାଟ ଦେଇ ଗଲେ। ତାଙ୍କ ସହିତ ଦେଖା କରି ତାଙ୍କୁ ଶୀରିକପଡ଼ା ଓ ନିର୍ମାଲ୍ୟ ଦେଇଥିଲେ। ତାଙ୍କ ଠାରୁ ଜଗନ୍ମୋହିନୀ ଜାଣିଲେ ଉତ୍କଳର ପତନର କାରଣ। ପ୍ରତାପରୁଦ୍ର ଦେବଙ୍କର ଅତ୍ୟଧିକ ଧର୍ମପରାୟଣତା ହିଁ ସୂର୍ଯ୍ୟବଂଶକୁ ପତନମୁଖୀ କରିଥିଲା। ସେ ଜଗନ୍ମୋହିନୀଙ୍କୁ ମଧ୍ୟ କହିଥିଲେ ମୁସଲମାନମାନଙ୍କର ଦମନ ଲୀଳାର ଶିକାର ହୋଇ ମଲୟକୁଟ୍ ରାଜପ୍ରାସାଦ ଧ୍ୱସ ହୋଇଛି। ଜଳିପୋଡ଼ି ଅଙ୍ଗାର ହୋଇଯାଇଛି କୃଷ୍ଣଦେବରାୟଙ୍କ ଗର୍ବର ପ୍ରତୀକ 'ମହାନବମୀ ମଣ୍ଡପ'।

ଜଗନ୍ମୋହିନୀ ସନ୍ୟାସିନୀ ହେଲେ ମଧ୍ୟ ପ୍ରତିହିଂସାର କ୍ଷୀଣ ଶିଖାଟିଏ ଏଯାଏଁ ତାଙ୍କ ଭିତରେ ଉଦ୍ଜୀବିତ ଥିଲା। 'ମହାନବମୀ ଡ଼ିବା'ର ଧ୍ୱସ ସମ୍ବାଦଟି ତାଙ୍କ ମନରେ ଶୀତଳ ବାରି ଛିଞ୍ଚ ଅଗ୍ନିଶିଖାକୁ ନିର୍ବାପିତ କରି ପାରିଥିଲା।

ମହାନବମୀ ମଣ୍ଡପ ସେ ଦେଖିଥିଲେ ଦୂରରୁ ଯେତେବେଳେ ସେ ହାତୀ ପିଠିରେ ସୁବର୍ଷ ହାଦୋଲା ଉପରେ ବସି କୃଷ୍ଣଦେବରାୟଙ୍କ ରାଣୀ-ହଂସପୁରକୁ ଯାଉଥିଲେ। ଜଗନ୍ମୋହିନୀଙ୍କ ହାତୀ ସେଇ ବାଟ ଦେଇ ଗଲାବେଳକୁ ସନ୍ଧ୍ୟା ପ୍ରାୟ ଆଗତ। ଉପରେ ଆଶ୍ୱିନର ନିର୍ମଳ ନୀଳ ଆକାଶରେ ନିର୍ମଳ ଚନ୍ଦ୍ରମଣ୍ଡଳ, ପାର୍ଶ୍ୱରେ ବିଜୟନଗର ରାଜ୍ୟର ରାଜପ୍ରାସାଦ ଓ ମହାନବମୀ ଡିବା। ଚନ୍ଦନକାଠରେ ନିର୍ମିତ ମଣ୍ଡପର ଉପରିଭାଗ ଆଲୋକମାଳାରେ ସୁସଜ୍ଜିତ ସେହି ମଣ୍ଡପ ଇନ୍ଦ୍ରସଭାର ଭ୍ରାନ୍ତି ସୃଷ୍ଟି କରୁଥିଲା। ତା'ର ଅପୂର୍ବ ଶୋଭାରେ ଆଖି ଝଲସି ଯାଇଥିଲା ଜଗନ୍ମୋହିନୀଙ୍କର। ପରାଜିତ ରାଜାର ରାଜକନ୍ୟା ହୋଇ ମଧ୍ୟ କ୍ଷଣକ ଲାଗି ତାଙ୍କ ମନ ଆନନ୍ଦ ଉଲ୍ଲାସରେ ଭରି ଯାଇଥିଲା ବିଜୟ ନଗର ରାଜ୍ୟର ବିଭବ ଦେଖି। ହାଦୋଲାର ଝିଲିମିଲି ପର୍ଦ୍ଦ

ଭିତରୁ ସେ ଉପଭୋଗ କରୁଥିଲେ ବିଜୟନଗର ରାଜ୍ୟର ସୌନ୍ଦର୍ଯ୍ୟକୁ। ତାଙ୍କ ସହଚରୀ ଲୀଳାବତୀ ତାଙ୍କ ସହିତ ଆସିଛି ଏ ଅଜଣା ଦେଶକୁ। ଡାହାଣ ହାତ ପାପୁଲିରେ ଜଗନ୍ମୋହିନୀ ଚିବୁକକୁ ଟେକିଦେଇ ସେ ପଚାରିଲା, 'ବାପା, ମାଆଙ୍କୁ ଛାଡ଼ି ଆସିଲାବେଳେ ଆଖ୍ଯରୁ ବନ୍ୟା ପରି ଯେଉଁ ଲୁହ ବୋହୁଥିଲା ସେ କ'ଣ କାହ୍ଣ ରାଜ୍ୟର ବିଭବ ଦେଖ୍ଯ ଥମିଗଲା? ଜେମା କ'ଣ ତାଙ୍କ ଅହଂକାରକୁ ଫିଙ୍ଗି ଦେଇ କୃଷ୍ଣଦେବରାୟଙ୍କ ରାଣୀ ହେବାର ସ୍ୱପ୍ନରେ ବିଭୋର। ମୋ କଥା ମାନ ଜେମା, କୃଷ୍ଣଦେବରାୟଙ୍କ ସହିତ ମିଳନ ପୂର୍ବରୁ ଦେହ ମନକୁ ସତେଜ କର। ଆଉ ଦୁଃଖ କର ନାହିଁ। ଜେମା ତୁମେ ବନ୍ଦିନୀ ହୋଇ ଆସିନାହଁ, ତୁମେ ରାଣୀ ହୋଇ ଆସିଛ। ମହାରାଜା ପ୍ରତାପରୁଦ୍ର ଦେବ କାହ୍ଣ ରାଜାଙ୍କୁ ତାଙ୍କ କନ୍ୟା ଦାନ କରିଛନ୍ତି। କୃଷ୍ଣା ନଦୀର ଉତ୍ତର ତୀରରୁ ଗୋଦାବରୀ ପର୍ଯ୍ୟନ୍ତ ସମସ୍ତ ଅଞ୍ଚଳ ଯୌତୁକରେ ଦେଇଛନ୍ତି।'

'ତୁ ତ ରାଜନୀତିରେ ବଡ଼ ପାରଙ୍ଗମା ହୋଇଗଲୁଣି ଦେଖୁଛି। ହଁ କୃଷ୍ଣଦେବରାୟଙ୍କୁ ସ୍ୱାମୀ ରୂପେ ପାଇ ଯେ କୌଣସି ରାଜକନ୍ୟା ଗର୍ବିତ ହେବା ସ୍ୱାଭାବିକ। କିନ୍ତୁ କେଜାଣି କାହିଁକି ମୋ ମନଟା ଦବି ଯାଉଛି। ପିତା ପ୍ରତାପରୁଦ୍ର ଦେବଙ୍କ ଛଳଛଳ ଆଖ୍ଯ ଦୁଇଟି ମନେ ପଡ଼ିଯାଉଛି- ତାଙ୍କ ଆଖ୍ଯରୁ ପ୍ରକାଶ ପାଇଥିଲା ପରାଜୟର ଗ୍ଲାନି। କୁଣ୍ଡାବିଡୁ ଦୁର୍ଗରେ କୃଷ୍ଣଦେବରାୟଙ୍କ ଦ୍ୱାରା ପରାଜିତ ଦୁର୍ଜୟ ବୀର ବୀରଭଦ୍ରଙ୍କ କ୍ରୋଧ ଜର୍ଜରିତ ମୁହଁଟି ମୋ ଆଖ୍ଯ ଆଗରେ ବାରମ୍ବାର ଭାସି ଉଠୁଛି। ଏପରି ପରିସ୍ଥିତିରେ ଜଣେ କନ୍ୟା ଓ ଭଗିନୀର ମନର ଅବସ୍ଥା କ'ଣ ତୁ ବୁଝି ପାରୁନାହଁ?'

'ବୁଝୁଛି ଜେମା, ସବୁ ବୁଝୁଛି। କିନ୍ତୁ ତାକୁ ଧରି ବସିଲେ ହେବ? କୃଷ୍ଣଦେବରାୟଙ୍କ ଉଦାରତା କଥା ଭାବ। ସେ ଆମ ରାଜାଙ୍କୁ ଅପମାନିତ ନ କରି ତାଙ୍କର ଜାମାତା ହେବା ପାଇଁ ଆଗେଇ ଆସିଛନ୍ତି। କୁମାର ବୀରଭଦ୍ରଙ୍କୁ ହତ୍ୟା ନକରି ତାଙ୍କ ରାଜ୍ୟର ଜଣେ ସୀମାନାୟକ ଭାବେ ଉପସ୍ଥାପିତ କରିଛନ୍ତି।'

'ତୁ ମତେ ଏସବୁ କହନା ଲୀଳାବତୀ। ଉତ୍କଳ କଳିଙ୍ଗ ପ୍ରତି ଏହା ଅପମାନ ଛଡ଼ା ଅନ୍ୟ କିଛି ନୁହେଁ। କିନ୍ତୁ କୃଷ୍ଣଦେବରାୟଙ୍କ ହୃଦୟରେ ଦୟା କ୍ଷମା ଯେ ନାହିଁ ସେ କଥା ମୁଁ କହୁନି। ରାଜାର ସବୁଥିରେ ସୀମା ଅଛି। ସେ ତା' ରାଜ୍ୟ ଦ୍ୱାରା ଏକପ୍ରକାର ବନ୍ଦୀ। ପ୍ରଜା ଓ ସାମ୍ରାଜ୍ୟକୁ ନେଇ ରାଜାର ଜୀବନ। ରାଜପରିବାରରେ ଜନ୍ମ ନେଇ ନିଜର ସମସ୍ତ ବ୍ୟକ୍ତିଗତ ଆନନ୍ଦକୁ ରାଜନୀତିର ଯଜ୍ଞକୁଣ୍ଡରେ ଆହୁତି ଦେବାକୁ ହୋଇଥାଏ...' 'ଥାଉ ସେସବୁ କଥା, ସେତିକି ଥାଉ। ସାତଦିନ ହେଲାଣି ଯାତ୍ରା, ଥରଟିଏ ବି ଭଲରେ ଖାଇନ କି ପିଇନ। କେଡ଼େ କ୍ଲାନ୍ତ ଦିଶୁଛ? ତୁମର ଏ

ଦଶା ଦେଖ୍ ମୋ ଦେହ ସହୁନି । ମୁଣ୍ଡଟା ଟିକିଏ ସଜାଡ଼ି ଦିଏ, ଗୋଲାପ ଜଲରେ ମୁହଁଟି ଟିକିଏ ପୋଛି ଦିଏ...।'

ଜଗନ୍ମୋହିନୀ ଆଉ ପଦଟିଏ ଉତ୍ତର ଦେଲେନି । 'ଯେଉଁ ରାଜା ତାଙ୍କ ପିତାଙ୍କୁ ପରାଜିତ କରି ତାଙ୍କୁ ଯୁଦ୍ଧ ବିରତିର ସନ୍ଧି କରି ଆଣିଛି ସେ ତାକୁ ସ୍ୱାମୀ ରୂପେ ଗ୍ରହଣ କରିବେ କିପରି ? ଯାହା ଦ୍ୱାରା ତାଙ୍କର ପୂଜ୍ୟ ଜ୍ୟେଷ୍ଠ ଭ୍ରାତା ପରାଜିତ ତାକୁ କିପରି ସେ ନିଜକୁ ସମର୍ପଣ କରିବେ ? ବୀର ଉତ୍କଳ-କଳିଙ୍ଗର ରାଜନନ୍ଦିନୀ ସେ । ଯେଉଁ କୃଷ୍ଣଦେବରାୟଙ୍କର ରୂପଗୁଣର ପ୍ରଶଂସା ଶୁଣି ଦିନେ ଅଜାଣତରେ ତାଙ୍କ ପ୍ରତି ଆକୃଷ୍ଟ ହୋଇ ପଡ଼ିଥିଲେ ଆଜି ତାଙ୍କ ଆଖିରେ ସେ ଜଣେ ନୃଶଂସ ବିଜୟୀ ରାଜା- ତାଙ୍କ ବାପା ଭାଇଙ୍କ ଦୁର୍ଦ୍ଦିନର କାରଣ । ଆଜି ସେ ତାଙ୍କୁ ଘୃଣା କରନ୍ତି । ପୁଣି ଉତ୍କଳ ରାଜକୁମାରୀ କ'ଣ କୃଷ୍ଣଦେବରାୟଙ୍କ ପାଟମହିଷୀ ନ ହୋଇ ତାଙ୍କର ବହୁ ରାଣୀ ମଧ୍ୟରୁ ଜଣେ ହୋଇପାରିବେ ? କଦାପି ନୁହେଁ- ଏହା ତାଙ୍କ ପ୍ରତି ଚରମ ଓ ପରମ ଅପମାନ ।' ଜଗନ୍ମୋହିନୀ ଦୀର୍ଘ ଶ୍ୱାସ ଛାଡ଼ିଲେ ।

ଜଗନ୍ମୋହିନୀ ପତୁଆର ପହଞ୍ଚ ସାରିଥିଲା ବିଜୟନଗର ରାଜ୍ୟର ରାଣୀହଂସପୁର ନିକଟରେ । ହାଞ୍ଜୋଲା ମଧ୍ୟରେ ଲୀଲାବତୀ କିଛିଟା ବେଶଭୂଷା କରିଦେଇଛି ତାଙ୍କର । ଧୀରେ ଧୀରେ ହାଞ୍ଜୋଲାରୁ ପାଦ କାଢ଼ିଲେ ରାଜଜେମା, ପାଖରେ ଅଛି ସହଚରୀ ଲୀଲାବତୀ । ଏତେ ଦିନର ଯାତ୍ରାରେ ଶରୀର କ୍ଲାନ୍ତ । ମନ ବିଷାଦରେ ଭରା । ହଲଦିଆ ବନାରସୀ ପାଟଶାଢ଼ୀ ଉପରେ ନାଲି ଢାକାଇର ଜରିକାମ କରା ଓଢଣୀ । ଲୀଲାବତୀ ମଲ୍ଲୀ ଅଁଳାର ମାଳ ଦେଇ ଗଭା ସଜେଇ ଦେଇଛି । ବିଭିନ୍ନ ରଙ୍ ବିଭୂଷଣରେ ମଣ୍ଡି ହୋଇ ମଧ୍ୟ ଜଗନ୍ମୋହିନୀ ଶୁଷ୍ଖଲା ଫୁଲଟିଏ ପରି ଦିଶୁଛନ୍ତି । ଅଲତାରଞ୍ଜିତ ପାଦ, ସେଥିରେ ସୁନାର ପାଉଁଜି, ନୂପୁରର ରୁଣୁଝୁଣୁ ଶବ୍ଦରେ ଧୀରେ ଧୀରେ ପାହୁଣ୍ଡ ପକେଇ ଚାଲିଥିଲେ ସେ । ଓଢଣୀ ଭିତରୁ ଆଖି ଟେକି ଚାହିଁଲେ ସେ, କିଏ ତାଙ୍କୁ ବନ୍ଦାପନା କରିବାକୁ ଆସିଛନ୍ତି- ନା ଏମାନଙ୍କ ଭିତରୁ କେହି କୃଷ୍ଣଦେବରାୟଙ୍କ ପାଟମହିଷୀ ନୁହନ୍ତି ବୋଲି ସେ ଠିକ୍ ବୁଝିପାରିଲେ । ଓଡ଼ିଆ ବ୍ୟତୀତ ସଂସ୍କୃତ ଓ ଟେଲଙ୍ଗୀ ଭାଷାରେ ପଣ୍ଡିତା ସେ । ଭାଷା ବୁଝିବାରେ କୌଣସି ଅସୁବିଧା ନ ଥିଲା ତାଙ୍କର । ତାଙ୍କ ଚଲାପଥରେ ଗୋଲାପ ବିଛେଇ ଚାଲିଥିବା ଦାସୀ ଦୁଇଜଣଙ୍କ କଥାରୁ ସେ ସ୍ପଷ୍ଟ ବୁଝି ପାରିଥିଲେ ବଡ଼ରାଣୀ ତିରୁମଲ୍ଲ ଦେବୀ ଶିଶୁପୁତ୍ରର ଅସୁସ୍ଥତାର କାରଣ ଦର୍ଶାଇ ତାଙ୍କୁ ବନ୍ଦେଇ ନେବା ପାଇଁ ଆସିନାହାନ୍ତି । ସାନରାଣୀ ଚିନ୍ନମା ଧରିରଖିଛି କୃଷ୍ଣଦେବରାୟଙ୍କୁ ତା'ର ମୋହିନୀ ବୀଣାର ଝଙ୍କାରରେ । ସେ କୃଷ୍ଣଦେବରାୟଙ୍କୁ ବହୁଦିନ ପରେ ପାଇଛି ଆଜି । ତେଣୁ ସେ ଆସିନାହିଁ । ତାଙ୍କୁ ପାଛୋଟି ନେବାକୁ ଆସିଛନ୍ତି କେତେକ ବିଜେତା

ରାଜ୍ୟର ରାଜକନ୍ୟାମାନେ ଯାହାକୁ କୃଷ୍ଣଦେବରାୟଙ୍କ ରାଣୀ ଅନ୍ତପୁରରେ ଖାଦ୍ୟ ବସ୍ତ୍ରରେ ସନ୍ତୁଷ୍ଟ ହୋଇ ଜୀବନ ଅତିବାହିତ କରିବାକୁ ହୁଏ। ଖାଦ୍ୟ ବସ୍ତ୍ର ଓ ଆଭୁଷଣର ଅଭାବ ନାହିଁ ତାଙ୍କର, ଅଭାବ ଅଛି ସମ୍ମାନର, ଭଲ ପାଇବାର, ନିଜ ମନକୁ ବୁଝାଇ କାଳାତିପାତ କରିବା ଛଡ଼ା କି ଉପାୟ ଅଛି ସେମାନଙ୍କ ପାଖରେ ? ଚାରିମାସରେ ଥରେ ମହାରାଜଙ୍କ ଚକ୍ଷୁରେ ସେମାନଙ୍କ ଚକ୍ଷୁ ମିଶିଗଲେ ନିଜକୁ ନେଇ ଅନେକ ସ୍ୱପ୍ନ ଦେଖନ୍ତି ସେମାନେ। ଜଗନ୍ମୋହିନୀ ଦୃଷ୍ଟି ନିକ୍ଷେପ କଲେ ସେହି ରାଜକନ୍ୟା ବା ରାଣୀମାନଙ୍କ ଉପରେ। ଦୟାରେ ତାଙ୍କ ହୃଦୟ ତରଳିଗଲା। ସେ କଦାପି ସେମାନଙ୍କ ପରି ବଞ୍ଚିପାରିବେ ନାହିଁ। ସେ ବୀର ଉତ୍କଳ ଜନନୀର କନ୍ୟା– ସ୍ୱାଭିମାନ ତାଙ୍କର ଭୂଷଣ।

ଦାସୀମାନେ ଜଗନ୍ମୋହିନୀଙ୍କୁ ରାଣୀ ଅନ୍ତଃପୁରରେ ଏକ ସୁସଜ୍ଜିତ ପ୍ରକୋଷ୍ଠ ମଧ୍ୟରେ ଚନ୍ଦନ କାଠର ପଲଙ୍କ ଉପରେ ନେଇ ବସାଇଦେଲେ। ଏଠି ହେବ ତାଙ୍କ ମିଳନ କୃଷ୍ଣଦେବରାୟଙ୍କ ସହିତ, ଏଠି କଟିବ ତାଙ୍କର ବାସର ରାତି, ଏଠି ସେ କୁମାରୀ ଜୀବନରୁ ପଦାର୍ପଣ କରିବେ ତାଙ୍କ ବୈବାହିକ ଜୀବନରେ।

ବିଜୟ-ନଗର ରାଜ୍ୟର ପରିଚାରିକାମାନଙ୍କ ମଧ୍ୟରେ ତାରାମ୍ବାର ଖୁବ୍ ଖ୍ୟାତି ରାଣୀମାନଙ୍କୁ ବେଶ କରିବାରେ। କୃଷ୍ଣଦେବରାୟଙ୍କ ସବୁ ରାଣୀଙ୍କ ବାସର ରାତିର ପ୍ରସାଧନର ଭାର ତା' ଉପରେ। ସେ ଲାଗି ପଡ଼ିଲା ଜଗନ୍ମୋହିନୀଙ୍କୁ ବେଶ କରିବାରେ, ଲୀଲାବତୀ ତାଙ୍କୁ ବଢ଼େଇଦେଲା ଜେମାଙ୍କର ପ୍ରସାଧନର ପେଡ଼ି। ତାରାମ୍ବା ସେଆଡ଼େ ଚାହିଁଲାନି ବି। ସେହି ପ୍ରକୋଷ୍ଠରେ ରଖାଯାଇଥିବା ଗୋଟିଏ ସିନ୍ଦୁକରୁ କାଢ଼ିଲା ଯଥେଷ୍ଟ ସବର୍ଣ୍ଣ ଓ ରନ୍ ଅଳଙ୍କାର, କାଞ୍ଚିପୁରର ପ୍ରସିଦ୍ଧ ପାଟଶାଢ଼ୀ। ଜଗନ୍ମୋହିନୀଙ୍କୁ ଦକ୍ଷିଣୀ ଢାଞ୍ଚାରେ ପିନ୍ଧାଇଲା ପାଟ। ଲମ୍ବ ଛାଟ ବେଣୀକୁ ସଜେଇ ଦେଲା ମୋତି ମାଣିକ୍ୟର ଫୁଲରେ। ବେକରେ ଲମ୍ବେଇ ଦେଲା ଲମ୍ବା ଗଜମୁକ୍ତା ହାର, କର୍ଣ୍ଣକୁ ଲାଗି ଜିଗିନିନାନ୍ତୁ, ଅଣ୍ଟାରେ ବାନ୍ଧିଦେଲା ସୁନାର କମରପଟି। ପାଦଠାରୁ ମସ୍ତକ ଯାଏ ବୈଦୁର୍ଯ୍ୟମଣିରେ ଝଲକୁଥାଏ ଉତ୍କଳ ରାଜନନ୍ଦିନୀଙ୍କ ଶରୀର। ଜଗନ୍ମୋହିନୀଙ୍କ ଶାଣିତ ନାସାରେ ଶୋଭା ପାଉଛି ଖୁବ୍ ମୂଲ୍ୟବାନ ହୀରାର ନାକଫୁଲ। ଲୀଲାବତୀ ପାଖରେ ଠିଆ ହେଇ ଜେମାଙ୍କ ଅପରୂପ ରୂପସଜା ଦେଖି ଆଶ୍ଚର୍ଯ୍ୟ ହେଉଥାଏ। ତାରାମ୍ବା ଘର ସାରା ସିଞ୍ଚିଦେଲା ସୁବାସିତ ଅତର। ଶେଷରେ ପଲଙ୍କ ପାଖରେ ଥିବା ଛୋଟିଆ ଖଟୁଲିଟି ଉପରେ ମଙ୍ଗଳସୂତ୍ରଟି ରଖିଦେଇ କହିଲା, 'ଏଇଟା ମହାରାଜା ପିନ୍ଧାଇବେ ତୁମକୁ। ସେଇଟା ତାଙ୍କର ଦାୟିତ୍ୱ, ନହେଲେ ତୁମେ ତାଙ୍କର ପତ୍ନୀ ହେବାର ଗୌରବ ପାଇବ କେମିତି ?'

ଜଗନ୍ମୋହିନୀ କିଛି ପ୍ରତିକ୍ରିୟା ପ୍ରକାଶ କଲେ ନାହିଁ ତାରାମ୍ବା ସମ୍ମୁଖରେ। 'ଏ ଦାସୀ ପରିଚାରୀଙ୍କ ପାଖେ ପାଟି ଖୋଲି ଲାଭ କ'ଣ ?'

ଲୀଳାବତୀକୁ ଅନ୍ୟ ଦାସୀମାନେ ଆସି ନେଇଗଲେ। ଆଜି ରାତିଟି ତାଙ୍କୁ କେବଳ ମହାରାଜଙ୍କ ସହିତ କଟାଇବାକୁ ହେବ। ସେଠାରେ ଲୀଳାବତୀର ସ୍ଥାନ ନାହିଁ।

ପଲଙ୍କ ଉପରେ ନୀରବରେ ବସି ଜଗନ୍ମୋହିନୀ ଭାବୁଥାନ୍ତି ତାଙ୍କ ବିଦାୟ ବେଳର ଦୃଶ୍ୟ। କୁଣ୍ଡାବିଡୁ ଦୁର୍ଗର ପତନ ପରେ ମହାମନ୍ତ୍ରୀ ତିମିରସୁ ତାଙ୍କୁ ପ୍ରତାପରୁଦ୍ର ଦେବଙ୍କ ଶିବିରକୁ ପଠାଇ ଦେଇଥିଲେ। ଧୂର୍ତ୍ତ ତିମିରସୁର ପ୍ରସ୍ତାବରେ କିପରି ପିତା ରାଜି ହୋଇଯାଇଥିଲେ? ପିତା ରାଜା ହେଲେ କ'ଣ ତା' ହୃଦୟ ପାଷାଣ ହୋଇଯାଏ? ସେ କ'ଣ କେବଳ ରାଜ୍ୟର ଦାୟିତ୍ୱ ନେଇ ବସ୍ତ୍ରେ, ସେ କ'ଣ ଭୁଲିଯାଏ ପିତାର କର୍ତ୍ତବ୍ୟ? କୁଆଡ଼େ ଉଭେଇଗଲା ତାଙ୍କର ଅଳିଅଳ ଜେମା ପ୍ରତି ସବୁ ସ୍ନେହ ମମତା! ଏହା ଅପେକ୍ଷା ମହାଭାରତରେ ବର୍ଷିତ କୌରବ୍ୟ ରାଜାର ପିତୃସ୍ନେହ ଓ ଦାୟିତ୍ୱବୋଧ ତା' କନ୍ୟା ସତ୍ୟବତୀ ପାଇଁ କାହିଁ କେତେ ଅଧିକା ଥିଲା। ସେ ସତ୍ୟବତୀଙ୍କ ଭବିଷ୍ୟତ ସୁରକ୍ଷିତ କରିବା ପାଇଁ ବଦ୍ଧପରିକର ଥିଲା। ରାଜା ଶାନ୍ତନୁଙ୍କ କନ୍ୟାଦାନ କରିବ କେବଳ ଯଦି ରାଜା ରାଜି ହୁଅନ୍ତି ସତ୍ୟବତୀର ପୁତ୍ର ହସ୍ତିନାପୁରର ସିଂହାସନର ଉତ୍ତରାଧିକାରୀ ହେବ। ସେ ପିତା ହିସାବରେ ତା' କର୍ତ୍ତବ୍ୟ କରିଥିଲା। ତାଙ୍କ ପିତା କ'ଣ ସନ୍ଧିର ସର୍ତ୍ତରେ ନିଜ କନ୍ୟାର ସୁରକ୍ଷା ପାଇଁ କିଛି ବି କରିପାରିଲେ ନାହିଁ? ସେ କ'ଣ ଜାଣିନଥିଲେ କୃଷ୍ଣଦେବରାୟଙ୍କ ବହୁ ରାଣୀଙ୍କ ମଧ୍ୟରୁ ତାଙ୍କ କନ୍ୟା ସାଧାରଣ ରାଣୀଟିଏ ହୋଇରହିବ? ସବୁ ଜାଣି ଏତେ ଆଦରର କନ୍ୟାକୁ ଶତ୍ରୁ ହାତରେ ଟେକି ଦେଲେ କେମିତି? ମାଆ ପଦ୍ମାଲୟା କିପରି ତାଙ୍କୁ ସାନ୍ତ୍ୱନା ଦେବାକୁ ଆଗେଇ ଆସି କହିଥିଲେ, 'ପ୍ରତାପୀ ରାଜବଂଶର ରାଜକନ୍ୟାମାନଙ୍କ ଭାଗ୍ୟ ଏଇଆ ଲୋ ଝିଅ। ତୁ କ'ଣ ଜାଣିନୁ ତୋ ପିତାମହୀ ପଦ୍ମାବତୀଙ୍କ ଜୀବନ ବୃତ୍ତାନ୍ତ? ସାଲୁଭା ନରସିଂହଙ୍କୁ ପରାସ୍ତ କରି ପୁରୁଷୋତ୍ତମ ଦେବ ତାଙ୍କୁ ବନ୍ଦିନୀ କରି ଆଣି ଚଣ୍ଡାଳକୁ ବିବାହ ଦେବା ପାଇଁ ତାଙ୍କ ମନ୍ତ୍ରୀଙ୍କ ହାତରେ ଟେକି ଦେଇଥିଲେ। ଏମିତି ଅନେକ ରାଜଜେମା ଯୁଦ୍ଧ ପରେ ସନ୍ଧି ବେଦୀରେ ବଳି ପଡ଼ିଛନ୍ତି, ସ୍ୱାମୀ ନାରୀ ଜୀବନର ଇହକାଳ ପରକାଳର ଦେବତା, ସ୍ତ୍ରୀ ତା'ର ଦାସୀ।

"ପିତୃରାଜ୍ୟର ରଣ ପରିଶୋଧ କରିଥାଆନ୍ତି ରାଜକନ୍ୟାମାନେ ଏହା ଦ୍ୱାରା। ମୁଁ ଶୁଣିଛି କୃଷ୍ଣଦେବରାୟ ଜଣେ କବି ଓ ପଣ୍ଡିତ। ଗୁଣୀର ଆଦର କରନ୍ତି ସେ। ତୁ ତୋ ଗୁଣରେ ତାଙ୍କର ହୃଦୟ ଜୟ କରିପାରିବୁ।" ପଦ୍ମାଲୟା ଏତିକି କହି ତାଙ୍କୁ ନିଜ ଛାତି ଉପରକୁ ଜାକି ଆଣିଥିଲେ। ମା ଓ ଝିଅଙ୍କ ଲୁହ ଏକାକାର ହୋଇଗଲା। କିନ୍ତୁ ଜଗନ୍ମୋହିନୀ ବୁଝିପାରିଲେନି ଇୟେ ସେଇ ମାଆ ଯିଏ ତାଙ୍କ ହାତରେ ଖଣ୍ଡା

ଧରେଇଥିଲେ, ସେ କେମିତି ନିଜ ଝିଅକୁ ଏତେ ଦୁର୍ବଳ ହୋଇ ବିଜୟୀ ରାଜାର ଦାସୀ ହେବାକୁ ଉପଦେଶ ଦେଲେ ? ତାଙ୍କ ମାଥା କ'ଣ ବୁଝିପାରିଲେ ନାହିଁ ଯେ କାଶ୍ମୀରାଜ୍ୟର ମହାମାତ୍ୟର ଖଳ ଉଦ୍ଦେଶ୍ୟ ? ପଦ୍ମାବତୀ ଓ ତାଙ୍କ ପିତାଙ୍କ ଅପମାନର ପ୍ରତିଶୋଧ ନେବା ପାଇଁ ସେ ଏହି ସନ୍ଧି ପ୍ରସ୍ତାବ ଦେଇ ଉତ୍କଳ ରାଜନନ୍ଦିନୀଙ୍କୁ କୃଷ୍ଣଦେବରାୟଙ୍କ ବହୁ ପତ୍ନୀଙ୍କ ମଧ୍ୟରେ ଜଣେ ଉପପତ୍ନୀର ଜୀବନ କଟାଇବାକୁ ନେଇ ଯାଉଛନ୍ତି। କି ମର୍ଯ୍ୟାଦା ଅଛି ଏପରି ରାଣୀ ହେବାରେ ! ପଦ୍ମାବତୀ ତ ଏ ଦୁର୍ଭାଗ୍ୟ ଭୋଗୀ ନଥିଲେ। ଖୁବ୍ ଅଭିମାନ ହୋଇଛି ଜଗନ୍ମୋହିନୀଙ୍କର ପିତା ପ୍ରତାପରୁଦ୍ରଦେବ ଓ ମାତା ପଦ୍ମାଳୟା ପାଟମହାଦେଙ୍କ ଉପରେ। ସେ ମନେ ମନେ ଶପଥ କରିଛନ୍ତି ଏ ଜୀବନ ଥିବା ଯାଏଁ ସେମାନଙ୍କ ମୁହଁ ଚାହିଁବେନି।

ସମୟ ଗଡ଼ି ଗଡ଼ି ଚାଲିଛି। ଗବାକ୍ଷ ଦେଇ ଭାସିଆସୁଛି ଯୁଇଜାଇ ଫୁଲର ସୁମଧୁର ମହକ। ଜ୍ୟୋସ୍ନାଧୌତ ପୃଥ୍ବୀ ରାତ୍ରିର ଗଭୀରତା ସହିତ ଅଳସୀ ହୋଇପଡ଼ିଲାଣି। ଆକାଶରେ ଖଣ୍ଡ ଖଣ୍ଡ ଚଲା ବାଦଲ ଲୁଚକାଳି ଖେଳରେ ମାତିଛନ୍ତି।

ରାତ୍ରିର ଦ୍ୱିତୀୟ ପ୍ରହର ଅତିକ୍ରାନ୍ତ ହେଲାଣି, ତଥାପି କୃଷ୍ଣଦେବରାୟଙ୍କ ଦେଖା ନାହିଁ। ଜଗନ୍ମୋହିନୀଙ୍କର ସେଥିପାଇଁ ଚିନ୍ତା ନାହିଁ, ଚିନ୍ତା କେବଳ ଏଥିପାଇଁ ଏଠାରେ କିପରି ସେ ଏତେ ହୀନମନ୍ୟ ଜୀବନ ଯାପନ କରିବେ। ଯେଉଁ ପୁରୁଷର ଏତେ ଟିକିଏ ବି ଆଗ୍ରହ ନାହିଁ ସଦ୍ୟ ବିଜେତା ରାଜକନ୍ୟାର ସାନ୍ନିଧ୍ୟ ପାଇଁ, ଯିଏ ଏତେ ବିଳମ୍ବିତ ରାତ୍ରୀ ପର୍ଯ୍ୟନ୍ତ ସାମାନ୍ୟ ଦେବଦାସୀ ଚିନ୍ନାର ବାହୁବନ୍ଧନରେ ଆବଦ୍ଧ ତାକୁ ସେ କଦାପି ନିଜ ଶରୀରକୁ ସମର୍ପି ଦେଇପାରିବେ ନାହିଁ। ଈର୍ଷା ଓ ପ୍ରତିହିଂସାରେ ଉତ୍କଳ ରାଜନନ୍ଦିନୀ ଜର୍ଜରିତା। କୁମାରୀ ଜୀବନରେ କୃଷ୍ଣଦେବରାୟଙ୍କ ପୁରୁଷତ୍ୱ ପ୍ରତି ଜନ୍ମ ନେଇଥିବା ସମସ୍ତ ଦୁର୍ବଳତାର ମୃତ୍ୟୁ ଘଟିଛି ଆଜି ଏହି ବାସର ରାତ୍ରୀରେ।

ଅପେକ୍ଷାରେ ଆଉ ଗୋଟିଏ ପ୍ରହର ଅତିକ୍ରାନ୍ତ ହେବା ଉପରେ। ଜଗନ୍ମୋହିନୀ କାଢ଼ି ସାରିଛନ୍ତି ସମସ୍ତ ଅଳଙ୍କାର। ତାରପର ସୟନ ବେଣୀ ବନ୍ଧନରୁ ମୁକ୍ତ ହୋଇ ତାଙ୍କ ଆଜାନୁ ଲମ୍ବିତ ଘନକୃଷ୍ଣ କେଶରାଶି କାଳିନାଗ ପରି ପହଁରୁଛି ତାଙ୍କ ପୃଷ୍ଠଦେଶରେ। ଅଣ୍ଟାରୁ କମର ପଟି ଖୋଲି ଫିଙ୍ଗି ଦେଇଛନ୍ତି ଚଟାଣ ଉପରେ। ଗଜମୁକ୍ତାମାଳ ଓ ଜିଗିନିନାକୁ କାଢ଼ି ପକେଇ ଦେଇଛନ୍ତି ପଲଙ୍କ ଉପରେ। କେବଳ ସେ ଛୁଇଁ ନାହାନ୍ତି ପଲଙ୍କ ନିକଟରେ ସୁସଜ୍ଜିତ ଖଟୁଲି ଉପରେ ରଖାଯାଇଥିବା ପେସ୍ତାବାଦାମ ଯୁକ୍ତ କ୍ଷୀର ଓ ତା ପାଖରେ ସୁସଜ୍ଜିତ ପେଟିକାରେ ରହିଥିବା କଲାମାଲୀ ଓ ସୁବର୍ଣ୍ଣ ସୋରିଷରେ ଗୁନ୍ଥା ମଙ୍ଗଳସୂତ୍ରକୁ।

ରାତ୍ରୀର ଅନ୍ତିମ ପ୍ରହର। କାହାର ପାଦଶଦ ତାଙ୍କ ପ୍ରକୋଷ୍ଠ ଆଡ଼କୁ ଆସୁଥିବା

ଶୁଣି ଜଗନ୍ମୋହିନୀ ପଲଙ୍କ ଉପରୁ ଉଠିପଡ଼ି ଠିଆ ହୋଇ ଚାହିଁଲେ ଦ୍ୱାର ଆଡ଼କୁ। କୃଷ୍ଣଦେବରାୟ ତନ୍ଦ୍ରା। ଆଚ୍ଛାଦିତ ଅବସ୍ଥାରେ ଟଳିଟଳି ଆଗେଇ ଆସୁଥାଆନ୍ତି ଜଗନ୍ମୋହିନୀଙ୍କ ପ୍ରକୋଷ୍ଠ ଅଭିମୁଖେ।

ଦ୍ୱାରଦେଶରେ ଠିଆହୋଇ ଦୃଷ୍ଟି ନିକ୍ଷେପ କଲେ ସେ ଜଗନ୍ମୋହିନୀଙ୍କ ଉପରକୁ। ଧୀରେ ଧୀରେ ଆଗେଇ ଆସିଲେ ସେ ତାଙ୍କୁ ଆଲିଙ୍ଗନ କରିବାକୁ। ବହୁ ରାଜକନ୍ୟାଙ୍କୁ ସେ ଏହି ପ୍ରକୋଷ୍ଠ ମଧ୍ୟରେ ପ୍ରଥମ ଥର ପାଇଁ ଉପଭୋଗ କରିଛନ୍ତି। କିପରି ରାଜକନ୍ୟାମାନଙ୍କ ମନ ଜିଣିବାକୁ ହୁଏ ସେ କୌଶଳ ତାଙ୍କୁ ଜଣା।

କିନ୍ତୁ ଏ କ'ଣ? ରାଜକନ୍ୟା ଯାଇ ଦଣ୍ଡାୟମାନ ହେଲେଣି ପଲଙ୍କର ଅପର ପାର୍ଶ୍ୱରେ। ସେ କ'ଣ ବ୍ୟାକୁଳ ନୁହନ୍ତି ମହାରାଜାଙ୍କ ସାନ୍ନିଧ୍ୟ ପାଇଁ?

କୃଷ୍ଣଦେବରାୟ ଚାହିଁଲେ ତାଙ୍କୁ– ଅଗ୍ନିସ୍ଫୁଲିଙ୍ଗ ପରି ଦେଖାଯାଉଛନ୍ତି ଉତ୍କଳ ରାଜନନ୍ଦିନୀ, ରଣକ୍ଷେତ୍ରକୁ ଯିବାକୁ ସତେ ଅବା ପ୍ରସ୍ତୁତ ସେ। କୃଷ୍ଣଦେବରାୟଙ୍କ ଆଖି ଆଗରେ ନାଚିଗଲା ସେଦିନ କୁଣ୍ଡାବିଡୁ ଦୁର୍ଗରେ କୁମାର ବୀରଭଦ୍ରଙ୍କ ପରାଜୟ ପରେ କିପରି ଝଡ଼ ପରି ଝାମ୍ପି ଆସିଥିବଲେ ତାଙ୍କ ଉପରକୁ ଜଗନ୍ମୋହିନୀ ଖଣ୍ଡା ଧରି ଭାଇର ମୁକ୍ତି ପାଇଁ। କିନ୍ତୁ ଅବଳା ଦେହରେ କେତେ ବଳ? ରାଜଜେମାଙ୍କ କଟୋଟିକୁ ଧରି ପକେଇ ଖଣ୍ଡା ଛଡ଼େଇ ନେଇଥିଲେ ତାଙ୍କ ହସ୍ତରୁ, ଅଟ୍ଟ ହସି ସେନାପତିଙ୍କୁ ଆଦେଶ ଦେଇଥିଲେ ତାଙ୍କୁ ବନ୍ଦିନୀ କରି ମଲୟକୂଟ ରାଣୀହଂସପୁରକୁ ପଠେଇ ଦେବାକୁ। କିନ୍ତୁ ତାଙ୍କ ସ୍ୱାଭିମାନ ତାଙ୍କ ରୂପ ଅପେକ୍ଷା ବେଶୀ ଆକର୍ଷିତ କରିଥିଲା କୃଷ୍ଣଦେବରାୟଙ୍କୁ। ଏତିକିବେଳେ ମହାମନ୍ତ୍ରୀ ତିମିରସୁ ମହାରାଜାଙ୍କୁ ବାଧା ଦେଇ ସେନାପତିଙ୍କୁ ଆଦେଶ ଦେଇଥିଲେ ସସମ୍ମାନେ ଜେମାଙ୍କୁ ପ୍ରତାପରୁଦ୍ର ଦେବଙ୍କ ଶିବିରକୁ ପଠେଇ ଦେବାକୁ ଓ ତା'ପରେ ସନ୍ଧିର ସର୍ତ ଅନୁଯାୟୀ ତାଙ୍କୁ ପ୍ରତାପରୁଦ୍ରଦେବ ଟେକି ଦେବେ କୃଷ୍ଣଦେବରାୟଙ୍କୁ। କୃଷ୍ଣଦେବରାୟ ଜଗନ୍ମୋହିନୀଙ୍କ ପ୍ରଚଣ୍ଡ ବ୍ୟକ୍ତିତ୍ୱରେ ପ୍ରଭାବିତ ହୋଇପଡ଼ିଥିଲେ ଓ ତାଙ୍କ ହୃଦୟରେ ତାଙ୍କ ଲାଗି ଆସକ୍ତି ଜନ୍ମିଥିଲା। ତାଙ୍କ ପାଟରାଣୀ ତିରିମଲ୍ଲାମ୍ବା ଖୁବ୍ ଚତୁରୀ ହେଲେ ମଧ୍ୟ ଶାନ୍ତିପ୍ରିୟା, ବେଲେବେଲେ ନିର୍ବୋଧ ଛେଲି ଛୁଆଟିଏ ପରି ଦେଖାଯାଆନ୍ତି। ଦ୍ୱିତୀୟ ରାଣୀ ଚିନ୍ନାମାର ରୂପ ଓ ବୀଣାବାଦନରେ ସେ ମୋହିତ ହୋଇଥିଲେ ସିଂହାସନ ଆରୋହଣର ବହୁ ପୂର୍ବରୁ। ଚିନ୍ନାମାର ଆଖିରେ ସବୁବେଲେ ପ୍ରଶୟ ଭିକ୍ଷାର ଆଭାସ। ସେ କେବେ ଥରେ ହେଲେ ବି ମହାରାଜାଙ୍କର ସମାନ ହେବା ପାଇଁ ଇଚ୍ଛା କରିନି। ଅନ୍ୟ ରାଣୀମାନଙ୍କ କଥା ନକହିବା ଭଲ। କିନ୍ତୁ ଜଗନ୍ମୋହିନୀ ସମସ୍ତଙ୍କ ଠାରୁ ଭିନ୍ନ। ସେ ଅନନ୍ୟା। ସେ ଚାହାନ୍ତି ସମାନ ଆସନ, ସମାନ ମର୍ଯ୍ୟାଦା।

କୃଷ୍ଣଦେବରାୟଙ୍କ ଆଖ୍ରୁ ମଦିରାର ନିଶା ଛାଡ଼ିଗଲାଣି। ଯନ୍ ସହକାରେ ମଙ୍ଗଳସ୍ତୁତଟି ଉଠାଇ ସେ ଅଗ୍ରସର ହେଲେ ଜଗନ୍ମୋହିନୀଙ୍କ ଉଦ୍ଦେଶ୍ୟରେ। ଚନ୍ଦନକାଷ୍ଠ ଓ ଗଜଦନ୍ତ ପଲଙ୍କରେ ଗୋଟିଏ କୋଣରେ ଦଣ୍ଡାୟମାନ ସେ। କୃଷ୍ଣଦେବରାୟ ତାଙ୍କ ଆଡ଼କୁ ଆଗଉଥିବା ଦେଖ ସେ ହଠାତ୍ ଗର୍ଜି ଉଠିଲେ, 'ଆପଣ ହୋଇପାରନ୍ତି ବିଶାଳ କାଞ୍ଚୀରାଜ୍ୟର ନରପତି, ଆପଣ ପରାଜିତ କରି ପାରିଥାଆନ୍ତି ଉତ୍କଳର ଗଜପତିଙ୍କ ଯୁବରାଜଙ୍କୁ, ଆପଣ ଯୁଦ୍ଧ ବିଗ୍ରହର ସନ୍ଧିରେ ମତେ ପାଇପାରିଥାଆନ୍ତି। କିନ୍ତୁ ମୁଁ ଉତ୍କଳର ରାଜନନ୍ଦିନୀ ଜଗନ୍ମୋହିନୀ କସ୍ମିନ କାଳେ ଆପଣଙ୍କ ପାଖେ ନିଜକୁ ସମର୍ପି ଦେଇ ପାରିବି ନାହିଁ। ମୁଁ ଚିର ବୈଷ୍ଣବୀ, ମୋର ଆରାଧ୍ୟ ଦେବତା ସ୍ୱୟଂ ଜଗନ୍ନାଥ। ମୁଁ ତାଙ୍କରି ଦାସୀ, ମୁଁ କିପରି ଗୋଟାଏ ବିଶ୍ୱାସଘାତକ ସେନାପତିର ନୀଚକୁଳ ଜାତ ଦ୍ୱିତୀୟ ପତ୍ନୀର ପୁତ୍ରକୁ ସ୍ୱାମୀ ରୂପେ ଗ୍ରହଣ କରିବି ? ମତେ ପାଇବାର ଦୁରାଶା ପୋଷଣ କର ନାହିଁ କୃଷ୍ଣଦେବରାୟ। ମୁଁ ରାଜକନ୍ୟା, ତୁମ ଦେହରେ ରାଜବଂଶର ରକ୍ତ ପ୍ରବାହିତ ହେଉ ନାହିଁ, ତୁମେ ଫେରି ଯାଅ ତୁମର ପ୍ରିୟତମା ବେଶ୍ୟା ଚିନ୍ନାମା ପାଖକୁ।'

କୃଷ୍ଣଦେବରାୟ ପ୍ରଥମେ ନିଜ କାନକୁ ବିଶ୍ୱାସ କରିପାରିଲେ ନାହିଁ। ତାଙ୍କ ଜୀବଦଶା ମଧ୍ୟରେ ସେ ଏପରି ଭର୍ତ୍ସନା କେବେ କାହାଠାରୁ ଶୁଣିନାହାନ୍ତି। ଶାନ୍ତ ମନରେ ଜଗନ୍ମୋହିନୀଙ୍କୁ ବୁଝିବାକୁ ଚେଷ୍ଟା କଲେ ସେ। ଉତ୍କଳ ରାଜନନ୍ଦିନୀ କେବଳ ସ୍ୱାଭିମାନୀ ନୁହଁନ୍ତି, ଭୀଷଣ କ୍ରୋଧୀ ମଧ୍ୟ। ତାଙ୍କର ଆସିବାର ବିଳମ୍ବ ହେବାରୁ ସେ ଅପମାନିତା ଓ ଉତ୍ତେଜିତା ହୋଇଯାଇଛନ୍ତି। ହୁଏତ ପିତା, ଭ୍ରାତା ଓ ସର୍ବୋପରି ଜନ୍ମଭୂମିର ପରାଜୟ ସହ୍ୟ କରି ନପାରି ଏପରି ପ୍ରଳୟଙ୍କରୀ ରୂପ ଧାରଣ କରିଛନ୍ତି।

କୃଷ୍ଣଦେବରାୟ ଜଗନ୍ମୋହିନୀଙ୍କୁ ଶାନ୍ତ କରିବାକୁ ଚେଷ୍ଟା କରି କହିଲେ, 'ଉତ୍କଳ ରାଜନନ୍ଦିନୀ ତୁମେ ଗଜପତି ପ୍ରତାପରୁଦ୍ର ଦେବଙ୍କ ସୁକନ୍ୟା। ତୁମର ପିତା ମତେ ଜାମାତା ରୂପେ ଗ୍ରହଣ କରି ତୁମକୁ ମତେ ପ୍ରଦାନ କରିଛନ୍ତି। ପିତୃଦତ୍ତ କନ୍ୟା– ତୁମେ ମୋ ସ୍ତ୍ରୀ– ଆସ ପ୍ରିୟେ, ଅଭିମାନ ଭାଙ୍ଗ, ରାତ୍ରିର ଯେତିକି ମୁହୂର୍ତ୍ତ ବାକି ଅଛି ତାକୁ ଦୁହେଁ ଉପଭୋଗ କରିବା ଚାଲ...।'

ଜଗନ୍ମୋହିନୀ ରାଗରେ କମ୍ପମାନ। ଶାଢ଼ୀ ତଳେ ଲୁଚେଇ ରଖିଥିବା ଛୁରୀକାଟି ବାହାର କରି କହିଲେ, 'ତୁମର ବହୁ ନାରୀରେ ଲାଳସା। ସେଥିପାଇଁ ତ ଏତେ ରାଜକନ୍ୟାଙ୍କୁ ଏଠାରେ ବନ୍ଦିନୀ ପ୍ରାୟ ରଖିଛ। ମୁଁ ତୁମକୁ କଦାପି ଗ୍ରହଣ କରି ପାରିବି ନାହିଁ। ମୋ ନିକଟକୁ ଅଗ୍ରସର ହୁଅ ନାହିଁ, ନହେଲେ ମୁଁ ଏଇ ଛୁରୀକାରେ ନିଜର ଆତ୍ମାହୁତି ଦେବି ବା ତୁମର ହତ୍ୟା କରିବି। ତୁମର ଏ ରାଜ୍ୟ, ନଗରୀ ଅଚିରେ ଧ୍ୱଂସ

ହୋଇଯିବ। ଏହା କେବଳ ମୋର ଅଭିଶାପ ନୁହେଁ। ଏଠାରେ ରାଣୀ ନାମରେ ସଢୁଥିବା ସମସ୍ତ ରାଜକନ୍ୟାଙ୍କର ଦୀର୍ଘ ନିଃଶ୍ୱାସର ବାର୍ତ୍ତା...।'

କୃଷ୍ଣଦେବ ରାୟ କେଜାଣି କାହିଁକି ଜଗନ୍ମୋହିନୀଙ୍କୁ କିଛି କହିପାରିଲେ ନାହିଁ। ତାଙ୍କ ହୃଦୟର ନିଭୃତ କୋଣରେ ତାଙ୍କୁ ଦୋଷୀଟିଏ ପରି ଲାଗିଲା ଓ ମନରେ ଆଶଙ୍କାର ସଞ୍ଚାର ହେଲା। ନିଜକୁ ସଂଯତ କରି ସେ ଫେରିଗଲେ ବାସର ଗୃହରୁ।

ପରଦିନ ଖବର ପଠାଇଲେ ଜଗନ୍ମୋହିନୀଙ୍କ ପାଖୁ ଆସିବା ପାଇଁ। ସେଇ ରୁକ୍ଷ ଉତ୍ତର 'ନା... ନା...।'

ଇତି ମଧରେ ସାତଦିନ ବିତିଗଲାଣି। ମହାନବମୀ ମଣ୍ଡପରେ ଦଶହରା ଉତ୍ସବ ପାଳିତ ହେଉଛି ମହାଆଡ଼ମ୍ବରରେ। ମହାରାଜାଙ୍କ ସହିତ ତାଙ୍କର ଦୁଇରାଣୀ ତିରୁମଲ୍ଲ ଆମା ଓ ଚିନ୍ନାମା ଗଲେ ଉତ୍ସବ ଦେଖିବା ପାଇଁ। ଉତ୍ସବରେ କେବଳ ଭାରତ ବର୍ଷର ନୁହେଁ, ସାରା ପୃଥ୍ବୀର ବିଭିନ୍ନ ରାଜ୍ୟରୁ ପ୍ରତିନିଧିମାନେ ଯୋଗ ଦେଇଛନ୍ତି। ଏଥର ମହାମନ୍ତ୍ରୀ ତିମିରସୁ କଟକ ବିଜୟ କରିଛନ୍ତି ବୋଲି ଗର୍ବ ଓ ଆନନ୍ଦରେ ଅନ୍ଧ ହୋଇ ଯାଇଛନ୍ତି। ସେ ଓଡ଼ିଶାର ଗଜପତି ରାଜାଙ୍କୁ ନିଜର କୁଟୀଳ ଚକ୍ରାନ୍ତ ବଳରେ ପରାସ୍ତ କରିଛନ୍ତି। ସେ ସାଲୁଭ ନରସିଂହ ଶେଷ ଇଚ୍ଛା ପୂର୍ଣ୍ଣ କରିଛନ୍ତି। ସାଲୁଭ ନରସିଂହଙ୍କ କନ୍ୟା ପଦ୍ମାବତୀଙ୍କ ଅପମାନର ପ୍ରତିଶୋଧ ନେଇଛନ୍ତି ଏକ ନୀଚ କୂଲ ଜାତ ରାଜା ସହିତ ଉକ୍କଲ କଲିଙ୍ଗ ରାଜନନ୍ଦିନୀଙ୍କ ବିବାହ କରାଇ। ଏବେ ଉକ୍କଲ କଲିଙ୍ଗର ରାଜପୁତ୍ର ବୀରଭଦ୍ରଙ୍କୁ ସେ ସମସ୍ତ ଅତିଥିମାନଙ୍କ ସମ୍ମୁଖରେ ଏକ ସାଧାରଣ ସୈନିକ ସହିତ ଖଣ୍ଡାଯୁଦ୍ଧ କରିବାକୁ ଆଦେଶ ଦେଇ ଅପମାନିତ କରିପାରିବେ। ଚରମ ପ୍ରତିଶୋଧର ପରମ ଆନନ୍ଦରେ ତାଙ୍କ ଆତ୍ମା ଶାନ୍ତ ହେବ।

କିନ୍ତୁ କୁମାର ବୀରଭଦ୍ର କୃଷ୍ଣଦେବ ରାୟଙ୍କ ନିକଟକୁ ଯାଇ ଏକ ରାଜପୁତ୍ର ପାଇଁ ଉପଯୁକ୍ତ ପ୍ରତିଦ୍ୱନ୍ଦୀ ମାଗିଥିଲେ। ସାମାନ୍ୟ ସୈନିକ ସହିତ ସେ ଖଣ୍ଡାଯୁଦ୍ଧ କରି ପାରିବେ ନାହିଁ। ତିମିରସୁର କୁମନ୍ତ୍ରଣାରେ ମହାରାଜା ତାଙ୍କୁ ଉପହାସ କରି କହିଥିଲେ, 'ଏହି ସାମାନ୍ୟ ସୈନିକ ସହିତ ଯୁଦ୍ଧରେ ଜିତିଗଲେ ମୁଁ ତୁମକୁ ମୁକ୍ତି ଦେଇଦେବି କୁମାର ବୀରଭଦ୍ର...।' ଉକ୍କଲ କଲିଙ୍ଗର ଯୁବରାଜ ଏହି ଉପହାସ ଓ ଅପମାନ ସହ୍ୟ କରି ପାରିନଥିଲେ। ଉତ୍ସବ ପ୍ରାଙ୍ଗଣରେ ନିଜ ଖଣ୍ଡାରେ ନିଜକୁ ଭୃଷ୍ଟ ଆତ୍ମାହୁତି ଦେଇଥିଲେ ରାଜପୁତ୍ର। ସମସ୍ତ ଦର୍ଶକମଣ୍ଡଳୀ ସ୍ତମ୍ଭିତ ହୋଇଯାଇଥିଲେ। ବିଜୟନଗର ଇତିହାସରେ ବୀରଭଦ୍ରଙ୍କ ଏପରି ଆତ୍ମାହୁତି ପ୍ରଥମ ଓ ସ୍ମରଣୀୟ ହୋଇ ରହିଗଲା।

ମଲୟକୂଟ ରାଣୀ ଅନ୍ତଃପୁରରେ ଜଗନ୍ମୋହିନୀଙ୍କୁ କାନ୍ଦିକାନ୍ଦି ଏ ଦୁଃସମ୍ବାଦ ଦେଲା ଲୀଲାବତୀ। ଜଗନ୍ମୋହିନୀଙ୍କ ଆଖିରୁ ଟୋପାଏ ଲୁହ ବୋହିନଥିଲା। ସେ

ଗମ୍ଭୀର ହୋଇ କହିଥିଲେ, 'କାନ୍ଦୁଛୁ କାହିଁକି ଲୀଳାବତୀ, ଏଥିରେ ତ ଗର୍ବ କରିବା କଥା। ଭ୍ରାତା ବୀରଭଦ୍ର କେବଳ ଜଣେ ଅପ୍ରତିଦ୍ୱନ୍ଦୀ ଖଣ୍ଡାଚାଳକ ନଥିଲେ, ସେ ଥିଲେ ବୀରପ୍ରସବା ଉତ୍କଳ ଜନନୀର ଜଣେ ଉପଯୁକ୍ତ ସନ୍ତାନ। ନିଜର ସମ୍ମାନ ଆଗେ, ପରେ ଜୀବନ। ଠିକ୍ କରିଛନ୍ତି କୁମାର ବୀରଭଦ୍ର। ଏଠି ଦାସ ହୋଇ ବଞ୍ଚିବା ଅପେକ୍ଷା ମୃତ୍ୟୁ ଶ୍ରେୟସ୍କର।'

କାଞ୍ଚିରାଜ୍ୟର ରାଜଧାନୀ ସବୁବେଳେ ଉତ୍ସବ ମୁଖର। କିନ୍ତୁ ଏଥର ଦଶହରା ଉତ୍ସବରେ ଅକସ୍ମାତ୍ ଏପରି ଏକ ଦୁର୍ଘଟଣା ଘଟିବା ପରେ ରାଜା କୃଷ୍ଣଦେବ ରାୟ ମାନସିକ ସ୍ତରରେ ଦବି ଯାଇଛନ୍ତି। ତାଙ୍କର ଆଉ ସାହସ ହୋଇନି ଜଗନ୍ମୋହିନୀଙ୍କ ପାଖକୁ ଯିବାକୁ। ବୀରଭଦ୍ରଙ୍କ ଆତ୍ମାହୁତି ପାଇଁ ମନେମନେ ସେ ଅନୁତପ୍ତ। ତାଙ୍କ ମନକୁ ବାରମ୍ବାର ଏ ପ୍ରଶ୍ନ ଆସୁଛି, 'ମହାମନ୍ତ୍ରୀ କ'ଣ ସବୁ ଭଲ କରୁଛନ୍ତି ନା ମତେ ଗୋଟିଏ ମାଧ୍ୟମ କରି ନିଜର ସମସ୍ତ ପ୍ରତିଶୋଧ ବହ୍ନିକୁ ନିର୍ବାପିତ କରିବାରେ ଲାଗିଛନ୍ତି।'

ଉତ୍କଳ ରାଜନନ୍ଦିନୀଙ୍କୁ ସେ ପଚାରି ପଠାଇଥିଲେ ସେ କ'ଣ କଟକ ଫେରିଯିବାକୁ ଚାହାନ୍ତି? ନିଜେ ଜଗନ୍ମୋହିନୀ ଉତ୍ତର ଲେଖି ପଠାଇଥିଲେ ନରପତି କୃଷ୍ଣଦେବରାୟଙ୍କୁ – ସେ ଆଉ ଉତ୍କଳ କଳିଙ୍ଗର ରାଜଧାନୀ କଟକ ଫେରିବାକୁ ଚାହାନ୍ତି ନାହିଁ। କୃଷ୍ଣାନଦୀ ତଟରେ ଏକ ନିର୍ଜନ ସ୍ଥାନରେ ସେ ପରମେଶ୍ୱରଙ୍କୁ ଧ୍ୟାନ କରି ବାକି ଜୀବନ କଟେଇବାକୁ ଚାହାନ୍ତି। କୃଷ୍ଣଦେବରାୟ କୃଷ୍ଣାନଦୀକୂଳରେ ଏକ ପରିତ୍ୟକ୍ତ ଦୁର୍ଗରେ ତାଙ୍କର ରହିବାର ସୁବନ୍ଦୋବସ୍ତ କରାଇ ଦେଇଥିଲେ। କୃଷ୍ଣାର ଉତ୍ତର ତୀରରୁ ଗୋଦାବରୀ ପର୍ଯ୍ୟନ୍ତ ରାଜ୍ୟ ତାଙ୍କର ଅଧୀନରେ ରଖିଦେଲେ ଏବଂ ସେ ସବୁର ଆୟ ତାଙ୍କ ପାଖୁ ଯିବ ବୋଲି ତାମ୍ରପତ୍ରରେ ଲେଖିଦେଲେ।

ଜଗନ୍ମୋହିନୀ କନ୍ୟା ବେଶ ହୋଇ ବିଜୟନଗର ଆସିଥିଲେ। ତାଲୁରୁ ତଳିପା ଯାଏଁ ସୁବର୍ଣ୍ଣର ଛାଉଣୀ ହୋଇଥିଲେ। ପୁଣି ବିଜୟନଗର ରାଜଭଣ୍ଡାରରୁ ତାଙ୍କର ବଧୂବେଶ ପାଇଁ ବହୁ ଅଳଙ୍କାର ଦିଆଯାଇଥିଲା। କିନ୍ତୁ ବିଜୟନଗର ଛାଡ଼ି ଯିବା ବେଳକୁ ସେ ସମସ୍ତ ଅଳଙ୍କାର କାଢ଼ି ଦେଇ କୃଷ୍ଣଦେବରାୟଙ୍କ ପାଖକୁ ପଠେଇ ଦେଇ ଅନୁରୋଧ କରିଥିଲେ। "କୁଣ୍ଡାବିଡ଼ୁରେ ଥିବାବେଳେ ବହୁ ଆଶା ଥିଲା ବିଜୟନଗରର ସମସ୍ତ ମନ୍ଦିର ଦେଖିବା ପାଇଁ, ତାହା ମୋ ଭାଗ୍ୟରେ ନାହିଁ। ଏସବୁ ଅଳଙ୍କାର ପମ୍ପାଦେବୀ ଓ ବିରୁପାକ୍ଷଙ୍କ ଚରଣରେ ମୁଁ ସମର୍ପଣ କରୁଛି। ମୋ ଦୁଃଖ ସେମାନେ କେବଳ ବୁଝିବେ।"

ମଙ୍ଗଳଗିରି ନିକଟସ୍ଥ ପରିତ୍ୟକ୍ତ ଦୁର୍ଗ କିଛି ପରିମାଣରେ ଜୀବନ୍ତ ହୋଇଉଠିଲା

ଜଗନ୍ମୋହିନୀଙ୍କ ସେଠାରେ ରହିବା ହେତୁ। ସେ ସେଠାରେ ସାଧାରଣ ନାରୀଟିଏ ପରି ଜୀବନ ଅତିବାହିତ କରିବାକୁ ଲାଗିଲେ। ସମୟ ତାଙ୍କ ପାଖେ ଯଥେଷ୍ଟ, କିପରି ବିତାଇବେ ଏ ନିଃସଙ୍ଗ ଜୀବନ! କିନ୍ତୁ ସେ ଯେ ବିଦୁଷୀ! ବିଦୁଷୀ କେବେ ବିଦ୍ୟା ଆହରଣର ଲୋଭ ସମ୍ବରଣ କରି ରହିପାରେ ନାହିଁ। ଧୀରେ ଧୀରେ ସେ ସଂଗ୍ରହ କଲେ ଅନେକ ପୋଥି, ପୁରାଣ, କାବ୍ୟ, କବିତାର ଗ୍ରନ୍ଥ। ମନ ନିବେଶ କଲେ ସେଗୁଡ଼ିକ ଅଧ୍ୟୟନ କରିବାରେ। ଦୁଃଖୀ ଦରିଦ୍ରଙ୍କୁ ଅକାତରେ ଦାନ କଲେ ଅନ୍ନବସ୍ତ୍ର। ନିକଟସ୍ଥ ମନ୍ଦିରମାନଙ୍କରୁ ପଣ୍ଡିତ ଡକାଇ ଧର୍ମଚର୍ଚ୍ଚା କରିବା ସହିତ ଧର୍ମଉପଦେଶ ଶୁଣିବାକୁ ଲାଗିଲେ। ତିନି ଚାରିବର୍ଷ ଭିତରେ ତାଙ୍କ ମନର ଅଭୁତ ପରିବର୍ତ୍ତନ ଆସିଗଲା। ଯେଉଁ ରାଜକୁମାରୀ ସ୍ୱାଭିମାନୀ ଓ ଅହଂକାରରେ କୃଷ୍ଣଦେବରାୟଙ୍କୁ ଉପେକ୍ଷା କରିଥିଲେ, ସେ ଆଜି ତାଙ୍କର ସାନ୍ନିଧ୍ୟ ପାଇଁ ବ୍ୟାକୁଳ ହୋଇ ସଂସ୍କୃତରେ କବିତା ଲେଖି ତାଙ୍କ ପାଖକୁ ପଠାଇଲେ। କୃଷ୍ଣଦେବରାୟ ତାଙ୍କ କବିତା ପଢ଼ି ମୁଗ୍ଧ ହୁଅନ୍ତି, କିନ୍ତୁ ସେ ତ ରାଜକାର୍ଯ୍ୟ ନେଇ ବ୍ୟସ୍ତ। ତାଙ୍କ ପାଖେ ସମୟ କାହିଁ ଜଗନ୍ମୋହିନୀଙ୍କ ନିକଟକୁ ଯିବା ପାଇଁ। ଜଗନ୍ମୋହିନୀ ଲୀଳାବତୀଙ୍କୁ ଦୁଃଖରେ କହନ୍ତି, 'କେଉଁ ଜନ୍ମରେ କି ପାପ କରିଥିଲି, ନାରୀ ହୋଇ ନାରୀ ଜୀବନର ପୂର୍ଣ୍ଣତା ପାଇପାରିଲି ନାହିଁ।' ଲୀଳାବତୀ ବୁଦ୍ଧିମତୀ, ନାରୀ ମନର ବ୍ୟଥା ସେ ବୁଝିପାରେ। ଜେମାଙ୍କ ଆଖିରୁ ଲୁହ ପୋଛି ଦେଇ କହେ, 'ଧୈର୍ଯ୍ୟ ଧର ମୋ ଜେମା, ଦିନେ ନରପତି ତୁମ ପ୍ରେମଭିକ୍ଷା କରିବାକୁ ନିଶ୍ଚୟ ଆସିବେ। ସେତେଦିନ ଯାଏ ତାଙ୍କ ଚିତ୍ରପଟକୁ ସ୍ୱାମୀ ଭାବି ପ୍ରେମ କର, ପୂଜା କର।'

ନିପୁଣ ଚିତ୍ରକର ଦ୍ୱାରା ନରପତିଙ୍କ ଚିତ୍ରପଟ ପ୍ରସ୍ତୁତ କରାଯାଏ। ଲୀଳାବତୀ ଜେମାଙ୍କ ବିଛଣା ଉପରେ ରଖିଦିଏ ସେଇ ଚିତ୍ରପଟକୁ। ଜଗନ୍ମୋହିନୀ ସ୍ୱାମୀର ସମ୍ମାନ ଦେଇ ସେ ଚିତ୍ରପଟକୁ ସକାଳେ ସନ୍ଧ୍ୟାରେ ପ୍ରଣାମ କରନ୍ତି। ବୀଣାରେ ସୁର ଦିଅନ୍ତି ତାଙ୍କ ପ୍ରେମ ନିବେଦନର ଗୀତ ଗାଇ। ଲୀଳାବତୀ ଚିଡ଼େଇ କରି କୁହେ, 'ଚିତ୍ରପଟକୁ ଏତେ ପ୍ରେମ କରୁଛ, ସତରେ ତାଙ୍କୁ ପାଖରେ ପାଇଲେ କ'ଣ ନ କରିବ ଗୋ ତୁମେ।' ଜଗନ୍ମୋହିନୀ ଗମ୍ଭୀର ସ୍ୱରରେ ଉତ୍ତର ଦିଅନ୍ତି, 'ଏ ଜନ୍ମରେ ମୋର ଆଉ ଦେଖା ହେବନି ତାଙ୍କ ସଙ୍ଗେ। ତୁ କ'ଣ ଭାବୁଛୁ ମୁଁ ଏତେ ନିର୍ବୋଧ ଯେ ଏକଥା ବୁଝିପାରୁନାହିଁ?'

ସମୟ କ୍ରମେ ସ୍ୱାମୀନାରାୟଣ ମନ୍ଦିରର ଶ୍ରେଷ୍ଠ ପୂଜକ ଦେବରାଜ ଶର୍ମା ଓ ପାଖ ଗାଁର ପଣ୍ଡିତ ନରସିଂହ ଶାସ୍ତ୍ରୀ ଜେମାଙ୍କୁ ଧର୍ମଶାସ୍ତ୍ର ଶୁଣାଇବା ତଥା ଚର୍ଚ୍ଚା କରିବା ପାଇଁ ଆସନ୍ତି। ଜଗନ୍ମୋହିନୀଙ୍କୁ ଖୁବ୍ ଆନନ୍ଦ ଦିଏ ସେମାନଙ୍କ କଥା। ପଣ୍ଡିତ ନରସିଂହ

ଶାସ୍ତ୍ରୀ ଅଦ୍ୱୈତ ବିଚାରରେ ବିଶ୍ୱାସ କରନ୍ତି। ସମଗ୍ର ଭାରତରେ ବିଶେଷ କରି ପୂର୍ବ ଭାରତରେ ଶ୍ରୀଚୈତନ୍ୟଙ୍କ ଲୀଳା ବିଷୟରେ ସେ ଚର୍ଚ୍ଚା କରନ୍ତି। ଜେମା ଏକଲୟରେ ଚାହିଁ ରହିଥାଆନ୍ତି ନରସିଂହ ଶାସ୍ତ୍ରୀଙ୍କ ମୁହଁକୁ। ଦେବରାଜ ଶର୍ମା ଶଙ୍କରାଚାର୍ଯ୍ୟଙ୍କ 'ଶିବାଶନାୟୁକ୍ତା' ଗାୟନ କରି କହନ୍ତି ଶକ୍ତିଙ୍କ ବିନା ଶିବ ଶକ୍ତିହୀନ। ତିନିହେଁ ମିଶି ସନ୍ଧ୍ୟାରେ ବୋଲନ୍ତି – 'ଭଜ ଗୋବିନ୍ଦଂ, ଭଜ ମୁକୁନ୍ଦଂ...।'

'ଜଗନ୍ମୋହିନୀ ଧୀରେ ଧୀରେ ଆଗେଇ ଯାଆନ୍ତି ଧର୍ମପଥରେ। ଏହି ସମୟରେ ଦିନେ ଖବର ପହଞ୍ଚେ କୃଷ୍ଣଦେବରାୟଙ୍କ ଅସୁସ୍ଥତା ବିଷୟରେ। ଜଗନ୍ମୋହିନୀଙ୍କ ମୁଖମଣ୍ଡଳରେ ବ୍ୟସ୍ତତାର ଛାୟା ଦେଖି ଲୀଳାବତୀ ପଚାରେ, 'ଜେମା, ସତରେ କ'ଣ ନରପତି ଭୀଷଣ ରୋଗଗ୍ରସ୍ତ? ତୁମେ ଏତେ ବ୍ୟସ୍ତ ଯେ?' ଜଗନ୍ମୋହିନୀ ସ୍ମିତ ହାସ୍ୟ ମୁହଁରେ ଖେଳାଇବାର ଚେଷ୍ଟା କରି କହନ୍ତି, 'ତୁ ମତେ ଏତେ ଦୁର୍ବଳ ଭାବୁଛୁ ଲୀଳା? ଭଗବାନଙ୍କ ଯାହା ଇଚ୍ଛା ତାହା ହିଁ ହେବ। ତଥାପି ମୁଁ ଭାବୁଛି ଦେବ ଦର୍ଶନରେ କିଛି ଦିନ ଚାଲିଯିବି। ଶୁଣିଛି ପ୍ରଭୁ ତିରୁପତି ଖୁବ୍ ପ୍ରସିଦ୍ଧ ଦେବତା। ସେ ମୋ ମନରେ ଶାନ୍ତି ଆଣି ଦେଇପାରନ୍ତି।'

'କାହିଁକି ଜେମା ଆମ ଜଗନ୍ନାଥ କ'ଣ ପ୍ରତ୍ୟକ୍ଷ ଦେବତା ନୁହନ୍ତି? ତାଙ୍କୁ ଡାକିଲେ ସେ କ'ଣ ତୁମ ମନରେ ଶାନ୍ତି ଦେବେନି?' କହିଲା ଲୀଳାବତୀ।

'ତୁ ପାଗଳୀଟାଏ, ଜଗନ୍ନାଥ କ'ଣ ତିରୁପତିର ଭେଙ୍କଟେଶ୍ୱର ନୁହଁନ୍ତି? ସମସ୍ତେ ଏକ, ସବୁ ସେଇ ଏକ ବ୍ରହ୍ମ। ଭିନ୍ନ ଭିନ୍ନ ରୂପ ମଧ୍ୟରେ ମୁଁ ଏକ ପରମବ୍ରହ୍ମଙ୍କୁ ଦେଖିପାରୁଛି। ବାରବାଟୀ କଟକରୁ ଭାଇ ବୀରଭଦ୍ରଙ୍କ ସହିତ କୁଣ୍ଠାବିଡୁ ଆସିଲାବେଳେ ସେ ମତେ ଶ୍ରୀକୁରୁମ ଓ ସିଂହାଞ୍ଚଳ ଦେଖାଇ ଦେଇଥିଲେ। ସମସ୍ତେ ପରଂବ୍ରହ୍ମଙ୍କର ଭିନ୍ନ ଭିନ୍ନ ରୂପ, କିଏ ତାଙ୍କୁ ବିଷ୍ଣୁ କିଏ ତାଙ୍କୁ ନରସିଂହ କିଏ ଜଗନ୍ନାଥ ବା କିଏ ଭେଙ୍କଟେଶ୍ୱର ରୂପରେ ପୂଜା କରୁଛି।'

ଲୀଳାବତୀ ଉତ୍ତର ଦେଲା, 'ମୁଁ ମୂର୍ଖ ଲୋକ, ତୁମ ସେବା ଛଡ଼ା ଅନ୍ୟ କିଛି ଜାଣେ ନାହିଁ। ଏ ଗଭୀର ବିଲରେ ମୋର କି ଚାଷ? ବିପଦ ଆପଦରେ ଜଗନ୍ନାଥ ଓ ଗଡ଼ଚଣ୍ଡୀକୁ ଡାକେ ମୁଁ।'

ଜଗନ୍ମୋହିନୀ ବାହାରିଲେ ଭେଙ୍କଟେଶ୍ୱରଙ୍କ ଦର୍ଶନ ପାଇଁ, ସାଥିରେ ଥିଲେ ସ୍ୱାମୀ ନାରାୟଣ ମନ୍ଦିରର ଶ୍ରେଷ୍ଠ ପୂଜକ ଦେବରାଜ ଶର୍ମା ଓ ପଣ୍ଡିତ ନରସିଂହ ଶାସ୍ତ୍ରୀ। ସବାରୀ, ବାହକ ଓ କେତେକ ସେବକ ନେଇ ଦୀର୍ଘ ପଥର ଯାତ୍ରା ହୋଇଥିଲା। ରାତ୍ରିରେ ବିଶ୍ରାମ, ସକାଳୁ ନିତ୍ୟକର୍ମ ସାରି ପୁଣି ଯାତ୍ରା। ସପ୍ତଗିରିର ପାଦଦେଶରେ ପହଞ୍ଚ ତା' ଶୋଭାରେ ଜଗନ୍ମୋହିନୀ ବିଭୋର ହୋଇଯାଇଥିଲେ। ତଳେ ଥିବା

ସବୁ ମନ୍ଦିର ସେ ବୁଲି ଦେଖ୍ଥିଲେ। ରଙ୍ଗରାଜ ସ୍ୱାମୀ ଓ ପଦ୍ମାପତୀଙ୍କୁ ଦର୍ଶନ କରି ସେ ପୁଣି ବାହାରିଲେ ପର୍ବତ ଚଢ଼ି। ଏଥର ପଦଯାତ୍ରା, ଦଶ ହଜାର ପାହାଚ ଚଢ଼ି ଯିବାକୁ ହେବ। ଅବଶ୍ୟ ଜଗନ୍ମୋହିନୀ ଅଶ୍ୱ ଆରୋହଣ କରି ଏ ଗିରି ପଥ ଅତିକ୍ରାନ୍ତ କରି ପାରିଥାଆନ୍ତେ। ସେ ସେଥ୍ରେ ନିପୁଣା। କିନ୍ତୁ କଷ୍ଟ କରି ଭଗବାନଙ୍କ ଦର୍ଶନ କଲେ ଧର୍ମ ବେଶୀହୁଏ ବୋଲି ସମସ୍ତେ କହନ୍ତି।

ଅବଶେଷରେ କ୍ଲାନ୍ତ ଶରୀର ନେଇ ସେ ପହଞ୍ଚିଲେ ତିରୁପତି ପର୍ବତ ଉପରେ। ଯାତ୍ରୀମାନଙ୍କ ପାଇଁ ପାନ୍ଥଶାଳା ଓ ଜାଗାଜାଗାରେ ପାନୀୟ ଜଳର ବ୍ୟବସ୍ଥା। ରାତ୍ରି ଗୋଟାଏ ବିଶ୍ରାମ ନେଇ ଜେମା ପଣ୍ଡିତମାନଙ୍କ ଗହଣରେ ମଙ୍ଗଳ ଆରତୀ ଓ ତୋମାଲ ସେବା ଦେଖ୍ଲେ। ଭେଙ୍କଟେଶ୍ୱରଙ୍କ ଦର୍ଶନ ତାଙ୍କ ମନରେ ଆଣି ଦେଇଥିଲା ଅମାପ ଶାନ୍ତି। ଏଠାରେ ସେ ଉପଲବ୍ଧ କଲେ ଜୀବନର ଅନିଶ୍ଚିତତା ବିଷୟରେ। ଦୁଃଖ ସୁଖ ଜୀବନଚକ୍ରରେ ଗୁନ୍ଥା। ଗୋଟିଏ ଅନ୍ୟର ପରିପୂରକ। ସେହିପରି ଜନ୍ମ ଓ ମୃତ୍ୟୁ ମଧ।

ଦଶ ସହସ୍ର ତୁଳସୀ ଚଢ଼ାଇଥିଲେ ଭେଙ୍କଟେଶ୍ୱରଙ୍କ ପାଖେ ସେ। ପ୍ରଭୁ ଭେଙ୍କଟେଶ୍ୱର ଓ ପଦ୍ମାବତୀଙ୍କ ବିବାହ କରାଇଥିଲେ। ଅଜସ୍ର ସ୍ୱର୍ଣ୍ଣମୁଦ୍ରା ଦାନ କରିଥିଲେ ତିରୁପତି ମନ୍ଦିରକୁ ସ୍ୱର୍ଣ୍ଣ ଛାଉଣୀ କରିବାକୁ। ଦେବରାଜ ଶର୍ମା, ପଣ୍ଡିତ ନରସିଂହ ଶାସ୍ତ୍ରୀ ଓ ତିରୁପତି ମନ୍ଦିରର ପୂଜକମାନେ ଭୁରିଭୁରି ପ୍ରଶଂସା କରିଥିଲେ ଜଗନ୍ମୋହିନୀଙ୍କର। ଏଠାରେ ପୂଜା କଲାବେଳେ ତାଙ୍କୁ କୃଷ୍ଣଦେବଙ୍କ ରାଣୀର ସମ୍ମାନ ମିଳିଥିଲା। ଏ ଅନୁଭୂତି ତାଙ୍କ ଜୀବନରେ ଅନନ୍ୟ ଥିଲା। ସେ ମନପ୍ରାଣ ଦେଇ ଭେଙ୍କଟେଶ୍ୱରଙ୍କୁ ଡାକିଥିଲେ କୃଷ୍ଣଦେବରାୟଙ୍କ ଆଶୁ ଆରୋଗ୍ୟ ପାଇଁ।

ସମୟ କୃଷ୍ଣାନଦୀର ପାଣି ପରି ବୋହିଯାଉଛି। ସେ ଏଠାରେ ରହିବାର ପ୍ରାୟ ସାତବର୍ଷ ହୋଇଗଲାଣି। ଯେଉଁ ଓଡ଼ିଆ ପୁଥ କାଞ୍ଚ ଯାଏ କିମ୍ୱା ସେଠାରୁ ପୁରୀ ଯାଏ ସେ ନିଶ୍ଚୟ ଜଗନ୍ମୋହିନୀଙ୍କୁ ଦେଖା କରେ। କିଏ ତାଙ୍କ ପାଇଁ ଫଐ ସରୋବରରୁ ଘଡ଼ିଏ ପାଣି ଟିକିଏ ଆଣିଥାଏ ତ କିଏ ପୁରୁଷୋତ୍ତମ କ୍ଷେତ୍ରରୁ ନିର୍ମାଲ୍ୟ ପୁଡ଼ାଟାଏ। ଜେମା ସକାଳୁ ପୂଜା ଅର୍ଚ୍ଚନା ଶେଷ କଲା ପରେ ପାଟିରେ ପକାନ୍ତି ନିର୍ମାଲ୍ୟ ଗୋଟିଏ। କ୍ଷଣକ ଲାଗି ସେ ପୂରା ଓଡ଼ିଆଣୀ ହୋଇଯାଆନ୍ତି। ତା'ପରେ ଅନ୍ୟ ଯାହା କିଛି ଆହାର।

ଜଗନ୍ମୋହିନୀଙ୍କୁ ପଣ୍ଡିତ ନରସିଂହ ଶାସ୍ତ୍ରୀ ଖବର ଦେଇଛନ୍ତି କୃଷ୍ଣଦେବ ରାୟ ରୋଗ ଶଯ୍ୟାରେ। ନରପତିଙ୍କର ବଞ୍ଚିବାର ଆଶା ଖୁବ୍ କ୍ଷୀଣ। ସେ ତାଙ୍କର ଆଠବର୍ଷ ପୁତ୍ର ରାଜାଭିଷେକ କରାଇ ଦେଇ ଜୋଇଁ ରାମାରାୟଙ୍କ ଦାୟିତ୍ୱରେ ବିଜୟ ନଗର ରାଜ୍ୟର ଉତ୍ତରାଧିକାରୀକୁ ସମର୍ପି ଦେଇଛନ୍ତି।

ଜଗନ୍ମୋହିନୀ ଗମ୍ଭୀର ସ୍ୱରରେ କହିଲେ, "ରାମାରାୟକୁ ଏତେ ବିଶ୍ୱାସ କରିବା ଉଚିତ୍‌ ନୁହେଁ। ସିଂହାସନକୁ ନେଇ ସମସ୍ତେ ପ୍ରଲୋଭିତ ହେବେ। ଇତିହାସର ପୁନରାବୃତ୍ତି ହେବ। କିନ୍ତୁ ଆପଣ ଏସବୁ ବିଷୟରେ ଚିନ୍ତା ନକରି ଶିବଙ୍କ ମନ୍ଦିରରେ ମହାମୃତ୍ୟୁଞ୍ଜୟ ଜପ କରନ୍ତୁ ଓ ରୁଦ୍ରାଭିଷେକ କରାଇ ଦିଅନ୍ତୁ। ରାଜା ଥିଲେ ସିନା ରାଜ୍ୟ।"

ଅଳ୍ପଦିନ ମଧ୍ୟରେ ବିଜୁଳି ବେଗରେ ଦୁଃସମ୍ୱାଦ ଆସି ପହଞ୍ଚିଗଲା ଜଗନ୍ମୋହିନୀଙ୍କ ନିକଟରେ– କୃଷ୍ଣଦେବରାୟ ମୃତ୍ୟୁ ସଙ୍ଗେ ଲଢ଼ିଲଢ଼ି ଶେଷରେ ଶେଷ ନିଃଶ୍ୱାସ ତ୍ୟାଗ କରିଛନ୍ତି। କୃଷ୍ଣଦେବ ରାୟଙ୍କ ଜାମାତା ରାମାରାଜା ନାବାଳକ ନରପତି ସଦାଶିବଙ୍କର ଅଭିଭାବକ ହିସାବରେ ରାଜ୍ୟର ଦାୟିତ୍ୱ ତୁଲାଇବେ।"

ଜଗନ୍ମୋହିନୀଙ୍କ ଗଳାରେ କୃଷ୍ଣଦେବରାୟ ମଙ୍ଗଳସୂତ୍ର ପିନ୍ଧାଇ ନଥିଲେ, କିମ୍ୱା ତାଙ୍କ ଦେହକୁ ସେ ସ୍ପର୍ଶ କରି ନଥିଲେ, ମାତ୍ର ସେ ତାଙ୍କ ପିତାଙ୍କର ନିର୍ବାଚିତ ପୁରୁଷ ଯାହାଙ୍କୁ ତାଙ୍କ ପିତା କନ୍ୟାଦାନ କରିଥିଲେ, ହେଉ ପଛେ ସେ ସନ୍ଧିବିଗ୍ରହର ସର୍ତ୍ତ ଅନୁସାରେ, ଜୀବନରେ ତାଙ୍କ ବ୍ୟତୀତ ଅନ୍ୟ କୌଣସି ପୁରୁଷ କଥା ଜଗନ୍ମୋହିନୀଙ୍କ ମନକୁ ଥରେ ମାତ୍ର ଆସିନି। ତେଣୁ କୃଷ୍ଣଦେବରାୟଙ୍କ ମୃତ୍ୟୁ ସମ୍ୱାଦ ପାଇଲା ପରେ ସେ ପୂର୍ଣ୍ଣମାତ୍ରାରେ ବୈଧବ୍ୟ ବ୍ରତ ପାଳନ କଲେ ଏବଂ କୃଷ୍ଣଙ୍କ ନାମ ଜପ କରି ସମୟ ଅତିବାହିତ କଲେ।

ବିଜୟ ନଗର ରାଜ୍ୟକୁ ପ୍ରେରିତ ହୋଇଥିବା ବେଳେ କେତେ ବା ବୟସ ହୋଇଥିଲା ତାଙ୍କୁ? ଅଠର ବର୍ଷର ନବ ଯୁବତୀଟିର ସଂସାରର ଜଟିଳତା ବିଷୟରେ କି ଜ୍ଞାନ ଥିଲା? ମାତା ପିତାଙ୍କର ଆଦରଣୀୟା କନ୍ୟାର ସବୁ ରୂପ, ଯୌବନ ଓ ଅହଂକାରର ସେ ଥିଲା ସମଷ୍ଟି। ତା'ପରେ ଦୀର୍ଘ ବାରବର୍ଷ ସ୍ୱେଚ୍ଛା ନିର୍ବାସିତା ଜୀବନ ଅତିବାହିତ କଲାପରେ ସେ ହୃଦୟଙ୍ଗମ କରିପାରିଥିଲେ ସେ ସବୁ ଗର୍ବ ଅହଂକାର ଯେ ମୂଲ୍ୟହୀନ। କୃଷ୍ଣଦେବ ରାୟଙ୍କ ପରି ପ୍ରବଳ ପରାକ୍ରମୀ ରାଜା ଅକାଳରେ ଯଦି ମୃତ୍ୟୁର ଶିକାର ହୁଏ ତେବେ ମୃତ୍ୟୁ ଅପେକ୍ଷା ଆଉ କିଛି ଅଧିକ ବଳବାନ ବା କଠୋର ନୁହେଁ। ମୃତ୍ୟୁ ହିଁ ଜୀବନର ପରମ ସତ୍ୟ।

ଉତ୍କଳ–କଳିଙ୍ଗର ସବୁ ସମ୍ୱାଦ ପହଞ୍ଚେ ଜଗନ୍ମୋହିନୀଙ୍କ ପାଖେ। ଜୀବନର ଶେଷ ଆଡ଼କୁ ପିତା ଆଉ ରାଜ୍ୟବିସ୍ତାର ଓ ସାମ୍ରାଜ୍ୟରେ ମନ ଦେଲେ ନାହିଁ। ପୁତ୍ର ବୀରଭଦ୍ର ଆତ୍ମାହୁତି ଓ କନ୍ୟା ଜଗନ୍ମୋହିନୀଙ୍କର ଦୁଃଖଦ ବୈବାହିକ ଜୀବନ ତାଙ୍କ ବ୍ୟକ୍ତିଗତ ଜୀବନରେ ଆଣି ଦେଇଥିଲା ବୈରାଗ୍ୟ। ନିଜ ମନର ଶାନ୍ତି ପାଇଁ ସେ ଜଗନ୍ନାଥଙ୍କ ଚରଣରେ ନିଜକୁ ଉତ୍ସର୍ଗ କରି ଜୀବନର ଅବଶିଷ୍ଟ ଅଂଶ କଟାଇଥିଲେ ପରମ ବୈଷ୍ଣବ ହୋଇ। ତାଙ୍କ ପରେ ଉତ୍କଳ କଳିଙ୍ଗର ରାଜସିଂହାସନ ପାଇଁ ତାଙ୍କର

ଅନ୍ୟ ପୁତ୍ରମାନଙ୍କର ହତ୍ୟା କରାଯାଇଥିଲା । ବିଜୟ ନଗର ରାଜ୍ୟରେ ଯେଉଁ ଗୃହଯୁଦ୍ଧ ଦେଖା ଦେଇ ରାଜ୍ୟର ପତନ ଘଟିଥିଲା ଠିକ୍ ସେୟା ଉକ୍କଳ ରାଜ୍ୟରେ ମଧ୍ୟ ହୋଇଥିଲା । ଉକ୍କଳରେ ମୁକୁନ୍ଦଦେବଙ୍କ ହତ୍ୟା ବଙ୍ଗର ସେନାପତି କଳାପାହାଡ଼ ଦ୍ୱାରା, ବିଜୟନଗରର ରାମାରାଜା ଦକ୍ଷିଣ ସୁତଲନମାନଙ୍କ ଦ୍ୱାରା ପରାସ୍ତ । ବିଜୟନଗର ଜଳିପୋଡ଼ି କେବଳ ଭଗ୍ନ ସ୍ତୂପରେ ପରିଣତ ହୋଇଛି ।

ସେ ଶୁଣିଛନ୍ତି ଶ୍ରୀଚୈତନ୍ୟ ଜଗନ୍ନାଥଙ୍କ ମୂର୍ତ୍ତି ମଧ୍ୟରେ ଲୀନ ହୋଇଯାଇଛି । ପିତା-ମାତାଙ୍କର ମୃତ୍ୟୁ ଘଟିଲାଣି । ଆଜି ତାଙ୍କ ମନରେ କେବଳ ନିଜ ଆମ୍ଭାର ମୁକ୍ତିର ଆଶା, ଆଉ ପିତା ପ୍ରତାପରୁଦ୍ର ଦେବ ବା ମାତା ପଦ୍ମାଲୟାଙ୍କ ଉପରେ ରାଗ ଅଭିମାନ ନାହିଁ । ପଣ୍ଡିତ ଦେବରାଜ ଶାସ୍ତ୍ରୀ ବାର୍ଦ୍ଧକ୍ୟ ରୋଗାକ୍ରାନ୍ତ । ସେ ଆଉ ଜଗନ୍ମୋହିନୀଙ୍କ ପାଖକୁ ଆସି ଧର୍ମଚର୍ଚ୍ଚା କରିପାରୁନାହାନ୍ତି । ପୂଜକ ଦେବରାଜ ଶର୍ମା ବହୁଦିନରୁ ଦେହ ତ୍ୟାଗ କରିସାରିଲେଣି । ଏବେ ଉକ୍କଳ ରାଜନନ୍ଦିନୀ ବହୁତ ଏକାକିନୀ ହୋଇ ପଡ଼ିଛନ୍ତି । ତାଙ୍କର ଏକମାତ୍ର ଆନନ୍ଦ କୃଷ୍ଣାନଦୀ ତୀରରେ ବସି ବୋହି ଯାଉଥିବା ଜଳରାଶିକୁ ନିରୀକ୍ଷଣ କରିବା । ଲୀଲାବତୀ ମଧ୍ୟ ଆଜି ବୃଦ୍ଧା । ଦୁହେଁ ଜୀବନର ଶେଷ ପର୍ଯ୍ୟାୟରେ ପଦାର୍ପଣ କଲେଣି । ଲୀଲାବତୀକୁ ଦେଖିଲେ ତାଙ୍କ ମନରେ ଦୁଃଖ ହୁଏ । ଜୀବନର ସବୁ ସୁଖ ସେ ପରିତ୍ୟାଗ କରିଦେଲା କେବଳ ତାଙ୍କର ସେବା ପାଇଁ, ନିଜେ ତ ନା ସ୍ତ୍ରୀ ହୋଇପାରିଲେ ନା ମା' ହେବାର ସୌଭାଗ୍ୟ ପାଇଲେ, ଲୀଲାବତୀକୁ ମଧ୍ୟ ଏ ସାଂସାରିକ ସୁଖରୁ ବଞ୍ଚିତ କଲେ ।

ସମୟ କୃଷ୍ଣାନଦୀର ଜଳ ପରି କାହାରି ଜୀବନରେ ସୁଖଦୁଃଖକୁ ଅପେକ୍ଷା ନକରି ନିମ୍ନକୁ ଗତି କରି ଚାଲିଛି ସାଗରରେ ଲୀନ ହୋଇଯିବା ପାଇଁ । ତପ୍ତ ଜୀବନକୁ ଶୀତଳ କରିବା ପାଇଁ ଭଗବାନଙ୍କ ଆଶ୍ରା ଛଡ଼ା ଆଉ କି ଅବଲମ୍ବନ ଥିଲା ତାଙ୍କ ପାଖେ । ଏବେ ତାଙ୍କ ପାଖେ ବିଗତ ଜୀବନର ଆନନ୍ଦ ନିରାନନ୍ଦ ସବୁ ମୂଲ୍ୟହୀନ- କେବଳ ଅପେକ୍ଷା ପରମାତ୍ମାଙ୍କ ପାଖେ ଜୀବାତ୍ମା ଲୀନ ହେବା ।

କୃଷ୍ଣାନଦୀର ସେ ପାରିରେ ଅସ୍ତସୂର୍ଯ୍ୟଙ୍କ ରକ୍ତିମା । ଆକାଶରେ ଦିନ ଯାକର ଖାଦ୍ୟ ଅନ୍ଦେଷଣ ପରେ କ୍ଲାନ୍ତ ପକ୍ଷୀମାନଙ୍କର ନୀଡ଼ବାହୁଡ଼ା ଦୃଶ୍ୟ । ଜଗନ୍ମୋହିନୀଙ୍କ ମୁଖ ମଣ୍ଡଳରେ ସ୍ମିତ ହାସ୍ୟ । ଜୀବନର ପ୍ରାୟ ଅର୍ଦ୍ଧ ଶତାବ୍ଦୀର ସମୟ ସେ ଏଠାରେ ଅତିକ୍ରାନ୍ତ କଲେଣି । ସେ କ'ଣ ଗୋଟିଏ କ୍ଲାନ୍ତ ପକ୍ଷୀ ନୁହଁନ୍ତି ? ଏକ ଅଭିଶପ୍ତ ଜୀବନ ସହିତ ଲଢ଼ିଲଢ଼ି ସେ ବି କ୍ଲାନ୍ତ । ସେ ଚାହାନ୍ତି ବିଶ୍ରାମ । ପ୍ରଭୁଙ୍କର ଅଭୟ ବଳୟରେ

ରାଧିକାର ମାମା

ରେଣୁବାଲାଙ୍କୁ ଆସି ଅଶୀ ପାଖାପାଖି ହେଲାଣି। ଗତ ଦୁଇବର୍ଷ ତଳେ ତାଙ୍କ ସ୍ୱାମୀଙ୍କର ସ୍ୱର୍ଗବାସ ହୋଇଯାଇଛି। ରେଣୁବାଲା ଏଥିପାଇଁ ମାନସିକ ସ୍ତରରେ ପ୍ରସ୍ତୁତ ନ ଥିଲେ, କାରଣ ତାଙ୍କ ଜାତକ ଯିଏ ଦେଖିଛି ସେ କହିଛି ସେ ସଧବାରେ ଯିବେ। ଏଇଟା ତାଙ୍କ ମୁଣ୍ଡରେ ଜମାଟ ବାନ୍ଧି ରହିଥିଲା। ତେଣୁ ସ୍ୱାମୀ ଶ୍ରୀଯୁକ୍ତ ପଟ୍ଟନାୟକ ଯେତେବେଳେ ହୃଦ୍‌ଘାତରେ ଢଳିଗଲେ ସେ ଏକଥା ବିଶ୍ୱାସ କରି ନ ଥିଲେ ଏବଂ ପିଲାମାନେ ଯେତେ ବୁଝାଇଥିଲେ ବି ସେ ତାଙ୍କ ସ୍ୱାମୀଙ୍କୁ ଦାହ ସଂସ୍କାର ପାଇଁ ନେବାକୁ ସମସ୍ତଙ୍କୁ ବାରଣ କରୁଥିଲେ। ଶେଷରେ ତାଙ୍କ ଗାଁରୁ ଜଣେ କକେଇ ଶ୍ୱଶୁର ଆସି ତାଙ୍କୁ ବୁଝାଇ କହିଲେ, "ବୋହୂ ଏମିତି ଅବୁଝା। ହେଲେ ହେବ? ତୁମ ପାଠ ପଢ଼ାରୁ ତୁମେ ଜାଣି ନାହଁ ଜୀବନର ଅନ୍ତିମ ସତ୍ୟ ମୃତ୍ୟୁ? ପୁଅମାନଙ୍କୁ ସେମାନଙ୍କ ଦାୟିତ୍ୱ ସମ୍ପନ୍ନ କରିବାକୁ ଦିଅ। ଆଉ ଜାଣି ରଖ ଜାତକ, ଭବିଷ୍ୟତ ବାଣୀ ସବୁବେଳେ ସତ୍ୟ ହୁଏ ନାହିଁ। ତା ଛଡ଼ା ତୁମକୁ ବି ଯଥେଷ୍ଟ ବୟସ ହେଲାଣି। ତୁମେ ବି କେଉଁଦିନ ଢଳିଯାଇପାର। ଏତେ ବର୍ଷ ତ ଏକାଠି ରହିଲ। ଏବେ ତୁମକୁ ବିଧବାରେ ଗଣାଯିବନି। ତୁମେ ତୁମ ସ୍ୱାମୀର ପ୍ରକୃତ ସହଧର୍ମିଣୀ ଓ ସହଚରୀ। ତୁମେ ଶାନ୍ତ ହୁଅ। ତୁମକୁ ଆଉ ବିଶେଷ କିଛି କହିବାକୁ ମୁଁ ଉଚିତ ମନେ କରୁନି।" ରେଣୁବାଲା କକେଇ ଶ୍ୱଶୁରଙ୍କ କଥା ମାନି ନେଲେ ଓ ସେଦିନ ସନ୍ଧ୍ୟା ସୁଦ୍ଧା ପୁଅମାନେ ବାପାଙ୍କୁ ପୁରୀ ସ୍ୱର୍ଗଦ୍ୱାରରେ ନେଇ ଶବ ସଂସ୍କାର କରି ଫେରି ଆସିଲେ।

ରାତି ଦଶଟା ବେଳକୁ ପୁଅମାନେ ଫେରି ଆସି ଥକ୍‌କି ଯାଇଥିବାରୁ ଶୋଇ ପଡ଼ିଲେ। ରେଣୁବାଲାଙ୍କର ଜଣେ ମାଉସୀ ପୁଅ ଭାଇ ପୁରୀରେ ରହନ୍ତି। ସେ ସେଠାରେ ମହାପ୍ରସାଦ ସେବନର ବ୍ୟବସ୍ଥା କରିଦେଇଥିଲେ ଓ ଘରେ ଯେଉଁମାନେ ଥିଲେ ତାଙ୍କ ପାଇଁ ମଧ୍ୟ ମହାପ୍ରସାଦ ପଠେଇ ଦେଇଥିଲେ। ପୁଅମାନଙ୍କର ଓ କକେଇ ଶ୍ୱଶୁରଙ୍କ

ଶତ ଅନୁରୋଧ ପରେ ଗୋଟିଏ ଦାନା ମହାପ୍ରସାଦ ନେଇ ପାଟିରେ ଲଗେଇଲେ ଓ ପାଣି ଗିଲାସେ ପିଇ ସେ ନିଜ ଶୋଇବା ଖଟକୁ ଗଲେ। ଖଟକୁ ଗଲେ କ'ଣ ନିଦ ହୋଇଯିବ ? ସିନେମା ଦେଖିଲା ପରି ତାଙ୍କ ଆଖି ଆଗରେ ଭାସି ଯାଉଥାଏ ତାଙ୍କର ଓ ହରମୋହନଙ୍କର ବିବାହଠାରୁ ଆଜିଯାଏଁ ସବୁ କଥା। ସେ ବାହାହୋଇ ଆସିଲା ବେଲେ ହରମୋହନ ବି.ଏ. ପାସ୍ କରି ସେକ୍ରେଟାରିଏଟ୍‌ରେ କିରାଣୀ ଥିଲେ। କିନ୍ତୁ ତାଙ୍କ ଆଶା ଥିଲା ବହୁତ ବେଶୀ – ସେ ବହୁତ ପଇସା ରୋଜଗାର କରିବାକୁ ଚାହୁଁଥିଲେ ଓ ଭଲରେ ରହିବା ତାଙ୍କର ସ୍ୱପ୍ନ ଥିଲା। ତେଣୁ ବଡ଼ପୁଅ ଜନ୍ମ ହେବାର ବର୍ଷକ ପରେ ସେ ଚକିରି ଛାଡ଼ି ଦେଇ ବିଜିନେସ୍ କରିବାକୁ ସ୍ଥିର କଲେ। କି ବିଜିନେସ୍ କରିବେ ? ଆର୍ଟସ୍ ପଢ଼ିଛନ୍ତି, ଇଞ୍ଜିନିୟର ନୁହନ୍ତି ଯେ ବିଲ୍ଡ଼ର ହୋଇଯିବେ ? ତାଙ୍କ ବାପା ଓ ସ୍ତ୍ରୀ ଏହାର ଘୋର ବିରୋଧ କରିଥିଲେ, ମାତ୍ର ହରମୋହ କାହା କଥା ନ ଶୁଣି ପବ୍ଲିଶିଂ ହାଉସଟିଏ ଖୋଲିଲେ। ପ୍ରଥମରୁ ଗାଁର କିଛି ଜମି ବିକି ବାପାଙ୍କ ଠାରୁ କିଛି ଟଙ୍କା. ନେଇ ଆରମ୍ଭ କଲେ ଓ ପରେ ସ୍ତ୍ରୀ ରେଣୁବାଲା ନିଜର ଗହଣା ସବୁ ସ୍ୱାମୀକୁ ଦେଇ କହିଥିଲେ। "ଏ ଟଙ୍କା ମୋର। ଭବିଷ୍ୟତରେ ଯାହା ଲାଭ ହେବ ସେଥିରୁ କିଛି ଅଂଶ ମୋର ବୋଲି ଭାବି ଅଲଗା ରଖିଦେବ।"

ହରମୋହନ ପ୍ରଥମେ ରେଣୁବାଲାଙ୍କ ଗହଣା ନେବାକୁ ରାଜି ହେଉ ନ ଥିଲେ, କିନ୍ତୁ ରେଣୁବାଲା ବହୁତ ବୁଝାବୁଝି କରିବାରୁ ସେ ତାଙ୍କ ଗହଣା ବିକି ଟଙ୍କା. ଦେଲେ। ରେଣୁବାଲା ଏ ପବ୍ଲିଶିଂ ହାଉସ ଖୁବ୍ ଅଛଦିନ ଭିତରେ ଆଗଧାଡ଼ିର ଗୋଟିଏ ପବ୍ଲିଶିଂ ହାଉସ ହୋଇ ମୁଣ୍ଡ ଟେକିଲା। ଭଲ ଭଲ ଲେଖକମାନଙ୍କ ବହି ରେଣୁବାଲା ପବ୍ଲିଶିଂ ହାଉସ୍ ଛାପିଲା। ସ୍କୁଲ, କଲେଜ ବହି ଛାପିବା ପାଇଁ ସେ ସରକାରଙ୍କ ଠାରୁ ଅନୁମତି ପ୍ରାପ୍ତ ହେଲେ। ଏମିତି ତାଙ୍କ ଜୀବନ ଏକପ୍ରକାର ଭଲରେ ଚଳିବାକୁ ଲାଗିଲା।

ଇତି ମଧ୍ୟରେ ହରମୋହନ ବାବୁଙ୍କର ପ୍ରାୟ ୨୦ ବର୍ଷର ବ୍ୟବସାୟ ହୋଇଗଲାଣି। କଟକରେ ସେ ଜଣେ ପ୍ରତିଷ୍ଠିତ ବ୍ୟକ୍ତି ହିସାବରେ ମର୍ଯ୍ୟାଦା ପାଇଲେଣି। ହରମୋହନ ବାବୁ ନିଜ କାମ ବଡ଼ ନିଷ୍ଠାର ସହ କରନ୍ତି। ସକାଳୁ ଉଠି ନିତ୍ୟ କର୍ମ ସାରି ପାଣ୍ଡୁଲିପି ସବୁ ଧରି ବସି ପଡ଼ନ୍ତି ପ୍ରୁଫ୍ ରିଡ଼ିଂ ପାଇଁ। ପାଖରେ ଗଦା ଗଦା ଭାଷାକୋଷ, ସେ ଚହାନ୍ତି ନାହିଁ ତାଙ୍କ ପ୍ରକାଶିତ ବହିରେ ଗୋଟିଏ ହେଲେ ଭୁଲ ରହୁ ବୋଲି। ଏଥିରେ ତାଙ୍କୁ ସାହାଯ୍ୟ କରିବା ପାଇଁ ଚରି ପାଞ୍ଚ ଜଣ ଲୋକ ବି ରଖିଛନ୍ତି, କିନ୍ତୁ କାହା ଆଖିରୁ କ'ଣ ଖସି ଯାଇଥିବା ଡର ତାଙ୍କର ସବୁବେଲେ ଥାଏ। ତେଣୁ ସେ ସବୁ ବହିକୁ ମୂଲରୁ ଚୂଲ ଯାଏ ନିଜେ ପଢ଼ନ୍ତି ଓ ନିଜେ ସଂଶୋଧନ କରନ୍ତି।

ତାଙ୍କ ବାପାଙ୍କ ପାଖେ ଏତେ ପଇସା ନ ଥିଲା, ଭଗବାନ ତାଙ୍କୁ କେଉଁଥିରେ

ଊଣା କରିନାହାନ୍ତି । ସେ ପିଲାମାନଙ୍କୁ ଭଲ ଭଲ ବୋର୍ଡିଂ ସ୍କୁଲରେ ରଖି ପଢ଼ାଇଲେ ଓ ଭଲ ଭଲ କଲେଜରେ ପଢ଼ାଇଲେ । ବଡ଼ପୁଅ ଦିଲ୍ଲୀରୁ ଇଂରାଜୀରେ ଅନର୍ସରେ ବି.ଏ. ପାସ୍ କରି ଏମ୍.ଏ. କରିବାକୁ ମନା କଲା । ତା’ର ଇଚ୍ଛା ସେ ବର୍ଣ୍ଣାଲିଷ୍ଟ ଅର୍ଥାତ୍ ପତ୍ରକାର ହେବ ଓ ସେ ଦିଲ୍ଲୀର ଜାମିଆ ମିଲିଆରୁ ମାସ କମ୍ୟୁନିକେଶନରେ ପଢ଼ିବା ପରେ ‘ଡେଲି ଟାଇମ୍ସ’ ପେପରରେ କାମ କଲା । ମାତ୍ର ବାଇଶ ବର୍ଷ ବୟସରେ ତା’ର ଜଣେ ଅଧ୍ୟାପିକାକୁ ବିବାହ କରି କଟକ ଆସିଲା ମା’, ବାପାଙ୍କୁ ଦେଖାଇବାକୁ । ତା, ସ୍ତ୍ରୀ ଅସୀମା ବେଶ୍ ଭଲ ଦେଖିବା ପାଇଁ ଏବଂ କିଏ ଦେଖିଲେ ଜାଣି ପାରିବେ ନାହିଁ ଯେ ସେ ମୋହିତ ଠାରୁ ଦୁଇବର୍ଷ ବଡ଼ । ସାନପୁଅ ରୋହିତ ବୟେ ଆଇ.ଆଇ.ଟିରୁ ଇଞ୍ଜିନିୟରିଂ ପଢ଼ି କିଛିଦିନ ଲାଗି ଆମେରିକା ଯାଇଥିଲା । ସେଠାରୁ ଗୋଟିଏ ଏମ୍.ବି.ଏ. ଡିଗ୍ରୀ ଆଣି ବୟେରେ ଗୋଟିଏ ମଲ୍ଟି ନ୍ୟାସନାଲ କମ୍ପାନୀରେ ଚଖିରି କରେ । ସେ ବାହା ଏତେ ଶୀଘ୍ର ହେଉ ବୋଲି ଚୁହେଁ ନାହିଁ ।

ହରମୋହନ ବାବୁ ପୁଅମାନଙ୍କ ପଢ଼ାପଢ଼ିରେ ବା ଯୋଗ୍ୟ କରିବାରେ କିଛି ଊଣା କରି ନ ଥିଲେ ମାତ୍ର ସେ ପୁଅମାନଙ୍କ ଅପେକ୍ଷା ଝିଅ ରାଧିକାକୁ ବହୁତ ଭଲ ପାଆନ୍ତି । କିନ୍ତୁ ରେଣୁବାଲା ସ୍ୱାମୀଙ୍କର ଠିକ୍ ବିପରୀତ । ତାଙ୍କର ପୁଅମାନଙ୍କ ଉପରେ ବେଶୀ ବିଶ୍ୱାସ । ସେ ଭାବନ୍ତି ଝିଅ ତ ବାହାହୋଇ ପର ଘରକୁ ଯିବ, ଆମ ବୁଢ଼ାବୁଢ଼ୀ ଦିନକୁ କେବଳ ପୁଅମାନେ ସାହାଭରସା । ପିଲାଦିନୁ ରାଧିକାର ସବୁ ଇଚ୍ଛା ବାପା ପୂରଣ କରନ୍ତି – ସେ ଯାହା କହେ ତା’ ପାଇଁ ତାକୁ କିଣି ଦିଅନ୍ତି । ସେ ତାଙ୍କର ତୟପୋଇ ଠାରୁ ବଲି କରି । କିନ୍ତୁ ଏକଥା ରେଣୁବାଲାଙ୍କର ପସନ୍ଦ ହୁଏ ନାହିଁ । ଝିଅର ଏପରି ମୁହଁ ବଢ଼ାଇବାର ସେ ଘୋର ବିରୋଧ କରନ୍ତି । ତାଙ୍କର ଯୁକ୍ତି “ଝିଅ କପାଳରେ କ’ଣ ଅଛି ତା’ କ’ଣ ଆମେ ଜାଣିଛେ ? ବାପ ଘରେ ଟିକିଏ ଦୁଃଖକଷ୍ଟ ସହି ଚଲିଥିଲେ ସେ ଶାଶୂଘରେ ସବୁ ପରିସ୍ଥିତି ସହିତ ଖାପ୍ ଖୁଆଇ ଚଲି ପାରିବ ।” ହରମୋହନବାବୁ ସ୍ତ୍ରୀଙ୍କ କଥା ହସରେ ଉଡ଼େଇ ଦିଅନ୍ତି ଏବଂ କହନ୍ତି, “ବୁଝିଲ ରେଣୁ, ମୁଁ ଆମ ରାଧିକାକୁ ଏମିତି ଜୋଇଁ ଦେଖି ବାହା କରିବି ଯେ ସେ ମୋ ଝିଅ ହାତରେ ପାଣି ଟୋପେ ଲାଗିବାକୁ ଦେବନି । ରାଧିକା ମୋର ରାଜରାଣୀଠାରୁ ଅଧିକ ଭଲ ହୋ ରହିବ ।”

ରାଧିକା ବି.ଏ. ପାସ୍ କରିବା ପରେ ହରମୋହନ ବାବୁ ତାଙ୍କ ବାଲ୍ୟସାଥୀ ରସାନନ୍ଦର ପୁଅ ଅସିତ୍ ସହିତ ତା’ର ବିବାହ କରିଦେଇଥିଲେ । ଅସିତର ବାପା ଜଣେ ଶିକ୍ଷକ ଓ ଘରେ ସେମିତି କିଛି ସମ୍ପତ୍ତି ନାହିଁ । ସେ ଅଭାବ କ’ଣ ଜାଣିଛି, ବାପା ମାଆଙ୍କ ଠାରୁ ଆଦର୍ଶ ଶିଖିଛି । ଯିଏ ଜୀବନର ଉଚ୍ଚ ମୂଲ୍ୟବୋଧ ନେଇ ବଢ଼ିଥାଏ ସେ ନିଶ୍ଚୟ ଭଲ ପିଲା ହୋଇଥିବ । ଅସିତର ଆଇ.ଏ.ଏସ୍ ଲିଷ୍ଟରେ ନାମ ଦେଖି

ହରମୋହନ ବାବୁ ଧାଇଁ ଯାଇଥିଲେ ତାଙ୍କ ବାଲ୍ୟବନ୍ଧୁଙ୍କ ପାଖକୁ। ତାଙ୍କ ହାତ ଧରି କହିଥିଲେ, "ରସାନନ୍ଦ ତୁ ମନା କରିବୁ ନାହିଁ। ତୁ ମୋ ଝିଅ ରାଧିକାକୁ ବୋହୂ କରି ତୋ ଘରକୁ ଆଣିବୁ। ମୁଁ ତତେ କଥା ଦେଉଛି ରାଧିକା ଭାରି ଭଲ ଝିଅ – ସେ ତୋ ଘର ଭଲରେ ସମ୍ଭାଳି ନେବ।"

ବନ୍ଧୁ ରସାନନ୍ଦ ବିଶ୍ୱାସ କରିପାରୁ ନ ଥିଲେ କଟକର ବିଖ୍ୟାତ ପ୍ରକାଶକ ଓ ପୁସ୍ତକ ବିକ୍ରେତା ତାଙ୍କ ପୂର୍ବ ବନ୍ଧୁତ୍ୱକୁ ମନେରଖି ତାଙ୍କ ଝିଅକୁ ମୋ ପୁଅକୁ ବିବାହ କରିବାର ପ୍ରସ୍ତାବ ଦେଇଛନ୍ତି। ଦୁଇ ବନ୍ଧୁ କୋଲାକୋଲି ହୋଇ ଏହି ପ୍ରସ୍ତାବକୁ ପାରିତ କରିଦେଲେ।

ଯଦିଓ ଏଯାଏଁ ରାଧିକାକୁ ହରମୋହନ ବାବୁ ଏ ବିବାହରେ ତା'ର ସମ୍ମତି ଅଛି କି ନାହିଁ ପଚରି ନାହାନ୍ତି ତେବେ ସେ ନିଶ୍ଚିତ ଯେ ରାଧିକା ତାଙ୍କୁ କେବେ ମନା କରିବ ନାହିଁ ଏବଂ ସେୟା ହିଁ ହେଲା। ହରମୋହନ ବାବୁ ଘରକୁ ଫେରିଯାଇ ଯେବେ ଏକଥା ତାକୁ ଓ ତାଙ୍କ ସ୍ତ୍ରୀ ରେଣୁବାଲାଙ୍କୁ କହିଲେ ଦୁହେଁ ଖୁସୀ ହେଲେ, କିନ୍ତୁ ରେଣୁବାଲାଙ୍କ ମନରେ ସନ୍ଦେହ – କାଳେ ଯଦି ରାଧିକା ଆଉ କେଉଁଠି ଠିକ୍ କରିଥାଏ ଏବଂ ଶେଷ ମୁହୂର୍ତ୍ତରେ ଘର ଛାଡ଼ି ପଳାଏ ତେବେ ସମାଜରେ ସେମାନଙ୍କ ମୁହଁ ଆଉ ରହିବଟି ? ରେଣୁବାଲାଙ୍କର ଏ ଭୟ ବିଷୟରେ ଅବଗତ ହୋଇ ହରମୋହନ ବାବୁ ହସି ହସି ସ୍ତ୍ରୀଙ୍କୁ କହିଲେ, "ମୁଁ ଭଲ କରି ଚିହ୍ନେ ମୋ ଝିଅକୁ। ମୁଁ ଯାହାକୁ କହିବି ସେ ବିନା ଆପତ୍ତିରେ ତାକୁ ବାହା ହେବ। ଇୟେ ପୁଣି ଏତେ ଯୋଗ୍ୟ ପାତ୍ର, କଥାରେ ଅଛି ପରା 'ପିତୃଦଉ କନ୍ୟା'। ବାପା ଯେଉଁଠାରେ ଥିଲେ ବି ଝିଅର ଅମଙ୍ଗଳ କେବେ ଚିନ୍ତା କରିପାରିବନି।" ଏମିତି ପଚ କଥା ସବୁ ଭାବୁ ଭାବୁ ଆସି ରାତି ପାହିଯିବା ଉପରେ। ଝିଅ ଜୋଇଁ ଦିଲ୍ଲୀରୁ ସକାଳ ଫ୍ଲାଇଟ୍‌ରେ ଭୁବନେଶ୍ୱର ଆସିବେ, ତେଣୁ ତାଙ୍କୁ ଏୟାରପୋର୍ଟ ଆଣିବାକୁ ଡ୍ରାଇଭରକୁ ପଠାଇବାକୁ ହେବ। ରେଣୁବାଲାଙ୍କୁ ସବୁଆଡ଼ ଖାଲି ଖାଲି ଲାଗୁଛି, ଯଦିଓ ତା'ର ପୁଅ ଓ ବୋହୂ ଅସୀମା ଘରେ ଅଛନ୍ତି ଏବଂ ତାଙ୍କ କଡରେ ଶ୍ୱଶୁର ମଧ ଗାଁରୁ ଆସି ଡ୍ରଇଂ ରୁମ୍‌ରେ ଶୋଇଛନ୍ତି। ରେଣୁବାଲାର ଇଚ୍ଛା ହେଉଥାଏ ସେ ଦୁଇକପ୍ ଚ' କରନ୍ତେ ଓ ସେ ଓ ହରମୋହନ ବାବୁ ଦୁହେଁ ଏକାଠି ବସି ଚ' ପିଅନ୍ତେ। ତାଙ୍କ ଅଜାଣତରେ ଆଖିରୁ ଲୁହ ଗଡ଼ି ଓଠରେ ଲାଗିବାରୁ ସେ ଜାଣିଲେ ସେ କାନ୍ଦୁଛନ୍ତି ସେ ନିଜକୁ ସମ୍ଭାଳିନେଇ ରୋହିତକୁ ଡାକି କହିଲେ, "ବାପାରେ ରୋହିତ ଯାଥ, ଅର୍ଜୁନକୁ ଉଠେଇ ଦେ। ସେ ତା କାମଦାମ ସାରି ଭୁବନେଶ୍ୱର ଯାଇ ରାଧିକା ଓ ଅସିତକୁ ଆଣିବାକୁ ଯିବ। ଗତକାଲିର ଫ୍ଲାଇଟ୍ ସେମାନେ ଧରିପାରି ନ ଥିଲେ, ଯେହେତୁ ଅସିତ ଜୟପୁର ଟୁର୍‌ରେ ଯାଇଥିଲେ।"

ରାଧିକା ରହିଁଥିଲା ତା' ବାପାଙ୍କୁ ସେ ଫେରିବା ଯାଏଁ ରଖିବା ପାଇଁ। ମାତ୍ର ଏଥିରେ କକେଇ ଶ୍ୱଶୁର ରାଜି ହୋଇ ନ ଥିଲେ। ତାଙ୍କ ମତରେ "ଦୁଇଟା ପୁଅ ଘରେ ଥାଉ ଥାଉ ହରମୋହନକୁ କାହିଁକି ବାସି ମଡ଼ା କରିବ ?" ତାଙ୍କ ସହିତ କାହାର ଯୁକ୍ତି କରିବାର ଶକ୍ତି ନ ଥିଲା। ଯଦି ଏ କକେଇ ହରମୋହନଙ୍କ ଠାରୁ ମାତ୍ର ତିନି ବର୍ଷ ବଡ଼ କିନ୍ତୁ ସେ ହରମୋହନଙ୍କର ସାଙ୍ଗ ପରି।

ସେଦିନ ଦିନ ଦଶଟା ସୁଦ୍ଧା ରାଧିକା ଓ ତା ସ୍ୱାମୀ ଆସି ପହଞ୍ଚିଲେ। ରାଧିକା କାନ୍ଦି କାନ୍ଦି ତା' ଆଖି ଦୁଇଟା ଗେଣ୍ଡା ଭଳି ଫୁଲି ଯାଇଥାଏ। ସେ ବାପାଙ୍କର ଗୋଟାଏ ବଡ଼ ଫଟୋ ଖୋଜି ତାକୁ ଡ୍ରଇଂ ରୁମ୍‌ରେ ଗୋଟାଏ ଟେବୁଲ ଉପରେ ରଖିଲା ଓ ଦୁଇଟି ଧୂପ କାଠି ଗୋଟିଏ ଥାଲିଆରେ ରଖି ଜାଲି ଦେଲା। ସେ ନିଜର ଆଖିକୁ ସମ୍ଭାଳି ପାରୁ ନ ଥାଏ – ଆଖିରୁ ଅନବରତ ଲୁହ ବୋହୁଥାଏ, ତଥାପି ସେ ସେଥିରେ ରନ୍ଧା ଘରକୁ ଯାଇ ସମସ୍ତଙ୍କ ପାଇଁ ର କଲା। ତା' ମାଆଙ୍କୁ କପ୍‌ଟେ ଧରେଇ ଦେଇ ଆଉ ଗୋଟିଏ କପ୍ ର ନେଇ ବାପାଙ୍କ ଫଟୋ ପାଖେ ରଖିଲା।

ଭାଇନା ମାନଙ୍କ ସହ ଭାଉଜ ଉପସ୍ଥିତିରେ କ'ଣ କ'ଣ କରାଯିବ କଥା ସେ ବିଷୟରେ କକେଇ ବାପାଙ୍କୁ ପଚରିଲା।

ସେ ଖୁବ୍ ଗମ୍ଭୀର, ଧୀର ସ୍ୱରରେ କହିଲେ, "ମୁଁ ଆଜି ଗାଁକୁ ରଲି ଯାଉଛି। ହରମୋହନ ଯିବାର ଆଜିକୁ ଦୁଇଦିନ, ଅତି ଶୀଘ୍ର ହେଲେ ରରିଦିନରୁ କର୍ମ କରିବା କଥା, ନହେଲେ ସାତଦିନରୁ ବା କିଏ କିଏ ନଅ ଦିନରୁ ଧରୁଛନ୍ତି। ତଥାପି ମୁଁ ଯାଇ ଏ ପ୍ରେତକାମ କରୁଥିବ କରମଣିଆକୁ ଗାଁରୁ ଡାକି ଆଣେ ତା' ପରେ ତା' କଥା ଅନୁସାରେ ସବୁ କରିବା।"

ଏହି ଦୁଇଦିନ ଘରେ ସବୁ ଚୁପ୍‌ରୁପ୍, କେବଳ ଗୀତାର କ୍ୟାସେଟ୍ ବାଜୁଥାଏ। ହରମୋହନଙ୍କ ଶୋଇବା ଘର ସଫା କରାଯାଇ ତାଙ୍କର ଗୋଟିଏ ଫଟୋ ରଖାଯାଇଛି। ତା ତଳକୁ ରେଣ୍ଡୁବାଲା ଖଣ୍ଡିଏ ମସିଣା ପକେଇ ଚୁପ୍‌ରୁପ୍ ବସିଥାଆନ୍ତି। ହରମୋହନ ବାବୁଙ୍କ ଦେହାନ୍ତ ଖବର ପାଇବା ପରେ ବନ୍ଧୁବାନ୍ଧବ ଓ ଚିହ୍ନା ପରିଚୟମାନେ ଶୋକ ଜଣାଇବାକୁ ଆସୁଥାଆନ୍ତି। ବୋହୁ ଅସୀମା ତା ରୁମ୍‌ରେ ଥାଏ। ପୁଅ ଦୁଇଜଣ ମୁହଁ ଶୁଖେଇ ଡ୍ରଇଂ ରୁମ୍‌ରେ ବସିଥାଆନ୍ତି। କିଏ ବାହାର ଲୋକ ଆସିଲେ ତାଙ୍କୁ ନମସ୍କାର କରି ବସିବା ପାଇଁ ଅନୁରୋଧ କରନ୍ତି। ସେମାନେ ଆସନ ଗ୍ରହଣ କରି ରରି ପାଞ୍ଚ ମିନିଟ୍ କଥାବାର୍ତ୍ତା ଅର୍ଥାତ୍ ହରମୋହନ ବାବୁଙ୍କ ଅର୍ଦନକ ଦେହାନ୍ତ କିପରି ହେଲା ପଚରିବା ପରେ ଯିବାକୁ ଉଦ୍ୟତ ହୁଅନ୍ତି। କାହାର ରହା ବା ସରବତ ପିଇବାର ଆଗ୍ରହ ନାହିଁ। ସାନପୁଅ ରୋହିତର ସବୁକାମ ବଡ଼ ଶୃଙ୍ଖଳିତ। ସେ ଗୋଟିଏ ଖାତା

ରଖିଥାଏ କିଏ ଆସିଛନ୍ତି ସେମାନଙ୍କ ଦସ୍ତଖତ, ମୋବାଇଲ ନମ୍ବର ଓ ଘର ଠିକଣା ସେମାନଙ୍କୁ ଲେଖିଦେଇ ଯିବାକୁ ଅନୁରୋଧ କରେ।

ତା ପରଦିନ ସନ୍ଧ୍ୟାସୁଦ୍ଧା ହରମୋହନ ବାବୁଙ୍କ କକେଇ ଗାଁରୁ ପ୍ରେତକାର୍ଯ୍ୟ କରୁଥିବା ବ୍ରାହ୍ମଣଙ୍କୁ ନେଇ ଫେରି ଆସିଲେ। ସର୍ବସମ୍ମତିକ୍ରମେ ନିଶ୍ଚିତ କରାଗଲା ଯେ ଚ୍ୟରିଦିନ ଅର୍ଥାତ୍ ଆସନ୍ତାକାଲିଠାରୁ କ୍ରିୟା ଧରାଯିବ। ଯଦିଓ ରେଣୁବାଲା ଧୀର ସ୍ୱରରେ କହୁଥାଆନ୍ତି, "ସାତଦିନରୁ ଧରିଲେ ପୁଅମାନଙ୍କୁ କମ୍ କଷ୍ଟ ହେବ।" କକେଇ ଗମ୍ଭୀର ସ୍ୱରରେ କହିଲେ, "ବୁଝିଲ ବୋହୂ, ପୁଅମାନଙ୍କୁ ଅଧିକା ଟିକିଏ କଷ୍ଟ ହେଲେ କ'ଣ ହୋଇଯିବ ? ଯାହା କରିବ ଭଲ କରି କରନ୍ତୁ, ତାଙ୍କ ବାପ କ'ଣ ଆଉ ଥରେ ମରିବେ ?"

କକେଇ ଓ ବ୍ରାହ୍ମଣଙ୍କ କଥା ଅନୁସାରେ ତା' ପରଦିନଠାରୁ ସବୁ କାର୍ଯ୍ୟ ଆରମ୍ଭ କରିଦେଲେ। ରେଣୁବାଲା ଚୁପ୍‌ଚୁପ୍ ବସିଥାଆନ୍ତି ଯେଉଁଠି ହରମୋହନ ବାବୁଙ୍କ ଘଟ ଥୁଆ ହୋଇଥାଏ – ପାଖରେ ଦୀପଟିଏ ଜଳୁଥାଏ। ରେଣୁବାଲାଙ୍କର ବିଶ୍ୱାସ ହେଉ ନଥାଏ ସତରେ ତାଙ୍କ ସ୍ୱାମୀ ଆଉ ନାହାନ୍ତି। ତାଙ୍କ ଆଖି ଆଗରେ ସିନେମା ପରି ଭାସି ଯାଉଛି ତାଙ୍କ ବାହାଘର ଠାରୁ ଆଜିଯାଏଁ ସବୁ କଥା – ପିଲାମାନଙ୍କ ଜନ୍ମ ଓ ତାଙ୍କର ପ୍ରିଣ୍ଟିଂ ବିଜ୍‌ନେସ୍ ଆରମ୍ଭ ହେବା। ପ୍ରଥମରୁ ସେ ବହୁତ ଅଭାବ ଦେଇ ଯାଇଥିଲେ, କିନ୍ତୁ ହରମୋହନ ବାବୁ କୌଣସି କଥାରେ ହାରିଯିବା ଲୋକ ନୁହନ୍ତି। ବର୍ଷ ଚ୍ୟରିପାଞ୍ଚ ଭିତରେ ତାଙ୍କ ବିଜିନେସ୍ ବହୁତ ଭଲ ଚ୍ୟଲିବାକୁ ଆରମ୍ଭ କଲା। ଆସ୍ତେ ଆସ୍ତେ ତାଙ୍କ ପାଖେ ପ୍ରଚୁର ସମ୍ପତ୍ତି ହେବାକୁ ଲାଗିଲା। କୋଠା, ଗାଡ଼ି, ଟଙ୍କା, ସୁନା କୌଣସିଥିରେ ତାଙ୍କର ଊଣା ରହିଲାନି।

ରେଣୁବାଲାଙ୍କୁ ଧଲାଶାଢ଼ୀ ଭଲ ଲାଗେ ନାହିଁ ଏବଂ ଧଲାଶାଢ଼ୀ ତାଙ୍କୁ ମାନେ ନାହିଁ। ଚତୁର୍ଥ ଦିନ ସକାଳୁ ଗାଧୋଇ ସାରି ସେ ଆଲମାରୀ ଖୋଲି ଖଣ୍ଡେ ଧଲା ଶାଢ଼ୀ ଖୋଜିଲେ ନିଜେ ପିନ୍ଧିବା ପାଇଁ। କିନ୍ତୁ ତାଙ୍କୁ ସେପରି ଖଣ୍ଡେ ଶାଢ଼ୀ ମିଳିଲା ନାହିଁ। ଶେଷକୁ ଗୋଟିଏ ହାଲକା ଗୋଲାପୀ ରଙ୍ଗର ଶାଢ଼ୀ କାଢ଼ି ପିନ୍ଧିଲେ, କପାଲରେ ଆଉ ବିନ୍ଦି ଲଗାଇଲେ ନାହିଁ ଏବଂ ହାତରେ ଯେଉଁ ଲାଲ୍ ରଙ୍ଗର କାଚଚୂଡ଼ି ପିନ୍ଧିଥିଲେ ତାଙ୍କୁ କାଢ଼ି ରଖିଦେଲେ। ରେଣୁବାଲାଙ୍କ ରଙ୍ଗ ବେଶ୍ ଗୋରା, ଏ ଫିକା ରଙ୍ଗର ଶାଢ଼ୀ ପିନ୍ଧି ସେ ଲାଗୁଥାଆନ୍ତି ଗୋଟିଏ ରଙ୍ଗଛଡ଼ା ପୁରୁଣା ଚ୍ୟଦର ଧୋବା ଘରୁ ଆସିଲା ପରି। ରାଧିକାକୁ ମାଆଙ୍କର ଏ ବେଶ ଜମା ଭଲ ଲାଗିଲା ନାହିଁ। ସେ ମାଆଙ୍କ ପାଖକୁ ଯାଇ କହିଲା, "ମାମା, ତୁମେ ଏମିତି ବେଶ ହେଲେ ମୁଁ ଆଜି ଦିଲ୍ଲୀ ଚ୍ୟଲିଯିବି। ତୁମେ ତ ଏସବୁରେ ବିଶ୍ୱାସ କରୁନଥିଲ, ହଠାତ୍ ଏସବୁ ତୁମ ମୁଣ୍ଡରେ କିଏ ପଶାଇଲା ?"

ରେଣୁବାଳା ମୁହଁରେ ଦୁଃଖର ଛୋଟ ହସ ଖଣ୍ଡିଏ ଆଣିବାକୁ ଚେଷ୍ଟା କରି କହିଲେ, "ମାଆଲୋ ରାଧିକା, ପାପା ଝୁଲିଯିବା ପରେ ମୋ ପାଇଁ ପୃଥିବୀ ଖାଲି କଲା ଧଲା। ଯେତେ ରଙ୍ଗୀନ ଲୁଗା ପିନ୍ଧିଲେ କ'ଣ ମୋ ଭିତରଟା ବଦଳିଯିବ ? କାହା ପାଇଁ ଆଉ ରଙ୍ଗବେରଙ୍ଗ ଶାଢ଼ୀ ପିନ୍ଧିବି ଓ ଗହଣା ପିନ୍ଧିବି ? ତୁମେମାନେ କହୁଛ ବୋଲି ଗଣ୍ଡେ ଖାଇ ଦେଉଛି, ମୋତେ ଲାଗୁଛି ତୋ ପାପା ସବୁବେଳେ ମୋ ପାଖେ ପାଖେ ଠିଆ ହୋଇ ସବୁ ଦେଖୁଛନ୍ତି।"

ରାଧିକା ମାମାଙ୍କ ହାତକୁ ନିଜ ହାତ ଭିତରେ ଧରିରଖି କହିଲା, "ମୁଁ ସବୁ ବୁଝିପାରୁଛି, ତୁମର ପାପାଙ୍କର ସମ୍ପର୍କ ବଡ଼ ଘନିଷ୍ଟ ଥିଲା। କିନ୍ତୁ ଏକଥା ବି ସତ ଯେ ମଣିଷ ଏ ପୃଥିବୀକୁ ଏକା ଆସିଥାଏ ଏ ପୃଥିବୀରୁ ଯାଏ ଯେତେବେଳେ ଏକୁଟିଆ ଯାଏ। ତୁମ ଜୀବନ ତୁମକୁ ବଞ୍ଚିବାକୁ ହେବ, ତୁମେ ଏମିତି ଭାଙ୍ଗିପଡ଼ିଲେ ଆମେ କାହାକୁ ଦେଖି ଚଳିବୁ ?"

ରେଣୁବାଳା ଏକ ଦୀର୍ଘ ନିଃଶ୍ୱାସ ନେଇ କହିଲେ, "ମାଲୋ, ତୁ ଯାହା କହୁଛୁ ସତ। କିନ୍ତୁ ସବୁ ସତକୁ ଗ୍ରହଣ କରିବା ଏତେ ସହଜ ନୁହେଁ। ତୁ ଯାଆ ଦେଖ, ଭାଇନା ଭଲକରି ଦହି ସରବରତ ପିଇଲା କି ନାହିଁ – ତୁଠୁ ଯିବ କ୍ରିୟା କରିବାକୁ, ଫେରିଲା ବେଳକୁ କେତେ ଡେରି ହେବ କେଜାଣି ?"

ରାଧିକା କିଛି ଉତ୍ତର ଦେଲା ନାହିଁ। ସେ ସବୁବେଳେ ତା' ପୁଅମାନଙ୍କ ପାଇଁ ବ୍ୟସ୍ତ। ବାପା ଥିଲେ ନିଶ୍ଚୟ ମୋ କଥା ଆଗେ ଭାବିଥାନ୍ତେ। ମୁଁ ବି ତ ଭାଇନା ଫେରିଲେ ବକ୍କେ ଖାଇବି କାଇଁ ମାମା ତ ଜମା କହିଲେ ନାହିଁ, ଯାଆଲୋ ରାଧିକା, ତୁ ଏତେ କାମ କରୁଛୁ, ଟିକିଏ କ'ଣ ପିଇଦେ।

ଏମିତି ଅନେକ ଛୋଟ ଛୋଟ କଥା ରାଧିକା ଦେଖି ଆସୁଛି – ମାମା ସବୁବେଳେ ପୁଅମାନଙ୍କ ପାଇଁ ବ୍ୟସ୍ତ – ରୋହିତ, ମୋହିତ କ'ଣ ଖାଇବେ, କେଉଁଠି ଶୋଇବେ ଇତ୍ୟାଦି କଥା ନେଇ। ବୋହୂ ଅସୀମା କେବେ ବି ତାଙ୍କ ସ୍ନେହ ଲିଷ୍ଟରେ ନ ଥାଏ। ସେ ତା'ର ଗୋଟିଏ ରୁମରେ କିଛି ଖବରକାଗଜ ଓ ବହି ଧରି ବସିଥାଏ। ରାଧିକା ଡାକିଲେ ଖାଇବାକୁ ଆସେ। ତାକୁ ଏ ଏକ ବ୍ୟକ୍ତିଆ ପୁଣି ଅବଘରା ଖାଇବା ଜମା ଭଲ ଲାଗେନି, କିନ୍ତୁ ବୋହୂ ହିସାବରେ ଏସବୁ ଖାଇବାକୁ ବାଧ୍ୟ। ରାତିକୁ କିଛି ମିଠା ଓ ସେ ନିଜେ କିଛି ସାଗୁଦାନା ଖେଚେଡ଼ି ଖାଇଦିଏ। ରେଣୁବାଳା ଜାଣନ୍ତି ନାହିଁ ବୋହୂ କ'ଣ ଖାଇଲା ବା ଶୋଇଲା। ଯାହାହେଉ ଦଶ, ଏଗାର ଦିନ ଶୁଦ୍ଧି କର୍ମରେ କଟିଗଲା, ସେଠରେ କାହାର ସମୟ ନ ଥିଲା ଆଉ କିଛି ଭାବିବାକୁ। ବାରଦିନ କଟକ କ୍ଲବରେ ଗୋଟିଏ ରାତ୍ରିଭୋଜନ ଓ ସ୍ମୃତିସଭା କରି ପିଲାମାନେ ହରମୋହନ

ବାବୁଙ୍କୁ ଚିର ବିଦାୟ ଦେଲେ । ବାରଦିନ ଶ୍ରାଦ୍ଧ ପରେ ମୋହିତ, ରୋହିତ ମଧ ସେମାନଙ୍କର ଯିବାର ଆୟୋଜନ ଆରମ୍ଭ କରିଦେଲେ । ରାଧିକାର ଇଚ୍ଛା ଥିଲା ଆଉ କିଛିଦିନ ମାମାଙ୍କ ପାଖେ ରହିବା ପାଇଁ, କିନ୍ତୁ ତା' ସ୍ୱାମୀ ଆଉ ଛୁଟି ନେବାକୁ ରାଜି ହେଲେନି । ସାନ ପୁଅ ରୋହିତ ତା ଛୁଟି ଆଉ ରହିଦିନ ବଢ଼େଇ ବାପାଙ୍କ ପବ୍ଲିଶିଂ ହାଉସ୍ କଥା କିଛିଟା ବୁଝାବୁଝି କରି ସବୁକଥା ମାମାଙ୍କୁ ବୁଝାଇ କହିଲା । "ମାମା ପାପା ଯେଉଁ ବିଜିନେସ୍ ତାକୁ ଚଲେଇବାକୁ ଜଣକୁ ପୂରା ଭାର ନେବାକୁ ହେବ । ପାପାଙ୍କ ପାଖେ ଯେଉଁମାନେ ଥିଲେ ଯଥା ତ୍ରିଲୋଚନ ଭାଇ, ଦିବାକର ଇତ୍ୟାଦି ଭାରି ଭଲ ଲୋକ । ଏବେ କିଛିଦିନ ସେମାନେ ଚଲେଇ ନେବେ । ଏ ବିଶ୍ୱାସ ମୋର ଅଛି କିନ୍ତୁ ଭବିଷ୍ୟତ ବିଷୟରେ କିଛି କହି ହେବନି । ମୋର ଇଚ୍ଛା ଭାଇନା, ଭାଉଜ ଯେହେତୁ ଏ ବିଷୟରେ ପାଠ ପଢ଼ିଛନ୍ତି ସେମାନେ ଏଠିକୁ ଆସି ଏକଥା ବୁଝାବୁଝି କଲେ ଭଲ ହୁଅନ୍ତା । ଆଉ ସେମାନେ ଏଠାରେ ରହିଲେ ତୁମକୁ ବି ଏକୁଟିଆ ଲାଗନ୍ତାନି । ତୁମେ କ'ଣ ଭାବୁଛ ?"

ରେଣୁବାଲା ସବୁ ଶୁଣିସାରି ଉଉର ଦେଲେ, "ତୁ ଯାହା କହୁଛୁ ସବୁ ସତ । ପାପାଙ୍କର ଏତେ ଚେଷ୍ଟାକୁ ପାଣିରେ ଫିଙ୍ଗି ଦେବାଟା ଉଚିତ ହେବନି । କିନ୍ତୁ ମୋହିତ ଏକଥାରେ ରାଜି ହେଲେ ହେବ ।" "ହଉ, ମୁଁ ତାକୁ ପଚାରି ବୁଝେ । ପ୍ରଥମେ ତ୍ରିଲୋଚନଭାଇ ଓ ଦିବାକର ଇତ୍ୟାଦି କିଛିଦିନ ବୁଝାବୁଝି କରୁଥାଆନ୍ତୁ ।"

ଧୀରେ ଧୀରେ ଘର ଖାଲି ହୋଇଗଲା – ପୁଅମାନେ, ରାଧିକା ଓ ଜୋଇଁ ଫେରିଗଲେ ଯେ ଯାହାର କର୍ମ କ୍ଷେତ୍ରକୁ । ପୁଅମାନେ ଦୁଇରହିଦିନରେ ଥରେ କଥା ହୁଅନ୍ତି କିନ୍ତୁ ରାଧିକା ସବୁଦିନ ରେଣୁବାଲା ସହିତ କଥା ହୁଏ ଓ ବାପାଙ୍କ ବିଷୟରେ ସବୁ ପଛ କଥା ମନେପକାଏ । ରେଣୁବାଲାଙ୍କୁ ଲାଗେ ରାଧିକା ଏପରି କହି ତାଙ୍କ ମନକୁ ସ୍ୱାମୀଙ୍କ ସ୍ମୃତିକୁ ଜାଗରଣ କରିବା ଚେଷ୍ଟାରେ ଅଛି । କିନ୍ତୁ ପୁଅମାନେ ତାଙ୍କ ଦେହ କଥା ଓ ଦୋକାନ ବିଷୟରେ ପଚାରି ଥାଆନ୍ତି । ଯାହାହେଉ ହରମୋହନବାବୁ ଫେରିଯିବାର ସାତ ଆଠ ମାସ ପରେ ମୋହିତ ରାଜି ହେଲା ସେ କଟକରେ ରହି ବାପାଙ୍କ ବ୍ୟବସାୟ ବୁଝାବୁଝି କରିବ । ଗୋଟିଏ ସର୍ତରେ ତା ସ୍ତ୍ରୀ ଏହାର ଏକ ଭାଗୀଦାର ହେବ । ରେଣୁବାଲାଙ୍କୁ ଏ ସର୍ତ କିଛି ଖରାପ ଲାଗିଲା ନାହିଁ – ଆଜି ନ ହେଲେ କାଲି ତ ଏ ସେମାନଙ୍କର ସମ୍ପତି । ତେବେ ଆଜିଠାରୁ ବୁଝିଲେ କ୍ଷତି କ'ଣ ?

ମୋହିତ ଓ ଅସୀମା ଆସିଗଲେଣି । ଅସୀମା ତା' ରହିକିରି ଛାଡ଼ିନି, କେବଳ ମୋହିତ ରହିକିରି ଛାଡ଼ି ଆସିଛି, ଅସୀମା ଭାବିଛି ଦୁଇମାସ ଦେଖିବ, ତାକୁ କଟକ କେମିତି ଲାଗୁଛି ଓ ସେ ସେଠାରୁ କିଛି ଇଂରାଜୀ ପେପର ପ୍ରକାଶ କରିପାରିବ କି

ଇତ୍ୟାଦି ଇତ୍ୟାଦି। ସେମାନେ ଆସିବାର ମାସେ ଖଣ୍ଡେ ପରେ ଦିନେ ଖରାବେଲେ ଲଞ୍ଚ କଲାବେଲେ ମୋହିତ ରେଣୁବାଳାଙ୍କୁ କହିଲା, "ମାମା ଯେଉଁ ରୁମ୍‌ରେ ମୁଁ ଓ ଅସୀମା ରହୁଛୁ ସେଇଟା ଆମପାଇଁ ଛୋଟ ହେଉଛି। ଆଗେ ସିନା ସାତ ଆଠ ଦିନ ପାଇଁ ଆସୁଥିଲୁ, ଆମର ଦୁଇଟା ସୁଟ୍‌କେଶ୍ ଥିଲା ଲଗେଜ୍। ଏବେ ସବୁଦିନ ପାଇଁ ରହିଲେ ବହୁତ ଲୁଗାପଟା, ଟେବୁଲ ଚୌକି ଇତ୍ୟାଦି ଦରକାର ହେବ। ମୁଁ ଭାବୁଛି ତୁମ ରୁମ୍‌ଟା ତୁମେ ଆମକୁ ଛାଡ଼ି ଦେଇ ଆମ ରୁମ୍‌ରେ ତୁମେ ରହିଗଲେ ଭଲ ହୁଅନ୍ତା।"

ଏକଥା ଶୁଣି କିଛି ସମୟ ପାଇଁ ରେଣୁବାଳାଙ୍କ କାନ ଭାଁ ଭାଁ ହୋଇଗଲା। ସେ ଭାବିପାରିଲା ନାହିଁକ ଏକଥା କ'ଣ ମୋହିତ ଜାଣେ ନାହିଁ ସେ ଘରେ ମୋର ମୋ ସ୍ୱାମୀଙ୍କୁ ନେଇ ସବୁ ସ୍ମୃତି ଭରି ରହିଛି ? ମୁଁ ଏସବୁ ଛାଡ଼ିଦେଇ ମୋହିତ ରୁମ୍‌ରେ କେମିତି ରହିବି ? ସେ ଘରୁ ମୁଁ କାହିଁ ଖୋଜିବି ମୋ ସ୍ୱାମୀଙ୍କ କହିଥବା କଥା ସବୁ ?"

କିନ୍ତୁ ସେ ମୋହିତକୁ ମନା କରି ପାରିଲେ ନାହିଁ। ସାତ ଆଠ ଦିନ ଭିତରେ ରୁମ ବଦଳିଗଲା – ରେଣୁବାଳା ଆସି ରହିଲେ ମୋହିତ ଓ ଅସୀମାଙ୍କ ରୁମ୍‌ରେ। ଆଉ ପୁତ୍ର ପିତାର ଉତ୍ତରାଧିକାରୀ ଭାବେ ସେ ଗଲା ତା' ବାପାଙ୍କ ଶୋଇବା ଘରକୁ।

ରେଣୁବାଳା ଥରେ ଯେଉଁ ସେ ଘରୁ ବାହାରି ଆସିଲେ, ତା' ପରେ ଆଉ କେବେ ଥରେବି ମୁହଁ ବୁଲେଇ ରହିଁ ନାହାନ୍ତି ସେ ଘରକୁ। ଭାରି ଅଭିମାନ ହୁଏ ନିଜ ଉପରେ ଓ ସ୍ୱାମୀଙ୍କ ଉପରେ। ଏତି ମୋତେ ଛାଡ଼ିଦେଇ ଏକା ଏକା ଚାଲିଗଲ କେମିତି ? ଦିନେ ପରା ମୋତେ ରହିଁ କହୁଥିଲ, "ମୁଁ ମରିବା ବେଳେ ଯଦି ଯମ ପଚାରେ ଏ ପୃଥବୀରୁ ତୁ କ'ଣ ନେଇ ଯିବାକୁ ରହୁଁ ତେବେ ମୁଁ କହିବି ରେଣୁକୁ ନେବି। କାରଣ ସେ ସ୍ୱର୍ଗ ହେଉ ବା ନର୍କ ମୁଁ କେଉଁଠ ତୁମ ବିନା ଚଲି ପାରିବି ନାହିଁ।" କୁଆଡ଼େ ଗଲା ତୁମର ଏସବୁ କଥା ? ମରିବା ପରେ ତ ଯମକୁ କହିପାରିଥାନ୍ତ, ମୋତେ ଏ ଦୁନିଆକୁ ଆଣିଲ ଠକ୍ ଅଛି, କିନ୍ତୁ ଦୟା କରି ମୋ ରେଣୁକୁ ବି ନେଇ ଆସ...।" ତୁମେ ତୁମ କଥା ରଖି ପାରିଲ ନାହିଁ ବା ଯମ ସହିତ କଥା ହେବାର ଶକ୍ତି ତୁମର ନ ଥିଲା।

ତାଙ୍କୁ ଜୀବନ ଦୁର୍ବିସହ ଲାଗେ। ଘରେ କ'ଣ ରନ୍ଧା ହେବ ତା' ଅସୀମା କଥା ଅନୁସାରେ ହୁଏ। ସେ ନିଜେ ନ ଖାଉଥିବାରୁ ସାଧାରଣତଃ ସେ କିଛି ଆମିଷ ମଗାଏ ନାହିଁ। ଯେଉଁ ମୋହିତ ଦିନେ ଥାଲି ପାଖେ ବସୁ ନ ଥିଲା ମାଛ ମାଂସ ନ ଥିଲେ ଆଜି ସବୁଦିନ ନିରାମିଷ ଖାଇଲେ ବି ପାଟି ଫିଟାଉ ନାହିଁ। ଅସୀମାକୁ ଭଲ ଲାଗେ ନାହିଁ ଓଡ଼ିଆ ରନ୍ଧଣ ତେଣୁ ପ୍ରୟାରୀ କେବଳ ଭାତ, ଡାଲି, ରୁଟି କରେ, ଅସୀମା ନିଜ ରୁଚି ଅନୁସାରେ ତରକାରୀ ରାନ୍ଧେ। ସ୍ୱାମୀ ସ୍ତ୍ରୀ ଦୁହେଁ ଆନନ୍ଦରେ ଖାଆନ୍ତି। ମୋହିତ ମାମାଙ୍କୁ ଜବରଦସ୍ତ ଡାକିଆଣି ଟେବୁଲ ପାଖେ ବସାଏ।

ରେଣୁବାଲା ପୁଅ କଥା ଭାଙ୍ଗି ପାରନ୍ତି ନାହିଁ। ମୁଠାଏ ଭାତ ଡାଲି ଗୋଳେଇ ଖାଇ ଦିଅନ୍ତି, କେବେ କେବେ ପୂଝୋରୀ ରବି ଦୁଇଖଣ୍ଡ ବାଇଗଣ ଛାଣି ଆଣିଦିଏ। ରେଣୁବାଲାଙ୍କ ସେଇ ଦୁଇଖଣ୍ଡ ବାଇଗଣ ଭଜା ଲଗେଇ ଆଉ ଗଣ୍ଡେ ଭାତ ଖାଇ ଦିଅନ୍ତି। ଅସୀମା ଟେବୁଲ ସେପଟୁ ପାଟି କରି କହେ, “ମାମିଜୀ, ଆପଣ ଏତେ ଭଜା ଖାଇବା ଉଚିତ ନୁହେଁ, କଲୋସ୍ଟ୍ରିଆଲ ବଢ଼ିଯିବ। ଦେଖି ରୁହିଁ ଖାଆନ୍ତୁ।” ରେଣୁବାଲାଙ୍କର ଏତକ ଶୁଣିଲା ପରେ ଛାତିରେ ଭରି ହୋଇଗଲା ଛାତିଏ କୋହ। ତାଙ୍କୁ ତେଲ ଛଣା ଭଲ ଲାଗେ ବୋଲି ହରମୋହନଙ୍କୁ କହନ୍ତି, “ଆଜି ମାଥାଙ୍କ ପାଇଁ ପୋଟଳ ବେସନ ଦେଇ ଛାଣିଦେ, ପାଅଣ୍ଡ ଦୁଇଖଣ୍ଡ ବି ଛାଣିଦେବୁ।” ଏସବୁ କଥା ମନେପଡ଼ିଯିବାରୁ ରେଣୁବାଲାଙ୍କର ଆଖିରୁ ଲୁହ ବୋହି ଆସିଲା। ମୋହିତ କିଛି ଅନୁମାନ କଲା ବୋଧେ, ସେ ରେଣୁବାଲାଙ୍କ ପାଖକୁ ଆସି ତାଙ୍କୁ କୁଣ୍ଢେଇ ପକେଇ କହିଲା, “କ’ଣ ହେଲା ମାମା, କ’ଣ ପାପା ମନେ ପଡ଼ୁଛନ୍ତି? କ’ଣ କରିବା ମାମା। ଆମ ଭାଗ୍ୟ ଖରାପ। କେତେ ଅଶୀ ନବେ ବର୍ଷର ବୁଢ଼ା ବଞ୍ଚୁଛନ୍ତି, ବାପାଙ୍କୁ ତ ଜମା ପଅଁଷଠୀ ବର୍ଷ ହୋଇଥିଲା...।”

ରେଣୁବାଲା ଗମ୍ଭୀର ହୋଇ ଉତ୍ତର ଦେଲେ, “ହଁରେ ବାପା–ବାପା ବି କ’ଣ ଇଚ୍ଛା କରି ମରିଥିବେ? ସେ କ’ଣ ରୁହିଁ ନ ଥିଲେ ଆମ ମାନଙ୍କ ସାଙ୍ଗେ ଆଉ କିଛିଦିନ ରହିବାକୁ? କିନ୍ତୁ ଯମ କ’ଣ କାହା ମନ ବୁଝେ? ସେ କିଛି ଥିଲା ଦେଖାଇ ମଣିଷକୁ ନେଇଯାଏ।”

ରେଣୁବାଲା ପୁଣି କହିଲେ, “ରୋହିତର ବାହାଘରଟା କରିଦେଲେ ମୁଁ ବି ନିଶ୍ଚିନ୍ତରେ ମରି ପାରନ୍ତି... ତୁ ତ ତୋର ସ୍ତ୍ରୀ ସାଙ୍ଗେ ଜୀବନ କଟେଇ ଦେବୁ, ରାଧିକା ତ ତା’ର ଘର ସଂସାର କଲାଣି...”

“ହଁ, ମାମା, ବାପାଙ୍କ ବର୍ଷିକିଆ ସରୁ ରୋହିତକୁ ବାହା କରିଦେବା।”

ରୋହିତ ପାଇଁ ବହୁତ ଭଲ ଭଲ ପ୍ରସ୍ତାବ ଆସୁଥାଏ, କିନ୍ତୁ ରେଣୁବାଲା ଆଗେଇ ପାରୁ ନ ଥାଆନ୍ତି। ଏକେ ତ ସ୍ୱାମୀ ଯିବାର ବର୍ଷଟେ ହୋଇନି, ପୁଣି ରୋହିତ ଯଦି ମୋହିତ ପରି ଆଉ କାହାକୁ ଠିକ୍ କରିଥାଏ! ସେ ରୋହିତକୁ ନ ପଚାରି କିଛି କରିପାରିବ ନାହିଁ। ରୁହୁଁ ରୁହୁଁ ସମୟ କୁଆଡ଼େ ରଳିଗଲା। ହରମୋହନ ବାବୁ ରଳିଯିବାର ବର୍ଷଟେ ହୋଇଗଲା। ତିନି ପିଲାମାନେ ମିଶି ଭାରି ଭଲରେ ପାପାଙ୍କ ବାର୍ଷିକୀ କଲେ। ରେଣୁବାଲା ନିଜେ ଟିକେ ନିଜକୁ ସମ୍ଭାଳି ନେଲେଣି। ବର୍ଷିକିଆ ସରିବା ପରେ ସେ ପିଲାମାନଙ୍କୁ ଡାକି ରୋହିତ ବାହାଘର ବିଷୟରେ କଥା ପକାଇଲେ। ରୋହିତ ମୂଳରୁ ଏତେ ଆଗ୍ରହ ଦେଖାଇ ନ ଥିଲା, କିନ୍ତୁ ଭାଇ, ଭାଉଜ, ରାଧିକା ଓ

ତା' ସ୍ୱାମୀ ବାଧ୍ୟ କଲାରୁ ରାଜି ହେଲା ଓ ମାମା ଯାହାକୁ ଠିକ୍ କରିବେ ତାକୁ ବାହା ହେବାରେ ତା'ର କିଛି ଆପଉି ନାହିଁ ବୋଲି କହିଲା ।

'ପାତ୍ରୀ ଆବଶ୍ୟକ' ବୋଲି ଖବରକାଗଜରେ ବାହାର କରାଗଲା । ଏଡ଼େ ଭଲ ଘର ଓ ଏଡ଼େ ଯୋଗ୍ୟର ପୁଅ ଝିଅମାନଙ୍କ ବାପାମାନେ ହରମୋହନଙ୍କ ଘର ଆଗରେ ଲାଇନ୍ ଲଗାଇଲେ । ବହୁତ ଖୋଜାଖୋଜି ପରେ ଗୋଟିଏ ଶିକ୍ଷିତା ସୁନ୍ଦରୀ ଝିଅ ସମସ୍ତଙ୍କ ମନକୁ ପାଇଲା । ଝିଅର ନାଁ ସଂଗୀତା ଦାଶ ଓ ସେ ଓଡ଼ିଆରେ ଏମ୍.ଏ. କରିବା ସହ ଭଲ ଗୀତ ଗାଏ । ରେଣୁବାଲା ସ୍ୱାମୀଙ୍କୁ ବହୁତ ମନେ ପକାଇଲେ । ସେଇ ରାତିରେ ସେ ସ୍ୱାମୀ ହରମୋହନଙ୍କୁ ସ୍ୱପ୍ନ ଦେଖିଲେ– ସେମାନେ ଦୁଇଜଣ ପୁରୀ ସମୁଦ୍ର କୂଳରେ ବସିଛନ୍ତି – ଯେମିତି ବାହାଘର ଅଳ୍ପଦିନ ପରେ ପୁରୀ ଯାଇ ବସୁଥିଲେ । ତାଙ୍କୁ ଲାଗିଲା ସେ ହରମୋହନଙ୍କ ଦେହକୁ ଲାଗି ବସିଛନ୍ତି ଓ ହରମୋହନ ତାଙ୍କ କାନ୍ଧ ଉପରେ ହାତ ପକେଇ ଅଳ୍ପ ହସି କହୁଛନ୍ତି, "ରେଣୁ, ତୁମେ ମୋତେ ହରାଇ ଦେଲ ବୋହୂ ଚୟନ କରିବାରେ । ଏ ବୋହୂ ତୁମେ ପୂଜା କଲାବେଳେ ଭଜନ ଗାଇ ତୁମକୁ ଶୁଣାଇବ – ଗୁରୁବାର ବସାରେ ଲକ୍ଷ୍ମୀପୁରାଣ ପଢ଼ିବ, ତୁମେ ଯାହା ରୁହଁ ସେ ସବୁ କରିବ…" ରେଣୁକା ସ୍ୱାମୀଙ୍କ ହାତକୁ ନିଜ ପିଠି ଉପରୁ କାଢ଼ିଦେଇ ତାଙ୍କ ନିଜ ହାତ ଭିତରେ ରଖି କହିଲେ, "ବୁଝିଲ, ଏସବୁ ମୁଁ କରୁଛି ପିଲାମାନେ ମୋତେ କିଛି ନ କହନ୍ତୁ ବୋଲି । କିନ୍ତୁ ଏସବୁରେ ମୋ ମନ ବୁଝୁନି । ମୁଁ ଖାଲି ତୁମ କଥା ଭାବୁଛି…।"

ହରମୋହନ ବାବୁ ଗୋଟାଏ ଦିଲ୍‌ଦାର ହସ ହସି କହିଲେ, "ବ୍ୟସ୍ତ ହୁଅନି ରେଣୁ, ତୁମ କାମ ସରିଲେ ମୁଁ ତୁମକୁ ମୋ ପାଖକୁ ନେଇ ଆସିବି – ପୁଣି ଆମେ ଏକାଠି ରହିବା । ନିଜ ରକ୍ତର ହେଲେ ବି ପୁଅ ଝିଅ କେବେ ଆମର ହୋଇପାରିବେ ? ସେମାନେ ତାଙ୍କ ସ୍ତ୍ରୀ ଓ ସ୍ୱାମୀମାନଙ୍କର…।" ଏତିକିରେ ରେଣୁବାଲାଙ୍କର ନିଦଟା ଭାଙ୍ଗିଗଲା ।

ନିଦରୁ ଉଠି ସେ ପ୍ରଥମେ ବୁଝିପାରିଲେ ନାହିଁ ଯେ ସେ ସ୍ୱପ୍ନ ଦେଖୁଥିଲେ ବୋଲି ସ୍ୱାମୀଙ୍କ ସାନ୍ନିଧ୍ୟ ତାଙ୍କୁ ଏକବାରେ ସତ ପରି ଲାଗୁଥିଲା । କିଛି ସମୟ ବିତିଯିବା ପରେ ସେ ଭାବିଲେ ନିଶ୍ଚେ ହରମୋହନ ବାବୁ ତାଙ୍କ ପାଖକୁ ଆସିଥିଲେ ଓ ସେ ଯାହା କହିଲେ ସବୁ ସତ । ଏ ରୋହିତର ବାହାଘରଟା ସରିଲେ ମୋର ଏ ସଂସାରରେ ଆଉ କିଛି ଦାୟିତ୍ୱ ନାହିଁ । ହରମୋହନ ଦୋକାନ କଲାବେଳେ ରେଣୁଙ୍କର ଯେଉଁ ଗହଣା ବିକିଥିଲେ ସେ ବାବଦକୁ ଲାଭର ଏକ ଚତୁର୍ଥାଂଶ ରେଣୁଙ୍କ ନାଁରେ ବ୍ୟାଙ୍କରେ ରଖି ଦେଇଥିଲେ । ସେ କେତେ ଟଙ୍କା ହେବଣି । ତାଙ୍କର ଅବଶିଷ୍ଟ ଜୀବନ ସେଥିରେ

ଚଲିଯିବ । ଆଉ ସ୍ୱାମୀ ତ କଥା ଦେଇଛନ୍ତି ସେ ତାଙ୍କ ପାଖକୁ ତାଙ୍କୁ ଶୀଘ୍ର ନେଇଯିବେ । ତେଣୁ ବୃଥାରେ ଚିନ୍ତା କରି ଲାଭ କ'ଣ ?

ରୋହିତ ବିବାହ ବାପାଙ୍କ ବର୍ଷିକିଆର ମାସେ ପରେ ହେଲା । ରୋହିତ ସହିତ ତା' ସ୍ତ୍ରୀ ବମ୍ବେ ଗଲା । ଗଲାବେଳେ ରୋହିତ ମାଆଙ୍କୁ ବାଧ୍ୟ କଲା ତା' ସହିତ ଯିବା ପାଇଁ । ସଂଗୀତା ବି ଶାଶୂଙ୍କୁ ତାଙ୍କ ସେଠା ବମ୍ବେ ଯାଇ କିଛି ଦିନ ସେମାନଙ୍କୁ ଚଳେଇ ଦେଇ ଆସିବାକୁ ଅନୁରୋଧ କଲା । ରେଣୁବାଲା ପୁଅ ବୋହୂଙ୍କ କଥା ଭାଙ୍ଗି ପାରିଲେ ନାହିଁ । ଆଠ ମଙ୍ଗଳାର ଦୁଇତିନି ପରେ ରୋହିତ, ସଂଗୀତା ଓ ରେଣୁବାଲା ବମ୍ବେ ଉଡ଼ିଗଲେ ।

ବମ୍ବେରେ ରୋହିତର ଗୋଟିଏ ଟୁ ବେଡ଼୍ ରୁମ୍ ଫ୍ଲାଟ୍ । ଗୋଟିଏ ରୋହିତ ଓ ସଂଗୀତାଙ୍କ ଶୋଇବା ଘର, ଅନ୍ୟଟି ରେଣୁବାଲାଙ୍କ ପାଇଁ । ତା'ଛଡ଼ା ଛୋଟ ଡ୍ରଇଂ ରୁମ୍‌ଟିଏ ଓ ଛୋଟ ରନ୍ଧାଘରଟିଏ । ରେଣୁବାଲାଙ୍କୁ ଏ ଘରେ ଖାଲି ରୁଦ୍ଧି ହୋଇଗଲା ପରି ଲାଗିଲା । ଲୁଗା ଶୁଖେଇବାକୁ ଖଣ୍ଡେ ଜାଗା ନାହିଁ – ଆଠ ମହଲା ଉପରକୁ ସୂର୍ଯ୍ୟକିରଣ ଭଲ କରି ପଡ଼ୁନି । ଏସବୁ ଅସୁବିଧା ସହିତ ଯିବାର ପନ୍ଦରଦିନ ଭିତରେ ସଂଗୀତା, ହାରମୋନିୟମ୍‌ଟେ କିଣିଆଣି ଶାଶୂଙ୍କ ରୁମ୍‌ରେ ରଖିଦେଲା । ଦୁଇଦିନ ପରେ ଜଣେ ମାଷ୍ଟ୍ର ବି ଆସିଲେ ସଂଗୀତାର ପ୍ରାକ୍ଟିସ୍ ପାଇଁ । ଆଉ ଏସବୁର ଜାଗା ହେଲା ରେଣୁବାଲାଙ୍କ ଶୋଇବା ଘର । ଏଡ଼େ ଛୋଟ ଶୋଇବା ଘର ପୁଣି ସେଥିରେ ଏକ୍ସ୍ଟ୍ରା ଲଗେଜ୍ ରହିଲାରୁ ରେଣୁବାଲାଙ୍କୁ ବଡ଼ ଅସ୍ୱସ୍ତିକର ଲାଗିଲା । ସେ ବୋହୂକୁ କହିଲେ, "ଏ ଗାଣାବାଜଣା ଜିନିଷ ସବୁ ଡ୍ରଇଂ ରୁମ୍‌କୁ ନେଇଯା, ସେଇଠି ଯେତେ ପ୍ରାକ୍ଟିସ୍ ମୋର କିଛି ଅସୁବିଧା ନାହିଁ । କିନ୍ତୁ ମୋ ରୁମ୍‌ରେ ଏତେ ଏକ୍ସ୍ଟ୍ରା ଜିନିଷ ରଖିଲେ ମୋତେ ଭଲ ଲାଗୁନି । ତା'ପରେ ତୋ ସାର୍ ଆସି ମୋ ଖଟ ଉପରେ ବସିଲେ ମୋତେ ଭଲ ଲାଗୁନି ।"

ସଂଗୀତା ଶାଶୂଙ୍କୁ କିଛି ଉତ୍ତର ଦେଲା ନାହିଁ । ସନ୍ଧ୍ୟାରେ ରୋହିତ ଆସିବା ପରେ ବି ତା' ରୁମ୍‌ରୁ ବାହାରିଲାନି । ଆଜି ସ୍ୱାମୀଙ୍କୁ ରନ୍ଧ କରି ମଧ ଦେଲା ନାହିଁ ରୋହିତ ପଚରିଲାରୁ କହିଲା, "ମୋ ମୁଣ୍ଡ ବହୁତ ବିନ୍ଧୁଛି ।"

ରେଣୁବାଲା ତିନିକପ୍ ରନ୍ଧ କଲେ, ପୁଅ ବୋହୂଙ୍କ ପାଇଁ ଓ ନିଜ ପାଇଁ ଟ୍ରେରେ ରନ୍ଧ'ନେଇ ରୋହିତ ରୁମ୍‌କୁ ଗଲେ । କି   ଆଶ୍ଚର୍ଯ୍ୟ, ସଂଗୀତା କାନ୍ଦୁଛି । ରେଣୁବାଲା କ'ଣ ଆଉ ଛୋଟପିଲା ଯେ ବୁଝିପାରିବେ ନାହିଁ ସଂଗୀତା କାହିଁକି କାନ୍ଦୁଛି ? ସେ ନିଜ ରନ୍ଧ' କପକୁ ନେଇ ତାଙ୍କ ଶୋଇବା ଘରକୁ ଉଡ଼ିଗଲେ – ଭାବିଲେ, "ମୁଁ ଏମିତି କ'ଣ କହି ଦେଇଥିଲି ଯେ ସବୁ ଅଶୁଦ୍ଧ ହୋଇଗଲା ? ମୁଁ ମୋ ଶାଶୂନନ୍ଦଙ୍କ ଠାରୁ

ଏକ କେତେ ଗଞ୍ଜଣା ଶୁଣିକରି ଚୁପ୍ ହୋଇ ରହୁଥିଲି। ଆଜିକାଲି ଝିଅଙ୍କୁ ପଦେ କହିବାର ନାହିଁ, ଟିକିଏକେ ତାଙ୍କର ପାନରୁ ଚୁନ ଖସିଯାଉଛି। ବହୁତ ହେଲା ବୟସରେ ପୁଅ ପାଖେ ରହିବା। ଏଥର ମୁଁ ମୋ ଘରକୁ କଟକ ଚାଲିଯାଏ।"

ରେଣୁବାଲାଙ୍କର ଜୀବନକୁ ନେଇ ବହୁତ ଅନୁଭୂତି ଅଛି। ତେଣୁ ସେଦିନ ପୁଅବୋହୂଙ୍କୁ କିଛି କହିଲେ ନାହିଁ। ରାତିରେ ନିଜେ ରାନ୍ଧିଲେ ଓ ରୋହିତ, ସଂଗୀତାଙ୍କୁ ଖାଇବାକୁ ଦେଲେ। ତା' ପରଦିନ ସଂଗୀତା ଆସିଲା ତାଙ୍କ ସାଙ୍ଗେ ମିଶି ଜଳଖିଆ କରିଦେବ ବୋଲି। ସେ କିନ୍ତୁ କହିଲେ, "କାଲି ତୋ ମୁଣ୍ଡ ବିନ୍ଧୁଥିଲା, ଏବେ ନିଆଁ ପାଖକୁ ଆସେ ନାହିଁ। ଦିନେ ଦୁଇଦିନ ରେଷ୍ଟ ନେଇ ଯା।" ସେ ପୁରୀ ଆଳୁ ତରକାରୀ ଜଳଖିଆ ପାଇଁ କଲେ। ସମସ୍ତେ ଏକାଠି ବସି ଖାଇଲେ। ଖିଆ ସରିଲା ବେଳକୁ, ରେଣୁବାଲା କହିବାକୁ ଆରମ୍ଭ କଲେ, "ଆରେ ରୋହିତ ମୋର ପ୍ଲେନ୍ ଟିକେଟ୍ କରିଦେ। ମୁଁ କଟକ ଚାଲିଯାଏ, ବହୁତ ଦିନ ରିହଲିଣି। ଗାଁକୁ ଟକିଏ ଯିବାକୁ ଅଛି, ଗୁରୁବାର ବସା ଆସି ମୁଣ୍ଡ ଉପରେ, ଗଲେ ତ କିଛି କରିବାକୁ ହେବ…।"

ରୋହିତ ଉତ୍ତର ଦେଲା, "ହଁ, ତୁମେ ଯଦି ରହୁଛ ମୁଁ ତୁମକୁ ରୋକିବାକୁ କିଏ? ସତ କହିଲ, ମାମା ଏ ଯିବାଟା ଗୁରୁବସା ପାଇଁ ନା ଆଉ କେଉଁ କାରଣରୁ? ତୁମେ ଯଦି ରହୁଁଛ ତ ଯାଅ, ମୋର କିଛି କହିବାର ନାହିଁ।"

"ନାଇଁରେ ରୋହିତ, ମୋତେ କ'ଣ ଭଲ ଲାଗୁଛି ତୋ ପାଖ ଛାଡ଼ି ଯିବାକୁ? ମୁଁ ଘରର ବୋହୂ-ଶାଶୂଙ୍କର ବଡ଼ ଭରସା ଥିଲା ମୁଁ ତାଙ୍କର ସବୁ ପୂଜା ପରବ କରିବି ବୋଲି। ଗତବର୍ଷ ତ ବାପା ଚାଲିଯିବା ଲାଗି କିଛି କରିପାରି ନ ଥିଲି।" ଦୁଇଦିନ ପରେ ମୁଁ ଓଡ଼ିଶା ଆସିଲି। ମୋହିତ ମୋତେ ନେବାକୁ ଭୁବନେଶ୍ୱର ଏୟାରପୋର୍ଟ ଆସିଥିଲା। ଆମେ ଯାଇ ଠିକ୍ ସମୟରେ କଟକ ପହଞ୍ଚିଲୁ। ମୁଁ ଯାଇ ଦେଖିଲା ବେଳକୁ ମୁଁ ଯେଉଁଠାରେ ଶୋଉଥିଲି ସେଠାରେ ଗଦା ଗଦା ଖବରକାଗଜ। ମୁଁ ନ ପଚରି ରହିପାରିଲି ନାହିଁ, ଅସୀମା ଉତ୍ତର ଦେଲା, "ମା'ଜୀ, ମୁଁ ଗୋଟିଏ ଇଂରାଜୀ ପେପର କଟକରୁ ବାହାର କରିବା ପାଇଁ ଚେଷ୍ଟା କରୁଛି, ଆପଣ ଦୁଇ ଚରିଦିନ ରୋହିତଙ୍କ ରୁମରେ ରହିଯାଆନ୍ତୁ, ମୁଁ ଶୀଘ୍ର ଏ ଘର ସଫା କରିଦେବି।"

ମୋ ମୁଣ୍ଡକୁ ପିତ୍ତ ଚଢ଼ିଯାଉଥାଏ। ମୁଁ ଭାବିଲି, "ୟୁଆଡ଼େ ଗଲି ମୋତେ ଗୋଟେ ଲୁଗା ଗଣ୍ଠିଲି ପରି ଯାହାର ଯେତେବେଳେ ଯେଉଁଠିକୁ ମନ ସେଇଠାକୁ ପଠାଇ ଦେଉଛି। ଆରେ ବାବା ଏ ଘର ମୋ ସ୍ୱାମୀଙ୍କର ଓ ମୋର। ତୁମେମାନେ କିଏ ମୋତେ ଆଜି ଏଠି କାଲି ସେଠି କରିବାକୁ? କିନ୍ତୁ ଚୁପ୍ ରହିଲି କିଛି କହିଲି ନାହିଁ।"

ସେଦିନ ରାତିରେ ରାଧିକା ଫୋନ୍ କରିଥିଲା। ସବୁକଥା ପଚରିବା ଭିତରେ

ସେ ବୁଝିପାରିଲା ମୋ ମନର ଅବସ୍ଥା। ମୁଁ ଏଠି ସେଠି ହୋଇ ବଡ଼ ବ୍ୟସ୍ତରେ ଦିନ କାଟୁଛି। ତେଣୁ ସେ ମୋ ଆଗରେ ପ୍ରସ୍ତାବ ବାଢ଼ିଲା, "ମାମା ତୁମେ କିଛି ଦିନ ଲାଗି ମୋ ପାଖକୁ ଆସନ୍ତୁ? ମୁଁ ଓ ତୁମ ଜୋଇଁ ଅସିତ ବହୁତ ଖୁସି ହେବୁ। ମୋ ରାଣ ମାମା, ମୋ ପାଖେ ରହିଲେ ତୁମକୁ ନିଶ୍ଚୟ ଭଲ ଲାଗିବ। ମୋର ଦୁଇ ପୁଅ ରାଜା ଓ ରତନ ତୁମକୁ ଦେଖି ବହୁତ ଖୁସି ହେବେ।"

"ମୁଁ ତ ଏକା ଯାଇପାରିବିନି, ନ ହେଲେ ମୋର ଏଠି କି କାମ?"

"ତୁମେ କେବେ ଆସିବ କହିଲେ ମୁଁ ଯାଇ ତୁମକୁ ନେଇ ଆସିବି। ପ୍ଲିଜ୍ ମାମା, ତୁମେ ଆସିଲେ ମୋର ବହୁତ କଥା ତୁମଠାରୁ ଶିଖିବାକୁ ଅଛି। ତୁମେ ଯେଉଁ ମାଛବେସର କର ସେଇଟା ୟୁନିକ୍-ସାରା ପୃଥ୍ୱୀରେ ବି କେହି କରିପାରିବେ ନାହିଁ। ତୁମେ ଓ ମୁଁ ବହୁତ ଗପିବା। ବାପାଙ୍କ କଥା, ଅଜାଆଇଙ୍କ କଥା ଓ କଟକ କଥା- ହଁ ମା' ରଣ୍ଡ ଦହିବରା କଥା...।"

ରେଣୁବାଲାଙ୍କ ମୁହଁରେ ଛୋଟ ହସ ଖଣ୍ଡିଏ ଝଲସି ଉଠିଲା। ସେ ହରମୋହନଙ୍କ କଥା ଭାବିଲେ, ସତରେ ସେ ଯାହା କହୁଥିଲେ ତା ସତ। ଝିଅ ବୋଲି ସିନା ବୁଝିଲା ମୋ ମନକଥା- ଯୋଡ଼େ ଯୋଡ଼େ ବୋହୂ ଯେ କିଏ ଥରେ ଆଦରରେ ଗଣ୍ଡେ ଭାତ ବାଢ଼ି ଦିଅନ୍ତିକି! ରାଧିକାକୁ ମୁଁ ଭଲ କରି ବୁଝି ନ ଥିଲି। ମୁଁ ଆଜି ଫୋନ୍ କରିବି ସେ ଆସି ମୋତେ ଏଠୁ ନେଇଯାଉ। ରେଣୁବାଲା ସନ୍ଧ୍ୟାବେଳକୁ ରାଧିକାକୁ ଫୋନ୍ କରି କହିଲେ, "ରାଧିକା ଲୋ ତୁ ଆସି ମୋତେ ନେଇ ଯାଆ। ମୁଁ ତ ଏକା ଯାଇ ପାରିବିନି। ତା'ଛଡ଼ା ତତେ ଦେଖିଲେ ମୋ ଯିବାରେ କେହି ବାଧା ଦେବେନି।" ଚାରିଦିନ ପରେ ରାଧିକା ଆସିଲା ଓ ତା' ଆସିବା କଥା ମୋହିତକୁ କହିଥିଲା ଫୋନ୍‍ରେ। ମୋହିତ ରାଧିକାକୁ ଆଣିବାକୁ ନିଜେ ଗଲା ଭୁବନେଶ୍ୱର, ସାଙ୍ଗରେ ତା ସ୍ତ୍ରୀ ଅସୀମା ବି ଯାଇଥିଲା। ଫେରିଲା ବାଟରେ ନାନା କଥାବାର୍ତ୍ତା ଭିତରେ ମୋହିତ କହିଲା, "ରାଧିକା, ମାମା ଆଜି କାଲି ବଡ଼ ଟଚି ହୋଇଯାଇଛନ୍ତି। ସେ କଥା ମୋତେ ଅସୀମା କହୁଥିଲା, ମୁଁ ବିଶ୍ୱାସ କରୁ ନ ଥିଲି। ଏବେ କିନ୍ତୁ ସପ୍ତାହେ ଖଣ୍ଡେ ହେଲାଣି ମୁଁ ଲକ୍ଷ୍ୟ କରୁଛି ମାମା ଟିକିଏ ମନ ଖରାପ କରୁଛନ୍ତି। ତୁ ତ ଆସିଛୁ, ମାମାଙ୍କୁ ଟିକିଏ ବୁଝେଇଲେ ଭଲ ହୁଅନ୍ତା।"

"ହଁ, ଭାଇନା ମୁଁ ଚେଷ୍ଟା କରିବି। ଭାବୁଛି ଏବେ କିଛିଦିନ ଲାଗି ତାଙ୍କୁ ମୋ ସହିତ ଦିଲ୍ଲୀ ନେଇଯିବି। ନୂଆ ଜାଗା, ନୂଆ ପରିବେଶ, ହୁଏତ ତାଙ୍କୁ ଭଲ ଲାଗିପାରେ। ତୁମେ ବ୍ୟସ୍ତ ହୁଅନି। ମାମା ବେଶିକାଲି ଭଲ ଲୋକ। ପାପାଙ୍କ ହଠାତ୍ ଚାଲି ଯିବାଟା ଯେ ଗ୍ରହଣ କରିପାରି ନାହାନ୍ତି...।"

ଏମିତି ବହୁତ ଗପସପ କରୁକରୁ ସେମାନେ ଆସି କଟକରେ ପହଞ୍ଚିଗଲେ।

ତାଙ୍କ ଘରର ପୁରୁଣା କାମବାଲୀ ଘର ଓଲଉଥିଲା। ରାଧିକାକୁ ଦେଖି କହିଲା, "ନାନୀ ଭଲ କଲ ଆସିକରି। ମାଆ ତ ସବୁବେଳେ ମନମାରୀ ବସିରହୁଛନ୍ତି। ଖିଆପିଆରେ କିଛି ଠିକଣା ନାହିଁ। ତୁମେ ଟିକିଏ ତାଙ୍କୁ ସବୁକଥା ବୁଝାଅ। ଏଇ ତ ମଣିଷ ଜୀବନ। ମୋ ଗେରସ୍ତ ତ ମରି ଯାଇଥିଲା ଯେତେବେଳେ ମୋ ପିଲା ଦୁଇଟା ତିନିବର୍ଷ ଦେଢ଼ବର୍ଷର ହୋଇଥିଲେ। ପୁଣି ମୁଁ ପେଟରେ ଝରିମାସ। କେତେ ଦୁଃଖ ନ କରିଛି ଏ ପିଲା ତିନିଟାକୁ ମଣିଷ କରିବାରେ! ଶାଶୂ ଶ୍ୱଶୁର ମୁହଁକୁ ରହିଲେନି, ବାପ ଘରକୁ ପଳେଇ ଗଲି; କିନ୍ତୁ ସେଠି ଝରିମାସ ରହିଲା ପରେ ଜାଣିଲି ଖାଲି ମାଆଟା ମୋ ପାଇଁ ଦୁଃଖ କରେ – ଏମିତିତ ବାପା ବା ରହୁଁ ନ ଥିଲା ମୁଁ ସେମାନଙ୍କ ପାଖେ ରହେ ବୋଲି। ଏଥର ମୁଁ ବୁଝିଲି ପୃଥିବୀରେ ମୁଁ ଏକୁଟିଆ, ମୋତେ ଖଟି ଖାଇବାକୁ ହେବ, ମୋତେ ମୋ ପିଲାଙ୍କୁ ବଢ଼େଇବାକୁ ହେବ– ଛାଡ଼ ନାନୀ ମୋ ଦୁଃଖ କହିଲେ ସରିବନି। କ'ଣ ସବୁ ନ କରିଛି ଏ ପିଲା ତିନିଟାଙ୍କ ଲାଗି...।"

"ହଁ ତୋ କଥା ମାମାଙ୍କ ଠାରୁ ସବୁ ଶୁଣିଛି। ତୁ କାମ ସାରି ଯାଅ, ସିଆଡ଼େ ତୋ ପିଲେ ତତେ ଝହଁ ବସିଥିବେ।"

"ପିଲାମାନେ ମୋତେ କାହିଁ ଝହଁ ବସିବେ? ବଡ଼ଟା ତ ଗୋଟାଏ ଦୋକାନରେ କାମ କରୁଛି ସାନଟା ତ ଗୋଟାଏ ବାବୁ ଘରେ ବଗିଚ କାମ କରି ତା' ପେଟ ପୋଷୁଛି। ଖାଲି ରମାଟା ମୋ ପାଇଁ ଗଣ୍ଡେ ରାନ୍ଧି ମୋ ବାଟକୁ ଝହଁ ବସିଥାଏ, ଟିକିଏ ସଞ୍ଜ ଗଲେ ତାକୁ ଭଲ ଲାଗେ, ଯାହାର ଝିଅ ନାହିଁ ସେ ଜାଣେନି ଝିଅ କି ଦରବ। ନାନୀ ମୋ କଥା ମାନ– ଏଥର ଗୋଟାଏ ଝିଅ ପାଇଁ ଚେଷ୍ଟା କର। କଟକ ଚଣ୍ଡିଙ୍କ ପାଖେ ମାନସିକ କର– ସେ ନିଶ୍ଚେ ତୁମକୁ ଖଣ୍ଡେ ମାଇକିନିଆ ପିଲା ଦେବେ...।" ବୁଝିଲୁ ଲଛମୀ, ତୋର ଖାଲି ଏଇ କଥା! ଦୁଇଟା ପୁଅ କ'ଣ ଯଥେଷ୍ଟ ନୁହନ୍ତି? ଆଜିକାଲି ପୁଅଝିଅ ସବୁ ସମାନ। ଭଲ ହେବାକୁ ଥିଲେ ପୁଅ ବି ଭଲ, ଝିଅ ବି ଭଲ।"

"ଯାଅ, ସୁରକୁ କହ ମୋ ପାଇଁ କପେ ଅଦା ପକା ଚ କରି ଆଣିବ।"

ଲଛମୀ ହସି ହସି ଉତର ଦେଲା, "ହଁ ନାନୀ, କହି ଦେଉଛି। ଯେଉଁ ନୂଆବୋଉ ମା' ଆସିଛନ୍ତି ତାଙ୍କର ଅର୍ଡରରେ ରନ୍ଧାରନ୍ଧି ହେଉଛି। ବଡ଼ ଭାଇନା କେମିତି ତାଙ୍କୁ ଖାଇଦେଉଛନ୍ତି କେଜାଣି? ଅଧେ ଦିନ ତ ମାଆ କିଛି ଖାଉ ନାହାନ୍ତି। ଦୁଇଟା ପାଚିଲା କଦଳୀ ଖାଇ, ଦୁଧ ଟିକିଏ ପିଇ ରହିଯାଉଛନ୍ତି... ଏଇ ଘରେ କେତେ ପ୍ରକାର ରନ୍ଧା ହେଉ ନ ଥିଲା, କେତେ ପିଠାପଣା ହେଉ ନ ଥିଲା, ଏବେ ସେ ସବୁ ସପନ...।"

"ହଉ, ଠିକ୍ ଅଛି, ପିଠାପଣା ଗୁଡ଼ା ଖାଇକି କ'ଣ ଲାଭ ? ଖାଲି ମୋଟା ହେବା କଥା। ତୁ ସୁରକୁ କହ ମୋ ପାଇଁ ଭଲ କରି ରଝ କପେ କରିଦେବ।"

"ନାନୀ, କ'ଣ ଜଳଖିଆ ଖାଇବେ ଆପଣ ?" ପଚାରିଲା ଲଛମୀ।

"କିଛି ନାହିଁ, ଫ୍ଲାଇଟ୍‌ରେ ଟିକିଏ ଖାଇଦେଇଥିଲି। ଏକଥରେ ମାମାଙ୍କ ସଙ୍ଗେ ଖାଇବି।" କହିଦେଇ ରାଧିକା ମାମାଙ୍କ ଠାକୁର ଘରକୁ ଗଲା। ମାମା ଭାଗବତ ପଢ଼ୁଥିଲେ, ସେ ଆସି ପହଞ୍ଛିଲା ବେଳକୁ, ତେଣୁ ସେତେବେଳେ ସେ ତାଙ୍କୁ ଡିଷ୍ଟର୍ବ କରିବାକୁ ରଝୁଁ ନ ଥିଲା। ଏବେ ତାଙ୍କର ପଢ଼ା ସରିବଣୀ। ଏବେ ଗଲେ ମାମା ତା ସହିତ କଥା ହେବେ।

ରାଧିକା ମାମାଙ୍କ ପାଖକୁ ଯାଇ ତାଙ୍କ ପାଦଛୁଇଁ ପ୍ରଣାମ କଲା। ରେଣୁବାଲା ଝିଅକୁ ଦେଖୁ ଦେଖୁ ତାଙ୍କ ମୁହଁରେ ହସ ଖେଳିଗଲା। ଝିଅକୁ କୁଣ୍ଢେଇ ପକେଇ କହିଲେ, "କେତେବେଳୁ ଆସିଲୁଣି– କ'ଣ ଜଳଖିଆ ଖାଇଲୁଣି – ରଝ ମୁଁ ତୋ ପାଇଁ ପୁରୀ ତରକାରୀ କରିଦେବି – ଦାମ ମହରାଜରୁ ରସଗୋଲା ମଗେଇ ରଖିଛି...।"

ମାମା ମୋତେ ରଝିଦିନରେ ତୁମେ ରଝିକେଜି ମୋଟା କରି ଛାଡ଼ିଦେବ। ଏତେ ବ୍ୟସ୍ତ କାହିଁକି ? ଦିଲ୍ଲୀ ଗଲେ ତୁମ ମନମୁତାବକ ଖୁଆଇବ। ମାମା କିନ୍ତୁ ଗୋଟିଏ କଥା ମନେରଖ, "ମୋ ଡାକ୍ତର କହିଛନ୍ତି ମୋତେ ଦଶକେଜି ଝଡ଼ିବାକୁ... ଆଉ ତୁମ ପ୍ଲାନ୍ ମୋତେ ଆଉ ଦଶ କେଜି ବଢ଼େଇଦେବାର...।"

ରେଣୁବାଲା ଝିଅର ମୁଣ୍ଡ ଆଉଁଶି ଦେଇ କହିଲେ, "ରାଧିକା ତୁ ଆଉ ବଦଲିଲୁ ନାହିଁ। ପାଠ ପଢ଼ିଲା ବେଳେ ସେମିତି ନ ଖାଇ ନ ଖାଇ ରହୁ, ହଁ ସେତେବେଳେ ସିନା ନାଉଥିଲୁ ବୋଲି ଏତେ ଜଗି ରଖି ଚଲୁ ଥିଲୁ। ଏବେ କାହିଁ ଏତେ କଷ୍ଟ ? ମୋର ତୋ ପାଇଁ ଟିକିଏ ମାଛ ବେସର କରିବାକୁ ମନ, କିନ୍ତୁ ଅସୀମା ଲାଗି ଆମ ଘରେ ଆଉ ଆଙ୍ଷ ପଶୁ ନାହିଁ। କେଜାଣି କେମିତି ମୋହିତ ସବୁଦିନ ସାଧା ଖାଇ ରହୁଛି ? ପିଲାଦିନେ ତ ମାଂସ ନ ହେଲେ ଭାତ ଥାଲି ପାଖେ ବସୁ ନ ଥିଲା ! ମଣିଷ ଏମିତି ବଦଲନ୍ତି ମୁଁ କେବେ ଦେଖିନଥିଲି। ତୋ ପାପା ବଞ୍ଚଥିଲେ ସେ ଏକଥା ହେବାକୁ ଦେଇନଥାନ୍ତେ...।"

ରାଧିକା ମାମାଙ୍କ ହାତକୁ ନିଜ ହାତରେ ନେଇ କହିଲା, "ତୁମେ ତୁଚ୍ଛାଟାରେ ଏତେ ବ୍ୟସ୍ତ ହେଉଛ କାହିଁକି ? ଆଜିକାଲି ତ ବହୁତ ଲୋକ ଇଚ୍ଛା କରି ଭେଜିଟେରିଆନ୍ ହୋଇ ଯାଉଛନ୍ତି। ଏମିତିକି ଫରେନରମାନେ ବି, ତୁମେ ବ୍ୟସ୍ତ ହୁଅନି ମାମା, ମୋ ପାଖକୁ ଗଲେ ତୁମ ଇଚ୍ଛା ଯାହା ତା' କରି ମୋତେ ଖୁଆଇବ...।"

"ହଁ ଲୋ ମା', ଏଠି ମୋ ଘରେ ମୁଁ କୁଣିଆ, କିଛି କହିବାର ମୋର ଅଧିକାର

ନାହିଁ। ମୋ ପୁଅଗୁଡ଼ା ଏତେ ମାଇପି ବୋଲିଆ ହେବେ ବୋଲି ମୁଁ ଭାବି ନ ଥିଲି। ଏବେ ମୁଁ ଦେଖୁଛି ପାପା ନ ଥିବାରୁ ମୋତେ ପୁଅମାନେ ଖାତିର କରୁନାହାନ୍ତି।"

ରାଧିକା ମାମାଙ୍କୁ ଟିକିଏ ଜୋରରେ ଦାବି ଦେଇ କହିଲା, "ନାଇଁ ମାମା ସେମିତି ଭାବ ନାହିଁ। ତୁମ ପୁଅମାନେ ଭାରି ଭଲ। ତୁମକୁ ବହୁତ ସମ୍ମାନ ଓ ସ୍ନେହ କରନ୍ତି କିନ୍ତୁ ସେମାନଙ୍କ ସଂସାର ତ ସେମାନଙ୍କୁ ଦେଖି ଚଳିବାକୁ ହେବ। ସେମାନଙ୍କୁ ଭୁଲ ବୁଝ ନାହିଁ।"

ରେଣୁବାଳା ଗୋଟିଏ ତାସଲ୍ୟଭରା ହସ ହସି କହିଲେ, "ତୁ ମୋତେ କ'ଣ ବୁଝାଇବୁ? ମୁଁ ଦିନେ ବୋହୂ ଥିଲି। ମୋ ଶାଶୂଙ୍କ ଠାରୁ ବହୁତ କଥା ସହିଛି। କିନ୍ତୁ ତୋ ବାପା ମୋତେ ଭଲ ପାଇଲେ ବି ପ୍ରଥମେ ତାଙ୍କ ମା', ବାପାଙ୍କ କଥା ବୁଝୁଥିଲେ, ମୋତେ କହନ୍ତି, "ରେଣୁ ତୁମେ ତ ମୋର ସବୁଦିନେ, ଏ ବୁଢ଼ାବୁଢ଼ୀ ଦୁଇଟାଙ୍କ ମନରେ ଟିକିଏ ବି କଷ୍ଟ ଦେଲେ ତାଙ୍କ ନିଶ୍ୱାସ ଆମ ଉପରେ ବା ଆମ ପିଲାଙ୍କ ଉପରେ ପଡ଼ିବ। ଆମ ଭଲ ପାଇଁ ଆମେ ସେମାନଙ୍କ କଥା ମାନି ଚଳିଯିବା। ସେୟା ହେଲା। କିନ୍ତୁ ରୋହିତ ଘରେ ସେଦିନ ମୁଁ ପଦେ କହିଛି କି ନାହିଁ ସାନବୋହୂ କାନ୍ଦିକାନ୍ଦି ଆଖି ଗେଣ୍ଡା ପରି କଲା। ମୁଁ କ'ଣ ନାକରେ ଭାତ ଖାଉଛି ମୁଁ ବୁଝି ପାରିବିନି, କଥା କ'ଣ? ରୋହିତ ମୋତେ କିଛି କହିଲାନି ଓ ନିଶ୍ଚେ ସଂଗୀତା ତାକୁ ମୋ ବିଷୟରେ କିଛି କହିଥିବ। ମୋର ମୋ ଶାଶୂ କହୁଥିବା ଗୋଟିଏ ଢଗ ମନେପଡ଼ିଲା- "ପାଖରେ ଶୁଅ କାନରେ କହେ, ତା କଥା କେବେ ଅନ୍ୟଥା ହୁଏ।" ତେଣୁ ତା' ପରଦିନ ମୁଁ ଯେତେବେଳେ କଟକ ଆସିବା କଥା କହିଲି ରୋହିତ ବିଶେଷ ବାଧା ଦେଲାନି। ମୋତେ ନେଇ କଟକରେ ଛାଡ଼ିଦେଇ ଆସିଲେ ବାଡ଼ି ଭାଙ୍ଗିବନି କି ସାପ ମରିବନି। ମୁଁ ବି ଭାବିଲି ସେଠାରେ ଏମିତି ଗୁଞ୍ଜିଗାଞ୍ଜି ହୋଇ ରହିବା ଅପେକ୍ଷା କଟକ ଚାଲି ଆସିଲେ ଭଲ। କିନ୍ତୁ ଏଠିକୁ ଆସିଲି ମୋ ପାଇଁ ଗୋଟାଏ ରୁମ୍ ନାହିଁ। ଘର ମୋର କିନ୍ତୁ ଘରର ମାଲିକାଣୀ ଅସୀମା। ତା କଥାରେ ସମସ୍ତେ ଚଳିବେ, ସତେ ଯେମିତି ସବୁ ବୋପା ଘରୁ ନେଇ ଆସିଛି! ଯାହା ତ ପ୍ରଥମରୁ ମୋହି ମୋ ରୁମରୁ ମୋତେ କାଡ଼ି ଦେଇଥିଲା, ଏବେ ଯେଉଁ ରୁମରେ ମୁଁ ଶୋଉଥିଲି କି ବସା ଉଠା କରୁଥିଲି ସେ ଘର ଗୋଟାଏ ଖବରକାଗଜ ଗୋଦାମ୍ ହୋଇ ପଡ଼ିଛି। ଅସୀମା କହୁଛି, "ଆପଣ ତ ଏକା ଲୋକ, ଟିକିଏ ଆଡ଼ଜଷ୍ଟ କରି ନିଅନ୍ତୁ।" ମୁଁ ଓ ପାପା ଘର କିରଥିଲୁ ଭଲରେ ରହିବା ପାଇଁ ନା ଏମାନେ ମୋତେ ଏଠା ସେଠା କରିବା ପାଇଁ! ବୁଝିଲୁ ରାଧିକା ମୁଁ ଭାବୁଛି ମୋର ସବୁ ବଳ ତୋ ପାପା ଥିଲେ, ସେ ଏମିତି ଚାଲିଯିବା ପରେ ମୋ ଉପରେ ସବୁ ଦୁଃଖ ମାଡ଼ି ବସିଲା।"

ରାଧିକା ମାମା ମୁହଁକୁ ତା'ର ଦୁଇହାତ ଭିତରେ ଧରି ହସି ହସି କହିଲା, "ମାମା ତୁମେ ଏତେ ଦୁଃଖ କାହିଁକି କରୁଛ ? ତୁମର ସବୁ ଅଛି। ତୁମେ ଏତେ ମନ ଦୁଃଖ କରନି। ମନ ଦୁଃଖ କଲେ ବିଭିନ୍ନ ଦେହ ଖରାପ ହେବ। ଯଦି ଭାବୁଛ ଭଲ ଥିଲାବେଳେ ତୁମେ ଏତେ ଅଲୋଡ଼ା ହୋଇଯାଇଛ, ଦେହ ଖରାପ ହେଲେ କିଏ ତୁମକୁ ପଚରିବ ? ଏସବୁ ଏତେ ନ ଭାବି ଚଲ ମୋ ସାଙ୍ଗରେ ଦିଲ୍ଲୀ ଯିବ...।"

"ହଁ ସେୟା ହିଁ କରିବି। ଅସୀମା ତ ରହିଁ ବସିଛି ମୁଁ କେମିତି ଏଘରୁ ଯାଏ। ଆଉ ଗୋଟିଏ କଥା ମୋହିତକୁ କହିବି, ମୋ ନାଁରେ ପାପା ଯାହାସବୁ ଟଙ୍କା ରଖିଥିଲେ ସେସବୁ ମୋତେ ଦେଇ ଦଉ। ମୁଁ ଯେଉଁଠି ରହିଲେ ବି ମୋ ଖର୍ଚ୍ଚ ପାଇଁ କାହା ପାଖେ ହାତ ପତେଇବି ନାହିଁ...।"

ରାଧିକା ଭାବିଲା ପୁଅ ଓ ବୋହୂମାନଙ୍କ ବ୍ୟବହାର ମାମାଙ୍କୁ ବହୁତ ବାଧୁଚି। କାହାକୁ ଭଲ ଲାଗେନି ପୁଅ ହେଉ ଝିଅ ହେଉ କାହା ପାଖେ ହାତ ପତେଇବା ପାଇଁ। ଏକଥା କେମିତି ଭାଇମାନେ ବୁଝି ପାରୁନାହାନ୍ତି ? ଯାହାହେଉ ମୁଁ ମାମାଙ୍କୁ ପ୍ରଥମେ ଦିଲ୍ଲୀ ନେଇ ଯାଏ, ତା' ପରେ ଦେଖାଯିବ କେମିତି ଭାଇନାମାନଙ୍କୁ ମାମାଙ୍କର ଦୋକାନ ସେୟାର କଥା କହିବା ବିଷୟ। ମାମା ଯାହାର ଅଭ୍ୟାସ ଥିଲା ଚକର ଚକରାଣୀଙ୍କୁ ଭଲ କରି ଦେବା ନେବା କରିବାରେ। ଏବେ ତାଙ୍କ ନିଜ ହାତରେ ପଇସାଟିଏ ନଥିଲେ ସତରେ ତାଙ୍କୁ ଖରାପ ଲାଗିବନି।

ଲଞ୍ଚରେ ସମସ୍ତେ ଏକାଠି ଖାଇ ବସିଲେ। ରାଧିକା ଦେଖିଲା ଟେବୁଲ ଉପରେ ପଶ୍ଚିମ ଭାରତୀୟ ଖାଦ୍ୟ। କଢ଼ି, ପାପଡ଼, ବେସନ ତରକାରୀ, ରୁଟି, ଭାତ। ବଡ଼ ଭାଇନା କିଛି ନ କହି ସବୁ ଖାଇଦେଲେ। ମାମା ଦହି ଭାତ ଟିକିଏ ଖାଇଦେଇ ଉଠିଗଲେ। ଅସୀମା ଖୁବ୍ ଭଲ କରି ଖାଇଲା ଓ ସୁରକୁ ଖୁବ୍ ସାବାସୀ ଦେଲା ଭଲ ରାନ୍ଧିଥିବାରୁ।

ଖାଇସାରିଲା ପରେ ବିଶ୍ରାମ ନେବାପାଇଁ ଯେ ଯାହା ରୁମକୁ ଗଲେ। ରାଧିକା ରେଣୁବାଲାଙ୍କ ସାଙ୍ଗେ ଗଲା। ଏବେ ସେ ରୋହିତର ପଢ଼ା ଘରେ। ରାଧିକା ଯାଇ ମାଆଙ୍କ ପାଖେ ବସିଲା। ରେଣୁବାଲା କହିଲେ, "ଦେଖିଲୁ ତ ଏ ଘରର କାରବାର। ଖାଲି ବେସନ ଜାତୀୟ ଖାଇବା – କ'ଣ ବଜାରରେ ପରିବା ମିଳୁନି ? ତୁ ମାଛ ମାଂସ ନ ଖାଇଲୁ ଠିକ୍ ଅଛି, ୟା ବୋଲି କ'ଣ ଆଉ କେହି ଖାଇବେନି ? ଏତେଦିନକେ ଭଉଣୀଟା ଆସିଛି, ମାଛ କି ମାଂସ ଟିକିଏ କରିବାକୁ କହିନଥାଆନ୍ତା ମୋହିତ ! କି ଯାଦୁ କରିଛି ସେ ଅସୀମା ମୋହିତର ପାଟ ଫିଟୁନି। ମୋତେ ଏସବୁ ଜମା ଭଲ ଲାଗୁନି। ଆଜି ରାତିରେ ମୁଁ ମୋହିତକୁ କହିବି ମୋ ଟଙ୍କା ମୋତେ ଦେଉ, ମୁଁ ସେଥିରେ ଉପର ଘର କରିବି। ମୁଁ ସେଠାରେ ମୋ ଇଚ୍ଛାରେ ରହିବି।"

ରାଧିକା କହିଲା, "ନାଇଁ ମାମା ନାଇଁ। ଏଇଲେ ଏସବୁ କୁହ ନାହିଁ। ସେମାନେ ଭାବିବେ ମୁଁ ତୁମକୁ ଶିଖାଇଛି। ଚଲ ଆଗେ ଦିଲ୍ଲୀ ଯିବା, ତା ପରେ ଦେଖିବା। ଯଦି ତୁମକୁ ଦିଲ୍ଲୀ ଭଲ ଲାଗିବ ନାହିଁ ତେବେ ଉପରେ ଘର କରିବା କଥା ଭାବିବା।"

ଛଅ ସାତ ଦିନ ରହିବା ପରେ ରାଧିକା ରେଣୁବାଲାଙ୍କୁ ନେଇ ଦିଲ୍ଲୀ ଚଲିଗଲା। ଏୟାରପୋର୍ଟକୁ ଆସିଲା ବେଳକୁ ରେଣୁବାଲାଙ୍କ ଆଖିରେ ଲୁହ। ତାଙ୍କୁ ଲାଗୁଥାଏ ସତେ ଯେମିତି ସେ ବାହାହୋଇ ବାପଘର ଛାଡ଼ି ଶାଶୂଘରକୁ ଯାଉଛନ୍ତି। ରାଧିକା ପଚରିବାରୁ ସେ ଧୀର ସ୍ୱରରେ ଉତ୍ତର ଦେଲେ, "କ'ଣ କହିବି ତତେ? ଯେଉଁ ଘରକୁ ମୁଁ ଏତେ ଭଲ ପାଉଥିଲି ଶେଷକୁ ତାକୁ ଛାଡ଼ିବାକୁ ପଡ଼ିଲା। ଯେଉଁଠି ପ୍ରତ୍ୟେକ କୋଣ ଅନୁକୋଣରେ ତୋ ପାପାଙ୍କ ସ୍ମୃତି ଛାନ୍ଦି ହୋଇ ରହିଛି, ସେ ଘରକୁ ଛାଡ଼ି ଦିନେ ଯିବାକୁ ହେବ ବୋଲି ମୁଁ କଳ୍ପନାରେ କେତେ ଭାବି ନ ଥିଲି। ତତେ ମିଛ କହୁନି ରାଧିକା ମୋ ଜୀବନରେ ଏମିତି ଦିନ ଆସିବ ଏକଥା ମୁଁ ଜାଣି ନ ଥିଲି। ତୋ ପାପା ତ ମୋତେ ବହୁତ ଭଲ ପାଉଥିଲେ ଓ ମୋ ମନରେ କଷ୍ଟ ହେଲା ଭଲି କେବେ କିଛି କରୁ ନ ଥିଲେ।"

ପ୍ଲେନ୍ ଆସିବାକୁ ଅଧଘଣ୍ଟେରୁ ବେଶୀ ଅଛି, ରାଧିକା ମାମାଙ୍କୁ ବୁଝାଇବାକୁ ଚେଷ୍ଟା କଲା, "ମାମା ତମେ କହିଲ ତୁମର କ'ଣ କେବେ କିଛି ମତାନ୍ତର ହେଉ ନ ଥିଲା ଜେଜେମାଙ୍କ ସହିତ। ଦୁଇଟି ବେଳା ଏକାଠି ରହିଲେ ନିଶ୍ଚେ କିଛି ଶଢ଼ ହେବ। ଦୁଇଜଣ ସ୍ତ୍ରୀ ଲୋକ ଗୋଟିଏ ଛାତ ତଲେ ରହିଲେ ନିଶ୍ଚେ ଖୁଟ୍‍ଖାଟ୍ ହେବ। ତୁମେ ଏହାକୁ ସାଧାରଣ ଭାବିବାକୁ ଚେଷ୍ଟା କର। ଅସୀମା ଭାଉଜଙ୍କ କଥାରେ ଏତେ ଗୁରୁତ୍ୱ ଦିଅନାହିଁ। ତୁମର ଯାହା ଖାଇବାକୁ ଇଚ୍ଛା ସୁରଭାଇକୁ କହି ରନ୍ଧାଅ। ସୁର ଭାଇ ତ ଘରେ ଖାଆନ୍ତି - ତାକୁ କୁହ ବଜାରରୁ ଆମ ପସନ୍ଦର ପରିବା ଆଣବାକୁ। ମୁଁ ମୋହିତ ଭାଇନାଙ୍କୁ କହିବି ସେ ଉପର ମହଲାଟା ତୋଲି ଦେଇ ସେଠାରେ ରହନ୍ତୁ। ତୁମ ଶୋଇବା ଘରେ ତୁମେ ରହିବ। ଏସବୁ କଥା ଏଇଲେ ଏତେ ଭାବିବାର କିଛି ଦରକାର ନାହିଁ। ଆଗେ ଦିଲ୍ଲୀରେ ରୁହ - ତା'ପରେ ଏସବୁ କଥା। ଶେଷରେ ପ୍ଲେନ୍ ଆସି ପହଞ୍ଚିଲା ଏବଂ ବୋର୍ଡିଂ ଆରମ୍ଭ ହୋଇଗଲା। ରାଧିକା ମାମାଙ୍କ ହାତ ଧରି ଚଲୁଥାଏ, ମାମାଙ୍କର ଯେମିତି କିଛି ଅସୁବିଧା ନ ହୁଏ ସେଥିପାଇଁ ସେ ସଜାଗ ଥାଏ। ରେଣୁବାଲାଙ୍କୁ ଝରକା ପାଖ ସିଟ୍‍ରେ ବସେଇ ଦେଇ ସେ ତାଙ୍କ ସିଟ୍ ବେଲ୍ଟ ବାନ୍ଧି ଦେଲା। ରେଣୁବାଲାଙ୍କର ଏଇ ପ୍ରଥମ ଏରୋପ୍ଲେନ୍ ଯାତ୍ରା - ସେ ଆଗରୁ ଦିଲ୍ଲୀ ଯାଇଥିଲେ ସ୍ୱାମୀଙ୍କ ସହ, କିନ୍ତୁ ଟ୍ରେନ୍‍ରେ। ତାଙ୍କୁ ସବୁ ନୂଆ ନୂଆ ଲାଗୁଥାଏ। ପ୍ଲେନ୍ ଛାଡ଼ିଲା ଏବଂ ଏୟାରହୋଷ୍ଟେସ୍ କିଛି ଅଭିନୟ ସହ କହିବାକୁ ଲାଗିଲେ ଯାହାର ଅର୍ଥ ଥିଲା

ଯଦି ଆକାଶରେ ଉଡ଼ିଲା ବେଳେ ଯଦି କିଛି ବିପଦ ଆସେ ତେବେ କ'ଣ କ'ଣ କରିବ ଇତ୍ୟାଦି। ରାଧିକା ହସିଲା ଓ ମାମାଙ୍କ ମୁହଁକୁ ରୁହିଁ କହିଲା, "ଭଲ ହେଲା ତୁମେ ଶୁଣିଦେଲ ଏୟାରହୋଷ୍ଟେସ୍‌ଙ୍କ ସତର୍କବାଣୀ, କିନ୍ତୁ ପ୍ଲେନ୍‌ ଦୁର୍ଘଟଣାରୁ ବଞ୍ଚିବା ଭଗବାନଙ୍କ ଦୟା।"

ଏହି ସମୟରେ ଚ', କଫି ଥଣ୍ଡାପାନୀୟ ଇତ୍ୟାଦି ଧରି ଜଣେ ତରୁଣୀ ସେହିବାଟ ଦେଇ ଚଲିବାକୁ ଆରମ୍ଭ କଲେ ଓ ପ୍ରତ୍ୟେକ ଯାତ୍ରୀଙ୍କୁ ଚ', କଫି ବା ଥଣ୍ଡା ଦେବାରେ ଲାଗିଲେ। ରାଧିକା ରେଣୁବାଲାଙ୍କ ସିଟ୍‌ ଆଗରେ ଥିବା ଟ୍ରେକୁ ଖୋଲି ଦେଇ ଚ'ଟି ରଖିଦେଇ କହିଲା, "ମାମା, ଟିକିଏ ଚ' ପିଇଦିଅ। ଆମେ ତ ଘର ବହୁତ ବେଳୁ ଛାଡ଼ିଲେଣି, ମୁଁ ବି ଭୁବନେଶ୍ୱରରେ ତୁମ ପାଇଁ ଚ' କି କଫି କିଣି ପାରିଲି ନାହିଁ। ଏ ଚ' ତୁମକୁ ଭଲ ଲାଗିବ ନାହିଁ, କିନ୍ତୁ ଗରମ ପାଣି ଟିକିଏ ପିଇଦେଲେ ଭଲ ଲାଗିପାରେ।" ରେଣୁବାଲା, ଝିଅ ଆଡ଼କୁ ମୁହଁ କରି କହିଲେ, "ନାଇଁ ଲୋ ରାଧିକା ମୋର ଚ' ସଉକ ତୋ ବାପା ଯିବା ଦିନରୁ ଚାଲିଗଲାଣି ଚ' କରିବା ପୂର୍ବରୁ ଚ' କେଟିଲ୍‌ ଗରମ ପାଣିରେ ଧୁଆ ହେବ, ପାଣି କେତେ ସମୟ ଫୁଟିବ ଓ ଚ'ପାତ୍ର ପଡ଼ି ପାଣି କେତେ ସମୟ ଘୋଡ଼ା ହୋଇ ରହିବ ଓ ଚିନି, ଦୁଧର ପରିମାଣ କେତେ ହେବା ଉଚିତ ସବୁ କଥାରେ ବଡ଼ ନଜର ତାଙ୍କର ଥିଲା।"

"ନାଇଁ ମାମା, ଯାହା ହେବାର ଥିଲା ତା' ଭଗବାନଙ୍କ ହାତରେ ଥିଲା। ଆମ ହାତରେ କିଛି ନ ଥିଲା। ହଁ ଆମେ ଦୁଃଖ କରିବା ନିଶ୍ଚୟ, କିନ୍ତୁ ବଞ୍ଚିବାକୁ ତ ହେବ। ଜୀବନଟାକୁ ଖାଲି ଦୁଃଖ କରିକରି କଟେଇ ଦେଲେ କ'ଣ ଲାଭ ହେବ ? ଏବେ ଦିଲ୍ଲୀ ଗଲେ ତୁମେ ଆଗ ପରି ଚ' କରିବ, ତୁମେ ମୁଁ ଆଉ ଅସିତ୍‌ ମିଶି ଏକାଠି ଚ' ପିଇବା। ତୁମ ସହିତ ଚ' ପିଇବାଠାରୁ ସକାଳଟାରେ ଆଉ କ'ଣ ଭଲ ହୋଇପାରେ ?"

ରେଣୁବାଲା ଅଧା ଚ' ପିଇ ଆଉ ଅଧିକ ଛାଡ଼ିଦେଲେ। ସେମାନେ ଟିକିଏ ଗପସପ କରିବା ପରେ ପୁଣି ସେହି ତରୁଣୀ ଏୟାରହୋଷ୍ଟେସ୍‌ ଆଉ ଗୋଟିଏ ଟ୍ରଲି ନେଇ ଆସିଲା – ଏଥର ଅଛ ହସି ସେ ରାଧିକାକୁ ଇଂରାଜୀରେ ପଚାରିଲା, ମ୍ୟାଡ଼ାମ୍‌ ୟୁ ୱାଣ୍ଟ ଏନିଥିଙ୍ଗ ? ସାଣ୍ଡଉଇଚ୍‌ ଆଖ କଟ୍‌ଲେଟ୍‌ ?"

ରାଧିକା ମାମାଙ୍କୁ ରୁହିଁଲା – ରେଣୁବାଲା ମୁଣ୍ଡ ହଲେଇଲେ ଓ କହିଲେ, "ଆଜି ଏକାଦଶୀ, ମୁଁ କିଛି ଖାଇବି ନାହିଁ। ତୋ ଘରେ ପହଞ୍ଚିଲେ ସରବତ୍‌ ପିଇବି।"

"ମାମା ତୁମେ କ'ଣ ଏମିତି କହୁଛ ? ଏକାଦଶୀ କାହିଁକି କରିବ ? ତୁମଠାରୁ ମୁଁ ଏ କଥା ଆଶା କରି ନ ଥିଲି। କେଉଁ ପୁରୁଣାକାଳିଆ ଗାଁ ସ୍ତ୍ରୀ ଲୋକଙ୍କ ପରି କହୁଛ ଏକାଦଶୀରେ କିଛି ଖାଇବ ନାହିଁ।"

“ହଁ ଲୋ ରାଧିକା ମୁଁ ସେଇ ସଂସ୍କାରରେ ବଢ଼ିଛି। ମୋ ଜେଜେମା’, ଆଈ ନିର୍ଜଳା ଉପବାସ କରୁଥିଲେ। ମୁଁ ତ ସରବତ ପିଉଛି, ରଂ’ ପିଉଛି। ବ୍ରାହ୍ମଣ, ଅବ୍ରାହ୍ମଣ ଧରୁନି। ମୋତେ ଲାଗୁଛି ତୋ ବାପାଙ୍କ ଲାଗି ତ କିଛି କରିପାରିଲି ନାହିଁ, ଏତିକି ହେଲେ କରେ। ତାଙ୍କୁ ସେବା ଟିକିଏ କରିବାକୁ ସେ ସୁଯୋଗ ଦେଲେନି।”

ରାଧିକା ଆଉ କିଛି ଉତ୍ତର ଦେଲା ନାହିଁ। ସ୍ନାକ୍ସ ଦେଉଥିବା ଏଯାର ହୋଷ୍ଟେସ୍‌କୁ ଭଦ୍ରାମିର ସହିତ କହିଲା, “ନା ଆମର କିଛି ଦରକାର ନାହିଁ।”

ରାଧିକା ଗମ୍ଭୀର ହୋଇ ବସିଥାଏ, ଭାବୁଥାଏ ମାମା ତ ଏତେ ଆଧୁନିକ ବିଚାରର ଥିଲେ ସେ ହଠାତ୍ କାହିଁକି ଏତେ ପଛକୁ ଘୁଲିଗଲେ ? କ’ଣ କଲେ ମାମା ପୁଣି ସାଧାରଣ ଜୀବନ ଜିଇଁ ପାରିବେ। ଭାବିଲା ତା’ ଘର ଚଲେଇବାର ସମସ୍ତ ଦାୟିତ୍ୱ ସେ ମାମାଙ୍କ ଉପରେ ନ୍ୟସ୍ତ କରି ନିଜେ କିଛି କରିବାକୁ ଚେଷ୍ଟା କରିବ– ପେଣ୍ଟିଂ, ଅଭିନୟ ବା ସୋସିଆଲ ୱର୍କ।

ରେଣୁବାଳା ପ୍ଲେନ୍‌ର କାଚ ଝରକା ବାଟେ ନୀଳ ଆକାଶରେ ଭାସୁଥିବା ବାଦଲମାନଙ୍କୁ ଦେଖି ମନ ଭୁଲାଇବାକୁ ଚେଷ୍ଟା କରୁଥାଆନ୍ତି। ଭାବୁଥାଆନ୍ତି ବହୁତ କଥା– ତାଙ୍କ ପିଲାଦିନ ଠାରୁ ଆଜିଯାଏଁ ତାଙ୍କ ଜୀବନର ସମସ୍ତ ଛୋଟ ବଡ଼ ସବୁକଥା। ତାଙ୍କର ମନେ ପଡ଼ିଲା ପିଲାଦିନେ ପଢ଼ିଥିଲା ନୀଳପରୀ କଥା – ସେ କେମିତି ନୀଳ ଆକାଶରୁ ରଙ୍ଗ ନେଇ ନିଜ ଦେହରେ ଲଗେଇଥିଲା। କେମିତି ଧଳା ବାଦଲ କେତେଖଣ୍ଡ ନେଇ ଶାଢ଼ୀ କରି ପିନ୍ଧିଥିଲା ଓ ତାରା ମାନଙ୍କୁ ନେଇ ମୁକୁଟ କରି ମୁଣ୍ଡରେ ପିନ୍ଧିଥିଲା। ତା’ ଶାଢ଼ୀରେ ବି ତାରାମାନେ ଲାଗି ଝଲସି ଉଠୁଥିଲା ତା ଶାଢ଼ୀ! ଭାରି ସୁନ୍ଦର ଥିଲା ତାଙ୍କ ବହିରେ ନୀଳପରୀର ଚିତ୍ର ସବୁ। କେତେବେଳେ ସେ ବାଦଲର ସବାରୀରେ ବସି ଘୁରିଯାଉଥିଲା ଚନ୍ଦ୍ରକୁ ତ କେତେବେଳେ ଶୁକ୍ର ତାରା ପାଖକୁ। ତାଙ୍କର ଭାରି ଇଚ୍ଛା ହେଉଛି ନୀଳପରୀକୁ ଦେଖିବାକୁ। ସତେ ଅବା ସେ ଦଶ ଏଗାର ବର୍ଷର ସେଇ ଛୋଟ ଝିଅଟିଏ ହୋଇଯାଇଛନ୍ତି। ମୁହଁ ହସ ଫୁଟାଇ ସେ ରାଧିକାକୁ ହଲେଇ ଦେଇ କହିଲେ, “ରାଧିକା ଲୋ, ଏଇ ନୀଳ ଆକାଶକୁ ଦେଖି ତୋ ମାମା ଦଶ ଏଗାର ବର୍ଷର ଛୋଟ ଝିଅଟିଏ ହେବାକୁ କଳ୍ପନା କରୁଛି।”

ରାଧିକା ହଠାତ୍ ତା’ ଚିନ୍ତାରୁ ଉଠି ମାମାଙ୍କୁ ପଚାରିଲା, “କ’ଣ କହୁଛ ମାମା, ମୁଁ ଠିକ୍‌ରେ ବୁଝି ପାରିଲି ନାହିଁ।

“ଆଲୋ ଶୁଣ, ମୁଁ ଛୋଟ ଥିଲା ବେଳେ ମୋ ବଡ଼ଭାଇନା ମୋ ପାଇଁ ଗୋଟିଏ ବହି କିଣି ଆଣିଦେଇଥିଲେ। ବହିର ନାଁ ଥିଲା ନୀଳ ପରୀ, ମୁଁ ସେଇ ବହିଟିକୁ ପଢ଼ି ବହୁତ ଖୁସି ହୋଇଥିଲି। ଆଜି ଝରକା ବାଟେ ନୀଳ ଆକାଶ ଓ ଧଳା

ବାଦଲମାନଙ୍କୁ ଦେଖି ମୋର ସେଇ ନୀଲପରୀ କଥା ମନେ ପଡ଼ିଲା । ଆଉ ହସ ବି ଲାଗିଲା ଏ ପରିବେଶ ମୋତେ କେମିତି ପୁଣି ଛୋଟ ଝିଅଟିଏ କରିଦେଲା । ବୋଧେ ପିଲାବେଳେ ଯାହା ଭଲ ଲାଗିଥାଏ ସେ ହୃଦୟ ଭିତରେ ଲେଖି ହୋଇ ରହିଯାଇଥାଏ – ପୁଣି ସୁନ୍ଦର ପରିବେଶ ପାଇଲେ ସେ ହୃଦୟ ଭିତରୁ ବାହାରି ଆସି ଆଖି ଆଗରେ ଉଭା ହୋଇଯାଏ... । ଏତେ ବର୍ଷ ପରେ ମୋର ସେଇ ନୀଲପରୀ କଥା ଆଜି କେମିତି ମନେ ପଡ଼ିଲା ମୁଁ ବୁଝିପାରୁନି ।

ରାଧିକା ନିଜ ଭାବନାରୁ ଉଠିପଡ଼ି କହିଲା, "ମାମା ଏଇଟା ବହୁତ ଭଲ, ଯାହାକୁ ଇଂରାଜୀରେ କହନ୍ତି reminesce - childhood memories । ତୁମର ତ ଭଲ କଥା ମନେ ପଡ଼ିଛି । ଏବେ ତୁମେ ଦିଲ୍ଲୀରେ ବସି ତୁମ ଚାଇଲ୍ଡହୁଡ଼ ମେମୋରୀ ଉପରେ କିଛି ଲେଖ ଏବଂ ବିଶେଷ କରି ତୁମର ସେଇ ନୀଲପରୀ ବିଷୟରେ । ଇଟ୍ ଉଇଲ୍ ବି ଭେରୀ ଇନ୍ଟରେଷ୍ଟିଂ... ।"

ରେଣୁବାଲା ହସିଦେଇ ଉତ୍ତର ଦେଲେ, "ତୁ ପାଗଳ ହେଲୁ, ମୁଁ କିଛି ଲେଖିପାରିବି ? ନା, ତା ହେବ ନାହିଁ । ଏବେ ମନରେ ଖାଲି ତୋ ପାପାଙ୍କ କଥା ଭରି ହୋଇ ରହିଛି । ଏ ନୀଲପରୀ ଘଟଣାଟା କେମିତି ମୋ ମନକୁ ଆସିଲା କେଜାଣି । ନୀଲ ଆକାଶ, ଧଳା ମେଘକୁ ଦେଖି । ଯାହା ଭାବିଦେଲି, ତାକୁ କାଗଜ କଲମରେ ଉଭାରିବା ମୋ ପକ୍ଷେ ସମ୍ଭବ ନୁହେଁ ।"

"ହଉ ମାମା ତା' ନହେଉ । ତୁମେ ଖୁସୀ ରହିବା ଓ ସୁସ୍ଥ ରହିବା ମୋ ପାଇଁ ସବୁଠାରୁ ଇମ୍ପୋଟାଣ୍ଟ । ଦିଲ୍ଲୀ ଯାଇ ତୁମ ମନ ଯାହା ତାହା କରିବ । ସେଥିରେ ମୋର ଖୁସି ।"

"ହଁ ଲୋ ରାଧିକା, ତୋ ପାପା ତତେ ବହୁତ ଭଲ ପାଉଥିଲେ, ପୁଅମାନଙ୍କଠାରୁ ଢେର ବେଶୀ । ମୁଁ ଯେ ତତେ ଭଲ ପାଉ ନ ଥିଲି ତା' ନୁହେଁ । ମୁଁ ଭାବୁଥିଲି ତୁ ଯଦି କେଉଁଠି ବାହାହେଉ ଓ ସେମାନେ ଉଦାରମନା ନ ହୋଇ ତୋର ସବୁକଥାକୁ ବାଛିବେ ସେଇ ଭୟରେ ମୁଁ ପାପାଙ୍କୁ ମନା କରୁଥିଲି ତତେ ବହୁତ ଗେହ୍ଲା କରବାକୁ । ଯାହାହେଉଲୋ ମା, ମାମା ଯାହା କରିଥିଲା ତୋ ଭବିଷ୍ୟତ ମଙ୍ଗଲ କଥା ଭାବି । ଯଦି ତୋ ମନରେ ମୁଁ କଷ୍ଟ ଦେଇଥାଏ ତେବେ ମୋତେ କ୍ଷମା କରିବୁ ।"

"ମାମା ତୁମେ ଏମିତି କ'ଣ କହୁଛ ? ଯୁଗ ଯୁଗ ଧରି ମା' ଝିଅଙ୍କ ସମ୍ପର୍କ ସବୁ ସମ୍ପର୍କ ଠାରୁ ଭିନ୍ନ– ସେମାନେ ମାଆ, ଝିଅ, ଭଉଣୀ ଭଉଣୀ, ସବୁଠାରୁ ଭଲ ସାଙ୍ଗ ଓ ଦରକାର ପଡ଼ିଲେ ଝିଅ ମାଆର ସ୍ଥାନ ନେଇପାରେ । ମାମା ତୁମେ ମୋତେ କ୍ଷମା ମାଗି ଲଜ୍ଜିତ କରନାହିଁ ।"

ଏମିତି କଥାବାର୍ତ୍ତା ଭିତରେ ସମୟ କୁଆଡ଼େ ଚାଲିଗଲା। ଜଣେ ସୁନ୍ଦରୀ ଏୟାରହୋଷ୍ଟେସ୍ ଘୋଷଣା କଲେ, "ଏବେ ଦିଲ୍ଲୀ ପାଖ ହୋଇଗଲାଣି – ଆଉ ପନ୍ଦର ମିନିଟ୍ ମଧ୍ୟରେ ଆମେ ଆମର ଯାତ୍ରା କରି ଆମେ ଦିଲ୍ଲୀରେ ପହଞ୍ଚିବା – ଦିଲ୍ଲୀର ତାପମାତ୍ରା ବର୍ତ୍ତମାନ ତିରିଶ ଡିଗ୍ରୀ ସେଲସିଅସ୍। ଆପଣମାନେ ନିଜ ନିଜର ସିଟ୍‌ବେଲ୍ଟ ବାନ୍ଧି ନିଅନ୍ତୁ ଓ ସିଟ୍‌ରେ ସ୍ଥିର ହୋଇ ବସନ୍ତୁ।"

ରେଣୁବାଲା ଲକ୍ଷ୍ୟ କଲେ ପ୍ରକୃତରେ ପ୍ଲେନ୍‌ର ଗତି ନିମ୍ନ ମୁହାଁ ହେଉଛି ଓ ସେ ଜାଣିପାରିଲେ ତାଙ୍କ ପ୍ଲେନ୍ ରନ୍‌ୱେ ଉପରେ ଚାଲିଲାଣି। ଧୀରେ ଧୀରେ ପ୍ଲେନ୍‌ର ଗତି ଧୀର ହେବାକୁ ଲାଗିଲା ଓ କିଛି ସମୟ ପରେ ଏହା ସ୍ଥିର ହୋଇଗଲା। ସମସ୍ତ ଯାତ୍ରୀ ଠିଆ ହୋଇ ନିଜର ନିଜର ଜିନିଷ ଉପର ଲଗେଜ୍ ଶେଲ୍ସ ଉପରୁ କାଢ଼ିବାକୁ ଲାଗିଲେ। ରାଧିକା ଉଠି ଠିଆ ହୋଇ ନିଜ ସିଟ୍ ବେଲ୍ଟ ଖୋଲିଲା ଏବଂ ମାମାଙ୍କର ସିଟ୍ ବେଲ୍ଟ ମଧ୍ୟ ଖୋଲି ଦେଲା। ସେମାନଙ୍କର ଦୁଇଟି ବଡ଼ବଡ଼ ବାକ୍‌ ଥିଲା – ତାହା ଲଗେଜ୍‌ରେ ବୁକ୍ କରା ହୋଇଥିଲା। ଏଠି କେବଳ ଗୋଟିଏ ହ୍ୟାଣ୍ଡ ଲଗେଜ୍ ଥିଲା। ସେଇଟି ରାଧିକା ଧରି ପ୍ଲେନ୍‌ର ବାହାରକୁ ଯିବା ରାସ୍ତାରେ ଚାଲିବାକୁ ଲାଗିଲା ଏବଂ ରେଣୁବାଲା ତା ପଛେ ପଛେ ତାକୁ ଅନୁଧାବନ କରି ଚାଲିଥାଆନ୍ତି। ସେହି ସୁନ୍ଦରୀ ତରୁଣୀମାନେ ବାହାରିବା ଗେଟ୍ ପାଖେ ହସ ହସ ବଦନରେ ଠିଆ ହୋଇ ସମସ୍ତଙ୍କୁ ଧନ୍ୟବାଦ ଦେଉଥାଆନ୍ତି। ତା ପରେ ସେମାନେ ଆସି କନ୍‌ଭେୟର୍ ବେଲ୍ଟରୁ ନିଜ ଜିନିଷ ନେଲେ। ତା ପରେ ସେମାନେ ରାଧିକାର ସ୍ୱାମୀ ପଠେଇଥିବା କାର୍‌ରେ ବସି ରାଧିକାର ଫ୍ଲାଟ୍ ଅଭିମୁଖେ ଯାତ୍ରା କଲେ। ବହୁ ବର୍ଷ ପୂର୍ବେ ସ୍ୱାମୀଙ୍କ ସହିତ ରେଣୁବାଲା ଥରେ ଦିଲ୍ଲୀ ଆସିଥିଲେ, ତା ବି ପିଲାମାନଙ୍କୁ ଦିଲ୍ଲୀ ବୁଲାଇବା ପାଇଁ। ସେ ତ କେତେ ବର୍ଷର କଥା ହେଲାଣି। କାର୍‌ରେ ବସିବା ପରେ ସେମାନେ ଚାଣକ୍ୟପୁରୀ ଅଭିମୁଖେ ଯାତ୍ରା ଆରମ୍ଭ କଲେ। ରାସ୍ତାରେ ଲୋଧୀ ଗାର୍ଡେନ, ଇଣ୍ଡିଆଗେଟ୍, ନେହେରୁ ପାର୍କ, ଡେଲ୍ଲୀହାଟ୍ ଇତ୍ୟାଦି ପଡ଼ିଲା। ରାଧିକା କହୁଥାଏ, "ମାମା, ଆମେ ଯେତେବେଳେ ପାପାଙ୍କ ସଙ୍ଗେ ଦିଲ୍ଲୀ ବୁଲିବାକୁ ଆସିଥିଲେ ସେତେବେଳେ ଦିଲ୍ଲୀ ଏମିତି ନ ଥିଲା। ଏବେ ଦିଲ୍ଲୀର ସବୁଠାରୁ ବଡ଼ ପ୍ରବ୍ଲେମ୍ ହେଲା ପଲ୍ୟୁସନ..., ସେଥିପାଇଁ ଲୋକଙ୍କୁ ଆଜ୍ମା ହେଉଛି।

"ହଁ ଯେ, ଯେଉଁଠି ଏତେ ଲୋକ ରହିବେ, ଏତେ ଗାଡ଼ି ମଟର ଚାଲିବ ସେଠି ପ୍ରଦୂଷଣ ହେବା ସ୍ୱାଭାବିକ। ଯାହାକୁ ଏବେ ପୁରୁଣା ଦିଲ୍ଲୀ କୁହାଯାଉଛି ସେଠାରେ ମହାଭାରତ ସମୟରୁ କେତେ ରାଜା, ମହାରାଜା, କେତେ ସମ୍ରାଟ୍ ରାଜତ୍ୱ କରିଆସିଛନ୍ତି, କେତେ ଯୁଦ୍ଧ ହୋଇଥିବା ସେଇଟି।"

"ଏବେ ଆମେ ମୋର ଘର ପାଖ ହୋଇଗଲାଣି – ଆମେ ଯେଉଁଠି ରହୁଛୁ ତା' ନାଁ ଆର.କେ. ପୁରମ୍‌। ଦିଲ୍ଲୀରେ ଆର.କେ. ପୁରମ୍‌ରେ ବହୁ ସରକାରୀ ଅଫିସରଙ୍କର ଘର ଅଛି, ଦିଲ୍ଲୀରେ ସବୁ ସେକ୍‌ଟରରେ ଭଲ ବଜାର, ସ୍କୁଲ ଇତ୍ୟାଦି ଥାଏ। ମୋର ପୁରା ବିଶ୍ୱାସ ତୁମକୁ ଜମା ବୋର ଲାଗିବ ନାହିଁ ଏଠି। ହଁ ମାମା, ମୋର ଗୋଟିଏ ରିକ୍ୱେଷ୍ଟ ତୁମେ ଆଜି ଯାହା ହେଲେ ଟିକିଏ ଖାଇବ, ଏମିତି ଖାଲି ପାଣି ରହିବ ନାହିଁ – ପୁରୀ ତରକାରୀ କିମ୍ୱା ସାବୁଦାନା ଖେଚେଡ଼ି।"

ରହୁଁ ରହୁଁ ସମୟ କୁଆଡ଼େ ରୁଲିଗଲା। ସେମାନେ ଆସି ପହଞ୍ଚ ଗଲେ ଆର.କେ.ପୁରୁମ୍‌ର ମଲ୍ଟି ଷ୍ଟେରୀଡ଼ ବିଲ୍ଡିଂ ପାଖରେ। ଡ୍ରାଇଭର ଗାଡ଼ି ନେଇ ଫ୍ଲାଟ୍‌ ତଳେ ରଖିଲା ଓ ଡିକିରୁ ଜିନିଷ ପତ୍ର କାଢ଼ିଲା। ଜିନିଷ ମାନେ ଦୁଇଟି ଭିଆଇପି ବକ୍ସ ଓ ଦୁଇଟା ବ୍ୟାଗ୍‌।

ରାଧିକା ମାମାଙ୍କ ହାତ ଧରି ଲିଫ୍ଟ ଭିତରକୁ ନେଲା ଓ ୮ ନମ୍ବର ସୁଇଚ୍‌ ଟିପିଲା। କାରଣ ତା' ଘର ୮ ତାଲାରେ।

ରେଣୁବାଲା ଆଶ୍ଚର୍ଯ୍ୟ ହୋଇ ପଚରିଲା, "ହଇଲୋ, ରାଧିକା ତୁମେ ଏତେ ଉପରେ ରହୁଛ ?"

ଆଉ କ'ଣ କରିବି, ଯେଉଁଠି ଘର ମିଲିଲା ସେଇଠି ରହିଲୁ। ଆମର ତ ଆଠ ତାଲା, ଲୋକ ବମ୍ବେରେ କୋଡ଼ିଏ ତାଲାରେ ରହୁଛନ୍ତି।"

ରାଧିକା ହାତ ମାରୁ ମାରୁ ଏହା ଭିତରେ ସେମାନେ ଆସି ଆଠ ତାଲାରେ ପହଞ୍ଚିଗଲେଣି ଓ ଲିଫ୍ଟ କବାଟ ମନକୁ ମନ ଖୋଲିଗଲା। ରାଧିକା ମାମାଙ୍କ ହାତ ଧରି ବାହାରକୁ ବାହାରି ଆସିଲା, ଲିଫ୍ଟ କବାଟ ମନକୁ ମନ ବନ୍ଦ ହୋଇଗଲା। ଦି ପାହୁଣ୍ଡ ଗଲା ମାତ୍ରେ କବାଟ ପାଖରେ ଲେଖା ଯାଇଛି 'ଅସିତ୍‌ ରଥ'। ରେଣୁବାଲାଙ୍କର ସ୍ୱାମୀ ବହୁତ ମନେ ପଡ଼ିଲେ। ଅସିତ୍‌ ଆଇଏଏସ୍‌ ବୋଲି ହରମୋହନ ଆଖିକାନ ମୁଦି ଝିଅକୁ ଏଇଠି ବାହା କଲେ। ପ୍ରକୃତରେ ରେଣୁବାଲାଙ୍କର ଏ ବିବାହରେ ଏତେ ଆଗ୍ରହ ନ ଥିଲା। ପୁଅର ବାପା ମାଷ୍ଟ ଏବଂ ଗାଁରେ ଜମି ମାତ୍ର ପାଞ୍ଚମାଣ, ତଥାପି ସ୍ୱାମୀଙ୍କ ଇଚ୍ଛା ବିରୁଦ୍ଧରେ ସେ କେବେ ଯାଇ ନ ଥିଲେ ଓ ସେଥିପାଇଁ ସେ ରାଜି ହୋଇଥିଲେ।

ଘର ଭିତରକୁ ପଶି ଦେଖିଲେ ମନ୍ଦ ନୁହେଁ। ତିନିଟା ଶୋଇବା ଘର, ଗୋଟାଏ ଗେଷ୍ଟ ରୁମ୍‌, ଭଲ ଡାଇନିଂ ସ୍ପେସ୍‌, ବଡ଼ ରନ୍ଧାଘର ଓ ତା ପଛକୁ ଗୋଟିଏ ଷ୍ଟୋର ରୁମ୍‌। ଏସବୁ ବ୍ୟତୀତ ଦୁଇଟା ବାଲ୍‌କୋନୀ। ରାଧିକା ମାମାଙ୍କୁ ସବୁ ବୁଲାଇ ଦେଖାଇବା ପରେ କହିଲା, "ମାମା କ'ଣ ଖାଇବ ? ମୁଁ ପାଞ୍ଚ ମିନିଟ୍‌ରେ ବନେଇ ଦେବି।"

ରେଣୁବାଲା ଅଳ୍ପ ହସି କହିଲେ, "ଏବେ ମୋର ଭଲ ରୁ'କ଼ପେ ଦରକାର। ଆଜି ଏକାଦଶୀ ମୁଁ କିଛି ଖାଇବି ନାହିଁ।"

"ଏମିତି କହ ନାହିଁ ମାମା। ମୁଁ ଆମ କୁକୁଙ୍କୁ କହି ତୁମ ପାଇଁ ପୁରୀ କରି ରଖାଇଥିଲି। ତୁମେ ନ ଖାଇଲେ ମୋ ମନ ଦୁଃଖ ହେବ। ତା' ଛଡ଼ା ଏଇ ଉପାସ କଲେ ପାପା କ'ଣ ଦେଖି ଆସୁଛନ୍ତି? ଯଦି ତୁମେ ଯେଉଁ ଉପାସ କରି ମୁହଁ ଶୁଖାଇ ବସୁଛ ତାଙ୍କୁ ନିଶ୍ଚୟ କଷ୍ଟ ଲାଗୁଥିବ। ମାମା, ମନା କରନି, ମୋ ରାଣ ତୁମେ ନ ଖାଇଲେ ମୁଁ ବି ଖାଇବି ନାହିଁ।"

"ଏମିତି କାହିଁକି ଜିଦ୍ କରୁଛୁ ରାଧିକା? ପାପା ଯାଇ ମାତ୍ର ବର୍ଷଟେ ହୋଇଛି। ପାପା ଉପରୁ ଦେଖି କ'ଣ ଭାବିବେ? କହିବେ, ମୋ ପାଇଁ ମାସକୁ ଦୁଇଟା ଉପାସ କରିପାରିଲୁ ନାହିଁ ରେଣୁ?"

ହଁ ପାପାଙ୍କ ଦିନ ସରୁ ନ ଥିଲା। ସେ କାହିଁକି ଏମିତି ଭାବିବେ? ବରଂ ସେ ଖୁସୀ ହେବେ ତୁମେ ଖାଇଲେ। ତୁମର ଯଦି ଏତେ ଜିଦ୍ ତେବେ ମୋ ପାଖରେ ଥିବା ଯାଏଁ ଖାଉଥାଅ-କଟକ ଗଲେ ତୁମେ ଉପାସ କଲେ ମୁଁ ଦେଖିବାକୁ ନ ଥିବି।"

ରେଣୁବାଲା ବୁଝି ପାରୁ ନ ଥାଆନ୍ତି କେଉଁଟି କର୍ତ୍ତବ୍ୟ ଓ କେଉଁଟି ଅକର୍ତ୍ତବ୍ୟ। ଇଆଡ଼େ ଝିଅର ଜିଦ, ସିଆଡ଼େ ତାଙ୍କ ରକ୍ତ ମଜ୍ଜାରେ ବସା ବାନ୍ଧିଥିବା ସଂସ୍କାର ବା କୁ-ସଂସ୍କାର। ବହୁତ ଭାବି କହିଲେ- "ନାଇଁ ଲୋ ରାଧିକା ତୋ ମନରେ କଷ୍ଟ ଦେଇ ମୁଁ କେବେ ଖୁସୀ ହୋଇ ପାରିବି? ଯାଆ ପୁରୀ କର।"

ସନ୍ଧ୍ୟା ବେଳକୁ ମାଆ ଝିଅ ଦୁହେଁ ବସି ପୁରୀ ତରକାର ଖାଇଲେ। କ୍ଷୀରୀ ବି ଥିଲା। ଏହା ଭିତରେ ରାଧିକାର ପୁଅମାନେ ସ୍କୁଲରୁ ଆସିଥାଆନ୍ତି। ସେମାନେ ତାଙ୍କ ମାମାକୁ ଦେଖି ଯେତିକି ଖୁସି ତା ଠାରୁ ବେଶୀ ଖୁସି ଆଇକୁ ଦେଖି। ଆଗେ ଯେତେବେଳେ ସେମାନେ ଛୁଟିରେ କଟକ ଯାଉଥିଲେ ଆଇ ଅଜା ସେମାନଙ୍କୁ ବହୁତ ଗେହ୍ଲା କରୁଥିଲେ, କେତେ ଭଲ ଜଳଖିଆ ଆଣି ଖୁଆଉଥିଲେ।

ଅଜା ସେମାନଙ୍କୁ ନେଇ ମହାନଦୀ କୂଳରେ ବସି ଓଡ଼ିଆ ବଣିକମାନଙ୍କ କଥା କହୁଥିଲେ। ସନ୍ଧ୍ୟାରେ ଆଇ ଜଣେ ସୌଦାଗର ଝିଅ ତଅପୋଇ ଗପ କହିଥିଲେ। ଆଇ ବହୁତ ଭଲ ରାନ୍ଧନ୍ତି, ସବୁଦିନ କିଛି ନା କିଛି ନୂଆ ପିଠା କରି ଖାଇବାକୁ ଦିଅନ୍ତି। ଖୁବ୍ ଭଲ ଲାଗୁଥିଲା ସେମାନଙ୍କୁ କଟକରେ ଅଜା ଘରକୁ ଯିବା ପାଇଁ। ତେଣୁ ଆଇଙ୍କୁ ଦିଲ୍ଲୀରେ ଦେଖି ସେମାନଙ୍କୁ ସରଗର ରୁଦ ପାଇଲା ପରି ଲାଗୁଥାଏ।

ଅସିତ ସନ୍ଧ୍ୟାରେ ଅଫିସରୁ ଆସି ଶାଶୂଙ୍କୁ ଦେଖି ତାଙ୍କୁ ପ୍ରଣାମ କରିବା ସହିତ ନିଜର ଆନନ୍ଦ ପ୍ରକାଶ କଲେ, କହିଲେ, "ମାମା, ଆପଣଙ୍କୁ ମୁଁ ଏଥର ହରଦ୍ୱାର,

ରଷିକେଶ ନେଇଯିବ, ଯଦି ଆପଣ ଇଚ୍ଛା କରନ୍ତି ବଦ୍ରିନାଥ ବି ନେଇ ଯିବି। ବୋଉବି ବଦ୍ରିନାଥ ଯିବ ବୋଲି କହୁଥିଲା। ମୁଁ ତା' ପାଖକୁ ଚିଠି ଲେଖୁଛି ସେ ଆସି ଯାଉ। ସମସ୍ତେ ଏକାଠି ଗଲେ ଭଲ ଲାଗିବା।"

"ହଉ ବାପା ଅସିତ୍, ଦେଖ ସୁବିଧା ଦେଖି ଯିବା। ମୋର କିଛି ତରତର ନାହିଁ।" ଶାଶୂ ଆଶିଥିବା କଟକ ମିକ୍ଚର ଓ ଛେନା ପୋଡ଼ପିଠା ଖାଇ ଅସିତ୍ କହିଲେ, "ଯାହା କହନ୍ତୁ ମାମା ଓଡ଼ିଶା ମିଠା ଆଉ କେଉଁଠି ମିଲିବନି। ଉତ୍ତର ଭାରତ ଯାକ ଲଡ୍ଡୁ, ବରଫି, କିଛି ଗୋଟାଏ ଛେନା ମିଠା ଏଠି ଭଲରେ ମିଲେ ନାହିଁ।"

ତା'ପରେ ସେ କଟକ ବହି ବିଜିନେସ୍ କଥା ପଚ଼ରିଲେ। ମୋହିତ ଭାଇନା ଓ ତାଙ୍କ ସ୍ତ୍ରୀ ଭଲରେ ଦୋକାନ ଚଲଉଥିବେ ବୋଲି ଆଶା କରେ।

ରେଣୁବାଲା ଉତ୍ତର ଦେଲେ, "ହଁ, ମୋହିତ ଦୋକାନ ବୁଝୁଛି। ଅସୀମା ସେଠାରୁ ଗୋଟିଏ ଇଂରାଜୀ ଖବର କାଗଜ କାଢ଼ିବା ପାଇଁ ଚେଷ୍ଟା କରୁଛି। ମୁଁ ପାପା ଥିଲାବେଲେ ତ ଦୋକାନ କଥା କିଛି ବୁଝି ନ ଥିଲି, ତେଣୁ ଏବେବି ସେଠାରେ ମୁଣ୍ଡ ଖେଲାଇବାକୁ ଇଚ୍ଛା କରେନି। ଭଗବାନଙ୍କ ପାଖେ ମୋର ଗୋଟିଏ ପ୍ରାର୍ଥନା ସେ କେମିତି ମୋତେ ଶୀଘ୍ର ଏ ସଂସାରରୁ ନେଇ ଯାଆନ୍ତୁ...।"

"ମାମା, ଆପଣ କାହିଁକି ଏପରି କଥା କହୁଛନ୍ତି ? ମୁଁ ବୁଝୁଛି ପାପା ଢଲିଯିବା ପରେ ଆପଣଙ୍କୁ ଭାରି ଏକୁଟିଆ ଲାଗୁଥିବ। ଯେତେ ଗହଲି ହେଲେ ମଧ ତାଙ୍କ ଅନୁପସ୍ଥିତି ଆପଣଙ୍କୁ ବହୁତ ଲାଗୁଥିବ। କିନ୍ତୁ କ'ଣ କରିପାରିବା ମାମା ? ଭଗବାନ ଯାହାକୁ ଯେତେ ଦିନ ଲାଗି ଏ ପୃଥିବୀକୁ ପଠାଇଛନ୍ତି ତାକୁ ସେତିକି ଦିନ ରହିବାକୁ ପଡ଼ିବ। ଆପଣଙ୍କ ପିଲାମାନେ ଆପଣଙ୍କୁ ବହୁତ ଭଲ ପାଆନ୍ତି। ଏମିତି କଥା କହି ତାଙ୍କ ମନରେ କଷ୍ଟ ଦିଅନ୍ତୁ ନାହିଁ। ହଉ ମାମା ମୁଁ ଟିକିଏ ରେଡି ହୋଇଯାଏ, ଜଣେ ଦିନର ପାଇଁ ଡାକିଛନ୍ତି ମତେ ଓ ରାଧ୍କାକୁ। ତେଣୁ ଆପଣ ଓ ରାଜା, ରତନ ଖାଇ ନେଇଥିବେ। ଆମ ପାଇଁ ଅପେକ୍ଷା କରିବେ ନାହିଁ।"

"ହଁ ଠିକ୍ ଅଛି, ଯାଅ ବାପା ଯାଅ।"

ନଅଟା ବେଲକୁ ରାଜା, ରତନ ଖାଇବା ପାଇଁ ଆଇକୁ ଡାକିଲେ। ରେଣୁବାଲା ହସି ହସି ମନା କଲେ ଖାଇବା ପାଇଁ। କହିଲେ, "ଏଠି ପହଞ୍ଚିବା ପରେ ତୁମ ମାମା ମୋତେ ପେଟେ ପୁରି ତରକାରୀ ଖୁଆଇ ଦେଇଛି। ତୁମେ ଖାଇ ଶୋଇପଡ଼।"

ରାଜା, ରତନଙ୍କୁ ମୁଲିମାସୀ (ତାଙ୍କ ଆଉଟ ହାଉସରେ ରହୁଥିବା ସ୍ତ୍ରୀ ଲୋକ) ଖାଇବାକୁ ଦେଇଦେଲା। ପିଲା ଦୁହେଁ ଖାଇସାରି ଶୋଇବାକୁ ଢଲିଗଲେ। ସକାଲ ସାତଟାରେ ଉଠିବାକୁ ହେବ ସେମାନଙ୍କୁ। ରାଜାକୁ ଦଶ ବର୍ଷ, ରତନକୁ ଆଠବର୍ଷ।

କିନ୍ତୁ ଦୁହେଁ ଦାୟିତ୍ୱସମ୍ପନ୍ନ ପିଲା । ଅସିତ ସେମାନଙ୍କୁ ବଡ଼ ଡିସିପ୍ଲିନ୍‌ରେ ବଢ଼ାଇଛନ୍ତି ।

ପରଦିନ ସେଠାକୁ ରେଣୁବାଲା ଉଠି ଗାଧୋଇ ପାଧୋଇ ଠାକୁର ଘରକୁ ଯାଇ ଟିକିଏ ପୂଜା କରିବେ ଭାବିଲେ । ରାଧିକା ଆସି କହିଲା, "ମାମା ଏଠି ଅଲଗା ଠାକୁର ଘର କରିବାକୁ ଜାଗା ନାହିଁ, ସେଥିପାଇଁ ଷ୍ଟୋର ରୁମ୍‌ର ଗୋଟିଏ କଡ଼କୁ ଠାକୁର ଅଛନ୍ତି । ତୁମେ ସେଇଠି ପୂଜା କରିଦିଅ ।"

ରେଣୁବାଲା ଟିକିଏ ଗମ୍ଭୀର ହୋଇ ପରୁରିଲେ, "ଆଉ ତୁଳସୀ ଚଉରା କେଉଁଠି ଅଛନ୍ତି ?" "ମାମା ଏଠି ତ ଫ୍ଲାଟ୍ ଘର । ଏଠି ଏତେ ଜାଗା ନାହିଁ, ମୁଁ କୁଣ୍ଡରେ ତୁଳସୀ ଗଛଟିଏ ଲଗେଇ ରଖିଛି । ସେଇଟା ପଛପଟ ବାଲ୍‌କୋନୀରେ ଅଛି, ତୁମେ ସେଇଠି ତୁଳସୀ ପୂଜା କରି ଷ୍ଟୋର ରୁମ୍‌ରେ ଠାକୁରଙ୍କ ପାଖେ ଆର ପୂଜା କରିଦେବ । ମାମା ଶୀଘ୍ର ପୂଜା ସାରିବ – ନହେଲେ ଜଳଖିଆ ଖାଇବାକୁ ଡେରି ହୋଇଯିବ ।"

ପିଲା ଦୁଇଜଣ ସ୍କୁଲ ଚାଲିଗଲେଣି । ଅସିତ ଦଶଟା ପୂର୍ବରୁ ଅଫିସ ଯିବେ । ତା'ପୂର୍ବରୁ ତାଙ୍କ ସହିତ ଜଳଖିଆ ଖାଇବାକୁ ରାଧିକା ସବୁଦିନେ ଚେଷ୍ଟା କରେ । ପୁଣି ତାଙ୍କ ସହିତ ଦେଖା ହେଲା ବେଳକୁ ସନ୍ଧ୍ୟା ଛଅଟା କି ସାତଟା । ମାମା ବହୁତ ସମୟ ପୂଜା କରନ୍ତି ଏବଂ ଅଧଘଣ୍ଟେ ଭାଗବତ ପଢ଼ନ୍ତି । ସେ ଷ୍ଟୋର ରୁମ୍‌କୁ ଯାଇ ଦେଖିଲା ମାମା ପୂଜା କରିବେ କ'ଣ ଗୋଟିଏ ଥାକରୁ ସବୁ ଡବା କାଢ଼ି ସେ ଜାଗାଟିକୁ ଧୁଆଧୋଇ କରୁଛନ୍ତି । ରାଧିକା ନିଜକୁ ସମ୍ଭାଳି ପାରିଲା ନାହିଁ, ବ୍ୟସ୍ତ ହୋଇ କହିଲା, "ମାମା ସେସବୁ ପରେ କରିବ, ଏବେ ଅସିତ୍ ରହିଁ ବସିଛନ୍ତି ଜଳଖିଆ ଖାଇବା ପାଇଁ । ଆଗେ ଆସି ଖାଇଦିଅ ।"

"ନା ଲୋ ରାଧିକା, ପୂଜା ନ ସାରି ମୁଁ କିଛି ଖାଏ ନାହିଁ । ତୁ ଆଉ ଅସିତ୍ ଖାଇ ନିଅ । ମୋର ପୂଜା ସରିଲେ ମୁଁ କ'ଣ ଟିକିଏ ଖାଇନେବି ବା ଏକାଠରେ ଭାତ ଖାଇନେବି । ମୋ ପାଇଁ ବ୍ୟସ୍ତ ହୁଅନା ।"

ରାଧିକା ମାମାଙ୍କୁ ଆଉ କିଛି କହିଲା ନାହିଁ । ଚୁପ୍‌ଚାପ୍ ଖାଇବା ଟେବୁଲ ପାଖକୁ ଯାଇ ତା' ପାଇଁ ଉଦ୍ଦିଷ୍ଟ ଚୌକିକୁ ଟାଣିନେଇ ବସିଲା ଓ କାଚ ଗିନାରେ ଥିବା କର୍ଣ୍ଣଫ୍ଲେକ୍ସ ଉପରେ ଜାରରୁ କିଛି ଦୁଧ ଢାଲିଲା । ଅସିତ୍ ପରୁରିଲା 'ମାମା କାହାନ୍ତି ?'

"ନାଇଁ ସେ ଏଇଲେ ଖାଇବେ ନାହିଁ । ପୂଜା ସାରି ଏକଥରେ ଲଞ୍ଚ ଖାଇବେ ।"

"ହଉ, ତାଙ୍କୁ ଯାହା ଭଲ ଲାଗୁଛି ତା କରନ୍ତୁ । ମୁଁ ଶୀଘ୍ର ଖାଇ ଅଫିସ ଯାଏ । ତୁମର କୁଆଡ଼େ ଯିବାର ପ୍ଲାନ୍ ଅଛିକି ? ଗାଡ଼ି ଓ ଡ୍ରାଇଭରକୁ ପଠେଇ ଦେବି ?"

"ନା ଏଯାଏଁ ତ କିଛି ଭାବିନି । ଯଦି ମାମା କହନ୍ତି ତ ତୁମକୁ ଫୋନ୍‌ରେ କହିଦେବି ।"

ଖାଇସାରି ଅସିତ୍ ଅଫିସ୍ ଚାଲିଗଲେ ।

ରାଧିକ ଗେଟ୍ ଯାଏଁ ତାଙ୍କୁ ଛାଡ଼ିବାକୁ ଗଲା । ଫେରିଆସି ଷ୍ଟୋର ରୁମ୍କୁ ଯାଇ ଦେଖିଲା ଷ୍ଟୋର୍ ରୁମ୍‌ର ଗୋଟାଏ ଥାକରେ ଠାକୁରମାନେ ସଜାଡ଼ାସୁଜୁଡ଼ି ହୋଇ ବସିଛନ୍ତି । ମାମା ବୋଧେ ଅଭୟକୁ ପଠାଇ ବଜାରରୁ ଫୁଲ ଆଣି ଠାକୁରଙ୍କୁ ଦେଇଛନ୍ତି । ଭାରି ସୁନ୍ଦର ଦେଖାଯାଉଛି ସେ ଥାକଟି । କିନ୍ତୁ ତଳ ଥାକ ଦୁଇଟିର ବାର ବାଜି ଯାଉଛି । ଗୋଟାଏ ଡବା ଉପରେ ଆଉ ଗୋଟିଏ ଡବା– କେଉଁଠି କେଉଁ ଡବା ଅଛି ଜାଣିବା କଷ୍ଟ । ତଥାପି ରାଧିକା କିଛି ନ କହି ଗୋଟିଏ ଚୌକି ପକାଇ ସେଇଠି ବସିଲା । ମାମା ଖୁବ୍ ସୁନ୍ଦର ସ୍ୱରରେ ଭାଗବତ ପଢୁ ଥାଆନ୍ତି –

ନମଇଁ ନୃସିଂହ ଚରଣ, ଅନାଦି ପରମ କାରଣ ॥

ଯାହାର ଆଦି ମଧ୍ୟ ଅନ୍ତେ, ବିଚର ନ ପଟେ ଜଗତେ ॥

ଇନ୍ଦ୍ରିୟ ଅର୍ଥ ନ ଜାଣନ୍ତି, ସତ୍ୟ ଯେ ନିତ୍ୟ ପ୍ରକାଶନ୍ତି ॥

ଆନନ୍ଦ ମନେ ବେଦ ସାର, ବ୍ରହ୍ମାରେ କଳା ଯେ ନିସ୍ତାର ॥

ଯାର ସ୍ୱରୂପ ହୃଦେ ଚିନ୍ତି, ବେଦ ସ୍ୱରୂପ ନ ଜାଣନ୍ତି ॥

ମୂର୍ତ୍ତିକା ବିଚର ଯେମନ୍ତ, ଜଳ ଅନଳେ ସୁପ୍ରଦିତ ॥

ରୂପ ଅରୂପ ସ୍ଥିତି ତିନି, ଯାହା ଗୋଚର ଅନୁମାନ ॥

ସ୍ୱଭାବେ ନୋହେ ଯେ ଏମନ୍ତ, ଏ ସାଂଖ୍ୟ ଯୋଗୀଙ୍କର ସମେତ ॥

ଆତ୍ମ ପ୍ରକାଶେ ଜନ୍ମ ହୋଇ, ନିରତେ କୁହୁକ ବୋଲାଇ ॥

ସତ୍ୟ ପରମାନନ୍ଦ ହରି, ଯାହା ଭାବିଲେ ଭବୁ ହରି ॥...

ରାଧିକା ବସି ମାମାଙ୍କର ଭାଗବତ ପଢ଼ା ଶୁଣିଲା । ଗୋଟିଏ ଅଧ୍ୟାୟ ସରିଲା ବେଳକୁ ପ୍ରାୟ ଅଧଘଣ୍ଟେ ଲାଗିବ ।

ମାମା ଯେତେବେଳେ ପ୍ରଥମ ଅଧ୍ୟାୟ ଶେଷ କରି କହିଲେ –

"ଇତି ଭାଗବତେ ମହାପୁରାଣେ ପରମହଂସୀ ସଂହିତାୟଂ
ବୈୟାସିକ୍ୟାଂ ପ୍ରଥମ ସ୍କନ୍ଦେ ନୈମିଷୀୟୋପୟାଖନେ ଋଷି
ପ୍ରଶ୍ନୋ ନମ ପ୍ରଥମୋଽଧ୍ୟାୟଃ ।"

ମାମା ମୁଣ୍ଡିଆ ମାରି ଉଠିଲା ପରେ ରାଧିକା କହିଲା, "ମାମା ଚାଲ ଏଥର ଟିକିଏ ଜଳଖିଆ ଖାଇଦିଅ । ତୁମର ଯଦି ସବୁଦିନ ପୂଜା ସରୁସରୁ ଏ ତ ଡେରୀ ହେବ ତେବେ ପୂଜା କରିବା ପୂର୍ବରୁ କ'ଣ ଟିକିଏ ଖାଇଦେଇ ପୂଜାରେ ବସ ।"

"ନାଇଁଲୋ ମା' ରାଧିକା ମୋର ତ ଏଇ ପୂଜା ସରିଲେ ଠାକୁରଙ୍କୁ ଯାହା ପୂଜା କରିଥାଏ ତାକୁ ପାତିରେ ପକେ ଦେଇ ଏକାଥରେ ଗୋଟେ ବଳକୁ ଭାତ

ଖାଇଦିଅ। ତା' ପରେ ବିଶ୍ରାମ। ଏଠି ମୋର ବା କି କାମ। ସାରା ଦିନ ତ ବସିବା।"

"କାଇଁ ମାମା, ତୁମ ପାଇଁ ଏଠି ବହୁତ କାମ ଅଛି। ଯେଉଁ ସ୍ତ୍ରୀ ଲୋକଟି ରାନ୍ଧିବାକୁ ଆସେ ତାକୁ ଟିକିଏ ତୁମେ ଆମ ଓଡ଼ିଆ ରନ୍ଧା ଶିଖାଇ ଦିଅ। ମୋତେ ଓ ଅସିତଙ୍କୁ ଆମ ଓଡ଼ିଆ ଖାଇବା ବହୁତ ଭଲ ଲାଗେ। ତା'ପରେ ମାମା ତୁମେ ଆଗେ ଭଲ ସ୍ୱେଟର ବୁଣୁଥିଲ। କିଛି ଉଲ୍ କିଣି ଆଣିଲେ ତୁମେ ରାଜା ଓ ରତନଙ୍କ ପାଇଁ ସୁଏଟର ବୁଣି ଦେବ। ତୁମେ ବହୁତ ପଢ଼ିବା ବି ମୋର ମନେ ଅଛି। ମୁଁ ବହି ଆଣିଦେବି ତୁମ ଖାଲି ସମୟରେ ପଢ଼ିବ।"

"ନାଇଁ ଲୋ ରାଧିକା, ମୁଁ କ'ଣ ଆଉ ପୂର୍ବ ପରି ପଢ଼ିପାରୁଛି ? ଏଇ ଭାଗବତ ଅଧାୟେ ପଢ଼ି ଖବର କାଗଜ ପଢ଼ିଲା ବେଳକୁ ଆଖିରୁ ଲୁହ ବାହାରି ପଡ଼ୁଛି। ପାପା ଚାଲି ଯିବା ପରେ ଏଇ ଗୋଟାଏ ମୋର ରୋଗ ବାହାରିଛି। କ'ଣ କରିବି, ଭାବୁଛି ବୁଢ଼ୀ ହେଲେଣି ତ ଏଣିକି ଏସବୁ ସାଧାରଣ କଥା। କେତେବେଳେ ଆଣ୍ଠୁ ଧରୁଛି ତ କେତେବେଳେ ଅଣ୍ଠା ବିନ୍ଧୁଛି। ଭଗବାନଙ୍କୁ ଡାକୁଛି ମୋତେ କେମିତି ଶୀଘ୍ର ଏଇ ପୃଥିବୀରୁ ନେଇ ଯାଆନ୍ତୁ।" ରାଧିକା ମାମାଙ୍କୁ ଜାକି ପକେଇ କହିଲା, "ମାମା, ତୁମକୁ ମୋ ରାଣ, ଏମିତି କଥା ଆଉ କେବେ ପାଟିରେ ଧରିବ ନାହିଁ। ମୁଁ ଏଠାରେ ତୁମର ସବୁ ପରୀକ୍ଷା କରେଇ ଦେବି। ଦିଲ୍ଲୀରେ ମୋର ଜଣେ ସାଙ୍ଗ ଆଖି ଡାକ୍ତର ଅଛନ୍ତି। ତାଙ୍କ ସହିତ ଆମର ସମ୍ପର୍କ ବହୁତ ଘନିଷ୍ଠ। ତୁମେ ଦେହ ନେଇ ବ୍ୟସ୍ତ ହୁଅନି। ତୁମର 'ଫୁଲ ବଡ଼ି' ଚେକ୍‌ଅପ୍ କରେଇ ଦେବା।" ରେଣୁବାଳା ହସିଦେଇ କହିଲେ, "ତୁ ମୋ ପାଇଁ ଏତେ ଚିନ୍ତା କରନାହିଁ। ମୋର କିଛି ବେଶୀ ଚେକ୍‌ଅପ୍ ଦରକାର ନାହିଁ। କେବଳ ଆଖି ଦେଖେଇ ଦେବା। ହୁଏତ ଗୋଟିଏ ନୂଆ ଚଷମା କରବାକୁ ପଡ଼ିପାରେ।"

"ହଁ ମାମା, ସବୁ ହେବ। ଚଲ କ'ଣ ଟିକିଏ ଖାଇ ଦିଅ।"

"ଠାକୁରଙ୍କୁ ଯେଉଁ ଫଳ ପୂଜା କରିଛି ସେ ମୋ ଜଳଖିଆ ପାଇଁ ଯଥେଷ୍ଟ। ତୁ ସେ ସବୁ ନେଇଆସ, ମୁଁ ଖାଇଦେବି। ତା' ପରେ ଚ'କି କଫି ଟିକିଏ ପିଇଦେଲେ ଭଲ ଲାଗିବ...।"

ରାଧିକା ମାମାଙ୍କ ଲାଗି ପୂଜା ହୋଇଥିବା ଫଳ ସବୁ ନେଇ ଆସିଲା। ପାଚିଲା କଦଳୀ, ଆପୁଲ, ଅଙ୍ଗୁର ଓ ସୀତା ଫଳ। ସବୁ ସୁନ୍ଦର କରି ସଜାଡ଼ି ଗୋଟାଏ ପ୍ଲେଟରେ ରଖି ଖାଇବା ଟେବୁଲ ଉପରେ ରଖି ମାମାଙ୍କୁ ଡାକିଲା। ରେଣୁବାଳା ଯାଇ ଚେୟାରରେ ବସି କହିଲେ, "ଆଲୋ, ରାଧିକା ମୁଁ ଏତକ ଏବେ ଖାଇଲେ ଆଉ ଲଞ୍ଚ ଖାଇ ପାରିବି ନାହିଁ, ତୁ ଆ, ମୋ ସାଙ୍ଗରେ କିଛି ଖାଆ।"

ରାଧିକା ମାମାଙ୍କ କଥା ରଖି ତାଙ୍କ ପାଇଁ ଆଣି ଥିବା ଫଳରୁ କିଛି ଖାଇଲା। ବଡ଼ ପାଟି କରି କହିଲା, "କମଳା, ଦୋ କପ୍ ଆଚ୍ଛା କଫି ବନାକର ଲାଓ।"

ଅଳ୍ପ ସମୟ ପରେ ଗୋଟିଏ ମଧ୍ୟବୟସ୍କ ସ୍ତ୍ରୀ ଲୋକ ଗୋଟିଏ ଟ୍ରେରେ ଦୁଇକପ୍ କଫି ନେଇ ପହଞ୍ଚିଲା। କଫି ଟ୍ରେଟି ଟେବୁଲ ଉପରେ ରଖିଦେଇ ରେଣୁବାଲାଙ୍କର ପାଦଛୁଇଁ ପ୍ରଣାମ କଲା ଓ ପରୁରିଲା 'ମାଆଜୀ, ଦିଲ୍ଲୀ କୈସେ ଲଗତା ହେ ?'

ରେଣୁବାଲା ରାଧିକା ମୁହଁକୁ ରୁହିଁ କହିଲେ, "ମତେ ତ ଭଲ ହିନ୍ଦୀ କହି ଆସିବନି। ତୁ କହିଦେ ଭଲ ଲାଗୁଛି ?"

ରାଧିକା ହସି ହସି କହିଲା, "ତୁମେ ନିଶ୍ଚେ କହିପାରିବ। ଓଡ଼ିଆ ହିନ୍ଦୀ ଭିତରେ ବେଶୀ ଫରକ୍ ନାହିଁ।"

ରେଣୁବାଲା ଧୀରେ ଧୀରେ କହିଲେ, 'ଆଚ୍ଛା, କଫି ଭି ଆଛା।'

ରାଧିକା ଦୁଇ ହାତରେ ତାଲି ମାରି କହିଲା, "ତୁମେ ତ ଠିକ୍ କହୁଛ, ଉର ନାହିଁ; ସବୁ କହି ପାରିବ।"

"କମଳା, ରାତ୍କା ଖାନାବନାନେ କେ ଟାଇମ୍ ମୋଁ ମା'ଜୀକୋ ବୁଲା ନେନା। ଓ ତୁମକୋ ଓଡ଼ିଆ ଖାନା ବନାନା ଶିଖା ଦେଙ୍ଗୀ…।"

"ଆଲୋ ରାଧିକା, ଆଜି ଦିନଟା ସମ୍ଭାଲି ଯାଆ। ମୁଁ କାଲି ଠାରୁ ସବୁଦିନ ଗୋଟାଏ ତରକାରି କରିଦେବି। କମଳା, ସେଇଟାକୁ ମନଦେଇ ଶିଖିନେବ। ତୋର ଯଦି ଇଚ୍ଛା ତୁ ବି ସେଇଟା ଶିଖି ପାରିବୁ। ପାଠପଢ଼ା ଓ ନାଚ ଶିଖିବାରେ ତୋର ସବୁ ସମୟ ଯାଏ, ତୁ ଆଉ କେଉଁଠି ମୋ ପାଖରୁ ରନ୍ଧା ଶିଖିବାକୁ ବେଳ ପାଇଲୁ? ତୋ ପାପା ଏତେ ତରତରରେ ତତେ ବାହା କରିଦେଲେ ଯେ ମୁଁ ମନ ପୂରେଇ ତତେ ଖୁଆଇ ବି ପାରିନି।"

"ସେ କଥା ଭାବି ଆଉ ଲାଭ କ'ଣ ? ଏବେ ବି ସମୟ ଅଛି ମୁଁ ତୁମଠାରୁ ରନ୍ଧା ଶିଖିବାକୁ, ଏବେ ମୋତେ ତୁମ ମାଛ ବେସର ଶିଖାଇ ଦିଅ।"

"ହଉ, କାଲିକୁ ଭଲ ମାଛ ଆଣିବୁ ଆଉ ଦେଶୀଆଲୁ, କଞ୍ଚାକଦଳୀ ଓ ବଡ଼ି ବି ରଖିଥିବୁ।"

"ମାମା, ତାହେଲେ ମତେ ବଜାର ଯିବାକୁ ହେବ… କାହାକୁ ବୁଝାଇବି ଦେଶୀ ଆଲୁ କ'ଣ? ହଁ ମାମା, ଗୋଟିଏ କଥା କଲେ ଭଲ ହେବ। ଭଲ ଚରିତା ବେଳକୁ ଆମେ ବଜାର ଯିବା - ଯାହା ସବୁ ଦରକାର ନେଇ ଆସିବା।"

"ହଁ ତା ବି ଭଲ ହେବ" ରେଣୁବାଲା ଉତ୍ତର ଦେଲେ।

ରାଧିକା ଫୋନ୍ କଲା ଅସିତଙ୍କୁ। "ମୋର ଟିକିଏ ଗାଡ଼ି ଦରକାର - ତିନିଟାରୁ ପାଞ୍ଚଟା ଯାଏଁ।"

"ହଁ ଠିକ୍ ଅଛି- ଏବେ ମୁଁ ହରିଲାଲକୁ କହି ଦେଉଛି।"

ଗୋଟେ ବେଳକୁ ମାଆ, ଝିଅ ବସି ଖାଇଲେ। ଭାତ, ଡାଲି, ଛେନା ତରକାରୀ, ପାଳଙ୍ଗ ଶାଗ।

ରେଣୁବାଲା ଖାଉ ଖାଉ କହିଲେ, "କମଲା ଭଲ ରାନ୍ଧିଛି, ଯଦିଓ ତେଲ ଟିକିଏ ବେଶୀ ପକାଇଛି।"

"ମାମା, ସେଇଟା ସବୁ ପାର୍ଟଟାଇମ୍ ରାନ୍ଧୁଣୀ କରନ୍ତି ଏଠି। ଗୋଟାଏ କଥା ସେମାନେ ଭାବନ୍ତି ତେଲ ବେଶୀ ଦେଲେ ରନ୍ଧା ସ୍ୱାଦିଷ୍ଟ ହୁଏ ଏବଂ ତଳୁ ଲାଗି ଯାଏନି।"

"ହଁ, ଏହା ସତ, ତେଲ ଟିକିଏ ବେଶୀ ଦେଲେ ତରକାରୀ ପୋଡ଼ିଯିବାର ଭୟ ନ ଥାଏ। ଧୀମା ଜାଲରେ ବେଶୀ ତେଲ ଦେଇ ତରକାରୀ ରାନ୍ଧିଲେ ତାହା ଖୁବ୍ ଟେଷ୍ଟି ହୋଇଥାଏ। କିନ୍ତୁ ସବୁଦିନ ଖାଇଲେ ଦେହକୁ ଖରାପ।"

ଏମିତି ଗପସପରେ ତିନିଟା ବାଜିଗଲା। ହରିଲାଲ ଇତିମଧ୍ୟରେ ଘରେ ପହଞ୍ଚ ବେଲ୍ ଦେଲାଣି।

"ମାମା ଶୀଘ୍ର ବାହାର, ଡ୍ରାଇଭର ଆସିଗଲାଣି।"

"ଆଉ ବାହାର କରିବି କ'ଣ? ଯାହା ପିନ୍ଧିଛି ସେ ଚଲିଯିବ।"

ରାଧିକା ମାମାଙ୍କୁ ଭଲ କରି ରଖିଁଲା – "ହସିହସି କହିଲା ଯିଏ ସୁନ୍ଦର ତା'ର ଲୁଗା ବଦଲେଇବା ବା ପାଉଡ଼ର ଲଗାଇବା କ'ଣ ଦରକାର?"

ଦୁହେଁ ତଳକୁ ଯାଇ ଗାଡ଼ିରେ ବସିଲେ। ରାଧିକା କହିଲା, "ହରିଲାଲ, ହମ୍‌କୋ ଥୋଡ଼ା ସରୋଜିନୀ ମାର୍କେଟ ଜାନା ହୈ।"

"ଠିକ୍ ହୈ ମାଡ଼ାମ୍।"

"ମାମା, ଏ ମାର୍କେଟଟା ଏତେ ବଡ଼ ନୁହେଁ, କିନ୍ତୁ ସବୁ ଜିନିଷ ରିଜନେବୁଲ୍ ରେଟ୍‌ରେ ମିଳେ। ତା ଛଡ଼ା ଆମକୁ ପାଖ। ସେଥିପାଇଁ ଏଇଟା ମୋର ପସନ୍ଦ।"

ରେଣୁବାଲା ଦୁଇ ସାଇଡ଼କୁ ରହୁଁ ରହୁଁ ମୁଣ୍ଡ ହଲେଇ ସ୍ୱାଗତ ଜଣାଇଲେ।

ରହୁଁରହୁଁ ଦଶମିନିଟ୍ ଭିତରେ ସେମାନେ ପହଞ୍ଚଗଲେ ସରୋଜିନୀ ମାର୍କେଟ୍‌ରେ।

ଗାଡ଼ି କବାଟ ଡ୍ରାଇଭର ହରିଲାଲ ଖୋଲି ଦେଲା। ରେଣୁବାଲା ଧୀରେ ଗାଡ଼ିରୁ ଓହ୍ଲେଇ ପଡ଼ିଲେ।

ରାଧିକା ଆରପଟୁ ଆସି ତାଙ୍କ ପାଖରେ ଠିଆହୋଇ ପଡ଼ିଲା, ହାତରେ ତା'ର ଗୋଟିଏ ପ୍ଲାଷ୍ଟିକ୍ ଝୁଡ଼ି।

ରେଣୁବାଳା ତା'ଙ୍କ ମୁହଁକୁ ରୁହଁା ହସି ହସି କହିଲେ ମୋ ଝିଅ ତ ବଡ଼ ହୁସିଆର ହୋଇଗଲାଣି – ବଜାର କରିବ ବୋଲି ବ୍ୟାଗ୍ ନେଇ ଆସିଛି ।

ଦୁହେଁ ସବ୍‌ଜି ବଜାର ଭିତରକୁ ଯାଇ କଖାରୁ, ପୋଟଳ, ଜହ୍ନି, ବାଇଗଣ, ଟମାଟୋ, ଧନିଆ ପତ୍ର, ପୋଦିନା ପତ୍ର, କଞ୍ଝାଲଙ୍କା କିଣିଲେ, ଭଲ ତତ୍‌କା ଫୁଲକୋବି ବି ମିଳୁଥିଲା । ସେଥିରୁ ଦୁଇଟା ରାଧିକା ବ୍ୟାଗରେ ପକେଇଲା । ଆଉ ଗୋଟିଏ ଜାଗାରେ ଛନଛନିଆ ପାଳଙ୍ଗ ଶାଗ ମିଳୁଥିଲା । ରାଧିକା କହିଲା, "ମାମା, ଅସିତ୍‌ଙ୍କୁ ପାଳଙ୍ଗ ଶାଗ ବହୁତ ଭଲ ଲାଗେ । ମୁଁ କିଛି ପାଳଙ୍ଗ ଶାଗ ନେଉଛି ।" ରେଣୁବାଳା ଖୋଜୁଥିଲେ କଞ୍ଝାକଦଳୀ ଓ ଛୁଇଁ, ସେ ଦୁଇଟି ମିଳିଲା ନାହିଁ । ଦୋକାନୀ କହିଲା, "ସବେରେ ଆନେ ସେ ମିଲେଗା ।"

ରାଧିକା କହିଲା, "ମାମା ଟିକିଏ ରହ, ମୁଁ ଗାଡ଼ିରେ ବ୍ୟାଗ୍‌ଟା ରଖିଦେଇ ଆସେ ଏଠି ଗୋଟିଏ ଦୋକାନରେ ଭଲ ଜଲଖିଆ ମିଳେ । ଏତେ ଭଲ ସମୋସା ଥରେ ଖାଇଲେ ମନେ ରହିଥିବ, ତା' ଜଲେବି ଭାରି ଭଲ ।"

ରାଧିକା ଗାଡ଼ିରେ ପରିବା ବ୍ୟାଗ୍‌ଟି ରଖିଦେଇ ଆସିଲା । ରେଣୁବାଳାଙ୍କ ହାତ ଧରି ନେଇଗଲା, "ଗୁପ୍ତା ସ୍ନାକ୍ସ ଆଣ୍ଡ ସୁଇଟ୍‌ସ୍‌କୁ" ଦୋକାଟି ଏତେ ବଡ଼ ନୁହେଁ । ଏଠି ବେଶୀ ଲୋକ ବସିକରି ଖାଇବାର ବନ୍ଦୋବସ୍ତ ନାହିଁ । ଅଧିକାଂଶ ଲୋକ ବାହାରେ ଠିଆ ହୋଇ ଖାଉଛନ୍ତି ।

"ଏଠି ବସିବା ଜାଗାରେ ଆଉ ଜାଗା ନାହିଁ । ମାମା କ'ଣ ହାତ ଧରି ଖାଇ ଦେବା ?"

"ନା, ପ୍ୟାକ୍ କରି ଘରକୁ ନେଇଗଲେ ପିଲାମାନେ ଓ ଅସିତ୍ ଖାଇବେ ।"

ରାଧିକା ଦୋକାନୀକୁ କହି କିଛି ସମୋସା ଓ କିଛି ଜଲେବି ପ୍ୟାକ୍ କରି ନେଲା । ସେ କହିଲା, "ମାମା ଏଠି ଗାଡ଼ି ରଖିବାର ସୁବିଧା ନାହିଁ, ମୁଁ ଯାଇ ଗାଡ଼ିକୁ ଡାକି ଆଣିବି ?"

ନା, ମୁଁ ଚାଲିଯିବି ।

ଦୁହେଁ ଚାଲି ଚାଲି ଗାଡ଼ି ପାଖକୁ ଆସିଲେ । ଗାଡ଼ି ପାର୍କିଂ ପାଖେ ଗୋଟିଏ ଫୁଲ ଦୋକାନ ଥିଲା । ରାଧିକା ସେଠାରୁ କିଛି ଫୁଲ କିଣିଲା ।

ରେଣୁବାଳା ପଚାରିଲା, "ଏଇଲେ ଫୁଲ ନେଇ କ'ଣ କରିବୁ ? ସକାଳକୁ ତ ଶୁଖିଯାଇଥିବ ।"

"କାଇଁକି ମାମା ଶୁଖିଯିବ ? ଭଲ କରି ପାଣି ଦେଇ ରଖିଲେ ଦୁଇଦିନ ରହିବ । ସେ ପାଣିରେ ଗୋଟାଏ ଆନ୍‌ସିନ୍ ପକାଇ ଦେଲେ କାଲିକୁ ବି ଏ ଫୁଲ ତତ୍‌କା ଥିବ ।"

"ଆଚ୍ଛା!" ରେଣୁବାଳା ଆଶ୍ଚର୍ଯ୍ୟ ହୋଇ ପଡ଼ିଲେ।

"ହଁ ମାମା, କାଲି କ'ଣ ପହରଦିନ ଯାଏଁ ଏମିତି ଥିବ।

ସେମାନେ ଫେରି ଆସିଲେ ରାଧିକାର ଫ୍ଲାଟ୍‌କୁ। ପିଲାମାନେ ଫ୍ଲାଟ୍‌ ଆଗରେ ଥିବା ଖେଳ ପଡ଼ିଆରେ ଖେଳୁଥିଲେ। ରାଧିକା ସେମାନଙ୍କୁ ଡାକି କହିଲେ, "ଖେଳ ସାରି ଟିକିଏ ଶୀଘ୍ର ଘରକୁ ଆସିଯିବ।"

ଦୁଇ ପୁଅ ହଁ କହି ପୁଣି ଖେଳିବାକୁ ଚାଲିଗଲେ, ଠିକ୍‌ ଆକାଶରେ ବାଦଲ ଉଡ଼ିଲା ପରି। ମାଆ ଝିଅ ଦୁହେଁ ଫ୍ଲାଟ୍‌ରେ ପଶିଲେ।

ରେଣୁବାଳା ବାହାର ଘରେ ଚଟି ରଖିଦେଇ ବାଥ୍‌ରୁମ୍‌ ଚାଲିଗଲେ ଗୋଡ଼ ହାତ ଧୋଇବା ପାଇଁ। ରାଧିକା ଖାଇବା ଟେବୁଲ ପାଖରୁ ଡାକ ପକେଇଲା, "ମାମା ଶୀଘ୍ର ଆସ, ସମୋସା ଥଣ୍ଡା ହୋଇଯିବ।"

ରେଣୁବାଳା ଗୋଡ଼ହାତ ଧୋଇ ଲୁଗା ବଦଲେଇ ଆସିଲା ବେଳକୁ ଟିକିଏ ଡେରି ହୋଇଗଲା। ଏହା ଭିତରେ ସେ ଭାବି ଚାଲିଲେ ରାଧିକା ଓ ତାଙ୍କ ବୋହୂମାନଙ୍କର ତାଙ୍କ ପ୍ରତି ବ୍ୟବହାର କେତେ ଫରକ। ଦିନେ ବି କେଉଁ ବୋହୂ ଥରେ ପଚାରନ୍ତି "ମାମା ତୁମେ କ'ଣ ଖାଇବ? କଟକରେ ସୁରଟା ଯାହା ଦି'ଖଣ୍ଡ ବାଇଗଣ ଭାଜି ଦେଇଦିଏ, ନହେଲେ କଢ଼ି କି ବେସନ ତରକାରୀ କରୁକରୁ ତା' ବେଳ ଯାଏ, ପୁଣି ଅସୀମାର ଖାଇଲା ବେଳକୁ ଗରମ ଗରମ ରୁଟି। ସେ ଗୋଟାଏ ଲୋକ, କେତେ କରିବ?" ରେଣୁବାଳା ଏମିତି ଭାବୁଭାବୁ ଆସି ଗଲେ ଖାଇବା ଟେବୁଲ ପାଖରେ।

"ମାମା, ତୁମେ ଏତେ ଡେରୀ କରିଦେଲ ସମୋସା ଥଣ୍ଡା ହୋଇଗଲା।"

"ଏଇ ପାଞ୍ଚମିନିଟ୍‌ରେ ଏମିତି କେତେ ଥଣ୍ଡା ହୋଇ ଯାଇଥିବ! ଦେ, ଏଥର ମତେ ଦେ।"

ଗୋଟିଏ ପ୍ଲେଟ୍‌ରେ ଦୁଇଟି ସମୋସା ରଖି ରାଧିକା ତାଙ୍କ ହାତକୁ ବଢ଼େଇ ଦେଲା।

ରେଣୁବାଳା ସମୋସା ସାଇଜ ଦେଖି କହିଲେ, "ଆଲୋ ରାଧିକା, ଏଡ଼େ ଏଡ଼େ ଦୁଇଟା ସମୋସା ଏଇଲେ ଖାଇଲେ ମୁଁ କ'ଣ ରାତିକୁ ରୁଟି ତରକାରୀ ଖାଇପାରିବି। ମୁଁ ଗୋଟେ ଖାଇବି, ଆଉ ଗୋଟେ ତୁ ରଖିଦେ।"

"ନା ମାମା, ତୁମେ ଦୁଇଟା ଯାକ ଖାଅ, ରାତିକୁ ନ ଖାଇଲେ ନ ଖାଇବ, ଖାଲି ଦୁଧ ଗିଲାସେ ପିଇ ଶୋଇ ପଡ଼ିବ।"

"ମୁଁ ଆଗେ ଗୋଟେ ଖାଏ, ତା'ପରେ ପେଟରେ ଜାଗା ଥିଲେ ଦ୍ୱିତୀୟଟା ଖାଇବି।"

ରେଣୁବାଳା ଗୋଟାଏ ସମୋସା ଓ ଗୋଟାଏ ଜଲେବି ଖାଇ କହିଲେ, "ସତରେ ଦୁଇଟା ଯାକ ବହୁତ ଭଲ ହୋଇଛି। ରାଜା ଓ ରତନ ଆସିଲେ ଖାଇବେ, ଜୋଇଁଙ୍କ ପାଇଁ ବି ରଖିଥା।"

ମୁଁ ସମସ୍ତଙ୍କ ପାଇଁ ହିସାବ କରି ଆଣିଛି, ମାମା ତୁମ ପାଇଁ ରଃ' କରିଦିଏ। ତୁମକୁ ତ ଦାର୍ଜିଲିଂ ରଃ' ଭଲ ଲାଗେ। ସେଇଟା ହିଁ କରି ଦେଉଛି।

ରେଣୁବାଳା ଚୁପ୍ ହୋଇ ବସି ଭାବୁଥାଆନ୍ତି ତାଙ୍କ ସ୍ୱାମୀଙ୍କ କଥା। ହରମୋହନବାବୁ ରାଧ୍ଵାର ମୋ ପାଇଁ ଭଲ ପାଇବା ଦେଖୁଥିଲେ ସେ କେତେ ଖୁସି ହେଉଥାଆନ୍ତେ! ପ୍ରକୃତରେ ଝିଅ ଝିଅ। ପୁଅମାନେ ତ ତାଙ୍କ ସ୍ତ୍ରୀ କଥା ବେଶୀ ଶୁଣିବେ। କିନ୍ତୁ ଆମ ବେଳେ କଥା ଅଲଗା ଥିଲା। ଶାଶୂ ଘରର ମୁରବି ଥିଲେ। ସେ ଯାହା କହୁଥିଲେ ସେଯା ହେଉଥିଲା। ହରମୋହନ ମୋତେ ବହୁତ ଭଲ ପାଉଥିଲେ ମଧ ମୋର ୟୁ ନଥିଲା ମୁଁ ତାଙ୍କ ବୋଉଙ୍କ ମନରେ ଏତେ ଟିକିଏ କଷ୍ଟ ଦେବି ବା ତାଙ୍କ କଥାକୁ ତଳେ ପକେଇ ଦେବି। ରେଣୁବାଳା ଏମିତି ଭାବୁ ଭାବୁ ଦୀର୍ଘ ନିଃଶ୍ୱାସ ଛାଡ଼ିଲେ।

ଝରକା ବାଟେ ଦେଖା ଯାଉଛି ସୂର୍ଯ୍ୟ ଅସ୍ତ ହେବା। କଟକରେ ନଭେମ୍ବର ମାସକୁ ସନ୍ଧ୍ୟା ସାଢ଼େ ପାଞ୍ଚଟା ବେଳକୁ ଏକବାରେ ସନ୍ଧ୍ୟା। ଏଠି ଟିକେ ଡେରିରେ ସୂର୍ଯ୍ୟ ଅସ୍ତ ହେଉଛନ୍ତି। ରେଣୁବାଳା ଷ୍ଟୋର ରୁମ୍ ଅଭିମୁଖେ ଆଗେଇଲେ। ସନ୍ଧ୍ୟା ଦିଏ କି ନ ଦିଏ ରାଧ୍ଵା ମୁଁ ତ ଜାଣେ ନାହିଁ। ମୁଁ ଅଛି ଯେତେବେଳେ ସନ୍ଧ୍ୟା ଦେଇଦେଲେ ଭଲ। ତୁଳସୀ ମୂଳରେ ଦୀପ ଲଗାଇ ଦେଲେ ମୋତେ ଭଲ ଲାଗିବ। ଏସବୁ କରିବାର ଅଧିକାର ମୋର ବୟସେରେ ନ ଥିଲା। ସନ୍ଧ୍ୟା ସାଢ଼େ ସାତଟା ହୋଇଗଲା ଅସିତ୍ ଘରକୁ ଫେରିଲା ବେଳକୁ ରାଧ୍ଵା ଟିକିଏ ଗମ୍ଭୀର ହୋଇ ପଚାରିଲା, "ଏତେ ଡେରୀ ହେଲା କାହିଁକି?"

"ମୋ କଥାରେ କ'ର ସେକ୍ରେଟାରୀଏତ୍ ରଲୁଛି? ମୁଁ ତ ମାତ୍ର ଡେପୁଟି ସେକ୍ରେଟାରୀ। କେତେ ବଡ଼ ଅଫିସର ମୋ ଉପରେ। ସେକ୍ରେଟାରୀ ଡାକିଲେ କିଛି ଜରୁରୀ ଫାଇଲ ଦେଖିବା ପାଇଁ। ମୋର ନାହିଁ କରିବାର ରରା ଅଛିକି? ଅବଶ୍ୟ ଗୁପ୍ତ ସାର୍ ଭାରି ଭଲ। ସାତଟା ବାଜିବା ମାତ୍ରେ ସେ କହିଲେ, "I am sorry, I kept you so long". ମୁଁ ହସି ହସି ଉତ୍ତର ଦେଲି, "ନୋ ସାର, ଇଫ ୟୁ ୱାଣ୍ଟ ଆଇ କାନ୍ ଷ୍ଟେ ଉଇଥ ୟୁ ଫର୍ ସମ ମୋର୍ ଟାଇମ୍...।"

କିନ୍ତୁ ସେ ଉତ୍ତର ଦେଲେ, "ନୋ, ୟୁ ଗୋ, ଇୟୋର ୱାଇଫ ମଷ୍ଟ ବି ୱେଟିଂ ଫର୍ ୟୁ...।"

ତା' ପରେ "Thank you Sir" କହି ବାହାରି ଆସିଲି।

"ହଉ, ହାତ ମୁହଁ ଧୁଅ, ମାମା ଓ ମୁଁ ବଜାର ଯାଇଥିଲୁ। ଭଲ ସମୋସା ଓ ଜଲେବି ଆଣିଥିଲୁ। କିଛି ଖାଅ।"

"ନାଇଁ ରାଧିକା ନାଇଁ। ଏଇଲେ ଖାଇଲେ ରାତିକୁ ଆଉ ଦିନର ଖାଇ ପାରିବିନି।"

ରାଧିକା କିଛି ନ କହି ରନ୍ଧା ଘରକୁ ଚାଲିଗଲା ଓ ଗୋଟେ ପ୍ଲେଟ୍‌ରେ ଗୋଟିଏ ସମୋସା ଓ ଜଲେବି ଆଣି ଅସିତଙ୍କୁ ଦେଲା ଓ କହିଲା, "ମାମା ତୁମ ପାଇଁ ବହୁତ ମନରେ ଆଣିଥିଲେ। ରାତିରେ ପଛେ ଗୋଟିଏ ରୁଟି ଖାଇବ।"

ଅସିତ୍‌ ଏମିତିରେ ବଡ଼ ବୁଝାମଣା ଲୋକ। ସେ ହସି ହସ ପ୍ଲେଟ୍‌ ନେଇ ପଚାରିଲେ, "ରାଧିକା ମାମା କାହାନ୍ତି ? ମୁଁ ଟିକିଏ ତାଙ୍କ ସଙ୍ଗେ କଥା ହେବାକୁ ଚାହୁଁଛି।"

"ଆସ ମୋ ସାଙ୍ଗରେ। ସେ ପିଲାଙ୍କ ପାଖେ ବସିଥିବେ ନ ହେଲେ ପୂଜା କରୁଥିବେ। ମୁଁ ତାଙ୍କୁ ଖାଇବା ଟେବୁଲ ପାଖକୁ ଡାକି ଦେଉଛି, ତୁମେ ସେଇଠି ବସିଥାଅ।"

ରାଧିକା 'ମାମା' 'ମାମା' ଡାକି ପିଲାଙ୍କ ରୁମ୍‌କୁ ଗଲା। ମାମା ସେଇଠି ଖଟ ଉପରେ ଗୋଟିଏ ଓଡ଼ିଆ ମ୍ୟାଗାଜିନ୍‌ ଓଲଟାଉ ଥିଲେ। ମ୍ୟାଗାଜିନ୍‌ଟାକୁ ଉପରେ ରଖି ଦେଇ ପଚାରିଲେ, "କ'ଣ ହେଲା ରାଧିକା ?"

"କିଛି ନାହିଁ, ତୁମ ଜୋଇଁ ତୁମକୁ ଅପେକ୍ଷା କରି ଖାଇବା ଟେବୁଲ ପାଖରେ ବସିଛନ୍ତି। ତୁମେ ସେଇଠିକୁ ଆସିବ କି ? ଏଠିକୁ ତାଙ୍କୁ ଡାକିଲେ ପିଲାମାନେ ପାଠ ନ ପଢ଼ି କେବଳ ଗପ ଶୁଣିବେ।"

"ହଉ ଚାଲ, ମୁଁ ଯାଉଛି", ଉତ୍ତର ଦେଲେ ରେଣୁବାଲା।

ଏଇ ଫ୍ଲାଟ୍‌ ଘରଗୁଡ଼ିକର ଆୟତନ କେତେ ? ମିନିଟ୍‌ଟେ ବି ଲାଗିଲାନି ଅସିତଙ୍କ ପାଖେ ପହଞ୍ଚିବା ପାଇଁ। ସେ ଗୋଟିଏ ଚୌକି କାଢ଼ି ଶାଶୁଙ୍କୁ ଅନୁରୋଧ କଲେ ବସିବା ପାଇଁ। ରାଧିକ ବି ସେମାନଙ୍କ ପାଖରେ ବସିଲା ଓ ବଡ଼ ପାଟି କରି ପାର୍ଟଟାଇମ୍‌ ରାନ୍ଧୁଣୀକୁ ଡାକିଲା– "କମଲା, ଶୁଣ, ରାତକୋ ଏକ ଦାଲ୍‌ମା ବନାନା, ଠିକ୍‌ ହମ୍‌ ଜୈସେ ବତାୟେ ଥେ। ଔର ତିନ ଅଣ୍ଡେ କା ଆମ୍‌ଲେଟ୍‌ ବନାଦେନା – ନେହିଁ, ଅବନେହିଁ ବନାନା। ଖାଲି ପ୍ୟାଜ, ଟମାଟୋର, ଔର ହରା ମିରିଚି କାଟ୍‌କର ଏକ କଟୋରାମେଁ ରଖ ଦେନା। ଖନେକେ ଟାଇମ୍‌ ହମ ବନା ଦେଙ୍ଗେ।"

ସେ ରନ୍ଧା ଘରୁ ଉତ୍ତର ଦେଲା– "ଜୀ, ମା'ଜୀ"।

ଶାଶୂ ଜୋଇଁ ଖାଇବା ଟେବୁଲ ପାଖେ ବସି ଗପ୍ପ ଥାଆନ୍ତି । ଅସିତ୍ ଆରମ୍ଭ କଲେ, "ମାମା, ଆପଣଙ୍କୁ ଏଠି ଠିକ୍ ଲାଗୁଛିତ ? ରାଧିକା ବଡ଼ ବ୍ୟସ୍ତ ଥିଲା ଆପଣଙ୍କ ପାଇଁ । ଏଇଟା ନିହାତି ସତ କଥା ପୁଅ ଝିଅଙ୍କ ପାଖେ ରହିବାରେ ବହୁତ ଅସୁବିଧା ହୁଏ ବାପ ମାଆଙ୍କୁ । ମୋ ବାପାମାଆଙ୍କୁ ଏଠି ଯେତେ ଭଲରେ ରଖିଲେବି ସେ ଆଠଦିନ ରହିବା ପରେ ପିମ୍ପୁଡ଼ି କାମୁଡ଼ିଲା ପରି ହୁଅନ୍ତି । ତାଙ୍କ ଗାଁ ଘର ତାଙ୍କ ପାଇଁ ସ୍ୱର୍ଗ । ମୁଁ ଏଠି ଯେତେ ଯତ୍ନ ନେଲେ ବି ତାଙ୍କୁ ଏଠା ବଡ଼ ଖାପ୍‍ଛଡ଼ା ଲାଗେ । ମାମା, ଆପଣ ସେମାନଙ୍କ ପରି ଜମା ହେବେ ନାହିଁ । ଏ ବିଶ୍ୱାସ ମୋର ଅଛି ।"

"ହଁ ବାପା ଅସିତ୍, ମୋର ଏଠି କିଛି ଅସୁବିଧା ହେଉନି । ତୁମ ବାପାମାଆ ଦୁଇଜଣ ଅଛନ୍ତି ବୋଲି ସେମାନଙ୍କୁ ଗାଁ ଘର ଭଲ ଲାଗୁଛି । ଯେତେ ଯାହା ହେଲେ ବି ସେଇଟା ସେମାନଙ୍କର ସଂସାର । ପାପା ଢଳିଯିବା ପରେ ମୋ ଅବସ୍ଥା ଯଥେଷ୍ଟ ଖରାପ ହୋଇଯାଇଛି । ମୁଁ ତାଙ୍କ ଅନୁପସ୍ଥିତିକୁ ସବୁବେଳେ ଅନୁଭବ କରୁଛି । ଆଜି ସେ ଓ ମୁଁ ଏକାଠି ଆସିଥିଲେ ସେ କେତେ ଖୁସି ହେଉଥାଆନ୍ତେ । ମୋ ଭାଗ୍ୟ ତ ଖରାପ, କ'ଣ କରିପାରିବି ମୁଁ ? କଟକରେ ବି ମୋତେ କିଛି ଭଲ ଲାଗୁନି… ।"

ଅସିତ୍ ଶାଶୂଙ୍କ ମୁହଁକୁ ରହିଁ ଟିକିଏ ଦୁଃଖିତ ହୋଇ କହିଲେ, "ଏଇଠି କିଛିଦିନ ରହନ୍ତୁ । ରାଧିକା, ମୁଁ ଓ ପିଲାମାନେ ଅଛନ୍ତି । ସମୟ କୁଆଡ଼େ ଢଳିଯିବ । ଏଠୁ କେଉଁଠିକୁ ଯିବାକୁ ଇଚ୍ଛା ହୁଏ ତେବେ ଅମେ ନେଇଯିବୁ । କିଛି ଅସୁବିଧା ହେବନାହିଁ ।"

"କୁଆଡ଼େ ଯିବି ଭାବିପାରୁନାହିଁ । ଆଉ ଆଠ ଦିନରେ କାର୍ତ୍ତିକ ମାସ ଆରମ୍ଭ, ଯଦି ହେବ ସେତେବେଳେ ଥରେ ବୃନ୍ଦାବନ ଯାଇ ବୁଲି ଆସିଲେ ହେବ । ମୁଁ ପୂର୍ବରୁ ବି କେବେ ବୃନ୍ଦାବନ ଯାଇନି । ମୁଁ ଶୁଣିଛି ଏଠୁ ଗୋଟିଏ ବସ୍ ସିଧା ବୃନ୍ଦାବନ, ମଥୁରା ଓ ଆଗ୍ରା ଯାଏ । ସେଠାରେ ଟିକେଟ୍ କରିଦେଲେ ମୁଁ ଏକା ଯାଇପାରିବି ।"

ଅସିତ୍ ଅଳ୍ପ ହସି କହିଲେ ଆପଣ ଝିଅଜୋଇଁଙ୍କ ପାଖକୁ ଆସିଛନ୍ତି । ଆମେ କ'ଣ ଆପଣଙ୍କୁ ଏକା ବୁଲିବାକୁ ଛାଡ଼ିଦେବୁ ? ଆମେ କ'ଣ ଏତେ ଗୟାଗୁଜୁରା… ।"

"ବ୍ୟସ୍ତ ହୁଅନ୍ତୁ ନାହିଁ ମାମା । ଦିନେ ଛୁଟିଦିନ ବା ରବିବାର ଆମେ ସମସ୍ତେ ବୃନ୍ଦାବନ ଯାଇ ବୁଲି ଆସିବା ।

"ହଉ, ବାପା ଯାହା କହିବ ସେମିତି କରିବା । କିନ୍ତୁ ତୁମକୁ ମୋ ରାଣ ମୋ ପାଇଁ ଅତି ବେଶୀ ବ୍ୟସ୍ତ ହେବା ଦରକାର ନାହିଁ । ଏବେ ନ ହେଲେ ଆଉ କେବେ ଯିବା ।"

ରାଧିକା ପାଖରେ ଥିଲା । ସେ ଆସି କହିଲା, "ମାମା ତୁମ ପାଇଁ ଆମେ ବ୍ୟସ୍ତ

ହେବୁନି ତ ଆଉ କାହା ପାଇଁ ବ୍ୟସ୍ତ ହେବୁ ? ଯାହା ହେଉ ତୁମେ ଏଇ କାର୍ତ୍ତିକମାସରେ ଯାଇ ବୃନ୍ଦାବନ ଦର୍ଶନ କରି ଆସିବ ।"

ଏମିତି କେତେ କ'ଣ ଗପ କଲେ ଅସିତ୍ ଓ ରାଧିକା ମାମାଙ୍କ ସହିତ । ଗପ କଲେ ସମୟ କେମିତି ଗଡ଼ିଯାଏ ଜଣାପଡ଼େନି । ଆସି ନଅଟା ବାଜିଗଲାଣି । ପିଲାମାନେ ଶୀଘ୍ର ଖାଇ ଶୋଇଲେ ସକାଳୁ ଉଠି ସ୍କୁଲ ଯିବେ । ରାଧିକା ଟେବୁଲରେ ମ୍ୟାଟ୍ ପକେଇ ପ୍ଲେଟ୍ ରଖିଲା । ରୁଟି, ଡାଲମା ଆଣି ଟେବୁଲ ଉପରେ ରଖିଲା । ଅଣ୍ଡା ଫେଣ୍ଡ ଅମଲେଟ୍ କରିବା ପୂର୍ବରୁ ସେ ପିଲାଙ୍କୁ ଟେବୁଲ୍ ଉପରକୁ ଆସିବାକୁ ଡାକିଲା । ରାଜା ପାଞ୍ଚଟି ଗିଲାସରେ ପାଣି ରଖି ମାମିଙ୍କ ପାଖକୁ ରନ୍ଧାଘରକୁ ଯାଇ ରୁଟି ଜାଗା ନେଇ ଆସି ଟେବୁଲ ଉପରେ ରଖିଲା । ରାଧିକା ଜାଣେ ଡାଲମା ସାଙ୍ଗେ ଅଣ୍ଡା ମିଶିଗଲେ ସେ ଖାଇବେ ନାହିଁ । ତେଣୁ ମାମାଙ୍କ ଲାଗି ଗୋଟିଏ ଗିନାରେ ଡାଲମା ସେ ଅଲଗା ରଖିଲା ଓ ଟେବୁଲ ଉପରକୁ ଯାଇ ସମସ୍ତଙ୍କ ପାଇଁ ବାଢ଼ି ଦେଲା । ମାମା ତାଙ୍କ ପ୍ଲେଟ୍‍ଟି ଧରି ଟିକିଏ ଦୂରରେ ବସିଲେ । ଅସିତ୍ ରେଣୁବାଲାଙ୍କ ପ୍ଲେଟ୍‍କୁ ଚାହିଁ ରାଧିକାକୁ ପଚାରିଲେ, "ରାଧିକା, ମାମାଙ୍କ ଆମଲେଟ୍ କାହିଁ ?"

"ନା, ମାମା ପୂରା ଭେଜିଟେରିନିଆନ । ସେ ଆମ ଲାଗି ବହୁତ ଆଡ଼ଜଷ୍ଟ କରୁଛନ୍ତି । ତାଙ୍କର ବିରୁଦ୍ଧରେ ମୁଁ ବାଧା ଦେବାକୁ ଚାହେଁ ନାହିଁ ।"

"ମାନେ, ମାମା ମାଛ, ମାଂସ ବି ଖାଉନାହାନ୍ତି ?" ଆଶ୍ଚର୍ଯ୍ୟ ହୋଇ ପଚାରିଲେ ଅସିତ୍ ।

"ହଁ, ସେୟା, ତା' ଚଡ଼ା ଅନେକଦିନ ସେ ପିଆଜ, ରସୁଣ ମଧ ଖାଆନ୍ତି ନାହିଁ । ସେ ଭାବୁଛନ୍ତି ବାପା ଚାଲିଯିବା ପରେ ଏସବୁ ଖାଇବା ତାଙ୍କର ଅନୁଚିତ୍ । ମାମା ତ ପୁରୀର ଝିଅ, ସେ ଏସବୁ ବିଷୟରେ ବଡ଼ ରକ୍ଷଣଶୀଳ । She was brounght up with all these restrications."

ଅସିତ୍ ମାମାଙ୍କୁ ଚାହିଁ କହିଲେ, "ଆପଣଙ୍କ ପରି ଜଣେ ଶିକ୍ଷିତା ଏବଂ ଜଣେ ଉଚ୍ଚ ବିଚାରର ନାରୀ ଏସବୁ କରିବା ଉଚିତ ନୁହେଁ । ଆପଣ ଆପଣଙ୍କ ପର ପିଢ଼ି ସ୍ତ୍ରୀ ଲୋକମାନଙ୍କ ପାଇଁ କ'ଣ ଏଇ ମେସେଜ୍ ଦେବେ ? ମୋର ଆପଣଙ୍କୁ ଅନୁରୋଧ ଆପଣ ଏସବୁ ଠାରୁ ଦୂରେଇ ରହନ୍ତୁ ।"

ରେଣୁବାଲା ଅଳ୍ପ ହସି ଧୀର ସ୍ୱରରେ କହିଲେ, "ବାପା ଅସିତ୍ । ତୁମ କଥାକୁ ମୁଁ ବହୁତ ଗୁରୁତ୍ୱ ଦିଏ ଏବଂ ଭାବୁଛି ତୁମେ ଯାହା କହୁଛ ତା ହିଁ ଠିକ୍ । ମାତ୍ର ମୋ ଦେହରେ ଯେଉଁ ରକ୍ତ ସଂଚରିତ ହେଉଛି ସେଥିରେ ଏମିତି ଅନେକ କୁସଂସ୍କାର ପ୍ରଭାବିତ ହୋଇଆସୁଛି । ପ୍ରକୃତରେ ମୁଁ ଚାହେଁନାହିଁ ମୋ ପରପିଢ଼ିର କେଉଁ ନାରୀ

ଏସବୁ ଅନ୍ଧବିଶ୍ୱାସର ଶିକାର ହୁଅନ୍ତୁ। କିନ୍ତୁ ମୁଁ ଯାହା କହୁଛି ତା' ନକରିବା ପାଇଁ ମୋ ଭିତରେ ସାହସର ଅଭାବ ଅଛି।"

ଅସିତ୍ ଟିକିଏ ଗମ୍ଭୀର ହୋଇ କହିଲେ, "ଆପଣଙ୍କ ଭିତରେ ସାହସର ଅଭାବ ନାହିଁ, ଆପଣଙ୍କ ଭିତରେ ସମାଜର ସମାଲୋଚନାକୁ ବହୁତ ଭୟ ଅଛି - ଲୋକେ କ'ଣ କହିବେ ? ଏହା ଭାବି ଭାବି ଆପଣ ନିଜକୁ କଷ୍ଟ ଦେଉଛନ୍ତି।"

"ନା, ଅସିତ୍ - ଏହା ପୂରା ଠିକ୍ ନୁହେଁ। ମୋର ଏସବୁ କରିବା ଏକରକମ ଅଭ୍ୟାସ ହୋଇଗଲାଣି। ମୋତେ ଏସବୁ କଲା ବେଳକୁ କିଛି କଷ୍ଟ ହେଉନି, ବିଶ୍ୱାସ କର ଅସିତ୍, ମୋ ପାଇଁ ଏହା ଏକବାରେ ସାଧାରଣ", ରେଣୁବାଲା କହିଲେ।

ଏଥର ସମସ୍ତେ ଖାଇଲେ ଓ ଅଧଘଣ୍ଟାକ ଭିତରେ ଖାଇବା ପର୍ବ ସରିଗଲା।

ରେଣୁବାଲା ରାଧିକାକୁ ଟେବୁଲ ସଫା କରିବାରେ ସାହାଯ୍ୟ କଲେ। ପିଲାମାନେ ଶୋଇବାକୁ ଗଲେ, ରେଣୁବାଲା ମଧ୍ୟ ସେମାନଙ୍କ ପଛେ ପଛେ ଶୋଇବାକୁ ଗଲେ। କିନ୍ତୁ ନିଦ ଆସୁଛି କେଉଁଠି ? ସ୍ୱାମୀ ଥିଲା ବେଳେ ସେ ଦୋକାନ କାମ ସାରି ଫେରିଲା ବେଳକୁ ଦଶଟା ସେପଟେ। ତା'ପରେ ଲୁଗାପଟା ବଦଳେଇ ଖିଆପିଆ। ପୂର୍ବରୁ ହରମୋହନ ରାତିରେ ବି ଭାତ, ମାଛ ଖାଉଥିଲେ। କିନ୍ତୁ ଋଳିଯିବାର କିଛିଦିନ ପୂର୍ବରୁ ସେ ରୁଟି ଖାଇବାକୁ ଆରମ୍ଭ କଲେ। ପ୍ରକୃତରେ ରୁଟି ତାଙ୍କୁ ଏତେ ଭଲ ଲାଗେନାହିଁ, ତେଣୁ ରେଣୁବାଲା କେଉଁଦିନ ଜଣ୍ଟାରୁଟି, କେଉଁଦିନ, ଆଲୁପରଟା, କେଉଁ ଦିନ ମଟର ପରଟା ତ କେଉଁଦିନ ପୁରୀ କରନ୍ତି ସ୍ୱାମୀଙ୍କ ପାଇଁ। ସୁରବାବୁଙ୍କ ଖାଇବାକୁ ନ ଦେଲା ଯାଏଁ ଯାଏନି। ବାବୁ ଖାଇସାରିଲେ ତାଙ୍କ ଗୋଡ଼ରେ ଟିକିଏ ହାତ ମାରି ନ ଦେଲେ ବାବୁଙ୍କୁ ନିଜ ହୁଏନି। ସୁର ହରମୋହନଙ୍କର କେବଳ ପୁଖାରୀ ନ ଥିଲା, ସେ ତାଙ୍କର ଗପ କରିବାର ଲୋକ ଥିଲା। ସୁର ଗୋଡ଼ ଚିପୁଥିବ ତା ସହିତ ଢିଙ୍କିଶାଳରୁ ଢେଙ୍କାନାଳ ଯାଏଁ ଯାବତୀୟ କଥା ଗପି ଋଳିଥିବ- "ପୁରୀ ମନ୍ଦିରର ନୀଳଚକ୍ର ଉପରେ ଶାଗୁଣା ବସିବାଠାରୁ, ତାଙ୍କ ଗାଁ ଗଦାଧର ମିଶ୍ରର ପୁଅ ଛେରା ଅଫିମ ବ୍ୟବସାୟ କରି ଜେଲକୁ ଯାଇଛି" ଇତ୍ୟାଦି ଏମିତି ବହୁତ କଥା ଗପେ। ହରମୋହନ କଥା ମନଦେଇ ଶୁଣୁଥାଆନ୍ତି, ବେଲେବେଲେ ପଋରନ୍ତି, ଆରେ ସୁର, ତୁ ଜାଣିଛୁ ଅଚ୍ୟୁତାନନ୍ଦ ମାଲିକାରେ ଲେଖା ହୋଇଛି, ବାଇଶି ପାହାଚେ ଖେଲିବେ ମୀନ...।"

ହଁ, ବାବୁ, ଦେଖୁନ ଶ୍ରୀମନ୍ଦିର ନୀଳଚକ୍ରରେ କାହିଁକି ଶାଗୁଣା ବସନ୍ତା ? ଶାଗୁଣା ବସିବାକୁ କ'ଣ ଗଛବୃଛ ନ ଥିଲା... କଳିଯୁଗ ଶେଷ ହେବାକୁ ଯାଉଛି ବାବୁ...।"

ଏଥର ରେଣୁବାଲା କଥା ଉପରେ କଥା କହନ୍ତି - "ହଉ, ଯେତେବେଲେ

କଳିଯୁଗ ଶେଷ ହେବ ହେବ। ଆଜିଠାରୁ ସେ ସବୁ ଚିନ୍ତା କଲେ ଲାଭ କ'ଣ? ତୁ ଯା' ଶୋଇବୁ ସୁର।"

"ହଉ, ଯାଉଛି ମାଆ" କହି ସୁର ଉଠିଯାଏ। ଗଲାବେଳେ କହିଦେଇ ଯାଏ, "ମା', ରୋଷେଇ ଘର କବାଟ ମୁଁ ଦେଇଦେଇଛି, ପଣ୍ଡାବାବୁଙ୍କ କାଳୀବିଲେଇଟା ରାତିରେ ପଶି ସବୁଥିରେ ମୁହଁ ମାରୁଛି...। ରେଣୁବାଳା ଗୋଟାଏ ଲମ୍ବା ହୁଁ..." କରି କବାଟ ବନ୍ଦ କରନ୍ତି।

ପିଲାମାନେ ସେମାନଙ୍କ ରୁମ୍‌ରେ ପଢ଼ାପଢ଼ି ସାରି ଶୁଅନ୍ତି। ଏଇ କେତେ ବର୍ଷ ହେଲାଣି ତିନିଜଣଯାକ ପିଲେ ବାହାରେ ରହି ପଢ଼ୁଛନ୍ତି। ପୁଅମାନେ ବାହାରେ ପଢ଼ିଲେ ରେଣୁବାଳାଙ୍କର କିଛି ଆପତ୍ତି ନ ଥିଲା, ମାତ୍ର ରାଧିକାକୁ ଦିଲ୍ଲୀ ପଠାଇଲା ବେଳେ ସେ ବିରୋଧ କରିଥିଲେ। କହିଥିଲେ, "ଝିଅଟେ ପାଇଁ ଏଥର ଘରକାମ କିଛି ଶିଖିବା ଦରକାର। ତୁମେ ତାକୁ ଆଉ ପଢ଼େଇବା ପାଇଁ ବାହାରକୁ ପଠାଅ ନାହିଁ। ସେ କିଛିଦିନ ଆମ ପାଖେ ରହି ଆମ ଉଠିଚଳଣ ଶିଖିବା ଦରକାର, ନହେଲେ ଶାଶୂ ଘରେ ଚଳିବା ପାଇଁ କଷ୍ଟ ହେବ।"

ରେଣୁବାଳାଙ୍କ କଥା ରହିଲା। ରାଧିକା ଘରେ ରହି ରେଭେନ୍ସା କଲେଜରେ ଏମ୍.ଏ. ପଢ଼ିବା ପାଇଁ ନା ଲେଖାଇଲା। ମାତ୍ର ଦୁଇମାସ ଯାଇଛି କି ନାହିଁ ହରମୋହନ ବାବୁ ଝିଅର ବାହାଘର ଠିକ୍ କରିଦେଲେ। ଜୋଇଁ ଅସିତ୍ ବିହାର କାଡ଼ର ଆଇଏଏସ୍। ରାଧିକା ବିବାହ ପରେ କିଛିଦିନ ଶାଶୂଘରେ ରହିଲା, ତା'ପରେ ଅସିତଙ୍କ ଟ୍ରେନିଂ ସରିବା ପରେ ସେ ତାଙ୍କ ପାଖକୁ ଚାଲିଗଲା। ରାଧିକା ବାହାଘରକୁ ଦଶବର୍ଷ ହୋଇ ଗଲାଣି। ଏବେ ଅସିତ୍ ସେଣ୍ଟ୍ରାଲ ଡେପୁଟେସନରେ ଦିଲ୍ଲୀରେ ପୋଷ୍ଟିଂ।

ରେଣୁବାଳା ଏକ ଦୀର୍ଘ ନିଃଶ୍ୱାସ ନେଇ ଭାବିଲେ, "ନଈର ପାଣି ବୋହି ଯିବାକୁ ଟିକିଏ ସମୟ ଲାଗୁଥିବ। କିନ୍ତୁ ସବୁଠାରୁ ଶୀଘ୍ର ସମୟ ବୋହିଯାଏ। ଦେଖୁଦେଖୁ ହରମୋହନ ବାବୁ ଉଠିଗଲେ। ମୋ ପାଳି କେବେ ପଡ଼ିବ କିଏ ଜାଣେ? ସତରେ କ'ଣ ମୃତ୍ୟୁ ପରେ ସ୍ୱାମୀ ସ୍ତ୍ରୀଙ୍କର ମିଳନ ହୁଏ?" ଏହିପରି ଅନେକ ଅମିମାଂସିତ ପ୍ରଶ୍ନ ତାଙ୍କ ଆଗରେ ଠିଆ ହୋଇ ତାଙ୍କୁ ବିବ୍ରତ କରିବାକୁ ଲାଗିଲେ। ପିଲାଦିନେ ବୋଉ କହିଥିଲା "ଯଦି ନିଦ ନ ଆସେ ତେବେ ଜଗନ୍ନାଥଙ୍କୁ ସ୍ମରଣ କଲେ ନିଦ ବଳେ ଆସିଯିବ।" ବର୍ତ୍ତମାନ ଏ ଉତ୍ତୀର୍ଣ୍ଣ ବୟସରେ ସେ ବୋଉ କଥା ମନେ କରି ଚକାଆଖିକୁ ଭାବି ଶୋଇବାକୁ ଚେଷ୍ଟା କଲେ ଓ ପ୍ରକୃତରେ କିଛି ସମୟ ପରେ ତାଙ୍କୁ ନିଦ ଲାଗିଗଲା।

ହରମୋହନ ତାଙ୍କୁ କହୁଛନ୍ତି, "ରେଣୁ, ନିଜେ ଏକା ରହିବାକୁ ଚେଷ୍ଟା

କର। ଆଜି ଏ ପିଲା କାଲି ସେ ପିଲା ପାଖରେ ରହିଲେ ତୁମକୁ ଶାନ୍ତି ମିଳିବ ନାହିଁ। ମୁଁ ମନା କରୁନି ତୁମେ ପିଲାଙ୍କ ପାଖେ ନ ରହ ବୋଲି। କିନ୍ତୁ ତୁମର ତ ଘର ଅଛି, ତୁମ ନାଁରେ ଯଥେଷ୍ଟ ଟଙ୍କା ଅଛି। ତା'ରି ସୁଧରେ ତୁମେ ଭଲରେ ଚଳିଯାଇ ପାରିବ।" ତାଙ୍କୁ ଲାଗିଲା ହରମୋହନ ବାବୁ ତାଙ୍କ ପିଠିକୁ ଥାପୁଡ଼େଇ ଦେଇ କହୁଛନ୍ତି, "ହସ ରେଣୁ ହସ। ତୁମେ ହସ ମତେ ଭାରି ଭଲ ଲାଗେ। ତୁମେ ମୁହଁ ଶୁଖାଇଲେ ମତେ ଭାରି ଦୁଃଖ ଲାଗେ...।" ହରମୋହନଙ୍କ ସ୍ପର୍ଶ ତାଙ୍କୁ ସତ୍ୟ ପରି ଲାଗିଲା। ସେ ନିଦରୁ ଉଠି ଖଟ ଉପରେ ବସି ପଡ଼ିଲେ ଓ ବୁଝିପାରିଲେ ନାହିଁ ସେ ସ୍ୱପ୍ନ ଦେଖୁଥିଲେ ନା ତାହା ସତ୍ୟ ଥିଲା। ସେ ରାତିରେ ଆଉ ଶୋଇ ନାହାନ୍ତି – ଖଟରେ ପଡ଼ି ତାଙ୍କ ବାହାଘର ଠାରୁ ଆଜି ପର୍ଯ୍ୟନ୍ତ ତାଙ୍କ ଜୀବନ ଭାବିବାକୁ ଲାଗିଲେ। ସେ ବଡ଼ ଦ୍ୱନ୍ଦ୍ୱ ଭିତରେ ଗତି କରୁଥାଆନ୍ତି। ହଠାତ୍ ଦିଲ୍ଲୀରୁ ଚାଲିଯିବା କଥା କହିଲେ ରାଧିକା ଓ ଅସିତ ତାଙ୍କୁ ଭୁଲ ବୁଝିପାରନ୍ତି। ଘରକୁ ଫେରିଯିବାକୁ କେମିତି କହିବେ ରାଧିକାକୁ? କଟକ ଗଲେ ରୋହିତର ରୁମ୍‌ରେ ବହି ଜଙ୍ଗଲ ଭିତରେ ରହିବାକୁ ତାଙ୍କର ଜମା ଇଚ୍ଛା ନାହିଁ। ବହୁତ ଭାବିଲା ପରେ ସେ ଠିକ୍ କଲେ ମୋହିତକୁ ଫୋନ୍ କରି କହିବେ ସେ ଉପରେ ଆଉ ଗୋଟିଏ ମହଲା ତୋଳି ଦେଉ, ଯାହା ଟଙ୍କା ଦରକାର ହେବ ସେଥିପାଇଁ ବ୍ୟସ୍ତ ହେବନି। ତା'ର ଓ ଅସୀମା ମନମୁତାବକ ଘର କରିବ। ଏମିତି ରାତିସାରା ଏକଡ଼ ଲେଉଟାଇ ସେକଡ଼ ଲେଉଟାଇ ରାତି ପାହିଗଲା। ସାଢ଼େ ପାଞ୍ଚଟା ବେଳକୁ ରାଧିକା ଆସି ପିଲାମାନଙ୍କୁ ଉଠାଇଲା ସ୍କୁଲ ପାଇଁ ରେଡି ହେବା ପାଇଁ। ରେଣୁବାଲା ରାଧିକାର ଗୋଟାଏ ଡାକରେ ଉଠି ବସିଲେ। ରାଧିକା ଧୀର ସ୍ୱରରେ କହିଲା, "ମାମା, ତୁମେ ଏତେ ଶୀଘ୍ର ଉଠିପଡୁଛ କାହିଁକି? ଟିକିଏ ଥଣ୍ଡା ପଡ଼ିଲାଣି, ଆଉ କିଛି ସମୟ ଶୋଇଯାଅ। ମୁଁ ସାଢ଼େ ଛଅ କି ସାତଟା ବେଳକୁ ରଂ' କରି ତୁମକୁ ଉଠେଇ ଦେବି।"

ରେଣୁବାଲା ଉତ୍ତର ଦେଲେ, "ନାହିଁ ଲୋ ମାଆ, ଉଠିବାକୁ ଏଇଟା ହିଁ ଠିକ୍ ସମୟ। ଏଥିରେ ଉଠିଲେ ଭଲରେ ଠାକୁରଙ୍କୁ ଡାକି ହେବ, ମନ ଏପଟ ସେପଟ ହେବ ନାହିଁ।"

"ନାଁ ମାମା, ନାଇଁ ଦିଲ୍ଲୀରେ ଏଇ ପ୍ରଥମ ପ୍ରଥମ ଶୀତ ଭାରି ଖରାପ। ସମସ୍ତଙ୍କୁ ଥଣ୍ଡା, ଜର ହୋଇଯାଏ। ତୁମେ ମୋ କଥା ମାନ, ଭଲ କରି ଖରା ପଡ଼ିଲେ ଉଠିବ। ଖାଲି ଦେହରେ ଶୋଇଛ, ଦେହରେ ଖଣ୍ଡେ ଚାଦର ପକେଇ ଦିଅ। ଗୋଡ଼ ତଳେ ଚାଦର ମୁଁ ରଖିଦେଇଥିଲି।" "ରାଧିକାଲୋ, କେତେ ଆଡ଼କୁ ନଜର ତୋର! ତୁ ପିଲାଙ୍କୁ ରେଡି କରି ସ୍କୁଲ ପଠା, ମୁଁ ତା ଭିତରେ ଗାଧୋଇ ପୂଜା କରିଦେଉଛି। ତୋ

ଲୋକ ଲଛମନ ଆସିଲେ ମୋ ପୂଜା ପାଇଁ ଫୁଲ ଆଣିଦେବ । ଭୋଗ ପାଇଁ କିଛି ମିଠା ଆଣିଦେବ ।"

ରେଣୁବାଲା ଖଟରେ କିଛି ସମୟ ଗଡ଼ିପଡ଼ିଲେ କାରଣ ବାଥ୍‌ରୁମ୍‌ରେ ଏଇରେ ପିଲାମାନେ ଗାଧୁଆ ପାଧୁଆ କରିବେ । ରାଜା ଓ ରତନ ସ୍କୁଲ ଯାଇ ସାରିଲେ ସେ ଗାଧୋଇବାକୁ ଯିବେ ।

ଅଧଘଣ୍ଟା ଭିତରେ ରାଜା, ରତନ ଗାଧାଇ, ଜଳଖିଆ ଖାଇ ଓ ଟିଫିନ୍‌ ନେଇ ସ୍କୁଲ ଚାଲିଗଲେ । ଗଲାବେଳେ ସେମାନେ ଆସି ଆଈଙ୍କୁ ଜାକି ଦେଇ କହିଲେ, "ଆଈ ଲଞ୍ଚ ପାଇଁ ଆଜି ମିଠା ଖେଚେଡ଼ି କରି ରଖିଥିବ । ସ୍କୁଲରୁ ଫେରିଲେ ଦେଖା ହେବ ବାଈ...।"

ରେଣୁବାଲା ଖଟରୁ ଉଠି ଖାଇବା ଟେବୁଲ ପାଖକୁ ଆସିଲେ । କାମବାଲୀ କମଲା ଆସିଗଲାଣି; 'ନାନୀଜୀ' କେ ଲିୟେ ଆଚ୍ଛା ରଞ୍ଚ' ବନାକର ଲାଓ' ରାଧିକା ତାକୁ କହିଲା । ଅସିତ୍‌ ଏମିତି ପିଲା ରଞ୍ଚ' ପିଇବାକୁ ଭଲ ପାଆନ୍ତି ନାହିଁ । ତାଙ୍କ ରଞ୍ଚ ଟିକିଏ କଡ଼ା ହୁଏ ଓ ସେଥିରେ ଅଦା ପଡ଼େ । ରାଧିକାର ଯେଉଁ ରଞ୍ଚ' ହେଲେ ଚଳେ । କମଲା ରେଣୁବାଲାଙ୍କ ପାଇଁ ଦ୍ରାଜିଲିଂ ପତଲା ରଞ୍ଚ' କରି ଆଣିଲା – ଅସିତ୍‌ ଓ ରାଧିକା କଡ଼ା ବ୍ଳକ୍‌ବ୍ୟଣ୍ଡ ରଞ୍ଚ ପିଇଲେ । ଅସିତ୍‌ ରଞ୍ଚ' ପିଇ ଖବରକାଗଜ ଉପରେ ଆଖି ପକେଇ ଦେଇ ଗାଧୋଇବାକୁ ଚାଲିଗଲେ । ତାଙ୍କୁ ନଅଟା ସୁଦ୍ଧା ଘର ଛାଡ଼ିବାକୁ ହୁଏ । ତାଙ୍କର ଜଳଖିଆରେ ବେଶୀ କିଛ ଡିନ୍‌ଝର୍‌ ନଥାଏ । ସେ କେଉଁଦିନ ଚୂଡ଼ା ତ କେଉଁଦିନ କଣ୍ଟଫ୍ଲେକ୍‌ ଖାଇଦେଇ ଯାଆନ୍ତି – ସାଙ୍ଗରେ ଟିଫିନ୍‌ରେ ଲଞ୍ଚ ଯାଏ । ଫେରିଲେ ରାତିରେ ଭଲ କରି ଖାଆନ୍ତି । ରେଣୁବାଲା ମଧ୍ୟ ଗାଧୋଇ ଗଲେ ।

ଗାଧୋଇ ସାରି ଲଛମନକୁ ଟଙ୍କା ଦେଇ ପଠାଇଲେ ପୂଜା ପାଇଁ ମିଠା, ଫଳ ଓ ଫୁଲ ଆଣିଦେବାକୁ । ସେ ଏତେ ଭଲ ହିନ୍ଦୀ କହି ପାରନ୍ତି ନାହିଁ, ତେଣୁ ରାଧିକା ଡାକି ତା ଦ୍ୱାରା ଲଛମନକୁ ସବୁ କହିଲେ । ପିଲେ କହିଛନ୍ତି ଲଞ୍ଚରେ ଖେଚେଡ଼ି ଖାଇବେ । ଖେଚେଡ଼ି ସାଙ୍ଗେ ଭଲ ମାଛ ତରକାରୀ ଓ ଟମାଟୋ ଖଟା ଭଲ ଲାଗିବ । ରାଧିକାକୁ ଏସବୁ କହି ପାରିଲେ, "ଆଲୋ ରାଧିକା ତୋ ଘରେ ନଡ଼ିଆ ଅଛିଟି ? ତୁ ନ ହେଲେ ନଡ଼ିଆ ଗୋଟେ ମଗାଇ ଦେଇଥିବୁ ।"

ରେଣୁବାଲା ଗାଧୋଇ ସାରି ସ୍ଟୋର ରୁମ୍‌କୁ ଗଲେ । ସେଠି ଯେଉଁ ଥାକରେ ସେ ଠାକୁରଙ୍କୁ ରଖିଥିଲେ ସେଇ ଥାକରେ କିଏ ଆଲୁ ପିଆଜ ଝୁଡ଼ିଟା ନେଇ ଥୋଇ ଦେଇଛି । ରେଣୁବାଲାଙ୍କୁ ଏ ବ୍ୟବସ୍ଥା ଦେଖି ବଡ଼ ବିରକ୍ତ ଲାଗିଲା । ସେ ତାଙ୍କ ଖଣ୍ଡି

ହିନ୍ଦୀରେ କମଲାକୁ କହିଲେ, "କଲ୍ ମୋ ଏତେ ସଫା କରି ଭଗବାନଙ୍କୁ ଠିକ୍‍ସେ ରଖା ଥା, ପିଆଜ ରସୁଣ ମୁଁ ପୂଜା ଘରେ ପଶାଏ ନାହିଁ। ତୁମ ଲୋଗ ଏ କ'ଣ କରିଚ?"

କମଲା ଧଡ଼ପଡ଼ ହୋଇ ଆସି ପରିବା ଝୁଡ଼ିଟା ସେଠାରୁ ନେଇ ଗଲା – ଗଲା ବେଲେ ନିଜକୁ ନିଜେ କହୁଥାଏ, "ସବ୍‍ଜୀ କା ଭଗବାନ କା ବନାୟା ନେହିଁ ହୈ। ଓସ୍‍କୋ ଭଗବାନଙ୍କ ପାସ୍ ରଖନେ ସେ କ୍ୟା କସୁର ହୈ। ଏ ପାଜୀ ଥୋଡ଼ା ପାଗଲୀ ହୈ।"

ରେଣୁବାଲା ପୁଣିଥରେ ସେ ଥାକ ଧୁଆଧୋଇ କରି ଠାକୁଣଙ୍କୁ ସଜାଡ଼ି ରଖିଲେ, ଚନ୍ଦନ, ସିନ୍ଦୂର ଓ ଫୁଲ ଦେଇ ସଜେଇଲେ। ଲଡୁ ଲଛମନ ଆଣି ଦେଇଥିଲା, ତାକୁ ଠାକୁରଙ୍କୁ ପୂଜା କଲେ। ତା' ପରେ ନିଜର ପ୍ରତିଦିନର ଶ୍ଲୋକଯଥା ଜଗନ୍ନାଥ ଅଷ୍ଟକ, ଦୁର୍ଗା ସହସ୍ର ନାମ ଇତ୍ୟାଦି ବୋଲିବା ପରେ ଭାଗବତଟି ଆଣି ପଢ଼ି ବସିଲେ। ସବୁଦିନ ଗୋଟାଏ ଅଧ୍ୟାୟ ଭାଗବତ ନ ପଢ଼ିଲେ ଆଜିକାଲି ତାଙ୍କୁ ଭଲ ଲାଗେ ନାହିଁ। ଭାଗବତ ସେ ଟିକିଏ ପାଟିକରି ସ୍ୱର ଦେଇ ପଢ଼ନ୍ତି...।

ଦିଲ୍ଲୀକୁ ଆସି ତିନିଦିନ ହେଲାଣି। ଦ୍ୱିତୀୟ ଦିନ ଠାରୁ ସେ ପୂଜାପୂଜି ଆରମ୍ଭ କରିଛନ୍ତି। ଆଜି ଭାଗବତ ପଢ଼ିଲା ବେଲକୁ ତାଙ୍କୁ ମନ ହେଲା ସତେ ଅବା ସେ ରାଜା ପରୀକ୍ଷିତ ଓ ବ୍ୟାସ, ନାରଦ ଆଦି ଅନେକ ମୁନି ଦେଖୁଛନ୍ତି...। ସେ ଭାଗବତକୁ ମୁଣ୍ଡରେ ଲଗାଇ ପଢ଼ିବାକୁ ଆରମ୍ଭ କଲେ –

ଓଁ ନମୋ ଭଗବତେ ବାସୁଦେବାୟ

ନାରାୟଣଂ ନମସ୍କୃତ୍ୟ ନରଂ ଚୈବ ନରୋଭମଂ

ଦେବୀ ସରସ୍ୱତୀଂ ବ୍ୟାସ ତତୋଜୟ ମୁଦୀରୟେତ୍

ମୁକଂ କରୋତି ବାଚଲଂ ପଙ୍ଗୁ ଲଂଘୟତେ ଗିରିଂ

ଯତ୍ କୃପା ତମହଂ ବଦେ ପରମାନନ୍ଦ ମାଧବଂ।

ନିଗମକଳ୍ପ ତରୋର୍ଗଲିତଂ ଫଲଂ ଶୁକମୁଖାଦ ମୃତଦ୍ରବସଯୁତଂ

ଦିବତ ଭାଗବତେ ରସମାଲୟଂ ମହୁରହୋ ରସିକା ଭୁବିଭାବୁକା।

ସେ ତୃତୀୟ ଅଧ୍ୟାୟ ଆରମ୍ଭ କରିବାକୁ ଯାଉଥିବା ବେଲେ ରାଧିକା ଆସି ତାଙ୍କ ପାଖେ ଠିଆ ହୋଇ କହିବାକୁ ଆରମ୍ଭ କଲ, "ମାମା, ଦଶଟା ବାଜି ସାରିଲାଣି। ଏୟାଂ ତୁମର ପୂଜା ସରିନି କେତେବେଲେ ଜଲଖିଆ ଖାଇ ଔଷଧ ଖାଇବ। ମୋ କଥା ଶୁଣ, ଭାଗବତ ଖରାବେଲେ ପଢ଼ିବ। ଏଇଲେ ଚଲ ଜଲଖିଆ କରବ।"

"ମୁଁ ପୂଜା ସାରି ଖାଇବି।"

"ମାମା, ମୁଁ ତୁମକୁ ଅପେକ୍ଷା କରି କରି ରହିଛି, ସେଥିରେ ତୁମେ କହୁଛ ପରେ ଖାଇବ ? ଏଇଟା କ'ଣ ଠିକ୍ ?"

"ନାଇଁଲୋ ରାଧିକା ମୁଁ ଭାବିଥିଲି ତୁ ଅସିତଙ୍କ ସହିତ ଜଳଖିଆ କରି ନେଇଥିବୁ । ହଉ ଚଲ ମୁଁ ଯାଉଛି," ଉତ୍ତର ଦେଲେ ରେଣୁବାଲା ।

ରେଣୁବାଲା ଖାଇବା ଟେବୁଲ ପାଖକୁ ଆସିଲା ବେଳକୁ ଦୁଇଟି ପ୍ଲେଟ୍‌ରେ ଉପମା ରଖି ବସିଛି । ଖାଲି ଉପମା ନୁହେଁ ଉପମା ସହିତ ସମ୍ବର ଚଟଣୀ ମଧ୍ୟ ।

ରେଣୁବାଲା ଗୋଟିଏ ଚମୁଚ ଉପମା ପାଟିରେ ପୂରାଇ କହିଲେ, "କେତେ ଭଲ ହୋଇଛି ଉପମା କ'ଣ ତୁ କରିଛୁ ?"

"ନାଇଁ ମାମା, ମୋ କୁକ୍ କମଲା ବହୁତ ଭଲ ରାନ୍ଧେ । ସେ ଜଣେ ସାଉଥ ଇଣ୍ଡିଆନଙ୍କ ଘରେ ରହୁଥିଲା । ତାଙ୍କ ଠାରୁ ସେ ଏସବୁ ଶିଖିଛି, ମୁଁ କହିବି ଦିନେ ତୁମ ପାଇଁ ସାଉଥଇଣ୍ଡିଆନ୍ ଲଞ୍ଚ କରିଦେବ ।

"ହଉ, କିନ୍ତୁ ଆଜି ମୁଁ ଆମ ଖେଚେଡ଼ି, ଟମାଟୋ ଖଟା, ମାଛ ଝୋଲ କରିଦିଏ । କମ୍‌ଲାକୁ ବି ଶିଖେଇ ଦେବି ।" ଜଳଖିଆ ଖାଇ ସାରି ରେଣୁବାଲା ରନ୍ଧା ଘରକୁ ଗଲେ । ରାଧିକାକୁ କହିଲେ, "ଭଲ ଚାଉଳ ଦୁଇକପ୍, ଗୋଟାଏ କପ୍ ଅଛ ଭଜା ମୁଗଡ଼ାଲି, ଭଲ ଘିଅ, ତେଜପତ୍ର, ନଡ଼ିଆ କୋରା ଫାଲେ, ଚିନି କପେ ଓ ଲୁଣ, ହଳଦୀ ରନ୍ଧାଘର ପ୍ଲାଟଫର୍ମ ଉପରେ ରଖିବାକୁ ।" ମାମାଙ୍କ କହିବା ଅନୁସାରେ ରାଧିକା ସବୁ ସଜାଡ଼ି ରଖିଲା । ରେଣୁବାଲା ଥାକରୁ ପ୍ରେସର କୁକର ଗ୍ୟାସ୍ ଉପରେ ରଖିଲେ । ସେଥିରେ କିଛି ଭଲ ଘିଅ ଦେଇ ଚାଉଳ ପକାଇଲେ । ଚାଉଳ ଭାଜିହୋଇ ଆସିଲା ବେଳକୁ ସେଥିରେ ମୁଗଡ଼ାଲି, ଲୁଣ, ହଳଦୀ, ତେଜପତ୍ର ପକାଇଲେ ଓ ସେଥିରେ ଛଅସାତ ଗିନା ପାଣି ଦେଇ ପ୍ରେସର ବନ୍ଦ କରିଦେଲେ । ପାଞ୍ଚମିନିଟ୍ ପରେ ପ୍ରେସର ଖୋଲି ସେଥିରେ ଚିନି, ନଡ଼ିଆ ଦେଇ ଅଛ ଘାଣ୍ଟି ପାଣି ଦେଇଦେଲେ । ଆଉ ଥରେ ପ୍ରେସର ଦେଇ ପୁଣି ପାଞ୍ଚ ମିନିଟ୍ ପରେ ପ୍ରେସରର ଝ୍ୱେଟ୍‌ଟା ଖୋଲି ଦେଇ ପ୍ରେସରକୁ ଚୁଲିରୁ ଓହ୍ଲେଇ ଦେଲେ ।" ହସି ହସି କହିଲେ, "ଏବେ ଖେଚେଡ଼ି ରେଡି ।" ପିଲାଦିନେ ତୁମ ଭାଇଭଉଣୀଙ୍କୁ ଏ ଖେଚେଡ଼ି ଭାରି ଭଲ ଲାଗୁଥିଲା । ଖାଲି ଟିକିଏ ଟମାଟୋ ଖଟା କିମ୍ବା ଆଚ୍ବର ଦେଇ ତୁମେମାନେ ଚାଟିଚୁଟି ଖାଇ ଦେଉଥିଲ । ହଉ ମୁଁ ଏଥର ମାଛ ଝୋଲ ଓ ଟମାଟୋ ଖଟା କରିଦିଏ ।

"ନାଇଁ ମାମା, କମଲାକୁ ଆମ ପରି ମିଠା ଟମାଟୋ ଖଟା ଓ ମାଛ ଝୋଲ କରି ଆସେ । ତୁମେ ବ୍ୟସ୍ତ ହୁଅନାହିଁ ସେ କରିଦେବ ।"

"ଆଲୋ, ମତେ ତ ଭଲ ହିନ୍ଦୀ କହି ଆସୁନି, ତୁ ତାକୁ ବୁଝେଇ କହ। ପିଲାମାନେ ଆସିଲା ବେଳକୁ ସବୁ ରେଡ଼ି କରି ରଖିଥିବ।"

"ସେ ଜାଣେ ପିଲାଙ୍କ ଆସିବା ଟାଇମ୍, ସେ କରି ରଖିଥିବ। ତୁମେ ବସି ଏଥର ତୁମ ଭାଗବତ ପଢ଼। ମାମା ତୁମେ ରାଜା, ରତନଙ୍କୁ ଭାଗବତରୁ ଗୋଟିଏ କାହାଣୀ ଗୋଟିଏ କହନ୍ତିନି ? ସେମାନେ ଆମ ସଂସ୍କୃତି ବିଷୟରେ କିଛି ଜାଣନ୍ତେ।"

ହଉ, ଆଜିଠାରୁ ରାତିରେ ଶୋଇଲା ବେଳେ ରାମାୟଣ, ମହାଭାରତରୁ କିଛି କିଛି ଗପ ଆକାରରେ ତାଙ୍କୁ କହିବି।"

"ରାଧିକା, କମଲାକୁ ପରଖିଲୁ ସେ ଖେଚେଡ଼ି ଶିଖିଗଲା କି ନାହିଁ।"

"ରାଧିକା ପରଖିଲା, ଏ କମଲା ମାଁଜୀ ପୁଛ୍ ରହେ ହେ ତୁମ ଖେଚେଡ଼ି ଶିଖ ଗୟେ କି ନହିଁ ?"

ସେ ଉତ୍ତର ଦେଲା, "ଆପକା ଓଡ଼ିଶା ମେଁ ଇସ୍କେ ଖେଚେଡ଼ି କହତେ ହେ। ହମାରା ପହଲା ମାଁଜୀ ଘରେ ମେଁ ଇସ୍କୋ ପେଙ୍ଗଲ ରାଇସ୍ ବୋଲତେ...।"

'ଆଚ୍ଛା ?'

"ହାଁ, ମାଜୀ ହର ପୋଙ୍ଗଲ ସେ ରାଧାକ୍ରିଷନ ମାଁଜୀ ଇସ୍କେ ବଜାତେ ଥେ...।"

ସେଦିନ ପିଲାମାନେ ଦୁଇଟା ବେଳକୁ ସ୍କୁଲରୁ ଫେରି ବଡ଼ ଖୁସିରେ ଖେଚେଡ଼ି, ମାଛ ତରକାରୀ ଓ ଟମାଟୋ ଖଟା ଖାଇଲେ। ରାଜା କହିଲା, "ମାମା, ଆଇ ଏତେ ଭଲ ଖେଚେଡ଼ି କରୁଛନ୍ତି, ତୁମେ ବି ଶିଖିଯାଅ। ମଝିରେ ମଝିରେ ଆମ ପାଇଁ କରିଦେବ।"

"ହଁ ଆଜି ପରା ଆଇ ମୋତେ ଓ କମଲା ମାଉସୀଙ୍କୁ ଶିଖାଇ ଦେଇଛନ୍ତି ମିଠା ଖେଚେଡ଼ି କରିବାକୁ।"

'ତେବେ ବହୁତ ଭଲ।' ରାଜା, ରତନ ଦୁହେଁ ଏକାଠି କହି ଉଠିଲେ।

ଏମିତି କିଛିଦିନ ଢଳିଗଲା ଭଲରେ ରାଧିକା ଘରେ ରେଣୁବାଲାଙ୍କ ସମୟ। ରାଧିକା ମାମାଙ୍କର ସବୁକଥା ଶୁଣେ, କେଉଁ କଥାରେ ପ୍ରତିବାଦ କରେନି। ଦେଖୁଦେଖୁ କାର୍ତ୍ତିକ ମାସ ଆସିଗଲା। ରେଣୁବାଲା ପାହାନ୍ତିଆରୁ ଉଠି ତୁଳସୀରେ ପାଣି ଦେଇ ନିଜ ପୂଜାପୂଜି ଆରମ୍ଭ କରିଦିଅନ୍ତି। ଏବେ ବେଶ୍ ଶୀତ ପକାଇଲାଣି ଦିଲ୍ଲୀରେ। ଗ୍ରୀଜର ନ ଲଗେଇଲେ ଥଣ୍ଡା ପାଣିରେ ଗାଧୋଇବା ଅସମ୍ଭବ। ରାଧିକା ମାମାଙ୍କୁ ବାରମ୍ବାର କରି କହେ, "ମାମା କେବେ ଥଣ୍ଡ ପାଣିରେ ଗାଧୋଇବ ନାହିଁ। ଆମ ଓଡ଼ିଶା ଲୋକଙ୍କ ପାଇଁ ଦିଲ୍ଲୀ ଶୀତ ସହିବା ଭାରି କଷ୍ଟ। ଗାଧୋଇ ସାରି ସାଙ୍ଗେ ସାଙ୍ଗେ ଗରମ ଲୁଗା

ପିନ୍ଧିନେବ।" ରାଧିକା ପିଲାଙ୍କୁ ସକାଳକୁ ନଗାଧୋଇ ପୋଛାପୋଛି କରି ଲୁଗା ପାଲଟି ଦେଇ ସଫା ଡ୍ରେସ୍ ପିନ୍ଧାଇ ସ୍କୁଲ ପଠାଇ ଦିଏ। ସେମାନେ ସ୍କୁଲରୁ ଫେରିଲେ ଗାଧୁଆନ୍ତି।

ମାମା ପୂଜାସାରି ଆସିଲା ବେଳକୁ ରାଧିକା ରଘ' କରି ଦିଏ, ବହୁତ କହେ ଟିକିଏ ଜଳଖିଆ ଖାଇବା ପାଇଁ। କିନ୍ତୁ ରେଣୁବାଲା ଝିଅ କଥା ରଖନ୍ତି ନାହିଁ। ନିଜେ ଭାତ ରାନ୍ଧି ଖାଆନ୍ତି – କମଲା ଉପରେ ତାଙ୍କର ବିଶ୍ୱାସ ନାହିଁ। ପ୍ରଥମତଃ ସେ କି ଜାତିର କିଏ ଜାଣେ? ତା'ପରେ ସେ ଗାଧୋଇ କରି ଆସୁଛିକି ନାହିଁ କେମିତି ଜାଣିବ।

ଦିନେ ଦିନେ ରେଣୁବାଲା କମଲା ସବୁ ରାନ୍ଧି ସାରି ଯାଇ ସାରିବା ପରେ ରାନ୍ଧନ୍ତି, ଖାଇଲା ବେଳକୁ ତିନିଟା ସେପଟେ।

ରାଧିକା ବଡ଼ ବ୍ୟସ୍ତ ହୋଇ କହେ, "ମାମା ତୁମେ ତୁଚ୍ଛାଟାରେ ଏ ଛୁଆଁ ଅଛୁଆଁ କଥା ଲଗେଇ ରଖିଛି। କାଲିଠାରୁ କମଲା ତୁମ ପାଇଁ ଭାତ ଡାଲ୍‌ମା କରିଦେଇ ଯିବ। ଏଥର ତୁମେ ଯଦି ମୋ କଥା ନ ଶୁଣିବ ତେବେ ମୁଁ ନେଇ ତୁମକୁ କଟକରେ ଛାଡ଼ିଦେଇ ଆସିବି।"

ରାଧିକାର ଏଇ କଥା ପଦକ ରେଣୁବାଲାଙ୍କୁ ବହୁତ ବାଧିଲା। ସେ ଭାବିଲେ ରାଧିକା ଏକଥା କହିଲା କେମିତି? ତା' ମନ ଭିତରେ କେଉଁଠି ନା କେଉଁଠି ଅଛି ଏ ଘର ତା'ର, ଏ ଘରେ ମୁଁ କିଛିଦିନର କୁଣିଆ। ସେ ଆଉ କିଛି ଉତ୍ତର ଦେଲେନି। ଚୁପ୍ କରି ରହିଲେ। ସେଦିନ କମଲା ଯାହା ରାନ୍ଧିଦେଲା ତା ଖାଇଦେଲେ। ଅବଶ୍ୟ ରାଧିକା କହିଥିଲା କମଲାକୁ, "ମାଁଜୀ କେ ଲିୟେ ରୋଟୀ, ଡାଲ, ଏକ୍ ସବ୍‌ଜୀ ବନାନା। ସବ୍ ଘି ସେ ବନେଗା ଔର ବିନା ପିଆଜ, ଲସୁଣ କା", 'ହାଁ, ମାଁଜୀ–ନାନୀଜୀ ଲେକେ ଲିୟେ ମୈଁ ଆଚ୍ଛାସେ ଖାନା ବନାଦୁଙ୍ଗୀ। ଆପ୍ ବେ ଫକର ରହେ।"

ସେ ଦିନସାରା ରେଣୁବାଲା ରାଧିକାର ସେଇ କଥା ପଦକ ଭାବିଲା ଚାଲିଛନ୍ତି। ରାଧିକା ତାଙ୍କୁ ବହୁତ ଭଲପାଏ ଏବଂ ସେ କେମିତି ଠିକ୍‌ରେ ରହିବେ ସେ କଥା ମନରେ ରଖି ଏକଥା ପଦକ କହିଛି। ସେ ଜାଣନ୍ତି ରାଧିକା ତାଙ୍କୁ କଟକ ପଠେଇ ଦେବା କହିବା ପଛରେ ତା'ର କେବଳ ମୁଁ କିପରି କମଲା ରାନ୍ଧିଲେ ଖାଇବି ସେ ଗୋଟାଏ ଚିନ୍ତା ଥିବ। ସବୁ ବୁଝିବା ସତ୍ତ୍ୱେ କି ରେଣୁବାଲାଙ୍କ ମନ ବୁଝୁନଥାଏ। ତାଙ୍କ ସ୍ୱାମୀ ତାଙ୍କର ବହୁତ ମନେ ପଡ଼ୁଥାଆନ୍ତି ଆଉ ବିଶେଷ କରି ଅଜ୍ଞଦିନ ତଳେ ଦେଖିଥିବା ସ୍ୱପ୍ନ ତାଙ୍କୁ ବହୁତ ବିବ୍ରତ କରୁଥାଏ। "ତୁମର ତ ଘର ଅଛି, ବ୍ୟାଙ୍କରେ ତୁମ ନାଁରେ ବହୁତ ଟଙ୍କା ଅଛି। ତୁମେ ସେଥିରେ ଭଲରେ ଚଳିଯାଇ ପାରିବ...।" ରେଣୁବାଲା ଭାବିଲେ ହରମୋହନବାବୁ ତାଙ୍କୁ ବଳ ଦେବା ପାଇଁ ସ୍ୱପ୍ନରେ ଆସିଥିଲେ। ହଁ, ସେ

କଟକ ଫେରିଯିବେ ଓ କୌଣସି ପିଲାଙ୍କ ପାଖେ ରହିବେନି । ସେଇଟା ହିଁ ତାଙ୍କ ସ୍ୱାମୀ ରୁହାନ୍ତି ।

ଇତି ମଧ୍ୟରେ ରେଣୁବାଲା ଦିଲ୍ଲୀ ଆସିବାର ପନ୍ଦର ଦିନ ହୋଇଗଲାଣି । ସେ ଆସିଥିଲେ ଗୋଟିଏ ଏକାଦଶୀରେ, ପୁଣି କାଲି ଗୋଟିଏ ଏକାଦଶୀ । ପୁଣି କାର୍ତ୍ତିକ ମାସ ଏକାଦଶୀ । ସେଦିନ ସନ୍ଧ୍ୟାରେ ଅସିତ୍ ଘରକୁ ଫେରି ରୁ' ପିଇସାରି ଆସି ରେଣୁବାଲାଙ୍କ ପାଖେ ବସି କହିଲେ, "ମାମା, କାଲି ଭୋରରୁ ଆମେ ବୃନ୍ଦାବନ ଓ ମଥୁରା ଯିବା ଆପଣତ ଶୀଘ୍ର ଉଠନ୍ତି, ତେଣୁ ଆପଣଙ୍କ ପାଇଁ କଷ୍ଟ ନୁହେଁ । ଆମକୁ ବୃନ୍ଦାବନରେ ପହଞ୍ଚିବାକୁ ପ୍ରାୟେ ରୁ ଘଣ୍ଟା ଲାଗିଯିବ । ଆମେ ସେଠି ପହଞ୍ଚ ଜଳଖିଆ କରିନେଇ ବୃନ୍ଦାବନ ବୁଲିବ । ସେଠି ବୁଲିସାରି କେଉଁ ଏକ ହୋଟେଲରେ ଲଞ୍ଚ କରି ମଥୁରା ଫେରିଯିବା । ମଥୁରାରେ କୃଷ୍ଣଙ୍କ ଜନ୍ମସ୍ଥାନ ବନ୍ଦୀଶାଲା ଦେଖିଦେଲେ ସରିଲା । ଅସଲ ହେଲା ବୃନ୍ଦାବନ – ସେଇଠି କୃଷ୍ଣଙ୍କ ସବୁ ଲୀଳାଖେଲା, ଯମୁନା ନଦୀ ଓ ବିଭିନ୍ନ ମନ୍ଦିର ଅଛି । ମୁଁ ପୂର୍ବରୁ କେବେ ବି ବୃନ୍ଦାବନ କି ମଥୁରା ଯାଇନି । ଆପଣଙ୍କ ଲାଗି ଏଇ ଦୁଇଟା ଜାଗା ଏକାଠି ଦେଖା ହୋଇଯିବ ।"

"ହଉ, ବାପା ଅସିତ୍, ତୁମକୁ ବହୁତ ବହୁତ ଧନ୍ୟବାଦ ଏଥିପାଇଁ ।" ବାପାଙ୍କର ଏସବୁ ତୀର୍ଥ ଯିବାର ବିଶେଷ ଆଗ୍ରହ ନ ଥିଲା । ସେ ଜଗନ୍ନାଥ ମନ୍ଦିର ଯାଇ କହନ୍ତି, "ସକଳ ତୀର୍ଥ ତୋ ଚରଣେ, ବଦ୍ରିକା ଯିବି କି କାରଣେ ।" ତେଣୁ ଅନ୍ୟ କେଉଁ ତୀର୍ଥ ସ୍ଥାନ ଦେଖିବାର ତାଙ୍କର ଆଗ୍ରହ ନ ଥିଲା । ତେଣୁ ଭାରତ ବୁଲିବାର ସୁଯୋଗ ମିଲିନି, ଯାହା ହେଉ ତୁମ ଲାଗି ବୃନ୍ଦାବନ, ମଥୁରା ଦେଖା ହୋଇଯିବ ।"

"ଖାଲି ବୃନ୍ଦାବନ, ମଥୁରା କାହିଁକି, ତୁମକୁ ହରିଦ୍ୱାର, ରଷିକେଶ ଓ ବଦ୍ରିକା ନେଇ ଯିବା ପାଇଁ ମୋର ଇଚ୍ଛା । କିନ୍ତୁ କାର୍ତ୍ତିକ ମାସ ପରେ ଆଉ ବଦ୍ରିନାଥ ଯାଇ ହେବ ନାହିଁ । କାର୍ତ୍ତିକମାସରୁ ଅକ୍ଷୟତୃତୀୟା ଯାଏଁ ତାହା ବନ୍ଦ ରହେ ।"

"ହଁ, ମୁଁ ଜାଣେ । ଯେତିକି ମୋ ଭାଗ୍ୟରେ ଥିବା ସେତିକି ଦେଖିପାରିବି । ନ ହେଲେ ଦିଲ୍ଲୀ ଆସିଲା ବେଲେ ମୁଁ କ'ଣ ମଥୁରା, ବୃନ୍ଦାବନ ଯିବା କଥା ଭାବିନଥିଲି ।"

ଅସିତ୍ କିଛି ଅଫିସ କାମ କରିବାକୁ ତାଙ୍କ ରୁମକୁ ଫେରିଗଲେ । ରେଣୁବାଲା କିଛି ସମୟ ଏକୁଟିଆ ବସି ବସି ଅନେକ କଥା ଭାବୁଥିଲେ । ଜୋଇଁ ହୋଇ ଅସିତ୍ ମୋ ପାଇଁ ଯେତିକି ଭାବୁଛନ୍ତି ମୋ ପୁଅମାନେ ତ ଦିନେ ଭାବନ୍ତି ନାହିଁ । ବମ୍ବେରେ ରୋହିତ ପାଖେ ଏତେ ଦିନ ରହିବା ଭିତରେ ସେ ମୋତେ ଏୟାରପୋର୍ଟରୁ ଆଣିଛି ଓ ଏୟାରପୋର୍ଟରେ ଛାଡ଼ିଛି । ଏମାନେ ସବୁ ସନ୍ଧ୍ୟାରେ ବୁଲିଯାଆନ୍ତେ – ଥରେ ବି ମୋତେ ଡାକନ୍ତି ନାହିଁ । ମୋହିତ କଥା ନ କହିବା ଭଲ । ସେ ଅସିମା ତାକୁ କି ରାଣୀ

କରିଛି ଯେ ସେ ପୃଥିବୀରେ ଆଉ କେହି ଅଛନ୍ତି ଭାବେ ନାହିଁ। କିନ୍ତୁ ଏଥର କଟକ ଗଲେ ମୁଁ ଟିକିଏ ସ୍ଟ୍ରିକ୍ଟ୍ ହେବି, ମୋର ଅଧିକାର ଜମେଇବି।

ସକାଳ ପାଞ୍ଚଟା ବେଳକୁ ଅସିତ, ରାଧିକା ଓ ପିଲାମାନେ ଯିବା ପାଇଁ ପ୍ରାୟ ରେଡ଼ି। ସେମାନଙ୍କର ତ ସବୁଦିନ ସକାଳୁ ଉଠିବା ଅଭ୍ୟାସ ଓ ସାଙ୍ଗରେ ଟିଫିନ୍ ନେବା ବି ନିତିଦିନିଆ କଥା। କିନ୍ତୁ ଆଜି କୁଆଡ଼େ ବୁଲିଯିବା କଥାଶୁଣି ସେମାନେ ଭାରି ଖୁସି। ରାଧିକା ବେଶ୍ କିଛି ପୁରୀ ତରକାରୀ କରି ସାଙ୍ଗରେ ଧରିଥାଏ। ସେ ଜାଣେ ମୁଁ ବାହାରେ କେଉଁଠି ଖାଇବାକୁ ଭଲ ପାଏନି। ମୁଁ ବି' ର ଠ' କରି ଠାକୁର ବସେଇ ଦେଇ କପେ ରଃ' ପିଇ ରେଡ଼ି ହୋଇଗଲି ଯିବା ପାଇଁ। ଅସିତ୍ ଗୋଟାଏ ଟ୍ୟାକ୍ସି ଭଡ଼ା କରିଛନ୍ତି ଯିବା ପାଇଁ। ସେ ଅଫିସ୍ ଡ୍ରାଇଭରକୁ ପ୍ରାଇଭେଟ୍‌ରେ ବେଶୀ ବ୍ୟବହାର କରିବାକୁ ଚୁହାନ୍ତି ନାହିଁ।

ପ୍ରାୟେ ଛଅଟା ବେଳକୁ ଟ୍ୟାକ୍ସି ଆସିଗଲା। ପଛରେ ମୁଁ ରାଧିକା ଓ ପିଲାମାନେ ବସିଲୁ, ଆଗରେ ଡ୍ରାଇଭର ଓ ଅସିତ। ଗାଡ଼ିରେ ବସି ସାରି ଅସିତ ଡ୍ରାଇଭରକୁ ପଚାରିଲେ, "ଭାୟ କିତନା ଟାଇମ୍ ଲଗେଗା ବୃନ୍ଦାବନ ଯାନେ କେ ଲିଏ ?"

"ସାହେବ, ସାଢ଼େ ତିନି ଘଣ୍ଟା ସେ ଚାରି ଘଣ୍ଟା। ଇତନା କୋହେରା ହେ ଜୋର ସେ ଗାଡ଼ ଚଲାନେ ମେଁ ଦିକତ୍ ହେ।" ଉତ୍ତର ଦେଲା ଟ୍ୟାକ୍ସି ଡ୍ରାଇଭର।

ପ୍ରକୃତରେ ଛଅଟା ବାଜିଥିଲେ ମଧ ଲାଗୁଥାଏ ରାତି ଚାରିଟା ହୋଇଛି। ଯାହାହେଉ ଡ୍ରାଇଭର ବଡ଼ ସତର୍କତାର ସହିତ ଗାଡ଼ି ଚଲାଉଥାଏ। ତଥାପି ମୁଁ ଦେଖିଲି ଏତେ ଅନ୍ଧାର ଥିଲେ ମଧ ରାସ୍ତାରେ ଅନେକ ରଃ'ଜଳଖିଆ ଦୋକାନ ଖୋଲା ଥାଏ। କେତେ ଲୋକ ବି ବସି ଖାଉଥାଆନ୍ତି। ଆମେ ଯିବା ଆରମ୍ଭ କଲା ପୂର୍ବରୁ ଅସିତଙ୍କୁ ପଚାରିଲା, "ସାହେବ ଯେତେ ବୃକ୍ଷ କୁତବମିନାର, ହୁମାୟୁନ୍‌କା ମକବାରା ଦେଖନା ହେ କ୍ୟା ?"

ରାଧିକା ପଛରୁ କହିଲା, "ନେହିଁ ଭୟା, ୟେ ସବୁ ହମ୍‌କୋ ଦେଖନା ନେହିଁ ହେ। ଆପ୍ ଗାଡ଼ି ସିଧା ବୃନ୍ଦାବନ ଚଲାଇଯେ।"

ଗାଡ଼ି ଚଲିଥିବା ଅବସ୍ଥାରେ ପିଲାମାନେ ତାଙ୍କ ଡବା ଖୋଲି ଜଳଖିଆ ଖାଇବା ଆରମ୍ଭ କରିଦେଲେ। ଅସିତ ଡ୍ରାଇଭରକୁ କହିଲେ, "ଔର ଅଧାଘଣ୍ଟେକେ ବାଦ୍ କାହିଁ ଏକ ଅଚ୍ଛା ରଃ' ଦୋକାନକେ ପାସ ରୁକ୍‌ନା।" 'ଜୀ ସାହେବ' କହି ଗାଡ଼ି ଆଗେଇ ନେଉଥାଏ ଡ୍ରାଇଭର। ପ୍ରାୟ ଆଠଟା ବେଳକୁ ରାସ୍ତାରେ ଏକ ଛୋଟ ହୋଟେଲ 'ବୃନ୍ଦାବନ ଢାବା' ଏକ ଦୋକାନ ପାଖରେ ଡ୍ରାଇଭର ଗାଡ଼ି ରଖି କହିଲା, "ୟହିଁ ରଃ' ନାସ୍ତ କର ଲିଜିଯେ, ଆଚ୍ଛା ଦୁକାନ ହେ।"

ଅସିତ୍ ଗାଡ଼ିରୁ ଓହ୍ଲେଇ ସେ ହାଟେଲ ଭିତରକୁ ଗଲେ ଓ ହାତରେ ଦୁଇଟି ଛୋଟ ପେପର ଗ୍ଲାସରେ ରଂ’ ନେଇ ରାଧିକା ଓ ରେଣୁବାଳାଙ୍କୁ ହାତକୁ ବଢ଼ାଇ ଦେଲେ। ରାଧିକା ହସି ହସି କହିଲା, “ଏଠି ଜାତି ଅଜାତିର ନାଁ ଉଠାଅ ନାହିଁ। ଇୟେ କୃଷ୍ଣଙ୍କ ଜାଗା – ଏଠି ସମସ୍ତେ କୃଷ୍ଣ ଭକ୍ତ, ବୈଷ୍ଣବ। କହିବ ତ ଦୁଇଖଣ୍ଡ ପୁରୀ ଟିକିଏ ଆଲୁଦମ୍ ଦେବି। ମୁଁ ବି ଟିକିଏ କିଛି ଖାଇନେବି।” ରାଧିକା କହିଲା, “ଦେଖ ମାମା ତୁମ ଜୋଇଁ ଓ ଡ୍ରାଇଭର ସେଠି କ’ଣ ଖାଇଲେଣି। ସେମାନେ ନିଶ୍ଚୟ ରଂ’ ଜଳଖିଆ କରି ଆସିବେ।”

“ନାଇଁ ଲୋ ରାଧିକା, ମୁଁ ସକାଳ ପୂଜା ସାରିନି କେମିତି ଖାଇବି?”

ତୁମେ ପରା ନିଜ କହ, “ଯାତ୍ରାରେ କିଛି ବାରଣ ନାହିଁ?”

“ହଁ ଯେ, ମନ ମାନୁନି”, ଉତ୍ତର ଦେଲେ ରେଣୁବାଳା।

ଏତେ ସବୁ କଥା କହନି। ଏଇ ଦୁଇଟା ପୁରୀ ଓ ଟିକିଏ ଆଲୁ ତରକାରୀ ନିଅ। ମୋ ରାଣ ମାମା, କିଛି ନ ଭାବି ଖାଇଦିଅ। ଗତକାଲି ରୁରିଟା ବେଳେ ଖଣ୍ଡେ ଭାତ ଖାଇଥିଲ। ବ୍ଲଡ୍‌ପ୍ରେସର ଔଷଧ ଆଣିଛ ନା ନାହିଁ?

“ହଁ, ମୋ ପର୍ସରେ ଅଛି। ତୁ ଯେତେବେଳେ କହିଲୁଣି ଦେ ଦୁଇଟା ପୁରୀ ଦେ। ଖାଲିପେଟରେ ଔଷଧ ଖାଇବାକୁ ଡାକ୍ତର ମାନା କରିଥିଲେ।”

ଯାହାହେଉ ରେଣୁବାଳା ପୁରୀ ଦୁଇଖଣ୍ଡ ଖାଇ ପର୍ସରୁ ଔଷଧ କାଢ଼ି ଖାଇଲେ।

ଏହି ସମୟରେ ଅସିତ୍ ଆସି କହିଲେ, “ରାଧିକା, ଏଠି ବଢ଼ିଆ ଜଲେବି ମିଳୁଛି, ଖାଇବ ଯଦି ଆସ।

ରାଜା, ରତନ ତୁମେମାନେ ବି ଆସ ଖାଇବ।”

ରାଧିକା ଓ ପିଲାମାନେ ଟପ୍‌ଟାପ୍ ହୋଇ ଗାଡ଼ିରୁ ଡେଇଁ ପଡ଼ିଲେ। ସମସ୍ତେ ହୋଟେଲ ଆଡ଼କୁ ଚାଲିଲେ। ଅସିତ୍ ଟିକିଏ ରହି କହିଲେ, “ଆରେ ରାଧିକା, ମାମା ତ ଆସିଲେନି?”

“ନାଇଁ ସେ ନ ଆସନ୍ତୁ। ସେ ଏବେ ପୁରୀ ତରକାରୀ ଖାଇଛନ୍ତି। ଆଉ କିଛି ଖାଇ ପାରିବେ ନାହିଁ।”

“ରଂ’ ପିଇଲେ?”

‘ହଁ’ ଉତ୍ତର ଦେଲା ରାଧିକା।

ରାଧିକା ଜାଣେ ମାମାଙ୍କୁ କୁଆଡ଼େ ନେଇ ଯିବା କେତେ କଷ୍ଟ।

ରାଧିକା ଓ ରାଜା, ରତନ ବଡ଼ ଖୁସିରେ ଦୁଧ ଜଲେବି ଖାଇଲେ। ପାଖରେ ଥୁଆ ହୋଇଥିବା ଝୁଡ଼ିରେ ଛଣା ହୋଇ ଗରମ ଗରମ ସମୋସା ଥୁଆ ହୋଇଥାଏ। ରାଜା କହିଲା, “ମାମି କିଛି ସମୋସା କିଣ, ବାଟରେ ଖାଇ ଖାଇ ଯିବ।”

"ନାଇଁ, ବାପା, ଯାହା ଖାଇବୁ ଏଠି ଖାଇଦିଅ। ଗାଡ଼ିରେ ଖାଇଲେ ଆଇ କହିବେ ଅଇଁଠା ହାତ ଧୁଅ। ତୁମେ ଗାଡ଼ିରେ କେଉଁଠି ହାତ ଧୋଇବ?"

ଅସିତ୍ ଦୁଇପ୍ଲେଟ୍ ସମୋସା ପିଲାମାନଙ୍କ ପାଇଁ ମଗେଇଲେ। ପିଲାମାନେ ଖାଇସାରିଲା ପରେ ସେମାନେ ସମସ୍ତେ ଗାଡ଼ିକୁ ଫେରିଲେ। ଏହା ଭିତରେ ଅଧ ଘଣ୍ଟେରୁ ବେଶୀ ସମୟ ଗଡ଼ିଗଲାରି।

ଡ୍ରାଇଭର ଟିକିଏ ବ୍ୟସ୍ତ ହୋଇ କହିଲା, "ସାହେବ, ଇଧର ତୋ ପୌନେ ଏକ ଘଣ୍ଟା ଚଲାଗୟା, ବ୍ରିନ୍ଦାବନ ପହୁଞ୍ଚନେ ମୈଁ ସାୟଦ ଗାରହ ବଜ୍ ଜାୟେଗା।"

"କୋଇ ବତ୍ ନେହିଁ। ବଚେ ଏକ ଦଫା ବ୍ରିନ୍ଦାବନ ଆୟେ ହୁଏ ହୈ, ଇନ୍‌କୋ କୁଛ ୟାଦ୍ ରଖନେ ବାଲେ ଚିଜ୍ ହୋନା ଚହିୟେ। ଅଭି ଗରମ ଦୁଧ ଔର ଜଲେବୀକି ବାତ୍ ସବ୍‌କୋ କହେଙ୍ଗେ...।"

ଡ୍ରାଇଭର ଗାଡ଼ି ଚଲାଉଥାଏ, ହସି ହସି ପଦେ ପଦେ କହୁଥାଏ– "ସାହେବ ସାରା ମନ୍ଦିର ଦେଖିୟେ ବ୍ରିନ୍ଦାବନ ମେଁ, ଜଗତ୍ ଶେଠ୍ କା ମନ୍ଦିର ଦେଖନା ନ ଭୁଲିୟେ... କଭି କିସିକୋ ଉଧାର ଚହିୟେ ତୋ ଉସ୍‌କୋ ୟାଦ୍ କରନେ ସେ ଐସେକା ବନ୍ଦୋବସ୍ତ ହୋ ଜାତା ହୈ।"

"ଆଚ୍ଛା ଐସି ବାତ୍ ହୈ?" ଅସିତ୍ ଆଶ୍ଚର୍ଯ୍ୟ ହୋଇ ପଚରିଲେ।

"ହାଁ ସାବ୍ ହାଁ, କହତେ ହୈ ଆକବର ଭି ଉନ୍‌ସେ ରୂପେୟା ଉଧାର ଲିୟେ ଥୋ।"

"କହନେକେ ଲିୟେ ଲୋଗ କାହାଁ କାହାଁ ସେ ବାତ୍ ଯୋଡ଼ ଲେତେ।"

ଗାଡ଼ି ନେଇ ଆମକୁ ପ୍ରଥମେ ଯମୁନା କୂଳକୁ ଗଲା। ଛୋଟିଆ ନଇଟିଏ, କାଦୁଆ ପଚପଚ, ଏବେ ଦେଖିଲେ ବିଶ୍ୱାସ ହେଉନି ଏହା ଦିନେ ବିରାଟ ନଦୀ ଥବ ବୋଲି। ଏଥିରେ ବୃନ୍ଦାବନର ସମସ୍ତ ଗୋପାଙ୍ଗନା ଗାଧୋଉଥିବେ। ଅବଶ୍ୟ ନିକଟରେ ବଡ଼ବଡ଼ ଗଛବୃକ୍ଷ ଭରା – ମୁଁ ଉପରକୁ ଚହିଁ ଭାବିଲି "କୃଷ୍ଣ କେଉଁଠି ବସି ଗୋପନାରୀମାନଙ୍କ ବସ୍ତ୍ର ହରଣ କରିଥିଲେ? ପୁଣି କେଉଁଠି ବସି ବଂଶୀ ବାଦନ କରୁଥିଲେ? ଯାହାର ମଧୁର ଧ୍ୱନିରେ ସମସ୍ତେ ସବୁ ଛାଡ଼ି କୃଷ୍ଣଙ୍କ ପାଖକୁ ଦୌଡ଼ି ଆସୁଥିଲେ? ଏବେ ମନରେ ଜନ୍ମ ଥିବା ସବୁ ଅବିଶ୍ୱାସକୁ ପୁଟୁଳୀ ବାନ୍ଧି ଯମୁନାର ପାଣିକୁ ଫିଙ୍ଗି ଦେଇ ଭାଗବତରେ ପଢ଼ିଥିବା ସବୁ କଥାକୁ ବିଶ୍ୱାସ କରିବାକୁ ଚେଷ୍ଟା କଲି"– କଥାରେ ଅଛି ପରା –

ବିଶ୍ୱାସେ ମିଳଇ କୃଷ୍ଣ, ତର୍କେ ବହୁଦୂର...

ସେଠି ଟିକିଏ ଏପଟ ସେପଟ ହୋଇ ଆମେ ଗାଡ଼ି ପାଖକୁ ଫେରି ଆସିଲୁ।

ଡ୍ରାଇଭର କହିଲା, "ବୃନ୍ଦାବନକେ ରାସ୍ତାମୌଁ ଗାଡ଼ି ଚଲାନା ଅସମ୍ଭବ ହୈ। ରିସ୍କ ବି ହୈ। କାହ୍ୟା କୀର୍ତ୍ତନବାଲେ ତ କହାଁ ଗାୟକା ଲମ୍ବା ଲାଇନ – ଆପ ପଇଦଲ ଏ ଯାଇୟେ।

ଆମେ ସମସ୍ତେ ଗାଡ଼ିରୁ ଓହ୍ଲେଇ ଋଲିବାକୁ ଆରମ୍ଭ କଲୁ। ରାସ୍ତାରେ ପ୍ରକୃତରେ ବଡ଼ ବଡ଼ ଷଣ୍ଢ ବୁଲୁଥାଆନ୍ତି। କେତେ ଲୋକ ଗେରୁଆ ବସ୍ତ୍ର ଧାରଣ କରି କପାଳରେ ଚିତାକାଟି ଗିନି ବଜାଇ ବଜାଇ ଋଲି ଥାଆନ୍ତି – ମଝିରେ ମଝିରେ ହରେକୃଷ୍ଣ ହରେକୃଷ୍ଣ ନିତେଇ ଗୌର ରାଧେଶ୍ୟାମ", ଗାଇ ଗାଇ ଋଲିଥାଆନ୍ତି। ଗୃହିଣୀମାନେଙ୍କ ସେମାନେ କିଛି ମାଗିବା ପୂର୍ବରୁ ସେମାନଙ୍କୁ ରୁଟି ଲହୁଣୀ ଦେଇ ଯାଉଥାଆନ୍ତି। ବଡ଼ ଆଶ୍ଚର୍ଯ୍ୟ ଏସବୁ ଦେଖି ଅସିତ ଓ ରେଣୁବାଲାଙ୍କୁ ଲାଗିଲା। ଏଠି ଲୋକମାନଙ୍କର ହୃଦୟ କେତେ ବଡ଼! କଥାରେ ଅଛି ପରା ଧନ୍ୟ ସେ ଦାତା ଯେ ଜାଣେ ଯାଚକ ମନ। ବୃନ୍ଦାବନରେ ସବୁ ଘର ତ ମନ୍ଦିର। ଏହାପରେ ଆମେ ଶ୍ରୀକୃଷ୍ଣ ବଲରାମ ମନ୍ଦିର, ପ୍ରେମ ମନ୍ଦିର, ଶ୍ରୀରାଧା ମଦନମୋହନ ମନ୍ଦିର, ବାଙ୍କବିହାରି ମନ୍ଦିର, ଇସ୍କନ୍ର ରାଧାରମଣ ମନ୍ଦିର ଇତ୍ୟାଦି ଅନେକ ମନ୍ଦିର ଦେଖିଲୁ। ବୃନ୍ଦାବନର ଖାଲି ମନ୍ଦିର ନୁହେଁ ସାରା ବୃନ୍ଦାବନ କୃଷ୍ଣଙ୍କୁ ନେଇ ଆଜି ବି ବଞ୍ଚିଛି। କେଉଁଠି କିଛି ପିଲାମାନେ ମିଶି ରାଧାକୃଷ୍ଣ ହୋଇ ଗୀତ ଗାଇ ଗାଇ ଋଲିଛନ୍ତି କେଉଁଠି ଶ୍ରଦ୍ଧାଳୁମାନେ ହାତରେ ଗିନି ଧରି ରାଧେଶ୍ୟାମ ନାମ କୀର୍ତ୍ତନ କରି ଋଲିଛନ୍ତି – ସବୁରି ମୁହଁରେ ଆନନ୍ଦର ଛାପ। ଆଜି ବି ସେଠାରେ ଲୋକେ ବିଶ୍ୱାସ କରନ୍ତି ନିତ୍ୟବୃନ୍ଦାବନ (ତୁଲସୀବଣ)ରେ ରାତିରେ ରାଧାକୃଷ୍ଣ ଓ ଗୋପୀମାନଙ୍କ ସହିତ ସେଠାରେ ରାସ କରନ୍ତି। ତେଣୁ ରାତିରେ ସେଠାରେ ରହିବାକୁ କାହାକୁ ଅନୁମତି ଦିଆଯାଏ ନାହିଁ। ଯଦି କେହି ସେଠାରେ ରହିଯାଏ ସକାଳକୁ ସିଏ ଖଣା, କାଲ ଓ ବଧିର ହୋଇଯାଏ।

ଆମେ ଋଲିଋଲି ଟ୍ୟାକ୍ସି ପାଖକୁ ଫେରି ଆସିଲୁ। ଶୀତଦିନ ହେଲେ ମଧ ମୋତେ ବେଶ୍ ଥକ୍କା ଲାଗିଲାଣି। ଅସିତ୍ ଡ୍ରାଇଭରକୁ କହିଲେ ଗୋଟିଏ ଭଲ ହୋଟେଲକୁ ନେଇଯିବାକୁ। ମୁଁ ଗାଡ଼ିରେ ବସୁବସୁ ବୋତଲେ ପାଣି ପିଇଦେଲି। ମୁଁ ଲକ୍ଷ୍ୟ କଲି ପିଲାମାନେ ଏ ଭ୍ରମଣରେ ବିଶେଷ ଆନନ୍ଦିତ ନୁହନ୍ତି। ଟ୍ୟାକ୍ସି ବାଲା ଆମକୁ ନେଇ ହୋଟେଲରେ ପହଞ୍ଚେଇ ଦେଲା।

ଅସିତ୍ ଆମକୁ ନେଇ ସେଠାରେ ଭଲର ବସାଇଲେ ଏକ ଛଅଜଣିଆ ଟେବୁଲ ପାଖେ। ଖାଇବା ଅର୍ଡର ଦେବା ପୂର୍ବରୁ ସେ ରାଧ୍କା ଓ ମୋ ମୁହଁକୁ ଋହିଁ ପଋରିଲେ କ'ଣ ଖାଇବ?"

ରାଜା କହିଲା, "ପାପା ଚିକେନ୍ ବଟର-ମସଲା ଓ ନାନ୍"।

ଅସିତ୍ ହସି ହସି ଉତ୍ତର ଦେଲେ, "କୃଷ୍ଣ ଚିକେନ୍ ଖାଉ ନ ଥିଲେ। ତାଙ୍କ ସମୟରେ ବୋଧେ ଭାରତରେ ଚିକେନ୍ କେହି ଖାଉ ନ ଥିଲେ। ମେନୁ ଦେଖିଲି, ସବୁ ଭେଜିଟାରିଆନ୍-ରୋଟି, ପୁରୀ, କୁଲଚ, କରେଡ଼ି, ଆଳୁ ମଟର, ପନିର ମଟର, ଦହି ବଡ଼ା, ପେଡ଼ା ଇତ୍ୟାଦି...।"

ରାଜା, ରତନ ଆଉ କିଛି କହିଲେ ନାହିଁ।

ରାଧିକା ୱେଟରକୁ ଡାକି ପଚାରିଲେ- "କ୍ୟା ଅଚ୍ଛା ହୋଗା...?"

ସେ ଉତ୍ତର ଦେଲା, "ଲଗତା ହେ ଆପ୍ ବଙ୍ଗାଲୀ ହେ, ଆପ କରେଡ଼ି ଆଳୁ ମଟର ଔର ମିଷ୍ଟ ଦହି ଲିଜିଏ... ବାଦ୍ ମେଁ ରାବଡ଼ି କି ପେଡ଼ା ଲିଜିୟେ...।"

ରାଧିକା କହିଲା, "ହାଁ, ଓହି ଠିକ୍ ରହେଗା...।"

ଖାଇବା ଆସିଲା, ରେଣୁବାଲା କିଛି ନ କହି ଖାଇବା ଆରମ୍ଭ କଲେ। ଅସିତ, ପିଲାମାନେ ଓ ରାଧିକାକୁ ଖାଇବାକୁ ଲାଗିଲେ। ଖାଇବା ଭଲ ଥିଲା, ସମସ୍ତେ ସନ୍ତୋଷର ସହ ଖାଇଲେ। ଅସିତ୍ ବିଲ୍ ଦେଇ ବାହାରକୁ ବାହାରି ଆସିଲେ। ଏହି ସମୟରେ ସେ ହୋଟେଲ ଆଗ ଦେଇ ଗୁଡ଼ିଏ ପିଲା, କୃଷ୍ଣ, ରାଧା, ବଲରାମ ବେଶ ହୋଇ ଝୁଲିଚୁଲି ଯାଉଥିଲେ। ଦେହରେ ନୀଳରଙ୍ଗ, ମୁଣ୍ଡରେ ମୟୂରଚୂଳର ମୁକୁଟ ଓ ହାତରେ ବଂଶୀ ଧରି କୃଷ୍ଣ ସାଜିଥିବା ପିଲାଟି ସତ କୃଷ୍ଣଙ୍କ ପରି ଦେଖାଯାଉଥାଏ। ରାଧା ସାଜିଥିବା ଚଉଦ ପନ୍ଦର ବର୍ଷର ଝିଅଟି ଗୋରା ହୋଇ ସୁନ୍ଦର ଝିଅଟିଏ ଓ ଅନେକ ନକଲି ଗହଣା ଲଗେଇଥାଏ। ରାଧାକୃଷ୍ଣ ଦୁଇଜଣ ନାଚିବାକୁ ଲାଗିଲେ – କୌଣସି ହିନ୍ଦୀ ସିନେମାର ଗୀତ ଗାଇ ଗାଇ ନାଚିବାକୁ ଲାଗିଲେ- "ରାଧାନେ ମାଲା ଜପି କୃଷ୍ଣ କା-

ମେଁ କିଉଁ ଗୋରୀ ତୁ

କିଉଁ କାଲା...।"

ସେମାନଙ୍କୁ ଦେଖିବାକୁ ଭାରି ମଜ୍ଜା ଲାଗୁଥିଲା। ଅସିତ ତାଙ୍କ ମନିପର୍ସରୁ ଟଙ୍କା ବାଢ଼ି ବଲରାମ ସାଜିଥିବା ପିଲାଟି ହାତରେ ଦେଇଦେଲେ। ସେମାନେ ହସିହସି ଆଗେଇ ଚଲେ। ଏଠି ପଇସା ମାଗିବାର ଏଇଟା ଗୋଟାଏ ତରିକା। ସମସ୍ତେ ଗାଡ଼ି ଅଭିମୁଖେ ଚୁଲିଲୁ। ବାଟରେ ଅନେକ ସୁନ୍ଦର ସୁନ୍ଦର ଗାଛ ଓ ଷଣ୍ଢ। ରେଣୁବାଲା ରାସ୍ତାରୁ ଟିକିଏ ଧୂଳି ନେଇ ରୁମାଲରେ ବାନ୍ଧି ରଖିଲେ। ରାଧିକା କହିଲା, "ମାମା ଏ ଧୂଳି କାହିଁକି ନେଉଛ ?"

"ଏ ଧୂଳି ଅପୂର୍ବ। ଇୟେ ବ୍ରଜ ଧୂଳି – ଏହା ଯେ କୌଣସି ସୁନାରୁପା ଠାରୁ ମଧ ଅଧିକ ମୂଲ୍ୟବାନ। ମୋ ଶେଷ ସମୟରେ ଟିକିଏ ଗଙ୍ଗାଜଲ ସହିତ ଏଇ ଧୂଳିରୁ ଟିକିଏ ମୋ ପାଟିରେ ଦେଇଦେବୁ।"

"ମାମା, ଏମିତି ସବୁ କଥା କହି ବୋଧେ ତୁମକୁ ଭଲ ଲାଗେ। ଏସବୁ ପାଟିରେ ଧରିବା ବି ଉଚିତ ନୁହେଁ। ସବୁବେଳେ ଏଇ କଥା ସବୁ କହି ନିଜେ ମନଦୁଃଖରେ ରହିବ ଓ ତୁମ ପାଖ ଲୋକଙ୍କର ବି ମନ ଦୁଃଖ କରାଇବ। ଛି ମାମା, ଏମିତି କଥା କହିବନି।"

ରେଣୁବାଳା ଟିକିଏ ହସି କହିଲେ, "ଆଲୋ ରାଧିକା ମଲା କଥା କହିଲେ କ'ଣ ମୁଁ ମରିଯାଉଛି। ବ୍ୟସ୍ତ ହୁଅନା, ମୁଁ ଏଇଲେ ମରିନି। ତୋ ପୁଅ ରାଜାର ବାହାଘର ଦେଖି ମରିବି...।"

ଶୀତଦିନ ହେଲେ ବି ରଲି ରଲି ଟ୍ୟାକ୍ସି ପାଖକୁ ଆସିବାକୁ କଷ୍ଟ ଲାଗିଲା।

ଟ୍ୟାକ୍ସିବାଲା ଖାଇପିଅ ଟ୍ୟାକ୍ସିର ଆଗ ସିଟ୍‌ରେ ଶୋଇଥିଲା। ପାହାଡିଆରୁ ଉଠି ଆସିଛି, ନିଦ ଲାଗିଛି ନିଶ୍ଚେ। ପିଲାମାନଙ୍କୁ ଆଉ ବୃନ୍ଦାବନ କି ମଥୁରାରେ ମନ ନାହିଁ – ରାଜା ତା'ପାପାଙ୍କୁ ପଚରିଲା, "ପାପା ଏବେ ଆମକୁ ମଥୁରାରେ ପହଞ୍ଚିବାକୁ କେତେ ସମୟ ଲାଗିବ?"

"ଅଧଘଣ୍ଟେ ଖଣ୍ଡେ। ତୁ ଜାଣିଛୁ ମଥୁରା କାହିଁକି ପ୍ରସିଦ୍ଧ?"

"ହଁ, ଦୁଇଦିନ ତଲେ ଆଜ ଆମକୁ କୃଷ୍ଣ ଜନ୍ମ କଥା କହୁଥିଲେ। କୃଷ୍ଣଙ୍କ ମା', ବାପା ମଥୁରାରେ ଗୋଟାଏ ଜେଲ୍‌ରେ ଥିଲେ। ସେଇଠି ସେମାନଙ୍କର ଆଠଟି ପୁଅ ଜନ୍ମ ହୋଇଥିଲେ। ତାଙ୍କ ମାମୁ କଂସ ଗୋଟାଏ ରାକ୍ଷସ ଥିଲା। ସେ ସାତଟା ପୁଅଙ୍କୁ ପଥରରେ କରଡ଼ି କରଡ଼ି ମାରିଦେଇଥିଲା – ଆଚ୍ଛା ପାପା, ଏଇଟା କ'ଣ ସମ୍ଭବ – ଗୋଟାଏ ମଣିଷର ଗୋଟାଏ ଅସୁର ମାମୁ ହେବା?"

ଦୀର୍ଘଶ୍ୱାସ ଛାଡ଼ି ଅସିତ୍ ଉତ୍ତର ଦେଲେ, "ହଁ ତୁ ଯେଉଁ ପ୍ରଶ୍ନଟି ପଚରିଲୁ ତାହା ସମ୍ଭବ। କାରଣ ମନୁଷ୍ୟର ପ୍ରକୃତି ଅନୁସାରେ ସେ ଦେବତା ହୋଇପାରେ, ମନୁଷ୍ୟ ବି ହୋଇପାରେ ବା ଦାନବ ବା ଅସୁର ହୋଇପାରେ। ମୋ ବିଚରରେ କଂସ ଏକ ବଡ଼ ପ୍ରତାପୀ ରାଜା ଥିଲା ଏବଂ କିଛି ଭବିଷ୍ୟ ବାଣୀ ତା ଭିତରେ ଏକ ଭୟ ପଶେଇ ଦେଇଥିଲା। ତେଣୁ ସେ ସ୍ଥିର କଲା ଦେବକୀ ଓ ବାସୁଦେବଙ୍କର ସମସ୍ତ ସନ୍ତାନଙ୍କୁ ହତ୍ୟା କଲେ ତାକୁ ମାରିବା ପାଇଁ କିଏ ରହିବ ନାହିଁ।"

"କ'ଣ ସେ ଭବିଷ୍ୟବାଣୀ ଥିଲା? ରାଜା ପଚରିଲା ତା' ପାପାଙ୍କୁ

"ତା ଭଣଜା ଦେବକୀଙ୍କର ଅଷ୍ଟମ ସନ୍ତାନ କଂସକୁ ମାରିବ। ତେଣୁ ସେ ଦେବକୀ ଆଉ ତା'ର ସ୍ୱାମୀ ବସୁଦେବଙ୍କୁ ବନ୍ଦୀ କରି ରଖିଲା ଏବଂ ସ୍ଥିର କଲା ସେମାନଙ୍କର ସବୁ ପିଲାକୁ ମାରିଦେବ। କିନ୍ତୁ ଭଗବାନ ସେମାନଙ୍କର ଏ ଅଷ୍ଟମ ପୁତ୍ର ହୋଇ ଜନ୍ମ ହେଲେ। ସେ ଜନ୍ମ ହେବା ମାତ୍ରେ ବାସୁଦେବଙ୍କ ହାତ ଗୋଡ଼ରୁ ଶିକୁଳି

ଖୋଲିଗଲା ଓ ସେ ତାଙ୍କ ବାପାଙ୍କୁ ଅନୁରୋଧ କଲେ ତାଙ୍କୁ ନେଇ ଗୋପପୁରରେ ଛାଡ଼ିଦେଇ ଆସିବାକୁ। ବସୁଦେବ ଯମୁନା ଡେଇଁ କୃଷ୍ଣଙ୍କୁ ନେଇ ଗୋପପୁରରେ ନନ୍ଦ ରାଜା ଘରେ ତା ସ୍ତ୍ରୀ ଯଶୋଦା ପାଖରେ ଛାଡ଼ିଦେଇ ଆସିଲେ ଓ ଯଶୋଦା ଠାରୁ ଜନ୍ମ ନେଇଥିବା ଶିଶୁକନ୍ୟାଙ୍କୁ ନେଇ ମଥୁରାରେ ବନ୍ଦୀଶାଳାକୁ ଫେରି ଆସିଲେ।

ରତନ କହିଲା, "ମାମା ଏସବୁ ଇମାଜିନେସନ୍। ସତରେ ଯଦି ଠାକୁର ଥାଆନ୍ତେ ତାଙ୍କୁ ଡାକିଲେ କ'ଣ ସେ ଶୁଣନ୍ତେ ନାହିଁ? ଅଜାଙ୍କ ଦେହ ଖରାପ ଶୁଣି ମାମା ତୁମେ କେତେ ଠାକୁରଙ୍କୁ ଡାକିଥିଲ! ସେ କ'ଣ ଶୁଣିଲେ?"

ରେଣୁବାଲା ରତନର ମୁଣ୍ଡ ଆଉଁଶି ଦେଇ କହିଲେ, "ତୁ ଯାହା କହୁଛୁ ତା' ସତ ହେଇପାରେ। କିନ୍ତୁ ଭଗବାନ ବୋଲି କିଏ ଜଣେ ଅଛନ୍ତି ନିଶ୍ଚୟ, ସେ ରାଧାକୃଷ୍ଣ, କି ଦୁର୍ଗା କି ଶିବ ନ ହୋଇ ପାରନ୍ତି। ସେ ସମସ୍ତ ଶକ୍ତିର ଆଧାର। ଏବେ ତୁମେମାନେ ଛୋଟ ଅଛ, ବୁଝି ପାରୁନ। ଏବେ ବାପାମାଆ ତୁମର ଭଗବାନ। ତୁମେ ତାଙ୍କୁ ଡାକିବା ପୂର୍ବରୁ ସେମାନେ ତୁମ ସବୁ ଇଚ୍ଛା ଓ ଆବଶ୍ୟକତା ପୂର୍ଣ୍ଣ କରିଥାଆନ୍ତି।"

ଅସିତ୍ ଡ୍ରାଇଭରକୁ କହିଲେ, "ଟାଇମ୍ ଭର ବଜେକୋ ଆସ୍ ପାସ୍ ହୋଗୟା। ଭୟ୍ୟା ମଥୁରାରେ ଦୋ, ତିନ ଦେଖନେ ଲାୟକ ଚିଜ୍ ଦିଖାକର ୱାପସ୍ ଦିଲ୍ଲୀ ଲୌଟ୍ଯାନା ହୈ।"

"ହାଁ ସାବ୍, ତବ ତୋ ମେଁ ଆପ୍କୋ କୃଷ୍ଣଜନ୍ମଭୂମି ଦେଖାଦୁଙ୍ଗା। ବୃନ୍ଦାବନ ସେ ମଥୁରା ପାସ୍ ହୈ। ଚଉଦା ପନ୍ଦର କିଲୋମିଟର ହୈ। କିତନା ଟାଇମ୍ ଲଗେଗା?"

"ଶ୍ରୀକୃଷ୍ଣ ଜନ୍ମଭୂମି ମନ୍ଦିର, ବନ୍ଦୀଶାଳା ଯହାଁ କୃଷ୍ଣ ଜନ୍ମ ହୁଏ ଥେ, କଂସମାମା କିଲ୍ଲା ବିଶ୍ରାମ କୋଟି, କୁସୁମ କୁଣ୍ଠ, ରାଧାକୃଷ୍ଣ ଔର ମଥୁରା ମ୍ୟୁଜିୟମ୍ ତ୍ୱିରା ତୁମେରା ବହୁତ ସାରା ଦେଖନ ଲାୟକ ଜଗା ହୈ। ମେରେ ବିଚ୍ୱର ମେଁ ଆପ୍ ପହଲେ ଯାହାଁ କୃଷ୍ଣ ପୈଦା ହୁଏ ଥେ ଉସ୍କୋ ଦେଖ ଲେନା ଚୁହିଯେ।"

ସେ ଡ୍ରାଇଭର ଗାଡ଼ି ଚଲେଇଲା ସିଧା ମଥୁରା ଅଭିମୁଖେ। ରେଣୁବାଲା ରାଜା ଓ ରତନଙ୍କୁ କହିଲେ, "ପିଲାମାନେ ତୁମେ ଏଇ ବୟସର କୃଷ୍ଣଙ୍କ ଲୀଳାଖେଲାର ଦୁଇ ମହତ୍ତ୍ୱପୂର୍ଣ୍ଣ ଜାଗା ଦେଖି ଦେଲଣି। କାଲି ଯାଇ କ'ଣ କ'ଣ ଦେଖିଲ ନିଜ ଖାତାରେ ବା ଡାଇରୀରେ ଲେଖିଦେବ। ପରେ ପଢ଼ିଲେ ଭାରି ଭଲ ଲାଗିବ।"

ଆମକୁ ଅତିବେଶୀରେ କୋଡ଼ିଏ ମିନିଟ୍ ଲାଗିଥିବ ମଥୁରାରେ ପହଞ୍ଚିବା। ପ୍ରକୃତରେ କହିବାକୁ ଗଲେ ମଥୁରା ଓ ବୃନ୍ଦାବନ ଗୋଟିଏ ଜାଗା ଏବଂ ଗୋକୁଳ ଯାହା ବୃନ୍ଦାବନ ସେୟା। ରାଧିକାର ପାପା ରାଜାକୁ ଗେହ୍ଲା ବେଳେ ଗୋଟିଏ ପଦ ଗୀତ ଗାଉଥିଲେ-

"ଓଠଗୋ ଗୋକୁଳଚନ୍ଦ୍ର ରାଇରେ ଜଗାଓ
    ଅକଳଙ୍କ କୃତଲେ ତୁମି କଳକଂ ଲଗାଓ ।"

ମନେ ମନେ ହସିଲେ । ରାଧିକା ସତରେ ବାରତେର ବର୍ଷର ପିଲାଟିଏ କି ବଦମାସୀ କରିଥିବ ଯେ ତାକୁ କଳଙ୍କ ବୁହାଗଲା ? ଯାହାହେଉ କୃଷ୍ଣଙ୍କର ରାଧା ବଡ଼ ସାଙ୍ଗ ଥିଲେ ଏବଂ ବିଶ୍ୱାସ କରାଯାଏ ରାଧା କୃଷ୍ଣଙ୍କ ପ୍ରକୃତ ଶକ୍ତି ।

ଅଳ୍ପ ସମୟ ମଧ୍ୟରେ ଆମେ ଯାଇ କୃଷ୍ଣ ଜନ୍ମ ଭୂମି ତଥା ମଥୁରାରେ ପହଞ୍ଚିଗଲୁ । ଗାଡ଼ିରୁ ଓହ୍ଲାଇ ଆମ ପ୍ରଥମେ କୃଷ୍ଣ ଜନ୍ମଭୂମି ଦେଖିଲୁ । ଗାଡ଼ିରୁ ଓହ୍ଲାଇ ଆମେ ଗୋଟିଏ ସୁନ୍ଦର ତୋରଣ ଦେଇ ଛୋଟ ସହର ଭିତରେ ପଶିଲା ପରି ମତେ ଲାଗିଲା । ଆମେ କିଛି ବାଟ ଯିବା ପରେ ଗୋଟିଏ ବନ୍ଦୀଶାଳା ଦେଖିଲୁ ଯେଉଁଥିରେ ବଡ଼ବଡ଼ ଲୁହା କବାଟ ଲାଗିଥିଲା । ଲୋକଙ୍କ କହିବା ଅନୁସାରେ ଏଠାରେ କୃଷ୍ଣଙ୍କ ବାପା ବାସୁଦେବ ଓ ମାଆ ଦେବକୀଙ୍କୁ କଂସ ବନ୍ଦୀ କରି ରଖିଥିଲା । ଏଠାରେ ତାଙ୍କର ଆଠଟି ସନ୍ତାନ ଜନ୍ମ ହୋଇଥିଲେ ଏବଂ ସେଥିରୁ ଅଷ୍ଟମ ସନ୍ତାନ ଥିଲେ ଶ୍ରୀକୃଷ୍ଣ । ଶ୍ରୀକୃଷ୍ଣ ଜନ୍ମ ହେବା ମାତ୍ରେ ସେ ତାକୁ ମାରିଦେବା ପାଇଁ ତାଙ୍କ ମାମୁ କଂସ ସ୍ଥିର କରିଥିଲା –

ରତନ ପଚାରିଲା, "କାହିଁକି ଆଉ ? ମାମୁମାନେ ତ ଭଣଜାମାନଙ୍କୁ ସ୍ନେହ କରନ୍ତି, କଂସ କାହିଁକି ତା ଭଣଜାମାନଙ୍କୁ ମାରିଦେବା ଲାଗି ଇଚ୍ଛା କରୁଥିଲା ?"

"କାରଣ କଂସର ଭଉଣୀ ଦେବକୀଙ୍କ ବିବାହ ବେଳେ ଶୂନ୍ୟ ବାଣୀ ହୋଇଥିଲା, ତୁ ଯେଉଁ ଭଉଣୀକୁ ଏତେ ଆନନ୍ଦରେ ବିଭା କରୁଛି ତା'ର ଅଷ୍ଟମଗର୍ଭର ସନ୍ତାନ ତୋ ମୃତ୍ୟୁର କାରଣ ହେବ । ଏକଥା ଶୁଣିବା ପରେ କଂସ ତା ଭଉଣୀ ଦେବକୀ ଓ ଭିଣୋଇ ବସୁଦେବଙ୍କୁ ବନ୍ଦୀ କରି ରଖିଲା । ସେଠାରେ ସେମାନଙ୍କର ସମୁଦାୟ ଆଠଟି ସନ୍ତାନ ଜନ୍ମ ଗ୍ରହଣ କରିଥିଲେ ।"

ଏହି ସମୟରେ ଅସିତ୍ କହିଲେ, "ମାମା ଆପଣ ଜାଣନ୍ତି କି ? ଏଠାରେ ଗୋଟିଏ ମସ୍‌ଜିଦ୍ ଅଛି ଯାହାର ନାମ ହେଲା ଜାମା ମସ୍‌ଜିଦ୍ ଏବଂ ଏହାକୁ ବାଦ୍‌ଶାହା ଆଉରେଙ୍ଗ ଜେବ୍ ନିର୍ମାଣ କରାଇଥିଲେ । ଏଯାଏଁ ମସ୍‌ଜିଦ୍ ଓ କୃଷ୍ଣଜନ୍ମ ଭୂମିକୁ ନେଇ କୋର୍ଟରେ କେସ୍ ଚାଲିଛି ।"

ରେଣୁବାଲା ଧୀର ସ୍ୱରରେ ଉଭ୍ତର ଦେଲେ, "ହଁ, ମୁଁ ଶୁଣିଥିଲି । କେବଳ ପୁରୀକୁ ଛାଡ଼ିଦେଲେ ପ୍ରାୟ ସବୁ ହିନ୍ଦୁ ମନ୍ଦିର ପାଖେ ମସ୍‌ଜିଦ୍ ପରବର୍ତ୍ତୀ ବାଦ୍‌ଶାହମାନେ ତୋଲାଇ ଥିଲେ । ବନାରସରେ ମଧ୍ୟ ସେୟା, ଅଯୋଧାରେ ମଧ୍ୟ ସେୟା ।"

ରାଧିକା କଥା ବନ୍ଦ କରିବା ପାଇଁ କହିଲା, "ଶୀତଦିନ, ସନ୍ଧ୍ୟା ଶୀଘ୍ର ଶୀଘ୍ର ହୋଇଯିବ । ଏଠି ଯାହା ଦେଖିବା କଥା ଦେଖି ଦେଇ ଦିଲ୍ଲୀ ଫେରିଯିବା ।"

ସେୟା ହିଁ ହେଲା । ମଥୁରା ସହରରେ ଗାଡ଼ିରେ ବୁଲି ବୁଲି ବହୁତ କିଛି ଦେଖିଲେ । ସବୁ ମନ୍ଦିରର ଉପରେ ଆଖି ପକେଇ ଦେଇ ସେମାନେ ଦିଲ୍ଲୀ ଫେରିଗଲେ ।

କମଲା ରାତି ପାଇଁ ରୁଟି ତରକାରୀ କରି ରଖିଦେଇଥିଲା । ସମସ୍ତେ ଲୁଗାପଟା ବଦଲେଇ ଖାଇଦେଇ ଶୋଇପଡ଼ିଲେ ।

ରାତିରେ ଶୋଇବା ବେଳେ ରାଜା ଆଇଙ୍କୁ ଜାକି ଦେଇ କହିଲା, "ସୁବିଧା ଦେଖି ତୁମେ ଗୋଟିଏ କୃଷ୍ଣଙ୍କ ବିଷୟରେ କିଛି ଗପ କହିବ ।"

"ଆରେ କି ଗପ କହିବି ? ତୁମେ ତ ସବୁ ଟି.ଭି. ସିରିଏଲରେ ଦେଖୁଛ, ଆମ ସମୟରେ ସିନା ଏ ଟି.ଭି. ନ ଥିଲା, ଆମେ ରୁହିଁ ବସିଥିଲୁ ରାମାୟଣ, ମହାଭାରତ ଗପ ଶୁଣିବା ପାଇଁ ।"

ରାଜା ଉତ୍ତର ଦେଲା, "ହଁ ଯେ ଆଇ, ସବୁ ଟି.ଭି. ସିରିଏଲରେ ଦେଖାଉଛି, କିନ୍ତୁ ତୁମେ କହିଲେ ଟି.ଭି. ସିରିଏଲ ଅପେକ୍ଷା ବେଶୀ ଭଲ ଲାଗେ ।"

ରେଣୁବାଳା ନାତିର ମୁଣ୍ଡକୁ ଆଉଁସି ଦେଇ କହିଲେ, "ହଁ କହିବିରେ ବାପା । କିନ୍ତୁ ତୁମକୁ ସମୟ ହେଲେ ସିନା; ସକାଳୁ ରାତି ଯାଏଁ ଖାଲି ପଢ଼ା ପଢ଼ା ତୁମର ।"

"ହଁ, ଆଇ, ସେଥିରେ ତ ମାମି କହୁଛନ୍ତି ମୁଁ ଭଲ ପଢୁନି । ମୋର ଆହୁରି ଚେଷ୍ଟା କରିବା ଉଚିତ ।"

"ହଁ ବାପା, ସବୁ ମାଆ ବାପା ଚୁହାନ୍ତି ତାଙ୍କ ପିଲା ସବୁଠାରୁ ଭଲ ପଢୁ, ତୋ ମାମି ବି ସେୟା ରୁହେଁ ।

ତୁ ଚେଷ୍ଟା କର, ହେବ ନିଶ୍ଚୟ । ହଉ ଏଥର ଶୋଇ ପଡ଼ ।

ରେଣୁବାଳା ବହୁତ ଥକ୍କି ଯାଇଥିଲେ, ସେ କେମିତି ଶୋଇପଡ଼ିଛନ୍ତି ସେ ଜାଣି ନାହାନ୍ତି । ସକାଳୁ ଉଠି ଦେଖନ୍ତି ତ ରାଜା, ରତନ ସ୍କୁଲ ଯାଇ ସାରିଲେଣି । ସେ ଧଡ଼ପଡ଼ ହୋଇ ଉଠି ଗାଧୋଇବାକୁ ଚୁଲିଗଲେ । କଳ ପାଖେ ଠିଆ ହୋଇ ଗାଧୋଇ ପଡ଼ି ଲୁଗା ବଦଲେଇ ଠାକୁର ପୂଜା ପାଇଁ ଗଲେ, କିନ୍ତୁ ଭାରି ଶୀତ ଲାଗୁଛି, ଶାଲ୍ ଖଣ୍ଡେ ନ ଘୋଡ଼େଇ ହେଲେ ବସି ହେବ ନାହିଁ କି ପୂଜାରେ ମନ ଲାଗିଲା ନାହିଁ । ତେଣୁ ତାଙ୍କ ବାକ୍ସ ଖୋଲି ତାଙ୍କ ଶାଲ୍ ଖଣ୍ଡିକ କାଢ଼ି ଘୋଡ଼େଇ ହୋଇ ପୂଜା ଘରକୁ ଗଲେ । ରଂ'ଟିକିଏ ପିଇ ଦେଇ ଯିବାକୁ ମନ । ରାଧିକା ତ କେତେବେଲୁ ଉଠିବଣି । କିନ୍ତୁ ସେ କାହିଁକି ତ ତାକୁ ଦେଖିପାରିଲେ ନାହିଁ । ତେଣୁ ସେ ଧୀରେ ଧୀରେ ରୋଷେଇ ଘର ଆଡ଼କୁ ଗଲେ । ସେଠାରେ ରାଧିକା ଠିଆ ହୋଇ ରଂ' କରୁଥିଲା । ରେଣୁବାଳାଙ୍କୁ ଦେଖି କହିଲା, "ମାମା ତୁମେ ଉଠିଲଣି । ମୁଁ ଭାବିଲି କାଲି ଏକ୍ସକରସନ୍‌ରୁ ତୁମକୁ ବହୁତ ଥକ୍କା ଲାଗୁଥିବ । ତେଣୁ ତୁମକୁ ଉଠାଇଲି ନାହିଁ । ଟିକିଏ ରୁହ, ମୁଁ ରଂ କରି ଦେଉଛି ।"

ରେଣୁବାଳା କମଳାକୁ କହି ଲଛମନକୁ ଡକାଇ ପଠାଇଲେ, ତା'ପରେ ତାଙ୍କୁ ଟଙ୍କା ଦେଲେ ଫୁଲ ଓ ଭୋଗ (କଲାକାନ୍ଦ) ଆଣିଦେବାକୁ। ଏହା ଭିତରେ ସେ ତୁଳସୀ କୁଣ୍ଡ ପାଖକୁ ଯାଇ ପାଣି ଦେଲେ ଓ ରନ୍ଧା ଘରକୁ ଫେରି ଆସିଲେ। ସେତେବେଳକୁ ରାଧିକା ତାଙ୍କ ପସନ୍ଦର ଗରମ ଗରମ ରଛ କପେ କରି ତାଙ୍କୁ ଦେଲା। ରେଣୁବାଳା ରଛ'କୁ ପ୍ଲେଟ୍‌ରେ ଢାଲି ପାଞ୍ଚମିନିଟ୍‌ରେ ପିଇଦେଇ କହିଲେ, "ମାଆଲୋ ରାଧିକା, ରଛ'କପେ ପିଇଦେଲାରୁ କେତେ ଭଲ ଲାଗିଲା। ଭଗବାନ ତୋର ସବୁ ମଙ୍ଗଳ କରନ୍ତୁ।"

ରେଣୁବାଳା ପୂଜା କରିବାକୁ ଯାଇ ଦେଖିଲେ କମଳା ଡାଲି, ଶୋରିଷ, ହଳଦୀ ଡବା ଆଣି ଠାକୁରଙ୍କ ପାଖେ ଥୋଇ ଦେଇଛି। ମନେ ମନେ ଟିକିଏ ବିରକ୍ତ ହୋଇ କହିଲେ ଏ ସ୍ତ୍ରୀ ଲୋକଟାକୁ ଯେତେ କହିଲେ କିଛି ମନେ ରଖୁନି। ଲଛମନ ବଜାରରୁ ଫୁଲ ଓ ମିଠା ନେଇ ଆସିଛି। ରେଣୁବାଳା ତାକୁ କାଲାକାନ୍ଦ ଆଣିବାକୁ କହିଥିଲେ ସେ ଚକଲେଟ୍ ବରଫି ନେଇ ଆସିଛି। ଫୁଲ ବୋଲି ଆଣିଛି ଖାଲି ଡାଲିଆ ଗୁଡ଼େ। ଏଡ଼େ ବଡ଼ ଫୁଲ ଗୁଡ଼ା କେମିତି ସେ ଛୋଟ ଛୋଟ ଫଟୋରେ ଦେବେ! କିଛି ନ କହି ଫୁଲସବୁକୁ ଥୋଇଦେଲେ ଫଟୋ ପାଖରେ। ଚକଲେଟ୍ ବରଫିକୁ ସେମିତି ରଖିଦେଇ ଗଣ୍ଡେ ଗଣ୍ଡେ କାଜୁ କିସ୍‌ମିସ୍ ଠାକୁରଙ୍କୁ ଭୋଗ କଲେ। ବଡ଼ ବିରକ୍ତ ଲାଗୁଥାଏ ତାଙ୍କୁ। ତଥାପି ନିଜ ରାଗ ମନ ଭିତରେ ରଖି ତାଙ୍କର ସବୁଦିନର ପୂଜା କଲେ। ଦୁର୍ଗା ସହସ୍ରନାକମ, ଜଗନ୍ନାଥ ଷ୍ଟକ, ଶିବ, ଲକ୍ଷ୍ମୀ ସମସ୍ତଙ୍କ ସ୍ତୋତ୍ର ପଢ଼ିଲେ ଓ ପୁଣି ଭାଗବତ ଅଧ୍ୟାୟେ, କାର୍ତ୍ତିକମାସ ବୋଲି କାର୍ତ୍ତିକ ପୁରାଣ ବି ପଢ଼ିଲେ। ଏସବୁ ସରିଲା ବେଳକୁ ସାଢ଼େ ବାରଟା ସେପଟକୁ। ରାଧିକା ଆସି ଦୁଇଥର ଦେଖି ଗଲାଣି ମାମାଙ୍କର ପୂଜା ସରିଲାଣି କି ନାହିଁ ବୋଲି।

ରେଣୁକା ପୂଜା ସାରି ରନ୍ଧା ଘରକୁ ଗଲେ। ରନ୍ଧା ଘରୁ ଖୁବ୍ ଜୋରରେ ମାଂସ ଝୋଲର ବାସ୍ନା ଆସୁଥାଏ। ସେ ଜାଣନ୍ତି କମଳାର ପ୍ରକୃତି, ସେ ଯେଉଁ ହାତରେ ଲୁଣ ଡବା ଧରିବ ସେଇ ହାତରେ ମାଂସରେ ହଳଦୀ ପକେଇଥିବ। ସେ ଜମା ଆଇଁଷ ନିରାମିଷ ବାରେନି।

ରାଧିକା ଆସି ଡାକିଲା, "ମାମା ଆସ, କିଛି ଟିକିଏ ଖାଇ ନିଅ, ତୁମେ ଖାଲି ପେଟରେ କ'ଣ ଔଷଧ ଖାଇବ?"

"ଚୁଡ଼ା ଟିକିଏ ଚକଟି ମୋତେ ଦେଇ ଦେ। ତୋ ଘରେ ଯେଉଁ ରାନ୍ଧୁଣୀ ଅଛି ତା'ର କିଛି ବାରଣ ନାହିଁ। ମୋ ଭାତ ମୁଁ ରାନ୍ଧି ଖାଇବି।"

ରାଧିକା ଟିକିଏ ଚଢ଼ା ଗଳାରେ କହିଲା, "ମାମା ଟିକିଏ ବୁଝିବାକୁ ଚେଷ୍ଟା

କର । ଏଠି କେହି ଅଲଗା ଉଷୁନା କରିବା କଥା କହିଲେ କାମ ଛାଡ଼ି ଚାଲିଯିବେ । ତୁମ କହିବା ଅନୁସାରେ ଚୁଲି ଧୁଆ ହୋଇ ତୁମ ପାଇଁ ରନ୍ଧା ହେଉଛି । କାର୍ତ୍ତିକମାସ ବୋଲି ବିନା ପିଆଜ ରସୁଣରେ ତୁମ ପାଇଁ ଡାଲି ତରକାରୀ ହେଉଛି । ମାମା, ପ୍ଲିଜ୍ ଟିକିଏ ବୁଝିବାକୁ ଚେଷ୍ଟା କର । ଏବେ ପିଲାମାନଙ୍କ ପରୀକ୍ଷା ମୁଣ୍ଡ ଉପରେ । କମଳା ଚାଲିଗଲେ ମୋତେ ହିଁ ରାନ୍ଧିବାକୁ ପଡ଼ିବ, ମୁଁ ତେବେ କେତେବେଳେ ପିଲାଙ୍କୁ ପଢ଼ାଇବି ?"

ରେଣୁବାଳା ରାଧିକାକୁ କିଛି ନ କହି ଚୁପ୍ ହୋଇ ରହିଲେ । କିନ୍ତୁ ରାଧିକା କଥା ତାଙ୍କୁ ବହୁତ ବାଧିଲା ।

ଟିକିଏ ପରେ ରାଧିକା ଚୁଡ଼ା, କଦଳୀ ଦୁଧ ଚକଟି ରେଣୁବାଳାଙ୍କ ହାତକୁ ଗୋଟିଏ କାଚ ଗିନା ବଢ଼େଇ ଦେଲା । ରେଣୁବାଳା କିଛି ନ କହି ସେତକ ଖାଇଦେଲେ ।

କିନ୍ତୁ ମନ ଭିତରେ ତାଙ୍କର ମହାଭାରତ ଯୁଦ୍ଧ ଚାଲିଥାଏ । କେମିତି ରାଧିକା ଓ ଅସିତଙ୍କ ଚକ୍ରବ୍ୟୂହ ଭାଙ୍ଗି ସେ କଟକ ଯିବେ ? ଆଜି ଯଦି ରାଧିକାର ରାନ୍ଧୁଣୀ ବିଷୟରେ ପଦେ କହିଲି ବୋଲି ରାଧିକା ମୋତେ କେତେ କଡ଼ା କଥା କହିଲା ! ଏକଥା ସେ କହିପାରିଲା ଏଇଟା ତା'ର ଘର ବୋଲି । ଏଇଟା ତା' ସଂସାର, ତାକୁ ଯେମିତି ସୁବିଧା ଲାଗିବ ସେ ସେମିତି ଚଲିବ । ତେଣୁ ମୁଁ ତା'ଠାରୁ କିଛି ଆଶା କରିବା ଉଚିତ ନୁହେଁ । କଟକ ଘର ମୋ ସ୍ୱାମୀଙ୍କର, ମୋ ଘରେ ମୋର ପୂରା ଅଧିକାର ଅଛି । ମୁଁ ସେଠୁ ପଳାଇ ଆସିବାଟା ଜମା ଉଚିତ ହୋଇନି ।

ସେ ଦିନ ସାରା ରେଣୁବାଳା ବିଶେଷ କଥାବାର୍ତ୍ତା ରାଧିକା ସହିତ ହୋଇନାହାନ୍ତି । ରାଧିକା ବି ବ୍ୟସ୍ତ ଥିଲା ତାଙ୍କ ଆଇ.ଏ.ଏସ୍ ଲେଡ଼ିଜ୍ କ୍ଲବ୍ର ମେମ୍ବରମାନଙ୍କ ମିଟିଂ ନେଇ । ସେ ଦିନ ଦୁଇଟାରୁ ଚାଲିଗଲା ମଧ୍ୟପ୍ରଦେଶ ଭବନ । ଫେରିଲା ବେଳକୁ ସନ୍ଧ୍ୟା ଛଅ । ପିଲାମାନେ ସ୍କୁଲରୁ ଆସିଲାରୁ ନିଜେ ନିଜେ ବାଢ଼ି ଖାଇଲେ । ରେଣୁବାଳା ଭାବିଲେ କାର୍ତ୍ତିକ ମାସଟାରେ ମାଂସ ଛୁଇଁବାଟା ମୋର ଉଚିତ ହେବ ନାହିଁ । ତଥାପି ରାଜା ଓ ରତନ ଖାଇଲାବେଳେ ତାଙ୍କ ପାଖେ ବସିଲେ । ସେମାନଙ୍କୁ ତାଙ୍କ ସ୍କୁଲ କଥା ପଚାରିଲେ, ଆଉ ପଚାରିଲେ ତୁମମାନଙ୍କ ପରୀକ୍ଷା କେବେ ? ରାଜା ଉତ୍ତର ଦେଲା, "ପରୀକ୍ଷା ଡିସେମ୍ବର ସାତରୁ ଆରମ୍ଭ ହେବ ଓ ତେରରେ ସରିବ, ଅଠର ତାରିଖରେ ରେଜଲ୍ଟ ବାହାରି ଛୁଟି ହେବ । ଆଇ ଏଥର ଛୁଟିରେ ଆମେ ଛୁଟିରେ କଟକ ଯିବୁ । ତୁମ ପାଖେ ରହିଲେ ମୋତେ ଭାରି ଭଲ ଲାଗେ ।"

"ତୁ କେମିତି ଜାଣିଲୁ ମୁଁ କଟକ ଯାଉଛି ବୋଲି ?"

"ପାପା ମାମା କଥା ହେଉଥିଲେ – ପାପା କହୁଥିଲେ ଦିଲ୍ଲୀ ଶୀତ ତୁମେ ସହି ପାରିବନି। ତେଣୁ ତୁମେ କଟକ ଚାଲିଗଲେ ଭଲ ହେବ।"

"ହଉ, ମୁଁ କଟକ ଗଲେ ତୁମେ ଦୁଇ ଭାଇ ଆସିବ ମୋ ପାଖକୁ।"

ସେଦିନ ବଡ଼ ଖୁସିରେ ରାଧିକା ମିଟିଂରୁ ଆସିଥାଏ। କେତେ ମିସେସଙ୍କ କଥା ଗପି ଚାଲିଥାଏ। ତା'ର ସୀମା ନଥାଏ। ସେ ବୁଝିପାରୁ ନ ଥାଏ ରେଣୁବାଲା ଏସବୁ ମନ ଦେଇ ଶୁଣୁ ନାହାନ୍ତି।

ଏମିତି ଦୁଇଦିନ ଚାଲିଗଲା। ରେଣୁବାଲା କିଛି କହିଲେ ନାହିଁ। ତୃତୀୟ ଦିନ ସକାଲେ ରାଧିକା ତାଙ୍କୁ ରଃ' ଦେଲା ବେଲେ ସେ ତାକୁ କହିଲେ, "ରାଧିକା, ଜୋଇଙ୍କୁ କହି ମୋର ଓଡ଼ିଶା ଫେରିବା ବନ୍ଦୋବସ୍ତ କରିଦେ। ମୋର ଇଚ୍ଛା ମୁଁ କାର୍ତ୍ତିକ ପୂର୍ଣ୍ଣିମା ପୂର୍ବରୁ ପହଞ୍ଚିଗଲେ ଭଲ।"

ରାଧିକା ଉତ୍ତର ଦେଲା, "ମାମା, ହଠାତ୍ ଯିବା କଥା କାହିଁକି ତୁମ ପାଟିରୁ ବାହାରିଲା ?"

"ଆଲୋ ନାହିଁ, ସେମିତି କିଛି ନାହିଁ, ଦିଲ୍ଲୀରେ ବେଶ୍ ଶୀତ ପକେଇଲାଣି। ମୋର ତ ଅଭ୍ୟାସ ନାହିଁ ଏ ଶୀତ ସହିବା, ମୁଁ ଚାଲିଗଲେ ଭଲ। ଶୀତ କମିଗଲେ ଦେଖିବା, ପୁଣି କେବେ ଆସିବି।"

ରାଧିକାକୁ ମାମା ଟିକିଏ ଅବୁଝା ଲାଗିଲେ। ତଥାପି ସେ ତାଙ୍କ ସହିତ ବେଶୀ କିଛି ଯୁକ୍ତି କଲା ନାହିଁ।

ଅସିତ୍ ଅଫିସ୍ ଯିବା ବେଲକୁ କହିଲା, "ମାମା କଟକ ଯିବାକୁ ଚାହୁଁଛନ୍ତି।"

'କେବେ ?' ଅସିତ୍ ପଚାରିଲେ।

"ଏଇ ଦିନେ ଦୁଇଦିନ ଭିତରେ। କାର୍ତ୍ତିକ ପୂର୍ଣ୍ଣିମାକୁ ସେ କଟକରେ ରହିବାକୁ ଚାହାନ୍ତି।"

"ହଉ, ମୁଁ ଦେଖୁଛି, କିଏ ଯିବ ତାଙ୍କୁ ଛାଡ଼ିବାକୁ ?"

"ତୁମେ କି ମୁଁ କିଏ ଜଣେ ଯିବାକୁ ପଡ଼ିବ। ସେ ଏକା ଯାଇ ପାରିବେନି।"

"ହଁ, ମୁଁ ଚାଲିଗଲେ ହେବ। ବୋଉ ଲେଖିଥିଲା ବାପାଙ୍କ ଦେହ ଭଲ ନାହିଁ, ତାଙ୍କୁ ଟିକିଏ ଭଲ ଡାକ୍ତର ଦେଖାଇବା ପାଇଁ", ଅସିତ୍ ଉତ୍ତର ଦେଲେ।

"ହଉ, ସେୟା କର।" ରାଧିକା କହିଲା।

"ଆଉ ଦୁଇଟା ଦିନରେ କାର୍ତ୍ତିକ ପୂର୍ଣ୍ଣିମା, ଅସିତ୍ ଅଫିସ ଚାଲିଗଲେ। ଖଣ୍ଡେ ଶାଢ଼ୀ ବି କିଣିନି ମୁଁ ମାମାଙ୍କ ଲାଗି। ଖାଲି ଯାହା ଟିକିଏ ମଥୁରା ବୃନ୍ଦାବନ ଯାଇଥିଲେ। ପାପା ଚାଲିଯିବା ପରେ ମାମା ଭାରି ଚିଡ଼ିଚିଡ଼ା ହୋଇଯାଇଛନ୍ତି। ବୋଧେ ମୋ କଥା

ତାଙ୍କୁ କେଉଁଠି କଷ୍ଟ ଦେଇଛି । ନ ହେଲେ କାହିଁକି ହଠାତ୍ ଯିବେ ବୋଲି କହିଥାଆନ୍ତି ? ଅବଶ୍ୟ ଏଠାରେ ତାଙ୍କର ଚଲିବାରେ ଅନେକ ଅସୁବିଧା ହୋଇଛି... କିନ୍ତୁ ମୁଁ ତ ମୋର ପାରୁପର୍ଯ୍ୟନ୍ତ ଚେଷ୍ଟା କରିଥିଲି ତାଙ୍କ ମନ ରଖି ଚଲିବା ପାଇଁ ।" ମନେ ମନେ ଭାବିଲା ରାଧିକା, କିନ୍ତୁ ପାଟି ଖୋଲି କିଛି ପଚରିଲା ନାହିଁ ।

ସନ୍ଧ୍ୟାରେ ଅସିତ୍ ଅଫିସରୁ ଫେରି ଚ' ପିଇଲା ବେଳେ କହିଲେ, "ରାଧିକା କାଲି ସନ୍ଧ୍ୟା ଫ୍ଲାଇଟ୍‌ରେ ମୋର ଓ ମାମାଙ୍କର ଟିକେଟ୍ ହୋଇ ଯାଇଛି । ମୁଁ ଦୁଇଦିନ ଛୁଟି ନେଇଛି । ପହରଦିନ ଗୁରୁନାନକଙ୍କ ବାର୍ଥ ଡେ' ଛୁଟି ଅଛି । ତା'ପରେ ଦୁଇଦିନ ସି.ଏଲ୍ ନେଇ ପରେ ଶନିବାର ରବିବାର ଛୁଟି । ମୁଁ ଗାଁକୁ ଯାଇ ବୋଉ ବାପାଙ୍କ ପାଖେ ଦୁଇଦିନ ରହି ଫେରିପାରିବି ।

ରେଣୁବାଲାଙ୍କୁ ଅସିତଙ୍କ କଥା ଶୁଣି ଟିକିଏ ଅଶ୍ୱସ୍ତି ଲାଗିଲା । ଯାହାହେଉ ସେ ଶେଷରେ ତାଙ୍କ ଘରକୁ ଯିବେ । ତିନି ପିଲାଙ୍କ ସହିତ ରହିବା ତାଙ୍କ ପାଇଁ ସମ୍ଭବ ନୁହେଁ ।

ସେଦିନ ରାଧିକା ରାତିରେ ଆସି ତାଙ୍କ ପାଖେ ଜାକି ହୋଇ କହିଲା, "ମାମା, ମୁଁ ଭାବିଥିଲି, ତୁମେ ମୋ ପାଖେ ଚରି ଛଅ ମାସ ରହିବ । ଶୀତଟା ଖାଲି ବାହାନା । ମୁଁ ବୋଧେ କିଛି ଅଜାଣତରେ କହିଦେଇଛି ଯେଉଁଥିପାଇଁ ତୁମେ ଯିବାକୁ ବାହାରିଛ ।"

ରେଣୁବାଲା ରାଧିକାକୁ ଜୋରରେ ଜାକି ପକେଇ ତା' ମୁଣ୍ଡ ଆଉଁସି କହିଲେ, "ନାଇଁଲୋ, ରାଧିକା ତୋ ଉପରେ ମୁଁ କେବେ ରାଗି ପାରେ ? କେଉଁ ମାଆ ତା' ପିଲାମାନଙ୍କ ଉପରେ କେବେ ରାଗି ପାରେ ନାହିଁ, କି ତାଙ୍କୁ ଅଭିଶାପ ଦେଇ ପାରେନି । ପିଲାମାନେ ଯେତେ ଦୁଷ୍ଟାମୀ କଲେ ବି ମାଆ କାନ ମୋଡ଼ି ଦେବ, ବିଧେ, ଚପୁଡ଼େ ମାରିବ, କିନ୍ତୁ ଜମା ରାଗିପାରିବ ନାହିଁ । ତୁ ଏମିତି କଥା କେବେ ମନକୁ ଆଣିବୁ ନାହିଁ, ମୋ ସୁନା ଝିଅଟା ପରା । ମୁଁ ଏବେ ଯାଉଛି ପୁଣି ସୁବିଧା ଦେଖି ଆସିବି । ପିଲାଙ୍କ ଛୁଟିରେ ତାଙ୍କୁ ନେଇ ତୁ କଟକ ଆସିବୁ । ରାଜା କହୁଥିଲା ତା'ର କଟକ ଯିବାକୁ ଭାରି ମନ ।"

ରାଧିକା ମାମାଙ୍କ କୋଳରେ ମୁଣ୍ଡ ରଖି କଇଁ କଇଁ କାନ୍ଦୁଥାଏ, "ମାମା ତୁମେ ବେଶୀ ଦିନ ରହିବ ଭାବି ମୁଁ ତୁମର କିଛି କରିପାରିଲି ନାହିଁ କିମ୍ଵା ତୁମଠାରୁ କିଛି ଶିଖିପାରିଲି ନାହିଁ । ତୁମେ କେବେ ଆସିବ କହିଲେ ମୁଁ ଯାଇ ତୁମକୁ ନେଇ ଆସିବି । ଏଥର ଖରାଦିନେ ଆସିବ ତାହେଲେ ତୁମେ ବଦ୍ରୀନାଥ ଯାଇ ପାରିବ ।"

"ହଉ, ଦେଖିବା । ସବୁ ଯୋଗର କଥା । ମୁଁ କ'ଣ ଆସିଲା ବେଳେ ଭାବିଥିଲି ବୃନ୍ଦାବନ, ମଥୁରା ଯିବି ବୋଲି ! ଯୋଗ ଥିଲା ବୋଲି ଯାଇ ପାରିଲି । ତୁ ଓ ଅସିତ୍

ମୋର ବହୁତ ଯତ୍ନ ନେଇଛ । ଭଗବାନଙ୍କୁ ଡାକୁଛି ତମେ ଓ ତୋ ପରିବାରକୁ ସେ ଯୁଗ ଘୋଡ଼େଇ ରଖିଥାଆନ୍ତୁ । ମାଆ, ବାପାମାନେ ପିଲାଙ୍କ ପାଇଁ କେବଳ ଏହା ହିଁ ରହିଁ ଥାଆନ୍ତି । ତୁ ତ ମାଆ ହେଲୁଣି ତୁ କ'ଣ ମୋ କଥାର ସତ୍ୟତା ବୁଝିପାରୁ ନ ଥିବୁ । ତତେ ଆଉ ଅଧିକ କ'ଣ କହିବି ? ପାଗଳୀଙ୍କ ପରି କନ୍ଦାକଟା କରନା...।"

ସେଦିନ ଅସିତ୍ ଅଫିସ ଯିବା ପୂର୍ବରୁ ରାଧିକା ତାଙ୍କର ସୁଟ୍‌କେଶ୍ ସଜାଡ଼ି ଦେଇ ପଚାରିଲା "ଆଉ କ'ଣ ଦେବି ? ନା ଆଉ କିଛି ନୁହେଁ, କିନ୍ତୁ ନନାଙ୍କ ପାଇଁ କିଛି ମିଠା ଓ ଡ୍ରାଇଫ୍ରୁଟ୍ ଦେଲେ ଭଲ ହୁଅନ୍ତା ।"

"ହଁ, ମୁଁ ତା'ର ବନ୍ଦୋବସ୍ତ କରିଦେବି । ବୋଉଙ୍କ ପାଇଁ ଖଣ୍ଡେ ନୂଆ ଶାଢ଼ୀ ବି କିଣି ରଖିଦେବି ।"

"ମୋ ଅପେକ୍ଷା ସେସବୁ ତୁମକୁ ବେଶୀ ଜଣା ।" ହସିହସି କହି ଅସିତ୍ ଅଫିସ ଚାଲିଗଲେ ।

ଦିନଟା ଘଣ୍ଟାକ ପରି ଚାଲିଗଲା ରାଧିକା ପାଇଁ । ସେ ଅସିତ୍ ଘର ପାଇଁ ଯାହା କିଣିଲି ତାହା ତା' ମୋହିତଭାଇନା ଓ ଅସୀମା ଭାଉଜଙ୍କ ପାଇଁ ମଧ୍ୟ କିଣି ପଠାଇଲା । ମାମାଙ୍କ ପାଇଁ କ'ଣ କିଣିବ ବୁଝି ପାରିଲା ନାହିଁ । ଶେଷକୁ ଭାବିଲା ମାମାଙ୍କ ପାଇଁ ହେଲେ ଭଲ 'ହସ୍ ପପି' ଚଟି କିଣି ଦେବି ତାଙ୍କୁ ଚାଲିବାକୁ ସୁବିଧା ହେବ ।

ରହୁଁ ରହୁଁ ଚାରିଟା ବାଜିଗଲା । ଅସିତ୍ ଶୀଘ୍ର ଅଫିସରୁ ଚାଲିଆସିଲେ । ସାଢ଼େ ଚାରିଟା ସୁଦ୍ଧା ରେଣୁବାଳା ଓ ଅସିତ୍ ଘର ଛାଡ଼ି ଦେଲେ । ରେଣୁବାଳା ରାଧିକାକୁ ଜାକି ଦେଇ କହିଲେ, "ମାଆଲୋ, ମନ କେବେ ଛୋଟ କରିବୁ ନାହିଁ । ମୁଁ ସବୁଦିନ ତୋ ମାଆ ଓ ମଲା ପର୍ଯ୍ୟନ୍ତ ତୋ ମାଆ ହୋଇ ରହିବି । ଯିବା ବେଳକୁ ପିଲାମାନଙ୍କୁ ଟିକିଏ ଦେଖି ପାରିଲି ନାହିଁ । ସେମାନେ ଫେରିଲେ ତାଙ୍କୁ ବହୁତ ବହୁତ କରି ମୋ ସ୍ନେହ ଦେବୁ । ଏକ୍‌ମାସ ଛୁଟିରେ ତାଙ୍କୁ ନେଇ କଟକ ଆସିବୁ ।" ଏତିକି କହୁ କହୁ ରେଣୁବାଳାଙ୍କ ଆଖି ଜକେଇ ଗଲା । ରାଧିକା ମାମାଙ୍କୁ ମୁଣ୍ଡିଆ ମାରିଲା ଓ ଲୁଗାକାନି ଆଖିରେ ଦେଇ କାନ୍ଦିଲା । ରେଣୁବାଳା ତା' ପିଠି ଥାପୁଡ଼େଇ ଦେଇ କହିଲେ, "ସୁନା ଝିଅଟା ମୋର ଆଖିରୁ ଲୁହ ଝରାନା, ମୋତେ ବହୁତ କଷ୍ଟ ହେଉଛି ।"

ରାଧିକା ମାମାଙ୍କ ହାତ ଧରି ନେଇ ଗାଡ଼ିରେ ବସେଇ ଦେଲା । କାର୍ ଛାଡ଼ିଲା ବେଳକୁ ରେଣୁବାଳା କହିଲେ, "ରାଧିକା, ଏବେ ମନେ କରି ମୋହିତ ଭାଇନାକୁ କହି ଦେ – ସେ ଭୁବନେଶ୍ୱର ଏୟାରପୋର୍ଟକୁ ଆସିବ ଯେମିତି ହେଲେ । ପ୍ଲେନ୍ ପହଞ୍ଚିଲା ବେଳକୁ ରାତି ହୋଇଯିବ ।"

ଅସିତ୍ ପାଟି ଖୋଲିଲେ, "ମାମା ଆପଣ ଏତେ ବ୍ୟସ୍ତ ହୁଅନ୍ତୁ ନାହିଁ, ମୁଁ ଯେ ତ ଆପଣଙ୍କ ସାଙ୍ଗରେ ଅଛି, ଗାଡ଼ି ନ ଆସିଥିଲେ ଆମେ ଟ୍ୟାକ୍ସି କରି କଟକ ଚାଲିଯିବା।"

"ଗାଡ଼ି ଚାଲିଲା ଏୟାରପୋର୍ଟ ଅଭିମୁଖେ। ରେଣୁବାଲା ପ୍ରଥମବାର ସବୁ ବାସ୍ତବତା ଭଲ କରି ଦେଖି ସାରିଲେଣି। ଏଥର କଟକ ଯାଇ ପ୍ରଥମେ ମୋହିତକୁ କହିବାକୁ ହେବ ଉପରେ ଆଉ ଘର କରିବାକୁ ଓ ତାଙ୍କୁ ତାଙ୍କ ରୁମ୍ ଛାଡ଼ିଦେବାକୁ। ମୋହିତର ସ୍ତ୍ରୀକୁ ନେଇ ସେ ଉପର ମହଲାରେ ନିଜ ପସନ୍ଦରେ ରହୁ। ମୋ ଜାଗା ମୋତେ ଛାଡ଼ିଦେଉ।"

ରାସ୍ତାରେ ଅସିତ୍ ରେଣୁବାଲାଙ୍କର ସବୁ ସୁବିଧା ଅସୁବିଧା ବୁଝିଥିଲେ, ଚା', କଫି, ପାଣି ସବୁ ପାଇଁ ପାଞ୍ଚ ଥର କରି ପଚରନ୍ତ। ରେଣୁବାଲା ସ୍ମିତ ହାସ୍ୟ ଦେଇ କହନ୍ତି, "ତୁମେ ଏତେ ବ୍ୟସ୍ତ ହୁଅନି ଅସିତ୍, ମୋ ଯାହା ଦରକାର ହେବ ମୁଁ କହିବି।"

"ନାଇଁ ମାମା, ନାଇଁ, ଆପଣ ଜାଣିନାହାନ୍ତି ଆପଣଙ୍କ ଝିଅକୁ। ସେ ଯଦି ଜାଣେ ଫ୍ଲାଇଟ୍‌ରେ ଆପଣଙ୍କର କିଛି ଅସୁବିଧା ହେଲା ସେ ମୋ ଉପରେ ରାଗି କ'ଣ ନା କ'ଣ କରିଦେବ। ସେ ତା' ମାମା ପାପାଙ୍କୁ ନେଇ ଭେରୀ ପଜେସିଭ୍।"

"ହଁ, ଏଇଟା ପ୍ରାୟ ଝିଅଙ୍କର ଗୁଣ। ବୋଧେ ସେମାନେ ସବୁଦିନେ ବାପଘରେ ରହି ପାରନ୍ତି ନାହିଁ ବୋଲି ଏଇଟା ତାଙ୍କ ଅବଚେତନ ମନର ପ୍ରତିଫଳନ। ସେ ଯଦି କିଛି କହେ ତେବେ ତୁମେ ତାକୁ କ୍ଷମା କରିଦେବ। ଏଇଟା ମୋର ଅନୁରୋଧ।"

"ନାଇଁ ମାମା ନାଇଁ। ରାଧିକା ପ୍ରକୃତରେ ଭାରି ଭଲ ଝିଅଟିଏ। ସେ ମୋତେ କେବେ କିଛି କାଟିଲା ପରି କହେ ନାହିଁ।" ଅସିତ୍ କହିଲେ।

ରେଣୁବାଲା ଧୀର ସ୍ୱରରେ କହିଲେ, "ଏମିତି କହିବା ତୁମର ବଡ଼ପଣ। ମୁଁ ଜାଣେ ସଂସାର କଲେ କେଉଁ ସ୍ତ୍ରୀ ତା' ସ୍ୱାମୀ ବା ସ୍ୱାମୀ ତା' ସ୍ତ୍ରୀ କୁ ପଦେ ନ କହି ରହିପାରିବ। ମୁଁ ଭଗବାନଙ୍କୁ ପ୍ରାର୍ଥନା କରୁଛି, ତୁମେ ଦୁହେଁ ଏମିତି ଭଲ ବୁଝାମଣାରେ ତୁମ ଜୀବନ କାଟ।"

"ଆପଣଙ୍କର ଏଇ ଆଶୀର୍ବାଦ ସବୁବେଳେ ଆମ ପାଇଁ ଥାଉ।"

ଏମିତି ଗପସପ ଭିତରେ କେମିତି ଦୁଇଘଣ୍ଟା ଚାଲିଗଲା। ଏୟାର ହୋଷ୍ଟେସ ଘୋଷଣା କରିବାକୁ ଲାଗିଲେ। "ଆମେ ଓଡ଼ିଶାର କ୍ୟାପିଟାଲ ଭୁବନେଶ୍ୱର ପାଖାପାଖି ହୋଇ ଗଲେଣି। ଏବେ ଏଠାର ତାପମାତ୍ରା ୨୫° ସେଲ୍‌ସିଅସ୍, ଆକାଶ ମେଘମୁକ୍ତ...।"

ସମସ୍ତେ ଉଠି ଠିଆ ହେବାକୁ ଲାଗିଲେ। ଅସିତ୍ କହିଲେ, "ମାମା, ଏତେ ତରତର ହେବା ଦରକାର ନାହିଁ, ଭିଡ଼ କମୁ ଆମେ ଯିବା।"

କିଛି ସମୟ ପରେ ପ୍ଲେନ୍ ଟିକିଏ ଖାଲି ହୋଇଯିବା ପରେ ଅସିତ୍ ଓ ରେଣୁବାଲା ଧୀରେଧୀରେ ଆଗକୁ ଝୁଲିଲେ। ଦୁଇଜଣ ଏୟାର ହେଷ୍ଟେସ୍ ପ୍ଲେନ୍‌ର ଗେଟ୍ ପାଖେ ଠିଆ ହୋଇ ଅଭିନନ୍ଦନ ଜଣାଉଥାନ୍ତି।

ସେମାନେ ତଳକୁ ଆସିଲା ବେଳକୁ ଅସିତଙ୍କ ମୋବାଇଲି ବାଜିବାକୁ ଆରମ୍ଭ କଲା – ଅସିତ୍ ଫୋନ୍ ଧରି ହ୍ୟାଲୋ କହିଲାବେଲକୁ ସେପଟୁ ମୋହିତର ସ୍ୱର ଭାସିଆସ; "ଅସିତ୍, ମୁଁ ପାର୍କିଂ ପାଖରେ ଅଛି। ତୁମେ ଲଗେଜ୍ କଲେକ୍ଟ କଲାପରେ ମୋତେ ଗୋଟିଏ ମିସ୍‌କଲ୍ କରିଦେବ। ମୁଁ ସାଙ୍ଗେସାଙ୍ଗେ ଯାଇ ପହଞ୍ଚିବି।"

"ଥାଙ୍କ୍ୟୁ ମୋହିତ ଭାଇନା", ଅସିତ୍ କହି କନ୍‌ଭେୟାର ବେଲ୍ଟ୍ ପାଖକୁ ଗଲେ। ସେଠାରୁ ସୁଟ୍‌କେଶ୍ ଦୁଇଟି ଆଣିବା ପରେ ରେଣୁବାଲାଙ୍କୁ ନେଇ ବାହାରକୁ ଆସି ମୋହିତ୍‌କୁ ଫୋନ୍ କଲେ। ପାଞ୍ଚମିନିଟ୍ ଭିତରେ ମୋହିତ ଆସି ପହଞ୍ଚିଗଲା। ଗାଡ଼ି ଟିକିଏ ଦୂରରେ ରଖି ରେଣୁବାଲା ଓ ଅସିତଙ୍କ ପାଖକୁ ଆସି ରେଣୁବାଲାଙ୍କର ପାଦ ଛୁଇଁ ପ୍ରଣାମ କଲା। ରେଣୁବାଲା ତା' ମୁଣ୍ଡରେ ହାତ ବୁଲେଇ ଆଣି ଭାବିଲେ, "ମୋ ପିଲାମାନେ ମୋତେ ବହୁତ ଭଲ ପାଆନ୍ତି, କିନ୍ତୁ ସେମାନଙ୍କୁ ସେମାନଙ୍କ ସ୍ୱାମୀମାନଙ୍କ ଇଚ୍ଛା ରଖି ଚଳିବାକୁ ହେବ। କଥାରେ ଅଛି ପରା, "ପାଖରେ ଶୁଏ କାନରେ କହେ ତା' କଥା କି ଅନ୍ୟଥା ହୁଏ।"

ମୋହିତ ଗାଡ଼ି ଡିକିରେ ଜିନିଷ ରଖିଦେଇ ଅସିତଙ୍କୁ ଗାଡ଼ିରେ ବସିବାକୁ ଅନୁରୋଧ କଲା। ଯଦିଓ ଅସିତ୍ ମୋହିତ ଠାରୁ ବୟସରେ ବହୁତ ବଡ଼ କିନ୍ତୁ ସମ୍ପର୍କରେ ମୋହିତ ତାଙ୍କର ଭାଇନା ସେ ତାଙ୍କୁ ନମସ୍କାର କଲେ। ମୋହିତ ତାଙ୍କୁ ପ୍ରତିନମସ୍କାର ଜଣାଇ ତାଙ୍କ ହାତରୁ ଯାହା ହ୍ୟାଣ୍ଡ ଲଗେଜ୍ ଥିଲା ତାକୁ ନେଇ ଗାଡ଼ିର ଆଗ ସିଟ୍‌ରେ ରଖିଦେଲେ। ରେଣୁବାଲା ଓ ଅସିତ୍ ପଛ ସିଟ୍‌ରେ ବସିଲେ। ଗାଡ଼ି ଝୁଲିଲା କଟକ ଅଭିମୁଖେ। ରେଣୁବାଲା ଦିଲ୍ଲୀରୁ ଘୋଡ଼ାଇ ହୋଇ ଆସିଥିବା ଶାଲ୍‌ଟିକୁ କାଢ଼ି ଭାଙ୍ଗି ହାତରେ ଧରିଲେ। ଏଠି ତ କିଛି ଶୀତ ଜଣାପଡ଼ୁ ନାହିଁ। କିନ୍ତୁ ସେ ବହୁତ ପଛକୁ ଫେରିଯାଇ ଭାବିଲେ ତାଙ୍କ ପିଲାଦିନେ କାର୍ତ୍ତିକ ମାସରେ ବେଶ୍ ଶୀତ ହେଉଥିଲା। କାର୍ତ୍ତିକପୂର୍ଣ୍ଣିମା ଦିନ ପାହାନ୍ତିଆରୁ ଉଠି ଭସାଇ ଗାଧୋଇଲା ବେଳେ ହାତ ଥରିଯାଉଥିଲା। ଏବେ କୁଆଡ଼େ ଗଲା ସେ ଶୀତ!!

ଗାଡ଼ି ଚଲାଉ ଚଲାଉ ମୋହିତ ଗପି ଝୁଲିଥାଏ ଅସିତଙ୍କ ସାଙ୍ଗରେ। ସେ ଗପରେ ଭାରତର ପ୍ରଧାନମନ୍ତ୍ରୀଙ୍କ ଠାରୁ ଓଡ଼ିଶାର ମୁଖ୍ୟମନ୍ତ୍ରୀ ସାମିଲ ଥାଆନ୍ତି। ଆସନ୍ତା ଇଲେକ୍‌ସନ୍‌ରେ ଓଡ଼ିଶାରେ କେଉଁ ପାର୍ଟି ଜିତିବ ଇତ୍ୟାଦି ଅନେକ କଥା।

କଟକ ପାଖେଇ ଆସିଲାଣି । ଗାଡ଼ି କାଠଯୋଡ଼ି ବନ୍ଧ ଦେଇ କଟକ ଭିତରକୁ ଋଲିଲା ।

ହରମୋହନବାବୁ ଗଣେଶଘାଟ ପାଖେ ଖଣ୍ଡେ ଜାଗା କିଣି ଘର କରିଥିଲେ, ଯଦିଓ ତାଙ୍କର ବହି ଦୋକାନ ବାଲୁବଜାରରେ ଅଛି । ଦୋକନଟି ବେଶୀ ବଡ଼ ନୁହେଁ, କିନ୍ତୁ 'ସରସ୍ୱତୀ ବିଦ୍ୟା ମନ୍ଦିର' ଭାବେ ବେଶ୍ ପ୍ରସିଦ୍ଧ । ହରମୋହନବାବୁଙ୍କ ମାଆଙ୍କ ନାମ ଅନୁସାରେ ସେ ଦୋକାନର ନାମକରଣ କରିଥିଲେ । ସେମାନେ ଘରେ ଆସି ପହଞ୍ଚିଲା ବେଳକୁ ରାତି ଆଠଟା ସେପଟେ । ଘରେ ମାତ୍ର ତିନୋଟି ଶୋଇବା ଘର । ହରମୋହନ ଓ ରେଣୁବାଲାଙ୍କ ରୁମ୍‌ରେ ଏବେ ମୋହିତ ଓ ଅସୀମା ରହନ୍ତି ଏବଂ ରେଣୁବାଲାଙ୍କୁ ମୋହିତର ଶୋଇବା ଘରେ ରହିବାକୁ ପଡ଼ୁଛି । ଯେଉଁଠି ପିଲାଙ୍କ ପଢ଼ାଘର ଥିଲା ଏବେ ସେଇଟା ଗେଷ୍ଟ ରୁମ୍ । ଅସୀମା ସେଇଠି ଶୋଇବା ପାଇଁ ସବୁ ବନ୍ଦୋବସ୍ତ କରିଦେଇଛି । କିନ୍ତୁ ରେଣୁବାଲାଙ୍କର ଏହା ପସନ୍ଦ ହୋଇ ନ ଥିଲା, କାରଣ ଏହା ସହିତ ଆଟାଚ୍ ବାଥରୁମ୍ ନାହିଁ । ରାତିରେ ଖାଇବା ବେଳେ ସେ କହିଲେ, "ମୋହିତ, ଅସିତ୍ ମୁଁ ଯେଉଁ ରୁମରେ ଶୋଉଛି, ସେଇଠି ଅସିତ୍ ଶୁଅନ୍ତୁ, ମୁଁ ଷ୍ଟଡ଼ିରୁମ୍‌ରେ ଶୋଇଯାଉଛି ।" ଅସୀମା ଶାଶୂଙ୍କୁ କଣେଇ କଣେଇ କରି ଋହିଲା, କିନ୍ତୁ ଶାଶୂଙ୍କ ମୁହଁରେ ଏକ ଦୃଢ଼ତା ପ୍ରକାଶ ପାଉଥିବା ଦେଖି ସେ ଆଉ କିଛି କହିପାରିଲା ନାହିଁ ।

ଅସିତ୍ ଗୋଟିଏ ଦିନ କଟକରେ ରହି ତା' ପରଦିନ ତାଙ୍କ ଗାଁକୁ ଋଲିଯାଇଥିଲେ । ଅସିତ୍ ଋଲିଯିବା ପରେ ମୋହିତ ମାମାଙ୍କ ପାଖକୁ ଯାଇ କହିଲା, "ମାମା ତୁମେ କାହିଁକି ଅସିତ୍‌ଙ୍କୁ ଯେଉଁଠାରେ ଅସୀମା ଶୋଇବା ଓ ରହିବା ପାଇଁ ବନ୍ଦୋବସ୍ତ କରିଥିଲ ସେଠାରେ ନ ରଖି ଅନ୍ୟ ରୁମ୍‌ରେ ରହିବାକୁ କହିଲ । ଏଥିରେ ଅସୀମାର ମନ ଖରାପ ହୋଇଛି । ସେ ଅସିତଙ୍କ ପାଇଁ ନୂଆ ରଦର ପକେଇ, ମଶାରୀ ଲଗାଇ ସବୁ ଠିକ୍ କରିଥିଲା ।"

"ସେଥିରେ ଆଟାଚ୍ ବାଥରୁମ୍ ନାହିଁ । ଅସିତଙ୍କୁ ଅସୁବିଧା ହୋଇଥାଆନ୍ତା । ଏଥିରେ ଖରାପ ଭାବିବାର କ'ଣ ଅଛି ?" ଗମ୍ଭୀର ହୋଇ ରେଣୁବାଲା ଉତ୍ତର ଦେଲେ ।

"ହଁ ଆଉ ଗୋଟିଏ କଥା । ମୋ ବିଚାରରେ ଆମ ଘରେ ଯଥେଷ୍ଟ ଜାଗା ନାହିଁ କିଏ ଆସିଲେ ଗଲେ ରହିବା ପାଇଁ । ଜଣେ ଇଞ୍ଜିନିୟରଙ୍କର ପରାମର୍ଶ ନେଇ ଘର ବଢ଼ାଇବାକୁ ହେବ । ମତେ ଭଲ ଲାଗୁନି ମୋ ରୁମ୍ ଛାଡ଼ି ରୋହିତ ରୁମ୍‌ରେ ଶୋଇଲା ବେଳକୁ । ତୁ ନହେଲେ ମୋ ମାମୁ ଭାଇ ଦୁର୍ଗାଭାଇନାଙ୍କୁ ଡାକେ, ମାମାଙ୍କର ଆପଣଙ୍କ ସାଙ୍ଗରେ କଥା ହେବାକୁ ଋହୁଁଛନ୍ତି କହି । ଦୁର୍ଗା ଭାଇନା ମୋ ନାଁ ଶୁଣିଲେ ନିଶ୍ଚୟ ଆସିବେ ।"

ମୋହିତକୁ ମାମାଙ୍କ କଥା ଏତେ ବିଶ୍ୱାସନୀୟ ଲାଗିଲା ନାହିଁ। ମାମା ଯିଏ କେବେ ପଦଟିଏ ବି ବାପାଙ୍କ ଇଚ୍ଛା ବିରୁଦ୍ଧରେ କହି ନାହାନ୍ତି, ସେ କେମିତି ହଠାତ୍ ଏମିତି ବଦଳି ଗଲେ? ଏଥିପାଇଁ ରାଧିକା ଓ ଅସିତ୍ ନିଶ୍ଚୟ ଦାୟୀ।

ସେ କିଛି ଉତ୍ତର ନ ଦେଇ ଚାଲିଗଲା ସେଠାରୁ। “କିଛି ଦିନରେ ମାମା ପୁଣି ଠିକ୍ ହୋଇଯିବେ– ଏସବୁ ଦିଲ୍ଲୀର ହାୱା।”

ତିନି ଦିନ ପରେ ଅସିତ୍ ତାଙ୍କ ବୋଉ ନନାଙ୍କୁ ନେଇ କଟକ ଆସିଲେ। ନନାଙ୍କର ପରିସ୍ରା କଳାବେଳକୁ କଷ୍ଟ ହେଉଛି ଓ ବେଳେ ବେଳେ ମନକୁ ମନ ପରିସ୍ରା ହୋଇଯାଉଛି। ଅସିତ୍ ଭାବିଲେ ଏଠି ଚିକିସ୍ତା କରିବା ଅପେକ୍ଷା ଦିଲ୍ଲୀ ଯାଇ ସେଠି ଏମ୍ସରେ ଦେଖାଇଲେ ଭଲ ହେବ। ଅସିତ୍ ସେମାନଙ୍କୁ ନେଇ ରବିବାର ଦିନ ସନ୍ଧ୍ୟା ବେଳକୁ ଆସି ପହଞ୍ଚିଲେ। ତାଙ୍କର ଟିକେଟ୍ ଥିଲା ମଙ୍ଗଳବାର ସନ୍ଧ୍ୟାକୁ, କିନ୍ତୁ ସେ ଟିକେଟ୍ ବଦଳେଇ ସେ ତିନିଜଣଙ୍କର ଟିକେଟ୍ କଲେ ମଙ୍ଗଳବାର ସକାଳୁ। ଏ ଖବର ସେ ରାଧିକାକୁ ଦେଇଦେଲେ। ଅସିତ୍ଙ୍କ ନନା ବୋଉ ମନ କରିଥିଲେ ପୁରୀ ଯାଇ ଜଗନ୍ନାଥ ଦର୍ଶନ କରି ଦିଲ୍ଲୀ ଯିବା ପାଇଁ। କିନ୍ତୁ ଅସିତ୍ ଏଥିରେ ରାଜି ହେଲେ ନାହିଁ। ଏକେତ ନନାଙ୍କ ଦେହ ଏତେ ଭଲ ନାହିଁ, ପୁଣି ଦୁହିଁଙ୍କ ବୟସ ହେଲାଣି। ସେଥିରେ ସେମାନେ ଏତେ ଇୟାଡେ ସିଆଡେ ନ ହୋଇ ସିଧା ଦିଲ୍ଲୀ ଚାଲିଯିବା ଭଲ।

ରେଣୁବାଲା ସେ ଦିନଯାକ ସମୁଦି ସମୁଦୁଣୀଙ୍କର ଭଲ ଯତ୍ନ ନେଲେ। ସମୁଦି ତ ତାଙ୍କ ସ୍ୱାମୀଙ୍କର ବାଲ୍ୟବନ୍ଧୁ ଏବଂ ସେ ତାଙ୍କ ଠିଅର ଶ୍ୱଶୁର। ସେ ହରମୋହନବାବୁଙ୍କ ଠାରୁ ରସାନନ୍ଦଙ୍କ ବିଷୟରେ ବହୁତ କିଛି ଶୁଣିଛନ୍ତି। ସମୁଦୁଣୀ ବି ତାଙ୍କର ପ୍ରାୟେ ସମବୟସୀ ଏବଂ ସଉକିନିଆ ସ୍ତ୍ରୀ ଲୋକଟିଏ। ରାଧିକାର ଭାଗ୍ୟ ସେ ଏମିତି ଶାଶୂ, ଶ୍ୱଶୁର ପାଇଛି। କାର୍ତ୍ତିକ ମାସ ସରିବାର ମାତ୍ର ଦୁଇଦିନ ହୋଇଛି। ଆଜି ସୋମବାର। ସୋମବାରରେ ରେଣୁବାଲା ଘରେ ଆଁଷ କରିବାକୁ ପସନ୍ଦ କରନ୍ତି ନାହିଁ। ତଥାପି କ୍ଷୀରୀ, ଖେଚେଡ଼ି କରି ଦେଇ ପୂଜା କଲେ। ଛେନା ତରକାରୀ ଫୁଲକୋବି କଷା ଓ ଭଲ ବାଇଗଣ ଛଣା ଇତ୍ୟାଦି କରି ରେଣୁବାଲା ବନ୍ଧୁ ଚର୍ଚ୍ଚା କଲେ। ଅସୀମାକୁ ଓଡ଼ିଆ ଘରେ ବାହା ହୋଇଛି ସିନା ତାକୁ ଓଡ଼ିଆ ରନ୍ଧା ବିଶେଷ ଭଲ ଲାଗେ ନାହିଁ। କିନ୍ତୁ ଆଜିର ଖାଇବାରେ ତା’ର ବିଶେଷ କିଛି ଆପତ୍ତି କଲା ନାହିଁ। ତାକୁ ଜୀରା, ଧନିଆ, ଗରମ ମସଲା ତରକାରୀ ଭଲ ଲାଗେ ନାହିଁ। ଆଜି କୌଣସି ତରକାରୀରେ ପିଆଜରସୁଣ ବି ନ ଥିଲା। ଅସୀମା ସମସ୍ତଙ୍କ ସହିତ ବସି ଖାଇଲା ଓ ତା’ପରେ ନିଜ ରୁମ୍‌କୁ ଚାଲିଗଲା। ସେ ମୋହିତର ବନ୍ଧୁବାନ୍ଧବମାନଙ୍କ ସହିତ ଭଲଭାବେ ମିଶି ପାରେ ନାହିଁ, କାରଣ ଭାଷାର ପାଚେରୀ ସେମାନଙ୍କ ମଝିରେ ଠିଆ ହୁଏ।

ରାଧିକାର ଶାଶୁ ରେଣୁବାଲାଙ୍କୁ ପଚାରିଲେ, "ମୋହିତ ବାହାହୋଇ ତ ଦୁଇବର୍ଷ ଆସି ହେବଣି, ତା'ର କିଛି ପିଲାଛିଲା ହୋଇନି।"

"ନା, ସମୁଦୁଣୀ, ଆଜିକାଲି ପିଲାଙ୍କୁ ଏ ବିଷୟରେ କିଏ ପଚାରିବ? ସେମାନଙ୍କର ଇଚ୍ଛା ଯାହା ସେୟା କରିବେ।" ଉତ୍ତର ଦେଲେ ରେଣୁବାଲା। ସନ୍ଧ୍ୟା ସାତଟାରେ ଫ୍ଲାଇଟ୍। ଘଣ୍ଟାକପୂର୍ବରୁ ରିପୋର୍ଟିଂ, ତେଣୁ ଅସିତ୍ ପାଞ୍ଚଟା ସୁଦ୍ଧା କଟକ ଛାଡ଼ିଦେଲେ।

ସେଦିନ ରେଣୁବାଲା ରାତିରେ ପୁଅବୋହୂଙ୍କୁ କିଛି କହିଲେ ନାହିଁ।

ତା' ପରଦିନ ମୋହିତ ଜଳଖିଆ ଖାଇ ଦୋକାନ ଗଲା ବେଳକୁ ରେଣୁବାଲା ମୋହିତକୁ ପଚାରିଲେ, "ଆରେ ମୋହିତ ତୁ ଦୁର୍ଗାମାମୁଙ୍କୁ ଫୋନ୍ କରିଥିଲୁ?"

"ନାଇଁ ମାମା ତାଙ୍କ ଫୋନ୍ ନମ୍ବର ମୋ ପାଖେ ନାହିଁ।" ଉତ୍ତର ଦେଲା ମୋହିତ।

"ମୋ ଡାଇରୀରେ ଅଛି। ମୋ ଡାଇରିଟା ମୋ ଘରେ ପାପାଙ୍କ ଫଟୋ ପାଖରେ ଅଛି। ସେ ଡାଇରୀଟା ମୋ ପାଖୁ ଆଣ, ମୁଁ ନମ୍ବରଟା କାଢ଼ିଦେବି।"

"ମାମା ଆଜି ଥାଉ। କାଲିକି ଫୋନ୍ କରିବା, ମୁଁ ବାହାରିଲିଣି ଦୋକାନ। ଆଜି ଜଣେ ବଡ଼ ଲେଖକ ତାଙ୍କ କବିତା ପାଣ୍ଡୁଲିପି ନେଇ ଆସିବେ ବୋଲି କହିଛନ୍ତି। ଦଶଟା ବାଜିଗଲାଣି କାଲିକୁ କଥା ହେବା।"

ଏତିକି କହି ମୋହିତ ଚାଲିଗଲା।

ସେଦିନ ରାତିରେ ରେଣୁବାଲା ପୁଣି ସେଇକଥା କହିଲେ। ମୋହିତ କହିଲା, "ମାମା ଘର କରିବାକୁ ତୁମେ ଏତେ ବ୍ୟସ୍ତ କାହିଁକି? ଏବେ ତ କାମ ଚଲିଯାଉଛି...।"

"ନାଇଁରେ ବାପା, ତୁମେମାନେ ବୁଝୁନାହଁ ମୋ ମନ କଥା। ମୁଁ ରହେଁ ଆଉ ଯେତେ ଦିନ ବଞ୍ଚିବି ପାପା ଓ ମୋ ରୁମ୍‌ରେ ମୁଁ ରହିବି। ସେଠରେ ମୋର ଗଦାଗଦା ସ୍ମୃତି ରହିଛି। ପାପାଙ୍କ ଉପସ୍ଥିତିର ବାସ୍ନା ପାଇବାକୁ ହେଲେ ମୋତେ ସେଇ ରୁମ୍‌ରେ ରହିବାକୁ ହେବ। ଏଇଟା ମୋର ଆନ୍ତରିକ ଇଚ୍ଛା। ରୋହିତ ଓ ରାଧିକା ସମସ୍ତେ ଆସିଲେ କାହାର ଯେମିତି କିଛି ଅସୁବିଧା ନ ହୁଏ ସେଇଟା ବି ମୁଁ ରହେଁ। ଟଙ୍କା ପାଇଁ ବ୍ୟସ୍ତ ହୁଅନି। ମୋ ବ୍ୟାଙ୍କ ଆକାଉଣ୍ଟରେ ଯଥେଷ୍ଟ ଟଙ୍କା ଅଛି ଯେଉଁଥିରେ ଭଲରେ ଘର ତୋଲା ହୋଇଯିବ। ମୁଁ ରହେଁ ତୁମେ ସମସ୍ତେ ଭଲରେ ରହ ଏବଂ ମୁଁ ମଧ ମୋ ମନ ମୁତାବକ ବଞ୍ଚେ। ଅସୀମାକୁ ଏକଥା ଭଲରେ ବୁଝାଇ ଦେବୁ। ତୁ ଏଥ ନେଇ ଆଦୌ ବ୍ୟସ୍ତ ହେବୁ ନାହିଁ। ମୁଁ ଖାଲି ତୋ ପାଇଁ ଏକଥା କହୁନି। ରୋହିତ ଓ ରାଧିକା ପାଖେ ରହି ମୁଁ ଅନୁଭବ କଲି ଯେ ମୋ ପାଇଁ କିଛି ଜାଗା ଦରକାର, ମୁଁ ସେଇଟି ପୂଜା କରେ। ପଢ଼େ ବା ଶୁଏ...।"

ପରିତୃପ୍ତି

ଶ୍ରୀମତୀ ଅଦିତି ଦାସ, ବିଶିଷ୍ଟ ଶିକ୍ଷପତି ଶ୍ରୀଯୁକ୍ତ ସୁନୀଲ୍ କୁମାର ଦାସଙ୍କ ପତ୍ନୀ। ଅଦିତି ଦାସଙ୍କ ବୟସ ପଞ୍ଚାବନରୁ ଷାଠିଏ ଭିତରେ। ସେ ନିଜେ ଠିକ୍ କରି ଜାଣନ୍ତି ନାହିଁ ତାଙ୍କ। ବୟସ। ଯଦିଓ ମାଟ୍ରିକୁ୍ୟଲେସନ୍ ସାଟିଫିକେଟ୍‌ରେ ଲେଖା ଅଛି। ଜାନୁଆରୀ ୩୦.୧୯୫୯, କିନ୍ତୁ ତାଙ୍କ ମାଆ କହନ୍ତି ଯେଉଁ ବର୍ଷ ନୂଆ ପଇସାର ପ୍ରଚଳନ ଆରମ୍ଭ ହୋଇଥିଲା ସେହିବର୍ଷ ତାଙ୍କର ଜନ୍ମ। ତେବେ କେଉଁଟା ଠିକ୍ ସେ ଜାଣନ୍ତି ନାହିଁ। ଦର୍ପଣରେ ନିଜକୁ ଦେଖିଲେ ତାଙ୍କୁ ଲାଗେ ସେ ଯେମିତି ଥିଲେ ସେମିତି ଅଛନ୍ତି, ବିଶେଷ କିଛି ବଦଳି ନାହାନ୍ତି। ଏଇଟା ପ୍ରକୃତ ସତ୍ୟ ନା ଦର୍ପଣ ତାଙ୍କୁ ମିଛ କହେ ସେ ଜାଣି ପାରନ୍ତି ନାହିଁ। ଦର୍ପଣରେ ନିଜକୁ ଦେଖିଲେ ତାଙ୍କୁ ଲାଗେ ସେ ଯେମିତି ଥିଲେ ସେମିତି ଅଛନ୍ତି, ବିଶେଷ କିଛି ବଦଳି ନାହାନ୍ତି। ଏଇଟା ପ୍ରକୃତ ସତ୍ୟ ନା ଦର୍ପଣ ତାଙ୍କୁ ମିଛ କହେ ସେ ଜାଣି ପାରନ୍ତି ନାହିଁ।

ଅଦିତ ଦାସଙ୍କ ପାଖେ ଅପର୍ଯ୍ୟାପ୍ତ ସମୟ। ପିଲାମାନେ ବଡ ହୋଇ ଯାଇଛନ୍ତି। ଝିଅ ଲୀନା ବଡ ସେ ନିଜେ ଇଂଜିନିୟର ଓ ଏମ୍.ବି.ଏ., ଲଣ୍ଡନର ଏକ ବହୁରଷ୍ଟ୍ରୀୟ କମ୍ପାନୀରେ କାମ କରେ। ସେ ବହୁତ ଦରମା ପାଏ। ସେ ତା' ଜୀବନକୁ ନେଇ ସନ୍ତୁଷ୍ଟ – ଘରକୁ ପ୍ରାୟେ ଆସେ ନାହିଁ। ଅଦିତ ଲୀନା ପାଇଁ ବଡ ବ୍ୟସ୍ତ। ସେ ଘରକୁ ଆସୁନାହିଁ , ବୋଲି ନୁହେଁ, ତା'ଜୀବନ ଶୈଲୀକୁ ନେଇ। ଲୀନା ବିବାହ କରିନି, ମାତ୍ର ଜଣେ ତାମିଲ୍ ଯୁବକ ସହିତ ରହେ। ସେମାନଙ୍କ ସମ୍ପର୍କରେ କେଉଁଠି ଚାପ ନାହିଁ – ସେମାନେ ନିଜ ଇଚ୍ଛାରେ ନିଜ ଖୁସିରେ ଏକାଠି ରହନ୍ତି। ବିବାହ ନାହିଁ କି ବନ୍ଧନ ନାହିଁ। ଅଦିତି ଏପରି ସମ୍ପର୍କକୁ ଗ୍ରହଣ କରି ପାରନ୍ତି ନାହିଁ। ଝିଅକୁ ବୁଝାନ୍ତି, "ଯଦି ଭେଙ୍କଟ୍ ଭଲ ପିଲା ଓ ତୋର ପସନ୍ଦ ତାକୁ ବାହା ହୋଇ ରହ...।"ଲୀଲା ହସି ହସି ଉତ୍ତର ଦିଏ, "ମାମା, ତୁମେ କେଉଁ ଯୁଗରେ ଅଛ ? ୟୁ ଆର୍ ଭେରୀ ଓଲଡ୍

ଫାସନଣ୍ଡ । ତୁମ ସମୟର ସ୍ତ୍ରୀଲୋକମାନେ ଭରଜିନ୍‌ଟି ଓ ସେକ୍ସ ଉପରେ କାହିଁକି ଏତେ ଗୁରୁତ୍ବ ଦିଅନ୍ତି ମୁଁ ବୁଝି ପାରେନି। ଜୀବନକୁ ବୁଝିବାକୁ, ଉପଭୋଗ କରିବାକୁ ଚେଷ୍ଟା କର। କହିଲା ମାମା, ତୁମେ ଆଜି ଯାଏଁ ନିଜ ଇଚ୍ଛାରେ ନିଜ ଖୁସି ପାଇଁ କ'ଣ କରିଛ ? ତୁମେ ପାପାଙ୍କର ସମସ୍ତ ଇଚ୍ଛା ପୂର୍ତ୍ତିର କେବଳ ଗୋଟାଏ ମାଧ୍ୟମ। ମୁଁ ଜାଣେ ତୁମେ ଖାଅ, ପିନ୍ଧ, ବିଶ୍ୱାସ ନିଅ, କିନ୍ତୁ କେବେ ବାଞ୍ଚିବା ଜାଣିନ – ମୋତେ ବାଞ୍ଚିବାକୁ ଦିଅ ମାମା – ଜୀବନ ବହୁତ ଛୋଟ....।"

ଅଦିତି ଲୀନାକୁ ଆଉ କିଛି ନ କହି ଫୋନ୍ ରଖିଦିଅନ୍ତି। ପୁଅ ହିତେଶଙ୍କୁ ଆସି ତିରିଶି ବର୍ଷ ହେଲାଣି। ସେ ମଧ୍ୟ ବିବାହ କରିବାକୁ ରାଜି ନୁହେଁ। ସେ ହାରବାର୍ଡରୁ ଇକୋନୋମିକ୍ସରେ ମାଷ୍ଟର୍ କରି ସେଠାରୁ ମ୍ୟାନେଜ୍‌ମେଣ୍ଟ ମଧ୍ୟ କରିଛି। ସେ ଓଡ଼ିଶା ଫେରି ଆସି ତା' ପାପାଙ୍କ ସହିତ ବିଜିନେସ ଦେଖା ବୁଝାସୁଝା କରେ, ପ୍ରକୃତରେ ସେ ସୁନୀଲଙ୍କର ପାର୍ଟନର୍। ବିଜିନେସ୍ ପରେ ସମୟ ମିଳିଲେ ସେ ବହି ପଢ଼େ ବା ଟି.ଭି. ଦେଖେ। ଅନେକ ସମୟରେ ସେ ତା' ରୁମ୍‌ରେ ଖାଇନିଏ। ସେ ତା'ର ଏକୁଟିଆ ରହିବାକୁ ଭଲପାଏ।

ସ୍ୱାମୀ ସୁନୀଲ ତାଙ୍କ ବ୍ୟବସାୟ ନେଇ ଖୁବ୍ ବ୍ୟସ୍ତ – ଆଜି ଦିଲ୍ଲୀ ତ କାଲି ବମ୍ବେ, କେବେ ସିଙ୍ଗାପୁର ତ କେବେ ପ୍ୟାରିସ୍। ତାଙ୍କ ପାଖେ ସମୟ ନାହିଁ ବସି ସ୍ତ୍ରୀଙ୍କ ସହିତ ପ୍ରେମାଳାପ କରିବାକୁ! କିନ୍ତୁ ସେ ଅଦିତିଙ୍କର ସବୁ ସୁବିଧା କରି ଦେଇଛନ୍ତି। ବିରାଟ ତିନି ମହଲା କୋଠା ପୁଅ, ଝିଅ ଓ ସେମାନେ ସ୍ୱାମୀ ସ୍ତ୍ରୀ ପ୍ରତ୍ୟେକଙ୍କ ପାଇଁ ସ୍ୱତନ୍ତ୍ର ମହଲା। ସବୁ ମହଲାରେ ଦୁଇଟି ଲେଖାଏଁ ବେଡ୍‌ରୁମ୍, ଡାଇନିଂ, ଡ୍ରଇଂ, କିଚେନ୍ ପ୍ୟାଣ୍ଟ୍ରୀ ଓ ଆଗକୁ ବଡ ବାଲ୍‌କୋନୀ। ପ୍ରତ୍ୟେକ ମହଲା ରୁଚିପୂର୍ଣ୍ଣ ଅତ୍ୟାଧୁନିକ ଆସବାବରେ ସୁପଞ୍ଜିତ। ତିନି ମହଲାରେ ଅଧିକ ଗୋଟିଏ ଠାକୁର ଘର ଅଦିତିଙ୍କ ପାଇଁ। ଅଦିତି ବହୁତ ସମୟ ଠାକୁର ଘରେ କଟାନ୍ତି। ସୁନୀଲ୍ ଖୁବ୍ ପ୍ରାକ୍‌ଟିକାଲ୍ ଲୋକ। ସେ ଜାଣନ୍ତି ଏତେ ବଡ ଘରକୁ ସଫା ସୁତୁରା ରଖିବା ପାଇଁ ଯଥେଷ୍ଟ ଲୋକବାକ ଆବଶ୍ୟକ। ତେଣୁ ସେ ଭାବିଚିନ୍ତି ଭଲ ଆଉଟ୍‌ହାଉସ୍ (ଉପଗୃହ) ଚାରୋଟି ଘର ପଛପଟକୁ କରି ଦେଇଛନ୍ତି। ସେଠାରେ ମାଲି, କାମବାଲି ରୋଷେୟା ଓ ଡ୍ରାଇଭର ରହନ୍ତି। କୌଣସି ଥିଲେ ଅଭାବ ବା ଅସୁବିଧା କରି ନାହାନ୍ତି ସୁନୀଲ୍ ଅଦିତିକର।

ଏସବୁ ସତ୍ତ୍ୱେ ବି ଜୀବନଟା ଖାଲି ଖାଲି ଲାଗେ ଅଦିତିଙ୍କୁ, କିଛି ଗୋଟାଏ ନ ପାଇବାର ଭାବନା ତାଙ୍କୁ ଘେରି ରହିଥାଏ ସବୁବେଳେ। ସବୁ ପୂର୍ଣ୍ଣ ଭିତରେ ଶୂନ୍ୟର ଅନୁଭବ ତାଙ୍କୁ ଆଚ୍ଛନ କରି ରଖିଥାଏ। ସକାଳୁ ଉଠି ସେ ଝିଅକୁ ଫୋନ୍ କରନ୍ତି। ଟିକିଏ କଥା ହେବା ପରେ ଲୀନା କହେ।" ଏବେ ଗୋଟାଏ ମିଟିଂକୁ ମୁଁ ଯାଉଛି,

ଟିକିଏ ବ୍ୟସ୍ତ ଅଛି। ପରେ କଥା ହେବି, ରଖୁଛି,” ହିତେଶ୍ ତା’ ପାଇଁ ଉଦ୍ଦିଷ୍ଟ ମହଲାରେ ରହେ ଅଫିସ ଗଲା ବେଳକୁ ତଳକୁ ଆସେ। ସ୍ୱାମୀ ସୁନୀଲ୍ ସକାଳୁ ଉଠି ଚା’ କପ୍ ସହିତ ମୋଟାମୋଟା ଖବର କାଗଜ କିଛି ନେଇ ବସି ପଡ଼ନ୍ତି ଅଫିସ ଯିବା ପାଇଁ ପ୍ରସ୍ତୁତ ହେବା ଯାଏଁ। ଅଫିସରୁ ଫେରିଲା ବେଳକୁ ରାତି। ସଂଧ୍ୟାରେ କେଉଁଦିନ କେଉଁ ବିଜିନେସ୍ ମିଟିଂ ସହ ଡିନର୍ ତ କେଉଁଦିନ ବ୍ୟବସାୟ ସଂକ୍ରାନ୍ତୀୟ ପୂର୍ବନିର୍ଦ୍ଧାରିତ କିଛି କାର୍ଯ୍ୟକ୍ରମେ ଥାଏ। ତେଣୁ ଅଦିତିଙ୍କ ପାଇଁ ତାଙ୍କର ସମୟ କାହିଁ?

ସେ କାହାକୁ ତାଙ୍କର ନିଃସଙ୍ଗତା କିମ୍ୱା ଏକାକୀତ୍ୱ ବିଷୟରେ କିଛି କହି ପାରନ୍ତି ନାହିଁ। ସମୟ କାଟିବା ପାଇଁ ସେ ଅନେକ ସମୟ ବିଉଟି ପାର୍ଲରରେ ଯାଇ ଶରୀର ଚର୍ଯ୍ୟା କରନ୍ତି। ସେ ଅନେକ କିଟି ପାର୍ଟିରେ ମେମ୍ୱର, ଅନେକ କ୍ଲବରେ ମେମ୍ୱର ଓ ଅନେକ ସ୍ୱେଚ୍ଛାସେବୀ ସଂଗଠନରେ ଆଜୀବନ ସଦସ୍ୟା, ଏସବୁକୁ ସେ ନିୟମିତ ଯାଆନ୍ତି। ସେ କ୍ଲବରେ ଅନେକ ସମୟ ଯାଏଁ ବସି ବାନ୍ଧବୀମାନଙ୍କ ସହ ତାସ ଖେଳନ୍ତି। ତଥାପି ଏସବୁ ତାଙ୍କୁ ବିଶେଷ ଆନନ୍ଦ ଦେଇ ପାରେନି। ତାଙ୍କ ଏକାକୀତ୍ୱ ତାଙ୍କୁ ସବୁବେଳେ ପ୍ରଚ୍ଛନ୍ନ ଭାବରେ ଦଂଶନ କରେ ତାଙ୍କୁ।

ଦିନେ ସଂଧ୍ୟାରେ ସୁନୀଲ୍ ଅଫିସରୁ ଫେରି କହିଲେ, “ଗେଟ୍ ରେଡି, ଆରୋରୋଜ୍ ହାଭ୍ ଇନଭାଇଟେଡ୍ ଅସ୍ ଫର ଡିନର। ମିଷ୍ଟର ଆରୋରା ଗତକାଲି ଫୋନ୍ କରିଥିଲେ, “ମୁଁ ତୁମକୁ କହିବାକୁ ଭୁଲି ଯାଇଥିଲି।”

ସ୍ୱାମୀ ତରତର ହୋଇ ବାଥରୁମ୍ ଚାଲିଗଲେ ପ୍ରସ୍ତୁତ, ହେବାପାଇଁ। ଅଦିତିଙ୍କର ଇଚ୍ଛା ଥାଉ କି ନଥାଉ ତାଙ୍କୁ ଯିବାକୁ ହେବ। ଏମିତି ହେବା ତାଙ୍କ ଜୀବନରେ ନିହାତି ସାଧାରଣ ଘଟଣା। ସୁନୀଲ୍ ଅଫିସରୁ ଆସି କହିବେ ଏବଂ ତାଙ୍କୁ ଯିବାକୁ ହୋଇଥାଏ। ତାଙ୍କର ସୁନୀଲଙ୍କର କୌଣସି କଥାରେ ନା କରିବାର ଅଧିକାର ସେ କେବେ ନିଜେ ଜାହିର୍ କରି ନାହାନ୍ତି, ଆଜି କରିବେ କେମିତି? କିନ୍ତୁ ବ୍ୟକ୍ତିଗତ ଭାବରେ ସେ ମିଷ୍ଟର ମିସେସ ଆରୋରାଙ୍କ ତାଙ୍କୁ ଭଲ ଲାଗୁନ୍ତି ନାହିଁ। ବିଗତ ତିନି ପୁରୁଷ ଧରି ଓଡ଼ିଶାରେ ବ୍ୟବସାୟ କରି ଆସୁଥିଲେ ମଧ୍ୟ ସେମାନେ ପଦେ ଓଡ଼ିଆ କହିବାକୁ ରାଜି ନୁହନ୍ତି। ନିଜର ବ୍ୟବସାୟିକ ପ୍ରତିପତ୍ତି ନେଇ ସେମାନଙ୍କ ମନରେ ଖୁବ୍ ଅହଂକାର। ମିସେସ ଆରୋରା ଦିଲ୍ଲୀର ଝିଅ, କେଉଁକାଳେ ‘ମିରାଣ୍ଡା ହାଉସ’ରେ ପାଠ ପଢ଼ିଥିଲେ ବୋଲି ତାଙ୍କର ତାକୁ ନେଇ ଗର୍ବ କିଛି କମ୍ ନୁହେଁ।

ସେଠାକୁ ଯିବାକୁ ଆଗ୍ରହ ନ ଥିଲେ ମଧ୍ୟ ଅଦିତି ନିଜକୁ ଖୁବ୍ ସୁନ୍ଦର କରି ସଜାଇଲେ, କାରଣ ଏଇ ଗୋଟିଏ କଥା ସେ ନିଜ ଖୁସି ପାଇଁ କରିଥାଆନ୍ତି। ଆଉ ଏଥି ନେଇ କିଏ ତାଙ୍କ ପ୍ରଶଂସା ବା ଅଭିବାଦନ ଜଣାଇଲେ ତାଙ୍କୁ ଆନନ୍ଦ ଲାଗିଥାଏ।

ତାଙ୍କର ଶରୀର ଗଠନକୁ ସବୁ ଶାଢ଼ୀ ମାନେ । ସେ ଗୋଟିଏ ସୁନେଲି ଓ ନାଲି ରଙ୍ଗର ଧଡ଼ି ଥିବା କଳା କାଜିବରଭମ୍ ପିନ୍ଧିଲେ । ... ପରମ୍ପରାଗତ (Traditional) ପ୍ରଦେଶର ସିଲ୍କ ଶାଢ଼ୀ ତାଙ୍କର ପସନ୍ଦ । ତେଣୁ ଅକ୍ଟୋବରରୁ ମାର୍ଚ ଯାଏଁ ସେ ଯେକୌଣସି ପାର୍ଟିରେ ସିଲକ ଶାଢ଼ୀ ହିଁ ପିନ୍ଧି ଥାଆନ୍ତି, ଅନ୍ୟ ସମୟରେ କ୍ରେପ୍ ଓ ଶିଫର୍ଷ । ସିଲ୍କ ଶାଢ଼ୀ ସହିତ ଭାରୀ ସୁନା ଗହଣା ଭଲ ଯାଏ । ଗଳାରେ ଗୋଟିଏ ରୁବି ଖଣ୍ଡା ଚୋକର ସହିତ ମ୍ୟାଚିଂ ରୁବ୍ କାନଫୁଲ ଓ ମୁଦି ପିନ୍ଧିଲେ ସେ । ଏଥର ଝିଅ ଆଣି ଦେଇଥିବା ଫ୍ରେଞ୍ଚ ପରଫ୍ୟୁମ୍‌ଟି ସ୍ପ୍ରେ କଲେ ବେକରେ, କଟୋଟିରେ ଓ ପିଠିରେ । କଳା ହିଲ୍‌ର ଚଟି ହିଲ୍ ପିନ୍ଧିଲେ । ପୂର୍ବରୁ ଆଇଲାଇନ୍‌ର ଦେଇ ଆଖିକୁ ଠିକ୍ ରୂପ ଦେଇଛନ୍ତି ସେ । ହାଲକ୍ ଆଇସାଡ଼ୋ ଆଖି ପତାରେ ଲଗାଇଛନ୍ତି । ଓଠରେ ମଦୁରିଆ ନାଲି ଲିପ୍‌ଷ୍ଟିକ୍ ଓ ଦୁଇଭୁଲତାର ଟିକିଏ ଉପରକୁ ଛୋଟିଆ ନାଲି ବିନ୍ଦିଟିଏ । ଓଠରେ ଲିପ୍‌ଚାମ୍‌ସର ଅନ୍ତିମ ଟଚ୍ ଦେଉ ଦେଉ ଅଦିତି ନିଜକୁ ଦର୍ପଣରେ ଦେଖିନେଲେ । ସେତେବେଳକୁ ସୁନୀଲ୍ ତାଙ୍କର ସୁଟ୍, ଟାଇ ଓ ଜୋତା ପିନ୍ଧି ପ୍ରସ୍ତୁତ ହୋଇ ସାରିଲେଣି । ଉଭର ଗଲେଣି ଅଦିତିଙ୍କ ପଛରେ । ଦୁହିଁଙ୍କର ପ୍ରତିବିମ୍ବ ଦର୍ପଣରେ କେଡ଼େ ସୁନ୍ଦର ଦିଶୁଛି – ସତେ ଅବା ବିଧାତା ଜଣଙ୍କ ପାଇଁ ଅନ୍ୟ ଜଣଙ୍କୁ ଗଢ଼ିଥିଲା, ଇଂରାଜୀରେ ଯାହା କୁହାଯାଏ ମେଡ୍ ଫର ଇଚଅଦର । ଅଦିତି ଅଞ୍ଜ ହସିଲେ, କହିଲେ, "ଚାଲ ଯିବା ।"

ଅଦିତି ସୁନୀଲଙ୍କ ସହିତ ଗାଡ଼ିର ପଛ ସିଟ୍‌ରେ ବସିଲେ । ସୁନୀଲ ଗାଡ଼ି ଚଳେଇବା ଅନେକ ଦିନରୁ ଛାଡ଼ି ଦେଲେନି । ଡ୍ରାଇଭର ଗାଡ଼ି ଚଲାଉଥାଏ । ଗାଡ଼ି ଆଗକୁ ଚାଲିଥାଏ । ଅଦିତି ଭାବି ଜାଲିଥାଆନ୍ତି ପଛକଥା, ସେମାନଙ୍କର ବିବାହ କଥା । ଘରର ବଡ଼ଝିଅ ସେ, ତାଙ୍କ ତଳେ ଆଉ ଦୁଇ ଭଉଣୀ । ବାପା ତାଙ୍କୁ ଶୀଘ୍ର ବାହାକରି ଦେବା ନିହାତି ସ୍ୱାଭାବିକ । ସୁନୀଲ୍ ଇଂଜିନିୟରିଂ ପାଶ୍ କରି ସଦ୍ୟ ଚାକିରିରେ ଯୋଗ ଦେଇଥାଆନ୍ତି ମୟୂରଭଞ୍ଜର ରରୁଆଁରେ ଆସିଷ୍ଟାଣ୍ଟ ଇଂଜିନିୟର ହୋଇ । ଘରର ଅବସ୍ଥା ନିହାତି ସାଧାରଣ । ବାପା ଗାଁ ହାଇସ୍କୁଲରେ ପ୍ରଧାନ ଶିକ୍ଷକ । ତାଙ୍କ ତଳେ ତିନିଭାଇ, ଦୁଇଭଉଣୀ । ଭାଇମାନଙ୍କ ପାଠପଢ଼ା, ଭଉଣୀମାନଙ୍କର ବିବାହ, ଅନେକ ଦାୟିତ୍ୱ ତାଙ୍କ ଉପରେ । କିନ୍ତୁ ଅଦିତିଙ୍କ ବାପା ତାଙ୍କ ଝିଅ ପାଇଁ ସୁନୀଲ୍ ହିଁ ଯୋଗ୍ୟ ପାତ୍ର ବୋଲି ଭାବିଥିଲେ । ସେ ସୁନୀଲଙ୍କ ଭିତରେ ଆଗକୁ ଯିବାର ଆଗ୍ରହ ଦେଖିଥିଲେ । .... ଜୋଇଁର ରୂପ, ଗୁଣ, ବିଦ୍ୟା କୌଣସି ଥିଲେ ଉଣା ନାହିଁ, କେବଳ ଘରର ଦାୟିତ୍ୱ । ଏଇଟା କ'ଣ ଗୋଟାଏ ବଡ କଥା! ଉଦ୍‌ଯୋଗୀ ପୁରୁଷ ଜୀବନରେ ସବୁ କରି ପାରିବ ଏଇ ବିଶ୍ୱାସରେ ସେ ଅଦିତିଙ୍କ ବିବାହ ସୁନୀଲଙ୍କ ସହିତ କରାଇ ଥିଲେ ।

ଅଦିତିଙ୍କୁ ସେତେବେଳକୁ ମାତ୍ର ଉଣେଇଶ ବର୍ଷ । ଏତିକି ବୟସରେ ସୁଖଦୁଃଖର କେତେ ଅନୁଭୂତି ? ସୁନୀଲଙ୍କ ସହିତ ଜୀବନର ପ୍ରଥମ କେତେ ବର୍ଷ ସଂଘର୍ଷର ସମୟ ଥିଲା, ଟଙ୍କାର ଯଥେଷ୍ଟ ଅଭାବ । ସ୍ୱଳ୍ପ ଦରମା ଭିତରେ ପରିବାରର ସମସ୍ତ ଦାୟିତ୍ୱ ତୁଲାଇବାକୁ ପଡ଼ୁଥିଲା । ଅଦିତି ସେଥିରେ କେବେ ଆପତ୍ତି କରି ନ ଥିଲେ କାରଣ ତାଙ୍କ ଘରର ଶିକ୍ଷା ଥିଲା ସେହିପରି । ଏହା ବ୍ୟତୀତ ସୁନିଲ୍ ସେତେବେଳେ ଅନେକ ଭିନ୍ନ ଥିଲେ । ତାଙ୍କ ଭିତରେ ଅଦିତିଙ୍କ ପାଇଁ ଆକର୍ଷଣ ଓ ଆବେଗ ପୂରି ରହିଥିଲା । ରାତିରାତି ଅନିଦ୍ରାରେ କଟେଇ ଦେଉଥିଲେ ଅଦିତିଙ୍କୁ ତାଙ୍କ ବକ୍ଷ ଉପରେ ଶୁଆଇ, ଆଉ ଗପ ଚାଲନ୍ତି ନିଜର ଭବିଷ୍ୟତର ପରିକଳ୍ପନା । ଅଦିତି ମୁହଁ ବୁଲେଇ ଚାହିଁଲେ ସୁନୀଲଙ୍କୁ– ଅଭାବ ବେଳର ସୁନୀଲ ଓ ପ୍ରାଚୁର୍ଯ୍ୟର ସୁନୀଲଙ୍କ ଭିତରେ ଆକାଶ ପାତାଳର ଫରକ ! ଏବେ ଦରକାର ନ ପଡ଼ିଲେ ସୁନୀଲ କ୍ୱଚିତ୍ କଥା ହୁଅନ୍ତି ଅଦିତିଙ୍କ ସହିତ ।

ଏସବୁ ଅଭ୍ୟାସ ହୋଇ ଗଲାଣି ଅଦିତିଙ୍କର, ତଥାପି ଅତୃପ୍ତି, ଅଭାବର ଧାରାଟିଏ ତାଙ୍କ ହୃଦୟ ଭିତରେ ସଦା ପ୍ରବାହମାନ ।

ଗାଡ଼ି ପାର୍କ ହେଲା ମିଷ୍ଟର ଆରୋରାଙ୍କ ପୋର୍ଟିକୋରେ । ସୁନୀଲ ପ୍ରଥମେ ଗାଡ଼ିରୁ ଓହ୍ଲେଇ ଅଦିତିଙ୍କ ପାଖ ଦୋର ଖୋଲି ଦେଲେ ଓ ତାଙ୍କ ପାଖେ ପାଖେ ଚାଲିଲେ ମିଷ୍ଟର ଆରୋରାଙ୍କ ସୁନ୍ଦର ଓ ସୁସଜ୍ଜିତ ବଗିଚା ଆଡ଼େ । ଘରର ସମ୍ମୁଖରେ ଥିବା ସୁସଜ୍ଜିତ ଲନରେ ପାର୍ଟିର ଆୟୋଜନ ହୋଇଛି । ବୁଡ଼ା ବୁଡ଼ା ଗଛମାନଙ୍କରେ ନୀଳ ରଙ୍ଗର ଛୋଟ ଛୋଟ ଲାଇଟ୍ ଜ୍ୱଲି ଆକାଶରୁ ତାରା ସବୁ ପୃଥିବୀ ଉପରକୁ ଓହ୍ଲେଇ ଆସି ଥିବାର ଭ୍ରମ ସୃଷ୍ଟି କରୁଛି । ତା’ ସହିତ ଧୀର ସ୍ୱରରେ ବାଜୁଛି ବଛା ବଛା ପୁରୁଣା ହିନ୍ଦୀ ଗୀତ । ସ୍ନାକ୍ ସହ ଡ୍ରିଙ୍କର ପରିବେଷଣ ଚାଲିଛି । ମିଷ୍ଟର ମିସେସ୍ ଆରୋରା ବୁଲିବୁଲି ନିମନ୍ତ୍ରିତ ଅତିଥିମାନଙ୍କୁ ସ୍ୱାଗତ କରିବା ସହ ସେମାନଙ୍କ ସହିତ ନୂତନ ଓ ଅପରିଚିତ ଅତିଥିମାନଙ୍କର ପରିଚୟ କରାଇ ଦେଉଥାଆନ୍ତି ।

ଏହି ପାର୍ଟିର ମୁଖ୍ୟ ଆକର୍ଷଣ ଏଠାକୁ ନୂଆ କରି ଆସିଥିବା ଇଣ୍ଡଷ୍ଟ୍ରୀ ସେକ୍ରେଟାରୀ ମିଷ୍ଟର ରୋହିତ କାମ୍ପ ଓ ତାଙ୍କ ପତ୍ନୀ ମୀରା କାଶ୍ୟପ । ମିସେସ୍ କାଶ୍ୟପ୍ ଏକଦା ମିସେସ୍ ଆରୋରାଙ୍କ କ୍ଲାସମେଟ୍ ଥିଲେ ମିରାଣ୍ଡା ହାଉସରେ । ଏକେଟ ଜଣେ ବରିଷ୍ଠ ଆଇ.ଏ. ଏସ ଅଫିସରଙ୍କ ପତ୍ନୀ, ଦ୍ୱିତୀୟରେ ମିସେସ୍ ଆରୋରାଙ୍କ ସହପାଠିନୀ । ତେଣୁ ତାଙ୍କ ସହିତ ଘନିଷ୍ଠତା ବଢ଼େଇବାରେ ଆରୋରା ଦମ୍ପତି ଖୁବ୍ ଆଗ୍ରହୀ । ଯେଉଁଠି ବ୍ୟବସାୟ କରିବ ସେଠାର କ୍ଷମତାସମ୍ପନ୍ନ ଅଫିସରମାନଙ୍କ ସହିତ ସୁସମ୍ପର୍କ ରଖିବା ନିହାତି ଆବଶ୍ୟକ । ମିଷ୍ଟର ମିସେସ୍ ଆରୋରା ପ୍ରତ୍ୟେକ ଅତିଥିଙ୍କୁ ଡାକି ଆଣି

ସେମାନଙ୍କ ସହିତ ପରିଚୟ କରାଇ ଦେଉଥାଆନ୍ତି- "ମିଟ୍ ମାଇଁ ଫ୍ରେଣ୍ଡ ମିସେସ୍ ମୀନା କାଶ୍ୟପ। ଆଣ୍ଡ ହର୍ ଇଲଷ୍ଟ୍ରିଅସ୍ ହଜ୍‌ବ୍ୟାଣ୍ଡ ମିଷ୍ଟର ରୋହିତ ଆରୋରା – (ଇୟେ ମୋ ବାନ୍ଧବୀ ଶ୍ରୀମତୀ ମୀନା ଆରୋରା ଓ ତାଙ୍କ ଯଶସ୍ୱୀ ସ୍ୱାମୀ ଶ୍ରୀଯୁକ୍ତ ରୋହିତ ଆରୋରା) ତାଙ୍କ ପାଖରେ ବସିଥାଆନ୍ତି ଆଉ ଜଣେ ନବାଗତ ଅତିଥି, ବ୍ରିଗେଡ଼ିଅର ଅପୂର୍ବ ରଂଜନ ମହାନ୍ତି। ଓଡ଼ିଆ ହେଲେ ମଧ୍ୟ ଦୀର୍ଘ ସମୟ ଧରି ଓଡ଼ିଶା ବାହାରେ ରହିଥିବାରୁ ତାଙ୍କର ଏଠାରେ ପରିଚିତ ଲୋକ ବହୁତ କମ୍। ସେ ମିଷ୍ଟର ଆରୋରାଙ୍କର ନୂତନ ପଡ଼ୋଶୀ। ତାଙ୍କର ଆଧୁନିକ ଚିନ୍ତାଧାରା ଓ ଅଣଓଡ଼ିଆ ଚଳଣୀ ମିଷ୍ଟର ଆରୋରାଙ୍କର ତାଙ୍କ ସହିତ ବଂଧୁତା ସ୍ଥାପନ କରିବାର ଏକ ମୁଖ୍ୟ କାରଣ। ବ୍ରିଗେଡ଼ିଅର ମହାନ୍ତି ସାରା ଜୀବନ ଆର୍ମିରେ କଟେଇ ଥିବାରୁ ତାଙ୍କ ଜୀବନ ଶୈଳୀ ଏକ ଭିନ୍ନ ପ୍ରକାର ଅର୍ଥାତ୍ ସୈନିକର ଜୀବନ ଦର୍ଶନ ନେଇ ସେ ବଂଚନ୍ତି। ମିଷ୍ଟର ଆରୋରା ସୁନୀଲ୍ ଓ ଅନିତାଙ୍କ ସହିତ ତାଙ୍କର ପରିଚୟ କରାଇ ଦେଇ କହିଲେ, "ବ୍ରିଗେଡ଼ିଅୟର ଏ.ପି. ମହାନ୍ତି, ମୋ ପଡ଼ୋଶୀ", ପୁଣି ବ୍ରିଗେଡ଼ିଅରଙ୍କୁ ଚାହିଁ କହିଲେ, "ଇୟେ ହେଲେ ମିଷ୍ଟର ସୁନୀଲ୍ ଦାସ, ଇଣ୍ଡଷ୍ଟ୍ରିଆଲିଷ୍ ଓ ତାଙ୍କ ଏଭର ଗ୍ରିନ୍ ପତ୍ନୀ ମିସେସ୍ ଅଦିତି ଦାସ....।" ହାତରେ ଡ୍ରିଙ୍କସ୍‌ର କ୍ଲାସ ଧରି ବ୍ରିଗେଡ଼ିଅର ମହାନ୍ତି ବସିବା ସ୍ଥାନରୁ ଉଠି ପଡ଼ି ସୁନୀଲଙ୍କୁ ଗଭୀର ଚିହ୍ନ ପାରୁନ୍? ମୁଁ ଅପୂର୍ବ, ଆମେ ଏକାଠି ରେଭେନ୍‌ସା କଲେଜରେ ଆଇ.ଏ.ସି. ପଢ଼ିଛେ...। ଅବଶ୍ୟ ତୋ ପରି ମୁଁ ଏତେ ଭଲ ଛାତ୍ର ନ ଥିଲି...।

ସୁନୀଲଙ୍କର ମନେ ପଡ଼ିଲା ଅପୂର୍ବ ମହାନ୍ତି କଥା। ସେମାନଙ୍କର ଏକା ଗ୍ରୁପ୍ ଥିଲା ...... (ଫ୍ରିବିକସ୍, କେମେଷ୍ଟ୍ରି, ମ୍ୟାଥ୍‌ମାଟିକସ୍)। ସେମାନେ ଏକା ହଷ୍ଟେଲର ଏକା ରୁମ୍‌ରେ ରହୁଥିଲେ। ସୁନୀଲ୍ ଆଇ.ଏ.ସି ପରେ ଇଂଜିନିୟରିଂ ପଢ଼ିବା ପାଇଁ ରାଉରକେଲା ଚାଲି ଯାଇଥିଲେ। ସେ କେବଳ ଶୁଣିଥିଲେ ଅପୂର୍ବ ଇଂଜିନିୟିଂ ପଢ଼ିବାକୁ ଚାଲିଗଲା – ଅପୂର୍ବର ଫେଥ୍ ସବ୍‌ଜେକ୍ଟ ବାୟଲୋଜି ଥିଲା ଏବଂ ସେ ସେଥିରେ ବହୁତ ଭଲ କରିଥିଲା। ତା'ପରେ ତାଙ୍କ ପାଖେ ଆଉ କିଛି ଖବର ନ ଥିଲା ଅପୂର୍ବର। ଗୋଟିଏ ଗଛର ପତ୍ର ସବୁ ପବନରେ ଉଡ଼ି କିଏ କୁଆଡ଼େ ଗଲା ପରି ଗୋଟିଏ କଲେଜରେ ଆଇ.ଏ.ସି ପଢୁଥିବା ପିଲାମାନେ ନିଜର ଭବିଷ୍ୟତର ବୃତ୍ତିକୁ ଅନୁସରଣ କରି କିଏ କୁଆଡ଼େ ଚାଲିଗଲେ। ଦିନସାରା ଖାଦ୍ୟର ଅନ୍ୱେଷଣରେ ବୁଲିବୁଲି ସଂଧ୍ୟାକୁ ଯେମିତି ଘର ବାହୁଡ଼ା ପକ୍ଷୀଟିଏ ତା' ନୀଡ଼କୁ ଫେରି ଆସେ ସେମିତି ନିଜନିଜର କର୍ମମୟ ଜୀବନର ଅବସାନ ପରେ ଅନେକ ଆସନ୍ତି ନିଜ ଜନ୍ମ ମାଟିକୁ। ସୈନ୍ୟ ବିଭାଗର ଭାରତର ସୀମା ଓ ଅନ୍ୟାନ୍ୟ ସ୍ଥାନରେ ବହୁ ଦାୟିତ୍ୱପୂର୍ଣ୍ଣ ପଦବୀରେ କାର୍ଯ୍ୟ

କରିବା ପରେ ବ୍ରିଗେଡ଼ିଅର ଅପୂର୍ବ ରଞ୍ଜନ ମହାନ୍ତି ଫେରି ଆସିଛନ୍ତି ଓଡ଼ିଶାକୁ। ବହୁଦିନରୁ ଭୁବନେଶ୍ୱରରେ ଖଣ୍ଡିଏ ସରକାରୀ ଜାଗା ସେ ପାଇଥିଲେ। ରିଟାୟାଡ଼୍‌ମେଣ୍ଟ ପୂର୍ବରୁ ସାନଭାଇର ସାହାଯ୍ୟରେ ଘର ଖଣ୍ଡିଏ କରି ଦେଇଥିଲେ ସେ। ଏବେ ଛଅମାସ ହେଲା ସେ ସେଇଠି ରହୁଛନ୍ତି।

ସୁନୀଲ୍ ଅପୂର୍ବଙ୍କ ପାଖ ଚେୟାରରେ ବସି ନିଜ ଜୀବନର ସଂକ୍ଷିପ୍ତ ବିବରଣୀ ଦେଇଥିଲେ ଅପୂର୍ବଙ୍କୁ, "ଇଂଜିନିୟରିଂ ପାଶ୍ କରିବା ପରେ ପ୍ରାୟ ଦଶବର୍ଷ ଓଡ଼ିଶା ସରକାରଙ୍କ ପାଖେ କାମ କରିଥିଲି – ତା' ପରେ ଚାକିରି ଛାଡ଼ି ଦେଇ ନିଜର ବ୍ୟବସାୟ ଆରମ୍ଭ କଲି ….. ଚାଲିଛି ଜୀବନ ଏକ ପ୍ରକାର….।" ସୁନୀଲ ଏଠାରେ ସମସ୍ତଙ୍କର ପରିଚିତ। ଟିକିଏ ସମୟ ବ୍ରିଗେଡ଼ିଅର ମହାନ୍ତିଙ୍କ ସହିତ ଗପ କରିବା ସେ ଅନ୍ୟ ବନ୍ଧୁମାନଙ୍କ ସହ ଦେଖା କରିବା ପାଇଁ ଚାଲି ଯାଇଥିଲେ। ଅଦିତି ବସିଥିଲେ ସୁନୀଲଙ୍କ ପାଖ ଚୌକିରେ – ଅର୍ଥାତ୍ ଅପୂର୍ବଙ୍କ ଠାରୁ ଗୋଟିଏ ଚୌକି ଛାଡ଼ି। ଅପୂର୍ବ ଆସି ଖାଲି ପଡ଼ିଥିବା ଚୌକିରେ ଅର୍ଥାତ୍ ଅପୂର୍ବଙ୍କ ଠାରୁ ଗୋଟିଏ ଚୌକି ଛାଡ଼ି। ଅପୂର୍ବ ଆସି ଖାଲି ପଡ଼ିଥିବା ଚୌକିରେ ବସିଲେ। ସେ ପଂଢ଼ଜୀ ଲୋକ। ଜୀବନରେ ଅନେକ ଦୁଃଖ, କଷ୍ଟ, ମୃତ୍ୟୁକୁ ଖୁବ୍ ନିକଟରୁ ଦେଖିଥିଲେ ମଧ୍ୟ ଜୀବନକୁ ଉପଭୋଗ କରିବା ସେ ଜାଣନ୍ତି। ହାତରେ ତାଙ୍କର ଡ୍ରିଙ୍କସ୍ ଭରା ଗ୍ଲାସ୍। ସେ ସେଥରୁ ଗୋଟିଏ ସିପ୍ ନେଇ କହିଲେ, "ମିସେସ୍ ଦାସ, ଆପଣ ସୁନୀଲର ପତ୍ନୀ, ମାନେ ମୋ ବନ୍ଧୁ ପତ୍ନୀ। ଦେଖନ୍ତୁ ମୋ ଦୁର୍ଭାଗ୍ୟ! ମୁଁ ଏ ଯାଏଁ ଆପଣଙ୍କୁ ଦେଖି ନ ଥିଲି, ଚିହ୍ନି ନ ଥିଲି।"

ଅଦିତିଙ୍କ ହାତରେ ରେଡ଼ଓ୍ୱାଇନ୍‌ର ଛୋଟିଆ ଡ୍ରିଙ୍କଟିଏ। ସେଇଟା କେବଳ ସେ ଗ୍ରହଣ କରିଛନ୍ତି ସୌଜନ୍ୟତା ଦୃଷ୍ଟିରୁ। ଏ କେବଳ ଡ୍ରିଙ୍କ ନେବାର ଛଳନା କରନ୍ତି। ଏ ପିଆପିଇ ମାମଲାରେ ସେ ବିଶେଷ ଆଗେଇ ପାରି ନାହାନ୍ତି। ଏ ଯାଏଁ ସେ ତାଙ୍କର ମଧ୍ୟବିତ୍ତ ପରିବାରର ରକ୍ଷଣଶୀଳ ଭାବନାରୁ ଉପରକୁ ଉଠି ପାରି ନାହାନ୍ତି। ମଦ୍ୟପାନକୁ ବିଶେଷ କରି ନାରୀମାନେ ପିଇବାଟାକୁ ସେ ପୂର୍ଣ୍ଣମାତ୍ରାରେ ଖୋଲା ମନରେ ଗ୍ରହଣ କରି ପାରନ୍ତି ନାହିଁ। ସେ ଅଳ୍ପ ହସି ଉତ୍ତର ଦେଲେ, "ଦେଖନ୍ତେ କିପରି ? ଯେତେବେଳେ ଆପଣଙ୍କର ଆପଣଙ୍କ ବନ୍ଧୁଙ୍କ ସହିତ ଆଇ.ଏ.ସି ପରେ ଦେଖା ହୋଇନି ତେବେ ମୋ ସହିତ ଦେଖା ହୁଅନ୍ତା କେମିତି ? ମୁଁ ତ ତାଙ୍କ ଜୀବନରେ ତା'ର ଅନେକ ପରେ ଆସିଛି….।"

ବ୍ରିଗେଡ଼ିଅର୍ ମହାନ୍ତି ଗୋଟାଏ ମନଖୋଲା ପଂଢ଼ଜୀ ହସି ହସି କହିଲେ, "ୟୁ ଆର୍ ରାଇଟ୍– ତେବେ ଜହ୍ନ କ'ଣ ଲୁଚି ରହିପାରେ! ଜ୍ୟୋସ୍ନା କ'ଣ ସମସ୍ତଙ୍କୁ ଧୌତ କରେ ନାହିଁ ? ୟୁ ଆର୍ ରିୟଲି ବିଉଟିଫୁଲ୍ ବିଉଟି ଫୁଲ (You are really bewitchingly beautiful) । ମୁଁ ପ୍ରକୃତରେ ହତଭାଗା – ଆଜି ଯାଏଁ ଏ ଜ୍ୟୋସ୍ନାର ସ୍ନିଗ୍‌ଧ କିରଣରୁ ବଂଚିତ ହୋଇ ରହିଛି ... ସୁନୀଲ୍ ଇଜ୍ ଭେରୀ ଲକି...।"

ସବୁ ନାରୀକୁ ନିଜର ପ୍ରଶଂସା ଶୁଣିବାକୁ ଭଲ ଲାଗେ । ସେ ଯେ ବହୁତ ସୁନ୍ଦର ଏକଥା ସେ ଜୀବନରେ ପ୍ରଥମ ଥର ଶୁଣୁଛନ୍ତି ତା' ନୁହେଁ । ବାନ୍ଧବୀମାନଙ୍କ ମଧ୍ୟରେ ଏକଥା ଅନେକ ଥର ଚର୍ଚ୍ଚା ହୁଏ– ନୂଆ ନୂଆ ବାହା ହେଲା ବେଳେ ସୁନୀଲ୍ ବି ତାଙ୍କ ସୌନ୍ଦର୍ଯ୍ୟର ପ୍ରଶଂସା କରୁଥିଲେ । କିନ୍ତୁ ଗତ ଅନେକ ବର୍ଷ ହେଲାଣି ଅଦିତି ସୁନୀଲଙ୍କ ପାଇଁ ଏକ ସାଧାରଣ ବସ୍ତୁ ହୋଇ ଗଲେଣି...। ତାଙ୍କଠାରୁ ପ୍ରଶଂସା ଶୁଣିବା ସ୍ୱପ୍ନ ହୋଇଗଲାଣି । ଅଦିତିଙ୍କୁ ଲାଗିଲା ଏ ଭଦ୍ରଲୋକ ଅନ୍ୟମାନଙ୍କ ଠାରୁ ଭିନ୍ନ, ଯାଙ୍କର କଥା କହିବା ଭଙ୍ଗୀ ଅଲଗା, ହୁଏତ ଏଇଟା ଆର୍ମୀ କଲଚର୍ । ତଥାପି ବ୍ରିଗେଡ଼ିଅର୍ ମହାନ୍ତିଙ୍କ କଥା ଏ ବୟସରେ ବି ଅଦିତିଙ୍କୁ ବେଶ୍ ଭଲ ଲାଗିଛି ।

ଡ୍ରିଙ୍କ ସହିତ ବିଭିନ୍ନ ସ୍ନାକସ୍ ବୁଲେଇ ଚାଲିଛନ୍ତି ପରିବେଷଣକାରୀମାନେ । ବ୍ରିଗେଡ଼ିଅର୍ ଗୋଟିଏ ବଡ ଚିଙ୍ଗୁଡ଼ି ଭଜା ଯତ୍ନସହକାରେ ନାପକିନ୍‌ରେ ଧରିଲେ ଓ ଟିକିଏ ଟିକିଏ କରି ଖାଇବାକୁ ଲାଗିଲେ । ଛଅଫୁଟ୍ ଉଚ୍ଚତା, ବଳିଷ୍ଠ ଶରୀର । ଏ ବୟସରେ ମୁଣ୍ଡରେ ଯଥେଷ୍ଟ ଘନ କେଶ । ସେ ବୋଧେ ବାଳ ରଙ୍ଗ କରନ୍ତି ନାହିଁ – ତେଣୁ କିଛି ଶୁଭ୍ର, କିଛି କୃଷ୍ଣ କେଶ ତାଙ୍କ ବ୍ୟକ୍ତିତ୍ୱକୁ ଅଧିକ ପ୍ରଭାବଶାଳୀ କରି ଦେଉଥାଏ । ରଙ୍ଗ ଯଦିଓ ଶ୍ୟାମଳ ମୁହଁରେ ଖଣ୍ଡାଧାର ପରି ନାକ ଓ ତା' ତଳକୁ ଫଉଜୀ ନିଶ ହେଲେ ବ୍ରିଗେଡ଼ିଅରଙ୍କୁ ବେଶ୍ ମାନୁଥାଏ । ଅଦିତି ତାଙ୍କୁ କିଛି ସମୟ ଚାହିଁ ରହିଲେ ।

ଧୀର ସ୍ୱରରେ ପଚାରିଲେ! ବ୍ରିଗେଡ଼ିଅର ମହାନ୍ତି, "ମିସେସ୍ ମହାନ୍ତି ମାନେ ଆପଣଙ୍କ ପତ୍ନୀ କାହାନ୍ତି ? ତାଙ୍କ ସହିତ ଟିକିଏ ପରିଚୟ କରାଇ ଦିଅନ୍ତୁ....।"

"ଆଇ ଆମ୍ ସରୀ, ସେ ତ ପାଞ୍ଚ ବର୍ଷ ହେଲାଣି ମୋତେ ଛାଡ଼ି ଚାଲିଗଲେଣି – ଆଇ ଆମ ଆଲୋନ୍....., "ଖାଲି ଗ୍ଲାସ୍‌ଟି ସମ୍ମନା ଟେବୁଲ ଉପରେ ରଖି ଦେଇ ଅପୂର୍ବ ରଂଜନ ଉତ୍ତର ଦେଇଥିଲେ ।

ଅଦିତିଙ୍କ ମୁହଁରେ ଖେଳିଗଲା ଦୁଃଖର ଛାୟା, ସେ ନମ୍ର ଭାବରେ କହିଲେ, "ମୁଁ ଏଥିପାଇଁ ଦୁଃଖିତ... ମୁଁ ଜାଣି ନଥିଲି ।"

"ନାଇଁ, ନାଇଁ ଏଥରେ ଦୁଃଖୀତ ହେବାର କିଛି ନାହିଁ । ଆପଣଙ୍କର ମୋର ଏ ପ୍ରଥମ ସାକ୍ଷାତ, ଆପଣ କେମିତି ଜାଣନ୍ତେ ମୋ ସ୍ତ୍ରୀର ମୃତ୍ୟୁ ଖବର ? ସମସ୍ତଙ୍କର ଯିବା ଆସିବା ସମୟ ପୂର୍ବ ନିର୍ଦ୍ଧାରିତ । ତା'ର ଯିବାର ସମୟ ହୋଇଥିଲା ସେ ଚାଲିଗଲା । ମୋର ସମୟ ଆସିଲେ ମୁଁ ମଧ ଯିବି । ମୁଁ ବହୁତ ଚେଷ୍ଟା କରିଥିଲି ତାକୁ

ଟାଣି ଧରି ରଖିବାକୁ। ତାକୁ ଅଧିକ ଶାରୀରିକ ଯନ୍ତ୍ରଣା ଦେବା ବ୍ୟତୀତ ମୁଁ କ'ଣ ଦିନଟିଏ ପାଇଁ ତା' ଜୀବନ ବଢ଼େଇ ଦେଇ ପାରିଲି ? ବହୁତ ମୃତ୍ୟୁ ଦେଖିଛି ମୁଁ ଜୀବନରେ.... ମୁଁ ବିଶ୍ୱାସ କରେ ପୃଥିବୀରେ ସବୁ ପୂର୍ବ ନିର୍ଦ୍ଧାରିତ – ସେ ଜନ୍ମ ମୃତ୍ୟୁ ବା ବନ୍ଧୁତ୍ୱ ଯାହା ବି ହେଉ...।"

ଅଦିତିକୁ ବ୍ରିଗେଡ଼ିଅରଙ୍କ ସ୍ୱର ଦର୍ଶନୀଙ୍କର ସ୍ୱର ପରି ଶୁଣାଗଲା। ସେ ଗମ୍ଭୀର ହୋଇ ଉତ୍ତର ଦେଲେ, "ଏଇଟା ହିଁ ପୃଥିବୀର ପରମ ସତ୍ୟ...।"

ଏବେ ଅପୂର୍ବରଂଜ ଟେବୁଲ ଉପରୁ ନିଜ ଗ୍ଲାସଟି ଉଠାଇଲେ ଓ ଯାଇ ତାଙ୍କ ଗ୍ଲାସରେ ଆଉ ଗୋଟିଏ ପେଗ୍ ହୁଇସ୍କି ଭରି ଆସି ଅଦିତିଙ୍କୁ ହସି ହସି କହିଲେ, "ଏଇଟା ଆପଣଙ୍କ ଦୀର୍ଘ ଜୀବନର କାମନାରେ...।"

ଅଦିତି ଏଯାଏଁ ନିଜକୁ ହାଲ୍କା କରି ପାରି ନାହାନ୍ତି। ବ୍ରିଗେଡ଼ିଅର ଅପୂର୍ବରଂଜନଙ୍କ ପତ୍ନୀ ବିୟୋଗ ଏବଂ ତତ୍ଜନିତ ତାଙ୍କର ଏକାକୀତ୍ୱ ନେଇ ସେ ଚିନ୍ତିତ। ତେଣୁ ସେ ଅପୂର୍ବରଂଜନଙ୍କୁ ପଚାରିଲେ, "ବ୍ରିଗେଡିଅର ମହାନ୍ତି, ଆପଣଙ୍କ ପିଲାମାନେ ?"

ଓଠ ପାଖରୁ ଗ୍ଲାସଟିକୁ ଟିକିଏ ଦୂରେଇ ନେଇ ସେ ଖୁବ୍ ସାଧାରଣ ଭାବରେ ଉତ୍ତର ଦେଲେ, "ହଁ, ସେମାନେ ଅଛନ୍ତି, ନିଜ ନିଜ ଜୀବନ ନେଇ ବ୍ୟସ୍ତ। ମୋର ଦୁଇ ପୁଅ, ବଡ଼ପୁଅ ଆର୍ମୀରେ କ୍ୟାପ୍ଟେନ୍। ସାନପୁଅର ଆର୍ମୀ ଲାଇଫ ପସନ୍ଦ ନୁହେଁ। ସେ ଏମ୍.ବି.ଏ କରି ସୁବାଇରେ ଏକ ବହୁରାଷ୍ଟ୍ରୀୟ କମ୍ପାନୀ ପାଇଁ କାମ କରୁଛି। ବଡ଼ପୁଅ ଚାହୁଁଥିଲା ମୁଁ ତା' ପାଖେ ରହେ। କିନ୍ତୁ ମୋତେ ଭଲ ଲାଗିଲା ନାହିଁ। ପ୍ରତ୍ୟେକ ମଣିଷ ଗୋଟିଏ ଗୋଟିଏ ଗଛ ପରି – କିଏ କାହାର ଛାଇରେ ବଞ୍ଚିବା କଷ୍ଟ। ମୁଁ ମୋ ସ୍ୱାଧୀନତା ଚାହେଁ। ତା' ପାଖେ ରହିଲେ ମୋର କୌଣସି ଅସୁବିଧା ହୋଇ ନ ଥାଆନ୍ତା – କିନ୍ତୁ ମୋ ସ୍ୱାଧୀନତା ଚାହେଁ। ତା'ପାଖେ ରହିଲେ ମୋର କୌଣସି ଅସୁବିଧା ହୋଇ ନ ଥାଆନ୍ତା – କିନ୍ତୁ ମୋ ସ୍ୱାଧୀନତାରେ ବାଧା ନିଶ୍ଚୟ ଆସିଥାଆନ୍ତା। ଆଇ ଆମ୍ ଇଣ୍ଟେଲିଜେଣ୍ଟ ଏନାଫ୍ ଟୁ ଅଣ୍ଡରଷ୍ଟାଣ୍ଡ ଦାର୍। ମୁଁ ଏଠି ଘର କରି ଓଡ଼ିଶାକୁ ଫେରି ଆସିଲି। ଆଜି ଯଦି ମୁଁ ମୋ ପୁଅ ପାଖେ ଥାଆନ୍ତି ତେବେ ଆପଣଙ୍କ ପରି ଅନିନ୍ଦ୍ୟ ସୁନ୍ଦରୀର ଦର୍ଶନରୁ ବଞ୍ଚିତ ହୋଇଥାଆନ୍ତି ନିଶ୍ଚିତ....।"

ଏତିକି କହି ଖୁବ୍ ଜୋରରେ ହସିଲେ ବ୍ରିଗେଡ଼ିଅର ସାହେବ। ଅଦିତିଙ୍କୁ ଲାଗିଲା ଏ ହସ ଛଳନାର ହସ ନୁହେଁ, ଏ ହସ ସତ୍ୟର ହସ। ଏ ହସ ବାହାରି ଆସୁଛି ତାଙ୍କ ହୃଦୟର, ଅନ୍ତିମ ପ୍ରଦେଶରୁ...।

ଏଥର ସମସ୍ତେ ଖାଇବାକୁ ଯିବାକୁ ଆରମ୍ଭ କଲେଣି। ଅଦିତି ଦୂରରୁ ଦେଖ

ପାରିଲେ ସୁନୀଲଙ୍କ ହାତରେ ଡ୍ରିଙ୍କ୍ସ୍ ଭରା ଗ୍ଲାସ୍ ଅଛି। ଏମିତି ପାର୍ଟିରେ ସୁନୀଲ ବହୁତ ପିଅ ଦିଅନ୍ତି। ଅଦିତି ତାଙ୍କ ପାଖୁ ଯାଇ କହିଲେ, "ସମସ୍ତେ ଖାଇବାକୁ ଗଲେଣି....।"

"ହଁ, ତୁମେ ଯାଅ, ମୁଁ ଟିକିଏ ପରେ ଯାଉଛି, "ଉତ୍ତର ଦେଲେ ସୁନୀଲ।

ଅଦିତି ସୁନୀଲଙ୍କୁ ଆଉ ବିଶେଷ କିଛି କହିଲେ ନାହିଁ। ସେ ଜାଣନ୍ତି ଏହାଠାରୁ ଅଧିକ କହିଲେ ସୁନୀଲଙ୍କୁ ଭଲ ଲାଗିବ ନାହିଁ। ସେ ଜାଣନ୍ତି ନିଜର ସୀମା। ତେଣୁ ସେ ଖାଇବା ରଖା ଯାଇଥିବା ଟେବୁଲ ପାଖକୁ ଗଲେ। ସେତେବେଳେ ଯାଏଁ ବ୍ରିଗେଡିଅର ମହାନ୍ତି ହାତରେ ପ୍ଲେଟ୍‌ର ଧରି ଅଦିତିଙ୍କୁ ଅପେକ୍ଷା କରି ଠିଆ ହୋଇଥାଆନ୍ତି।'

"ଆପଣ ଏ ଯାଏଁ ଖାଇବା ନେଇ ନାହାନ୍ତି", ଆଶ୍ଚର୍ଯ୍ୟ ହୋଇ ପଚାରିଲେ ଅଦିତି।

ବ୍ରିଗେଡିଅର ଅପୂର୍ବରଂଜନଙ୍କ ମୁହଁରେ ସ୍ମିତ ହାସ୍ୟ, "ଆପଣଙ୍କ ପାଇଁ ପ୍ଲେଟ୍ ଧରି ଅପେକ୍ଷା କରି ରହିଛି। ଆପଣ ଆଗେ ନିଅନ୍ତୁ, ମୁଁ ପ୍ଲେଟ୍ ଆଣି ଆସୁଛି...।"

ଅଦିତ୍ୟ ଲକ୍ଷ୍ୟ କଲେ ଆଜି ମିଷ୍ଟର ମିସେସ୍ ଆରୋରା କେବଳ ମିଷ୍ଟର ମିସେସ୍ କାଶ୍ୟପଙ୍କୁ ନେଇ ବ୍ୟସ୍ତ, ଭଦ୍ରାମି ଦୃଷ୍ଟିରୁ କେତେବେଳେ ଅନ୍ୟ କେଉଁ ଅତିଥିଙ୍କ ପାଖୁ ପାଞ୍ଚ ମିନିଟ୍ ଚାଲି ଯାଆନ୍ତି ନଚେତ୍ ସବୁ ସମୟ କାଶ୍ୟପ ଦମ୍ପତିଙ୍କ ପାଖେ ସେମାନେ।

ଅକ୍ଟୋବର ମାସର ଶେଷ ସପ୍ତାହ। ଆସନ୍ତା କାଲି କୁମାର ପୂର୍ଣ୍ଣିମା। ଶରତ ଆକାଶରେ ଚନ୍ଦ୍ର, ଚନ୍ଦ୍ର ଚାରିପଟେ ଚନ୍ଦ୍ରମଣ୍ଡଳ। ତଳେ ସବୁଜ ଘାସର ବିସ୍ତୃତ ଲନର ନରମ କାରପେଟ୍। ସମସ୍ତେ ଖିଆପିଆ, ଗପସପରେ ମସଗୁଲ, ଅଦିତି ପ୍ଲେଟ୍ ଧରି ଆଗେଇ ଚାଲିଲେ, ତାଙ୍କ ପଛେ ପଛେ ବ୍ରିଗେଡିଅର ମହାନ୍ତି। ଖାଇବା ନେବା ପରେ ଦୁହେଁ ଟିକିଏ ଦୂରକୁ ଯାଇ ଖାଇବାକୁ ଆରମ୍ଭ କଲେ।

ବ୍ରିଗେଡିଅର ମହାନ୍ତି କର୍ଣ୍ଣଚାମୁଚରେ ଛୋଟିଆ ପିସ୍ ଚିକେନ୍ ଖଣ୍ଡିଏ ପାଟିରେ ପୁରେଇବାକୁ ଯିବା ପୂର୍ବରୁ କହିଲେ, "ଆଜି ଏ ପାର୍ଟିରେ ଆପଣଙ୍କ ସାନ୍ନିଧ୍ୟ ହିଁ ମୋ ପାଇଁ ଆଶୀର୍ବାଦ, ନହେଲେ ସୁନୀଲ ଛଡା ମୁଁ ଏଠାରେ କାହାକୁ ଚିହ୍ନିନି। ଆପଣଙ୍କ ସହିତ ପରିଚୟ ହୋଇ ନ ଥିଲେ ମୁଁ ବଡ ବୋର ହୋଇ ଯାଇ ଥାଆନ୍ତି।"

ଅଦିତି କିଛି ଉତ୍ତର ଦେଲେନି, ଛୋଟିଆ ହସ ଖଣ୍ଡିଏ ଖେଳିଗଲା ତାଙ୍କ ସୁନ୍ଦର ମୁଖମଣ୍ଡଳରେ। ସେତିକିରେ ସେ ବ୍ରିଗେଡିଅରଙ୍କୁ ଜଣାଇ ଦେଲେ ତାଙ୍କ ଅବସ୍ଥା ବି ସେୟା। ଚନ୍ଦ୍ରର ରଜତ କିରଣରେ ଅଦିତି ଅପୂର୍ବ ଦିଶୁଥାଆନ୍ତି।

"ଆଚ୍ଛା ମିସେସ୍ ଦାସ, ସୁନୀଲର ଅଫିସଟି କେଉଁଠି ? ମାନେ ମୁଁ ପଚାରୁଥିଲି

ତା। ଫ୍ୟାକ୍ଟ୍ରୀଟି କେଉଁଠି ? ବ୍ୟବସାୟୀମାନଙ୍କ ଜୀବନ ଶୈଳୀ ବିଷୟରେ ମୁଁ ପ୍ରାୟେ ଅଜ୍ଞ - ଅର୍ଥାତ୍ ସେ କେତେ ବେଳେ ଅଫିସ୍ ଯାଏ କେତେବେଳେ ଘରକୁ ଫେରେ... ଇତ୍ୟାଦି ?”

ତାଙ୍କ ଅଫିସ ମଞ୍ଚେଶ୍ୱରର ଇଣ୍ଡଷ୍ଟ୍ରିଆଲ ଇଷ୍ଟେଟ୍‌ରେ। ସେ ସକାଳ ଦଶଟା ସୁଦ୍ଧା ଅଫିସ ଚାଲି ଯାଆନ୍ତି - ସଂଧ୍ୟା ସାତଟା ବେଳକୁ ପ୍ରାୟେ ଫେରନ୍ତି - ଦିନେ ଦିନେ ଡେରୀ ବି ହୁଏ। ଘରକୁ ଆସିଲେ ବି ଫୋନ୍‌ରେ କାମ ଚାଲେ। ଘରେ ଥିଲେ ବି ବ୍ୟବସାୟ ତାଙ୍କୁ ନାଗଫାସର ବନ୍ଧନରେ ଏମିତି ବାନ୍ଧି ରଖେ ଯେ ସେ ଖୋଲା ମନରେ ପଦେ କଥା ବି ହୋଇ ପାରନ୍ତି ନାହିଁ...” ଉତ୍ତର ଦେଲେ ଅଦିତି।

“ତେବେ ଆପଣଙ୍କ ସମୟ କଟେ କେମିତି ?” ଆଶ୍ଚର୍ଯ୍ୟ ହୋଇ ପ୍ରଶ୍ନ କଲେ ବ୍ରିଗେଡିଅର”।

“ସମୟ କ’ଣ କାହା ପାଇଁ ସ୍ଥିର ହୋଇଯାଏ ? ସେ ବତେଇ ଦିଏ କେମିତି ସମୟ କଟେଇବାକୁ ହେବ। ସକାଳ ଓଳିଟା ଘର କାମ ଦେଖିବାରେ ଚାଲିଯାଏ, ଉପର ଓଳିକୁ ଟିକିଏ ଅସୁବିଧା ହୁଏ.... ତେବେ ସବୁଦିନ କିଛି ନା କିଛି ପୂର୍ବ ନିର୍ଦ୍ଧାରିତ କାମ ଥାଏ - କେଉଁଦିନ କିଟି ପାର୍ଟି ତ କେଉଁଦିନ କିଛି ସମାଜ କଲ୍ୟାଣ ମିଟିଂ... କେଉଁଦିନ ଜରାଶ୍ରମକୁ ଯିବାକୁ ଥାଏ ବା କେଉଁ ଦିନ କୌଣସି ଅନାଥ ଆଶ୍ରମରେ କିଛି କରିବାକୁ ଥାଏ.... ସମୟ କଟି ଯାଏ...”, ଉତ୍ତର ଦେଇଥିଲେ ଅଦିତି ଦାସ।

ଅଳ୍ପ ହସି ବ୍ରିଗେଡ଼ିଅର ମହାନ୍ତି କହିଲେ, “ତେବେ କୌଣସି ବଂଧୁକୁ ଭୋଟିବା ପାଇଁ ମିସେସ୍ ଦାସଙ୍କ ପାଖେ ସମୟର ଘୋର ଅଭାବ !”

ବ୍ରିଗେଡିଅରଙ୍କ ମନ୍ତବ୍ୟରେ ଅଦିତିଙ୍କୁ ଅପ୍ରତିଭ ଲାଗିଲା। ସେ ପରିସ୍ଥିତିକୁ ଅନୁକୂଳ କରିବାକୁ ଯାଇ କହିଲେ, “ନାଇଁ ସେମିତି ନୁହେଁ। ଆପଣ ଫୋନ୍ କରି ଆସିଲେ ମୁଁ ଘରେ ଥିବି ନିଶ୍ଚୟ...। ଅଦିତି ଅଳ୍ପ ଦୂରେ ଥିବା ଟବ୍‌ରେ ନିଜର ଅଇଣ୍ଠା ପ୍ଲେଟ୍‌ଟି ରଖ୍ ଦେଇ ଫେରି ଆସିଲେ।

ସୁନୀଲ ବୋଧହୁଏ ଦିନର ଖାଇଲେ ନାହିଁ। ସେ ଏବେ ଅଦିତିଙ୍କ ପାଖୁ ଆସି କହିଲେ, “ଚାଲ ଯିବା, ମୋ ଡ୍ରାଇଭରର ଦେହ ଭଲ ନାହିଁ...।”

ଅପୂର୍ବ ରଂଜନ ମିସେସ୍ ଅଦିତି ଦାସଙ୍କୁ ନମସ୍କାର ରିଶେଇ କହିଲେ, “ଆପଣଙ୍କ ସ୍ୱାମୀ ମୋର ଏତେ ପୁରୁଣା ବଂଧୁ ହେଲେ ମଧ୍ୟ ପାଞ୍ଚ ମିନିଟ୍ ସମୟ ମୋତେ ଦେଇ ପାରିଲା ନାହିଁ। ଦିସ୍ ଇଜ୍ କିନ୍ତୁ ଏତେ ସମୟ ଭଲରେ କଟେଇ ଦେଇ ପାରିଲି ତୁମ ସହିତ। ଥ୍ୟାଙ୍କସ୍ ଫର ଦାତ୍.... ଆଣ୍ଡ ଗୁଡ୍ ନାଇଟ୍...।”

ଅଦିତି ହାତ ଉଠାଇ ବ୍ରଗେଡିଅରଙ୍କୁ ନମସ୍କାର କଲେ।” ନାଇଁ, ଏମିତି କ’ଣ

କହୁଛନ୍ତି ? ଆପଣ ଏଠି, ନୂଆ ମୋ ସ୍ୱାମୀଙ୍କର ବନ୍ଧୁ। ତେଣୁ ଆପଣଙ୍କୁ କମ୍ପାନୀ ଦେବାଟା ମୋର ଉଚିତ୍ ଥିଲା... ଏଥିପାଇଁ ଗୋଟାଏ ଧନ୍ୟବାଦ କ'ଣ ?'' କହି ଅଦିତି ନିଜ ସ୍ୱାମୀଙ୍କ ସହ ଆଗରେ ଚାଲିଲେ ମିଷ୍ଟର ମିସେସ୍ ଆରୋରାଙ୍କୁ ଧନ୍ୟବାଦ ଜଣାଇ ଘରକୁ ଫେରିବା ପାଇଁ।

ରାସ୍ତାରେ ସୁନୀଲ ପଚାରିଲେ, ''କ'ଣ ଏତେ ଗପ କରୁଥିଲେ ଅପୂର୍ବ ସହ ?''

''ସେମିତି କିଛି ନୁହେଁ। ସେ କହୁଥିଲେ ତାଙ୍କ ମୃତ ସ୍ୱାମୀଙ୍କ ବିଷୟରେ, ତାଙ୍କ ପିଲାମାନଙ୍କ ବିଷୟରେ ଆଉ ଭୁବନେଶ୍ୱର ତାଙ୍କ ଜୀବନ ବିଷୟରେ...,'' ଉତ୍ତର ଦେଇଥିଲେ ଅଦିତି।

ସୁନୀଲ ଗୋଟାଏ ଦୀର୍ଘ 'ହୁଁ' ଟିଏ କରି କହିଲେ, ''ବିଚାରର ସ୍ତ୍ରୀ ମରିଗଲେଣି ମୁଁ ଜାଣି ନଥିଲି... ଆଇ.ଇ.ଏସ୍ ପାଶ୍ କଲା ପରେ ମୋର ଆଉ ତା' ସହିତ ଦେଖା ହୋଇନି। ଢେଙ୍କାନାଳ ପାଖର କେଉଁ ଗୋଟାଏ ଗାଁ ସ୍କୁଲରୁ ମାଟ୍ରିକ୍ ପାଶ୍ କରିଥିଲା। ପ୍ରଥମ ଦଶଙ୍କ ଭିତରେ ତା ନାଁ ଥିଲା। କଲେଜରେ ମଧ୍ୟ ବେଶ୍ ଭଲ ପଢୁଥିଲା। ପି.ସି. ଏମ୍ ବି ତା'ର ଗ୍ରୁପ୍ ଥିଲା। ମୋର ଫୋର୍ଥ ସବ୍‌ଜେକ୍ଟ ଇକୋନୋମିକ୍ସ ଥିଲା– ତା'ର ବାୟୋଲୋଜି ଥିଲା। ଯଦିଓ ଆମେ ଏକାଠି ପଢୁଥିଲୁ ସେ କେବେ ମୋର ଗୋଟାଏ ଭାରି ଘନିଷ୍ଟ ବନ୍ଧୁ ଥିଲା। ତା'ର ପ୍ରଥମ କାରଣ ସେ ମୋ ସାଙ୍ଗରେ ସ୍କୁଲରେ ପଢୁ ନ ଥିଲା – ଦ୍ୱିତୀୟ କାରଣ ହେଲା ବଡ ଗପୁଡ଼ାଟାଏ। ଗପି ଗପି ମୋର ସମୟ ବରବାଦ୍ କରିବ ବୋଲି ମୁଁ ତା' ଠାରୁ ଦୂରେଇ ରହୁଥିଲି। ଆଇ.ଏ.ସିରେ ତା'ର ଫାଷ୍ଟ ଡିଭିଜନ୍ ହୋଇ ନ ଥିଲା। ଯାହାହେଉ ବାୟୋଲୋଜି ଥିବାରୁ ମେଡିକାଲ୍‌ରେ ସିଟ୍ ପାଇଗଲା... ତା'ପରେ ମୁଁ ତା' ବିଷୟରେ ବିଶେଷ ଖବର ରଖିନି, କିନ୍ତୁ ଶରତ ଠାରୁ ଶୁଣିଥିଲି ସେ ଆର୍ମି ଜ୍ୱାଏନ୍ କରିଥିଲା ବୋଲି...।''

ଅଦିତିଙ୍କର ଆଗ୍ରହ ନ ଥିଲା ସେମାନଙ୍କର ଛାତ୍ର ଜୀବନ ବିଷୟରେ ଶୁଣିବାକୁ। ତାଙ୍କର ଯେତିକି ସମୟ କଟିଛି ବ୍ରିଗେଡିୟର ମହାନ୍ତିଙ୍କ ସହିତ ତାଙ୍କୁ ଲାଗିଛି ସେ ଜଣେ ବେଶ୍ ଫ୍ରେଣ୍ଡଲି ପରସନ୍ – ବନ୍ଧୁ ବତ୍ସଲ ଓ ବେଶ୍ ଖୋଲା ମଣିଷଟିଏ।

ସେଦିନ ସେମାନେ ଘରେ ପହଞ୍ଚିଲା ବେଳକୁ ଯଥେଷ୍ଟ ରାତି ହୋଇ ଯାଇଥିଲା। ଘରେ ପହଞ୍ଚ ଲୁଗାପଟା ବଦଳେଇ ଶୀଘ୍ର ଶୋଇ ପଡ଼ିଲେ।

ପର ଦୁଇ ଦିନ ସବୁଦିନର ପୁନାରାବୃତ୍ତି ଥିଲା।

ଚତୁର୍ଥ ଦିନ ଦିନ ପ୍ରାୟେ ସାଢ଼େ ଏଗାରଟା ବେଳକୁ ଅଦିତି ବାହାରୁ ଥିଲେ କୌଣସି ବାନ୍ଧବୀଙ୍କ ଘରେ କିଛି ପାର୍ଟିରେ ଯୋଗ ଦେବା ପାଇଁ। ଏହି ସମୟରେ

ଫୋନ୍ ବାଜିଲା । ସେ କବାଟ ପାଖରୁ ଫେରି ଆସି ଫୋନ୍ ଧରି, "ହ୍ୟାଲୋ" କହିଲେ ।

ସେପଟୁ ଚିହ୍ନା ଚିହ୍ନା ସ୍ୱରରେ ଜଣେ କିଏ ପ୍ରଶ୍ନ କଲେ, "ଆପଣ ମିସେସ୍ ଅଦିତି ଦାସ କହୁଛନ୍ତି ?"

ଅଦିତି ହଠାତ୍ ଜାଣି ପାରୁ ନ ଥାଆନ୍ତି ପ୍ରଶ୍ନକର୍ତ୍ତା କିଏ, ତଥାପି ଛୋଟ ଉତ୍ତରଟିଏ ଦେଲେ, "ହଁ" ।

"ଆପଣଙ୍କ ହ୍ୟାଲୋରୁ ମୁଁ ବୁଝିପାରିଥିଲି ଆପଣ ହିଁ କହୁଛନ୍ତି ବୋଲି । ଏଡେ ମଧୁର ସ୍ୱର ଆଉ କାହାର ହୋଇପାରେ ? ମୁଁ ବ୍ରିଗେଡିୟର ମହାନ୍ତି କହୁଥିଲି, ଭାବୁଥିଲି କିଛି ସମୟ ପାଇଁ ଆପଣଙ୍କ ପାଖୁ ଯାଇ ଗପସପ କରିଥାଆନ୍ତି...।"

ଅଦିତି ଧୀର ସ୍ୱରରେ ଉତ୍ତର ଦେଲେ, "କିନ୍ତୁ ସୁନୀଲ ଏବେ ଏଠି ନାହାନ୍ତି - ଦିଲ୍ଲୀ ଯାଇଛନ୍ତି କିଛି କାମରେ । ଆପଣ ତିନି ଚାରି ଦିନ ପରେ ଆସନ୍ତୁ... ସେ ଫେରି ଆସିଥିବେ ।"

ସେପଟୁ ଉତ୍ତର ଆସିଲା, "ମୁଁ ତ ଆପଣଙ୍କ ଘର ଓ ଆପଣଙ୍କୁ ଦେଖିବାକୁ ଚାହୁଁଥିଲି । ମୁଁ କ'ଣ ଜାଣେ ନାହିଁ ସୁନୀଲଙ୍କୁ ବେଳ ନାହିଁ ମୋ ସହିତ ଗପିବାକୁ....।"

"ଆଜି ମୁଁ ମୋର ଜଣେ ବାନ୍ଧବୀଙ୍କ ଘରକୁ ବାହାରିଛି ସେଠି ଲଞ୍ଚ ଅଛି...." ଦବିଲା ଦବିଲା ସ୍ୱରରେ ଉତ୍ତର ଦେଇଥିଲେ ଅଦିତ । ତାଙ୍କୁ ଲାଗୁଥାଏ କିଛି ପାର୍ଟିକୁ ନ ଯାଇ ବ୍ରିଗେଡିୟର ମହାନ୍ତିଙ୍କ ସହିତ ଗପ କରିବା ହୁଏତ ବେଶୀ ଆନନ୍ଦଦାୟକ ହୁଅନ୍ତା । କିଟି ପାର୍ଟିରେ ବା ଅଧିକା କ'ଣ ହେବ ? ଶାଢ଼ୀ, ଗହଣା ଓ ଫରେନ୍ ଟ୍ରିପ୍‌କୁ ନେଇ ନିଜ ନିଜର ବଡ଼ିମା - ହୁଏତ କିଏ କିଏ ପିଲାଙ୍କ କୃତୀତ୍ୱକୁ ନେଇ ଗର୍ବ କରିବେ - ଶେଷରେ କିଛି ନୂତନ ଓ ସୁସ୍ୱାଦ ଖାଦ୍ୟ ।

"ନାଇଁ ଆପଣ ଯାଆନ୍ତୁ, ମୁଁ କାଲି ଆସିବି । ମୁଁ ତ ସବୁଦିନ ଫ୍ରୀ, ଆପଣଙ୍କର ସିନା ବିଭିନ୍ନ ଏନ୍‌ଗେଜ୍‌ମେଣ୍ଟ...! କାଲି ଆପଣ ଘରେ ରହିବାକୁ ଚେଷ୍ଟା କରିବେ... ବାଇ.ସି.ୟୁ ଟୁମୋର....," କହି ବ୍ରିଗେଡିୟର ମହାନ୍ତି ଫୋନ୍ ରଖିଦେଲେ । ଅଦିତି ମଧ୍ୟ ଫୋନ୍‌ଟି ରିସିଭର ଉପରେ ରଖିଦେଇ ସୀମା ଅଗ୍ରୱାଲ୍ ଘରକୁ ଚାଲିଗଲେ । ସୀମା ଅଗ୍ରୱାଲ ସ୍ୱାମୀଙ୍କର ଆଇରନ୍‌ଓର ରପ୍ତାନୀ ବ୍ୟବସାୟ । ଏହି ବ୍ୟବସାୟ ପାଇଁ ସେ କେତେବେଳେ ଜାପାନ ତ କେତେବେଳେ କୋରିଆ ତ ଆଉ କେତେବେଳେ ଚୀନ୍ ଯାଆନ୍ତି । ସୀମା ସ୍ୱାମୀଙ୍କ ବ୍ୟବସାୟର ଅଂଶୀଦାର ଓ ତାଙ୍କ ସହିତ ବିଭିନ୍ନ ଦେଶ ବୁଲିଛନ୍ତି । ଏସବୁ ସତ୍ତ୍ୱେ ସ୍ୱାମୀ ସ୍ତ୍ରୀ ଦୁହେଁ ଶାକାହାରୀ ଓ ଖୁବ୍ ଧର୍ମବିଶ୍ୱାସୀ । ଯେଉଁଦିନ ସୀମା ଅଗ୍ରୱାଲଙ୍କ ଘରେ କିଟି ପାର୍ଟି ହୁଏ ସୀମା ସେଦିନ ଏକ ଭଜନ ସମାରୋହର

ଆୟୋଜନ କରିଥାଆନ୍ତି। ଅବଶ୍ୟ କିଟିର ଅନ୍ୟ କେତେକ ମେମ୍ବରଙ୍କୁ ଏହା ଭଲ ଲାଗେନି ଓ ପଛରେ ସେମାନେ ସୀମାଙ୍କୁ ବହୁତ ସମାଲୋଚନା କରିଥାଆନ୍ତି। କିନ୍ତୁ ସୀମାଙ୍କ ଘର ପାର୍ଟି ଅଦିତିଙ୍କୁ ଭଲ ଲାଗେ। ଭଜନ ଓ ଶୁଦ୍ଧ ଶାକାହାରୀ ଭୋଜନ ତାଙ୍କୁ ଭଲ ଲାଗେ। ସେଦିନ ଜଣେ ଭଲ ଗାୟକଙ୍କୁ ସୀମା ନିମନ୍ତ୍ରଣ କରିଥିଲେ ଭଜନ ଗାଇବା ପାଇଁ। ସେ ଦୁଇଟି ମୀରା ଭଜନ ଓ ଦୁଇଟି ଓଡ଼ିଆ ଭଜନ ଗାଇଥିଲେ। ସେ ସାଲବେଗଙ୍କ "ଆହେ ନୀଳ ଶୈଳ ପ୍ରବଳ ମର" ଗାଇଲା ବେଳେ ଅଦିତି ଅଜଣାତରେ ତାଙ୍କ ସହିତ ଗାଇବାକୁ ଆରମ୍ଭ କରିଦେଲେ। ଗାୟକ ମହାଶୟ ଗାଇଲା ବେଳେ ଅଦିତି ଅଜଣାତରେ ତାଙ୍କ ସହିତ ଗାଇବାକୁ ଆରମ୍ଭ କରିଦେଲେ। ଗାୟକ ମହାଶୟ ଅଦିତିଙ୍କ ସ୍ୱର ଓ ତାଲକୁ ବହୁତ ପ୍ରଶଂସା କଲେ। ଭଜନ ପରେ ଖିଆପିଆ – ସବୁ ସରିଲା ବେଳକୁ ଚାରିଟା ବାଜି ସାରିଥାଏ। ଅଦିତି ଚୁପ୍ ହୋଇ ବସିଥାଆନ୍ତି, ଜଣ ଜଣ ହୋଇ ତାଙ୍କର ସମସ୍ତ କିଟି ପାର୍ଟି ମେମ୍ବର ବିଦାୟ ନେଇ ଚାଲିଗଲେଣି। ତଥାପି ଅଦିତି ବସିଛନ୍ତି, ଭାବି ଚାଲିଛନ୍ତି ସେ ଏଠାକୁ ଆସିବା ପୂର୍ବରୁ ବ୍ରିଗେଡ଼ିଅନ୍ ମହାନ୍ତିଙ୍କ ଫୋନ୍ କଲ କଥା। ଯଦି ସେ ଏଠାକୁ ନ ଆସିଥାଆନ୍ତେ...। ସୀମା ଚା' ନେଇ ଆସି ଅଦିତିଙ୍କୁ ଠଟ୍ଟା କରି କହିଲେ, "କ୍ୟା ବାତ୍ ହେ ଅଦିତି, ଆଜ୍ ତୁମ ବଡ଼ା ଖୋୟା ଖୋୟା ଲଗତି? ଭଜନ ଗାନେ କା ସମୟ ମେଁ ଭି ତୁମ ତୁମ ନେହିଁ ଥ .... କ୍ୟା ସବ୍ ଠିକ୍ ହେ ତୋ?"

ଅଦିତି ଅଛ ହସି ଉତ୍ତର ଦେଇଥିଲେ, "ନା, କିଛି ନୁହେଁ! ଗତ ଦୁଇଦିନ ହେବ ମୁଣ୍ଡଟା ସବୁବେଳେ ବନ୍ଧୁଛି.... ସେଥିପାଇଁ ଏମିତି ଲାଗୁଥିବ...।"

ଚା ପିଇ ସାରି ଘରକୁ ଫେରି ଆସିଲେ ସେ। ବୁଝି ପାରୁ ନ ଥାଆନ୍ତି ତାଙ୍କୁ କାହିଁକି କିଛି ହଜେଇ ଦେଲା ପରି, କିଛି ନ ପାଇବାର ଅନୁଭୂତି ସେ ବୁଢ଼ି ରହିଛନ୍ତି। ରାତିରେ ମନକୁ ହାଲ୍କା କରିବା ପାଇଁ ଝିଅକୁ ଫୋନ୍ କଲେ। ଲୀନା ଉତ୍ତର ଦେଲା, "ମାମା, ରାତି ଏଗାର ହୋଇଥିବ ଏଇଲେ ଭାରତରେ। ତୁମେ ଶୋଇନ ଏ୍ୟାଁ! କ'ଣ ପାପା ଆସି ନାହାନ୍ତି? ସାବିତ୍ରୀ ସତ୍ୟବାନଙ୍କ ଅପେକ୍ଷାରେ ବସିଛନ୍ତି...?" ଅଦିତ ବୁଝି ପାରିଲେ ନାହିଁ କ'ଣ ଉତ୍ତର ଦେବେ ତାଙ୍କୁ। ସେ ଜାଣନ୍ତି ଲୀନା ତାଙ୍କୁ ପରିହାସ କରି ଏମିତି କହୁଛି। ତଥାପି ସେ ଉତ୍ତର ଦେଲେ, "ନାଇଁ ପାପା ଦିଲ୍ଲୀ ଯାଇଛନ୍ତି, ଦୁଇଦିନ ପରେ ଫେରିବେ। କେଜାଣି କାହିଁକି ଜମା ନିଦ ହେଲାନି..... ଭାବିଲି ତୋ ସହିତ କିଛି କଥା କଥାବାର୍ତ୍ତା ହେବି...। ତୁ କେମିତି ଅଛୁ? ଅନେକ ଦିନ ହେଲାଣି ଘରକୁ ଆସିନୁ – କେବେ ସୁବିଧା କରି ଥରେ ଆ'...।"

ଲୀନା ଖୁବ୍ ଆଧୁନିକା, ଉଚ୍ଚଶିକ୍ଷିତା ଓ ସ୍ୱାଧୀନଚେତା ହେଲେ ମଧ୍ୟ ମାଆ

ମାନ ବୁଝେ – ମାଆଙ୍କର କ'ଣ ଅଭାବ ସେଇଟା ସେ ହୃଦୟଙ୍ଗମ କରି ପାରେ। ସେ ପିଲାଦିନୁ ଅର୍ଥାତ୍ ତା' ସ୍ମତି ହେବା ଦିନରୁ ଲକ୍ଷ୍ୟ କରି ଆସିଛି ପାପାଙ୍କର ମାମାଙ୍କ ପ୍ରତି ଉଦାସୀନତା। ପାପା ଯେ ମାମାଙ୍କୁ ଭଲ ପାଆନ୍ତି ନାହିଁ କିମ୍ବା ଅନ୍ୟ କେଉଁ ସ୍ତ୍ରୀ ପ୍ରତି ଆସକ୍ତ ତା' ନୁହେଁ, କିନ୍ତୁ ସ୍ତ୍ରୀଟିଏ ସ୍ୱାମୀଠାରୁ କ'ଣ ଚାହେଁ ତା' ସେ ବୁଝି ପାରନ୍ତି ନାହିଁ – ଏବଂ କେବେ ବୁଝିବାକୁ ଚେଷ୍ଟା କରି ନାହାନ୍ତି। ତାଙ୍କୁ ଲାଗିଛି ଏ ସବୁର କାରଣ ହେଲା ବିବାହ ନାମକ ଅନୁଷ୍ଠାନ। ଥରେ ଅଗ୍ନିକୁ ସାକ୍ଷୀ ରଖି ପ୍ରବିତ୍ର ବନ୍ଧନର ନାଁ ଦେଇ ବିବାହ କରି ନେଲେ ସ୍ତ୍ରୀ ପୁରୁଷର ସମ୍ପୂର୍ଣ୍ଣ ରୂପେ ବ୍ୟକ୍ତିଗତ ସମ୍ପଭି ହୋଇଯାଏ। ପୁରୁଷ ତା'ର ଅବଚେତନ ମନରେ ଭାବି ନିଏ ଏ ବନ୍ଧନ ଏତେ ଶକ୍ତ ଯେ ଏଥିରୁ ମୁକୁଳିବା ଏତେ ସହଜ ନୁହେଁ। ତେଣୁ ସ୍ତ୍ରୀ ପ୍ରତି ସେ ବିଶେଷ ଯତ୍ନଶୀଲ ହୁଏନି। ପାପା ମାମାଙ୍କ ସମ୍ପର୍କକୁ ଦେଖି ଲୀନା ନିଜକୁ କୌଣସି ପୁରୁଷର ବନ୍ଧନରୁ ନିଜକୁ ମୁକ୍ତ ରଖିଛି। ସେ ମାଙ୍କ ମନ ବଦଳେଇବା ପାଇଁ କହିଲା, "ମାମା, ମୁଁ ତ ତୁମ ପାଖୁ ସବୁବେଳେ ଯାଉଛି। ଏଥର ତୁମେ ମୋ ପାଖୁ ଆସ। ତୁମର ଗୋଟାଏ ଚେଞ୍ଜ ଦରକାର। ଲଣ୍ଟନ ତୁମକୁ ଭଲ ଲାଗିବ – ପ୍ଲିଜ୍ ଆସ।"

ଅଦିତି ଦୀର୍ଘ ଶ୍ୱାସ ଛାଡ଼ି କହିଲେ, "ଯାଆନ୍ତି ଯେ, କିନ୍ତୁ ଏଠି କିଏ ରହିବ ? ପାପା ତ ଏଠି ଥାଇ ନ ଥିଲା ପରି। ଘର କଥା କିଏ ବୁଝିବ...।"

"ଘର କଥା ନା ପାପାଙ୍କ କଥା ? ପାପାଙ୍କର ଚା'କରିବା ଠାରୁ ରାତିରେ ବାଥରୁମ୍‌ରେ ତାଙ୍କର ନାଇଟ୍‌ଡ୍ରେସ୍ ରଖିବା ଯାଏଁ ନ କଲେ ତୁମର ଭାତ ହଜମ ହୁଏନି ମାମା। କିନ୍ତୁ ଏସବୁ ପାଇଁ ପାପା ଥରେ ତୁମକୁ ଧନ୍ୟବାଦ ଦେଇଛନ୍ତି ? ଓଲଟି ରୁମାଲ୍‌ଟେ ନ ଥିଲେ ପାଟି କରିବେ "ଅଦିତି, ମୋ ରୁମାଲ କାହିଁ ? ମାମା ମୁଁ ବୁଝି ପାରେନି ତୁମେ ଏମିତି ଇୟୁସଲେସ୍, ଅନୁପ୍ରଡ଼କ୍ଟିଭ୍ କାମ କରି କରି କେମିତି ବଂଚିଛ ? ମାମା, ତୁମକୁ ଯଥେଷ୍ଟ ବୟସ ହେଲାଣି। ଏବେ ତୁମେ ତୁମ ଖୁସି ପାଇଁ ବଂଚ.. ଥରେ ମୋ ପାଖୁ ଆସ...," ଲୀନା ସ୍ୱରରେ ଅନୁରୋଧ।

ଅଦିତି ଏଥର ହସି ହସି କହିଲେ, "ତୋ ପାଖୁ ଯିବି, ତୁ ଯେଉଁଦିନ ବାହା ହେବୁ ବୋଲି କହିବୁ।" ଲୀନା ସେପଟୁ ଖୁବ୍ ଜୋର୍‌ରେ ହସି ହସି କହିଲା, "କହିଲ ବାହା ହୋଇ ତୁମେ ଏମିତି କ'ଣଟେ ପାଇଛ ?"

"ସମାଜରେ ପରିଚିତ, ସ୍ୱୀକୃତି", ଉତ୍ତର ଦେଲେ ସେ।

"ଏଗୁଡ଼ା ତ ବିନା ବିବାହରେ ମୁଁ ପାଇଛି.... ଏସବୁ ପାଇଁ ମୁଁ ବଂଚେନି ମାମା, ମୁଁ ଯାହାକରେ ମୋ ଖୁସି ପାଇଁ କରେ ଓ ସେଥିପାଇଁ ବଂଚେ।" ଲୀନା ତାଙ୍କ ଝିଅ – ଖୁଆଇ ପିଆଇ ନିଜ ହାତରେ ବଡ଼ କରିଛନ୍ତି ସେ ଲୀନାକୁ। ସେ ତ ତାଙ୍କୁ

ଶିଖେଇ ନ ଥିଲେ ଏମିତି ଭାବିବାକୁ! କଡ ଲେଉଟାଇଲେ ଅଦିତି, ବାଁ ହାତ ଉପରେ ମୁଣ୍ଡ ରଖି ଶୋଇବାକୁ ଚେଷ୍ଟା କଲେ। କିନ୍ତୁ ମନରେ ଅନେକ ଦ୍ୱନ୍ଦ– ଲୀନା ଯାହା କହୁଛି ତା କ'ଣ ସତ ନୁହେଁ? ସେ ଏତେ ବର୍ଷ ଜୀବନର କଟେଇ ଦେଲେଣି, ଥରେ କ'ଣ ଭାବିଛନ୍ତି ତାଙ୍କୁ କ'ଣ ଭଲ ଲାଗେ।

ବାପା ମା, ସ୍ୱାମୀ, ଶାଶୂ ଶ୍ୱଶୁର ସମସ୍ତଙ୍କୁ ଖୁସି କରିବା ପାଇଁ ସେ ଚେଷ୍ଟା କରି ଆସିଛନ୍ତି। ସେଥିରୁ ପୁଅଝିଅ ବି ବାଦ୍ ଯାଇ ନାହାନ୍ତି। ମଣିଷ କେବଳ କ'ଣ ଜୀଏଁ ଅନ୍ୟମାନଙ୍କ ପାଇଁ, ନିଜର କିଛି ଗୋଟାଏ ଇଚ୍ଛା ନାହିଁ? ବାପା ମା', ଯାହାକୁ ଠିକ୍ କଲେ ସେ ତାଙ୍କୁ ବାହା ହେଲେ, କିଏ ଥରେ ପଚାରିଲେ ନାହିଁ ତା' ଇଚ୍ଛା କ'ଣ? ସ୍ୱାମୀ ଯାହା କହିଲେ, ଯାହା ଇଚ୍ଛା କଲେ ତା' ତାଙ୍କୁ ମାନି ନେବାକୁ ହେଲା। ସେ ବି କେବେ ଥରେ ଭାବୁଛନ୍ତି, "ଅଦିତି ତୁମର କ'ଣ ଇଚ୍ଛା?"

ଏମିତି ଭାବୁଭାବୁ କେତେବେଳେ ତାଙ୍କୁ ନିଦ ହୋଇଯାଇଛି ସେ ଜାଣନ୍ତି ନାହିଁ। ତା' ପରଦିନ ସକାଳୁ ଉଠିଲାବେଳକୁ ଯଥେଷ୍ଟ ଖରା ପଡ଼ି ସାରିଥିଲା। ଅଦିତ ଘଣ୍ଟାକୁ ଚାହିଁଲେ, ସାତଟା କୋଡ଼ିଏ ହେଲାଣି! ସବୁଦିନ ସେ ଛଅଟା ବେଳକୁ ଉଠନ୍ତି। ଚା କପେ ନିଜେ କରି ପିଅନ୍ତି, ବଗିଚାରେ କିଛି ସମୟ ବୁଲନ୍ତି। କିଛି ସମୟ ଯୋଗ କରନ୍ତି ଓ ତା' ପରେ ଗାଧୋଇ ପୂଜା ଘରକୁ ଯାଆନ୍ତି। ନଅଟା ସୁଦ୍ଧା ସେ କିଚେନକୁ ଆସି ସୁନୀଲ ଓ ପୁଅର ଜଳଖିଆ କଥା ବୁଝନ୍ତି। ଆଜି ସେ ସିଧା ବାଥରୁମ୍ ଗଲେ ଓ ସେଠାରେ ସମସ୍ତ ନିତ୍ୟକର୍ମ ସାରି ପୂଜା ଘରକୁ ଯାଉଛନ୍ତି ଏତିକି ବେଳେ ତାଙ୍କର ମନେ ପଡ଼ିଲା ବ୍ରିଗେଡିଅର୍ ମହାନ୍ତି ଆଜି ଆସିବେ ବୋଲି କହିଥିଲେ। ସେ ଚିକେନ୍‌କୁ ଯାଇ ପୂଜାରୀଙ୍କୁ କିଛି ଫିସ୍ କଟ୍‌ଲେଟ୍ କରିବା ପାଇଁ ନିର୍ଦ୍ଦେଶ ଦେଇ ପୂଜା କରିବାକୁ ଗଲେ।

ପୂଜା ସାରି ସେ କିଛି କର୍ଣ୍ଡଫ୍ଲେକସ୍ ଓ ଦୁଧ ଖାଉଛନ୍ତି ଲ୍ୟାଣ୍ଡ ଲାଇନ୍ ଫୋନ୍‌ଟି ବାଜିଲା। ଅଦିତି ମନେ ମନେ ହସିଲେ ଓ ତତ୍‌କ୍ଷଣାତ୍ ଯାଇ ଫୋନ୍‌ଟି ଧରିଲେ। ସେଇଟା ଥିଲା ବ୍ରିଗେଡିଅର୍ ମହାନ୍ତିଙ୍କ ଫୋନ୍ – ସମୟ ଦଶଟା। ଅଦିତି ଜାଣିଥିଲେ ଏଇଟା ନିଶ୍ଚୟ ବ୍ରିଗେଡିଅର୍ ମହାନ୍ତିଙ୍କ ଫୋନ୍ ଥିବ ବୋଲି ଏବଂ ପ୍ରକୃତରେ ସେ ତାଙ୍କ ଫୋନ୍‌କୁ ହିଁ ଅପେକ୍ଷା କରି ରହିଥିଲେ। ରିସିଭର ଉଠାଇ ଅଦିତି କହିବାକୁ ଲାଗିଲେ, "ଆପଣ ଆଜି ଆସୁଛନ୍ତି ତ? ମୁଁ ଆପଣଙ୍କୁ ଅପେକ୍ଷା କରି ବସିଛି...।"

ସେପଟୁ ଭାସି ଆସିଲା ମନ ଖୋଲା ହସ ଓ ସେ କହିଲେ, "ମୁଁ ଏଗାରଟା ସୁଦ୍ଧା ଆପଣଙ୍କ ଘରେ ପହଞ୍ଚ ଯିବି– ଫୌଜୀ ଲୋକ, ଟାଇମ୍‌ରେ ବଡ ପକ୍କା ମୁଁ। ଆପଣଙ୍କ ଠିକ୍ ଠିକଣାଟା କହନ୍ତୁ... ଭୁବନେଶ୍ୱରର ରାସ୍ତାଘାଟ ସହିତ ମୁଁ ପରିଚିତ ନୁହେଁ।"

ଅଦିତି ନିଜ ଘରର ଟିକଣା ଓ ନିକଟରେ ଥିବା ହନୁମାନ ମନ୍ଦିର ବିଷୟବରେ ସୂଚନା ଦେଇ କହିଲେ, "ମୋ କହିବା ଅନୁସାରେ ଆସିଲେ, ଘର ପାଇବାରେ କୌଣସି ଅସୁବିଧା ହେବନାହିଁ...।"

ସେ ନିଜ ବେଡ୍ ରୁମ୍ ଯାଇ ନିଜକୁ ଭଲ କରି ଦର୍ପଣରେ ଦେଖି ନେଲେ, ମୁହଁ ଏପଟ ସେପଟ କରି ମୁହଁରେ କମ୍ପାକ୍ଟ ପାଉଡରର ହାଲକା ଲେପ ଦେଲେ ଓଠରେ ଦିନରେ ଲଗିବା ଲିପ୍ଷ୍ଟିକ୍ ଲଗାଇଲେ। ପୂର୍ବରୁ ପିନ୍ଧିଥିବା ଶାଢ଼ୀ ବଦଲେଇ ଗୋଲାପି ରଙ୍ଗର କ୍ରେପ୍ ଶାଢ଼ୀ ବଦଲେଇ ନେଲେ। ଦର୍ପଣରେ ପୁଣି ନିଜକୁ ନିଃ ନିରୀକ୍ଷଣ କଲେ ଓ ଭାବିଲେ, "ବ୍ରିଗେଡିଅର ମହାନ୍ତିଙ୍କ ସ୍ତ୍ରୀ କେମିତି ଦେଖିବାକୁ ଥିଲେ...?"

ଘରୁ ବାହାରି ଆସି ସେ ଘରର ଆଗପଟ ବାରଣ୍ଡାରେ ଚାଲିବାକୁ ଲାଗିଲେ। ଆଦ୍ୟ କାର୍ତ୍ତିକରେ ବାରଣ୍ଡାରେ ପଡ଼ୁଥିବା ଅଳ୍ପ ଅଳ୍ପ ସୂର୍ଯ୍ୟକିରଣ ବେଶ୍ ଉପଭୋଗ୍ୟ। ବାରଣ୍ଡା ତଳକୁ ପୋର୍ଟିକ ଓ ପୋର୍ଟିକ ସେପଟକୁ ବିରାଟ ଲନ୍। ଲନ୍ ପାଖର ଫ୍ଲାୱାର ବେଡ୍ ଗୁଡ଼ିକରେ ଲଗିଛି ବିଭିନ୍ନ ରଙ୍ଗ ଓ ଜାତିର ସିଜନ୍ ଫ୍ଲାୱାର। କମ୍ପାଉଣ୍ଡ ପାଚେରୀକୁ ଲାଗି ନାଲି, ଧଲା, ବାଇଗିଣୀ ରଙ୍ଗର ବୁଗେନ୍ ଭିଲିଆ ଗଛ। ଗଛ ସବୁ ଫୁଲ ଭାରତର ନଇଁ ପଡ଼ିଛନ୍ତି ପାଚେରୀ ଉପରକୁ। ପୋର୍ଟିକରୁ ଗେଟ୍ ଯାଏଁ ଯାଇଥିବା ରାସ୍ତାର ଶେଷର ଅଛି ଗୋଟିଏ ଗଙ୍ଗଶିଉଲି ଗଛ, ଗଛ ମୂଳରେ ଝରି ପଡ଼ିଛି ଧଲାରେ ନାରଙ୍ଗୀ ରଙ୍ଗର ଡେଣ୍ଟ ଥିବା କେତୋଟି ସୁନ୍ଦର ଫୁଲ। ଅଦିତି ଗଛ ପାଖୁ ଯାଇ ଗଛ ମୂଳରୁ ଆଦରରେ ଆଟେଇ ଆଣିଲେ କେତୋଟି ଫୁଲ – ହାତରେ ଫୁଲ ଗୁଡ଼ିକ ଧରି ସେମାନଙ୍କ ସୁବାସକୁ ଆଘ୍ରାଣ କଲେ। ତା' ସହିତ ସେ ସ୍ମତିର ସୁଡ଼ଙ୍ଗରେ ଚାଲିଗଲେ ତାଙ୍କ ବାଲ୍ୟ ଜୀବନକୁ ତାଙ୍କର ମନେ ପଡ଼ିଲା ସେ ପିଲାଦିନେ ଦୁର୍ଗା ପୂଜା ସମୟରେ ଗଙ୍ଗଶିଉଲି ଫୁଲର ମାଲ କରି ତାଙ୍କ ଘରେ ପୂଜା ପାଉଥିବା ଦୁର୍ଗାଙ୍କୁ ଲାଗି କରାଉଥିଲେ। ଜେଜେ ଫୁଲହାର ଦେଇ ଦେବୀଙ୍କୁ ପୂଜା କଲା ବେଲେ ଆଶୀର୍ବାଦ କରି କହୁଥିଲେ, "ମା ଲୋ ଦୁର୍ଗା, ଆମ ଅଦିତିକୁ ଭଲ ବରଟିଏ ଦେବୁ.... ସେ ସର୍ବ ସୁଖରେ ରହିବ...।"

ଅଦିତି ହଠାତ୍ ଗମ୍ଭୀର ହୋଇ ଦୀର୍ଘ ନିଶ୍ୱାସ ନେଲେ।" ଦେବୀ କ'ଣ ତାଙ୍କୁ ଭଲ ବର, ସର୍ବ ସୁଖ ଦେଇ ନାହାନ୍ତି! ସବୁ ତ ଅଛି ତାଙ୍କ ଜୀବନରେ, ତଥାପି ତାଙ୍କୁ କାହିଁକି ଏତେ ଖାଇ ଖାଲି ଲାଗୁଛି। କାହିଁକି ଅନେକ ସମୟରେ ସେ ଏତେ ଅବସନ୍ ଅନୁଭବ କରୁଛନ୍ତି? ସ୍ୱାମୀଙ୍କୁ ନ ଜଣାଇ ସେ ଥରେ ଜଣେ ମନୋବିଜ୍ଞାନୀଙ୍କ (Pshycriaties) ଙ୍କ ପାଖୁ ଯାଉଥିଲେ। ଡାକ୍ତର ଅଦିତିଙ୍କ ସବୁକଥା ଶୁଣିବା ପରେ କହିଥିଲେ, "ଏଇଟା ପୋଷ୍ଟ ମେନୋପୋଜ୍ ସିନ୍ଡ୍ରୋମ୍, ବ୍ୟସ୍ତ ହେବାର କିଛି ନାହିଁ। କିଛିଦିନ ପରେ ଆପେ ଆପେ ଠିକ୍ ହୋଇଯିବ।"

ଅଦିତି ଘରକୁ ଫେରି ଆସିଥିଲେ କିନ୍ତୁ ଡାକ୍ତରଙ୍କ ଉତ୍ତର ତାଙ୍କ ମନକୁ ବୁଝେଇ ପାରି ନ ଥିଲା। ସେ ତାଙ୍କ ମାଆ ଓ ଶାଶୁଙ୍କ କଥା ଭାବିଲେ। ସେମାନେ କ'ଣ ଏଇସବୁ ଦେଇ ଯାଇ ନାହାନ୍ତି...? ସେମାନେ ତାଙ୍କ ପରି ମାନସିକ ବିଷାଦ ଗ୍ରସ୍ତ ହେବା ତାଙ୍କର ତ ମନେ ପଡୁନାହିଁ!

ମାଲି ସିଜନ ଫ୍ଲାୱାର୍ ଗଛ ଗୁଡ଼ିକର ମୂଳ ଖୋଲି ଘାସ ବାଛିବାରେ ଲାଗିଛି। ଏହି ସମୟରେ କାର୍‍ଟିଏ ତାଙ୍କ ଗେଟ୍ ପାଖେ ରହିବାର ଶବ୍ଦ ହେଲା। ମାଲି ମାଟି ଖୋଲିବା ଛାଡ଼ି ଦେଇ ଗେଟ୍ ଖୋଲିବାକୁ ଗଲା, ତାଙ୍କ ଗେଟ୍ ଦେଇ ରୂପେଲି ଧୂସର (ସିଲ୍‍ଭର ଗ୍ରେ) ରଙ୍ଗର ଗୋଟିଏ ସାଣ୍ଡ୍ରୋ କାର ପ୍ରବେଶ କଲା ତାଙ୍କ କମ୍ପାଉଣ୍ଡ ଭିତରେ। ଅଦିତି ଚାହିଁଲେ ଗାଡ଼ି ଭିତରକୁ, ଗାଡ଼ି ଚଲାଉଥିଲେ ନିଜେ ବ୍ରିଗେଡିଅର ମହାନ୍ତି।

ଗାଡ଼ି ରଖି ସେ ନମସ୍କାର କଲେ ଅଦିତିଙ୍କୁ। ଅଦିତି ତାଙ୍କୁ ପ୍ରତି ନମସ୍କାର କରି ପାଛୋଟି ନେଲେ ଡ୍ରଇଂ ରୁମ୍‍କୁ। ସୋଫାରେ ବସିବାକୁ ଅନୁରୋଧ କରି ପଚାରିଲେ, "କ'ଣ ପିଇବେ...?"

"ଏ କପ୍ ଅଫ୍ ଗୁଡ୍ ଟି... ଭଲ ଚା କପେ କେବଳ। ଦିନରେ ମୁଁ କିଛି ଡ୍ରିଙ୍କସ୍ ନିଏ ନାହିଁ... ସୂର୍ଯ୍ୟ ମୋତେ ଯଥେଷ୍ଟ ଉତ୍ତାପ ଦିଅନ୍ତି। ଓନ୍ଲି ଆଫ୍ଟର ଦ୍ ସନ‍ସେଟ୍ ଆଇ ଫିଲ୍ ମାଇଁ ଗ୍ଲାସ୍...," ଉତ୍ତର ଦେଇଥିଲେ ବ୍ରିଗେଡିଅର ମହାନ୍ତି। ତାଙ୍କ ହସରୁ ଝରି ପଡୁଥିବା ସୂର୍ଯ୍ୟ କିରଣର ଉଷ୍ଣତା। ଅଦିତି ବି ହସୁ ଥାଆନ୍ତି, ତାଙ୍କ ହସରୁ ବିଛୁରି ହୋଇ ପଡୁଥାଏ ଗଙ୍ଗା ଶିଉଳିର ସୌନ୍ଦର୍ଯ୍ୟ ଓ ସୌରଭ।

ସେ ପୁଖାରୀ ଡାକି ଦୁଇ କପ୍ ଚା କରି ଆଣିବାକୁ ନିର୍ଦ୍ଦେଶ ଦେଲେ। ପୂର୍ବରୁ କରି ରଖିଥିବା ଫିଶ୍ କଟ୍‍ଲେଟ୍ ଓ ମିଠା ସେ କିଛି ସମୟ ପରେ ଦେବେ। ଆଗେ ଚା ପିଆଯାଉ।

ଦୁହେଁ ପାଖା ପାଖି ଦୁଇଟି ସୋଫା ଚେୟାରରେ ବସିଛନ୍ତି। ଘରଟି ଖୁବ ରୁଚିସମ୍ପନ୍ନ ଭାବେ ସଜା ହୋଇଛି, ରାଜା ରବି ବିର୍ମାଙ୍କର ଦମୟନ୍ତୀ ଓ ରାଜହଂସର ଗୋଟିଏ ବିରାଟ ତୈଳ ଚିତ୍ର ଗୋଟିଏ କାନ୍ଥରେ – ଅନ୍ୟ ସବୁ କାନ୍ଥ ଶୂନ୍ୟ – ଶୂନ୍ୟ କହିଲେ ଠିକ୍ ହେବନି। ସେ ସବୁ କାନ୍ଥକୁ ଏକ ସ୍ୱପ୍ନର ଆଭାରେ ଆଲୋକିତ କରୁଛି କିଛି ହାଲକା ରଙ୍ଗର ଦାମୀ ୱାଲ ଲାଇଟ୍। ସେଇ ଲାଇଟ୍‍ରେ ଅଦିତି ଦିଶୁଥାଆନ୍ତି ପରୀଟିଏ ପରି।

ବ୍ରିଗେଡିଅର ମହାନ୍ତି କଥା ଆରମ୍ଭ କଲେ।" ସୁନିଲ ନାହିଁ ଜାଣିଲା ପରେ ମୁଁ ଆସିଛି – ମାନେ ମୁଁ ଆପଣଙ୍କ ପାଖୁ ଆସିଛି। ଆପଣଙ୍କୁ ଦେଖିଲା ବେଳୁ ମୋତେ

ଲାଗୁଛି ମୁଁ ଆପଣଙ୍କୁ ଅନେକ ଦିନରୁ ଜାଣିଛି.... ହୁଏତ ଦେଖା ହୋଇ ନ ଥିଲା...
କିନ୍ତୁ ମୋ ମନ କହୁଛି ଆପଣ ମୋର ଅଜଣା ନୁହନ୍ତି...।

ଅଦିତି କିଛି ଉତ୍ତର ଦେଇ ନ ଥିଲେ, ତାଙ୍କ ମୁହଁରେ ଛୋଟ ହସ ଖଣ୍ଡିଏ
ଝଲକି ଗଲା...। ଏଥର ବ୍ରିଗେଡିଅର ମହାନ୍ତି ଅଦିତିଙ୍କ ଆଖିରେ ଆଖି ମିଳାଇ କହିଲେ।
ସତରେ ମିସେସ୍ ଦାସ, ଆପଣ ଏତେ ସୁନ୍ଦର ହେଲେ କେମିତି ? ଆପଣ ପୃଥିବୀର
ସର୍ବଶ୍ରେଷ୍ଠ ସୁନ୍ଦରୀମାନଙ୍କର ତାଲିକାରେ ରହିବା ଯୋଗ୍ୟ। ଆପଣଙ୍କ ହସ ଡିଆସିଲ୍
କାଠି ପରି ମୋ ମନରେ ନିଆଁ ଲଗେଇ ଦେଉଛି। ଆପଣ କ'ଣ ଜନ୍ମରୁ ଚୋରାଇ
ଆଣିଛନ୍ତି ଏ ଅପୂର୍ବ ହସକୁ! ମୁଁ ବହୁତ ସୁନ୍ଦରୀ ନାରୀ ଦେଖିଛି ଜୀବନରେ – କିନ୍ତୁ
ଆପଣ ଅନନ୍ୟା। ଏଯାଏଁ କାହାର ସୌନ୍ଦର୍ଯ୍ୟରେ ମୁଁ ଏମିତି ଆକର୍ଷିତ ହୋଇନାହିଁ।
ହୋଇପାରେ ଏଇଟା ଆପଣଙ୍କର ଆପଣଙ୍କ ସୌନ୍ଦର୍ଯ୍ୟ ସହିତ ଆପଣଙ୍କ ଅନ୍ତନିହିତ
ସୁଗୁଣର ମିଶ୍ରଣ ବା ହୋଇପାରେ ପୂର୍ବ ଜନ୍ମର କୌଣସି ସମ୍ପର୍କ....

'ଅଦିତି ଏସବୁ ଜୀବନରେ ପ୍ରଥମ ଥର ପାଇଁ ଶୁଣୁଛନ୍ତି। ସେ କିଛି ଉତ୍ତର
ଦେବା ଅବସ୍ଥାର ନ ଥାଆନ୍ତି। ଏହି ସମୟରେ ଟ୍ରେରେ ଦୁଇ କପ୍ ଚା ଆଣି ପୂଜାରୀ
ସେଠାରେ ପ୍ରବେଶ କଲା ଓ ସେଣ୍ଟର ଟେବୁଲ ଉପରେ ଟ୍ରେ ଟି ରଖି ସେଠାରୁ
ଚାଲିଗଲା। ଅଦିତି ଚା କପ୍‌ଟି ନେଇ ବ୍ରିଗେଡିଅର ମହାନ୍ତିଙ୍କ ହାତକୁ ବଢ଼େଇ
ଦେଲାବେଳକୁ ସେ ତାଙ୍କ ହାତକୁ ଧରି ପକେଇ ତାଙ୍କ ମୁହଁକୁ ଚାହିଁ ରହିଲେ। ସେ
ଚାହାଣୀରେ ଭରି ରହିଥିଲା ଅନେକ ଆବେଦନ ଅନେକ ଅକୁହା ଭାବର ପ୍ରକାଶ।

ଅଦିତି ନିଜ ହାତକୁ ବ୍ରିଗେଡିଅରଙ୍କ ହାତରୁ ସ୍ପର୍ଶରୁ ମୁକ୍ତ କରି ଟେବୁଲ
ଉପରେ ରଖା ଯାଇଥିବା ପାଣି ଗ୍ଲାସକ ଏକ ନିଶ୍ୱାସରେ ପିଇ ଦେଲେ। ବ୍ରିଗେଡିଅର
ମହାନ୍ତିଙ୍କର ଏଇ ଟିକିଏ ସ୍ପର୍ଶରେ ତାଙ୍କ ମନ ଓ ଶରୀରରେ ଏକ ଭିନ୍ନ ଆଲୋଡ଼ନ
ସୃଷ୍ଟି ହୋଇଛି, ବିଦ୍ୟୁତ୍‌ର ଉଷ୍ଟିଏ ତାଙ୍କ ଶିରା ପ୍ରଶିରା ଦେଇ ପ୍ରଭାବିତ ହେଲା ପରି
ସେ ଅନୁଭବ କରିଛନ୍ତି। ସେ ନିଜକୁ ନିୟନ୍ତ୍ରଣରେ ରଖିବା ପାଇଁ ଚେଷ୍ଟା କରିବାରେ
ଲାଗି ପଡ଼ିଲେ।

"ବୁଝିଲ ଅଦିତି, ଜୀବନଟା ଗୋଟାଏ ନଦୀ ପରି – ସେ ବି ଜାଣେନି ତା'
ଗତି ପଥ ବିଷୟ – କେବଳ ଏତିକି ଜାଣେ ସେ ବ୍ୟାକୁଳ ସମୁଦ୍ରରେ ମିଳିତ ହେବା
ପାଇଁ। ସେଇଥରେ ନଦୀ ତୃପ୍ତି, ଆହୁରି ଭଲରେ କହିଲେ ମୋକ୍ଷ ବା ନିର୍ବାଣ। ମୋର
ସେଇ ବ୍ୟାକୁଳତାର ସମାପ୍ତି ହୋଇଛି ତୁମକୁ ଦେଖିବା ପରେ...।"

ଅଦିତି ବୁଝି ପାରିଲେ ନାହିଁ ବ୍ରିଗେଡିଅର ମହାନ୍ତି ହଠାତ୍ ତାଙ୍କୁ କିପରି ମିସେସ୍
ଦାସ ପରିବର୍ତ୍ତେ ଅଦିତି ଓ ଆପଣ ପରିବର୍ତ୍ତେ ତୁମେ ବୋଲି ସମ୍ବୋଧନ ତୁମେ ବୋଲି

କରୁଛନ୍ତି । କିନ୍ତୁ ସେ ଏହାର ପ୍ରତିବାଦ କରି ପାରୁ ନ ଥାଆନ୍ତି, ତାଙ୍କୁ ଲାଗୁଥାଏ ଏହା ହିଁ ହେବା ସ୍ୱାଭାବିକ ।

ଅଳ୍ପ ସମୟ ପରେ ଫିସ୍ କଟ୍‌ଲେଟ୍ ଓ ମିଠା ଆସିଗଲା । ବ୍ରିଗେଡିଅର ମହାନ୍ତି ହସି ହସି କହିଲେ, "ମୁଁ ଭାବିଥିଲି ତୁମ ଘରେ ଲଞ୍ଚ କରିବି, ବହୁତ ସମୟ ବସି ଗପ କରିବି । କିନ୍ତୁ କିଛି ସ୍ନାକସ୍ ଦେଇ ମୋତେ ଶୀଘ୍ର ବିଦା କରିଦେବାର ବଦୋବସ୍ତ ତୁମେ କରି ଦେଇଛ ଅଦିତି...।"

ନାଇଁ ସେମିତି କିଛି ନୁହେଁ । ସୁନୀଲ ନାହାନ୍ତି, ପୁଅ ବି ନାହିଁ । ମୁଁ ଯାହା ଖାଇ ଚଳେଇ ଦେବି, ତେଣୁ ଆଜି ଘରେ ଲଞ୍ଚର ବଦୋବସ୍ତ କରିନି । ସରୀ, ଆଉଦିନେ ଆପଣଙ୍କୁ ଲଞ୍ଚ ପାଇଁ ଡାକିବି... ଆଇ. ଆମ୍ ସରୀ....," ବିନମ୍ର ଭାବରେ ଉତ୍ତର ଦେଲେ ଅଦିତି ।

"ଆରେ ତୁମେ ସିରିୟସ୍‌ଲି ନେଇ ମୋ କଥା ? ନାଇଁ ମୁଁ ଏମିତି କହୁଥିଲି । ମୁଁ ଜାଣେ ତୁମ ସହିତ ଲଞ୍ଚ କରିବାର ସୁଯୋଗ ମୋତେ ଅନେକ ମିଳିବ...।"

ବ୍ରିଗେଡିଅର ମହାନ୍ତି ଖୁବ୍ ଉପଭୋଗ କରି ଖାଉଥାଆନ୍ତି ଫିସ୍ କଟ୍‌ଲେଟ୍ ।" ଅଦିତି କିଛି ଭାବିବନି ମୁଁ ମିଠା ଖାଇବିନି – ଯଦିଓ ମୋର ଡାଇବେଟିସ୍ ନାହିଁ ମୁଁ ଜଗିରଖ୍ ମିଠା ଖାଏ । ଆଉ ଏ କଟ୍‌ଲେଟ୍‌ରେ ମୋର ଲଞ୍ଚ ହୋଇଗଲା । ଏକ୍ସଲେଣ୍ଟ କଟ୍‌ଲେଟ୍ – ଥାଙ୍କସ୍ ଏ ଲଟ୍, ମୋ ମନ ଜାଣି କଟ୍‌ଲେଟ୍ କରିଛ । କଟ୍‌ଲେଟ୍ ମୋତେ ଭାରି ଭଲ ଲାଗେ । ମୋ ସ୍ତ୍ରୀ ଚାଲିଯିବା ଦିନରୁ ଘର ତିଆରି କଟ୍‌ଲେଟ୍ ଆଜି ଖାଇଲି... ତୁମକୁ ଆଉ ଥରେ ଧନ୍ୟବାଦ ।" ବ୍ରିଗେଡିଅର୍ ମହାନ୍ତି ନିଜ ହାତ ଘଣ୍ଟାକୁ ଚାହିଁଲେ, "ଆରେ ଗୋଟାଏ ବାଜିବ ଆସି ! ଦୁଇଘଣ୍ଟା ଦୁଇ ମିନିଟ୍ ପରି ଚାଲିଗଲା । ଜାଣେନି ତୁମକୁ କେମିତି ଲାଗିଲା, କିନ୍ତୁ ମୋତେ ଖୁବ୍ ଭଲ ଲାଗିଲା । ଇଚ୍ଛା ହେଉଛି ତୁମକୁ ଚାହିଁ ବସିଥାଆନ୍ତି ଓ ଗପି ଚାଲିଥାଆନ୍ତି ।"

ଅଦିତି କିଛି ଉତ୍ତର ଦେଇ ପାରିଲେ ନାହିଁ, କ'ଣ ବା କହିବେ ? ସୋଫାରୁ ଉଠି ଠିଆ ହେଲେ ବ୍ରିଗେଡିଅରଙ୍କୁ ବିଦାୟ ଦେବା ପାଇଁ । କୌଣସି ଅପରିଚିତ ପୁରୁଷ ସହିତ ଏକୁଟିଆ ଏତେ ସମୟ କଥା ହେବା ତାଙ୍କ ଜୀବନରେ ପ୍ରଥମ ।

ତୁମେ ମୋତେ ଅପୂର୍ବ ଡାକିଲେ ମୁଁ ଖୁସି ହେବି, ମୋତେ ଲାଗିବ ମୁଁ ତୁମର ଅଚିହ୍ନା ନୁହେଁ, ନିଜର । ଅବଶ୍ୟ ଇଟ୍ ଇଜ୍ ଅପ୍ ଟୁ ୟୁ, କିନ୍ତୁ ଏଇଟା ମୋର ଅନୁରୋଧ ବୋଲି ଭାବିବ ।

ବ୍ରିଗେଡିଅର ଅଦିତିଙ୍କ ସହିତ କବାଟ ପାଖୁ ଗଲା ବେଳେ ନଜାଣିଆ କରି ଅଦିତିଙ୍କ ପିଠିର ଖୋଲା ଅଂଶରେ ତାଙ୍କ ହାତ ରଖ୍ ଚାଲିଲେ ।

ଅଦିତି କ'ଣ କରିବେ ବୁଝି ପାରୁ ନ ଥାଆନ୍ତି। ବିବେକ କହୁଥାଏ ବ୍ରିଗେଡ଼ିଅର ଅତ୍ୟଧିକ ଆଗେଇ ଯାଉଛନ୍ତି, ପ୍ରତିବାଦ କର। ମନ କହୁଥାଏ 'ନା'। ଏତେ ସୁନ୍ଦର ଅନୁଭବକୁ ଫିଙ୍ଗି ଦିଅନାହିଁ। ସେ କେବଳ ଟିକିଏ ଜୋରରେ ଚାଲିବାକୁ ଚେଷ୍ଟା କଲେ ଯେମିତି ନିଜକୁ ବ୍ରିଗେଡ଼ିଅର ମହାନ୍ତିଙ୍କ ହାତର ସ୍ପର୍ଶ ଠାରୁ ଦୂରେଇ ନେବେ।

ସେମାନେ ଦୁହେଁ ପୋର୍ଟିକ ଯାଏ ଁ ଗଲେ, ଅଦିତି ସେଇଠି ଠିଆ ହୋଇ ରହିଲେ, ବ୍ରିଗେଡ଼ିଅର ମହାନ୍ତି ଗାଡ଼ି ଖାଲି ସ୍ଟାର୍ଟ କଲେ, ହସି ହସି ହାତ ହଲେଇ ବିଦାୟ ନେଲେ। କ୍ଷଣକ ଭିତରେ ଗାଡ଼ି ଅଦିତିଙ୍କ କମ୍ପାଉଣ୍ଡ ବାହାରକୁ ଚାଲିଗଲା।

ଅଦିତି ଫେରି ଆସିଲେ ତାଙ୍କ ଡ୍ରଇଂରୁମ୍‌କୁ। ସୋଫା ଉପରେ ବସି ଭାବି ଚାଲିଲେ ବ୍ରିଗେଡ଼ିଅର ମହାନ୍ତିଙ୍କର ଆଜିର ସମସ୍ତ କଥାବାର୍ତ୍ତା ବିଷୟରେ। ସେ ଯାହା ସବୁ କହୁଥିଲେ ସେ ସବୁ ସେ ତାଙ୍କର ହୃଦୟରୁ କହୁଥିଲେ ନା ବିପତ୍ନୀକ ହୋଇଥିବାରୁ ଏକାକୀ ଜୀବନରେ କିଛି ସହଚାର୍ଯ୍ୟ ଲାଗି ଏପରି କହୁଥିଲେ? ଆର୍ମି ଲୋକ, ସେମାନେ ଜୀବନଟାକୁ ଉପଭୋଗ କରିବାକୁ ଭଲ ପାଆନ୍ତି – "ହୁଏତ ମୋ ପାଖେ କିଛି ସମୟ କଟାଇ କିଛି ଆନନ୍ଦ ପାଇଥିବେ। ଏମିତି ଲୋକମାନେ କଥା କହିବାରେ ଧୁରନ୍ଧର।" ତଥାପି ସାରା ଦିନଟି ମଧ୍ୟରେ ପ୍ରତ୍ୟେକ ପାଞ୍ଚ ମିନିଟ୍‌ରେ ଥରେ ସେ ବ୍ରିଗେଡ଼ିଅର ମହାନ୍ତିଙ୍କ କଥା ନ ଭାବି ରହି ପାରି ନାହାନ୍ତି।

ରାତିରେ ସୁନୀଲ ଦିଲ୍ଲୀରୁ ଫୋନ୍ କଲେ, "ଅଦିତି, ମୋତେ ଆଉ ଦୁଇଦିନ ଦିଲ୍ଲୀରେ ରହିବାକୁ ପଡ଼ିବ – କାମ ସରିଲା ନାହିଁ... ତୁମର ଦିଲ୍ଲୀରୁ କିଛି ଦରକାର କି?"

ଅଦିତି ଉତ୍ତର ଦେଲେ, "ନାଁ, କିଛି ଦରକାର ନାହିଁ। ତୁମେ କେଉଁ ଫ୍ଲାଇଟ୍‌ରେ ଆସୁଛ ଠିକ୍ କରି କହିଲେ ମୁଁ ଗାଡ଼ି ପଠେଇବି ଏୟାରପୋର୍ଟ...।"

ଆଜି ବୁଧବାର, ଶୁକ୍ରବାର ସଂଧ୍ୟା ଫ୍ଲାଇଟ୍‌ରେ ଯିବି ବୋଲି ଟିକଟ୍ କରିଛି। ତଥାପି ପ୍ଲେନ୍ ବୋର୍ଡ଼ କରିବା ପୂର୍ବରୁ ତୁମକୁ ଜଣେଇବି...," କହି ଫୋନ୍ ରଖି ଦେଲେ ସୁନୀଲ।

ଅଦିତି ମୋବାଇଲଟିକୁ ମୁଣ୍ଡ ପାଖେ ରଖି ଶୋଇବାକୁ ଚେଷ୍ଟା କଲେ। ନିଦ ଜମା ଆସୁ ନଥାଏ। ମନକୁ ବାରମ୍ବାର ବ୍ରିଗେଡ଼ିଅରଙ୍କ କଥଣ ଆସୁଥାଏ। ଯେତେ ଚେଷ୍ଟା କଲେ ବି ତାଙ୍କ ଭାବନାରୁ ସେ ମୁକ୍ତି ପାଇ ପାରୁ ନ ଥାଆନ୍ତି। ଶେଷକୁ ସେ ମେଡ଼ିସିନ୍ ଚେଷ୍ଟ ପାଖକୁ ଗଲେ ଓ ଖୋଲି ଗୋଟିଏ କାମ୍ପୋଜ୍ ଖାଇ ଶୋଇବାକୁ ଚେଷ୍ଟା କଲେ। ଅଳ୍ପ ସମୟ ଭିତରେ ତାଙ୍କୁ ନିଦ ହୋଇଗଲା। ସେ କେମିତି ଓ କେତେବେଲ ଯାଏ ଁ ଶୋଇଛନ୍ତି ସେ ନିଜେ ଜାଣି ନାହାନ୍ତି। ମୋବାଇଲ୍ ବାଜିବାରୁ

ତାଙ୍କ ନିଦ ଭାଙ୍ଗିଲା। ସେ ମୋବାଇଲ୍‌ ଉଠାଇ ନିଦୁଆ ନିଦୁଆ ସ୍ୱରରେ କହିଲେ, "ହ୍ୟାଲୋ...।" ସେ ପଟୁ କହୁଥାଆନ୍ତି ବ୍ରିଗେଡିଅର ମହାନ୍ତି, "ଭେରୀ ଭେରୀ ଗୁଡ୍‌ମର୍ଣ୍ଣିଂ ଅଦିତି ଦାଶ... ଭେରୀ ଭେରୀ ଗୁଡ୍‌ମର୍ଣ୍ଣିଂ। କ'ଣ ଏ ଯାଏଁ ଶୋଇଛ? ମୁଁ ଦୁଃଖିତ ତୁମକୁ ଉଠାଇ ଦେଇଥିବାରୁ, କିନ୍ତୁ ସକାଳ କେତେବେଳୁ ହେଲାଣି। ଆର୍ମୀ ଜୀବନର ପୁରୁଣା ଅଭ୍ୟାସରୁ ମୁଁ ରାତି ନ ପାହୁଣୁ ଉଠି ବସିଥାଏ... ଅଦିତି ବିଶ୍ୱାସ କର ମୁଁ ଦୁଇକପ୍‌ ଚା କରି ପିଇ ସାରିଲିଣି। ସେ ଗପି ଚାଲି ଥାଆନ୍ତି, ଅଦିତି କାନରେ ଫୋନ୍‌ଟା ଲଗେଇ ରଖିଥିଲେ ବି ଅଧା କଥା ଶୁଣିବା ଅବସ୍ଥାରେ ନ ଥାଆନ୍ତି। ପ୍ରକୃତିରେ ଏତେ ଡେରି ଯାଏଁ ସେ କେବେ ଶୁଅନ୍ତି ନାହିଁ, ଏତେବେଳକୁ ତ ସେ ପୂଜା ଘରେ ଥାଆନ୍ତି। ଆଜି ଏ ବ୍ୟତିକ୍ରମର କାରଣ ଗତ ରାତିରେ ଦିନ ବଟିକା ଖାଇବା, ଆଉ ତା'ର କାରଣ ବ୍ରିଗେଡିଅର ମହାନ୍ତି।

ସେ ଅନୁରୋଧ କରିବା ସ୍ୱରରେ କହିଲେ, " କ୍ଷମା କରିବେ, ମୁଁ ଡେରି ଯାଏଁ ଶୋଇ ଯାଇଥିବାରୁ ଘରର ମେନ୍‌ କବାଟ ଖୋଲା ହୋଇନି। କାମବାଲି ଓ ପୂଜାରୀ ବାହାରେ ଅପେକ୍ଷା କରିଥିବେ। ମୁଁ ପରେ ଫୋନ୍‌ କରିବି, ଏବେ ରଖୁଛି....।"

ଅଦିତି ଖଟରୁ ଉଠି ବାଥରୁମ୍‌ ଗଲେ, ମୁହଁ ହାତ ଧୋଇ ସାରି ତଳକୁ ଯାଇ ସବୁ କବାଟ ଝରକା ଖୋଲି ଦେଲେ। ସେ ଯେତେ ଡେରି ଭାବିଥିଲେ ସେତେ ଡେରି ହୋଇନି। ବ୍ରିଗେଡିଅର ମହାନ୍ତି ବୋଧେ ଚାରିଟା ରାତିରୁ ଉଠି ପଡ଼ି ଭାବୁଛନ୍ତି ବହୁତ ବେଳ ହୋଇଗଲାଣି। ସେ ନିଜେ ଚା କପେ ଟ ଧରି ଲନ୍‌କୁ ଗଲେ। ବେଶ୍‌ ଭଲ ଲାଗୁଛି ବାହରଟା ସାମାନ୍ୟ ଥଣ୍ଡା ଲାଗୁଛି। ବେଶ୍‌ କିଛି ସିଜନ୍‌ ଫ୍ଲାୱର ଫୁଟିଲେଣି। ସେବତୀ ଗଛରେ କଢ଼ ସବୁ ଦର ମୁକୁଲା, ଆଉ ଚାରି ପାଞ୍ଚ ଦିନର ଫୁଟି ଯିବେ ନିଶ୍ଚୟ- ଲନ୍‌ର ଗୋଟିଏ କୋଣରେ ଥିବା 'ଲିଲିପଣ୍ଡ'ରେ ଚାରି ପାଞ୍ଚଟା ନୀଳ କଇଁ ଫୁଟିଛି। ତେଲେଙ୍ଗା ମାଲିଟା ଭଲ କାମ ଜାଣେ। ସୂର୍ଯ୍ୟର ସକାଳର କିରଣରେ ଲନ୍‌ ଉପରେ ପଡ଼ିଥିବା ଶିଶିର ବିନ୍ଦୁ ସବୁ ମୁକ୍ତାର ରୂପ ନେଇଛନ୍ତି। ସେ ଲନ୍‌ ଉପରେ ଚାଲୁଚାଲୁ କେତେଟି ଲମ୍ବା ନିଶ୍ୱାସ ନେଲେ। କେତେ ଭଲ ଲାଗୁଛି ସକାଳର ଏ ପ୍ରଦୂଷଣ ହୀନ ପବନ! ସକାଳଟା ଠିକ୍‌ ମଣିଷ ଜୀବନର ବାଲ୍ୟାବସ୍ଥା ପରି, ହିଂସା, ଦ୍ୱେଷ, ଦୁଃଖ ସବୁଥିରୁ ମୁକ୍ତ।

ଚୌକି ଉପରେ ବସି ଖବର କାଗଜକୁ ଅପେକ୍ଷା କରି ଅନ୍ୟମନସ୍କ ଭାବେ କେତେବେଳେ ଆକାଶରେ ଉଡ଼ି ଯାଉଥିବା ପକ୍ଷୀଙ୍କୁ ତ କେତେବେଳେ ମୃଦୁ ସମୀରଣରେ ଫ୍ଲାୱର ବେଡ଼ରେ ନାଚୁଥିବା ଫୁଲମାନଙ୍କୁ ଚାହିଁ ରହିଥାଆନ୍ତି ଅଦିତି। ଆଜି ଯୋଗ କରିବାକୁ ତାଙ୍କର ମନ ହେଉନି। ମନ କହୁଛି କିଛି ନ କରି ଖାଲି

ବସିବା ପାଇଁ। ଏହି ସମୟରେ ଘର ଭିତରେ ଲ୍ୟାଣ୍ଡ ଲାଇନ୍ ଫୋନ୍ ବାଜିବାର ଶବ୍ଦ ସେ ଶୁଣି ପାରିଲେ – ଭାବିଲେ ଲ୍ୟାନା ଫୋନ୍ କରିବି ତ! ଯନ୍ତ ଚାଲିତ ହୋଇ ସେ ଚାଲିଗଲେ ଫୋନ୍ ଧରିବାକୁ।

"ହ୍ୟାଲୋ"...

"କ'ଣ ମ୍ୟାଡାମ୍ ନିଦ ଛାଡ଼ିନି?" ସେପଟୁ ଭାସି ଆସିଲା ବିଗ୍ରେଡିଅରଙ୍କ ସ୍ୱର।

"ହଁ... କ'ଣ ହେଲା?" ପଚାରିଲେ ଅଦିତି।

"କିଛି ନାହିଁ... ମୁଁ କହୁଥିଲି ଆଜି ଆମେ ଏକାଠି ଲଞ୍ଚ କରିବା, କ'ଣ ମଞ୍ଜୁର?"

"କେଉଁଠି?"

"ତୁମେ ଯେଉଁଠି କହିବ, ଆଇଦର ମୋ ଘରେ ଅର ତୁମ ଘରେ। କିନ୍ତୁ କୌଣସି ହୋଟେଲ୍ ବା କ୍ଲବରେ ନୁହେଁ..." ଉତ୍ତର ଦେଲେ ବ୍ରିଗେଡିଅର ମହାନ୍ତି।

ଅଦିତି ଟିକିଏ ଥଙ୍ଗମଙ୍ଗ ହେଲେ, କ'ଣ ଉତ୍ତର ଦେବେ ବୁଝି ପାରୁ ନ ଥାଆନ୍ତି। କୌଣସି ହୋଟେଲ ବା କ୍ଲବର ପ୍ରଶ୍ନ ଉଠୁନି। ସେ ଏହି ସହରରେ ଶିଳ୍ପପତି ସୁନୀଲ ଦାସଙ୍କ ପତ୍ନୀ ହିସାବରେ ବେଶ୍ ଜଣା ଶୁଣା। ସ୍ୱାମୀ ନ ଥାଇ ଅନ୍ୟ ଜଣେ ପୁରୁଷ ସହିତ ତାଙ୍କୁ କିଏ ଦେଖୁ ସେ ଚାହାନ୍ତି ନାହିଁ। ଆଉ ତାଙ୍କ ଘରେ ଯଦିଓ ସୁନୀଲ ଓ ପୁଅ ବାବୁ ନାହାନ୍ତି ତଥାପି ଚାକର ପୂଖାରୀ ତ ଅଛନ୍ତି ସେମାନେ ଗତ କାଲି ବ୍ରିଗେଡିଅର ମହାନ୍ତିଙ୍କୁ ଦେଖିଥିଲେ, ପୁଣି ତାଙ୍କର ଆଜି ଏଠାକୁ ଆସିବାଟା କ'ଣ ଭଲ ହେବ?

ତାଙ୍କ ଅବସ୍ଥା ବୁଝି ପାରିଲେ ବ୍ରିଗେଡିଅର ମହାନ୍ତି। ସେ ଖୁବ୍ ସାଧାରଣ ଭାବରେ କହିଲେ, "ମୁଁ ଯାଇ ତୁମକୁ ପିକ୍ ଅପ୍ କରି ଆଣିବି। ତୁମେ ଥରେ ମୋ ଘର ଦେଖ ଯାଅ। ଅବଶ୍ୟ ମୋ ଘରେ ଦେଖିବାର କ'ଣ ଅଛି? ଏକୁଟିଆ ରହୁଥିବା ଜଣେ ରିଟାୟଡ୍ ବ୍ରିଗେଡିଅରର ଘର! ହଁ, ଯଦି ଦେଖ ପାରିବ ତେବେ ଦେଖ ଏ ଘରେ ଅଛି ବହୁତ ଭଲ ପାଇବା...।"

ଅଦିତି ମନା କରି ପାରିଲେ ନାହିଁ, "ମୁଁ ବାରଟା ପୂର୍ବରୁ ଯାଇ ପାରିବି ନାହିଁ...।"

"ଓକେ... ତେବେ ମୁଁ ଫୋନ୍ ରଖୁଛି। ମ୍ୟାଡ଼ାମଙ୍କ ସ୍ୱାଗତ ପାଇଁ ଘରକୁ ଟିକିଏ ସଜାଡ଼ିବାକୁ ପଡ଼ିବ ତ!" କହି ଫୋନ୍ କାଟିଦେଲେ ବ୍ରିଗେଡିଅର ମହାନ୍ତି।

ଅଦିତି ହଠାତ୍ ଦ୍ୱନ୍ଦରେ ପଡ଼ିଗଲେ। ସେ କ'ଣ ଠିକ୍ କଲେ ବ୍ରିଗେଡିଅର

ମହାନ୍ତିଙ୍କ ନିମନ୍ତ୍ରଣକୁ ସ୍ୱୀକାର କରି ? ଯଦି କେହି ତାଙ୍କୁ ତାଙ୍କ ସହିତ ଦେଖେ...? ଯଦି ତାଙ୍କ ପଡୋଶୀ ମିସେସ୍ ଆରୋରା ଏକଥା କୌଣସି ମତେ ଜାଣି ପାରନ୍ତି...? ତେବେ...? ନା, ସେ ଫୋନ୍ କରି ବର୍ତ୍ତମାନ ମନା କରିଦେବେ।

ଅଦିତି ମୋବାଇଲ୍‌ରେ ବ୍ରିଗେଡିଅର୍ ମହାନ୍ତିଙ୍କ ନମ୍ବର ଖୋଜିଲେ। ଆଜି ସକାଳେ ଓ କାଲି ରାତିରେ ସେ ମୋବାଇଲରେ ଫୋନ୍ କରିଥିଲେ – ଠିକ୍ ଛଅଟାରେ ତାଙ୍କ ଫୋନ୍ ଆସିଥିଲା – ଥରେ ଟିପିରେ ଲାଗି ଯିବି। କିନ୍ତୁ ଅଦିତି ସେତିକି କରି ପାରିଲେ ନାହିଁ, କାରଣ ସେ ନିଜେ ଜାଣିବାକୁ ଅକ୍ଷମ।

ସେ ଘର ଭିତରକୁ ଏକ ଭାରକ୍ରାନ୍ତ ମନ ନେଇ ପଶିଲେ। ଗାଧୋଇ ପାଧୋଇ ଚିରାଚରିତ ଭାବେ ପୂଜା କରି ବସିଲେ। ପିଲାଦିନୁ ସେ ଯେଉଁ ସଂସ୍କାରରେ ବଢ଼ିଛନ୍ତି ସେଥିରେ ଭଗବାନଙ୍କୁ ଆରାଧନା ଓ ଭଗବାନଙ୍କ ପାଖେ ନିଜକୁ ପୂର୍ଣ୍ଣମାତ୍ରାରେ ସମର୍ପଣ କରିବାଟା ହେଲା ମୂଳକଥା। ତାଙ୍କ ବାପାମାଆ ଭକ୍ତି ଓ ସମର୍ପଣକୁ ନେଇ ଜୀବନର ସବୁ ସୁଖଦୁଃଖ, ଝଡ଼ଝଞ୍ଜାକୁ ଗ୍ରହଣ କରିଛନ୍ତି। ଅଦିତି ଅନେକ ପରିମାଣରେ ସେହି ଭାବନାରେ ପ୍ରଭାବିତ। ଲୀନା ଓ ବାବୁଙ୍କ ଜୀବନଚର୍ଯ୍ୟା ନେଇ ସେ ବ୍ୟସ୍ତ ହେଲେ ମଧ୍ୟ ସେ ଜାଣନ୍ତି ସେ ଚେଷ୍ଟା କରି କିଛି ବଦଳେଇ ପାରିବେ ନାହିଁ। ଯାହା ସେଇ ଇଚ୍ଛାମୟଙ୍କ ଇଚ୍ଛା ତାହା ହିଁ ହେବ। କିନ୍ତୁ ତାଙ୍କ ଆଖି ଆଗରେ ସବୁବେଳେ ପାପପୁଣ୍ୟ, ଉଚିତ ଅନୁଚିତର ନିକିଟିଏ ଝୁଲୁଥାଏ। ସେ ସବୁବେଳେ ନିକିତିର ଠିଆକୁ ଦେଖୁଥାଆନ୍ତି।

ଠାକୁର ଘରେ ସବୁ ଠାକୁରଙ୍କ ଫଟୋରେ ଅଦିତି ସିନ୍ଦୁର, ଚନ୍ଦନ ଲଗାଇଲେ, ଫୁଲ ଚଢ଼ାଇଲେ। ଗଣେଶ, ଦୁର୍ଗା, ଲକ୍ଷ୍ମୀ ସରସ୍ୱତୀ ଓ ସାଇଁ ବାବା – ଆହୁରି ଅନେକ ଫଟୋ – ସେ ଯେଉଁ ଆଡେ ଯାଇଛନ୍ତି କନ୍ୟାକୁମାରୀ ଠାରୁ ବଦ୍ରୀନାଥ ଯାଏଁ ସବୁ ଫଟୋ ରଖା ଯାଇଛି ଠାକୁର ଘରେ। ଉଭୟ ପଟ କାନ୍ଥରେ ଶାଶୂ ଶଶୁର ଓ ବାପାଙ୍କ ଫଟୋରେ ଅଦିତି ଧଳା ଗୋଲାପ ଦେଲା ବେଳେ ସେ ବାପାଙ୍କ ମୁହଁକୁ ନିରେଖି ଚାହିଁଲେ। ହଠାତ୍ ସେ ଅସ୍ୱସ୍ତି ଅନୁଭବ କଲେ। ତାଙ୍କୁ ଲାଗିଲା ବାପା ହୁଏତ ପସନ୍ଦ କରନ୍ତି ନାହିଁ। ତାଙ୍କର ବ୍ରିଗେଡିଅର୍ ମହାନ୍ତିଙ୍କ ଘରକୁ ଯିବାଟା...।

ସେ ଆଖି ବୁଜି ଦୁର୍ଗା ସହସ୍ର ନାମ ଓ ତା' ପରେ ସ୍ୱାମୀ ଓ ପିଲାଙ୍କ ପାଇଁ ମହାମୃତ୍ୟୁଞ୍ଜୟ ମନ୍ତ୍ର ଏକଶହ ଆଠଥର ଜପ କରେ। ଏକାଗ୍ର ଚିତ୍ତରେ ଶିବଙ୍କୁ ସ୍ମରଣ କରି ଜପ କରିବାକୁ ଚେଷ୍ଟା କଲେ ମଧ୍ୟ ମଝିରେ ମଝିରେ ବ୍ରିଗେଡିଅର ମହାନ୍ତିଙ୍କ ଭାବନା ତାଙ୍କ ମନ ଭିତରକୁ ଢଳକି ପଶି ଆସୁଥାଏ। ସେ ନିଜକୁ ଶାସନ କରି ହୃଦୟ ମଧ୍ୟରେ କେବଳ ଶିବଙ୍କ ଅପରୂପ ମୂର୍ତ୍ତି ସ୍ଥାପନା କରି ପୁଣି ବଡ ପାଟିରେ ଓଁ ତ୍ରିମେକଂ ଯଜାମହେ, ସୁଗନ୍ଧିଂ ପୁଷ୍ଟି ବର୍ଦ୍ଧନଂ

ପୂଜା ଓ ଜପ ସରିଲା, ସମସ୍ତ ଠାକୁରଙ୍କୁ ପ୍ରଣିପାତ କରି ଅଦିତି ଗୋଟିଏ ନିର୍ମାଲ୍ୟ ସେବନ କରି ଠାକୁର ଘର କବାଟ ଆଉଜେଇ ଦେଇ ବାହାରକୁ ଚାଲି ଆସିଲେ।

ପୂଜାରୀ ପଚାରିଲା, "ମା' କ'ଣ ଜଳଖିଆ ଖାଇବେ?"

ଅଦିତି ଅନ୍ୟ ମନସ୍କ ଭାବରେ ଉତ୍ତର ଦେଲେ, "ବ୍ରେଡ୍ ଅମଲେଟ୍"।

"ମା', ଏଇଟା ପରା କାର୍ତ୍ତିକ ମାସ, ଆପଣ ତ କାର୍ତ୍ତିକ ମାସରେ ଆଙ୍ଗସ ଖାଆନ୍ତି ନାହିଁ..., କହିଥିଲା ପୂଜାରୀ ମଧୁ।

ଅଦିତି ପ୍ରକୃତିସ୍ଥ ହେଲେ ଓ ଏପରି କହିଥିବାରୁ ଲଜ୍ଜିତ ମଧ୍ୟ ଅନୁଭବ କଲେ। କହିଲେ, "ଆଜି କି ବାର କିରେ ମଧୁ? ସୋମବାର ତ ନୁହେଁ?"

"ନା, ମାଆ, ଆଜି ଶନିବାର...।" ମଧୁ ହସି ହସି ଉତ୍ତର ଦେଇଥିଲା।

"ତେବେ ମୋ ପାଇଁ କପେ କଫି ଓ ଦୁଇଟା ଟୋଷ୍ଟ ଆଣିଦେ। ଖରାବେଳେ ଜଣେ ସାଙ୍ଗ ଲଞ୍ଚ ପାଇଁ ଡାକିଛନ୍ତି। ତୁମେମାନେ କାମ ସାରି ଦେଇ ଚାଲି ଯାଅ, ମୁଁ ଘରେ ଚାବି ଦେଇ ଚାଲିଯିବି...।"

କଫି କପ୍‌ରୁ ଢୋକାଟିଏ ପିଉ ପିଉ ଅଦିତି କାନ୍ତୁ ଘଣ୍ଟାକୁ ଚାହିଁଲେ – ପ୍ରାୟ ଦଶଟା ବାଜିବ.. ଅଳ୍ପ ସମୟ ଭିତରେ ବ୍ରିଗେଡିୟର ମହାନ୍ତି ହୁଏତ ଫୋନ୍ କରି ପାରନ୍ତି....। ସେ ବାରଟା ବେଳକୁ ଆସିବେ କହିଛନ୍ତି। ତା' ପୂର୍ବରୁ ସେ ନିଜେ ପ୍ରସ୍ତୁତ ହୋଇ ଯିବା ଆବଶ୍ୟକ ଓ ସେ ସମୟକୁ ଘରେ ଅନ୍ୟ କେହି ନ ରହିବା ଉଚିତ।

ଅଦିତି ଚେଷ୍ଟା କରୁଥାଆନ୍ତି ଖୁବ୍ ନର୍ମାଲ ହେବା ପାଇଁ। କିନ୍ତୁ ମନକୁ ଯେତେ ଟାଣି ଓଟାରି ଧରିଲେ ବି ସେ କିଛି ମାନିବାକୁ ନାରାଜ୍ – ଠିକ୍ ଛୋଟ ଝରଣାଟିଏ ପରି ଡେଇଁ ଡେଇଁ ଚାଲିଛି ପାହାଡ଼ ଓ ଜଙ୍ଗଲର କୋଳରେ। ସେ ଚଲଚଞ୍ଚଳ ଦୌଡ଼ୁଥାଏ ବିଗ୍ରେଡିୟର ମହାନ୍ତିଙ୍କ ଭାବନାକୁ ନେଇ ଏଠୁ ସେଠିକୁ। "ତାଙ୍କୁ ଘର କେମିତି ହୋଇଥିବ.. ବିପତ୍ନୀକ ବ୍ରିଗେଡିୟର କ'ଣ ନିଜେ ରାନ୍ଧିଥିବେ ନା ତାଙ୍କର କିଏ ରାନ୍ଧିବାକୁ ଥିବ... ନା ସେ କେଉଁ ହୋଟେଲରୁ ଖାଇବା ମଗେଇ ଆଣିଥିବେ...।" ଆଉ ଖାଇବା ପରେ ସେମାନେ କେଉଁଠି ବସି ଗପ କରିବେ...?"

ହଠାତ୍ ଅଦିତିଙ୍କୁ ଟିକିଏ ଭୟଭୀତ ଲାଗିଲା। ମନେ ପଡ଼ିଗଲା ବିଗତ ସାକ୍ଷାତରେ ତାଙ୍କ ପିଠିରେ ବ୍ରିଗେଡିୟରଙ୍କର ହାତର ସ୍ପର୍ଶ...। ଭାବିଲେ ଫୋନ୍ କରି ମନା କରି ଦେବେ କିଛି ଅସୁବିଧା ଦେଖାଇ, "କିନ୍ତୁ କେମିତି ମନା କରିବେ? କ'ଣ କହିବେ"? ସେ ଏସବୁ ଭାବୁଭାବୁ ବଡ ଚିନ୍ତାଗ୍ରସ୍ତ ହୋଇ ପଡ଼ିଲେ ଓ ଆଉ କିଛି ଭାବି ପାରିଲେ ନାହିଁ।"

କିଛି ସମୟ ପରେ ଲ୍ୟାଣ୍ଡ ଲାଇନ୍ ଫୋନ୍ଟା ବାଜି ଉଠିଲା। ଅଦିତି ଚାରିଆଡ଼କୁ ଚାହିଁଲେ, ଆରେ ସେ ତ ଠାକୁର ପୂଜା କଲା ବେଳେ କର୍ଡଲେସ୍ ଫୋନ୍ଟା ଠାକୁର ଘରକୁ ନେଇଥିଲେ... ନିଜକୁ ଏକରକମ୍ ଘୋସାରି ଘୋସାରୀ ଡ୍ରଇଂ ରୁମ୍‌ର ଫୋନ୍ ପାଖୁ ନେଲେ ଓ ରିସିଭର୍‌ରେ କହିଲେ, "ହ୍ୟାଲୋ..."

ସେପଟୁ ଭାସି ଆସିଲା ତାଙ୍କର ଚିର ପରିଚିତ କ୍ଷୀଣ ସ୍ୱରଟି, "କ'ଣ ବ୍ୟସ୍ତ ଥିଲୁ କି ଅଦିତି? ଏତେ ଡେରି କଲୁ ଫୋନ୍ ଧରିବାକୁ? ଅଦିତି କହିଲେ, ବୋଉ, କେତେଦିନୁ ଭାବୁଛି ପୁରୀ ଯାଇ ତୁମକୁ ଟିକିଏ ଦେଖି ଆସିବି ବୋଲି," ଉତ୍ତର ଦେଇଥିଲେ ଅଦିତି।

"ତୁ ଆସିଲେ ଭଲ ଲାଗନ୍ତା। କେତେଦିନୁ ଆସିନୁ ତ! କାର୍ତ୍ତିକରେ ଆସିଲେ ଗଣ୍ଡେ ହବିଷ ଭାତ ଖାଆନ୍ତୁ – ଏକାଠି ମନ୍ଦିର ଯାଆନ୍ତେ...।"

"ହଁ ବୋଉ, ଚେଷ୍ଟା କରୁଛି ଯିବା ପାଇଁ। ସୁନୀଲ ଫେରି ଆସନ୍ତୁ ଯିବି। ଘରଟା ଛାଡ଼ି ଯିବାକୁ ଡର ଲାଗୁଛି – ଆଜିକାଲି ଏଠି ଯେଉଁ ଚୋରୀ ହେଉଛି ନା...।"

"କିଲୋ ତୋ ଘରେ ପରା ଚବିଶଘଣ୍ଟା ଜଗୁଆଳୀ ଅଛି, ପୁଣି ଚୋରକୁ କ'ଣ ଡର? ସେ କ'ଣ କୁଣ୍ଢା ନେଉଛି ଯେ ଘରକୁ ଠିକ୍‌ରେ ଜଗି ପାରିବନି, ତୁ ରହିବୁ ଜଗିବା ପାଇଁ...?"

"ନାଇଁ ବୋଉ, ସେ ଗାର୍ଡ଼ଟା ଆଠଦିନ ହେଲା ଗାଁକୁ ଯାଉଛି ଯେ ଏଯାଏଁ ଫେରିନି। ତା'ପରେ ସେମାନଙ୍କ ଉପରେ କେତେ ଭରସା? ଗତ ମାସରେ ଯ୍ୟା'ଙ୍କ ଗାଡ଼ିରୁ କିଏ ମ୍ୟୁଜିକ୍ ସିସ୍ଟମ୍‌ଟା ଚୋରୀ କରି ନେଇ ଯାଇଛି। ଚୋର କ'ଣ ସବୁବେଳେ ବାହାରୁ ଆସୁଛନ୍ତି? ସବୁ ଚୋର ତ‌କ ଘର ଭିତରେ। କେଉଁ ଦିନ କ'ଣଟା ଉଠେଇ ନେଇଥିବେ, ତୁମେ ଜାଣିଲା ବେଳକୁ ସେ ବିକା ସରିଥିବ। ହଉ, ସେ କଥା ଛାଡ଼। ମୁଁ ଅଳ୍ପଦିନ ଭିତରେ ତୁମକୁ ଦେଖା କରିବାକୁ ନିଶ୍ଚୟ ଆସିବି।"

"ହଉ, ଆସିବା ପୂର୍ବରୁ ଫୋନ୍ କରିବୁ। ତୁ ମୋ ଆଶୀର୍ବାଦ ନେବୁ, ସୁନୀଲ ଓ ପିଲାଙ୍କୁ ଜଣେଇ ଦେବୁ...।" କହି ଅଦିତିଙ୍କ ବୋଉ ରଖି ଦେଲେ ଫୋନ୍।

ଏବେ ଅଦିତି ରିସିଭରଟି ରଖି ଦେଇ ଫେରି ଆସିଲେ ଖାଇବା ଟେବୁଲ ପାଖୁ। କଫି ଥଣ୍ଡା ହୋଇ ଗଲାଣି – ସେ ସେଇ ଥଣ୍ଡା କଫିକୁ ପିଇ ଦେଲେ। ଏବେ ମନ ଯାଇ ବୋଉ ପାଖରେ।" ବାପା ଚାଲିଯିବା ପରେ ବୋଉ ପୁରୀରେ ରହିବାକୁ ଇଚ୍ଛା କଲା। ପୁରୀରେ ଜେଜେଙ୍କର ଛୋଟ ଘର ଖଣ୍ଡିଏ ଥିଲା। ବୋଉ ସେଇଠିକୁ ଚାଲିଗଲା। ବୋଉକୁ ଏବେ ପଞ୍ଚସ୍ତୋରୀ କି ଛଅସ୍ତୋରୀ ବର୍ଷ ହେଲାଣି। ତଥାପି ସେ ତା' ନିଜର ଖାଇବା ରାନ୍ଧେ କିଏ ରାନ୍ଧିଲେ ସେ ଖାଏନି, ଆଉ ସବୁ କାମ କରଇ

ଆମ ଗାଁର ରମା ପିଉସୀ। ଭାରି ଗରୀବ। ରମା ପିଉସୀଙ୍କୁ ମାତ୍ର ପଚିଶ ବର୍ଷ ହୋଇଥିଲା ତାଙ୍କ ସ୍ୱାମୀ ମରି ଯାଇଥିଲେ। ସେତେବେଳକୁ ତାଙ୍କ ପୁଅକୁ ହୋଇଥିଲା ଚାରି ବର୍ଷ... ପୁଅ ମୁହଁ ଚାହିଁ ଚାହିଁ ଜୀବନ କଟେଇ ଦେବେ ବୋଲି ଭାବିଥିଲେ। ପୁଅ ବଡ ହେଲା। ସେ ରେଲବାଇରେ କାମ କରେ। ଖଡଗପୁରରେ ରହେ। ବାହାଘର ପରେ ପୁଅ ଗୋଟାକ ଯାକ ବୋହୂର ହୋଇଗଲା। ଶାଶୂ ବୋହୂଙ୍କର ପଡିଲାନି। ପୁଅ ବାଧ୍ୟ ହୋଇ ତାଙ୍କୁ ଆଣି ଗାଁରେ ଛାଡ଼ି ଦେଲା। ବିଚାରୀ ଗାଁରେ ଏକା ରହୁଥିଲେ। ବୋଉ ତାଙ୍କୁ ଡାକି ଆଣି ପାଖରେ ରଖିଛି। ବୋଉ ପାଖରେ ଜଣେ କିଏ ଥିବାରୁ ଆମେ ତା'ପିଲାମାନେ ଟିକିଏ ନିଶ୍ଚିନ୍ତରେ ଅଛୁ। ବୋଉର ଘର ଅଛି, ତା'ର ଫାମିଲ୍ ପେନ୍‌ସନ୍ ଅଛି। ସେ ସେଥିରେ ଚଳେ, କାହାଠାରୁ ଟଙ୍କାଟିଏ ନେବାକୁ ସେ ଇଚ୍ଛା କରେନି। ବାପା ଯିବା ପରେ ସେ ଏକରକମ ସନ୍ୟାସିନୀ ଜୀବନ ଯାପନ କରୁଛି। କେବଳ ବେଲେବେଲେ କେବଳ ଅଦିତି ଓ ଅନ୍ୟ ପିଲାମାନଙ୍କୁ ଫୋନ୍ କରେ...।"

ଅଦିତି ବେଲେବେଲେ ଘରର ଅନ୍ୟସବୁ ଖର୍ଚ୍ଚ ତୁଲେଇ ଦିଅନ୍ତି ବୋଉର ଅନିଚ୍ଛା ସତ୍ତ୍ୱେ। କେତେବେଲେ ଘର ରଙ୍ଗ ହେବା ପାଇଁ ଟଙ୍କା ଦିଅନ୍ତି ତ କେତେବେଲେ ଟିଭିଟାଏ କିଣି ଦିଅନ୍ତି। ଏ ବର୍ଷ ଖରାଦିନେ ସେ ଏୟାର କଣ୍ଡିସନ୍‌ଟିଏ ଲଗେଇ ଦେବାକୁ ଚାହୁଁଥିଲେ। କିନ୍ତୁ ବୋଉର ଏକା ଜିଦ୍ "ନା"।

ବାପା ଚାଲି ଯିବାର ପାଞ୍ଚ ବର୍ଷ ହେଲାଣି, ସେତେବେଳକୁ ବୋଉକୁ ପ୍ରାୟ ସତୁରୀ ବର୍ଷ ହୋଇଥିଲା। କିନ୍ତୁ ସେ ବାପାଙ୍କୁ ଯେ କେତେ ଭଲ ପାଉଥିଲା ସେ କଥା ତା' କଥାରୁ ବୁଝି ହେଉ ଥିଲା। ଭାଇନା ତାକୁ ତାଙ୍କ ସାଙ୍ଗରେ ଦିଲ୍ଲୀ ନେଇ ଯିବା ପାଇଁ ଚାହୁଁ ଥିଲେ, କିନ୍ତୁ ବୋଉ ମନାକଲା। "ନା, ମୁଁ ଦିଲ୍ଲୀ ଯାଇ ମୁଁ ସେଠି କ'ଣ କରିବି ? ମୁଁ ପୁରୀ ଚାଲିଯିବି ସେଇ ଘରକୁ ଯେଉଁ ଘରକୁ ମୋ ଶଶୁର ମତେ ବୋହୂ କରି ଆଣିଥିଲେ – ଯେଉଁ ଘରେ ବାପାଙ୍କ ସହିତ ମୋ ଜୀବନର ପ୍ରଥମ କେତେ ବର୍ଷ କଟିଥିଲା। ସେଇ ଘରେ ବାପାଙ୍କର ଅନେକ ସ୍ମୃତି ଲାଗି ରହିଛି। ସେଠି ରହିଲେ ମୁଁ ତାଙ୍କ ସ୍ଥିତିକୁ ଅନୁଭବ କରି ପାରିବି, ମତେ ଏକୁଟିଆ ଲାଗିବ ନାହିଁ। ତୁମମାନଙ୍କ ଜୀବନ ବର୍ତ୍ତମାନ ମୋ ଜୀବନ ଅପେକ୍ଷା ଅନେକ ଭିନ୍ନ – ତା' ସହିତ ମୁଁ ନିଜକୁ ଖାପ ଖୁଆଇ ପାରିବି ନାହିଁ....। ପୁଣି ପୁରୀରେ ତ ଜଗନ୍ନାଥ ଅଛନ୍ତି...। ବୋଉ ପୁରୀରେ ରହିଲା ବାପାଙ୍କ ସ୍ମୃତି, ପୂଜା ପାଠ ଓ ଜଗନ୍ନାଥ ଦର୍ଶନକୁ ନେଇ। ତା' ପିଲାମାନେ କେବେ କେମିତି ଯାଇ ତାକୁ ଦେଖି ଆସନ୍ତି। ସେମାନଙ୍କର ବୋଉ ଦେଖା, ଜଗନ୍ନାଥ ଦର୍ଶନ ଓ ସମୁଦ୍ର କୂଲରେ ବୁଲା ସବୁ ଏକାଠି ହୋଇଯାଏ।

ଅଦିତି ଭାବିବାକୁ ଲାଗିଲେ, "ବାପା କ'ଣ ବୋଉକୁ ବହୁତ ଭଲ ପାଉଥିଲେ ?

କାଇଁ ମୁଁ ତ ଥରେ ବି ଦେଖିନି ବାପା ବୋଉ ଗୋଟିଏ ଘରେ ଶୋଇବା, କି ଏକାଠି ଖାଇବା, ଏକାଠି ସିନେମା ଯିବା କି କୁଆଡ଼େ ବୁଲିଯିବା। ସେମାନେ ଏକାଠି ବସିଲେ ଘର ଖର୍ଚ୍ଚ, ପିଲାଙ୍କ ପାଠ ପଢ଼ା, ସେମାନଙ୍କର ବାହାଘର କଥା କଥା ହୁଅନ୍ତି। ତେବେ ତାଙ୍କ ଭିତରେ ଏଡେ ଗଭୀର ଭଲ ପାଇବାର ସ୍ରୋତଟିଏ ସବୁରି ଅଜାଣତରେ ପ୍ରବାହିତ ହେଉଥିଲା ନିଶ୍ଚୟ ଯେଉଁଥିପାଇଁ ବୋଉ ପିଲାମାନଙ୍କ ପାଖରେ ନ ରହି ତା'ର ଅବଶିଷ୍ଟ ଜୀବନ ବାପାଙ୍କ ସ୍ମତି ସହିତ ରହିବା ପାଇଁ ସ୍ଥିର କରିଥିଲା।"

ଅଦିତି ଦୀର୍ଘ ନିଃଶ୍ୱାସ ଛାଡ଼ିଲେ ଓ ଘଣ୍ଟାକୁ ଚାହିଁଲେ। ଏଗାରଟା ବାଜିଲାଣି ଆସି। ସେ ଗିଲାସେ ପାଣି ପିଇ ନିଜ ବେଡ଼ରୁମ୍‌କୁ ଗଲେ ପ୍ରସ୍ତୁତ ହେବା ପାଇଁ, କିନ୍ତୁ ମନ ଭିତରେ ଗୋଟିଏ ଦ୍ୱନ୍ଦ – ବ୍ରିଗେଡିଅର ମହାନ୍ତିଙ୍କୁ 'ହଁ' କହି ସେ ଭୁଲ୍ କରି ନାହାନ୍ତି ତ ?

ତଥାପି ତାଙ୍କୁ ମାନିଲା ପରି ଅଦିତି ବେଶ୍ ହେଲେ, ପରଫ୍ୟୁମ୍ ବେକରେ, ହାତରେ ପକାଇଲେ। ଓଠରେ ଦିନ ଲଗାଇବା ହାଲ୍‌କା ଲିପ୍‌ଷ୍ଟିକ୍‌ରେ ପ୍ରଲେପ ଦେଲେ। ଶାଢ଼ୀ ସହିତ ମ୍ୟାଚ୍ କରି ପର୍ସ ଓ ଚଟି ଖୋଜିଲା ବେଳକୁ ତାଙ୍କ ମୋବାଇଲଟା ବାଜି ଉଠିଲା। ସେ କଲ୍ ରିସିଭ କଲେ।

"ଆଇ ଉଇଲି ବି ଦେୟାର ଏକ୍‌ଜ୍ୟାକ୍‌ଟିଲ୍ ଆଟ୍ କ୍ୱାଟର ଟୁ ଟ୍ୱେଲଭ – ତୁମେ ଗେଟ୍ ପାଖକୁ ଆସି ଯାଇଥିବ, ମୁଁ ଭିତରକୁ ଯିବାକୁ ଚାହୁଁନି...।"

" ହଁ, ଠିକ୍ ଅଛି...," କହି ଫୋନ୍ ଅଫ୍ କରିଦେଲେ ଅଦିତି।

ଅଦିତି ନିଜ ହାତ ଘଣ୍ଟାକୁ ଚାହିଁଲେ। ସାଢ଼େ ଏଗାରଟା ବାଜିଛି। ଆଉ ପନ୍ଦର ମିନିଟ୍ ପରେ ବ୍ରିଗେଡ଼ିଅର ଆସିଯିବେ। ସେ ତଳକୁ ଓହ୍ଲାଇଲେ। ଉପର ମହଲାରେ କେବଳ ତାଙ୍କ ବେଡ୍ ରୁମ୍‌ରେ ଚାବି ପକେଇଲେ, ତଳ ଘରର ସବୁ କବାଟ ପୁଖାରୀକୁ କହି ବନ୍ଦ କରାଇଲେ। ସେ ଡ୍ରଇଂରୁମ୍‌ର ପ୍ରବେଶ ଦ୍ୱାର ବନ୍ଦ କରି ବାହାରକୁ ଆସିଲେ।

ଏବେ ସେ ପୋର୍ଟିକ ପାରି ହୋଇ ବଗିଚାରେ ବୁଲୁଛନ୍ତି। ଅଳ୍ପ ଅଳ୍ପ ଶୀତ ପକେଇଲାଣି – ଭଲ ଲାଗୁଛି ନରମ ସୂର୍ଯ୍ୟ କିରଣ। ଶୀତ ଦିନିଆ ଫୁଲ ସବୁ ଫୁଟିବାକୁ ଆରମ୍ଭ କଲେଣି, ଗେଣ୍ଡୁ ଗଛ ଗୁଡ଼ିକରେ ଫୁଲ ମଞ୍ଜି ହୋଇଗଲାଣି। କିଆରି କିଆରି ହୋଇ ଲାଗିଛି ବିଭିନ୍ନ ରଙ୍ଗର ଗେଣ୍ଡୁ ସବୁ, ପ୍ରଜାପ୍ରତି ଉଡ଼ି ବୁଲୁଛନ୍ତି ଏ ଫୁଲରୁ ସେ ଫୁଲକୁ। ଅଦିତି ଚପଲା ବାଲିକାଟିଏ ପରି ପ୍ରଜାପତିମାନଙ୍କୁ ଲକ୍ଷ୍ୟ କରୁଛନ୍ତି। ସେଇ ଆଗରେ ଗୋଟିଏ ହଳଦିଆ ରଙ୍ଗର ଗେଣ୍ଡୁଫୁଲରେ ବସିଛି କଳା ଓ ହଳଦିଆ ରଙ୍ଗର ଖୁବ୍ ସୁନ୍ଦର ପ୍ରଜାପତିଟିଏ – ତା'ର କଳାରଙ୍ଗର ଡେଣାରେ ହଳଦିଆ ରଙ୍ଗର ଗୋଲଗୋଲ ଚିତ୍ର, ପୁଣି ହଳଦିଆ ଗୋଲ ଭିତରେ କଳା ଗୋଲ। ଆହା କି ସୁନ୍ଦର!

ଠିକ୍ ଜଗନ୍ନାଥଙ୍କ ଦେହ ପରି, ଆଖ୍ ପରି । ସତେ ଏ ପ୍ରଜାପତିଟା ଜଗନ୍ନାଥଙ୍କ ଠାରୁ ଚୋରାଇ ଆଣିଛି ଏ ରଙ୍ଗ ସବୁ! କି ଅପୂର୍ବ ପ୍ରକୃତିର ଏ ବିଭବ! ଅଦିତି ଭାବ ବିହ୍ୱଳ, ସେ ଭୁଲି ସାରିଲେଣି ତାଙ୍କ ମନରେ ଜନ୍ମ ନେଇ ଥିବା ଦ୍ୱନ୍ଦକୁ । ଏତିକି ବେଳକୁ ଗେଟ୍ ପାଖରେ ଆସି ଠିଆ ହେଲା ସିଲ୍ଭର ଗ୍ରେ ରଙ୍ଗର ସାନ୍ତ୍ରୋ କାର୍‌ଟିଏ । ଅଦିତି ଭାବନା ଜଗତରୁ ଫେରି ଆସି ଧୀରେ ଧୀରେ ଗେଟ୍ ପାଖକୁ ଯାଇ ଗେଟ୍ ଖୋଲିଲେ । ବ୍ରିଗେଡିଅର ମହାନ୍ତି ଝରକା କାଚକୁ ତଳକୁ କରି ଅଳ୍ପ ହସି ତାଙ୍କ ପାଖ ସିଟ୍‌ରେ ବସିବା ପାଇଁ ଡୋର୍ ଖୋଲି ଦେଇ ଆଖ୍‌ରେ ନିମନ୍ତ୍ରଣ କଲେ ଅଦିତିଙ୍କୁ ।

ଅଦିତି ଚୁପ୍‌ଚାପ୍ ଯାଇ ବସି ପଡ଼ିଲେ ବ୍ରିଗେଡିଅରଙ୍କ ପାଖ ସିଟ୍‌ରେ । କିନ୍ତୁ କେଜାଣି କାହିଁକି ତାଙ୍କୁ ଡର ଲାଗିବାକୁ ଆରମ୍ଭ କଲା । ପୁଣି ସେଇ ଦ୍ୱନ୍ଦ ଭିତରେ ସେ ଉବୁଟୁବୁ ହେବାକୁ ଲାଗିଲେ – ସେ ବ୍ରିଗେଡିଅର ମହାନ୍ତିଙ୍କ ଘରକୁ ଯିବାର ସିଦ୍ଧାନ୍ତ ନେଇ ଭୁଲ୍ କରି ନାହାନ୍ତି ତ !– ତେଣୁ ମନେ ମନେ ଟିକିଏ ଆସ୍ୱସ୍ତି ଅନୁଭବ କଲେ ଅଦିତି ।

ବ୍ରିଗେଡିଅର ମହାନ୍ତି ଗାଡ଼ି ଚଲାଇଲା ବେଳେ ବିଶେଷ କିଛି କଥା ହେଉ ନ ଥାଆନ୍ତି । ଅଦିତି ଚେଷ୍ଟା କଲେ ମନେ ପକେଇବା ପାଇଁ ଗୀତଟି କେଉଁ ସିନେମାର କିନ୍ତୁ ମନେ ପଡ଼ିଲା ନାହିଁ ।

ଦଶ ମିନିଟ୍ ଭିତରେ ସେମାନେ ପହଞ୍ଚ ଗଲେ ବ୍ରିଗେଡିଅର ମହାନ୍ତିଙ୍କ ଘର ଆଗରେ । ଗାଡ଼ିକୁ ସ୍ଟାର୍ଟରେ ରଖ୍ ସେ ଚାଲିଗଲେ ଗେଟ୍ ଖୋଲିବାକୁ, ପୁଣି ଫେରି ଆସି ଗାଡ଼ି ନେଇ ଗଲେ ଏକାବାରେ ଗ୍ୟାରେଜକୁ । ଗ୍ୟାରେଜରୁ କବାଟ ଅଛି ଘର ଭିତରକୁ । ସେ କାରର ଡୋର ଖୋଲି ଅଦିତିଙ୍କୁ ଅନୁରୋଧ କଲେ ଗାଡ଼ିରୁ ଓହ୍ଲାଇ ଘରକୁ ଆସିବା ପାଇଁ । ହସି କହିଲେ, "ଅଦିତି, ତୁମ ଘର ପରି ମୋ ଘର ଏତେ ବଡ଼ ନୁହେଁ କି ସେମିତି ସୁନ୍ଦର ନୁହେଁ । ତୁମ ବଗିଚା ପାଖେ ମୋର ଏଇ ଛୋଟ ବଗିଚାଟି ଅନାବନା ପଡ଼ିଆ ଖଣ୍ଡେ-ମୋର ମାଲି ନାହିଁ, ଯାହା କରେ ମୁଁ ନିଜେ । ତଥାପି ଏଇଟା ମୋ ଘର ଓ ଏ ବଗିଚା ମୋ ବଗିଚା । ଏଇ ଘରେ ମୁଁ ରହେ । ଏଇ ବଗିଚାରେ ମୁଁ ବୁଲେ...।"

ଅଦିତି ଘର ଭିତରକୁ ପଶିଲେ । ଏକ ଖୁବ୍ ସାଧାରଣ ଡ୍ରଇଁ ରୁମ୍, କିନ୍ତୁ ଯାହା ଅଛି ଜୀବନ ଆରମ୍ଭରେ ତାଙ୍କ ଘରେ ସାଧାରଣ ସୋଫା ଖଣ୍ଡେ ବି ନ ଥିଲା – ଥିଲା କେବଳ କେତେଟି କେନ୍ ଚେୟାର । ସେତେବେଳେ ଅଦିତି ସେଇ ଚୌକିମାନଙ୍କୁ ଝାଡ଼ିଝୁଡ଼ି ସେଥିରେ ନିଜ ହାତରେ ଏମ୍ବ୍ରୋଡେରୀ କରା କୁସନ ପକାଇ ରଖୁଥିଲେ ଓ କିଛି କିଣା ପ୍ଲାଷ୍ଟିକ ଫୁଲରେ ଘର ସଜାଇ ଥିଲେ । ମନେ ମନେ ଭାବୁଥିଲେ ତାଙ୍କ

ଘର ଭାରି ସୁନ୍ଦର। ବିଗତ ସ୍ମୃତିର ମନ୍ଥନରେ ସ୍ନିଗ୍ଧ ହାସ୍ୟ ଖଣ୍ଡେ ଖେଳି ଯାଇ ହଠାତ୍‍ ତାଙ୍କ ମୁହଁକୁ ଚିକିମିକି କରି ଦେଲା।

"କ'ଣ ହେଲା, ହସୁଛ ଯେ ?" ପ୍ରଶ୍ନ କଲେ ବ୍ରିଗେଡିଅର୍‍ ମହାନ୍ତି।

"ନା, କିଛି ନୁହେଁ," ଉତ୍ତର ଦେଲେ ଅଦିତି

"ହସିଲେ ତୁମେ ଭାରି ସୁନ୍ଦର ଦିଶ ଅଦିତି। ଭଗବାନ କରନ୍ତୁ ତୁମେ ସବୁଦିନ ଏମିତି ହସୁଥାଅ"।

"ଏଇଟା ମୋର ଗୋଟାଏ ବଡ ଖରାପ ଗୁଣ, କିଛି କଥା ନ ଥିଲେ ବି ମୁଁ ହସେ। ସ୍କୁଲରେ ପଢ଼ିଲା ବେଳେ ଏଥିପାଇଁ ମୁଁ ବହୁତ ଗାଳି ଖାଇଛି...।"

"ହସ ପାଇଁ ଗାଳି ? ଏଇଟା ବଡ ଅନ୍ୟାୟ।"

'ନ୍ୟାୟ କି ଅନ୍ୟାୟ ମୁଁ ଜାଣିନି, ତଥାପି ଗାଳି ଖାଇଛି ଅନେକ ଥର...' କହୁ -କହୁ ଡ୍ରଇଂରୁମ୍‍ର ଚାରି ଆଡ଼େ ଆଖି ପକେଇ ଆସିଲେ ଅଦିତି।

ସବୁ ଅତ୍ୟନ୍ତ ସାଧାରଣ, କିନ୍ତୁ ଘରର ଗୋଟାଏ କୋଣକୁ ପଡ଼ିଛି ଶିଶୁକାଠର ଗୋଟିଏ ସୁନ୍ଦର ରକିଂ ଚେୟାର, ପାଖରେ ଗୋଟିଏ ଲମ୍ବା ଷ୍ଟାଣ୍ଡିଂ ଲ୍ୟାମ୍ପ, ଆଉ ଚେୟାରର ବାଁ ପାଖକୁ ଗୋଟିଏ ମ୍ୟାଗାଜିନ୍‍ ହୋଲଡର୍‍ରେ କିଛି ଇଂରାଜୀ ମ୍ୟାଗାଜିନ ଓ ଓଡ଼ିଆ ବହି।

ନୀରବତା ଭଙ୍ଗ କରି କଥା ଯୋଡ଼ିବାକୁ ଚେଷ୍ଟା କଲେ ଅଦିତି, "ଆପଣ କ'ଣ ଏଠି ପଢ଼ାପଢ଼ି କରନ୍ତି ?"

"ହଁ, ଅବଶ୍ୟ ସକାଳେ ଡାଇନିଂ ଟେବୁଲ୍‍ ଉପରେ ଚା'ପିଆ ଓ ଖବରକାଗଜ ପଢ଼ା, କାରଣ ସେଇଠି ବସିଲେ କାମବାଲିକୁ ସୁପରଭାଇଜ କରିବା ସୁବିଧା – ଦୁଇ ଘଣ୍ଟାରୁ ଗୋଟିଏ ମିନିଟ୍‍ ସେ ଅଧିକା ରହିବ ନାହିଁ। ତେଣୁ ସେ ଥିବ ଯାଏଁ ମୋତେ ଡାଇନିଂ ଟେବୁଲ ପାଖେ ବସି ତାକୁ ଜଗିବାକୁ ପଡେ। ତା' ପରେ ବଗିଚା କାମ.... ପାଣି ଦିଏ, ମାଟି ଖୁସୁରାଏ, ମୋ ଛୋଟିଆ ଲନ୍‍ରୁ ଘାସ ବାଛେ...।"

"ଆଉ ରନ୍ଧା ରନ୍ଧି ?"

ହସିଲେ ବ୍ରିଗେଡିଅର ମହାନ୍ତି, "ରିଟାୟାର୍ଡ ଲୋକ, ସ୍ତ୍ରୀ ପରଲୋକ ଗତା, କିଏ ରାନ୍ଧିବି ମୋ ପାଇଁ ? ମେଡ଼କୁ ବହୁତ ଅନୁରୋଧ କଲା ପରେ ସେ ଛଅଖଣ୍ଡ ରୁଟି ସକାଳ ଆଠରୁ କରିଦିଏ ସାରା ଦିନ ପାଇଁ। ସକାଳ ଜଳଖିଆ ଅନ୍‍କୁକଡ୍‍ ଫୁଡମାନେ କର୍ଣ୍ଣଫ୍ଲେକ୍‍ ଦୁଧ, ବ୍ରେଡ୍‍ ଅଣ୍ଡା, କିୟମ ଚୂଡ଼ା ଦୁଧ ଇତ୍ୟାଦି। ଲଞ୍ଚ ପାଇଁ ରୁଟି ସହିତ ଖାଇବା ପାଇଁ ଡାଲି ତରକାରୀ ମୁଁ ନିଜେ କରି ଦିଏ। ଟଙ୍କା ଆଉ କି ନଥାଉ ଆର୍ମିରେ ରହି ଅଛି ଖରାପ ଅଭ୍ୟାସ ହୋଇ ଯାଇଛି – ଲୋକବାକ ନେଇ ଚଳିବା। ଯଦିଓ

ଦିନେ ଦିନେ ରାନ୍ଧିବାକୁ ମୋତେ ଭଲ ଲାଗେ – ଆଇ ମିନ୍ ଆଇ ଏନଜୟେ ଅକେଜନାଲ୍ ଲୁକିଂ – କିନ୍ତୁ ସବୁ ଦିନ ରାନ୍ଧିବାକୁ ଭଲ ଲାଗୁନି। ଯେତେଚେଷ୍ଟା କଲେ ବି ପାର୍ଫ ଟାଇମ୍ କୁକ୍ଟିଏ ପାଇନି ଏ ଯାଏଁ – ତୁମେ ମୋ ପାଇଁ ଖୋଜ, ତୁମେ ହୁଏତ ପାଇ ଯାଇପାର…।”

“ଏକା ଏକା ରହିବାକୁ ଖରାପ ଲାଗୁନି”? ଗମ୍ଭୀର ହୋଇ ପଚାରିଲେ ଅଦିତି।

“ଖରାପ ଲାଗିଲେ ଉପାୟ ବା କ’ଣ? ପୁଅମାନେ ଡାକୁ ଥିଲେ ତାଙ୍କ ସହିତ ରହିବାପାଇଁ। ଏ ଘର ସଫା ରନ୍ଧା ବଢ଼ାର ଦାୟିତ୍ୱ ନ ଥାଆନ୍ତା, ତେବେ ମୁଁ ଜାଣେ ମୋ ଉପରେ ପଡ଼ିଥାଆନ୍ତା ବେବିସିଟିଂ ଓ ଟ୍ୟୁସନ୍ ମାଷ୍ଟର ର କାମ। ମୁଁ ଦେଖୁଛି ମୋର ଅନେକ ବନ୍ଧୁ ମାନଙ୍କୁ ଯେଉଁମାନେ ପିଲାମାନଙ୍କ ପାଖେ ରହୁଛନ୍ତି। ମୋ ଦ୍ୱାରା ସେସବୁ ହୋଇ ନ ଥାଆନ୍ତା। ପୁଣି ମୋ ଇଣ୍ଡିପେଣ୍ଡେନ୍ସ – ସେଇଟା ସବୁଠାରୁ ବଡ କଥା ମୋ ପାଇଁ। ମୁଁ ପୁଅମାନଙ୍କ ପାଖେ ଥିଲେ କ’ଣ ଆଜି ଲଞ୍ଚ ପାଇଁ ଆପଣଙ୍କୁ ଡାକି ପାରି ଥାଆନ୍ତି….?”

ଅଦିତି ହସିଲେ,

ବ୍ରିଗ୍ରେଡିଅର କହିଲେ,” ବୋହୂମାନେ ପୁଅମାନଙ୍କ କାନରେ କହି ଥାଆନ୍ତେ – ପାପା ତାଙ୍କ ଗାର୍ଲଫ୍ରେଣ୍ଡକୁ ଡାକିଛନ୍ତି ଲଞ୍ଚ ପାଇଁ…। ମୁଁ ବଞ୍ଚିବାକୁ ଚାହେଁ ନିଜ ଇଚ୍ଛା ଅନୁସାରେ – ଜୀଓ ଓ ଜୀଓ ଜୀ ଭର କର। ମୁଁ ନୀନାକୁ ବି କହିଥିଲି ଯଦି ମୁଁ ଆଗେ ଚାଲିଯାଏ ତେବେ ତୁମେ ତୁମର ଏକା ରହିବ, ପିଲାମାନଙ୍କ ପାଖରେ କେବେ ନୁହେଁ… ଗୋଟାଏ ଜେନେରେସନ୍ ଅନ୍ୟ ଗୋଟିଏ ଜେନେରେସନ୍ର ସୁବିଧା ଅସୁବିଧା ବୁଝି ପାରେନି….।”

“ଆପଣଙ୍କ ସ୍ତ୍ରୀଙ୍କ ନାମ ନୀନା?” ଅଦିତି ପ୍ରଶ୍ନିଳ ଆଖିରେ ଚାହିଁଲେ ବ୍ରିଗେଡିଅର ମହାନ୍ତିଙ୍କୁ।

“ହଁ”, ଛୋଟ ଉତ୍ତରଟିଏ ଦେଲେ ବ୍ରିଗେଡିଅର ମହାନ୍ତି।

“ସୁନ୍ଦର ନାଁ ଟିଏ”।

ଏଥର ବ୍ରିଗେଡିଅର ବେଶ୍ ଜୋରରେ ହସିଲେ। ଖୁବ୍ ମନ ଖୋଲା ହସ।” ତା’ର ଭଲ ନାଁ ଥିଲା ନନ୍ଦିତା। କିନ୍ତୁ ମୁଁ ତାକୁ ବାହାଘର ପର ଦିନ ଠାରୁ ନୀନା ଡାକିବା ଆରମ୍ଭ କରି ଦେଇଥିଲି। ତୁମେ ଠିକ୍ କହିଛ – ନୀନା ନାଁ ଟି ଖୁବ୍ ସୁନ୍ଦର…। ହଉ କହ ଏଥର କ’ଣ ପିଇବ? କୋକ୍, ଚା’… ନା ଆଉ କିଛି?”

“ କିଛି ଦରକାର ନାହିଁ, ଖାଲି ପାଣି ଗିଲାସେ” ଉତ୍ତର ଦେଲେ ଅଦିତି।

“ନା, ସେ କଥା ହେବ ନାହିଁ। କିଛି ନେବାକୁ ହେବ – କୋକ୍ଟାଏ ପିଅ…”

“ହଉ, ଠିକ୍ ଅଛି,” ଉତ୍ତର ଦେଲେ ଅଦିତି,

ବ୍ରିଗେଡିଅର ମହାନ୍ତି ପାଖ ଡାଇନିଂ ରୁମ୍ ଗଲେ, ଫ୍ରିଜ୍ ଖୋଲି କୋକ୍ ଢାଲିଲେ ଗୋଟିଏ ଗ୍ଲାସରେ। ଆଉ ଗୋଟିଏ ଗ୍ଲାସରେ ପୂର୍ବରୁ ପ୍ରସ୍ତୁତ ହୋଇଥିବା ବ୍ଲାକ୍‌ଟି କାଢ଼ିଲେ ପୂର୍ବରୁ ପ୍ରସ୍ତୁତ ହୋଇଥିବା ବ୍ଲାକ୍‌ଟି କାଢ଼ିଲେ ଓ ମାଇକ୍ରୋଓଭେନରେ ତିରିଶ ସେକେଣ୍ଡ ଗରମ କରି ଗ୍ଲାସ ଦୁଇଟି ଯାକ ଗୋଟିଏ ଟ୍ରେରେ ଧରି ଆସିଲେ - ନିଅ ଅଦିତି କୋକ୍ ନିଅ, ମୁଁ ସବୁବେଳେ ଚା ପିଇବାକୁ ଭଲ ପାଏ-ଆଇ ପ୍ରିଫର ଟି...।” ସେ ନିଜ ଗ୍ଲାସ୍‌ଟିକୁ ଅଦିତିଙ୍କ ଗ୍ଲାସ ସହିତ ଛୁଆଁଇ ଦେଇ କହିଲେ, “ଚିଅର୍ସ” କହିଲେ ଓ ଚା’ ଗ୍ଲାସ୍‌ଟିକୁ ଓଠ ପାଖକୁ ନେଇ ଢେକ୍‌ଟିଏ ପିଲେ।

ଅଦିତିଙ୍କ ସାମନା ସୋଫାରେ ବସିଥିଲେ ବ୍ରିଗେଡିଅର ଅପୂର୍ବରଂଜନ ମହାନ୍ତି। ଅଦିତି ତାଙ୍କୁ ଚାହିଁ ଭାବୁଥାଆନ୍ତି ଲୋକଟା କେମିତି ଏକା ରହି ପାରୁଛି ? ସୁନୀଲଙ୍କର ତ ପାଣି ଗ୍ଲାସେ ଆଣିବାକୁ ଜଣେ ଲୋକ ଦରକାର !

“କ’ଣ ଭାବୁଛ ମୁଁ କେମିତି ଏକା ରହି ପାରୁଛି ? ଏଯ୍ୟା ନା ? ଦରକାର ନ ପଡ଼ିଲା ଯାଏଁ ସବୁ ଅସମ୍ଭବ ଲାଗେ। ସମୟ ଆସିଲେ ସବୁ ବେଲେବେଲେ ହୋଇଯାଏ। ମୋ ପିଲାଦିନେ ବୋଉ ଗୋଟାଏ ଢଗ କହୁଥିଲା - ବେକରେ ପଡ଼ିଲେ ବଜେଇ ଶିଖେ। ମୋର ସେଇ ଅବସ୍ଥା। ଚାକିରି ଥିବା ଯାଏଁ ପାଣି ଗ୍ଲାସେ ଆଣିବା ବହୁତ ଦୂରର କଥା, ନିଜ ଜୋତା ଓ ନିଜ ଲୁଗା ନିଜେ ପିନ୍ଧିବା ଦରକାର ହେଉ ନ ଥିଲା। ପରସନାଲ ସାହାୟକ ସବୁ କରି ଦେଉଥିଲେ। କିନ୍ତୁ ମଣିଷକୁ ପରିସ୍ଥିତି ସହିତ ବଦଲିବାକୁ ହୋଇଥାଏ। ଚାକିରି ସରିବା ପୂର୍ବରୁ ମୋ ୱାଇଫ୍ ମାନେ ନୀନା ମୋତେ ଛାଡ଼ି ଚାଲିଗଲା। ସେ ଏତେ ଶୀଘ୍ର ଚାଲିଯିବ ବୋଲି ମୁଁ କେବେ ଭାବି ନ ଥିଲି। ସି ୱାଜ୍ ଭେରୀ ଆକ୍‌ଟିଭ୍ ଆଣ୍ଡ ହେଲ୍‌ଦି। ଆର୍ମି ଉଇମେନ୍ ୱେଲଫେୟାର ଅରଗାନାଇଜେସନ୍‌ରେ ସବୁବେଳେ ସକ୍ରୀୟ ଅଂଶ ଗ୍ରହଣ କରୁଥିଲା, ତାରି ମାଧ୍ୟମରେ ଯଥେଷ୍ଟ ସମାଜସେବା ବି। ନିଜକୁ କାମରେ ଏମିତି ବୁଡ଼େଇ ରଖିଥିଲା ଯେ ନିଜ ରୋଗ ବିଷୟରେ କିଛି ଜାଣି ପାରି ନ ଥିଲା... ଜାଣିଲା ବେଲକୁ ବହୁତ ଡେରି ହୋଇ ଯାଇଥିଲା...।” ଦୀର୍ଘ ନିଶ୍ୱାସ ଛାଡ଼ିଲେ ବ୍ରିଗେଡିଅର ମହାନ୍ତି ଓ ଚା’ ଗ୍ଲାସ୍‌ଟି ପାଟି ପାଖକୁ ନେଇ ଏକା ଥରେ ସବୁ ଚା ପିଇ ଦେଲେ। ଅଦିତିକୁ ମନେ ହେଲା ସେ ଯେମିତି ତାଙ୍କ ଜୀବନର ସବୁ ଦୁଃଖ ଏକାଠାରେ ଢୋକି ପକାଇଲେ।

ଏଥର ବ୍ରିଗେଡିଅର ଗ୍ଲାସ୍‌ଟିକୁ ଟେବୁଲ ଉପରେ ଥୋଇ ଦେଇ ହସି ହସି କହିଲେ, “ଲାଇଫ୍ ଇଜ୍ ଲାଇକ୍ ଦାତ୍ – କଭି ହସାତି ହୈ ତୋ କଭି ରୁଲାତି ହୈ...। ଆମକୁ ସବୁ ଗ୍ରହଣ କରିବାକୁ ହେବ।”

ଏହା ଭିତରେ ଅଦିତି ମଧ୍ୟ କୋକ୍ ପିଇ ସାରିଲେଣି । ସେ କୋକ୍ ଗ୍ଲାସଟି ଓ ଚା' ଗ୍ଲାସଟି ଟ୍ରେ' ରେ ରଖ୍ ଉଠିଲେ କିଚେନ ଯିବାକୁ ।

ବ୍ରିଗେଡ୍ରିଅର ମହାନ୍ତି ଝଟ୍ କରି ଅଦିତିଙ୍କ ହାତରୁ ଟ୍ରେଟି ନେଇ ଯାଇ କହିଲେ, "ମୁଁ ନେଇ ଯାଉଛି, ତୁମେ ବ୍ୟସ୍ତ ହୁଅନି ।"

"ଏଥିରେ ବ୍ୟସ୍ତ ହେବାର କ'ଣ ଅଛି, ମୁଁ ତ ନେଇ ଯାଇ କିଚେନ୍‌ରେ ରଖ୍ ଦେଇ ଆସି ଥାଆନ୍ତି ଏବଂ ଆପଣଙ୍କ କିଚେନ ମଧ୍ୟ ଦେଖ୍ ଆସିଥାଆନ୍ତି...।"

"ଓଃ, ତେବେ ଆସନ୍ତୁ ମୋ ସହିତ, ମୋ କିଚେନ୍ ଓ ମୋ ଘର ବୁଲି ଦେଖନ୍ତୁ ।" କହି ଅଦିତିଙ୍କ ହାତରୁ ଟ୍ରେଟି ନେଇଗଲେ ।

ସେ ପ୍ରଥମେ କିଚନକୁ ଗଲେ, ଟ୍ରେ ଓ ଗ୍ଲାସ ଦୁଇଟି ବେସିନ୍ ଭିତରେ ରଖ୍ ଦେଇ କହିଲେ, "ଘର ପ୍ଲାନ୍ ନୀନାର ଇଚ୍ଛା ଅନୁସାରେ ହୋଇଥିଲା । ସେ କହୁଥିଲା କିଚେନ 'ତା'ର ୱାର୍କ ପ୍ଲେସ୍', ତା'ର ସବୁ କାମ ସେ ସେଇଠି କରିବ – ସେଇଠି ସେ ରୋଷେଇ କରିବ, ବେକ୍ କରିବ, ଲୁଗା ଧୋଇବ, ବାସନ ମାଜିବ ଓ ଇସ୍ତ୍ରୀ କରିବ । ସେଥିପାଇଁ ବେଡରୁମ୍ ଅପେକ୍ଷା ବଡ କିଚେନ୍ ହୋଇଥିଲା ।"

ଅଦିତି ଦେଖିଲେ ଗ୍ୟାସ ଷ୍ଟୋଭ, ମାଇକ୍ରୋଓଭେନ, ଓଟିଜି (ଓଭେନ, ଟୋଷ୍ଟର, ଗ୍ରୀଲ) ଇସ୍ତ୍ରୀ ଟେବୁଲ୍, ୱାସିଙ୍ଗ୍ ମେସିନ୍ ଓ ଡିସ୍ ୱାସର ସବୁ ସୁନ୍ଦର ଭାବେ ସଜଡ଼ା ହୋଇ ରହିଛି କିଚେନ୍‌ରେ, କାନ୍ଥର ଗୋଟିଏ କଡ଼କୁ ଏଲ୍‌ସିଡ ଟିଭିଟିଏ ଲାଗିଛି । ଚୁଲିର ଉପରକୁ ଅତ୍ୟାଧୁନିକ ଚିମ୍‌ନି ।

ଅଦିତି ପ୍ରଶଂସା କରି କହିଲେ, "ଆପଣଙ୍କ ପତ୍ନୀଙ୍କର ପ୍ଲାନିଂ ଖୁବ୍ ଭଲ । ଗୋଟିଏ ଜାଗାରେ ସବୁ କାମ କରି ହେବ । ଇଟ୍ ସେଭସ୍ ଟାଇମ୍ ଆଣ୍ଡ ଏନର୍ଜି...।"

"ରାଇଟ୍, କିନ୍ତୁ ଏଥିରୁ ଅଧା ଗାଜେଟ୍ ମୁଁ ବ୍ୟବହାର କରେନି । ଇସ୍ତ୍ରୀ ମୁଁ ଖୁବ୍ କମ୍ କରେ, ସବୁ ଧୋବାକୁ ଦେଇ ଦିଏ, ବେକିଂ ମୋତେ ଆସେନି । ହଁ, ମୁଁ ସବୁଠାରୁ ବେଶୀ ବ୍ୟବହାର କରେ ମାଇକ୍ରୋ ଓଭେନ୍ । ଛାଡ଼, ଏ ଗୁଡ଼ା ଥିଲା ବୋଲି ଲଗେଇ ଦେଇଛି", କହୁ କହୁ କିଚେନ୍‌ରୁ ବାହାରି ଆସିଲେ ବ୍ରିଗେଡିଅର ମହାନ୍ତି ।

ଡାଇନିଂ ରୁମର କପ୍‌ବୋର୍ଡ୍ ପାଖେ ଠିଆ ହୋଇ ସେ କହିଲେ, "କ'ଣ ଦେଖିବ ମୋ ଘର । ଭାରତ ସରକାର ଜଣେ ଅବସର ପ୍ରାପ୍ତ ସୈନିକର ଥ୍ରୀବେଡ଼୍‌ରୁମ୍‌ର ସାଧାରଣ ଘର ଖଣ୍ଡିଏ! ତୁମ ଘର ପରି କ'ଣ ପ୍ରାସାଦଟିଏ!"

"ଘର ଯେତେ ବଡ ହେଉ ବା ଯେତେ ଛୋଟ ହେଉ ଘର ଘର, ସେ ଆଶ୍ରୟଦାତ୍ରୀ । ବଡ ଘର ଯେ ସବୁବେଳେ ବେଶୀ ଆନନ୍ଦ ଦେଇଥାଏ ଏକଥା ଆଦୌ

ସତ ନୁହେଁ ଅପୂର୍ବ ବାବୁ !” ନିଜ ଅଜାଣତରେ ସେ ବ୍ରିଗେଡିଅର ମହାନ୍ତିଙ୍କୁ ‘ଅପୂର୍ବ’ ବୋଲି ସମ୍ବୋଧନ କରି ସାରିଲାଣି । ସେ ମନେ ମନେ ଲାଜେଇ ଗଲେ ।

ବ୍ରିଗେଡିଅର ମହାନ୍ତିଙ୍କୁ ଖୁବ୍ ଭଲ ଲାଗିଲା ଅଦିତିଙ୍କର ଏ ସମ୍ବୋଧନ ।” ଖୁବ୍ ଭଲ ଲାଗୁଛି ଅଦିତି ତୁମେ ମୋତେ ଅପୂର୍ବ ଡାକିବାରୁ – ଥ୍ୟାଙ୍କସ୍ – ଏବେ ଚାଲ ମୋ ବେଡ୍‌ରୁମ୍‌କୁ, ଯାହାକୁ ତୁମେ ମାଷ୍ଟ ବେଡ୍‌ରୁମ୍ କହିପାର ।”

ଡାଇନିଂ ରୁମ୍‌ର ଗୋଟିଏ କଡ଼କୁ ଦୁଇଟି ବେଡ୍‌ରୁମ୍ – ଯେଉଁଟି ଅପେକ୍ଷାକୃତ ଟିକିଏ ବଡ ସେଇଟି ମାଷ୍ଟର ବେଡ୍ ରୁମ୍ । ଅଦିତି ଘର ଭିତରକୁ ପଶି ଯାଇ ଲକ୍ଷ୍ୟ କଲେ ରୁମ୍‌ରେ ଟି.ଭି. ଓ ମ୍ୟୁଜିକ୍ ସିସ୍‌ଟମ ଅଛି, ଗୋଟିଏ ଡବଲ୍ ବେଡ୍ ପଡଛି, ଓ ତା’ ସହିତ କାନ୍ଥ ଆଲମାରୀ ଗୁଡ଼ିକର ଭର୍ତ୍ତି ହୋଇଛି ଅନେକ ବହି ।

“ଆପଣ ବହି ପଢ଼ିବାକୁ ଭଲ ପାଆନ୍ତି ନିଶ୍ଚୟ.. ।”

“ହଁ, କିନ୍ତୁ ଏବେ ବେଶୀ ପଢ଼ି ପାରୁନି । ଡାକ୍ତର କହିଛନ୍ତି ଡାହଣ ଆଖିରେ କାଟ୍‌ରାକଟ୍ ଡେଭେଲପ୍ କରୁଛି... ତେଣୁ ବହୁତ ଗୀତ ଶୁଣୁଛି... ।”

ଇତି ମଧ୍ୟରେ ସେ ଅଦିତିଙ୍କୁ ନେଇ ଆସିଲେଣି ଡ୍ରଇଂରୁମ୍‌ର ବାଁ ପାଖରେ ଥିବା ଆଉ ଗୋଟିଏ ବେଡ୍‌ରୁମ୍‌କୁ ।

“ଏଇଟି ଆଉ ଗୋଟିଏ ବେଡ୍‌ରୁମ୍ – ତୁମେ ଏହାକୁ ଗେଷ୍ଟରୁମ୍ କହିପାର । ପିଲାମାନେ ଆସିଲେ ଏ ଏଇଠି ରହିବେ ବୋଲି ନୀନା ଚାହୁଁଥିଲା । ମୁଁ ଭୁବନେଶ୍ୱର ଆସିବାର ପ୍ରାୟେ ବର୍ଷେ ହେଲାଣି, ଏଯାଏଁ କେଉଁ ପୁଅକୁ ସମୟ ହୋଇନି ଆସି ମୋ ପାଖେ ଦୁଇ ଦିନ ରହିବାକୁ – ପିଲାମାନଙ୍କୁ ଆମେ ଜନ୍ମ ଦେଇଛୁ, କିନ୍ତୁ ସେମାନେ ଭିନ୍ନ, ସେମାନେ ଆମର, ଆମେ କିନ୍ତୁ ତାଙ୍କର ନୁହେଁ.... ଦିସ୍ ଇଜ୍ ଦ୍ ଲ’ ଅଫ ଲାଇଫ । ବୁଝିଲ ଅଦିତି, ଏଇ ସମୟଟା ମାନେ ରିଟାୟାଡ଼ମେଣ୍ଟ ପରଠାରୁ ମରିବା ଯାଏଁ ମଣିଷ ଜୀବନର ସବୁଠାରୁ ମୂଲ୍ୟବାନ ଜୀବନ – ଗଭୀର ମନନ ଓ ଅନୁଭବର ସମୟ – ମଣିଷକୁ ଚିହିଁବାର ସମୟ । ଏହି ସମୟରେ ମଣିଷର ଭଲ ବଂଧୁଟିଏ ବହୁତ ଦରକାର... କେଜାଣି କାହିଁକି ମୋ ମନ କହୁଛି ତୁମେ ମୋର ସେଇ ସ୍ଥାନ ନେଇ ପାରିବ... ।”

ବ୍ରିଗେଡିଅର ମହାନ୍ତି ଗଭୀର ଭାବେ ଚାହିଁଲେ ଅଦିତିଙ୍କ ଆଖିକୁ ।

“ଚେଷ୍ଟା କରିବି, କିନ୍ତୁ ନିର୍ଭର ପ୍ରତିଶ୍ରୁତି ଦେଇ ପାରୁନି”..., ଉତ୍ତର ଦେଲେ ଅଦିତି ।

“ସେତିକି ଯଥେଷ୍ଟ ମୋ ପାଇଁ, ଥ୍ୟାଙ୍କସ୍ । ଏଥର ଚାଲ ଖାଇବା ।”

ମାଇକ୍ରୋ ଓଭେନ୍ ପଫ୍‌ପ୍ କାଚ ଜାଗାରେ ଖାଇବା ରଖା ହୋଇଥିଲା । ସେ

ସବୁ ଗୋଟି ଗୋଟି କରି ଗରମ କଲେ ବ୍ରିଗେଡିଅର ମହାନ୍ତି – ଅଦିତି ସେ ସବୁ ନେଇ ଡାଇନିଂ ଟେବୁଲ୍ ଉପରେ ରଖିଲେ। ପୂର୍ବରୁ ଡାଇନିଂ ଟେବୁଲରେ ଦୁଇଟି ମ୍ୟାଟ୍ ପକେଇ ଦୁଇଟି ପ୍ଲେଟ୍ ରଖି ଦେଇଥିଲେ ବ୍ରିଗେଡିଅର ମହାନ୍ତି। ଦୁହେଁ ସାମ୍ନା ସାମ୍ନି ହୋଇ ବସିଲେ। ବ୍ରିଗେଡିଅର ମହାନ୍ତି, "ଅଳ୍ପ ମଟର ପଲାଉ ଅଦିତିଙ୍କ ପ୍ଲେଟରେ ଦେଉ ଦେଉ କହିଲେ, "ପ୍ଲିଜ୍, ହେଲ୍ପ୍ ଇୟୋରସେଲଫ୍.. ନିଜେ ନିଜେ ସବୁ ନିଅ, ମୁଁ ଜାଣେ ମୁଁ ଜଣେ ଭଲ ହୋଷ୍ଟ୍ ନୁହେଁ...।"

ଅଦିତି ତାଙ୍କ ହାତରୁ ଡିସ୍‌ଟି ନେଇ ଯାଇ କହିଲେ, "ଆପଣ ବ୍ୟସ୍ତ ହୁଅନ୍ତୁ ନାହିଁ, ମୁଁ ନିଜେ ସବୁ ନେଇ ଯିବି.. ଆପଣ ନିଅନ୍ତୁ...।"

"ମୁଁ ଲଞ୍ଚରେ ରୁଟି ଖାଏ... ରେସିପି ବହି ଦେଖି ଏ ମଟର ପଲାଉ ତୁମ ପାଇଁ କରିଥିଲି। ଚାଖି କହ କେମିତି ଲାଗୁଛି.... ?" ଅଦିତିଙ୍କ ଆଖିରେ ଆଖି ମିଶାଇ କହିଥିଲେ ବ୍ରିଗେଡିଅର।

ବ୍ରିଗେଡିଅର ମହାନ୍ତିଙ୍କର ଏ ଦୃଷ୍ଟି ଅଦିତିଙ୍କ ଅନ୍ତଃକରଣକୁ ସ୍ପର୍ଶ କରିଥିଲା। ଅଦିତିଙ୍କ ସାରା ଦେହରେ ଅପୂର୍ବ ଅନୁଭବର ସଂଚାର – ତେବେ ଏଇଟା କ'ଣ... ? ଆଖିରେ ବି କ'ଣ ଶରୀରକୁ ଛୁଇଁ ହୁଏ ? ଅଦିତିଙ୍କ ମୁହଁରେ ଖେଳିଗଲା ଏକ ଅନନ୍ୟ ଆନନ୍ଦର ଆଲୋକ, ସେ ସ୍ମିତ ହାସ୍ୟ ଦେଇ କହିଲେ, " ଥ୍ୟାଙ୍କସ୍, ଇଟ୍ ଇଜ୍ ସୋ ନାଇସ୍ ଅଫ୍ ୟୁ...।"

ଏଥର ସେ ନିଜ ପ୍ଲେଟ୍‌ରେ ଟିକିଏ ପନିରପାଲକ, ରାଇତା ଓ ଭେଣ୍ଡି ଭଜା ନେଇ କହିଲେ, ଆପଣଙ୍କ ଖାଇବା ପୂରା ନର୍ଥ ଇଣ୍ଡିଆନ୍ ଖାଇବା, ଓଡ଼ିଆ ଖାଇବାର ଟିକିଏ ବି ଛିଟିକା ନାହିଁ ଏଥରେ। କିନ୍ତୁ ରନ୍ଧା ଭାରି ଭଲ ହୋଇଛି ସୁପର୍ବ....।"

ଜୋରରେ ହସି ବ୍ରିଗେଡିଅର ଉତ୍ତର ଦେଲେ, "ସରୀ, ମୁଁ ଏ ଯାଏଁ ତୁମକୁ କହିନି ମୋ ସ୍ତ୍ରୀ ଓଡ଼ିଆ ନ ଥିଲେ ବୋଲି – ସେ ପଞ୍ଜାବୀ। ମୁଁ ନୂଆ ନୂଆ ଚାକିରି କଲାବେଳେ କର୍ଣ୍ଣେଲ୍ ପି.କେ. ସିଂ ଙ୍କ ଝିଅକୁ ବିବାହ କରିଥିଲି। କିନ୍ତୁ ଏଇଟା ଲଭମ୍ୟାରେଜ୍ ନ ଥିଲା, ପୂରା ଆରେଞ୍ଜ ମ୍ୟାରେଜ୍। ମୁଁ ଜାଣେନି ମୋ ଭିତରେ କ'ଣ ଦେଖିଥିଲେ କର୍ଣ୍ଣେଲ୍ ସିଂ ସେ ଓଡ଼ିଶା ଯାଇ ମୋ ବାପାଙ୍କ ସଙ୍ଗେ କଥାବାର୍ତ୍ତା କରି ବାହାଘର ଠିକ୍ କରିଥିଲେ। ବାପା ମୋ ଭାବି ଶ୍ୱଶୁରଙ୍କ ବ୍ୟବହାରରେ ମୁଗ୍‌ଧ ହୋଇଯାଇ ହଁ କରିଥିଲେ ତାଙ୍କ ପ୍ରସ୍ତାବରେ। ଆମ ନିର୍ବନ୍ଧ ଜଗନ୍ନାଥଙ୍କ ମନ୍ଦିରରେ ହୋଇଥିଲା। ବାପା ବୋଉ ମଧ୍ୟ ନୀନାକୁ ପସନ୍ଦ କରିଥିଲେ। ନୀନା ଦେଖିବାକୁ ସାଧାରଣ ପଞ୍ଜାବୀ ଝିଅ ପରି ଥିଲା, କିନ୍ତୁ ଶିକ୍ଷିତା ଓ ତା' ବ୍ୟବହାରରେ ଭରି ରହିଥିଲା ଶାଳୀନତା। ସେ ବାହାଘର ପରେ ଯେତେଥର ଓଡ଼ିଶା ଆସିଛି ଖୁବ୍ ଭଲ ଭାବରେ

ଆଡ୍‌ଜଷ୍ଟ କରି ନେଉଥିଲା ଆମ ଘରର ଚଳଣି ସହିତ । ବାପା ବୋଉ ତାକୁ ଖୁବ୍‌ ଭଲ ପାଉଥିଲେ । କିନ୍ତୁ ସବୁରି ଅଜାଣତରେ ସେ ମୋତେ ଖୁବ୍‌ ଧୀରେ ଧୀରେ ପଞ୍ଜାବୀ କରି ଦେଇଥିଲା ସବୁଦିନ ପଞ୍ଜାବୀ ଖାଇବା ଖୁଆଇ ଖୁଆଇ । ଏମିତି ହେଲା ଯେ ମୁଁ ଆଉ ଓଡ଼ିଆ ଖାଇବା ଖାଇ ପାରିଲିନି । ନୀନା ନିଜେ ବହୁତ ଭଲ ରାନ୍ଧୁଥିଲା – ସେ କେବେ ମୋତେ ରାନ୍ଧି ଶିଖାଇ ନ ଥିଲାଣ କିନ୍ତୁ ତା'ର ରନ୍ଧା ଖାଇ ଖାଇ ମୁଁ ଭଲ ରାନ୍ଧି ପାରିଲି.. ସି ଓ୍ୱାଜ୍‌ ଏ ଭେରୀ ଗୁଡ୍‌ ଓ୍ୱାଇଫ୍‌ ଇନ୍‌ ଏଭ୍ରୀ ରେସ୍‌ପେକ୍‌...।"

ଅଦିତି ଚାମୁଚେ ପଲାଉ ପାଟି ପାଖୁ ନେଉ ନେଉ ପଚାରିଲେ, "ଆପଣ ବହୁତ ମିସ୍‌ କରୁଛନ୍ତି ଆପଣଙ୍କ ସ୍ତ୍ରୀଙ୍କୁ..।"

"ହଁ, ନିଶ୍ଚୟ କରୁଛି । କିନ୍ତୁ କ'ଣ କରାଯାଇପାରିବ ? ଯେତେ ମନେ ପକେଇଲେ, କାନ୍ଦିଲେ କି ଭଗବାନଙ୍କୁ ଡାକିଲେ ମଲା ମଣିଷ କ'ଣ ଫେରି ଆସି ପାରେ ! ତେବେ ଜୀବନଟା ଏୟା, ଏହାକୁ ଗ୍ରହଣ କରିବାକୁ ହେବ । କିଏ କେତେବେଳେ ଯିବ ତା' କ'ଣ କହି ହେବ ? ପ୍ରତ୍ୟେକ ବ୍ୟକ୍ତି ଏକ ସ୍ୱତନ୍ତ୍ର ସଭା, ତା' ଜୀବନ ତାକୁ ହିଁ ବାଞ୍ଚିବାକୁ ହେବ । ନଦୀ ସ୍ରୋତରେ ଭାସି ଯାଉଥିବା ଖଣ୍ଡିଏ କାଠ ପରି । ସେହି ଭାସିବା ବେଳେ ଅନ୍ୟ କେଉଁ ଭାସମାନ କାଠ ସହିତ ମିଶି ଭାସିବାକୁ ହୁଏ – ପୁଣି ସେଇ କାଠ ଖଣ୍ଡିକ ପୃଥକ୍‌ ହୋଇଯାଏ ଓ ନଦୀର ପ୍ରଖର ସ୍ରୋତରେ ସମୁଦ୍ର ଆଡ଼କୁ ଭାସିଯାଏ, ରହି ଯାଇଥିବା କାଠ ଖଣ୍ଡିକ ଖୋଜେ ଆଉ ଖଣ୍ଡେ କାଠ.. ବନ୍ଧୁତ୍ୱର ସଂଧାନରେ ।"

"ଆପଣ ଡାକ୍ତର, ପୁଣି ସୈନ୍ୟବାହିନୀରେ ପଦସ୍ଥ ଅଫିସର, କିନ୍ତୁ ଦାର୍ଶନିକଙ୍କ ପରି କଥା କହୁଛନ୍ତି ?" "ହଁ, ମୁଁ ପ୍ରଥମେ ଡାକ୍ତର । ଡାକ୍ତରୀ ପଢ଼ିବା ବେଳେ ମୁଁ ଜୀବନ ମୃତ୍ୟୁର ସଂଗ୍ରାମ ଦେଖି ଆସିଛି । ପରେ ଆର୍ମି ଜୀବନରେ ମୃତ୍ୟୁକୁ ସବୁବେଳେ ଖୁବ୍‌ ନିକଟରୁ ଦେଖି ଦେଖି ଜୀବନ ଓ ମୃତ୍ୟୁ ଭିତରେ କେତେ କମ ପ୍ରଭେଦ ତା' ମୁଁ ଭଲ ରୂପେ ହୃଦୟଙ୍ଗମ କରିଛି । ସକାଳେ ଯେଉଁ ସୁସ୍ଥ ଲୋକ ସହିତ କଥା ହୋଇଛି ସଂଧ୍ୟାକୁ ସେ ଆଉ ନାହିଁ । ତେଣୁ ଜନ୍ମ ଓ ମୃତ୍ୟୁ ଭିତରେ ଆମେ ଯେତିକି ସମୟ ଏ ପୃଥିବୀ ଭିତରେ ରହିବାର ସୁଯୋଗ ପାଇଛେ ତାକୁ ପୂର୍ଣ୍ଣମାତ୍ରାରେ ଉପଭୋଗ କରିବା ଉଚିତ୍‌। Live life to its full....। କ'ଣ ତୁମେ ମୋ କଥାରେ ଏକମତ ନୁହଁ ଅଦିତି ?"

ଅଦିତି କିଛି ଉତ୍ତର ଦେଲେ ନାହିଁ । ସେ ଏ ବିଷୟରେ କେବେ ଚିନ୍ତା କରି ନାହାନ୍ତି । ରାତି ପାହେ, ସକାଳ ହୁଏ । ପୁଣି ସଂଜ ହୁଏ... ରାତି ହୁଏ । ଏହି ଆବର୍ତ୍ତନକୁ ସେ ଗ୍ରହଣ କରି ନେଇଛନ୍ତି । ଏହା ମଧ୍ୟରେ ଯାହାସବୁ ଘଟି ଯାଏ ସେସବୁ ଘଟିବାକୁ

ଥିଲା, ପୂର୍ବ ନିର୍ଦ୍ଧାରିତ ବୋଲି ସେ ଭାବିଥାଆନ୍ତି, ସେଥିରୁ କିଛି ଆନନ୍ଦ ଦେଇଥାଏ, କିଛି ଦୁଃଖ ମଧ୍ୟ ଦେଇଥାଏ । ତେବେ ତାଙ୍କ ହାତରେ କ'ଣ ବା ଅଛି ?" ଅଦିତି କଥାର ମୋଡ଼ ବଦଲେଇ କହିଲେ, "ପାଲକ୍ ପନୀର ଖୁବ୍ ଭଲ ହୋଇଛି– ଆପଣ ନିଶ୍ଚେ କେମିତି କରିବାକୁ ହେବ କହିଥିବେ ଆପଣଙ୍କ କୁକ୍କୁ – ନହେଲେ ଓଡ଼ିଆ କୁକ୍ ଏତେ ଭଲ ରାଜ୍‌ମା ଓ ପାଲକ ପନୀର କରିବା ଅସମ୍ଭବ ।"

"ହଁ, ନୀନା ଯେତେବେଳେ ନୂଆ ନୂଆ ବାହା ହୋଇଥିଲା ଗୋଟାଏ ରେସିପି ଖାତା କରି ସବୁ ରନ୍ଧା ସେଥିରେ ଲେଖ ରଖୁଥିଲା – ବୋଧେ ତା' ମମିଙ୍କ ଠାରୁ ପଚାରି ଲେଖିଥିଲା ସବୁ ପଞ୍ଜାବୀ ରନ୍ଧା । ପରେ ପୁଣି ସେଥିରେ କେତେ ନୂଆ ରନ୍ଧା ଲେଖା ହେଲା । ଆଜି ଯାଏଁ ସେ ଖାତା ଖଣ୍ଡିକ ଅଛି । ଦରକାର ହେଲେ ମୁଁ ସେ ଖାତା ଖଣ୍ଡିକ ଖୋଲେ ଓ ସେଇ ଅନୁସାରେ ଇନ୍‌ଷ୍ଟ୍ରକସନ୍ ଦିଏ ରାନ୍ଧିବାକୁ...।"

ଅଦିତି ଚାହିଁଲେ ଅପୂର୍ବ ରଞ୍ଜନଙ୍କ ମୁହଁକୁ – ଲୋକଟା କିଛି ଲୁଚାଏନି, ଭିତର ବାହାର ସବୁ ସମାନ । ତାଙ୍କୁ ଅପୂର୍ବ ଭଲ ଲାଗିଲେ ।

ଖାଇବା ସରିଲା – ସୁଇଟ୍ ଡିସ୍ ପାଇଁ ସେ ଫ୍ରିଜ୍‌ରୁ କାଢ଼ିଲେ କାରାମେଲ୍ କଷ୍ଟାର୍ଡ ।

"ଏଥରେ ଅଣ୍ଡା ପଡ଼ିଛି...?" ପଚାରିଲେ ଅଦିତି ।

ଖୁବ୍ ମନ ଖୋଲା ହସ ହସି ଅପୂର୍ବ ରଞ୍ଜନ କହିଲେ, "ତୁମେ ଯେତେବେଳେ କହି ସାରିଛ ତୁମେ ଭେଜିଟେରିଆନ୍ ବୋଲି ମୁଁ କ'ଣ ତୁମକୁ ଅଣ୍ଡା ଦେବି ? ମୁଁ ନିଜେ କରିଛି । ନୀନା ଥିଲାବେଳେ ସେ ଏଇଟା ମଝିରେ ମଝିରେ କରେ । ମୋତେ ଭଲ ଲାଗେ ବୋଲି ମୋତେ ଶିଖାଇ ମଧ୍ୟ ଦେଇଥିଲା । ଭେରୀ ଇଜି.... ଉଇଦାଉଟ୍ ଏଗ୍ – ତୁମେ ନିଃଶଙ୍କରେ ଖାଅ ।

ଅପୂର୍ବ କଷ୍ଟାର୍ଡ଼ ଖାଉ ଖାଉ ଗପି ଚାଲିଲେ ତାଙ୍କ ଆର୍ମି ଜୀବନର ଅନେକ କଥା । ଆର୍ମି ଜୀବନରେ ଯଦିଓ ଜୀବନ ପ୍ରତି ବିପଦ ସବୁବେଳେ ଅଛି, ତଥାପି ବହୁତ ଚାଲେଞ୍ଜ ବି ଅଛି । ବର୍ଡର ପୋଷ୍ଟିଂ ସମୟରେ ଜୀବନ ଗୋଟାଏ ଭିନ୍ନ ପ୍ରକାର ଭୟ ଓ ଆଶଙ୍କା ଭିତରେ ମଣିଷ ଆବିଷ୍କାର କରେ ପୃଥିବୀର ଅନେକ ବାସ୍ତବ ସତ୍ୟ । ତୁମ ପାଖରେ ଚାଲୁଥିବା ଲୋକଟି କେତେବେଳେ ଶତ୍ରୁ ଗୁଳିରେ ଗଡ଼ି ପଡ଼େ । ସବୁ ମାୟାମମତା କଟେଇ ତାକୁ ସେଇଠି ଛାଡ଼ି ଦେଇ ଆଗେଇ ଯିବାକୁ ପଡ଼ିଥାଏ । ତାଙ୍କ ବନ୍ଧୁ କ୍ୟାପ୍‌ଟେନ୍ ମେହେଟାଙ୍କ ମୃତ୍ୟୁ ହୋଇଥିଲା ସେ ବିବାହ କରିବାର ଆଠମାସ ପରେ । ମୃତ୍ୟୁର ଦୁଇଦିନ ପୂର୍ବରୁ ସେ ତାଙ୍କ ପତ୍ନୀଙ୍କ ପାଖରୁ ଚିଠି ଖଣ୍ଡିଏ ପାଇଥିଲେ... ଚିଠିରେ ଲେଖାଥିଲା ସେ ପ୍ରେଗ୍‌ନାଣ୍ଟ ବୋଲି । ବିଚାରା ଚିଠି ଖଣ୍ଡିକ ପର୍ସରେ ଧରି

ଫ୍ରଣ୍ଟରେ ଲଢ଼ୁଥିଲା...। କେବଳ କ୍ୟାପ୍ଟେନ୍ ମେହେଟ୍ଟା ନୁହନ୍ତି ଏମିତି ଅନେକ ଜୀବନକୁ ବଳି ଦେଉଛନ୍ତି ଦେଶ ପାଇଁ। ପ୍ରକୃତରେ କ'ଣ ମିଳେ ଏଥିରୁ? ଦେଶର କୋଟିକୋଟି ଜନତା କ'ଣ ଏସବୁ ମନେ ରଖନ୍ତି? କେବଳ ଗୋଟିଏ କଥା ସତ୍ୟ – ଜୀବନ କ୍ଷଣସ୍ଥାୟୀ କାଲିକୁ କ'ଣ ହେବ କିଏ ଜାଣେ ନାହିଁ। ଓମର ଖାୟମଙ୍କର ମୁଁ ବଡ ଭକ୍ତ – Dead yesterday, unborn tomorrow, why fret about them if today is sweet...।"

ଅଦିତି ସୁଇଟ୍ ଡିସ୍ର ଗିନାଟି ଟେବୁଲ୍ ଉପରେ ଥୋଇ ଦେଇ ଉଠିବାକୁ ଉଦ୍ୟତ ହୋଇ ରହିଲେ।" ଏଥର ମୁଁ ଯାଏ..।"

ବ୍ରିଗେଡିଅର ଅଳ୍ପ ହସି କହିଲେ, "ଯିବ କେମିତି? ମୁଁ ନେଲେ ସିନା! ଏତେ ଜଲ୍‌ଦି ଯିବା ପାଇଁ କାହିଁକି ଏତେ ତରତର?"

"ନାଇଁ ତରତର କ'ଣ ହେଲି? ଖାଇଲି, ଗପକଲି..," ଉତ୍ତର ଦେଇଥିଲେ ଅଦିତି।

"ଏତିକି ଗପରେ କ'ଣ ହୋଇଗଲା? ଲାଇଫ ଇଜ୍ ଏ ଲଙ୍ଗ କନ୍‌ଭରସେସନ୍...। ମୋ ମନ ପୂରିନି ମୁଁ ଜାଣେ ତୁମ ମନ ମଧ୍ୟ ପୂରିନି। ଆଉ କିଛି ସମୟ ଗପ କରିବା... ଚା ପିଇବା... ତା' ପରେ ମୁଁ ତୁମକୁ ଛାଡ଼ି ଦେଇ ଆସିବି।"

"ନା, ଆଉ ରହିବ ନାହିଁ। ଯଦି କିଏ ଦେଖେ..." ଡରି ଡରି କହିଲେ ଅଦିତି।

"କାହାକୁ ଡରୁଛ ଅଦିତି, ନିଜକୁ ନା ଲୋକଙ୍କୁ? ଯଦି ନିଜକୁ ଡରୁଛ ତେବେ ଚାଲ ଛାଡ଼ି ଦେଇ ଆସିବି ତୁମକୁ। କିନ୍ତୁ ଯଦି ଲୋକଙ୍କୁ ଡରୁଛ ତେବେ ତୁମକୁ ଜମାରୁ ଯିବାକୁ ଦେବିନି...।"

ଅପୂର୍ବ ନିଜ ବସିବା ଜାଗାରୁ ଉଠି ଅଦିତିଙ୍କ ପାଖକୁ ଆସିଲେ ଓ ତାଙ୍କ ମୁହଁକୁ ନିଜ ହାତ ଦୁଇଟିରେ ଫୁଲ ଆଙ୍ଗୁଳାଏ ଧରିଲା ପରି ଟେକି ଧରିଲେ।

ଅଦିତିଙ୍କ ଦେହର ସମସ୍ତ ସତ୍ତା ତରଳି ସ୍ରୋତଟିଏ ପରି ପ୍ରଭାବିତ ହେବାକୁ ଲାଗିଲା। ତାଙ୍କ ଆଖ୍ ବୁଜି ହୋଇଗଲା। ସେ ଅନୁଭବ କଲେ ଅପୂର୍ବଙ୍କର ଓଠର ଉଷ୍ଣତା ତାଙ୍କ ଓଠ ଉପରେ ଓ ତାଙ୍କ ନିଶ୍ୱାସର ଗଭୀରତା ତାଙ୍କ ଗାଲ ଉପରେ।

ଟିକିଏ ସମୟ ପରେ ଅଦିତି ଆଖ୍ ଖୋଲିଲେ ଓ ନିଜକୁ ଦୂରେଇ ନେଲେ।

"କ'ଣ ଖରାପ ଲାଗିଲା? ମୁଁ ତୁମକୁ ଚୁମ୍ବନଟିଏ ନ ଦେଇ ରହି ପାରିଲି ନାହିଁ। ମୁଁ ଏହାକୁ ଖୁବ୍ ଉପଭୋଗ କରିଛି – କି ସ୍ୱର୍ଗୀୟ ଆନନ୍ଦ! ଥାଙ୍କ ୟୁ ଅଦିତି..।

"ମୁଁ ଏଥର ଯାଏ..." ଥରିଲା ସ୍ୱରରେ ଅଦିତି କହିଲେ।

"ହଁ ହୁଁ... ତୁମେ ନର୍ମାଲ ହୁଅ। ଚାଲ ସୋଫାରେ ବସ। ମୁଁ ଚା କରୁଛି,

ପିଇବା, ପୁଣି ଗପ କରିବା ତା' ପରେ ତୁମେ ଯିବ...।" କହି ବ୍ରିଗେଡିଅର ଅପୂର୍ବ ରଞ୍ଜନ ମହାନ୍ତି କିଚେନକୁ ଗଲେ ଚା' କରିବା ପାଇଁ। ଅଦିତି ଯାଇ ସୋଫାରେ ବସିଲେ- ସତେ ଯେମିତି ସେ ମଣିଷ ନୁହନ୍ତି, ମନ୍ଦିର ଗର୍ଭର ପଥର ମୂର୍ତ୍ତିଟିଏ। କିଛି ଭାବିବା ଅବସ୍ଥାରେ ନଥା'ନ୍ତି ସେ।

ଅପୂର୍ବରଂଜନ ଟ୍ରେରେ ଚା ଦୁଇକପ୍ ନେଇ ଫେରି ଆସିଲେ। କପ୍ ଟିଏ ଅଦିତିଙ୍କ ହାତକୁ ବଢ଼େଇ ଦେଇ କହିଲେ, "ଯାହା ସାଧାରଣ ତାକୁ ସାଧାରଣ ବୋଲି ଗ୍ରହଣ କର। ତୁମକୁ ଦେଖିଲା ବେଳୁ ମୁଁ ତୁମକୁ ଭଲ ପାଇ ବସିଛି। ଏଇଟା ପ୍ରକୃତିରେ ନିୟମ। ତୁମ ସହିତ ମୋର କିଛି ବଡ଼ି କେମେଷ୍ଟ୍ରୀ ମ୍ୟାଚ୍ କରୁଛି ନିଶ୍ଚୟ ତେଣୁ ମୁଁ ତୁମ ପ୍ରତି ଏତେ ଆକର୍ଷିତ ହୋଇ ପଡ଼ିଛି। ପ୍ରଥମ ଦେଖାରୁ...। ତୁମେ ମିଛ କହନି ଅଦିତି ତୁମକୁ କ'ଣ ମୋ ପ୍ରତି କିଛି ଲାଗୁନି ?"

ଅଦିତି ଗମ୍ଭୀର ହୋଇ ପ୍ରଶ୍ନ କଲେ।" ଆପଣଙ୍କ ପତ୍ନୀ ନୀନା...?"

"ହଁ, ମୋ ସ୍ତ୍ରୀ ନୀନାକୁ ଆଜି ମଧ୍ୟ ମୁଁ ଭଲ ପାଏ। କିନ୍ତୁ ମୁଁ ତୁମକୁ କହିଛି ଆମର ଆରେଞ୍ଜ ମ୍ୟାରେଜ୍ ସେଠରେ ସବୁ ଯୋଜନା ବଦ୍ଧ - ସବୁ ପ୍ଲ୍ୟାନ୍ - ସେଠରେ ଉତ୍ତେଜନା ଥାଏ କିନ୍ତୁ ଆବେଗ ନଥାଏ। ମୁଁ ସ୍ୱାମୀ ହିସାବରେ ନୀନାର କିଛି ଊଣା କରିନି ଏବଂ ମୁଁ ଜାଣେ ତୁମେ ମଧ୍ୟ ସ୍ତ୍ରୀ ହିସାବରେ ସୁନୀଲର କିଛି ଊଣା କରିନ। ଆମେ ଆମ କର୍ତ୍ତବ୍ୟ କରିଛେ - ଅବଶୋଷର କିଛି କାରଣ ନାହିଁ...।"

ଅଦିତି ନୀରବରେ ଚାହିଁ ଥାଆନ୍ତି ଅପୂର୍ବରଞ୍ଜନଙ୍କୁ। ସେ ଭୁଲି ଗଲେଣି ସେ ନିଜେ କିଏ.. ତାଙ୍କର ଏହି ନାମ ବିହିନତା ତାଙ୍କର ଅଭ୍ୟନ୍ତରଣର ପୂର୍ଣ୍ଣ ପରିପ୍ରକାଶ କରିଦେଇପାରିଛି। ତାଙ୍କ ଭିତରେ ଲୁଚି ରହିଥିବା ନାରୀଟିକୁ ଏଯାଏଁ ସେ ନିଜେ ମଧ୍ୟ ଚିହ୍ନି ପାରି ନ ଥିଲେ। ଅଦିତିଙ୍କ ଏହି ଶୂନ୍ୟ ଚାହାଣିରେ କ'ଣ ଥିଲା କେଜାଣି ଅପୂର୍ବ ଅଦିତିଙ୍କ ପାଖୁ ଲାଗି ଆସିଲେ। ଚା ଥଣ୍ଡା ହେଲା। ସେ ଅଦିତିଙ୍କୁ ତାଙ୍କ ବାହୁ ବନ୍ଧନ ଭିତରେ ଭିଡ଼ି ଧରି ଚୁମ୍ବନ ପରେ ଚୁମ୍ବନ ଦେଇ ଚାଲିଲେ। ଅଦିତିଙ୍କର ପ୍ରତିବାଦ ନ ଥିଲା ବା ସେ ପ୍ରତିବାଦ କରିବାର ଅବସ୍ଥାରେ ନ ଥିଲେ। ସେ ଅନ୍ୟ ଏକ ପୃଥିବୀରେ ଥିଲା ପରି ତାଙ୍କୁ ଲାଗୁଥିଲା।

ଅପୂର୍ବରଞ୍ଜନ ତାଙ୍କୁ ଖୁବ୍ ଆଦରର ସହିତ ଦୁଇ ହାତରେ ଟେକି ନେଲେ ତାଙ୍କ ବେଡ୍‌ରୁମ୍‌କୁ ଧୀରେ ଶୁଆଇ ଦେଲେ ବିଛଣା ଉପରେ। ଅଦିତିଙ୍କ ଆଖିରେ ସେଇ ଗଭୀର ଚାହାଣି।

"ମନା କରନି ଅଦିତି, ଜୀବନରେ ଏ ବିରଳ ମୁହୂର୍ତ୍ତ ସବୁବେଳେ ଆସେନି। ଏ ମୁହୂର୍ତ୍ତ ହୁଏତ ଆଉ ଜମା ଆସି ନ ପାରେ। ଏହା ପ୍ରକୃତରେ ଦେୟ। କିଛି ଭାବନି।

ଏଇ ମୁହୂର୍ତ୍ତକୁ ଉପଭୋଗ କର...ଲେଟ୍ ଅସ୍ ଏନ୍‌ଜୟେ ଦା ମୋମେଣ୍ଟ..।”

ପାଞ୍ଚଟା ବେଳକୁ ବ୍ରିଗେଡିଅର ଅପୂର୍ବରଂଜନ ମହାନ୍ତି ତାଙ୍କ ଗାଡିରେ ଆଣି ଅଦିତିଙ୍କୁ ତାଙ୍କ ଘରର ଗେଟ୍ ଆଗରେ ଓହ୍ଲେଇ ଦେଲେ। ମୁହଁ ସଂଜ ହୋଇଗଲାଣି, ଗାଡି ଷ୍ଟାର୍ଟରେ ଅଛି, ଗାଡି ଝରକା କାଚ ତଳକୁ କରି ଦେଇ ସେ କହିଲେ, “ଥାଙ୍କ୍ ୟୁ ଅଦିତି ମୁଁ ଆଜି ଦିନର ପ୍ରତ୍ୟେକ ମୁହୂର୍ତ୍ତକୁ ମନେ ରଖିବି, ସେ ସବୁ ମୋ ପାଇଁ ଅମୂଲ୍ୟ...।”

ଅଦିତି ଗାଡିରୁ ଓହ୍ଲାଇ ଚାରି ଆଡ଼କୁ ଥରେ ଚାହିଁ ନେଲେ। ନା, କେହି ନାହିଁ ଆଖ ପାଖରେ। କିଏ ତାଙ୍କୁ ଦେଖିନି।

ଅଦିତି ସିଧା ଉପରକୁ ନିଜ ରୁମ୍‌କୁ ଗଲେ। ଲୁଗାପଟା ବଦଲେଇ ବାଥ୍‌ରୁମ୍ ଯାଇ ଗରମ ପାଣିରେ ଗାଧୋଇ ପଡିଲେ। ସଫା ଲୁଗାପଟା ପିନ୍ଧି ସଂଧ୍ୟା ଦେବାକୁ ଯିବା ପୂର୍ବରୁ ଦର୍ପଣ ଆଗରେ ଠିଆ ହୋଇ ନିଜକୁ ଭଲ କରି ଦେଖିନେଲେ। ସେ ସକାଳେ ଯେମିତି ଦିଶୁଥିଲେ ଠିକ୍ ସେମିତି ଦିଶୁଛନ୍ତି, କିଛି ତ ଫରକ୍ ଦେଖା ଯାଉନି ତାଙ୍କ ଚେହେରାରେ! ଏଇଟା କ’ଣ ସତ୍ୟ, ନା ଦର୍ପଣ ତାଙ୍କୁ ମିଛ କହୁଛି ?

ବାହାରେ ବହଳ ଅନ୍ଧାର ହୋଇ ଗଲାଣି। ଠାକୁର ଘରକୁ ଯାଇ ସଂଧ୍ୟା ଦେଲେ ସେ। ତାଙ୍କ ମୋବାଇଲ୍ ବାଜିଲା, ସୁନୀଲଙ୍କର ଫୋନ୍।

“ତୁମକୁ କହିଥିଲି ଶୁକ୍ରବାର ଯିବି ବୋଲି, ଆଉ ଦିନେ ରହିବାକୁ ପଡୁଛି। ମୁଁ ଶନିବାର ପହଞ୍ଚିବି...।”

ଏପଟୁ ଅଦିତି କହିଲେ, “ତେବେ କାଲି ମୁଁ ଟିକିଏ ପୁରୀ ଯାଇ ବୋଉକୁ ଦେଖି ଆସିବି..।”

“ହଁ, ଠିକ୍ ଅଛି।”

ଅଦିତି ଫୋନ୍ ଅଫ କଲେ ନା, ସେପଟୁ ସୁନୀଲ୍ କାଟି ଦେଲେ। ଯାହା କହିବାର ଥିଲା ସେ କହି ସାରିଛନ୍ତି।

ଅଦିତି ଠାକୁରମାନଙ୍କ ମୁହଁକୁ ଭଲ କରି ନିରୀକ୍ଷଣ କଲେ। ସେମାନେ ସକାଳେ ଯେମିତି ଦିଶୁଥିଲେ ଏବେ ବି ଠିକ୍ ସେମିତି ଦିଶୁଛନ୍ତି।

ତେବେ ଆଜି ସକାଳ ଓ ସଂଧ୍ୟା ଭିତରେ କିଛି ଫରକ୍ ନାହିଁ ?

“ନା, ନାହିଁ।”

ଅଦିତିଙ୍କ ଓଠରେ ଛୋଟ ହସଟିଏ ଖେଳିଗଲା। ତାଙ୍କ ମନରେ ପରିତାପ ନାହିଁ ଅଛି ପରିତୃପ୍ତି।

କୂଳ ରକ୍ଷା

ମୁଁ କବିତା ପ୍ରଧାନ । ମୋର ଶିକ୍ଷାଗତ ଯୋଗ୍ୟତା ମାତ୍ର ଦଶମ ଶ୍ରେଣୀ ଯାଏଁ । ମାଟ୍ରିକ ପରୀକ୍ଷା ଦେଇନି କାରଣ ମୁଁ ଜାଣିଥିଲି ପରୀକ୍ଷା ଦେଲେ ମୁଁ କଦାପି ପାସ୍ କରି ପାରିବି ନାହିଁ । ମୋତେ ଯେତେବେଳକୁ ଚଉଦ ବର୍ଷ, ମୁଁ ନବମଶ୍ରେଣୀରେ ପଢୁଥାଏ ସେତେବେଳକୁ ବାପାକୁ କି ଜର ହେଲା ଯେ ମାତ୍ର ଦୁଇଦିନରେ ସେ ଆରପାରିକୁ ଚାଲିଗଲା । ଆମ ଘରେ ସେମିତି ବେଶୀ କିଛି ଜମି ବାଡ଼ି ନ ଥିଲା । ଏଇଲେ ଘରେ ମୋ ମାଆ, ମୁଁ ଓ ମୋ ତଳେ ଭାଇ ଭଉଣୀ ଦି'ଜଣ । ବାପା ମଲା ବେଳକୁ ଭାଇ ରମେଶକୁ ବାର ପୂରି ତେର, ସାନ ଭଉଣୀ ସବିତାକୁ ଆଠ ବର୍ଷ । ମାଆ ବଡ କଷ୍ଟରେ ଆମ ସମସ୍ତଙ୍କୁ ବଢ଼େଇଛି । କେତେବେଳେ ମୂଲ ଲାଗେ ତ କେତେବେଳେ ଚାରି ଘରେ ବାସି ଆଜ଼ୁଟି କରି ଟଙ୍କା ଆଣେ, କିନ୍ତୁ ଆମକୁ କୁଆଡ଼େ ଛାଡ଼େନି । ମୁଁ ପାଠ ବନ୍ଦ କରି ଦେବା ପରେ ମୂଲ ଲାଗିବାକୁ ଯିବାକୁ କହିଲାରୁ ସେ ହାତେ ଲମ୍ବର ଜିଭ କାଢ଼ି କହିଲା, "ନାଇଁ ଲୋ ନାଇଁ କବି । ବଢ଼ିଲା ଝିଅଟାକୁ ମୁଁ ମୂଲ ଲାଗିବାକୁ ପଠେଇବି, ସେଠି ଅସ୍ଥିରାଗୁଡ଼ାଙ୍କ ସାଙ୍ଗେ କାମ କରିବ ? ମୋ ମୁଣ୍ଡକୁ କ'ଣ ବିଛା କାମୁଡ଼ିଛି ? ମୁଁ ଓପାସରେ ମରିବି ପଛେ ତତେ ମୂଲ ଲାଗିବାକୁ ଛାଡ଼ିନି ନାହିଁ ।"

ଆମ ଜୀବନ ସେମିତି ଅଧା ପେଟ ଖାଇ, ଚିରା ଲୁଗା ପିନ୍ଧି ଚାଲିଥାଏ । ଏ ଜୀବନକୁ ନେଇ ମୁଁ କେବଳ ଥକ୍କି ଯାଇଥାଏ ନୁହେଁ ଏତେ ବିରକ୍ତ ହୋଇ ଯାଇଥାଏ ଯେ ବେଳେବେଳେ ଭାବେ ମରିଗଲେ ଭଲ ହୁଅନ୍ତା । ମୋତେ କୋଡ଼ିଏ ପୂରି ଏକୋଇଶ ଚାଲିଲା, ମୋ ଆଖ୍ ଆଗରେ ପ୍ରତି ବର୍ଷ ଗାଁ ଆମ୍ବତୋଟାରେ ଆମ୍ବ ଗଛରେ ବଉଳ ଧରେ, ତା' ବାସ୍ନାରେ ଚାରିଆଡ଼ ମହକି ଉଠେ, ଆମ୍ବ ଡାଲରେ କୋଇଲି ମଧୁର ଧ୍ୱନିରେ 'କୁହୁ କୁହୁ' ରାବେ, ମୋ ମନ ଉଲ୍ଲସିତ ହୋଇ ଉଠେ ମନ ଚାହେଁ ସାଥ୍ଟିଏ । ତଥାପି ମୋ ପାଇଁ କେହି ବର ଆସନ୍ତିନି କିଏ କହେନି ସେ

ମୋତେ ଭଲ ପାଏବୋଲି । କାହିଁକି ବି ଆସିବେ ? ନା ମୁଁ ଅତ୍ୟବ୍ର ସୁନ୍ଦରୀ ନା ମୋ ବୋଉ ପାଖେ ଟଙ୍କା ଅଛି ଯେ ସେ କାହାକୁ ପଚାଶ ହଜାର ଗଣି ଦେବ ମଟର ସାଇକେଲ୍ କିଣିବାକୁ ! ମୁଁ ଗ୍ରହଣ କରି ନେଲି ମୋ ଭାଗ୍ୟକୁ, ଜାଣିଲି ମୋ ଭାଗ୍ୟରେ ବାହା ହୋଇ ଘର କରିବା ନାହିଁ ।

ରମେଶକୁ ଉଣେଇଶ ବର୍ଷ ହେଲାଣି, ବେଶ୍ ତାଗଡ଼ା ଟୋକା । ସେ ଅଷ୍ଟମଶ୍ରେଣୀରୁ ପାଠ ଛାଡ଼ି ଦେଇ ଗାଁ ଟୋକାଙ୍କ ସାଙ୍ଗେ ଦିନସାରା ବୁଲେ, କିନ୍ତୁ ଖାଇଲା ବେଳକୁ ଠିକ୍ ଆସି ପହଞ୍ଚ ଯାଏ, ବୋଉ ଆଖ୍କୁ ତା' ବଦମାସୀ ଦେଖା ଯାଏନି । ସେ ଆସିଲା ମାତ୍ରେ ତାକୁ ଭାତ ଗାଡ଼ି ଦେବ, ଘରେ ଯାହା ଆଳୁ ପିଆଜ ଦି'ଟା ଥିବ ତାକୁ ଭାଜି ତାକୁ ଦେଇ ଦେବ । ମୁଁ ଓ ସାବି ପ୍ରତିବାଦ କଲେ କହିବ, "ସେ ମରଦ ପିଲା । ଭଲ କରି ଦି' ମୁଠା ନ ଖାଇଲେ ତା' ଦେହରେ ବଳ ହେବ କେମିତି ? ସେଇ ତ ଦିନେ ତା' ବାପର କୂଳ ରଖିବ...।"

ମୁଁ କିଛି ଉତ୍ତର ଦିଏନି, କିନ୍ତୁ ସବି ବୋଉ ସାଙ୍ଗେ ବହୁତ ଯୁକ୍ତି କଲେ, "ଯଦି ତୋ ପୁଅ ତୋର କୂଳ ରଖିବ, ଆମେ ଦି' ଭଉଣୀ ତୋ ପାଇଁ ଅଦରକାରୀ ତେବେ ଜନ୍ମରୁ ଆମ ତଣ୍ଟି ଚିପି ମାରି ଦେଲୁନି ? କିଏ କହିଥିଲା ଆମକୁ ବଂଚେଇ ରଖିବାକୁ ।"

ବୋଉ ସବିକୁ କିଛି ଉତ୍ତର ଦିଏନି, ସେ ଓଠାର ସାହିର ମହାନ୍ତି ଘର ନାତିକୁ ହଳଦୀମାଲପା ଲଗେଇବାକୁ ଚାଲିଯାଏ ।

ସମୟ ତା'ର ଆଗେଇ ନେଇ ଚାଲିଥାଏ ଆମ ସୁଖଦୁଃଖକୁ ଭୃକ୍ଷେପ ନ କରି । ଏହା ଭିତରେ ମୋ ସାନଭାଇ ଓ ଭଉଣୀ ଦୁହେଁ ଯୁବକ ଯୁବତୀ ହୋଇ ଗଲେଣି । ସବି ସବୁଦିନେ ଭଲ ପାଠ ପଢ଼ୁଥିଲା । ସେ ସେକେଣ୍ଡ ଡିଭିଜନରେ ମାଟ୍ରିକ ପାଶ୍ କଲା । ହେଲେ ଆଉ ପଢ଼ିବି କେମିତି ? ନା ଗାଁରେ କେଲଜ ଅଛି ନା ବୋଉ ପାଖେ ଟଙ୍କା ଅଛି ତାକୁ ହଷ୍ଟେଲରେ ରଖି ପାଠ ପଢ଼େଇବା ପାଇଁ ? ଏହି ସମୟରେ ଦିନେ ରାତିରେ ରମେଶ ଘରକୁ ଫେରି କହିଲା, "କାଲି ମୁଁ ସକାଳୁ ଓ ନବ ସାଙ୍ଗେ କେରଳ ଯାଉଛି । ସେଠି କାମ କଲେ ବହୁତ ପଇସା । ଏଣିକି ବୋଉ ତୁ ଯା' ଘରେ ତା' ଘରେ କାମ କରିବୁ ନାହିଁ । ତୋ ପୁଅ ତତେ ପୋଷିବ ।"

ପୁଅ କଥା ଶୁଣି ବୋଉ ଛାତି କୁଣ୍ଢେ ମୋଟ – ତା' ପୁଅ ତାକୁ ପୋଷିବ ! ସେଥିପାଇଁ ତ ମଣିଷ ପୁଅଟିଏ ଚାହେଁ । ବୋଉ ତା'ର ଯାହା ସଂଚୟ ଥିଲା ଘଡ଼ି ଭାଙ୍ଗି ସବୁତଲ ତା' ପୁଅକୁ ଦେଇଦେଲା – ପୁଅ ବିଦେଶ ଯାଉଛିଲ କାମ ପାଇଲା ଯାଏଁ ଚଲିବ କେମିତି ଭାବି । ଗାଁ 'ବୁଢ଼ୀ ଠାକୁରାଣୀ'କୁ ଶହେ ଆଠ ମୁଣ୍ଡିଆ ମାରି ପୁଅକୁ ବିଦା କଲା । ରମେଶ କେରଳରେ ପହଞ୍ଚ ଚିଠି ଦେଲା, ଦୁଇ ତିନି ମାସ ଟଙ୍କା

ବି ପଠେଇଲା। ବୋଉ ମନ ଆଶାରେ ଉଜ୍ଜ୍ୱଲ ହୋଇ ଉଠିଲା। ତା'ପରେ ବର୍ଷେ ଚାଲିଗଲା ତା'ର କିଛି ଖବର ନାହିଁ। କାଳୁ ଓ ନବ ବର୍ଷକ ପରେ ଫେରି ଆସିଲାରୁ ତାଙ୍କୁ ପଚାରିଲାରୁ ସେମାନେ କହିଲେ, "ଦି'ମାସ ଆମ ସାଙ୍ଗେ କାମ କରିବା ପରେ ସେ ଲେବର କଣ୍ଟ୍ରାକଟ୍‌ର ସଲମାନ୍ ଭାୟା ସହିତ ଅନ୍ୟ କେଉଁ ଦେଶକୁ ଚାଲିଗଲା। ଆମ ସହିତ ତା'ର ଆଉ କିଛି ଯୋଗାଯୋଗ ନାହିଁ।"

ବୋଉ ମୁଣ୍ଡରେ ହାତ ଦେଇ ସବୁବେଳେ କାନ୍ଦି କାନ୍ଦି ଅନ୍ଧୁଣୀ ହେବା ଉପରେ। ଘରେ ଦୁଇଦିନରେ ଥରେ ବି ଚୁଲି ଲାଗିଲା ନାହିଁ। ଯେତେ ଦୁଃଖ ହେଲେ ପେଟ କ'ଣ ବୁଝୁଛି? ମୋତେ ବା କି କାମ ମିଳିବ ଗାଁରେ। ସବି ଗାଁର ଛୋଟ ଛୋଟ ପିଲାଙ୍କୁ ଟ୍ୟୁସନ କରି ତିନି ଶହ, ଚାରିଶହ ଟଙ୍କା ଆଣେ। ସବିର ପାଉଡ୍ର ସାବୁନ ଓ ଫେୟାର ଆଣ୍ଡ ଲଭଲି ନିଶ୍ଚେ ଦରକାର। ବାକି ଟଙ୍କାରେ ଭାତ ମୁଠେ ହୋଇଯାଏ, ବାଡିର ଶଜନା ଶାଗ ଓ ବାଇଗଣର ତରକାରୀ କାମ ଚଳେ। କିନ୍ତୁ ଏ ଜୀବନ ମୋତେ ଅସହ୍ୟ ଲାଗେ।

ଦିନେ ଦୋଳ ଯାତ୍ରାରେ ମୋର ଦେଖା ହେଲା ମୋର ପୁରୁଣା ସାଙ୍ଗ ସଂଧ୍ୟା ସାଙ୍ଗେ। ସଂଧ୍ୟା ଘର ଆମ ଗାଁ ପାଖ ହରିରାଜ ପୁରରେ। ସେ ଓ ମୁଁ ଏକ ସ୍କୁଲରେ ଏକା କ୍ଲାସରେ ପଢୁଥିଲୁ। ସେ ବି ମୋ ପରି ମାଟ୍ରିକ ପରୀକ୍ଷା ଦେଲା ନାହିଁ। କିନ୍ତୁ ସେ ଏବେ ବହୁତ ଭଲରେ ଅଛି। ଭୁବନେଶ୍ୱରରେ ଗୋଟିଏ ବିଉଟି ପାର୍ଲରରେ କାମ କରୁଛି, ମାସକୁ ତିନି ହଜାର ଟଙ୍କା ଦରମା ପାଉଛି। ତା' ବେଶଭୂଷା କଥାଶୁଣି ମୋ ମନରେ ଆଶାର ହେଲା। ମୁଁ ତାକୁ କହିଲି, "ସଂଧ୍ୟା, ମୋ ପାଇଁ ଭୁବନେଶ୍ୱରରେ ଗୋଟାଏ କାମ ବୁଝି ଦିଅନ୍ତୁ ନାହିଁ?"

ସଂଧ୍ୟା ଉତ୍ତର ଦେଲା, "ହଁ ଚେଷ୍ଟା କରିବି। କିନ୍ତୁ ପାର୍ଲର କାମ ପାଇଁ ଟ୍ରେନିଂ ଦରକାର, ତୋର ତ ସେ ଟ୍ରେନିଂ ନାହିଁ। କିନ୍ତୁ ଆମ ମ୍ୟାଡ଼ାମ୍ ତାଙ୍କ ଘର କାମ ପାଇଁ ଝିଅଟିଏ ଖୋଜୁଥିଲେ, ମୋତେ ବି କହିଥିଲେ ଗାଁରେ ଖୋଜିବା ପାଇଁ। କରିବୁ ତାଙ୍କ ଘରେ କାମ?"

"ହଁ, କରିବି। ଏଠି ଭୋକ ଓପାସରେ ମରିବା ଅପେକ୍ଷା କେଉଁଠି କାମ କରି କିଛି ଟଙ୍କା ରୋଜଗାର କରିବା ଭଲ। ରମେଶଟା କୁଆଡ଼େ ଗଲା ଯେ ତା'ର ଖବର ଅନ୍ତର ନାହିଁ। ବୋଉ ଆଖିରୁ ଲୁହ ଶୁଖୁନି। ଭୋକ ପେଟରେ ରମେଶକୁ ଝୁରି ଝୁରି ଅଧା ବୟସରେ ଧୋକଡ଼ ବୁଢ଼ୀ ହୋଇ ଗଲାଣି। ଘରେ ବସି କାନ୍ଦିଲେ ଲାଭ କ'ଣ?"

ବୋଉର ହଜାରେ ବାରଣ ସତ୍ତ୍ୱେ ମୁଁ ସଂଧ୍ୟା ସାଙ୍ଗରେ ଭୁବନେଶ୍ୱର ଚାଲି ଆସିଲି। "ଗୀତାଞ୍ଜଲି ବିଉଟି ପାର୍ଲର"ର ମ୍ୟାଡ଼ାମଙ୍କ ଘରେ କାମ କରିବାକୁ ଆରମ୍ଭ

କଲି । ଯଦିଓ ଘର କାମ କରିବାକୁ ମୋତେ ବିଶେଷ ଅସୁବିଧା ହେଲାନି, କିନ୍ତୁ ସହରୀ ରନ୍ଧା ଶିଖିବାକୁ ବେଶ୍ କିଛି ଦିନ ଲାଗିଗଲା । କିନ୍ତୁ ଧୀରେ ଧୀରେ ମ୍ୟାଡାମ୍‌ଙ୍କ ସାହାଯ୍ୟରେ ମୁଁ ସବୁ ଶିଖି ଗଲି । ଘରର ସବୁ କାମ ମୁଁ କରେ, ଘର ସଫା ଠାରୁ ଲୁଗା କଚା ଓ ରନ୍ଧା ଯାଏଁ, କାଟିବା, କାଟିବା ପାଇଁ ମେସିନ୍ । ଘରେ କେବଳ ସାର୍ ଓ ମ୍ୟାଡାମ୍ । ଗ୍ୟାସ୍ ଚୁଲିରେ ରନ୍ଧା । ତେଣୁ ମୋତେ ବେଶୀ ସମୟ ଲାଗେନି ଘର କାମ ସାରିବାକୁ । ମ୍ୟାଡାମ୍‌ଙ୍କ ପାର୍ଲର ତାଙ୍କ ଘରେ । ଘର କାମ ସାରି ଦେଇ ମୁଁ ପାର୍ଲର ଚାଲିଯାଏ । ସଂଧ୍ୟା ଓ ମ୍ୟାଡାମ୍‌ଙ୍କୁ ସାହାଯ୍ୟ କରୁକରୁ ମୁଁ କିଛିକିଛି ପାର୍ଲର କାମ ବି ଶିଖିଗଲି । ମୋତେ ଭାରି ଆଶ୍ଚର୍ଯ୍ୟ ଲାଗେ ଏଠାର ସ୍ତ୍ରୀ ଲୋକ ଗୁଡାଙ୍କୁ ଦେଖି ! ଷାଠିଏ ବର୍ଷର ବୁଢ଼ୀବୁଢ଼ା ମୁଣ୍ଡରେ କଳା ଲଗେଇ, ମୁହଁକୁ ଘସିମାଜି, କେତେ ପ୍ରକାର ସଜେଇ ହୋଇ ଟୋକିଙ୍କ ପରି ଦେଖା ଯାଆନ୍ତି, ଅଥଚ ମୋ ବୋଉ ପଚଶ ବର୍ଷରେ ସତୁରୀ ବର୍ଷର ବୁଢ଼ୀ ପରି ଦେଖାଯାଉଛି ! ମୋ ମନ ଦୁଃଖରେ ଭରିଯାଏ, ଭାବେ ଗାଁ ଗୁଡାକ ନର୍କ, ଭୁବନେଶ୍ୱର ସ୍ୱର୍ଗ । ଏଠି ଭୋକ ନାହିଁ, ବାର୍ଦ୍ଧକ୍ୟ ନାହିଁ । ମୁଁ ମ୍ୟାଡାମ୍‌ଙ୍କ ଘରେ ରହେ, ଥାଏ । ସଂଧ୍ୟା କିନ୍ତୁ ଭଡା ଘରେ ରହେ ଆଉ ଜଣେ ଝିଅ ସାଙ୍ଗେ । ସେ ଭାତଖାଇ ସକାଳ ଦଶଟା ବେଳକୁ ଆସେ, ଖରାବେଳେ ଖାଇବା ପାଇଁ ଟିଫିନ୍‌ରେ ରୁଟି ଭଜା ଆଣିଥାଏ । ପାଞ୍ଚଟା ବେଳକୁ ମ୍ୟାଡାମ୍ ତାକୁ ଚା ଦିଅନ୍ତି, ସଂଧ୍ୟା ସାତଟା ବେଳକୁ ତା' ଘରକୁ ଚାଲିଯାଏ ।

ରମେଶ ଯିବାର ଦେଢ଼ ବର୍ଷରୁ ବେଶୀ ହେଲାଣି । ମୁଁ ଓ ବଂଚିବାକୁ ଶିଖି ଗଲୁଣି, କିନ୍ତୁ ବୋଉ ରମେଶ ଚିନ୍ତାରେ ଦରମଲା ହୋଇ ଗଲାଣି । ସବୁ ମାସରେ ଘରକୁ ଟଙ୍କା ପଠେଇଲା ବେଳେ ମୁଁ ହରଲିକ୍ ବୋତଲଟାଏ ବୋଉ ପାଇଁ ପଠାଏ, ଭାବେ ହରଲିକ୍ ପିଆ ବୋଉ ବଂଚିଥାଉ ତା' ପୁଅ ଫେରିବା ଯାଏଁ ।

ମୁଁ ମ୍ୟାଡାମ୍‌ଙ୍କ ଘରେ କାମ କରିବା ଛଅମାସରୁ ବେଶୀ ହେଲାଣି । ଦୋଲ ପରେ ଆସିଥିଲି ପୂଜା ଆସି ହେଲାଣି । ସାବି ଓ ବୋଉକୁ ଦେଖିବାକୁ ଭାରି ମନ ହେଉଥାଏ । ମୁଁ ପାଞ୍ଚଦିନ ଛୁଟି ମାଗିଲି ଗାଁକୁ ଯିବା ପାଇଁ । ମ୍ୟାଡାମ୍ ପୂଜା ପାଇଁ ମୋ ଲାଗି ନୂଆ ସାରୁଆର କମିଜ କିଣି ଦେଲେ । ମୁଁ ମ୍ୟାଡାମ୍‌ଙ୍କ ପାଖେ କାମ କରିବାର କିଛି ଦିନ ପରଠାରୁ ମ୍ୟାଡାମ୍‌ଙ୍କର ପୁରୁଣା ସାଲୁଆର କମିଜ ପିନ୍ଧି ଆସୁଛି । ମୁଁ ସାବି ପାଇଁ ବି ଭଲ ସାଲୁଆର କମିଜ କିଣିଲି । ବୋଉ ପାଇଁ ବିସ୍କୁଟ୍, ମିକ୍ଚର ଓ ହରଲିକ୍ ନେଇ ଗାଁକୁ ଗଲି । କିନ୍ତୁ ବୋଉର ଶୁଖିଲା ମୁହଁ ଦେଖି ମୋର ମନ ମନ ହେଲାନି ନୂଆ ଲୁଗା ପିନ୍ଧିବାକୁ ।

ବୋଉ ରମେଶ ଫେରି ଆସିବା ପାଇଁ ହଜାରେ ଓଷା ବ୍ରତ କରେ, ସୂର୍ଯ୍ୟ ବୁଢ଼ି

ଗଲେ ପାଟିରେ ପାଣି ଦିଅନି । କେଉଁ ବା କେଉଁ ଜ୍ୟୋତିଷ ପାଖୁ ରମେଶ ଜାତକ ନେଇ ଯାଏ, ପଚାରେ ସେ କେବେ ଆସିବ, କେଉଁଠି ଅଛି, କେମିତି ଅଛି । ଯାହାହେଉ ଦିନେ ଠାକୁର ତା' ଗୁହାରୀ ଶୁଣିଲେ ।

ସେଦିନ ହୋଇଥାଏ ଦଶହରା । ପାହାନ୍ତିଆରୁ କିଏ ଦାଣ୍ଡ କବାଟ ବାଡେଇଲାରୁ ମୁଁ ଯାଇ କବାଟ ଖୋଲିଲି, ମୁଁ ମୋ ଆଖିକୁ ବିଶ୍ୱାସ କରି ପାରୁ ନ ଥାଏ । ସତେ ଅବା ମୋ ଆଗରେ ଯିଏ ଠିଆ ହୋଇଛି ସେ ମୋ ଭାଇ ନୁହେଁ, ଭାଇର ଭୂତ । ଦେହରେ ହାଡ଼ ଚମ ଛଡ଼ା ଆଉ କିଛି ନାହିଁ, ଆଖି ଦୁଇଟା କେଉଁ ଗାତରେ ପଶି ଯାଇଛି । ରମେଶଟା ବୋଉ ପରି ଗୋରା ଥିଲା, ଏବେ ଅଙ୍ଗାର କହିବ ସେ ତା'ଠାରୁ ସଫା । ତାକୁ ଯାହା ପଚାରିଲେ ତା' ପାଟିରୁ କଥା ବାହାରୁ ନ ଥାଏ । ତଥାପି ତାକୁ ଦେଖି ବୋଉ ବହୁତ କାନ୍ଦିଲେ ବି ତା' ଠାରୁ ଅନେକ ଖୁସି ହେଲା – ଯାହାହେଉ ତା' ପୁଅ ତା' ଘରକୁ ଫେରି ଆସିଛି ।

ଦି'ଦିନ ଭାତ ଖାଇଲା ପରେ ରମେଶ ପାଟିରୁ କଥା ବାହାରିଲା । ସେ ଧୀରେ ଧୀରେ ଅଙ୍ଗୋ ଲିଭାଇ ଥିବା କରୁଣ କାହାଣୀ କହିବାକୁ ଆରମ୍ଭ କଲା ।" କେରଳରେ ମୁଁ ରେଲ ଲାଇନ ପକାଇବା କାମ କରୁଥିଲି । କାଲୁ ଓ ନବ ବି ସେଇଠି କାମ କରୁଥିଲେ । କିନ୍ତୁ କିଛି ଦିନ ପରେ ଆମ ଲେବର କଣ୍ଟାକ୍ଟର ବେଶୀ ପଇସା ଦେବ ବୋଲି ଲୋଭ ଦେଖାଇ ମୋତେ ଅନ୍ୟ ଗୋଟିଏ ଜାଗାକୁ ନେଇଗଲା । ସେଠି ଗୋଟାଏ ଲମ୍ୱା ଘରେ ଆମେ ପ୍ରାୟ ପଚିଶ ତିରିଶ ଜଣ ଥାଉ, କିଏ କେଉଁଠୁ ଆସିଥାଉ ତା'ର ଠିକ୍ ଠିକଣା ନ ଥାଏ । କିଏ ତେଲୁଗୁ କହେ ତ କିଏ ହିନ୍ଦି, କିଏ ଗୁଜରାଟି କହେ ତ କିଏ ବଙ୍ଗାଳୀ । ସେଠି ସେ ଆମ ସମସ୍ତଙ୍କୁ ଦୁଇବେଲା ଭାତ ଓ ଗୋଟେ ତରକାରୀ ଖାଇବାକୁ ଦେଉଥିଲା । ଦୁଇତିନି ମାସ ଦରମା ଦେଲା । ତା' ପରେ ଦିନେ ଆମ ସମସ୍ତଙ୍କୁ ନେଇ ଗୋଟିଏ ଅଫିସରେ ଠିଆ କରେଇ ଜଣ ଜଣଙ୍କର ଫଟୋ ଉଠାଇଲା, ଏଠି ଦସ୍ତଖତ, ସେଠି ଦସ୍ତଖତ କରାଇ ନେଲା । ଆମେ ପଚାରିଲାରୁ ଆମ ସମସ୍ତଙ୍କର ବିଦେଶ ଯିବା ପାଇଁ କାଗଜପତ୍ର (ପାସପୋର୍ଟ) ହେଲା ବୋଲି ସେ କହିଲା । ତା' ପରେ ଥରଥର କରି ଆମ ଭିତରୁ ଚାରିଜଣ, ଦୁଇଜଣ କରି ରଡ଼ା ଜାହଜରେ ବସେଇ କେଉଁ ଏକ ଅଜଣା ଦେଶକୁ ନେଇ କୁଲି କାମ କରାଇଲା । ସେଠି କି ଖଟଣୀ କହି ହେବ ନାହିଁ । ଦିନ ରାତି କାମ । ଦିନ ରାତି କାମ । ସେ ଦେଶରେ ଏତେ ଗରମ ଓ ଖରା ତା' ଆଗରେ ଆମ ଜ୍ୟେଷ୍ଠମାସର ଖରା ଲାଭ ଦିଆ ହେବ । ମାସକ ପରେ ମୁଁ ଟଙ୍କା ମାଗିବାରୁ ମୋତେ କହିଲା, "ଏ ଦେଶର ଟଙ୍କା ନେଇ ତୁ କ'ଣ କରିବୁ? ଗାଁକୁ ଗଲାବେଲେ ସୁଧମୂଲ ସବୁ ମିଶାଇ ଦେଇ ଦେବି

ଯେ ତୁ ଯାଇ ସେଠି କୋଠା ବାଡେଇବୁ।” ମୁଁ ତା’ କଥାରେ ବିଶ୍ୱାସ କରି ବର୍ଷକ
ପରେ ବହୁତ ଟଙ୍କା ଧରି ଗାଁକୁ ଫେରିବି ବୋଲି ସ୍ୱପ୍ନ ଦେଖିଲି। ମୋ ସହିତ ରାମଲାଲ
ବୋଲି ବନାରସରୁ ଗୋଟିଏ ପିଲା ରହୁଥିଲା। ଦିନେ ରାତିରେ ରୁଟି ମାଂସ ଖାଇଲା
ବେଳେ ସେ ବଡ ଦୁଃଖରେ କହିଲା, “ଭାଇ ଏଠିକୁ ଆସିବା ପୂର୍ବରୁ ମୁଁ ମାଛ ମାଂସ
କିଛି ଖାଉ ନ ଥିଲି, କିନ୍ତୁ ଭୋକ ବିକଳରେ ଏଠି ଯାହା ମିଳୁଛି ଖାଉଛି। ହେଲେ
ମୋ ମନ କହୁଛି ଏ କଣ୍ଟାକ୍ଟର ଆମକୁ ଗୋରୁ ମାଂସ ଦେଉଛି। ଗୋରୁ ମାଂସ ନାଁ ଶୁଣି
ଆମେ ସେଠି ଯେତେ ଜଣ ଥିଲୁ ସମସ୍ତେ ଆଶ୍ଚର୍ଯ୍ୟ ହୋଇଗଲୁ। କେରଳର ମେନନ୍
ବୋଲି ପିଲାଟିଏ ଥିଲା – ସେ ଗମ୍ଭୀର ହୋଇ କହିଲା ତୁମେ କ’ଣ ଭାବିଛ ଏ
ରାଜ୍ୟରେ ସେ ତୁମକୁ ଛେଲି ମାଂସ ଦେବ ?” ମୁଁ ଓ ରାମଲାଲ ତା’ ପରଦିନ କାମକୁ
ଗଲାବେଳେ ସଲମାନ୍ ଭାୟାକୁ ଏ ବିଷୟରେ ପଚାରିଲୁ। ଏ ବିଷୟରେ ତା’ ସହିତ
ଟିକିଏ ଜୋରରେ କାକ୍ବକ୍ସା ହୋଇଗଲା। ସେ ସାଙ୍ଗେ ସାଙ୍ଗେ କେଉଁଠୁ ଦୁଇଟା
ଦାଢ଼ି ବାଲା ପୁଲିସ ଡାକି ଆଣି ଆମକୁ ନେଇ ଜେଲରେ ପୁରେଇ ଦେଲା। ଜେଲ୍
ନୁହେଁ ତ ସେ ଯମପୁରୀ। ଜେଲରେ ଆମେ ସେମିତି ପଡ଼ିଥାଉ, ଏଠି କାମ ବହୁତ
କଷ୍ଟ ପଥର ହାଣିବା ଠାରୁ ମକ୍ଵା ପୋଷିବା ଯାଏଁ। ଟିକିଏ ଠିଆ ହୋଇଗଲେ ଯମଦୂତ
ପରି ଜେଲର ଆସି ପିଟିପିଟି ପିଠିରୁ ଚମଡ଼ା ଉଠେଇ ଦିଏ। ତଥାପି ଜେଲରେ ଜଣେ
ଜଗୁଆଳି ଭାରି ଦୟାଲୁ ଲୋକଟିଏ। ତା’ର ଯେଉଁ ଦିନ ରାତି ଡ୍ୟୁଟି ଥାଏ ସେ
ଆମମାନଙ୍କ ସହିତ ଅଛ ଅଛ ହିନ୍ଦୀରେ କଥାବାର୍ତା ହୁଏ, ଆମ ଅବସ୍ଥା ଲାଗି ଦୁଃଖ
କରେ। ସେ ନିଷ୍ଠୁର ଦେଶରେ ଦେବଦୂତ ପରି ଏମିତି ମଣିଷଟାଏ କେମିତି ଜନ୍ମ
ହୋଇଥିଲା କେଜାଣି ? ସେ ହିଁ ଦିନେ ରାତିରେ ଆମକୁ ଆଣି ଗୋଟିଏ ପାଣି ଜାହଜର
ଗୋଦାମରେ ବସେଇ ଦେଲା, ପୁଡ଼ିଆରେ କେତୋଟି ପାଉଁରୁଟି ଓ କିଛି ଖଜୁର ଧରେଇ
ଦେଇ କହିଲା – ଏଠି ବସିଥିବ ଜାହାଜ ମୁମ୍ବେଇ ପହଞ୍ଚିଲା ଯାଏଁ। ଆମେ ସେଇଠି
ସେମିତି ବସିଥାଉ, କେତେବେଳେ ଦିନ ହୁଏ, କେତେବେଳେ ରାତି ହୁଏ କିଛି
ଜାଣି ପାରୁ ନ ଥାଉ। ଯାହାହେଉ ଶେଷରେ ଦିନେ ଜାହାଜ ଆସି ମୁମ୍ବାଇରେ ପହଞ୍ଚିଲା।
କିନ୍ତୁ ଜାହାଜରୁ ବାହାରିବୁ କେମିତି ? ଜେଲ୍ ଗଲାବେଳେ ସବୁ କାଗଜ ପତ୍ର ସେମାନେ
ନେଇ ଯାଇଥିଲେ। ତେଣୁ ରାତି ହେବା ଯାଏଁ ଆମେ ସେଇଠି ସେମିତି ଲୁଚି ରହିଲୁ।
ରାତି ବାରଟା ଗୋଟେ ବେଳକୁ କୌଶି ମତେ ଜୀବନ ନେଇ ଜାହାଜରୁ ଖସି
ପଲେଇ ଆସିଲୁ। ରାମଲାଲର ଜଣେ ଲେଖାଯୋଖା ଚାଚା ବମ୍ବେରେ ଥିଲେ। ସେ
ରାମଲାଲକୁ କିଛି ଟଙ୍କା ଦେଲେ ବନାରସ ଯିବା ପାଇଁ। ମୋତେ ବା କାହିଁକି ଦିଅନ୍ତେ
ସେ ? ମୁଁ କେବଳ ବୁଢ଼ୀ ଠାକୁରାଣୀଙ୍କୁ ଡାକିଡାକି ଭୋକ ଓପାସରେ ବିନା ଟିକଟରେ

ଭୁବନେଶ୍ୱର ଆସୁଥିବା ଗାଡ଼ିରେ ଚଢ଼ି ଗଲି । ବାଟରେ ଥରେ ଗୋଟିଏ ଟି.ଟି ଆଇ ଧରିଥିଲା । ତା' ଗୋଡ଼ ହାତ ଧରି କାନ୍ଦିକାନ୍ଦି ମୋ ଦୁଃଖ ତାକୁ କହିଲି । ମୋ ଅବସ୍ଥା ଦେଖି ତା'ଣ ବୋଧେ ଦୟା ହେଲା । ସେ ମୋତେ ଛାଡ଼ି ଦେଲା । ଭୁବନେଶ୍ୱର ଷ୍ଟେସନରେ ମୋ ସାଙ୍ଗ ରାଜୁ ସାଙ୍ଗେ ଦେଖା ହେଲା । ସେ ଅଟୋ ଧରି ଭଡ଼ା ପାଇଁ ଷ୍ଟେସନ୍ ପାଖରେ ଠିଆ ହୋଇଥିଲା । ମୁଁ ତା' ପାଖୁ ଗଲି, କିନ୍ତୁ ସେ ମୋତେ ଚିହ୍ନ ପାରିଲା ନାହିଁ । ବହୁତ ସମୟ ଯାଏଁ ତାକୁ ଗାଁ କଥା ଓ ପିଲାଦିନ କଥା କହିବାରୁ ଶେଷରେ ସେ ଆଶ୍ଚର୍ଯ୍ୟ ହୋଇ କହିଲା, "ହଇରେ ରମେଶ, ତୋ ଅବସ୍ଥା କଅଣ ହୋଇଛି ? ସେ ନେଇ ମୋତେ ଗୋଟିଏ ଠେଲା ଜଳଖିଆ ଦୋକାନରେ ପେଟ୍ ପୂରେଇ ପୁରୀ ତରକାରୀ ଖୁଆଇଲା ଓ ଟଙ୍କା ଦେଲା ଟିକଟ କରି ବସ୍‌ରେ ଗାଁକୁ ଆସିବା ପାଇଁ...।"

ବୋଉ ତା' ପୁଅକୁ କୁଣ୍ଢେଇ ଧରି କାନ୍ଦିବାରେ ଲାଗିଥାଏ ଓ କାନ୍ତୁରେ ମୁଣ୍ଡ ପିଟି ବୁଢ଼ୀଠାକୁରାଣୀଙ୍କୁ ମୁଣ୍ଡିଆ ମାରୁଥାଏ ରମେଶକୁ ଫେରାଇ ଆଣିଥିବାରୁ । ମୁଁ ଯାଇ ଭାତ ଡାଲମା କଲି, ବାଡ଼ିରୁ ସଜନାଶାଗ ଆଣି ଖରଡ଼ିଲି, ଭେଣ୍ଡି, ଆମୁଲ ବଡ଼ି ପକେଇ ଖଟା କଲି । ରମେଶ ଗାଧୋଇ ସାରି ଭାତ ଖାଇ ଶୋଇ ପଡ଼ିଲା ।

ଦୁଇ ଦିନ ପରେ ମୁଁ ତାକୁ ପଚାରିଲି", ଏବେ କ'ଣ କରିବୁ ?"

"ମୁଁ ଜୀବନ ଥିବା ଯାଏଁ ଏ ଗାଁ ଛାଡ଼ି ଯିବି ନାହିଁ, ପର ପାଖେ ମୁଣ୍ଡ ବିକିବି ନାହିଁ କି ମୂଲ ଲାଗିବି ନାହିଁ । ସେ ସବୁ ବହୁତ ହୋଇଗଲା । ଏବେ ରାଜନୀତି କରି ଗାଁ ଲୋକଙ୍କର ସେବା କରିବି, "ସେ ଉତ୍ତର ଦେଲା ।

ରମେଶ ପ୍ରତି ଥିବା ଦୟା କ୍ଷଣକ ଭିତରେ ମୋ ମନରୁ କୁଆଡ଼େ ଉଭେଇ ଗଲା ଓ ମୋତେ ଲାଗିଲା ରମେଶ କଥାରେ ମୋ ଦେହରେ ନିଆଁ ଲାଗିଗଲା । ମୁଁ ଚିଡ଼ି ଯାଇ କହିଲି, "ରାଜନୀତି କରିବୁ ? ଯେମିତି ଆମ ଗାଁ ସରପଞ୍ଚ ପଚିଶ କିଲୋ ବି.ପି.ଏଲ୍ ଚାଉଳ ଜାଗାରେ ଗାଁ ଲୋକଙୁ ପାଞ୍ଚ କିଲୋ ଦେଇ ସେବା କରୁଛି ? ସେ ଚାଉଟରୀ ଭିତରେ ନ ପଶି ମୋ କଥା ମାନି ଭୁବନେଶ୍ୱର ଯାଇ କାହା ଘରେ ରହି ଯା', ଧୀରେ ଧୀରେ ଡ୍ରାଇଭିଂ ଶିଖ ଡ୍ରାଇଭର ହୋଇ ଯିବୁ ।"

ସେ ମୋ କଥାକୁ ଫୁଟୁକିରେ ଉଡ଼େଇ ଦେଇ ଜବାବ୍ ହେଲା, "ଅପା, ମୁଁ କବିତା ପ୍ରଧାନ ଯେ ଖାଲି ପେଟକୁ ମୁଠେ ଦାନା ଓ ପିଠିକୁ ଖଣ୍ଡେ କନାରେ ସନ୍ତୁଷ୍ଟ ହୋଇ ଯିବି ? ମୁଁ ଚାହେଁ ଭଲ ଜୀବନ । ଥରେ ଝୁଣ୍ଟି ପଡ଼ିଲି, ଏଣିକି ଦେଖିବୁ ରାଜନୀତି କରି କେମିତି ଚାଲିବି ।"

ମୁଁ ତା' ସଙ୍ଗେ ଆଉ ଯୁକ୍ତି କଲି ନାହିଁ । ମୋ ଛୁଟି ସରି ଯାଇଥିଲା । ମୁଁ ମୋ

ବ୍ୟାଗ୍ ଖଣ୍ଡ ଧରି ଭୁବନେଶ୍ୱର ବାହାରିଲି, ଭୁବନେଶ୍ୱର ଆସିବା ପୂର୍ବରୁ ମୁଁ ସବିତାକୁ ପଚାରି ଥିଲି, "ସବି ଲୋ, କେଉଁ ମ୍ୟାଡାମ୍ଙ୍କ ଘରେ ରହିବୁ? ଆଜି କାଲି ମ୍ୟାଡାମ୍ମାନେ ବହୁତ ଭଲ ବ୍ୟବହାର କରନ୍ତି, ଭଲ ଖାଇବାକୁ ଦିଅନ୍ତି, ଭଲ ପିନ୍ଧିବାକୁ ଦିଅନ୍ତି। କାମ କରାନ୍ତି ସତ, ଭଲ ଟଙ୍କା ବି ଦିଅନ୍ତି।"

ସେ ରୋକ୍ଠୋକ୍ ମନା କରି ଦେଲା, "ତୁ ଭଲ ଖା', ଭଲ ପିନ୍ଧି, ଭଲରେ ରହ। ମୋର ସେସବୁ ଦରକାର ନାହିଁ। ତୁ ଯାଇଛୁ ତ ଯାଇଛୁ, ମୋତେ କାହିଁକି ଭିଡୁଛୁ? ମୁଁ ଗାଁ ଛାଡ଼ି କୁଆଡ଼େ ଯିବିନି....।" ମୁଁ ଚୁପଚାପ୍ ଚାଲି ଆସିଲି।

ଚାହୁଁ ଚାହୁଁ ସମୟ କୁଆଡ଼େ ପଳାଉଛି। ପୂଜାରେ ମୁଁ ଗାଁକୁ ଯାଇଥିଲି ଯେ ଏବେ ଶୀତଛୁଟି ବେଳ ହୋଇ ଗଲାଣି। ଏହା ଭିତରେ ମୁଁ ସଂଧ୍ୟା ଓ ମ୍ୟାଡାମ୍ଙ୍କୁ ସାହାଯ୍ୟ କରୁକରୁ ଅନେକ କିଛି ପାର୍ଲର କାମ ଶିଖି ଗଲିଣି। ପୋଡି କିଓର, (ଗୋଡର ଯତ୍ନ), ମାନିକିଓର (ହାତର ଯତ୍ନ), ଆଇବ୍ରୋ ସେଯ୍ କରିବା, ଅପରଲିଯ୍ ସଫା କରିବା ମୋ ପାଇଁ ସହଜ ହୋଇ ଗଲାଣି। ସଂଧ୍ୟା କାହା ମୁଣ୍ଡରେ ରଙ୍ଗ ଲଗେଇ ଦେଲେ ମୁଁ ତା' ମୁଣ୍ଡ ସାମ୍ପୁ କରି ଶୁଖେଇ ଦିଏ। ଫେସିଆଲ୍ ଓ ମାସେଜିଂ ଇତ୍ୟାଦି ସଂଧ୍ୟା କରେ, ମ୍ୟାଡାମ୍ ବାଳ କଟନ୍ତି ଓ ବାଲସେଟ୍ କରନ୍ତି। ବେଲେବେଲେ ବାହା ଘର ଥିଲେ ପାର୍ଲରର କାମ ବହୁତ ବଢ଼ି ଯାଏ, ବ୍ରାଇଡାଲ୍ (କନ୍ୟାବେଶ) ପାଇଁ ବାହାହେବାକୁ ଯାଉଥିବା ଝିଅମାନେ ଆସନ୍ତି। ଜଣକୁ ବେଶ୍ କଲା ବେଳକୁ ତିନି ଚାରି ଘଣ୍ଟା ଲାଗିଯାଏ। ଏଥିରେ ମୁଁ ସଂଧ୍ୟା ଓ ମ୍ୟାଡାମ୍ଙ୍କୁ ସାହାଯ୍ୟ କରେ। ବାପଲୋ, କି ବେଶ ସେ! କାଳୀ, ଚେପେଟି ନାକି, କୋରଡ଼ ଆଖି ଝିଅଗୁଡ଼ାକ ଅପ୍ସରୀ ହୋଇ ବାହାରି ପଡନ୍ତି। ସେମାନଙ୍କୁ ଦେଖି ମୋ ଆଖି ଖୋସି ହୋଇ ପଡେ।

ଗାଁରୁ ଖବର ଆସିଲା ବୋଉର ଅତି ଦେହ ଖରାପ ବୋଲି। ଦୁଇଦିନ ପରେ ରମେଶ ନିଜେ ଆସିଲା ମୋତେ ନେବା ପାଇଁ। ମ୍ୟାଡାମ୍ଙ୍କ ପୁଅମାନେ ଛୁଟିରେ ଆସିବେ, ବଡ଼ଦିନ ଲାଗି ଏବେ ପାର୍ଲରରେ ଭାରି ଭିଡ଼। ମ୍ୟାଡାମ୍ଙ୍କର ସବୁ ଅସୁବିଧା ଜାଣିବା ସତ୍ତେ ବି କାଲେ ବୋଉ ମରିଯିବ ଓ ତାକୁ ଆଉ ଦେଖି ପାରିବି ନାହିଁ ଭାବି ମୁଁ ରମେଶ ସାଙ୍ଗେ ଗାଁକୁ ଚାଲି ଆସିଲି। ପ୍ରକୃତରେ ବୋଉର ଦେହ ବହୁତ ଖରାପ ହୋଇଥାଏ। ସେ ଅଜ୍ଞାନ ଅବସ୍ଥାରେ ପଡ଼ିଥାଏ। ଦୁର୍ବଲ ଶରୀରରେ ମ୍ୟାଲେରିଆ ହୋଇ ସେ କତରାଲାଗି ହୋଇ ଯାଇଥାଏ। ପିଲାଦିନୁ ବାପା ତ ଚାଲି ଯାଇଥିଲେ, ବୋଉ ଚାଲିଗଲେ ଆମର ହୋଇ ଏ ପୃଥିବୀରେ କେହି ରହିବ ନାହିଁ। ରମେଶ ଓ ମୁଁ ମିଶି ଅଟୋଟାଏ କରି ତାକୁ କୋଲରେ ଶୁଆଇ ବଡ଼ ଡାକ୍ତରଖାନା ନେଲୁ। ସେଠି ଭଲ ଡାକ୍ତର ଦେଖାଇ ଔଷଧ, ଇଂଜେକ୍ସନ୍ ଦେବା ପରେ ବୋଉ ଆଖି ଖୋଲିଲା।

ଚାରି ପାଞ୍ଚ ଦିନ ପରେ ବୋଉ ଟିକିଏ ଭଲ ହେବାରୁ ତାକୁ ଗାଁକୁ ନେଇ ଆସିଲୁ। ବୋଉକୁ ଗଣ୍ଠେ ପଥ୍ୟ ରାନ୍ଧି ଦେଇ ତା'ର ଭଲମନ୍ଦ ବୁଝାବୁଝୁ କରି ସେ ଟିକିଏ ଚଲାବୁଲା କରିବା ବେଳକୁ କୋଡ଼ିଏ ପଚିଶ ଦିନ ହୋଇଗଲା, ମୋ ପାଖେ ଯାହା କିଛି ଟଙ୍କା ଥିଲା ବୋଉ ଦେହ ଖରାପରେ ସବୁ ସରି ଗଲା।

ରମେଶ ଏବେ ଆମ ଗାଁ ସରପଞ୍ଚ ରଙ୍ଗନିଧୁ ସାହୁ ସାଙ୍ଗେ ସବୁବେଳେ ବୁଲୁଛି। ସବୁ କଥାରେ "ଆମ ରଙ୍ଗଭାଇ, ଆମ ରଙ୍ଗଭାଇ" ହେଉଛି। ଅଧିକାଂଶ ଦିନ ତା' ପାଖେ ଖିଆ ପିଆ। କେଉଁଠୁ ଟଙ୍କା ଆସେ କେଜାଣି ମଝିରେ ମଝିରେ କିଛି ଟଙ୍କା ଆଣି ବୋଉକୁ ଧରେଇ ଦିଏ। ବୋଉ ମନେ ମନେ ଭାରୀ ଖୁସି ତା' ପୁଅ ରୋଜଗାର କରୁଛି ବୋଲି, କିନ୍ତୁ ସେ ରଙ୍ଗଭାଇ ନାଁ ଶୁଣିଲେ ମୋ ଦେହରୁ ନିଆଁ ବାହାରେ। ଘରେ ପିଲା ମାଇପ ଥାଇ ବି ସେ ମୋତେ ଏମିତି ଚାହେଁ ଯେ ମୁଁ ସହି ପାରେନି।

ବୋଉ ଆଖିରେ ତା' ପୁଅ ପାରିବାର ହୋଇଗଲାଣି, ରୋଜଗାରିଆ ହୋଇଗଲାଣି। ରମେଶକୁ ବୋଉ ଆମ ଦି' ଭଉଣୀଙ୍କ ଠାରୁ ବେଶୀ ଭଲ ପାଏ। ବୋଉର ରମେଶ କଥାରେ ପୂର୍ଣ୍ଣ ବିଶ୍ୱାସ। ସେ ଯଦି କୁଆଟାକୁ ଧଳା କହିବ ବୋଉ ବି କୁଆକୁ ଧଳା କହିବ। ଏଣିକି ବୋଉ ଚାହିଁଲାଣି ରମେଶ ହାତକୁ ଦି ହାତ କରିବାକୁ।

ବୋଉ ରମେଶ ବାହାଘର କଥା ଉଠାଇଲାରୁ ମୁଁ କହିଲି, "ମୋ କଥା ଛାଡ଼। ସବିକୁ ଏକୋଇଶ ପୂରି ବାଇଶ ଚାଲିଲାଣି। ତା' ବିଭାଘର କଥା ନ ଭାବି ତୁ ରମେଶ ବିଭାଘର କଥା ଭାବୁଛୁ?"

ବୋଉ ମୋ କଥାକୁ ଏ କାନରେ ପୂରେଇ ସେ କାନରେ କାଢ଼ି ଦେଇ କହିଲା, "ଆଲୋ ଝିଅମାନଙ୍କୁ ବିଭା କରିବା ପାଇଁ ସିନା ଟଙ୍କା କଉଡ଼ି ଦରକାର, ପୁଅ ବିଭା, ଦାଣ୍ଡେ ଠିଆ। ଆମ ପାଖ ଗାଁ ପଧାନ ପଡ଼ାକୁ ଶୋହଳ ବର୍ଷର ଝିଅ ରେବତୀକୁ ସେ ବୋହୂ କରି ନେଇ ଆସିଲା। ମୁଁ ଯେତେ ମନା କଲି ଝିଅକୁ ଅଠର ବର୍ଷ ନ ହେଲେ, ସରକାରଙ୍କ ନିୟମ ଅନୁସାରେ ଏହା ବେଆଇନ୍," ମୋ କଥା ତା' କାନରେ କାହିଁକି ପଶନ୍ତା, ଓଲଟି ମୋତେ କହିଲା, "ଚୁଲି କି ଯାଉ ସେ ସରକାର। ଗାଁ ଗହଳିରେ ଏମିତି ଶହଶହ ବାହାଘର ହେଉଛି। ସରକାର କ'ଣ କରି ପକାଉଛି? ଆଉ ଦି' ବର୍ଷ ଗଲା ବେଳକୁ ରେବତୀ ବାପ କ'ଣ ଆମକୁ ଚାହିଁ ବସିଥିବ! ତା'ର ଚାରିଚାରିଟା ଝିଅ – ଗୋଟେ ଗୋଟେ କରି ଉଠେଇବ ତ! ଝିଅଙ୍କୁ ଧରି ବସିଥିବ କ'ଣ?"

"ତୁ କେମିତି ଧରି ବସିଛୁ?" ମୁଁ ଚିଡ଼ି କରି କହିଦେଲି।

ବୋଉ ମୁହଁ ଶୁଖିଗଲା, ତା' ଆଖିରେ ଲୁହ ଆସିଗଲା। ସେ କାନ୍ଦ କାନ୍ଦ

ସ୍ୱରରେ କହିଲା, "ମୁଁ କ'ଣ ଇଚ୍ଛା କରି ଧରି ବସିଛି ? ତୋ ବାପ ଥିଲେ ତୁ ଏବେ ଚାରିଟା ପିଲାର ମାଆ ହୁଅନ୍ତୁଣି। ଯାହାହେଉ ତୁ ଦୂରରେ ରହୁଛୁ, ତତେ ମୁଁ ସବୁଦିନେ ଦେଖୁନି। ପୁଣି ତୁ ରୋଜଗାର କରୁଛୁ। ଗାଁ ଲୋକେ ତୋ ବିଷୟରେ ଦି' ପଦ କହିବାକୁ ସାହସ କରୁ ନାହାନ୍ତି। କିନ୍ତୁ ସବିକୁ ଦେଖିଲେ ମୋ ଛାତି କୋରି ହୋଇ ଯାଉଛି ଘରେ ରହି ରହି ଦରବୁଢ଼ୀ ହେବାକୁ ବସିଲାଣି। ଗାଁ ଟୋକାଙ୍କ ଆଖିରୁ ତାକୁ ବଂଚେଇ ରଖିବା ମୋ ପାଇଁ କାଠି କର ପାଠ ହୋଇ ପଡ଼ିଲାଣି।"

ମୁଁ ବେଉ ସହିତ ଆଉ ଯୁକ୍ତି କଲିନି। ରମେଶକୁ ସରପଞ୍ଚ ବୋଧେ କିଛି ଟଙ୍କା ଦେଇଥିଲା। ରମେଶ ରୋଷଣି କରି ଭଡ଼ା ଇଣ୍ଟିକାରେ ବର ହୋଇ ବସି ତା' ସାଙ୍ଗମାନଙ୍କ ସାଙ୍ଗରେ ଯାଇ ପଧାନପଡ଼ାରୁ ରେବତୀକୁ ବାହା ହୋଇ ଆଣିଲା। ମୁଁ ଗୋଟିଏ ମଙ୍ଗଳ ସୂତ୍ର ଓ ସିଲକ୍ ଶାଢ଼ୀଟିଏ କିଣି ଆଣିଲି ବୋହୂ ପାଇଁ, ବେଉ ତା' ଶାଶୂ ଅମଲର ପାହୁଡ଼ ହଲକ ବଦଲେଇ ପାଉଁଜି ଦୁଇଟି କଲା। ସେ ସବୁ ପିନ୍ଧି ରେବତୀ ଆମ ଘରକୁ ବୋହୂ ହୋଇ ଆସିଲା।

ଘରେ ଚୂଡ଼ି ଝମଝମ କରି, ଗୋଡ଼ରେ ପାଉଁଜି ପିନ୍ଧି, ମୁଣ୍ଡରେ ସିନ୍ଦୂର ଓ ଗୋଡ଼ରେ ଅଲତା ଘିନି କୁନି ବୋହୂଟିଏ ଘର ଅଗଣାରେ ତୁଳସୀ ଚଉରାମୂଳେ ସଂଜଦୀପ ଲଗାଇଲା ବେଳେ ଲାଗେ ଯେମିତି ଆମ ଘର ବୈକୁଣ୍ଠ ହୋଇ ଯାଇଛି, ସାକ୍ଷାତ୍ ଲକ୍ଷ୍ମୀ ଠାକୁରାଣୀ ଓହ୍ଲେଇ ଆସିଛନ୍ତି। ଆମ ଅଗଣାରେ ଫୁଟିଥିବା ଗେଣ୍ଡୁଫୁଲ ସବୁ ସରଗର ପାରିଜାତ ପରି ଦେଖାଗଲେ। ମୁଁ ମୋ ଅଜାଣତରେ ରେବତୀକୁ ବହୁତ ଭଲ ପାଇ ବସିଲି। ତା' ବାହାଘରର ଦଶବାର ଦିନ ପରେ ମୁଁ ଯେତେବେଳେ ଭୁବନେଶ୍ୱର ଆସିବାକୁ ବାହାରିଲି ରେବତୀ ସୁକୁସୁକୁ ହୋଇ କାନ୍ଦିକାନ୍ଦି କହିଲା, "ବଡଅପା, ତୁମେ ମୋତେ ମୋ ବେଉ ପରି ଲାଗ.... ମୁଁ ତୁମକୁ ବହୁତ ଭଲପାଏ.... ।"

ହଠାତ୍ ମୁଁ ମୋ ବୟସ ପ୍ରତି ସଚେତନ ହୋଇ ପଡ଼ିଲି, ମୋତେ ତିରିଶ ସେ ପଟେ ହେଲାଣି। ମୁଁ ଯଦି ପନ୍ଦର କି ଷୋହଲ ବର୍ଷରେ ବାହା ହୋଇଥାଆନ୍ତି ତେବେ ମୋ ଝିଅ ଆସି ରେବତୀ ସାଙ୍ଗର ହୁଅନ୍ତାଣି। ମୋ ଭିତରେ ସୁପ୍ତ ମାତୃତ୍ୱ ଜାଗି ଉଠିଲା। ମୁଁ ସେଇଠି, ସେଇ ମୁହୂର୍ତ୍ତରେ ପ୍ରତିଜ୍ଞା କଲି ରେବତୀକୁ ମୁଁ ମୋ ଝିଅ ପରି ଦେଖିବି। ଜୀବନରେ ତାକୁ କିଛି ଦୁଃଖ ସହିବାକୁ ଦେବିନି। ମୁଁ ତା' ମୁଣ୍ଡ ଆଉଁଶି ଦେଇ ଘରୁ ବସଷ୍ଟାଣ୍ଡ ଅଭିମୁଖେ ଚାଲିଲି।

ମ୍ୟାଡାମଙ୍କ ଘରେ ମୁଁ ପ୍ରାୟେ ଦେଢ଼ମାସରୁ ଅଧିକ କାମକୁ ଆସିନି। ତାଙ୍କ ଘରେ ପହଂଚି ଦେଖିଲି ସେ ମୋ ଜାଗାରେ ଅନ୍ୟ ଝିଅଟି ରଖିଲେ। ଘର ଓ ପାର୍ଲର

କାମ ଏକାଠି ସମ୍ଭାଳିବା କ'ଣ ସମ୍ଭବ ତାଙ୍କ ପାଖେ? ମୋ ଶୁଙ୍ଖଲା ମୁହଁ ଦେଖ ମ୍ୟାଡାମ୍ କହିଲେ, "ତତେ ଆଉ କେତେଦିନ ଅପେକ୍ଷା କରିଥାଆନ୍ତି। ହଉ, ଆସିଛୁ ଯଦି ପାର୍ଲରେ ସାହାଯ୍ୟ କରିବାକୁ ରହିବୁ ଯଦି ରହ। କିନ୍ତୁ ମୋ ଘରେ ତତେ ରଖିବାକୁ ଜାଗା ନାହିଁ। ବାହାରେ ରହି ଆସି କାମ କରି ପାରିବୁ?"

ମୁଁ ସଂଧ୍ୟା ମୁହଁକୁ ଚାହିଁଲି, ତା' ମୁହଁରୁ ଆଶ୍ତିବାଣୀ ଶୁଣିଲି। ଗାଁକୁ ଫେରି ଯାଇ ବା କ'ଣ କରିଥାଆନ୍ତି? ତେଣୁ ସଂଧ୍ୟାର ସବୁ ସର୍ତରେ ମୁଁ ରାଜି ହୋଇଗଲି। କଥା ଛିଣ୍ଟିଲା ମୁଁ ସଂଧ୍ୟା ଘରେ ରହିବି, ଦୁଇ ଓଳି ପାଇଁ ରାନ୍ଧିଦେବି ଓ ତା' ସହିତ ତା' ସ୍କୁଟିରେ ପାର୍ଲର ଆସିବି। ପେଟ୍ରୋଲ୍ ଖର୍ଚ ମୁଁ ଦେବି ଓ ଘର ଭଡ଼ାର ଏକ ତୃତୀୟାଂଶ ମୋର। ସଂଧ୍ୟାର କୌଣସି କଥାରେ ମନା କରିବାର ସାହସ ମୋର ହେଲାନି। ତା' କଥା ନ ମାନିଲେ ମୁଁ ବେକାର ହୋଇଯିବି ଓ ଟଙ୍କାଟିଏ ମୋ ହାତରେ ରହିବନି। ଥରେ ଯିଏ ନିଜ ଉପାର୍ଜନରେ ଚଳି ଆସିଛି ତାକୁ ବିନା ଟଙ୍କା ପଇସାରେ ବଂଚିବା ବଡ କଷ୍ଟକର ହୁଏ।

ସଂଧ୍ୟା ସହିତ ରହୁଥିବା ଝିଅଟି ଆଶାକର୍ମୀ। ଆଶା କାମ ଛଡ଼ା ସେ ଦୁଇ ଘରେ ରୋଷେଇ କରେ। ସେ ରୋଷେଇ କରି ଦୁଇ ଦୁଇ ହଜାର ହିସାବରେ ଚାରି ହଜାର ପାଏ। ପୁଣି ଯେଉଁସବୁ ଡେଲିଭରୀ କରାଏ ସେଥିଲାଗି ସରକାରଙ୍କ ଟଙ୍କା ପାଏ। ସେ ଡେଲିଭରୀ କରାଇବା ପାଇଁ ଗଲାବେଲେ ଆଶା ୟୁନିଫର୍ମ ପିନ୍ଧି ଓ ବେକରେ ଗୋଟାଏ ପରିଚୟ ପତ୍ର ପକେଇ ଯାଏ।

ଝିଅଟିର ନାଁ ପଦ୍ମା। ଘର ତା'ର ପାରଦ୍ୱୀପ ପାଖ ସମୁଦ୍ର ସମୁଦ୍ର କୂଳିଆ ଗାଁରେ। ଅନେକ ବର୍ଷ ତଳେ ତା' ଜେଜେବାପା ଜେଜେପା' ବାଙ୍ଗଳା ଦେଶରୁ ଭାରତ ଚାଲି ଆସିଥିଲେ। ସେଠି ସେମାନଙ୍କର ଗାଁ ଥିଲା ପଦ୍ମାନଦୀ କୂଳରେ। ତା' ଜେଜେମା' ସେ ନଇକୁ ବହୁତ ଭଲ ପାଉଥିଲେ। ଏହା ଭିତରେ ଚାଳିଶ ବର୍ଷରୁ ଊର୍ଦ୍ଧ୍ୱ ସମୟ ବିତି ଗଲାଣି। ତିନୋଟି ପୁରୁଷ ଜନ୍ମମୃତ୍ୟୁର ଚକ୍ରଦେଇ ଗତି କଲେଣି। ସେ ଜନ୍ମ ହେଲା ବେଲେ ତା' ଜେଜେମା' ତାଙ୍କ ଗାଁ ନଦୀର ସ୍କତିରେ ତା' ନାଁ ରଖିଥିଲେ ପଦ୍ମା। ଓଡ଼ିଶାରେ ଜନ୍ମ ଓଡ଼ିଶାର ପାଣି ପବନରେ ବଢ଼ିଥିଲେ ବି ପଦ୍ମା ଦେହ, ମନ କଥାବାର୍ତାରେ ବଙ୍ଗାଳୀ ଛାପ ପୂରା କାରି ହୋଇ ପଡ଼େ। ତଥାପି ଝିଅଟି ଭାରି ଭଲ, ସମସ୍ତଙ୍କୁ ସାହାଯ୍ୟ କରିବାର ମନୋବୃତ୍ତି ତା'ର ସବୁବେଲେ ଥାଏ। ଯିଏ ଯେତେବେଲେ ଡାକିଲେ ବିନା ଆପତ୍ତିରେ ଚାଲିଯାଏ। ଅଧରାତି ବା ଉଦୁଉଦିଆ ଖରାବେଲ ତା' ପାଇଁ ସମାନ। କାହା ଦୁଃଖ ସ ସହି ପାରେନି। ମୁଁ ଯେଉଁଦିନ ସଂଧ୍ୟା ସହିତ ଗଲି ସେ ମୋତେ ଦେଖୁ ଦେଖୁ କହିଲା, "ଭଲ କଲ ସଂଧ୍ୟା ଅପା , ଆଉ

ଜଣକୁ ନେଇ ଆସିଲା। ଏବେ ଜଣେ ଘରକୁ ଗଲେ ଆଉ ଜଣକୁ ଏକା ରହିବାକୁ ପଡ଼ିବ ନାହିଁ।"

ମୁଁ ତ ଜମା ସୁନ୍ଦର ଭିତରେ ପ଼ିବିନି, କିନ୍ତୁ ପଦ୍ମା ବେଶ୍ ଭଲ ଦେଖିବାକୁ। ରଙ୍ଗ ସାବନା ହେଲେ ବି ଟଣାଟଣା ଆଖି, ଡେଙ୍ଗା ନାକ ଓ ତା' ମୁଣ୍ଡରେ ବହୁତ ବାଳ। ସନ୍ଧ୍ୟା ବି ମନ୍ଦ ନୁହେଁ ଦେଖିବାକୁ। କିନ୍ତୁ ବହୁତ ଦିନରୁ ପାର୍ଲରରେ କାମ କରି କରି ସୁନ୍ଦର ଦିଶିବାର ସବୁ ମନ୍ତ୍ର ସେ ନିଜ ଦେହ ଓ ମୁହଁରେ ପ୍ରୟୋଗ କରି ସୁନ୍ଦର ଦେଖାଯାଏ। ମୁହଁକୁ ବ୍ଲିଚ୍ କରି ଗୋରା ଦେଖାଯାଏ, ଭୁଲତାକୁ ଧନି ପରି ସଜାଡ଼ି ରଖିଥାଏ, ଆଖିରେ ଆଖି ଲାଇନର ଓ ଓଠରେ ଲିପ୍‌ଷ୍ଟିକ୍ ଲଗାଇ ଥାଏ ସବୁବେଳେ। ସୁନ୍ଦର ସୁନ୍ଦର ଫିଟିଙ୍ଗ୍ ଡ୍ରେସ ପିନ୍ଧି ଦେହର ସମସ୍ତ ଅଙ୍ଗକୁ ଲୁଗା ପିନ୍ଧିବି ପ୍ରଦର୍ଶନ କରିଥାଏ।

ମୁଁ ସନ୍ଧ୍ୟା ସହିତ ଆସି ରହିବା ପରେ ଜାଣିଲି ସୁରେନ୍ଦ୍ର ମହାପାତ୍ର ବୋଲି ସନ୍ଧ୍ୟାର ଜଣେ ପୁରୁଷ ବନ୍ଧୁ ଅଛନ୍ତି। ପାର୍ଲର କାମ ସାରି ଫେରିଲା ବେଳେ ସେ ଦିନେ ଦିନେ ମୋତେ ଅଧାରାସ୍ତାରେ ଓହ୍ଲାଇ ଦେଇ କହେ, "କବିତା, ତୁ ଆଜି ଅଟୋରେ ଘରକୁ ଚାଲି ଯା'। ଏଇ ଦେଖେ, ସେଇ ପେଟ୍ରୋଲ ଟାଙ୍କି ପାଖେ ସୁରେନ୍ଦ୍ର ଅପେକ୍ଷା କରିଛନ୍ତି, ଆମେ ଟିକିଏ ବୁଲି ଯିବୁ।" ମୁଁ ଜାଣେ ଦୁହେଁ କେଉଁଦିନ ଇନ୍ଦିରା ଗାନ୍ଧୀ ପାର୍କରେ ସମୟ କଟାନ୍ତି ତ କେଉଁଦିନ ଯାଇ 'ପ୍ରିୟା ହୋଟେଲ'ରେ ଦୋଷା ଖାଆନ୍ତି। ଦିନେ ଦିନେ ସନ୍ଧ୍ୟା ଘରକୁ ଫେରିଲା ବେଳକୁ ରାତି ଦଶଟା ସେପଟେ ହୋଇ ଯାଏ। ମୁଁ ଲକ୍ଷ୍ୟ କରେ ସନ୍ଧ୍ୟା ଫେରିଲା ବେଳକୁ ତା' ଆଖି ସ୍ୱପ୍ନରେ ଟୁଲୁଟୁଲୁ, ତା' ଓଠରେ ପ୍ରେମର ଭାଷା। ସେ ନିଜ ଆଡ଼ୁ କହେ", ସୁରେନ୍ଦ୍ର କହୁଛନ୍ତି, "ଶୀଘ୍ର ବାହା ହୋଇ ଯିବା ପାଇଁ।" ଏତିକି କହିଲା ବେଳକୁ ତା' ମୁହଁ ଆମ ଗାଁ ବୁଢ଼ୀ ଠାକୁରାଣୀଙ୍କ ମୁହଁ ପରି ଲାଭ ପଡ଼ି ଯାଇଥାଏ।

ପଦ୍ମା ପଚାରେ, "ସନ୍ଧ୍ୟା, ସୁରେନ୍ଦ୍ର କ'ଣ କରନ୍ତି? ବିବାହ କରିବା ପୂର୍ବରୁ ତ ସବୁ ଖବର ନେବା ଦରକାର।"

ସନ୍ଧ୍ୟା ହସି ହସି ଉତ୍ତର ଦିଏ, "କି ଖବର ନେବି? ସେ ମୋତେ ଭଲ ପାଆନ୍ତି ସେତିକି କ'ଣ ଯଥେଷ୍ଟ ନୁହେଁ"? ହଁ, ସେ କହୁଥିଲେ ଏକ ନମ୍ବର ହାଟରେ ତାଙ୍କ ବାପାଙ୍କର ହୋଲସଲ୍ ପରିବା ଦୋକାନ ଅଛି। ସେଥିରୁ ଭଲ ଇନ୍‌କମ୍ ହୁଏ। ସେ ତାଙ୍କ ବାପାମାଆଙ୍କର ଗୋଟିଏ ପୁଅ।"

ପଦ୍ମା ପୁଣି ଚେତେଇ ଦେଇ କହେ, "ତୁମେ ନିଜେ ଯାଇ ଥରେ ଦେଖ ଆସିଲେ ଭଲ ହେବ।"

"କ'ଣ ଦେଖିବି ? ବୁଢ଼ାକୁ ଯାଇ ପଚାରିବି ଦିନକୁ ତୋ ରୋଜଗାର କେତେ ? ମୁଁ ତୋ ପୁଅକୁ ବିଭାହେବି, ସେଥିପାଇଁ ତୋ ଦୋକାନ୍ ଦେଖିବାକୁ ଆସିଛି....," ଉତ୍ତର ଦିଏ ସଂଧ୍ୟା।

ମୁଁ ପଚାରେ, "ସଂଧ୍ୟା, ତୋର ସୁରେନ୍ଦ୍ରଙ୍କ ସହିତ ପରିଚୟ କେମିତି ହେଲା ? ମ୍ୟାଡାମ୍ଙ୍କ ଘରକୁ ତ କେବେ କେଉଁ ପୁରୁଷ ଲୋକ ଆସିବା ମୁଁ ଦେଖିନି।"

ସଂଧ୍ୟା ମୋ କଥା ଶୁଣି କେବଳ ଓଠରେ ନୁହେଁ, ଆଖିରେ ବି ହସେ। ସେ ଆଖି ପତା ବୁଜି ଦେଇ କହେ, ଏକଥା ହେଲାଣି ଅନେକ ଦିନର। ତୁ ସେତେବେଳେ ତୋ ବୋଉ ଦେହ ଖରାପ ଲାଗି ଗାଁକୁ ଯାଇଥିଲୁ। ଦିନେ ପାର୍ଲରରୁ ଫେରିଲା ବେଳେ ମଝି ରାସ୍ତାରେ ମୋ ସ୍କୁଟି ଖରାପ ହୋଇଗଲା, ଯେତେ ଚେଷ୍ଟା କଲେ ବି ସ୍ଟାର୍ଟ ହେଲାନି। ବହୁତ ସମୟ ପରେ ଦେଖିଲି ଜଣେ ଲୋକ ବାଇକରେ ଯାଉଥିଲା। ମୋତେ ଏମିତି ଅସହାୟ ଅବସ୍ଥାରେ ଦେଖି ବାଇକ୍ ରଖି ପଚାରିଲା, "କ'ଣ ଅସୁବିଧା ହୋଇଛି ତୁମର ? ଘଣ୍ଟେ ତଳେ ମୁଁ ଏଇବାଟେ ଗଲାବେଳେ ଦେଖିଥିଲି ତୁମେ ଏଠି ଠିଆ ହେବା। ଏଯାଏଁ ଠିଆ ହୋଇ ରହିଛ କାହିଁକି ?"

ସେତେବେଳକୁ ଲୋକଟିକୁ ନେଇ ମୋ ମନରେ ଅନେକ ସନ୍ଦେହ ହେବାକୁ ଲାଗିଲା। ମୁଁ ଭାବିଲି, "ମୁଁ ଏଇଟି ଏତେ ସମୟ ଧରି ଠିଆ ହୋଇଛି। ଏବାଟ ଦେଇ କେତେ ଲୋକ ଯାଉଛନ୍ତି, କିନ୍ତୁ କିଏ ତ ଥରେ ପଚାରୁନି ମୋତେ ମୋର ଅସୁବିଧା କ'ଣ ବୋଲି! ତେବେ ଏ ଲୋକର ଉଦ୍ଦେଶ୍ୟ କ'ଣ ?" ତଥାପି ମୁଁ ତାକୁ ମୋର ଅସୁବିଧା କହିଲି। ସେ ସାଙ୍ଗେ ସାଙ୍ଗେ ତା' ବାଇକରେ ଯାଇ କେଉଁଠୁ ଗୋଟିଏ ମେକାନିକ୍ ଦଶମିନିଟ୍ ଭିତରେ ନେଇ ଆସିଲା। ମେକାନିକ୍କୁ ସ୍କୁଟିକୁ ସଜାଡ଼ିବାକୁ ବେଶୀ ସମୟ ଲାଗିଲା ନାହିଁ। ଲୋକଟି ତାକୁ ତା'ର ପ୍ରାପ୍ୟ ସହ ଅଟୋ ଭଡ଼ା ଦେଇ ବିଦା କରିଦେଲା।

ସେ ତା' ବାଇକ୍ ଚଟୁଚଟୁ କହିଲା, "ମୁଁ ସୁରେନ୍ଦ୍ର ମହାପାତ୍ର, ଆପଣଙ୍କ ନାଁ ?" ମୁଁ ଉତ୍ତର ଦେଲି "ସଂଧ୍ୟା ସାହୁ।" ସେଦିନ ସେ ମୋ ପଛେ ପଛେ ଆମ ଘର ଯାଏଁ ଆସିଲା। ଗଲାବେଳେ କହିଲା, "କିଛି ଭାବିବେ ନାହିଁ। ଏତେ ରାତିରେ ଆପଣ ଏକା ଯିବାଟା ମୋତେ ଭଲ ଲାଗିଲା ନାହିଁ, ସେଥିପାଇଁ ଆପଣଙ୍କ ପଛେପଛେ ଆସୁଥିଲି।"

ସେହି ଦିନଠାରୁ ଆରମ୍ଭ ହେଲା ଆମର ବନ୍ଧୁତା। ମଝିରେ ମଝିରେ ଦେଖା ସାକ୍ଷାତ୍ ହୁଏ। ଧୀରେଧୀରେ ଆମେ ଦୁହେଁ ଦୁହିଁକୁ ବହୁତ ଭଲ ପାଇ ବସିଲୁ। ଏବେ ସୁରେନ୍ଦ୍ର ଚାହାନ୍ତି ଆମେ ଶୀଘ୍ର ବାହାହୋଇ ଯାଉ ବୋଲି।

ପଦ୍ମା ନିଜ ନଖରେ ନେଲ୍‌ପଲିସ୍‌ ଲଗାଉ ଲଗାଉ କହିଲା, "ସଂଧ୍ୟା ଅପା ,
ତୁମ ପ୍ରେମିକ କି କାମ କରନ୍ତି ବାହାଘର ଆଗରୁ ବୁଝି ନିଅ ଭଲ କରି। ସବୁଦିନ ତ
ଶ୍ୱଶୁର ଟଙ୍କାରେ ଚଳି ହେବନି କି ସବୁଦିନେ ତୁମେ ପାର୍ଲରର କାମ କରିପାରିବ ନାହିଁ।
ପୁଣି ତୁମ ବାପା–ମାଆଙ୍କୁ ଏ ବିଷୟରେ କିଛି ଜଣେଇଛ ?"

ସଂଧ୍ୟା ସ୍ୱରରେ ଦୃଢ଼ତା, "କାଇଁ ପାର୍ଲର୍‌ କାମ କରି ପାରିବି ନାହିଁ ? ମୁଁ
ନିଶ୍ଚେ କରିବି। ସୁରେନ୍ଦ୍ରଙ୍କର ଏଥିରେ ଆପତ୍ତି ନାହିଁ, ବରଂ ସେ କହନ୍ତି ସବୁ ସ୍ତ୍ରୀଲୋକ
ଆତ୍ମନିର୍ଭରଶୀଳ ହେବା ଉଚିତ୍‌। ସୁରେନ୍ଦ୍ରଙ୍କ ବାପାଙ୍କର ହାଟରେ ଯେଉଁ ଦୋକାନ
ଅଛି ସେ ତାକୁ ବୁଝନ୍ତି। ସେଦିନ ଇନ୍ଦିରାଗାନ୍ଧୀ ପାର୍କରେ ଗପ କଲା ବେଳେ ସେ
କହୁଥିଲେ ତାଙ୍କ ସାହିରେ ସେ ଗୋଟିଏ "ଲେଡିଜ୍‌ କର୍ଣ୍ଣର" ବୋଲି ଦୋକାନ
ଖୋଲିବେ। ଆଉ ବାପାମାଆଙ୍କ କଥା। ତାଙ୍କୁ କାହିଁକି ପଚାରିବାକୁ ଯିବି ? ମୋତେ
ଏତେ ବର୍ଷ ହେଲା ବରତାଏ ଖୋଜି ବାହା କରି ପାରିଲେ ନାହିଁ। ଓଲଟି ମୋ ଟଙ୍କା
ଉପରେ ସବୁବେଳେ ଆଖି। ଚିଠି ଲେଖିବେ ତ ଖାଲି ଟଙ୍କା ପଠେଇବା ପାଇଁ। ଭାରି
ସ୍ୱାର୍ଥ ପର ସେମାନେ। ବାହାଘର ନାଁ ଶୁଣିଲେ ମନା କରିବେ – କାଳେ ଝିଅ ଟଙ୍କା
ପଠେଇବା ବନ୍ଦ କରି ଦେବ।"

ସଂଧ୍ୟା କଥା ଶୁଣି ମୋର ହିଂସା, "ଯାନି ଯୌତୁକ କିଛି ନାହିଁ, ବାପମାଆ
ବର ଖୋଜିଲେ ନାହିଁ। ଏଠି ବର ନିଜେ ନିଜେ ଆସି କହୁଛି ବାହାହେବ ବୋଲି।"

କିନ୍ତୁ ପଦ୍ମା ବଡ ଚାଲାକ୍‌ ଝିଅ। ଆଶାକର୍ମୀ ହୋଇ ସେ ଜୀବନ ବହୁତ
ଦେଖିଲାଗି। ସେ ହସିହସି କହିଲା, "ସଂଧ୍ୟା ଅପା, ସୁରେନ୍ଦ୍ରବାବୁ ତୁମ ଟଙ୍କାକୁ ବାହା
ହେଉ ନାହାନ୍ତି ତ ? ସେ ନିଶ୍ଚୟ ଜାଣନ୍ତି ତୁମେ ମାସକୁ ମାସ ପାଞ୍ଚ ହଜାର ଟଙ୍କା
ପାଉଛ ଓ ତୁମେ ମ୍ୟାଡାମ୍‌ଙ୍କ କାମ ଛାଡ଼ିଲେ ବି ପାର୍ଲର ଖୋଲି ନିଜେ ରୋଜଗାର
କରି ପାରିବ। ମୁଁ ଭାବୁଛି ବାହାଘର ପୂର୍ବରୁ ତୁମେ ଥରେ ତାଙ୍କ ଘରକୁ ଯାଇ ତାଙ୍କ
ଘର ଲୋକଙ୍କୁ ଭେଟି ସବୁକଥା ପଚାରି ବୁଝି ନେଲେ ଭଲ।"

"କି ବୁଦ୍ଧି ତୋର ପଦ୍ମା ? ଝିଅମାନେ ବାହାଘର ପୂର୍ବରୁ କେବେ ଶ୍ୱଶୁର
ଘରକୁ ଯାଆନ୍ତି ? ପୁଣିଯାଇ ବର ବିଷୟରେ ପଚାରିବି ମୁଁ ?" ବଡ ତାଚ୍ଛଲ୍ୟ ଭାବରେ
ସଂଧ୍ୟା ଉତ୍ତର ଦେଇଥିଲା।

ପଦ୍ମା ନେଲ୍‌ପଲିସ୍‌ ବୋତଲର ଠିପି ବନ୍ଦ କରୁକରୁ କହିଲା, "ହଉ ସଂଧ୍ୟା
ଅପା, ତେବେ ଶୀଘ୍ର ବାହା ହୋଇ ପଡ଼। ଆମେ ଭୋଜି ଖାଇବୁ।"

"ବାହା ଘରରେ କାହିଁକି ଆଜି ବି ଢ଼ାବାରୁ ଚିକେନ, ନାନ କିଣି ଆଣି
ଖାଇବା। ମୁଁ ପଇସା ଦେଉଛି ନେ। ଆଜି ରାତିରେ ଆଉ ରାନ୍ଧିବା ନାହିଁ।"

ଯାହାହେଉ ମାସକ ପରେ ଦୁହେଁ ରାମ ମନ୍ଦିରରେ ଠାକୁରଙ୍କୁ ସାକ୍ଷୀ ରଖି ଫୁଲମାଳ ବଦଳେଇ ବାହା ହୋଇ ପଡ଼ିଲେ। କିନ୍ତୁ ଶାଶୂଘରେ ସେମାନଙ୍କୁ କେହି କବାଟ ନ ଖୋଲିବାରୁ ସେମାନେ ଆସି ଆମ ଦେଢ଼ ବଖୁରିଆ ଘରେ ରହିଲେ। ମୁଁ ଓ ପଦ୍ମା କେଉଁଦିନ ବାଟ ଘରେ ଓ କେଉଁଦିନ ବାରଣ୍ଡାରେ ଶୋଇଲୁ, ସଂଧ୍ୟା ଓ ତା' ବରକୁ ଭଲ ରୁମ୍‍ଟି ଛାଡ଼ିଦେଲୁ। ସୁରେନ୍ଦ୍ର ଦିନ ସାରା କୁଆଡ଼େ କାମକୁ ଯାଆନ୍ତି ମୁଁ ରାତିକୁ କିଛି ଖାଇବା କିଶି ଘରକୁ ଫେରନ୍ତି। ସଂଧ୍ୟା ଆଖି ବୁଜି ତାଙ୍କୁ ଭଲ ପାଉଥାଏ, ସୁରେନ୍ଦ୍ରଙ୍କ ବିଷୟରେ କିଛି ଖରାପ ଶୁଣିବାକୁ ପ୍ରସ୍ତୁତ ନ ଥାଏ, ସୁରେନ୍ଦ୍ର ମଝିରେ ମଝିରେ କହନ୍ତି, "ବାପାବୋଉ ନ ବୁଝିଲେ ମୁଁ ଭଡ଼ା କରି ସଂଧ୍ୟାକୁ ନେଇ ରହିବି।" ନା ବାପାବୋଉ ବୁଝିଲେ ନା ସୁରେନ୍ଦ୍ର ଅଲଗା ଘର କଲେ। ଯାହାହେଉ ଏମିତି ଚାରିମାସ ଯିବା ପରେ ଜଣା ପଡ଼ିଲା ସୁରେନ୍ଦ୍ରଙ୍କର ଆଉ ଜଣେ ସ୍ତ୍ରୀ ଅଛି ଓ ସେ ବାପ ଘରକୁ ଡେଲିଭରୀ ପାଇଁ ଯାଇଥିବା ବେଳେ ସୁରେନ୍ଦ୍ର ସଂଧ୍ୟାକୁ ଭୁଲେଇ ଭାଲେଇ ବାହା ହୋଇ ଯାଇଛି। ଜାଣତରେ ହେଉ ଅବା ଅଜାଣତରେ ହେଉ ମଣିଷ ଥରେ ଯଦି ଭଲବାଟରେ ଚାଲିଯାଏ, ତେବେ ସେଇ ପଙ୍କରୁ ବାହାରିବା ଏତେ ସହଜ ହୁଏ ନାହିଁ। ସଂଧ୍ୟାର ଜରାୟୁରେ ସେତେବେଳକୁ ସୁରେନ୍ଦ୍ରଙ୍କର ସନ୍ତାନର ସଂଚାର ହୋଇ ସାରିଥାଏ।

ଆମ ପାର୍ଲର ମ୍ୟାଡ଼ାମ୍ ସଂଧ୍ୟାର ଏପରି ଅବସ୍ଥା ଦେଖି ବହୁତ ଦୁଃଖ କଲେ। ସୁରେନ୍ଦ୍ର ନାଁରେ ମହିଳା ଥାନାରେ କେଶ୍ କରିବାକୁ କହିଲେ, ପେଟ ଧୋଇ ଦେଇ ନୂଆ ଜୀବନ ଆରମ୍ଭ କରିବାକୁ ଉପଦେଶ ଦେଲେ କିନ୍ତୁ ସଂଧ୍ୟା କିଛି ଶୁଣିଲା ନାହିଁ, କେବଳ ମୁହଁ ଶୁଖେଇ କହିଲା, "ସେ ସିନା ମୋ ସହିତ ଧୋକ୍କା ବାଜ କଲେ ମୁଁ ତ ବିଶ୍ୱାସରେ ତାଙ୍କୁ ଭଲ ପାଇ ବାହା ହୋଇଛି। ଯାହା ଏକାନ୍ତ ମୋର ତାକୁ ମାରି ଦେଇ କ'ଣ ପାରିବି? ତାକୁ ନେଇ ଜୀବନ କଟେଇ ଦେବି। କେଶ୍ କରି ବା କି ଲାଭ? ତାଙ୍କର କଅଣ ଅଛି ମୋ ମୋତେ ଦେବେ? ତାଙ୍କ ନିଜର ଦୋକାନ ନାହିଁ, ସେ ଗୋଟେ ଦୋକାନରେ କାମ କରନ୍ତି। ମୁଁ ଯଦି କେଶ୍ କରେ ତାଙ୍କର ପ୍ରଥମ ସ୍ତ୍ରୀର ଅବସ୍ଥା କ'ଣ ହେବ। ମୁଁ ଯେମିତି ଅଛି ସେମିତି ରହିବି।"

ସଂଧ୍ୟା ଆଉ ତା' ଗାଁକୁ ଗଲାନି, କିଏ ବି ତା'ର ଘରୁ ଆସିଲେନି ତା'ର ଏ ଅବସ୍ଥାରେ ଟିକିଏ ଆହା କରିବା ପାଇଁ। ସତରେ ପୃଥିବୀଟା କେତେ ସ୍ୱାର୍ଥପର!

ଏହା ଭିତରେ ମୁଁ ପାର୍ଲର କାମ ବହୁତ ଭଲରେ ଶିଖି ଗଲିଣି। ମ୍ୟାଡ଼ାମ୍‍ଙ୍କ ତତ୍ତ୍ୱାବଧାନରେ ମୁଁ ବ୍ଲିଚ୍, ଫେସିଆଲ୍, ମାସେଜିଂ ବିଭିନ୍ନ ପ୍ରକାର ହେୟାର କଟ୍ ମଧ୍ୟ ଶିଖି ଗଲିଣି। ମ୍ୟାଡ଼ାମ୍ କରନ୍ତି ମୁଁ କୁଆଡ଼େ ତାଙ୍କ ପରି ଭଲ କାମ କରି ପାରେ।

ପଦ୍ମା ତ ଆଶାକର୍ମୀ, ତେଣୁ ସେ ସଂଧ୍ୟାର ସବୁ ଚେକଅପ୍ ହସ୍ପିଟାଲରେ କରେଇ ଆଣେ ତାକୁ ଡାକ୍ତରଙ୍କୁ ଦେଖାଇ। ଡେଲିଭରୀର ମାସେ ଖଣ୍ଡେ ପୂର୍ବରୁ ସଂଧ୍ୟା ଆଉ ପାର୍ଲର ଆସି ପାରିଲା ନାହିଁ। ଡେଲିଭରୀ ବେଲକୁ ବିଭିନ୍ନ ଅସୁବିଧା ହେବାରୁ ତା'ର ସିଜରିଆନ୍ କରିବାକୁ ପଡିଲା ଏବଂ ସଂଧ୍ୟାର ଝିଅଟିଏ ହେଲା। ସଂଧ୍ୟା ପ୍ରାୟ ଚାରିମାସ ଛୁଟିରେ ରହିଲା। ବିଚାରୀ କି ପ୍ରେମ କରିଥିଲା ଯେ ସବୁ କଷ୍ଟ ସହିବାକୁ ତା' ଭାଗ୍ୟରେ ଥିଲା। ପଦ୍ମା ଏହି ସମୟରେ ବହୁତ ସାହାଯ୍ୟ କରିଛି ସଂଧ୍ୟାକୁ। ମ୍ୟାଡାମ୍ ସଂଧ୍ୟା କାମକୁ ନ ଆସୁଥିଲେ ମଧ ଏଇ ଚାରିମାସ ଯାକ ତାକୁ ଦୁଇ ହଜାର ଲେଖେ ଟଙ୍କା ଦେଉଥିଲେ। ଯାହାହେଉ ସଂଧ୍ୟା ଚଳିଗଲା ଆମ ସମସ୍ତଙ୍କ ସାହାଯ୍ୟ ଓ ସହଯୋଗରେ।

ଚାରିମାସ ପରେ ସଂଧ୍ୟା ସୁସ୍ଥ ହେବା ପରେ ତା' ଝିଅକୁ ନେଇ ପାର୍ଲର ଆସେ। ମ୍ୟାଡାମ୍‌ଙ୍କ ଗେଷ୍ଟରୁମ୍‌ରେ ସପ ଉପରେ କନ୍ଥା ପକେଇ ଝିଅକୁ ଶୁଆଇ ଦେଇ ପାର୍ଲର କାମ କରେ। ଝିଅ କାନ୍ଦିଲେ ଝିଅକୁ କ୍ଷୀର ଦେବାକୁ ଯାଏ। ମ୍ୟାଡାମ୍ ଧୀରେ ଧୀରେ ଛୋଟ ଝିଅଟି ପ୍ରତି ଆକୃଷ୍ଟ ହୋଇ ପଡିଲେ। ତାକୁ ଡଲି ବୋଲି ଡାକିବାକୁ ଲାଗିଲେ, ବେଲେବେଲେ ତାକୁ ଧରି ଗେଲ୍ କରନ୍ତି, ତା' ପାଇଁ ଖେଳନା ଓ ଡ୍ରେସ କିଣି ଦିଅନ୍ତି।

ମୁଁ ଅନେକ ଦିନ ହେଲା ଗାଁକୁ ଯାଇନି, ବର୍ଷେ ହୋଇ ଯିବଣି ବୋଧେ। ବୋଉ ବ୍ୟସ୍ତ ହୋଇ କେତେ ଥର ଚିଠି ହେଲାଣି। ରମେଶ ବି ମୋବାଇଲ୍‌ରେ ମୋତେ ଫୋନ୍ କରୁଛି। ଏଥର ଭୁବନେଶ୍ବର ଆସିବାର ଚାରିମାସ ପରେ ମୁଁ ବି ଗୋଟାଏ ମୋବାଇଲରେ ମୋତେ ଫୋନ୍ କରୁଛି। ଏଥର ଭୁବନେଶ୍ବର ଆସିବାର ଚାରିମାସ ପରେ ମୁଁ ବି ଗୋଟାଏ ମୋବାଇଲ୍ କିଣିଛି। ଆଜିକାଲି ଯୁଗରେ ମୋବାଇଲ ନ ହେଲେ କ'ଣ ଚଲି ହେଉଛି? ମୁଁ ରମେଶକୁ ଫୋନ୍‌ରେ କହିଲି, "ବୋଉକୁ କହିଦେବୁ ମୁଁ ଆସନ୍ତା ଗୁରୁବାରରୁ ଗୁରୁବାର ଯାଏଁ ଗାଁରେ ରହିବ – ଛଅଦିନ ଛୁଟି ନେଇ ଯିବି।" ଦୁଇଟା ଗୁରୁବାର (ସବୁ ଗୁରୁବାର ପାର୍ଲର ବନ୍ଦ) ଓ ଛଅଦିନ ଛୁଟି ନେଲେ ଆଠଦିନ ହୋଇ ଯିବ।

ଗାଁକୁ ଯାଇ ଦେଖ୍‌ଲି ଘର ଅବସ୍ଥା ବଡ ସାଂଘାତିକ। ବୋଉ ଓ ମୋ ସାନ ଉଭୟୀ ସବିର ସବୁବେଲେ ପାଟିତୁଣ୍ଡ କଲି। ଘର ଗୋଟାଏ ଯୁଦ୍ଧକ୍ଷେତ୍ର ପାଲଟି ଯାଇଛି। ସବି ଗାଁ ସରପଞ୍ଚ ରଙ୍ଗନିଧର ସାନଭାଇ ବାଞ୍ଛାନିଧୁକୁ ଭଲ ପାଉଛି। ତା'ର ଗୋଟାଏ ଯାତ୍ରାପାର୍ଟି ଅଛି ବାଞ୍ଛାନିଧ କହିଛି। ସବି ସେଥରେ ହିରୋଇନ୍ ହେବ ଓ ତାକୁ ବାହାହେବ। ବୋଉର ଏକା ଜିଦ୍ – "ସେ ଯାତ୍ରାପାର୍ଟିରେ କାମ କରିବୁ ନାହିଁ କି

ବାଞ୍ଛାକୁ ବାହାହେବ ନାହିଁ। ପ୍ରଧାନ ଘରର ଝିଅ ହୋଇ ତେଲି ଟୋକାଟାକୁ ବାହା ହେବୁ!”

ମୁଁ ବୋଉକୁ ବହୁତ ବୁଝେଇଲି, “ଆଜିକାଲି ଜାତିପାତି ବୋଲି କିଛି ନାହିଁ। ବ୍ରାହ୍ମଣ ଘରର ପିଲାମାନେ ଅଛୁଆଁ ଜାତିରେ ବି ବିଭା ହେଲେଣି। ରଙ୍କ ସାହୁ ସାଙ୍ଗେ କଥାବାର୍ତ୍ତା ହେବା। ସେ ଯଦି ରାଜି ହୁଏ ସବି କି ସେଇଠି ବାହା କରିଦେବା।”

ରମେଶ ରଙ୍କସାହୁର କୃପା ଦୃଷ୍ଟିରୁ ଦୂର ନ ହେବା ପାଇଁ ଉପରେ କିଛି ନ କହିଲେ ବି କିନ୍ତୁ ମୋତେ କହିଲା, “ବାଞ୍ଛାଟା ଜମା ଭଲ ପିଲା ନୁହେଁ। ଯାତ୍ରା ପାର୍ଟିର ସବୁ ଝିଅଙ୍କ ସହିତ ତା’ର ସମ୍ପର୍କ। ସବି ଯଦି ତାକୁ ବାହା ହେବ ହେଉ, କିନ୍ତୁ ଚାରି ମାସ ପରେ କାନ୍ଦି କାନ୍ଦି ଆସି ମୋ ଘରେ ନ ପଶେ ଯେମିତି।”

ସବି ବଡ ମୁହଁ ଖୋର ଝିଅ। ଏକଥା ଶୁଣି ଓଲଟା ସେ ରମେଶକୁ ଜବାବ୍ ଦେଲା, “ବାଞ୍ଛାର ତ ଯାତ୍ରା ପାଟି ଝିଅମାନଙ୍କ ସାଙ୍ଗେ ସମ୍ପର୍କ, ତୁ କାହିଁକି ଦିନ ସାରା ସେମାନଙ୍କ ପାଖେ ପଡିଥାଉ? ଆହା... ଆସିଲା ଗୋଟା ସୁବର୍ଣ୍ଣ!”

“ମୁଁ ସେମାନଙ୍କ ପାଖୁ କାହିଁକି ଯିବି? ମୁଁ ଯାଏ ରଙ୍କଭାଇ ପାଖୁ। ମୋର ସେମାନଙ୍କ ସାଙ୍ଗେ କି କାମ? ଦେଖ ସବି, ପାର୍ଟି ସମ୍ଭାଲି କଥା କହ, ନ ହେଲେ ଏଇ ମୁହୂର୍ତ୍ତରେ ଘରୁ ବାହାରି ଯା’....।” ରମେଶ ରାଗି ଯାଇ କହିଲା।

ମୁଁ ବୁଝି ସାରିଲିଣି ସାବି ଆଉ ବୁଝିବା ଅବସ୍ଥାରେ ନାହିଁ। ପ୍ରେମ କଲାବେଲେ ଝିଅ ଗୁଡ଼ା ଆଗପଛ କିଛି ଭାବି ପାରନ୍ତି ନାହିଁ। ପ୍ରେମ ତାକୁ ଅନ୍ଧ କରିଦିଏ। ସେମାନେ ସେତେବେଲେ କ’ଣ କରି ବସନ୍ତି ନିଜେ ଜାଣନ୍ତି ନାହିଁ। ସଂଧ୍ୟାକୁ ଦେଖ୍ ମୋର ଯଥେଷ୍ଟ ଶିକ୍ଷା ହୋଇଛି। ସବି ଅବସ୍ଥା ତ ସଂଧ୍ୟା ଠାରୁ ଅନେକ ଭଲ, ବାଞ୍ଛାର ଭାଇ ତ ତାକୁ ବୋହୂ କରି ନେବାକୁ ରାଜି ଏବଂ ବାଞ୍ଛାର ଭଲ ରୋଜଗାର ଅଛି।

ମୁଁ ବୋଉକୁ ବହୁତ ବୁଝେଇଲି, ରମେଶକୁ ବି, “ବାହା ନ କଲେ ସବି ନିଶ୍ଚେ ବାଞ୍ଛା ସହିତ ପଲେଇବ। ସେଠରେ ଆମର ମାନମହତ ସବୁ ଯିବ। ସବି ବି ତା’ର ବିବାହିତା ସ୍ତ୍ରୀର ମର୍ଯ୍ୟାଦା ପାଇବ ନାହିଁ। ତେଣୁ ତାକୁ ସେଇଠି ବାହା କରି ଦେଲେ ସବୁ ଦୃଷ୍ଟିରୁ ଭଲ।”

ମୁଁ ଘରର ବଡ ଝିଅ, ପୁଣି ରୋଜଗାରିଆ। ତେଣୁ ଖାଲି ବୋଉ, ରମେଶ କାହିଁକି ଗାଁରେ ମୋର ଗୋଟାଏ ସମ୍ମାନ ହୋଇଗଲାଣି। ମୋ କଥା ସମସ୍ତେ ଶୁଣନ୍ତି। ଗାଁର ଅଧାଟୋକା ମୋତେ ‘କବିତା ଅପା’ ଡାକନ୍ତି, ମୋତେ ବଡ ଭଉଣୀ ପରି ସ୍ନେହଶ୍ରଦ୍ଧା କରନ୍ତି।

ଶେଷରେ ସବିର ବାହାଘର ବାଞ୍ଛା ସହିତ ହେଲା। ଭୋଜି ଭାତ ନାହିଁ, ବନ୍ଧୁ

କୁଣିଆ ଡକରା ନାହିଁ, ବ୍ରାହ୍ମଣ ଆସି କ'ଣ ମନ୍ତ୍ର ଦୁଇ ଧାଡ଼ି ପଢ଼ି – 'ଯଥା ରାବଣସ୍ୟ ମନ୍ଦୋଦରୀ' କହି ହାତଗଣ୍ଠି ପକେଇ ଦୁବବରକୋଲି ପତ୍ର ଓ ଅରୁଆ ଚାଉଲ ମୁଣ୍ଠରେ ପକେଇ ସେମାନଙ୍କୁ ଆଶୀର୍ବାଦ କରି ଚାଲିଗଲା। ବ୍ରାହ୍ମଣର ପାଉଣା ରଙ୍ଗସାହୁ ଦେଲା। ସବୁ ତା' ଭାଗ୍ୟ ନେଇ ବାଞ୍ଛା ସାଙ୍ଗରେ ତା' ଘରକୁ ଚାଲିଗଲା।

ଏଥର ମୁଁ ଲକ୍ଷ୍ୟ କଲି ବୋଉର ସବୁ କଥାରେ ବିରକ୍ତି। ସବି ଉପରେ ସବୁବେଳେ ଚିଡ଼ି ଚିଡ଼ୁଥିଲା, ଏବେ ତା'ର ସବୁ ରାଗ ରେବତୀ ଉପରେ। ସବୁବେଳେ ଡୁଚ୍ଛାଟାରେ ତା' ଉପରେ ଘରଘର, ଗାଲି ବର୍ଷଣ। ବୁଝୁବୁଝୁ ଜାଣିଲି ଅସଲ କଥା ହେଲା ବୋଉର ନାତି ଦରକାର। ଆଉ ଏହି ବର୍ଷକ ଭିତରେ ରମେଶ ସ୍ତ୍ରୀର ଦୁଇଥର ପେଟରେ ହୋଇ ଭାଙ୍ଗି ଗଲାଣି। ବୋଉ ଯେଉଁ ଟିଠିକୁ ଏତେ ଆଗ୍ରହ ସହିତ ବୋହୂ କରି ଆଣିଥିଲା ଆଜି ତା'ର ଛାଇ ପଡ଼ିଲେ ତା'ର ନାହି ଡେଉଁଛି।

ମୁଁ ବୋଉକୁ କହିଲି, "ଗର୍ଭନଷ୍ଟ ହେଲା ବୋଲି ସେ କ'ଣ କରିବ? ସେ ତ ଜାଣି କରି କରୁନି! ତୁ ତାକୁ ନେଇ ଡାକ୍ତରାଣୀ ଦେଖାଇ ଥିଲୁ?"

ବୋଉ ନାଗ ସାପ ପରି ଫଁ କରି ମୁହଁ ଛିଞ୍ଚାଡ଼ି କହିଲା, "ହଁ, ହଁ, ଦେଖାଇ ଥିଲି, ଡାକ୍ତରାଣୀ କହିଲା ସେ ଖାଲି ଶୋଇ ରହିବ, ଖଟରୁ ଓହ୍ଲେଇବ ନାହିଁ। ଆଲୋ, ଏ କି ଅଭିଲା କଥା? ଆମେ କ'ଣ ଗରୁଘର ହେଉ ନ ଥିଲୁ ନା ପିଲା ଜନମ କରୁ ନ ଥିଲୁ। ଧାନକୁଟା ଠାରୁ ଗରାଗରା ପାଣି ଆଣିବା ଯାଏଁ ସବୁ କରୁଥିଲୁ ଶୂଲ ଆସିବା ଯାଏଁ। କାଇଁ ମୋର ତ ପିଲା ପେଟରୁ ଖସି ପଡ଼ୁ ନ ଥିଲେ? ଏ ଡାକ୍ତରାଣୀ ମୋତେ ନୂଆ ପାଠ ପଢ଼ାଉଛି।"

ମୁଁ ଭଲ କରି ଚିହ୍ନେ ବୋଉକୁ। ସେ ରେବତୀକୁ ଏତେ ଆଦର କରି ବୋହୂ କରି ଆଣିଥିଲା ତା' କୂଲ ରକ୍ଷିବାକୁ। ସେ ଚାହୁଁ ଥିଲା ରେବତୀ ବର୍ଷକ ଭିତରେ ତାକୁ ନାତିଟିଏ ଦେଇ ଦେଇ ଥାଆନ୍ତା। ସେଇଟା ନ ହେଲାରୁ ସେ ରେବତୀକୁ ଦୁଇ ଆଖିରେ ଦେଖି ପାରୁନି। ମୋର ରେବତୀ ପାଇଁ ବଡ ଦୟା ହେଲା।

ରେବତୀ ବୋଉ କଥାର କିଛି ଉତ୍ତର ଦିଏନାହିଁ। ମୁଁହ ଶୁଖେଇ ରହିଥାଏ ସତେ ଅବା ଗର୍ଭନଷ୍ଟ ହେବାର ସବୁ ଦୋଷ ତା'ରି। ଦୁଇ ଦୁଇ ଥର ଗର୍ଭପାତ ଓ ବୋଉର ଗଞ୍ଜଣା ସହି ସହି ସେ କଣ୍ଠା ହୋଇ ଯାଇଥାଏ।

ରେବତୀ ବାହା ହେଲା ବେଳକୁ ତାକୁ ଶୋହଳ ପୁରି ସତର ଚାଲୁଥବ। ବର୍ଷକ ଭିତରେ ଦୁଇଥର ଗର୍ଭନଷ୍ଟ ହେଲାଣି। ଏବେ ବି ତାକୁ ଅଠର ବର୍ଷରୁ ବେଶୀ ନୁହେଁ। ସେଥରେ ରମେଶର ତା' ପ୍ରତି ବିଶେଷ ସହାନୁଭୂତି ଥିଲା ପରି ମୋର ମନେ ହେଲା ନାହିଁ। ମୁଁ ସ୍ଥିର କଲି ମୁଁ ରେବତୀକୁ ଏମିତି ଦୁଃଖଦ ପରିସ୍ଥିତିରୁ ଯେମିତି

ହେଲେ ରକ୍ଷା କରିବି । ବୋଉ କି ରମେଶ କେହି ରାଜି ନ ଥିଲେ । ମୁଁ କିନ୍ତୁ ତାକୁ ଭଲ ଡାକ୍ତର ଦେଖାଇବି ବୋଲି କହି ମୋ ସହିତ ଭୁବନେଶ୍ୱର ନେଇ ଆସିଲି । ରେବତୀ ଆମର ସେଇ ଦେଢ଼ ବଖୁରିଆ ଘରେ ସଂଧ୍ୟା, ପଦ୍ମା ଓ ମୋ ସହିତ ରହିଲା । ଗୋଟିଏ ରୁମ୍‌ରେ ଆମେ ସମସ୍ତେ ଶୋଭ, ଗୋଟିଏ ହାଣ୍ଡିରେ ଭାତ ରନ୍ଧା ହୁଏ ଆମେ ସମସ୍ତେ ଖାଉ । ଏଇଟା ମୋର, ସେଇଟା ତା'ର ଏ ଭାବନା କାହାର ନ ଥାଏ । ରେବତୀକୁ ସମସ୍ତେ ସାନ ଭଉଣୀ ପରି ସ୍ନେହ କରନ୍ତି । ଆଉ ସଂଧ୍ୟା ଝିଅ ଡଲି ଆମ ସମସ୍ତଙ୍କର ଝିଅ ହୋଇ ବଢ଼ୁଥାଏ ।

ରେବତୀ ଦୁଇମାସ ହେଲାଣି ଭୁବନେଶ୍ୱର ଆସିବା । ଏହା ଭିତରେ ତା' ସ୍ୱାସ୍ଥ୍ୟ ମଧ୍ୟ ବାଗେଇ ଗଲାଣି । ମଝିରେ ପଦ୍ମା ନେଇ ତାକୁ ଗାଇନିକ୍ ସ୍ପେସାଲିଷ୍‌ ଦେଖାଇ ଥିଲା । ସେ ମତ ଦେଇଥିଲେ, "ରେବତୀର କିଛି ଦୋଷ ନାହିଁ । ଅନେକ ସମୟରେ ଅଳ୍ପ ସମୟର ଝିଅମାନଙ୍କର ଜରାୟୁ ଗର୍ଭଧାରଣା ପାଇଁ ଯଥେଷ୍ଟ ପରିପକ୍‌ ନ ଥାଏ । ତେବେ ଗର୍ଭଧାରଣା ପାଇଁ ସ୍ୱାମୀ ସ୍ତ୍ରୀ ଦୁହିଁଙ୍କର ସବୁ ପରୀକ୍ଷା କରିବା ଆବଶ୍ୟକ । ସ୍ୱାମୀର ଯଦି କିଛି ଅସୁବିଧା ଥାଏ ଗର୍ଭପାତ ମଧ୍ୟ ତା'ର କାରଣ ହୋଇପାରେ । ରେବତୀ କିଛିଦିନ ଔଷଧ ଖାଇଲେ ଗର୍ଭବତୀ ହେବାରେ କିଛି ଅସୁବିଧା ନାହିଁ ।"

ମୁଁ ରମେଶକୁ ଅନୁରୋଧ କଲି ଭୁବନେଶ୍ୱର ଆସିବା ପାଇଁ । ପ୍ରଥମରୁ ସେ ଜମା ରାଜି ହେଉ ନ ଥିଲା, ତା' ପରେ ଦୁଇଦିନ ପାଇଁ ଆସିଥିଲା । ପଦ୍ମା ଓ ସଂଧ୍ୟା ତାକୁ ନିଜ ଭାଇ ପରି ଦେଖ ଭାଲ୍ କଲେ, ଭଲ ମନ୍ଦ ରାନ୍ଧି ତାକୁ ଖାଇବାକୁ ଦେଲେ । ରାତିରେ ତାକୁ ଓ ରେବତୀକୁ ଶୋଇବା ପାଇଁ ଆମ ରୁମ୍‌ଟି ଛାଡ଼ି ଦେଇ ଆମେ ସମସ୍ତେ ବାରଣ୍ଡାରେ ଶୋଇଲୁ । ରମେଶ ଦୁଇଦିନ ରହିବା ପରେ ରେବତୀକୁ ନେଇ ଗାଁକୁ ଯିବାକୁ ବାହାରିଲା ।

ମୁଁ ମନା କଲି, "ରେବତୀର ପିଲା ନ ହେବା ଯାଏଁ ସେ ଗାଁକୁ ଯିବନି । ବୋଉ ତାକୁ ଗାଲି ଦେଇ ଦେଇ ତା' ହାଡ଼ରୁ ମାଉଁସ ଛିଣ୍ଡେଇ ପକାଉଛି । ଏଠି ମୁଁ ରେବତୀକୁ ଭଲ ଡାକ୍ତର ଦେଖାଇ ଥିଲି । ସେ କହିଛନ୍ତି ତୁମ ଦୁଇ ଜଣଙ୍କର ସବୁ ପରୀକ୍ଷା କରିବା ପାଇଁ ।"

ଏକଥା ରମେଶର ପୌରୁଷତକୁ ବାଧିଲା, ସେ ଫୁଟ୍‌କିଟାଏ ମାରି କହିଲା, "କି ଅଭିଲା କଥା କହୁଛୁ ଅପା ? ମୁଁ ପରା ତାକୁ ଦୁଇଦୁଇ ଥର ପେଟରେ କରେଇଲିଣି, ହୁଏତ ଏ ମାସରେ ତୁ ବି ଏକଥା ଜାଣି ପାରିବୁ । ପୁଣି ମୋର ଗୋଟାଏ କି ପରୀକ୍ଷା । ଯାହା ଦୋଷ ଥିବ ତା' ପାଖରେ । ବୋଉ କହୁଛି ଆଉ ବର୍ଷ ଗୋଟାଏ ଦେଖ୍‌ବ, ନ

ହେଲେ ମୋତେ ଆଉ ଥରେ ବିଭା କରି ଦେବ। ସେ ମରିବା ପୂର୍ବରୁ ନାତି ମୁହଁ ଦେଖି ମରିବାକୁ ଚାହେଁ।"

ମୁଁ ଚୁପ୍ ରହିଲି। ମୁଁ ବୁଝିନେଲି ବୋଉ ରମେଶ ମୁଣ୍ଡରେ ଦ୍ୱିତୀୟ ବାହାଘର କଥା ପୂରେଇ ସାରିଲାଣି। ବୋଉର ନାତିଟିଏ ଦରକାର ଓ ସେଥ୍ୟପାଇଁ ସେ ରମେଶକୁ ପାଞ୍ଚଥର ବି ବାହା କରିପାରେ। ରମେଶର ରେବତୀ ପ୍ରତି ସେମିତି ଗୋଟାଏ ଗଭୀର ଅନୁରାଗ ଥିଲା ପରି ମୋତେ ଲାଗିଲା ନାହିଁ। ତା' ପାଇଁ ରେବତୀ ଗୋଟାଏ ଖେଳନା। ଏଇଟା ନ ହେଲେ ନାଇଁ ଆଉ ଗୋଟାଏ ଖେଳନା ହେଲେ ଚଲିବ।

ରେବତୀକୁ ମୁଁ ଗାଁକୁ ଛାଡିଲି ନାହିଁ। ରମେଶକୁ କହିଲି, "ଡାକ୍ତର ତାକୁ ଔଷଧ ଦେଇଛନ୍ତି ଓ ଆଉ ମାସକ ପରେ ଦେଖିବେ କହିଛନ୍ତି।"

"ତୁ ତାକୁ ରଖ୍ ଡାକ୍ତର ଦେଖାଉ ଥା', ମୁଁ ଗାଁକୁ ଯାଉଛି। ଗାଁରେ ବହୁତ କାମ। ଆଉ ଛଅଟା ମାସରେ ଇଲେକସନ୍। ଏଥର ରଙ୍କସାହୁ ଏମ୍.ଏଲ୍.ଏ. ପାଇଁ ଠିଆ ହେବ। ତା' ପାଇଁ କାମ ନ କଲେ ରଙ୍କ ସାହୁ କ'ଣ ତୁଚ୍ଛାଟାକୁ ମୋତେ ଟଙ୍କା ଟାଣି ଦେବ... ?"

ରମେଶ ଚାଲିଗଲା, ରେବତୀ ଆମ ପାଖେ ରହିଥାଏ।

ମୁଁ ପାର୍ଲର ଯାଏ, ସେଠି ସବୁ କାମ କରେ। କିନ୍ତୁ ରେବତୀ ଚିନ୍ତା ମୋତେ ସବୁବେଳେ ଘାରି ରହିଥାଏ। ଏମିତିରେ ତିନି ଚାରିମାସ ଚାଲି ଗଲାଣି। ରମେଶ ସରପଞ୍ଚ ରଙ୍କସାହୁର ଇଲେକସନ୍ ପଚାରରେ ଏମିତି ମାତିଛି ଯେ ରେବତୀ ମଲା କି ଗଲା ଥରେ ଫୋନ୍ କରି ବି ପଚାରୁ ନାହିଁ।

ଆମେ ତିନି ଜଣ ସଂଧ୍ୟା, ଓ ପଦ୍ମା ଓ ମୁଁ ଗୋଟିଏ ରୁମ୍‌ରେ ରହି ଆସୁଥିଲୁ। ଏବେ ସଂଧ୍ୟାର ଝିଅ ଡଲି ମଧ୍ୟ ସେଇଠି ରହେ। ଆମ ଭିତରେ ଖୁବ୍ ଭଲ ସମ୍ପର୍କ ଥାଏ। ଯାହାର ଯେତେବେଳେ ସୁବିଧା ହୁଏ ସେ ରାନ୍ଧିଦିଏ, ଘର ଓଲେଇ ଦିଏ, ବାସନ ମାଜି ଦିଏ। ଏଣିକି ଆମ ସହିତ ରେବତୀ ରହିବାରୁ ସେ ପ୍ରାୟ ରନ୍ଧାବଢ଼ା କରି ଦେଉଛି, ଆଉ ଯାହା କାମ ଥାଏ ତାକୁ ବି କରି ଦିଏ। ଡଲିକୁ ସେ ବଡ ଗେହ୍ଲା କରେ। ତା' ଖାଇବା ପିଇବା ସବୁ ବୁଝି ଦିଏ। ସଂଧ୍ୟା ଡଲିକୁ ନେଇ ପାର୍ଲର ଯାଉନି ଆଉ। ସେ ରେବତୀ ପାଖେ ଛାଡି ଦେଇ ନିଶ୍ଚିନ୍ତ।"

ଅନେକ ଦିନ ରାତିରେ ଖିଆ ପିଆ ସରିବା ପରେ ମୁଁ ଓ ପଦ୍ମା ବାରଣ୍ଡାରେ ବସି ଗପ କରୁ। ପଦ୍ମା ପାଖେ ଶହଶହ ଘରର କାହାଣୀ ଥାଏ, କେତେ ଦୁଃଖର କେତେ ସୁଖର। ସେ ବସ୍ତିର ନାରୀମାନଙ୍କ ଜୀବନ ବୃତ୍ତାନ୍ତ କହି ବସେ, କହେ, "କବିତା ଅପା ଆମେ ବାହା ହୋଇନେ କି ପ୍ରେମ କରିନେ ଭଲ କରିଛେ। ଏଗୁଡ଼ାକର

ସୁଖ ମାତ୍ର ଦିନକର – ଜୀବନ ସାରା ଦୁଃଖ ।” ଦିନେ ଏମିତି ଗପ କରୁ କରୁ ସେ କହି ବସିଲେ ସାଲିଆ ସାହିର ପନ୍ଦର ବର୍ଷ ଝିଅ ଶାନ୍ତିର ଦୁଃଖ କାହାଣୀ । ଶାନ୍ତିର ପୋଟରେ ଚାରିମାସ ହେଲାଣି, ତା’ବାପ ଏକଥା ଜାଣି ନ ଥିଲା । ମାଆ ଯେତେ ପଚାରିଲେ ପିଲାର ବାପ କିଏ ସେ କିଛି କହୁନି । ମୋ ପାଖୁ ମାଆଝିଅ ଦୁହେଁ ଆସିଥିଲେ ପେଟ ଧୋଇବା ପାଇଁ । ମୁଁ ତାକୁ ନେଇ ଡାକ୍ତରାଣୀ ମ୍ୟାଡାମଙ୍କ ପାଖୁ ଯାଇଥିଲି । ସେ ଶାନ୍ତିକୁ ଦେଖିସାରି କହିଲେ, “ନାଁ, କିଛି କରି ହେବନି । ବେଶ୍ ଡେରୀ ହୋଇଗଲାଣି । ଏବେ କିଛି କଲେ ମାଆ ଜୀବନକୁ ବିପଦ ।” ମୁଁ ଜାଣେ ପ୍ରାଇଭେଟ୍ ଡାକ୍ତରଖାନାକୁ ଗଲେ ଗର୍ଭନଷ୍ଟ କରିବାକୁ ସେମାନେ ଡରି ନ ପାରନ୍ତି । କିନ୍ତୁ ସେଠି ହଜାର ହଜାର ଟଙ୍କା ଦରକାର । କିଏ ଦେବ ତାଙ୍କୁ ଏତେ ଟଙ୍କା…।”

ମୁଁ ପଚାରିଲି, “ତେବେ ଛୁଆ ଜନ୍ମ କରି ଶାନ୍ତି ତାକୁ କେମିତି ବଢ଼େଇବେ ?”

ପଦ୍ମା ମୁହଁ ଶୁଖେଇ ଉତ୍ତର ଦେଲା, “ବଢ଼େଇବ ଆଉ କ’ଣ ? ବାଧ୍ୟ ହୋଇ କେଉଁ ଅନାଥ ଆଶ୍ରମ ଯାଇ ଛୁଆ ଜନ୍ମ କରିବ ଓ ବାଧ୍ୟ ହୋଇ ସେଠି ଛାଡି ଦେଇ ଆସିବ । କିଛିଦିନ କାନ୍ଦିବ, ତା’ ପରେ ମନକୁ ବୁଝେଇବ । ପୁଣି କେଉଁ ଟ୍ରିଲିବାଲା କି ଡେଲି ମଜୁରିଆକୁ ବାହା ହୋଇ ଛୁଆ ଜନ୍ମ କରିବ । କିଛିଦିନ ପରେ ବର ମଦ ପିଇ ଘରକୁ ଆସି ତାକୁ ପିଟିବ । ବସ୍ତିର ଅଧିକାଂଶ ଝିଅଙ୍କ ଭାଗ୍ୟ ଏଇଆ…।” ଏକଥା କହିଲା ବେଳକୁ ପଦ୍ମାର ଆଖିରେ ଲୁହ ଆସିଯାଇଥାଏ । ପଦ୍ମାଟା ଭାରି ଦରଦୀ ଝିଅଟାଏ, ସବୁରି ପାଇଁ ତା’ ହୃଦୟ କାନ୍ଦେ ।

ହଠାତ୍ ମୋ ମନରେ ବିଜୁଲି ଖେଳିଗଲା । ମୁଁ କହିଲି, “ପଦ୍ମା, ତୁ ଟିକିଏ ମୋତେ ସେ ଝିଅ ପାଖୁ ନେଇ ଯାଆନ୍ତୁନି । ମୁଁ ତା’ ଠାରୁ ସେ ପିଲାଟିକୁ ନେଇ ଆସନ୍ତି ।”

“କବିତା ଅପା, ତୁମ ମୁଣ୍ଡ ଖରାପ ହେଲାଣି କି ? ଏବେ ତା’ ପେଟରେ ପିଲା ଚାରିମାସର । ତୁମେ କେମିତି ତାକୁ ଆଣିବ ? “ତା’ ଛଡ଼ା ଅନାଥ ଆଶ୍ରମରୁ ତା’ ପିଲାକୁ ଆଣିବାକୁ ହେଲେ ବହୁତ ଝଂଝଟ୍ – କୋଟ କଚେରୀ କାମ ।”

“ପଦ୍ମା ମୋ ମୁଣ୍ଡ ଖରାପ ନୁହେଁ, ଏକାବାରେ ଠିକ୍ ଅଛି । ମୁଁ ଭାବୁଛି ଶାନ୍ତି ଯଦି ଅନାଥ ଆଶ୍ରମ ନ ଯାଇ ଆମେ ତାକୁ ଏଠିକୁ ନେଇ ଆସନ୍ତେ ଓ ତୁ ତା’ର ଡେଲିଭରୀ କରେଇ ଦିଅନ୍ତୁ, ସେ ପିଲାଟିକୁ ମୁଁ ମୋ ଭାଉଜକୁ ଦେଇ ଦିଅନ୍ତି । ବିଚାରୀର ପେଟରେ ପିଲା ରହୁନି ବୋଲି ବୋଉ ଠାରୁ କେତେ ଗାଲି କେତେ ଗାଲି ଖାଉଛି, ପୁଣି ବୋଉ ବସିଲାଣି ରମେଶକୁ ଆଉ ଥରେ ବାହା କରିବ ବୋଲି । ବୋଉ ଯଦି ଜାଣନ୍ତା ଏଇ ପିଲାଟି ରେବତୀର ବୋଲି ତେବେ ତାର ଦୁଃଖ ସରି ଯାଆନ୍ତା…।”

“ଆଉ ତୁମ ଭାଇ ଜାଣିଲେ ?” ପଦ୍ମା ଡରି ଡରି ପଚାରିଲା ।

“କ’ଣ ଜାଣିବ ? ରେବତୀର ପିଲା ହୋଇଛି ବୋଲି ଜାଣିବ । ଥରେ ତ ଆସି ଏଠି ଦୁଇଦିନ ରହି ଯାଇଛି ତେଣୁ ଅବିଶ୍ୱାସ କରିବାର ପ୍ରଶ୍ନ ଉଠୁଛି କେଉଁଠି ? ଗଲାବେଳେ ନିଜ ପୁରୁଷତ୍ୱର ଗର୍ବ କରି ଯାଇଛି । ଏବେ ଗାଁରେ ପଞ୍ଚାୟତ ଇଲେକସନ । ସେ ତାକୁ ନେଇ ଏତେ ବ୍ୟସ୍ତ ସେ ଆସିଲା ପରି ଦିଶୁନି । ମୁଁ ବୋଉକୁ କହିବି ରେବତୀର ଚାରିମାସ ହେଲାଣି । ଡାକ୍ତରାଣୀ ମ୍ୟାଡାମ୍ କହିଛନ୍ତି ସେ ଖଟରେ ଶୋଇ ରହିବ । ଗାଁକୁ ଏତେ ବାଟ ବସରେ ଯାଇ ପାରିବ ନାହିଁ ।”

ପଦ୍ମା କହିଲା, “ହଉ କବିତା ଅପା, କାଲି ଯାଇ ସେ ଝିଅ ସାଙ୍ଗେ କଥାବାର୍ତ୍ତା ହେବା । କେତେ ଝିଅ ଏମିତି ଅବସ୍ଥାରେ ପଡ଼ି ଆତ୍ମାହତ୍ୟା ବି କରି ଦିଅନ୍ତି । ଶାନ୍ତିକୁ ତୁମେ ଯଦି ଏଥରୁ ବଁଚେଇ ପାରିବ ତେବେ ବଡ ଭଲ ହେବ । କିନ୍ତୁ ମୋତେ ଭାରି ଡର ମାଡୁଛି । କଥାଟା ଟିକିଏ ଲିକ୍ କରିଗଲେ ବଡ ଧରପଗଡ଼ । ସରକାରଙ୍କ କାନକୁ କଥା ନେବାକୁ କୁଆଡ଼େ ଥାଆନ୍ତି ଗୁଡ଼ାଏ ସ୍ୱୟଂ ସେବକ ସଂସ୍ଥା । ଏନ୍.ଜି.ଓ. ବାହାରି ଆସନ୍ତି ଏମିତି ଘଟଣା ସବୁ ଠାବ କରିବାକୁ । ଖାଲି ଫଟୋ ଉଠେଇ ଖବର କାଗଜରେ ବାହାର କରି ବାହାବାହା ନେବାରେ ସେମାନେ ଧୁରନ୍ଧର ।”

“ତୁ ଏତେ କଥା କାହିଁକି ଭାବୁଛୁ ? ଚାଲ ଆଗେ ସେ ଝିଅ ପାଖୁ ଯିବା”, ମୁଁ ପଦ୍ମାକୁ ସାହସ ଦେଇ କହିଲି ।

ତା’ପର ଦିନ ସଂଧ୍ୟା ପାଞ୍ଚଟା ବେଳକୁ ପଦ୍ମା ମୋତେ ସାଲିଆ ସାହିର ସେ ଝିଅ ପାଖୁ ନେଇଗଲା ।

ଝିଅଟି ପଦ୍ମାକୁ ଦେଖିବା ମାତ୍ରେ କାନ୍ଦି କାନ୍ଦି ବଡ ବିକଳ ହୋଇ ପଦ୍ମା ହାତକୁ ଧରି କହିଲା, “ଆଶା ଦିଦି ମୋ ପେଟ ଧୋଇଦିଅ, ମୁଁ ପଛେ ମରିବି । ଆଜି ବାପା କେମିତି କେଜାଣି ଜାଣି ପାରି, ଖଣ୍ଡେ କାଠ ଫାଲିଆରେ ପିଟିପିଟି ମୋ ପିଠିରୁ ଚମଡ଼ା ଛଡ଼େଇ ଦେଇଛି । କହୁଛି, ମୁଁ ଯଦି ତା’ ଘରୁ ନ ଯାଏ ତେବେ ବିଷ ପିଆର ମୋତେ ମାରି ଦେବ ।”

ମୁଁ ଚାହିଁଥାଏ ସେ ଝିଅଟିର ମୁହଁକୁ । ଆଖରୁ ତା’ର ଅବିରତ ଧାରାଶ୍ରାବଣ ପରି ଲୁହ ବୋହି ଚାଲିଥାଏ । ସାବନା ରଙ୍ଗର ପାତାଲା ଝିଅଟିଏ, ନାଲିଆ ରଙ୍ଗର ଜରିଫୁଲ ପକା ସାଲୁଆର କମିଜ ପିନ୍ଧିଛି । ମୁଣ୍ଡରେ ଗୋଛାଏ ବାଲ, ତାକୁ ଟେକିଟାକି ବେକ ଉପରକୁ ବଡ ଗଣ୍ଟାଏ ପକାଇଛି । ଝିଅଟି ଦେଖିବାକୁ ମନ୍ଦ ନୁହେଁ । ତା’ର ସରଳ ମୁହଁକୁ ଦେଖି ମୋତେ ଭାରି ଦୁଃଖ ଲାଗିଲା । କାହାର ମିଥ୍ୟା ପ୍ରତିଶ୍ରୁତିକୁ ବିଶ୍ୱାସ କରି ଆଜି ଏ ଦଣ୍ଡ ଭୋଗୁଛି । ସେଥିପାଇଁ ଆଜି କାନ୍ଦିବାକୁ ପଡୁଛି ତାକୁ । ମୁଁ

ତା' ପିଠି ଥାପୁଡେଇ ଦେଇ କହିଲି, "ଭଗବାନଙ୍କୁ ଡାକ ସେ ହିଁ କେବଳ ତତେ ଏଥିରୁ ରକ୍ଷା କରିବେ...।"

"ନାଇଁ ଦିଦି, ଠାକୁରଠାକୁରାଣୀଙ୍କୁ ବହୁତ ଡାକିଲିଣି। ସେମାନଙ୍କ କାନରେ କିଆଁ ମୋ କଥା ପଡ଼ିବ? ମୁଁ ତ ପାପ କରିଛି, ମୁଁ ଭୋଗୁଛି। ଏ ପାପଗର୍ଭ ନେଇ ମୋତେ ଦିନଟେ ବର୍ଷକ ପରି ଲାଗୁଛି। ଆଜି ବାପା ଘରକୁ ଫେରିଲେ ମୋତେ ନିଶ୍ଚୟ ମାରିଦେବ....।"

"ତୋ ବୋଉ କ'ଣ କହୁଛି?" ମୁଁ ପଚାରିଲି।

କ'ଣ କରିବ ସେ। ମୋତେ ବହୁତ ଗାଳି ଦେଉଛି ଓ ନିଜେ ବୁହେ କାନ୍ଦୁଛି। ଗୁଡ଼ାଏ ଚେରମୂଳି ସିଝାଇ ମୋତେ ପିଆଇ ଥିଲା, କିନ୍ତୁ ଏ ଅଲକ୍ଷ୍ମର ପିଲା ମୋ ପେଟରୁ ବାହାରିଲା ନାହିଁ। ଆଜି ବୋଉ ବହୁତ କାନ୍ଦିକାନ୍ଦି ମୂଲ ଲାଗିବାକୁ ଯାଇଛି। ତା'ର ତିନିଟା ପିଲା ମରିବା ପରେ ମୁଁ ଜନମ। ସେ ମୋତେ ବହୁତ ଭଲପାଏ। ଗଲାବେଳେ ମୋତେ ରାଣ ନିୟମ ପକେଇ କହିଛି ମୁଁ ଯେମିତି ଦଉଡ଼ି ନ ଦିଏ। ବାପା ଆଜି ସକାଳେ ମୋତେ ଯେତିକି ମାରିଛି ବୋଉକୁ ବି ସେତିକି ମାରିଛି। ବଡ ଖରାପ ଭାଷାରେ ଗାଳି ଦେଇଛି ତାକୁ। ସେ ସବୁ ପରେ ବି ବୋଉ ମୂଲ ଲାଗିବାକୁ ଯାଇଛି। ମୂଲ ନ ଲାଗିଲେ ଆମକୁ ଭାତ ମୁଠେ କିଏ ଦେବ?"

ମୁଁ ପଚାରିଲି, "ତୋ ବାପ କ'ଣ କିଛି ରୋଜଗାର କରେନି?"

"କରିବିନି କାହିଁକି? ରାଜମିସ୍ତ୍ରୀ କାମ କରେ, ଭଲ ରୋଜଗାର କରେ। ହେଲେ ସବୁ ରୋଜଗାର ତା'ର ନିଶା ପାଣିରେ ଯାଏ। ଟାଙ୍କେ ପିଇ ରାତି ଅଧକୁ ଆସି ବୋଉକୁ ଟିକିଏ ଶୋଇବାକୁ ଦେବନି। ବଡ ବେହିଆଟାଏ...।"

ଆମେ ତା' ବୋଉ ଆସିବା ଯାଏଁ ସେଇଠି ଅପେକ୍ଷା କଲୁ। ତା' ବୋଉ ଯେମିତି ପଦ୍ମାକୁ ଦେଖିଛି ତା' ଗୋଡ ଦୁଇଟାକୁ ଧରି ପକେଇ କାନ୍ଦି କାନ୍ଦି କହିଲା, "ଦିଦି ମୋ ଝିଅକୁ ନେଇ କେଉଁ କେଉଁ ଆଶ୍ରମରେ ଛାଡ଼ିଦିଅ। ସେ ଘରୁ ନ ଗଲେ ତା' ବାପା ତାକୁ ଜୀବନରେ ମାରି ଦେବ। କେତେ ଦୁଃଖରେ ଶାନ୍ତି ମୋର ଗୋଟିଏ ବୋଲି ପିଲା, ସେ ମରିଗଲେ ମୁଁ ବଂଚି ପାରିବି ନାହିଁ। ତୁମ ଗୋଡ଼ ତଳେ ପଡ଼ୁଛି ତାକୁ ଏଠୁ ନେଇ ଯାଅ। ପିଲା ହୋଇ ସାରିଲେ ତାକୁ ଆଣିବ....।"

ମୁଁ ଗମ୍ଭୀର ହୋଇ କହିଲି, "ତୁ ମିଛଟାରେ ଏତେ ଡରୁଛୁ। କେଉଁ ବାପ କ'ଣ କେବେ ତା' ଝିଅକୁ ମାରି ପକେଇବ?"

"ତୁମେ ଜାଣିନି ଦିଦି, ଏ ବସ୍ତିରେ କ'ଣ ନ ହୁଏ। ଏଠି ବାପ ବି ନିଜ ଝିଅକୁ ବଳତ୍କାର କରେ, ମାରେ ପିଟେ। ମୋ ଝିଅକୁ ସେ ଅଲପେଇଝା ନିଶ୍ଚେ ମାରି

ଦେବ....।" କିଛି ବିଷ ଆଣି ଭାତରେ ମିଶେଇ ତାକୁ ଖାଇବାକୁ ଦେବ, ଏକାଥରେ ଶାନ୍ତି, ତା' ପେଟର ପିଲା ଓ ମୁଁ ମରିବୁ...।"

ପଦ୍ମା କହିଲା, "ତୁମେ ଯଦି କହନ୍ତ ଶାନ୍ତିର ଏ ଅବସ୍ଥା କିଏ କରିଛି ତେବେ ଆମେ ମହିଳା ଥାନା ଯାଆନ୍ତେ, ପୁଲିସ ପାଖେ ରିପୋର୍ଟ୍ ଲେଖାନ୍ତେ, ତାକୁ ବାଧ୍ୟ କରନ୍ତେ ଶାନ୍ତିକୁ ବାହା ହେବା ପାଇଁ।"

"ନାଇଁ ଦିଦି, ନାଇଁ! ଥାନାକୁ ଗଲେ ବଡ ଝାମେଲା। ଏଠି ଆମ ସାହି ଲୋକ କେହି କିଛି ଜାଣନ୍ତି ନାହିଁ। ଥାନାକୁ ଗଲେ କଥା ପ୍ରକଟ ହେବ, ଖବର କାଗଜରେ ବାହାରିବ, ଦୁନିଆଁ ଲୋକେ ଜାଣିବେ। ନାଇଁ ଦିଦି ନାଇଁ!"

ମୋତେ କେଜାଣି କାହିଁକି ଲାଗିଲା ଶାନ୍ତି ବୋଉ ଜାଣେ ଏ ଦୁଷ୍କର୍ମ କିଏ କରିଛି ଓ ସେ ତା' ନିଜର ଲୋକ ନିଶ୍ଚୟ, ଯାହା ନାଁକୁ ସେ ପଦାରେ ପକେଇବାକୁ ଚାହୁଁନି।

ମୋ ମୁଣ୍ଡଟା କିଛି କାମ କରୁ ନ ଥାଏ। ମୁଁ ଭାବୁଥାଏ କେଉଁଠି ଛୁଆଟିଏ ଜନ୍ମ ହେଉନି ବୋଲି ନାରୀଟିଏ ଦୈହିକ ଓ ମାନସିକ ଯନ୍ତ୍ରଣାର ଶିକାର ହେଉଛି ତ ଆଉ କେଉଁଠି ସେଇ ଛୁଆଟିଏ ହେବାକୁ ହେଲେ ତାକୁ ପୃଥିବୀକୁ ନ ଆଣିବା ପାଇଁ ବି ମାଆ ଶତଚେଷ୍ଟା କରୁଛି! ଏହାର ମୂଳ କାରଣ ନାରୀର ସମାଜରେ ଅବହେଳିତ ସ୍ଥିତାବସ୍ଥା। ସବୁ କ୍ଷେତ୍ରରେ ନାରୀଟିର ସବୁ ଦୋଷ। ରେବତୀର ପିଲା ହେଉନି ବୋଲି ତା' ଶାଶୂ ତାକୁ ଛାଡ଼ି ଦେଇ ତା' ପୁଅକୁ ଆଉ ଥରେ ବାହା କରିବାକୁ ଭାବିଲାଣି, ଆଉ ଶାନ୍ତିର ପିଲା ହେବ ବୋଲି ତା' ବାପ ତାକୁ ମାରିଦେବ ବୋଲି ବସିଲାଣି।

ଶେଷରେ ମୁଁ ପାଟି ଖୋଲି କହିଲି, "ଆଜି ପଦ୍ମା ସାଙ୍ଗରେ ଶାନ୍ତି ଅନାଥ ଆଶ୍ରମକୁ ଯାଉ। ପିଲା ହେବା ଯାଏଁ ସେ ସେଇଠି ରହୁ। ପିଲା ହେଲା ପରେ ଛୁଆକୁ ଅନାଥ ଆଶ୍ରମରେ ଛାଡ଼ି ଦେଇ ପଦ୍ମା ଶାନ୍ତିକୁ ଆଣି ତୁମ ପାଖରେ ଛାଡ଼ି ଦେବ। କିନ୍ତୁ ଏହା ଭିତରେ ତୁମେ ଯେମିତି ଶାନ୍ତିକୁ ଦେଖିବାକୁ ଚେଷ୍ଟା ବି କରିବ ନାହିଁ।"

ଶାନ୍ତିବୋଉ ମୁହଁ ଉଜ୍ଜ୍ୱଲ ହୋଇଗଲା। ସତେ ଅବା ତା' ମୁଣ୍ଡରୁ ସବୁ ବୋଝ କିଏ ଓହ୍ଲେଇ ଦେଲା। ସେ ଆଖିରୁ ଲୁହ ପୋଛି କହିଲା, "ନାଇଁ ଦିଦି ନାଇଁ। ମୁଁ ସମସ୍ତଙ୍କୁ କହିବି ଶାନ୍ତି ତା' ମାଉସୀ ଘରକୁ କଲିକତା ଯାଇଛି। ତୁମେମାନେ ଯେଉଁଠି ରଖ ଶାନ୍ତି ତ ବଁଚି କରି ଥିବ। ମୋର ଆଉ କିଛି ଲୋଡ଼ା ନାହିଁ।"

ସୂର୍ଯ୍ୟ ବୁଡ଼ି ଗଲେଣି। ବାହାର ରାସ୍ତାରେ ଗୋଟେ ଗୋଟେ ଲାଇଟ୍ ଜଳିଲାଣି, ଶାନ୍ତି ଘର ଭିତରଟା ପୂରା ଅନ୍ଧାର। ସେଇ ଅନ୍ଧାର ଭିତରୁ ଶାନ୍ତିବୋଉର ଆଖି ଦୁଇଟାରୁ ଆଶାର ଆଲୋକ ଝରି ପଡୁଥାଏ ଓ ସେ କୃତଜ୍ଞତାରେ ପୂରା ଭିଜି ଯାଇ ଆମକୁ ଚାହିଁ ରହିଥାଏ।

ପଦ୍ମା ନୀରବତା ଭଙ୍ଗ କରି ଶାନ୍ତି ଉଦ୍ଦେଶ୍ୟରେ କହିଲା, "କିଛି ଲୁଗାପଟା ଗୋଟିଏ ବ୍ୟାଗ୍‌ରେ ପୂରେଇ ଶୀଘ୍ର ବାହାରି ପଡ। ତୋ ବାପ ଆସିବା ପୂର୍ବରୁ ଆମେ ଏଠୁ ଚାଲିଯିବା।"

"ସେ ବାଡ଼ିପୋଡା କଅଣ ଏଇଲେ ଆସିବ ? ରାତି ଅଧକୁ ମଦ ପେଟେ ପିଇ ଦେଇ ଟଳିଟଳି ଆସିବ। ଦିଦିମାନେ ତୁମେ ବିଭା ହୋଇନ ବହୁତ ଭଲ କରିଛ। ବିଭା ହୋଇନ ବୋଲି ତୁମର ଗୋଟିଏ ଦୁଃଖ, କିନ୍ତୁ ବିଭା ହେଲେ ହଜାରେ ଦୁଃଖ। ରାତିରେ ଢାକୁ ଚିକେନ, ନାନ୍‌ ଦେଲେ ମୋତେ ବାଉଡେଇ ବାଉଡେଇ ଦର ମଲା କରିଦେବ। ଆଲୋ ଶାନ୍ତି, ତୁ ଦିଦିମାନଙ୍କ ସାଙ୍ଗେ ବେଇକି ପଲା। ମୁଁ ଯାଇ ମୋ ପାଇଁ ମୁଠେ ଭାତ ଫୁଟେଇ ଦିଏ, ପୁଣି ତା' ପାଇଁ ଚିକନ ରୁଟି ଆଣିବାକୁ ଯିବି...।"

ଶାନ୍ତି ଗୋଟାଏ ଜରି ବ୍ୟାଗ୍‌ରେ କିଛି ଲୁଗାପଟା ପୂରେଇ ଆସି ଆମ ପାଖେ ଠିଆ ହୋଇ କହିଲା, "ମୁଁ ଦି' ପହରେ ରାନ୍ଧି ଦେଇଥିଲି, ପଖାଳି ରଖି ଦେଇଛି। ତୋର ଦି'ଓଳିକୁ ହୋଇ ଯିବ। ଚୁଲିରେ ଆଳୁ ଯୋଡ଼େ ପକେଇ ଦେଇଥିଲି, ପୋଡ଼ି ଯାଇଥିବ।"

ଶାନ୍ତି ବୋଉ କାନ୍ଦିକାନ୍ଦି ତା' ଝିଅକୁ ବିଦାୟ ଦେଲା। କିନ୍ତୁ ସେ କାନ୍ଦରେ ଭରି ରହିଥିଲା ଶାନ୍ତିପାଇଁ ତା'ର ଶୁଭେଚ୍ଛା।

ଆମେ ଗୋଟିଏ ଅଟୋ କରି ଶାନ୍ତିକୁ ସାଙ୍ଗରେ ଧରି ଆମ ଘରକୁ ଫେରି ଆସିଲୁ। ସେ ଯାଏଁ ସଂଧ୍ୟା ପାର୍ଲରରୁ ଫେରି ନ ଥାଏ। ରେବତୀ ସଂଧ୍ୟା ଝିଅକୁ କୋଳରେ ଧରି ଛତୁଆ ଚକଟା ଖୁଆଇ ଥାଏ। ସେ ଆମ ସାଙ୍ଗରେ ଶାନ୍ତିକୁ ଦେଖି ଆଶ୍ଚର୍ଯ୍ୟ ହୋଇ ଆମକୁ ଚାହିଁଲା।

"ଇୟେ ବି ରେବତୀ। ତୋ ନାଁ ଯାହା ଆଜିଠାରୁ ତା' ନାଁ ବି ସେୟା। ଧରି ନେ ସେ ତୋ ସଙ୍ଗାତ। ତୁ ତାକୁ ସଙ୍ଗାତ ଡାକିବୁ, ସେ ବି ତତେ ସଙ୍ଗାତ ଡାକିବ। ଆମେ ତାକୁ ରେବତୀ ନ ଡାକି ବତୀ ଡାକିବୁ," ମୁଁ ହସି ହସି କହିଲି।

ସଂଧ୍ୟା ରାତିକୁ ଘରକୁ ଫେରିଲା ପରେ ମୁଁ ତାକୁ ବୁଝେଇ କହିଲି, "ବତୀକୁ ପଦ୍ମା ଓ ମୁଁ ଏଠିକୁ ଆଣିଛୁ। ସେ ଚାରିମାସର ଗର୍ଭବତୀ, ସେ ଆତ୍ମହତ୍ୟା କରିବାକୁ ଯାଉଥିଲା। ପଦ୍ମା ତାକୁ ବୁଝେଇ ସୁଝେଇ ଏଠିକୁ ଆଣିଛି, ଝିଅଟାକୁ ବଂଚେଇ ଦେବା ପାଇଁ, ପିଲା ହେବା ଯାଏଁ ସେ ଆମ ପାଖେ ରହିବ।"

"ତା' ପରେ ?" ସଂଧ୍ୟା ଗମ୍ଭୀର ହୋଇ ପଚାରିଲା,

"ତା' ପରେ ପିଲାକୁ କେଉଁ ଅନାଥ ଆଶ୍ରମରେ ଛାଡ଼ି ଦେଇ ବତୀ ତା' ମାଆ ପାଖୁ ଚାଲିଯିବ।"

ସନ୍ଧ୍ୟା ଆଉ କିଛି ପଚାରିଲା ନାହିଁ, କେବଳ ସମବେଦନାର ଖୁବ୍ ଲମ୍ବା ନିଶ୍ୱାସଟାଏ ଛାଡ଼ିଲା । ମୋର ମନେ ହେଲା ସେ ଯେମିତି ବତୀର ସବୁ ଦୁଃଖ ବୁଝି ପାରିଛି ।

ଦୁଇଦିନ ପରେ ପଦ୍ମା ତାକୁ ନେଇ ଗୋଟିଏ ପ୍ରାଇଭେଟ୍ ନର୍ସିଂ ହୋମ ଗଲା । ଗର୍ଭସ୍ଥ ଶିଶୁର ଲିଙ୍ଗ ନିରୂପଣ କରିବା ଯଦିଓ ବେଆଇନ କଥା ତଥାପି ଏଠି ଲୁଚାଚୋରା ଭାବରେ ତାହା କରାଯାଏ । ସେଠି ଶାନ୍ତିର ସୋନୋଗ୍ରାଫି କରାଗଲା । ପଦ୍ମା ଆସି ମୋତେ ଏକାନ୍ତରେ କହିଲା, "ଶାନ୍ତି ପେଟର ପିଲା ପୁଅ ।"

ପଦ୍ମା ଶାନ୍ତିକୁ ନେଇ ସରକାରୀ ଡାକ୍ତରଖାନାରେ ଦେଖାଇ ତା' ନାଁରେ ଗୋଟିଏ କାର୍ଡ କରିଦେଲା । କାର୍ଡରେ ଲେଖା ଗଲା – ନାମ – ରେବତୀ ପ୍ରଧାନ, ସ୍ୱାମୀ ଶ୍ରୀ ରମେଶ ପ୍ରଧାନ – ଗାଁ – ଗୋପାଳପୁର, ଜିଲ୍ଲା – ଢେଙ୍କାନାଳ ।

ମୁଁ ମ୍ୟାଡାମ୍‌ଙ୍କୁ ବତୀ ବିଷୟରେ କିଛି କହିଲି ନାହିଁ ଏବଂ ସନ୍ଧ୍ୟାକୁ ମଧ୍ୟ ଅନୁରୋଧ କଲି ମ୍ୟାଡାମ୍‌ଙ୍କୁ ଏ ବିଷୟରେ କିଛି ନ କହିବା ପାଇଁ । ମ୍ୟାଡାମ୍ କେବଳ ଏତିକି ଜାଣିଲେ ମୋ ଭାଉଜ ରେବତୀର ପିଲା ହେବ । ଗାଁରେ ଭଲ ଡାକ୍ତର ନାହାନ୍ତି ବୋଲି ମୁଁ ତାକୁ ଏଠାକୁ ନେଇ ଆସିଛି ।

ରେବତୀ ଓ ଶାନ୍ତି ଆମର ସେଇ ଦେଢ଼ ବଖୁରିଆ ଘରେ ରହିବାକୁ ଲାଗିଲେ । ଦୁହେଁ ଦୁହିଁଙ୍କୁ ବହୁତ ଭଲ ପାଆନ୍ତି, ଶାନ୍ତି ରେବତୀ ପଛରେ ତା'ର ଛାଇ ପରି ଲାଗିଥାଏ । ରେବତୀ ତାକୁ କହେ, "ସଙ୍ଗୀତ, ତୁ ମୋର 'କା' । ଆମେ ସିନା ଦୁଇଟା ମଣିଷ ହୋଇ ଜନ୍ମ ହୋଇଛେ, ହେଲେ ଆମର ଆତ୍ମା ଗୋଟିଏ ।" ଶାନ୍ତି ଅଛ ହସେ, "ନ ହେଲେ ଭଗବାନ ଆମକୁ ଏକାଠି ଯୁଟେଇ ଥାଆନ୍ତେ କାହିଁକି ?" ରେବତୀ ଶାନ୍ତିକୁ ଘର ଓଳିଆ କି ଭାତ ରନ୍ଧା କିଛି କରେଇ ଦିଏନି । ଶାନ୍ତି ଯେତେ କହିଲେ ବି ରେବତୀ କହେ, "ତୁ କେବଳ ଡଳିକୁ ଖେଳା, ତୋର ଭିଡ଼ କାମ କରିବା ଦରକାର ନାହିଁ ।" ମୁଁ ଶାନ୍ତି ପାଇଁ ହରଲିକୁ ଓ ଅଣ୍ଡା ଆଣି ଦିଏ । ପଦ୍ମା ତାକୁ ମାସକୁ ମାସ ଡାକ୍ତର ଦେଖାଇ କିଛି ଭିଟାମିନ୍ ଟାବ୍‌ଲେଟ୍ ଆଣି ଦିଏ । ସନ୍ଧ୍ୟାର ବି ଖୁବ୍ ଦୟା ଶାନ୍ତି ଉପରେ । ପାର୍ଲରରୁ ଫେରିଲା ବେଳେ କେତେବେଳେ ତା' ପାଇଁ ରେଲ୍ ତ କେତେବେଳେ ଚାଉମିନ୍ ଆଣିଦିଏ ।

ଆମେ ଚାରୋଟି ନାରୀ ଗୋଟିଏ ଘରେ ଖୁବ୍ ଆନନ୍ଦରେ ଥାଉ । ଏହା ଭିତରେ ପଦ୍ମା ପନ୍ଦର ଦିନ ଲାଗି ଆଶାକର୍ମୀ ଟ୍ରେନିଂରେ ଖୋର୍ଦ୍ଧା ଯାଇ ଫେରି ଆସିଲାଣି । ସମୟ ପାଣି ପରି ବୋହି ଚାଲିବାରେ ଲାଗିଛି । ଆମ ସମସ୍ତଙ୍କ ନଜର ଶାନ୍ତି ଉପରେ, ତା'ର ଯେମିତି କିଛି ଅସୁବିଧା ନ ହୁଏ । ଶାନ୍ତିର ଡେଲିଭରୀ ସମୟ ଯେତିକି ପାଖେଇ

ଆସୁଥାଏ ମୋ ଚିନ୍ତା ବଢ଼ିବାରେ ଲାଗିଥାଏ। ମୁଁ ରେବତୀ ପାଇଁ ଏଡେ ବଡ କଥାଟାଏ କରିବାକୁ ଯାଉଛି ଯଦି ରମେଶ କି ବୋଉ ଜାଣନ୍ତି ତେବେ ମୋ ଅବସ୍ଥା କ'ଣ ହେବ !

ରମେଶକୁ ମୁଁ ଦିନେ ଫୋନ୍‌ରେ କହିଲି, "ରମେଶରେ ତୁ ଖୁବ୍ ଶୀଘ୍ର ବାପ ହେବାକୁ ଯାଉଛୁରେ। ପଦ୍ମା କହୁଛି ରେବତୀର କେଉଁ ଦିନ ବି ପିଲା ହୋଇପାରେ...।"

ରମେଶ ଖୁବ୍ ଖୁସି ହୋଇ ଉତ୍ତର ଦେଲା, "ସତରେ ଅପା ? ଅପା ତତେ ମୁଁ କହିଥିଲି ନା ମୋର କିଛି ଅସୁବିଧା ନାହିଁ। ତା ସତ ନା ନାହିଁ ? ମୋର ଭାରି ମନ ହେଉଛି ଯାଇ ରେବତୀକୁ ଦେଖି ଆସନ୍ତି। କିନ୍ତୁ ଆଉ ପନ୍ଦର ଦିନରେ ଇଲେକ୍‌ସନ୍। ରଙ୍କ ସାହୁ ପାଇଁ ପଚାରର ପୂରା ଦାୟିତ୍ୱ ମୋ ଉପରେ। ଇଲେକ୍‌ସନ୍ ସରିଗଲେ ମୁଁ ଭୁବନେଶ୍ୱର ଯିବି। ଯାହାହେଉ ତା' ଆଗରୁ ରେବତୀର କିଛି ହେଲେ ମୋତେ ଫୋନ୍ କରିବୁ....।"

ମୁଁ ପଚାରିଲି, "ବୋଉ କେମିତି ଅଛି ?"

"ବୋଉ ଦେହ ଭଲ ନାହିଁ, ସବୁବେଲେ ଅଣ୍ଢା ଧରୁଛି। ପୁଣି ସେଥିରେ ଏବେ ଦିନେ ଗାଧେଇଲା ବେଲେ ପୋଖରୀ ତୁଠରେ ପଡ଼ିଗଲା। ସେଇଦିନ ଠାରୁ ଉଠି ପାରୁନି। ସବି ଆସି ତା' ପାଖେ ଅଛି, ନ ହେଲେ ତ ସେ କେଉଁଦିନୁ ଭୁବନେଶ୍ୱର ଯାଆନ୍ତାଣି।"

"ହଉ, ବୋଉର ଯତ୍ନ ନେବାକୁ ସାବିକୁ କହିବୁ। ତା'ର ଆସିବା ଦରକାର ନାହିଁ। ପିଲା ହୋଇ ସାରିଲେ ମୁଁ ମାଥା ପିଲା ଦୁହିଁଙ୍କୁ ନେଇ ଗାଁରେ ଛାଡ଼ିଦେଇ ଆସିବି", କହି ମୁଁ ମୋବାଇଲ୍ ଅଫ୍ କରିଦେଲି।

ରମେଶ ମ୍ୟାଡାମ୍‌ଙ୍କ ଠିକଣାରେ ମୋ ପାଖୁ ତିନି ହଜାର ଟଙ୍କା ପଠେଇ ଦେଇଛି। ଅନି ଅର୍କର ଫର୍ମର ପଛପଟେ ଲେଖିଛି, "ଟଙ୍କା ପାଇଁ ବ୍ୟସ୍ତ ହେବୁନି – ମୁଁ ଗଲେ ଆଉ ଟଙ୍କା ଦେବି।"

ପୋଷ୍ଟ ପିଅନ ପାଖେ ଦସ୍ତଖତ କରି ଟଙ୍କାକୁ ପର୍ସରେ ରଖି ମୁଁ ଭାବିଲି ରଙ୍କସାହୁ ନିଶ୍ଚେ ରମେଶକୁ ଭଲ ଟଙ୍କା ଦେଉଛି। ମୁଁ ତାକୁ ତୁଚ୍ଛାଟାରେ କହୁଥିଲି କାହା ଘରେ ରହି କାମ କରିବାକୁ। ସେ କାମ କାଇଁ କରିବ, ରଙ୍କସାହୁ ପାଇଁ କଥା କହି ତ ହଜାର ହଜାର ଟଙ୍କା ରୋଜଗାର କରୁଛି।

ଚାରିଦିନ ଯାଇଛି କି ନାହିଁ ଦିନେ ରାତି ଦଶଟା ବେଲକୁ ଶାନ୍ତିର ପ୍ରସବ ଯନ୍ତ୍ରଣା ଆରମ୍ଭ ହୋଇଗଲା। ମୁଁ ତାକୁ ଶାଢ଼ୀ ବ୍ଲାଉସ୍ ପିନ୍ଧେଇ ଦେଲି, ହାତରେ ଚୁଡ଼ି ଶଙ୍ଖା ଗଲେଇ ଦେଲି, କପାଲରେ ଗୋଟାଏ ଟିକିଲି ଓ ଗୁନ୍ଥାରେ ସିନ୍ଦୁର ଲଗେଇ

ଦେଲି। ଶାନ୍ତି ଦାନ୍ତ ଚିପି କାନ୍ଦୁଥାଏ – "ବୋଉ ଲୋ... ମରିଗଲି" ବୋଲି ମୋ ହାତକୁ ଧରି ପକାଉଥାଏ। ପଦ୍ମା ଅଟୋଟିଏ ଡାକି ଆଣିଲା। ଆମେ ଦୁହେଁ ତାକୁ ଅଟୋରେ ବସେଇ ଡାକ୍ତରଖାନା ନେଇଗଲୁ।

ମାତ୍ର ପନ୍ଦର ଷୋହଳ ବର୍ଷର ଝିଅଟିଏ ଶାନ୍ତି। ପ୍ରସବ ଯନ୍ତ୍ରଣା ସହି ପାରୁ ନ ଥାଏ, ଆଖିରୁ ତା'ର ଲୁହ ବୋହି ଚାଲିଥାଏ। ଡ୍ୟୁଟିରେ ଥିବା ଡାକ୍ତରାଣୀ ଦେଖି କହିଲେ, "ପ୍ରଥମ ଡେଲିଭେରୀ, ଏତେ ଶୀଘ୍ର ପିଲା ଜନ୍ମ ହେବନି – ପାହାନ୍ତିଆ ହୋଇ ଯାଇ ପାରେ...।" ନର୍ସକୁ କହିଲେ, "ଗୋଟାଏ ଡ୍ରିପ୍ ଚଲେଇ ଦିଅ। ପିଲା ମୁଣ୍ଡେଇଲେ ମୋତେ ଡାକିବ।" ସେ ଚାଲିଗଲେ, ମୁଁ ଓ ପଦ୍ମା ଶାନ୍ତି ପାଖେ ତା' ହାତ ଧରି ଠିଆ ହୋଇଥାଉ, ମୁଁ ତା' ମୁଣ୍ଡ ଆଉଁଶି ଦେଉଥାଏ। ଶାନ୍ତି "ବୋଉଲୋ, ମରିଗଲି" ବୋଲି ମଝିରେ ମଝିରେ ପାଟି କରୁଥାଏ... କଷ୍ଟ ସହି ସହି ସେ ନିସ୍ତେଜ ହୋଇ ପଡ଼ିଥାଏ – ସେତିକି ବେଳେ ଆଖି ବୁଜି ସେ ତା' ମନକୁ ମନ କହୁଥାଏ, ସାନମାମୁଁ, ମୁଁ ଏତେ ଦୁଃଖ କଷ୍ଟ ପାଉଛି, ତୁ କ'ଣ ମୋ ଦୁଃଖ କିଛି ଜାଣିଲୁ? କାହିଁକି ମୋର ଏ ଅବସ୍ଥା କଲୁ?"

ମୁଁ ପଦ୍ମା ମୁହଁକୁ ଚାହିଁଲି, ପଦ୍ମା ମୋ ମୁହଁକୁ ଚାହିଁଲା।

ବହୁତ କଷ୍ଟ ପାଇଲା ଶାନ୍ତି। ପନ୍ଦର ମିନିଟ୍ ଯନ୍ତ୍ରଣା ଟିକିଏ କମିଯାଏ, ପୁଣି ତା' ପେଟ ଭିତରେ ସନ୍ତାନ ପୃଥିବୀକୁ ଆସିବା ପାଇଁ ତା'ର ସମସ୍ତ ଶକ୍ତି ପ୍ରୟୋଗ କରେ। ଶାନ୍ତି ପୁଣି ଚିତ୍କାର କରେ–ବୋଉଲୋ ମରିଗଲି... ମରିଗଲି.. ତୋ ଭାଇ ମରିଯାଉ...।"

ଶେଷକୁ ଶାନ୍ତିର ଆଉ ପାଟି କରିବାର ଶକ୍ତି ନଥାଏ। ମୁଁ ମନେମନେ ଡରି ଗଲିଣି – ଯଦି କିଛି ଅସୁବିଧା ହୋଇଯାଏ... ଶାନ୍ତି ଯଦି ମରିଯାଏ ମୁଁ କ'ଣ କରିବି ? ପଦ୍ମା ମୋତେ ଧୈର୍ଯ୍ୟ ଦେଇ କହୁଥାଏ, "ପିଲାଟିଏ ପୃଥିବୀକୁ ଆଣିବା କିଛି ସହଜ କଥା ନୁହେଁ କବିତା ଦିଦି! ସେଥିପାଇଁ ତ କୁହାଯାଏ ମାତୃୁଣ କିଏ ଶୁଝି ପାରିବ ନାହିଁ।"

ରାତିର ଅନ୍ଧାର କମି ଆସିଲାଣି। ଲେବର୍‌ରୁମ୍ ଝରକା ଦେଇ ଆକାଶର ରଙ୍ଗ ବଦଳିବା ମୁଁ ଦେଖି ପାରୁଥାଏ। ସେଇ ପ୍ରଭାତର ଆଗମନ ବେଳକୁ ଶାନ୍ତିର ସନ୍ତାନଟି ଶାନ୍ତିଠାରୁ ଅଲଗା ହୋଇ ବାହାରି ଆସିଲା। ଶାନ୍ତି ପ୍ରାୟ ଚେତାଶୂନ୍ୟ। ତା'ର କୁଆଁ କୁଆଁ ଶବ୍ଦରେ ଲେବର ରୁମ୍ ମୁଖରୀତ ହୋଇ ଉଠିଲା। ଶାନ୍ତିର ଅନ୍ୟ କିଛି ଅସୁବିଧା ହେଲାନି। ପ୍ଲାସାଣ୍ଟା ଠିକ୍ ସମୟରେ ବାହାରି ପଡ଼ିଲା।

ପିଲାଟିକୁ ସଫାସୁତୁରା କରି ନର୍ସ ଆଣି ଶାନ୍ତି କୋଳରେ ଶୁଆଇ ଦେଇ

କହିଲା, “ନେ, ତୋ ପିଲାକୁ କ୍ଷୀର ଦେ...।”

ମୁଁ ନର୍ସକୁ ପଚାରିଲି, “ଆମେ କେତେବେଳେ ମାଆ ପିଲାଙ୍କୁ ନେଇ ପାରିବୁ?”

“ମାଆ ପିଲା ତ ଭଲ ଅଛନ୍ତି। ମ୍ୟାଡାମ୍ ଆସି ଥରେ ଦେଖ ଦେଇ ବାର୍ଥ ସାଟିଫିକେଟ୍ ଟା ଦେବେ। ସେଇଟା ଦିନ ଦଶଟା ଆଗରୁ ମିଳିବ ନାହିଁ। ସେଇଟା ନେଇ ମ୍ୟୁନିସିପାଲଟି ଅଫିସରେ ଷ୍ଟାମ୍ପ କରିନେବେ...। ଆଜିକାଲି ସବୁ ଜାଗାରେ ବାର୍ଥ ସାର୍ଟିଫିକେଟ୍ ଦରକାର।”

ମୁଁ କିଛି ଉତ୍ତର ଦେଲିନି। ପଦ୍ମା ବୁଝି ପାରିଲା ମୋ ବ୍ୟସ୍ତତା। ସେ କହିଲା, “ତୁମେ କିଛି ଚିନ୍ତା କରନି କବିତା ଦିଦି। ମ୍ୟୁନିସ୍ପାଲଟି ଅଫିସରେ ମୋର ଚିହ୍ନା ଅଛନ୍ତି, ସବୁ ସୁବିଧାରେ ହୋଇଯିବ।”

ଦିନ ନଅଟା ବେଳକୁ ପୂର୍ବରୁ ଶାନ୍ତିକୁ ଦେଖୁଥିବା ଡାକ୍ତରାଣୀ ଆସିଲେ, ସେ ଶାନ୍ତି ମୁଣ୍ଡରେ ହାତ ବୁଲେଇ ଆଣି କହିଲେ, “ରେବତୀ ତୁ ମାଆ ହୋଇଗଲୁ। ନର୍ସ ଶୋଭା ଦିଦି କହୁଥିଲେ ବହୁତ କଷ୍ଟ ପାଇଲୁ ବୋଲି। ପ୍ରଥମ ଡେଲିଭରୀରେ ବହୁତ କଷ୍ଟ ହୁଏ। ଆଉ ଥରେ ପିଲା ହେଲା ବେଳକୁ ଆଉ ଏତେ କଷ୍ଟ ହେବନି। କିନ୍ତୁ ମନେରଖ, ଯେମିତି ଆଉ ତିନି ବର୍ଷ ଭିତରେ ତୁ ଆଉ ଗର୍ଭ ହେବୁନି। ତୋ ବରକୁ ବୁଝେଇ କହିବୁ। ପଦ୍ମାତ ସବୁ ଜାଣେ, ସେ ତତେ ସବୁ ବଢ଼େଇ ଦେବ।” ସେ ଚାଲିଗଲେ ତାଙ୍କ କାମରେ।

ଶାନ୍ତିଖଟ ପାଖେ ଗୋଟିଏ ଦୋଲିରେ ପୁଅଟି ଶୋଇଥାଏ। ବେଶ୍ ଭଲ ସ୍ୱାସ୍ଥ୍ୟର ସୁନ୍ଦର ଛୁଆଟିଏ। ଦିନ ଏଗାରଟା ବେଳକୁ ପଦ୍ମା ଡାକ୍ତରଖାନା ଅଫିସରୁ ଆସି ମୋତେ କହିଲା, “ତୁମେ ମାଆ ପିଲାଙ୍କୁ ନେଇ ଆଗ ଘରକୁ ଚାଲିଯାଅ। ମୁଁ କାଗଜପତ୍ର ନେଇ ଟିକିଏ ପରେ ଯିବି।”

ପଦ୍ମା ଅଟୋଟିଏ ଡାକି ଆଣିଲା। ଶାନ୍ତିର ହାତ ଧରି ଧରି ଆଣି ଅଟୋରେ ବସେଇ ଦେଲା। ମୁଁ ପିଲାଟିକୁ ଲୁଗାରେ ଗୁଡେଇ ପୁଡେଇ କୋଲରେ ଧରି ଅଟୋରେ ବସିଲି।

ଶାନ୍ତି, ଶାନ୍ତିର ପୁଅ ଓ ମୁଁ ଘରକୁ ଚାଲି ଆସିଲୁ।

ଘରେ ପାଦ ଦେଉ ଦେଉ ଶାନ୍ତି କହିଲା, “ଦିଦି, ଭାରି ଭୋକ ହେଉଛି ମୋତେ। ପେଟରୁ ପିଲାଟା ବାହାରି ଆସିଲାରୁ ପେଟଟା ଖାଲି ଖାଲି ଲାଗୁଛି।”

ମୁଁ ରେବତୀ ଡାକି କହିଲି, “ତୋ ସଙ୍ଗାତକୁ ପାଉଁରୁଟି ଦୁଧ ଖାଇବାକୁ ଦେ। ମୁଁ ତ କିଛି ଜାଣେନି। ପଦ୍ମା ଆସିଲେ ଯାହା କହିବ...।”

ଶାନ୍ତି ମୋ ମୁହଁକୁ ଚାହିଁଲା, "ମୁଁ କେବେ ଘରକୁ ଯିବି ?"

"ତତେ ଟିକିଏ ଭଲ ଲାଗିଲେ । ହେଲେ ତୋ ପୁଅ ?" ମୁଁ ପଚାରିଲି ।

"ତାକୁ କ'ଣ ଆଉ ଘରକୁ ନେବି ? ତା' ଲାଗି ତ ବାପକୁ ଡରି ଘର ଛାଡିଲି । ପଦ୍ମା ଦିଦି କହିଛନ୍ତି ତାକୁ ନେଇ ଗୋଟିଏ ଭଲ ଅନାଥ ଆଶ୍ରମରେ ଛାଡି ଦେବେ । ସେ ଯେଉଁଠି ରହୁ, ଭଗବାନ ତାକୁ ବଂଚେଇ ରଖି ଥାଆନ୍ତୁ ।"

ଶାନ୍ତି ଆଖିରେ ଲୁହ ଟଳମଳ । ମୁଁ ତାକୁ ଦେଖି ଭାବିଲି ମାଆ ପାଇଁ ସନ୍ତାନର ଜୀବନ କେତେ ମୂଲ୍ୟବାନ ସେ ବୈଧ ହେଉ ବା ଅବୈଧ ହେଉ ମା' ଚାହେଁ ପିଲାଟି ତା'ର ବଂଚି ରହିଥାଉ ।

ମୁଁ ଶାନ୍ତିକୁ ମୋ ଛାତି ଉପରକୁ ଆଉଜେଇ ଆଣି କହିଲି, "ତୁ ବ୍ୟସ୍ତ ହୁଅନା, ପଦ୍ମା ତାକୁ ଯେଉଁଠି ଛାଡିଲେ ବି ସେ ସେଠାରେ ନିଶ୍ଚୟ ଭଲରେ ରହିବ । କିନ୍ତୁ ଏଣିକି ସାବଧାନ ରହିବୁ । ଜୀବନରେ ଥରେ ଭୁଲ କରି କେତେ ହଇରାଣ ହେଲୁ । ଏଣିକି ଯେମିତି ଏ ଭୁଲ ଆଉ ନ କରୁ । ଭଗବାନ କରନ୍ତୁ ତୁ ବାହାସାହା ହୋଇ ଭଲରେ ରହ ।"

ଶାନ୍ତି ମୋ କଥାର କିଛି ଉତ୍ତର ଦେଲାନି ।

ଡଲି ଛୁଆଟିକୁ ଦେଖି ଭାରି ଖୁସି । ତା' ସହିତ ଖେଳିବ ବୋଲି ବ୍ୟସ୍ତ ହୋଇ ପଡୁଥାଏ । ଡଲିର ପୁରୁଣା କନ୍ଥା ଓ ଅଏଲକ୍ଲୋଥ ସଂଧ୍ୟା ଦେଲା ପୁଅକୁ ଶୁଆଇବା ପାଇଁ ।

ରେବତୀ ରନ୍ଧାବଢ଼ା ସାରି ଦେଇ ପୁଅକୁ କୋଳରେ ଧରି ବସିଥାଏ । ପଦ୍ମା ବି ଫେରି ଆସିଲାଣି, ସେ ଆଣିଥିବା କାଗଜପତ୍ର ମୁଁ ବାକ୍ସରେ ରଖିଦେଲି ।

ସଂଧ୍ୟା ବେଳକୁ ମୁଁ ଶାନ୍ତିକୁ ପଚାରିଲି, "ତତେ କେମିତି ଲାଗୁଛି । ଏଥର ତୋ ମାଆ ପାଖୁ ଯିବୁ ?"

ଭଲ ଲାଗୁଛି ଯେ ଏବେ ତ ବାପା ଆସିବା ବେଳେ ହେଲାଣି । କାଲି ଦିନ ଦଶଟା ବେଳକୁ ଗଲେ ହେବ ।" ସେ ବୋଧେ ତା' ପୁଅ ପାଖେ ଆଉ କିଛି ସମୟ ରହିବାକୁ ଚାହୁଁଥିଲା, ମୁଁ କିନ୍ତୁ ବ୍ୟସ୍ତ, ସେ ଯାଇ ସାରିଲେ ମୁଁ ରମେଶକୁ ଫୋନ୍ କରିବି ବୋଲି ।

"ସେତେବେଳକୁ ତ ଘରେ ବୋଉ ନ ଥିବ", ମୁଁ କହିଲି ।

" ନଥାଉ, ସଂଧ୍ୟାକୁ ଆସିବ ତ...।"

ମୁ ପଚାରିଲି, "ବୋଉ ପିଲା ବିଷୟରେ ପଚାରିଲେ କ'ଣ କହିବୁ ?"

"କ'ଣ କହିବି ? ସତ କହିବି । ପୁଅଟିଏ ହୋଇଥିଲା, ଦିଦିମାନେ ତାକୁ

ନେଇ ଭଲ ଅନାଥ ଆଶ୍ରମରେ ଛାଡ଼ି ଦେଇଛନ୍ତି। ସାଲିଆ ସାହିରେ ଥିଲେ ମୋ ବାପାର ବିଷରେ ସେ ଓ ମୁଁ କେଉଁଦିନରୁ ମରି ସାରନ୍ତୁଣି। ଭଗବାନ ତାକୁ ବଂଚେଇଲେ ତା' ମୋ ପାଇଁ ଯଥେଷ୍ଟ। ସେ ଯେଉଁଠି ଥାଉ ଭଲରେ ଥାଉ।"

ମୁଁ ଗମ୍ଭୀର ହୋଇ କହିଲି, "ଶାନ୍ତି ତୁ କଷ୍ଟ ପାଉଥିଲା ବେଳେ ତୋ ସାନମାମୁଁକୁ ବହୁତ ଗାଳି ଦେଉଥିଲୁ। ସତରେ କ'ଣ ସେ... ?"

ଶାନ୍ତି ଭୋ ଭୋ ହୋଇ କାନ୍ଦିବାକୁ ଲାଗିଲା, କହିଲା, 'ହଁ ଦିଦି, ସେଇ। ସେ ଭୁବନେଶ୍ୱର କାମ ଖୋଜିବାକୁ ଆସିଥିଲା। ବୋଉ ତାକୁ ବହୁତ ଭଲ ପାଏ, ପୁଅ ପରି। ବୋଉ ବାପା କାମକୁ ଚାଲିଗଲେ ସେ ଘରକୁ ଫେରି ଆସି ମୋତେ ବହୁତ ଫୁସୁଲା ଫୁସୁଲି କରୁଥିଲା। ମୋତେ କହିଥିଲା ବିଭା ହେବ ବୋଲି...।" ବିଶ୍ୱାସରେ ବିଷ ଦେଇ ମୋର ସର୍ବସ୍ୱ ଲୁଟି ନେଲା।"

" ତୁ ତାକୁ କିଛି କହୁ ନ ଥିଲୁ?", ମୁଁ ପଚାରିଲି।

"ହଁ, ପ୍ରଥମରୁ ପ୍ରଥମରୁ ମନା କରୁଥିଲି, କିନ୍ତୁ ପଛକୁ ଆଉ ନିଜକୁ ସମ୍ଭାଳି ରଖ ପାରିଲି ନାହିଁ। ଏମିତି ଦୁଇ ତିନି ମାସ ଚାଲିଗଲା। କିଛି ଦିନ ପରେ ମୋର ବହୁତ ବାନ୍ତି ହେଲା। ବୋଉ ସନ୍ଦେହ କରି ମୋତେ ପଚାରିଲା। ମୁଁ କିନ୍ତୁ ତାକୁ କିଛି କହୁ ନ ଥିଲି। କିନ୍ତୁ ଦିନେ ସେ କାମକୁ ନ ଯାଇ ମୋତେ ଏମିତି ମାରିଲା ଯେ ମୁଁ ବାଧ୍ୟ ହୋଇ ତାକୁ ତାକୁ ସବୁ କଥା କହିଦେଲି। ସେ ବହୁତ କାନ୍ଦିଲା, ଅନେକ ଦେଶୀ ଉପାୟ କଲା ପିଲା ଖସି ପଡ଼ିବାକୁ। ବିଚାରୀ କ'ଣ ବା କରନ୍ତା! ବାପାକୁ କହିଲେ ସେ ବୋଉକୁ ଓ ମୋତେ ସିଧା ଫାଡ଼ି ପକେଇ ଥାଆନ୍ତା, ସାନମାମୁଁକୁ ଜୀବନରେ ମାରି ପକେଇ ଥାଆନ୍ତା। ଯେଉଁ ସାନମାମୁଁକୁ ବୋଉ ନିଜ ପୁଅ ପରି ଭଲ ପାଉଥିଲା ସେ ତା' ଝିଅର ଏତେ ଦୁର୍ଦ୍ଦଶା କରିବ ବୋଲି ସେ କେବେ କରି ପାରି ନ ଥିଲା। ସାନମାମୁଁ କୁ ଗାଳି ଦେବାରୁ ସେ ଓଲଟି ବୋଉକୁ ଜବାବ ଦେଲା, "ସବୁ ମୋର ଭୁଲ, ତୋ ଝିଅ ତ ଗୋଟା ତୁଳସୀ ବୋଉ ତାକୁ ଘରୁ ତଡ଼ି ଦେଇ କହିଥିଲା, "ଜୀବନ ଥିବା ଯାଏଁ ମୋ ଦୁଆର ବନ୍ଦ ମାଡ଼ିବୁ ନାହିଁ।"

"ବୋଉ ମୋତେ ନେଇ ଆଶଦିଦିଙ୍କ ପାଖୁ ଗଲା ବେଳକୁ ସମୟ ଗଡ଼ି ଯାଇଥିଲା। ସେ ମୋ ଲାଗି କେତେ ଡାକ୍ତରାଣୀ ଓ ନର୍ସଙ୍କ ଗୋଡ଼ ନ ଧରିଛି...।"

ମୁଁ ଦୀର୍ଘଶ୍ୱାସ ଛାଡ଼ିଲି ଭାବିଲି, " ଭଗବାନ କାହିଁକି ନାରୀକୁ ଏତେ ଦୁର୍ବଳ କରି ଗଢ଼ିଲ? ସବୁ ଦୁଃଖ ତା' କପାଳରେ କାହିଁକି ଲେଖିଲ?"

ତା' ପରଦିନ ଭାତ ଖାଇ ସାରିଲା ପରେ ପ୍ରାୟ ଦିନ ଦୁଇଟା ବେଳକୁ ପଦ୍ମା ଓ ମୁଁ ଶାନ୍ତିକୁ ନେଇ ଅଟୋରେ ତା' ଘରେ ଛାଡ଼ି ଦେଇ ଆସିଲୁ। ଭାଗ୍ୟକୁ ଶାନ୍ତି ବୋଉର

ଦେହ ଭଲ ନ ଥିବାରୁ ସେ ତା' ଘରେ ଥାଏ। ଝିଅକୁ ସବୁ ବଦନାମରୁ ରକ୍ଷା କରିଥିବାରୁ ସେ କାନ୍ଦି କାନ୍ଦି ପଡ଼ିଲା ଓ ମୋତେ କୃତଜ୍ଞତା ଜଣାଇ କହିଲା, "ଦିଦିମାନେ, ତୁମ ଲାଗି ମୁଁ ମୁହଁ ଟେକି ଏ ସଂସାରରେ ଚଲି ପାରିବି, ତୁମେ ନ ଥିଲେ ମୁଁ କେଉଁ କୂଳର ହୋଇ ନଥାଆନ୍ତି.... ତୁମ ରଣ ମୁଁ ସାତ ଜନ୍ମରେ ସୁଝି ପାରିବି ନାହିଁ....।"

ମୁଁ ତାକୁ ପାଟି ଖୋଲି କିଛି କହିଲି ନାହିଁ। ମନେ ମନେ ଭାବିଲି ତୁମେ କାହିଁକି ମୋ ରଣ ସାତ ଜନ୍ମରେ ସୁଝି ପାରିବୁ ନାହିଁ ? ବଡ ଅପା, ତୁମେ ମୋତେ ମୋ ବୋଉ ପରି ଲାଗ, ସେହିଦିନ ଠାରୁ ମୁଁ ତାକୁ ମୋ ଭାଉଜ ନ ଭାବି ଝିଅ ବୋଲି ଭାବି ଆସିଛି। ଆଜି ଶାନ୍ତି ଲାଗି ମୁଁ ରେବତୀକୁ ବୋଉ ଓ ରମେଶଙ୍କ ଦାଉରୁ ରକ୍ଷା କରି ପାରିଛି। ଭଗବାନଙ୍କର କି ଅପୂର୍ବ ଖେଳ !

ରାତିକୁ ରମେଶ ପାଖୁ ଫୋନ୍ କଲି, "କାଲି ସକାଳେ ତୋର ପୁଅଟିଏ ହୋଇଛି। ମାଆ, ପିଲା ଭଲ ଅଛନ୍ତି। ମୋ ଫୋନ୍‌ଟା ଖରାପ ହୋଇ ଯାଇଥିଲା, ସେଥିପାଇଁ ତତେ ଖବର ଦେବାକୁ ଡେରୀ ହୋଇଗଲା।"

ରମେଶ ବଡ ଖୁସି ହୋଇଗଲା, କହିଲା, "ବୋଉକୁ ନେଇ ମୁଁ ଆଜି ଆସି ପହଞ୍ଚ।"

ରମେଶ ପାଖେ ଏଲ୍ଲେ ଇଲେକସନ୍ ଟଙ୍କା ଭାସୁଛି। ସେ ଟାକ୍ସି କରି ସଂଧ୍ୟା ସୁଦ୍ଧା ବୋଉକୁ ନେଇ ଆସି ଭୁବନେଶ୍ୱରରେ ପହଞ୍ଚିଲା।

ପଦ୍ମା ରେବତୀକୁ ଖଟରେ ଶୁଆଇ ରଖିଥାଏ। ସଦ୍ୟ ପ୍ରସୂତୀର ସମସ୍ତ ଅଭିନୟ କରିବାକୁ ସେ ତାକୁ ଭଲ ରୂପେ ଶିକ୍ଷା ଦେଇ ଦେଇଥାଏ।

ବୋଉ ତା' ପରଲମଡ଼ା ଆଖିରେ କ'ଣ ଦେଖିଲା କେଜାଣି ପୁଅକୁ କୋଳରେ ଧରି ଗଦଗଦ ହୋଇ କହିଲା, "କାହ୍ନ ତ ଠିକ୍ ତା' ବାପ ପରି ହୋଇଛି। ଜନ୍ମ ହେଲା ବେଳେ ରମେଶ ଅବିକଳ ଏମିତି ଦିଶୁ ଥିଲା।"

ରମେଶ ଓ ବୋଉ ଦିନଟେ ରହି ଚାଲିଗଲେ। ଆମ ଘରେ ଏତେ ଲୋକ ରହିବାକୁ ଜାଗା ନାହିଁ ? ବୋଉ ଏକା ରଟ ଲଗେଇ ଥାଏ ବୋହୂ ଓ ନାତିକୁ ନେଇ ଗାଁକୁ ଯିବାକୁ।

ମୁଁ ମନା କଲି, "ଡାକ୍ତରାଣୀ ମ୍ୟାଡାମ୍ କହିଛନ୍ତି ମାଆ ପିଲାଙ୍କୁ ଦେଖିବେ। ସେ ସବୁ ସରୁ ସେମାନେ ଗାଁକୁ ଯିବେ।"

ରମେଶ ରାଜି ହୋଇଗଲା ଓ ମୋତେ ଦଶ ହଜାର ଟଙ୍କା ଦେଇ କହିଲା, "ଅପା, ପୁଅର ଯାହା ସବୁ ଦରକାର କିଣି ଦେବୁ। ରେବତୀ ପାଇଁ ଭଲ ଶାଢ଼ୀ, ବ୍ଲାଉସ, ମାୟା ବି, ପୁଅ ଏକୋଇଶିଆ ଦୁଇ ତିନି ଦିନ ଆଗରୁ ଆସି ମୁଁ ସେମାନଙ୍କୁ

ନେଇ ଯିବି। ତୁ ସଂଧ୍ୟାଆପା, ପଦ୍ମା ଅପା ସମସ୍ତେ ପୁଅ ଏକୋଇଶିଆକୁ ନିଷ୍ଚୟ ଆସିବ।"

ମୁଁ ମୁଣ୍ଡ ଟୁଙ୍ଗାରି ହଁ କଲି। ରମେଶ ଚାଲି ଗଲା।

ମୁଁ ଦୁଇଦିନ ହେଲାଣି ପାର୍ଲର ଯାଇନି। ସଂଧ୍ୟାକୁ କହିଥିଲି ମ୍ୟାଡାମ୍‌ଙ୍କୁ କହିଦେବାକୁ। ମୁଁ ଗାଧୋଇ ପାଧୋଇ ରେଡି ହେଲି ମୋ କାମକୁ ଯିବା ପାଇଁ।

ସମର୍ପିତା

ଆଜି ସମର୍ପିତା ସେନାପତିଙ୍କ ଛୟାଳିଶତମ ଜନ୍ମଦିନ। ଭାଇ, ଭଉଣୀମାନେ ସକାଳୁ ଫୋନ୍ କରି ଜନ୍ମଦିନର ଶୁଭେଚ୍ଛା ଜଣେଇଲେ। ଏଇଟା ଆଜିର ସମାଜର ଗୋଟାଏ ରୀତି ହୋଇଗଲାଣି। କିନ୍ତୁ ସମର୍ପିତାଙ୍କୁ ଖୁସି ପରିବର୍ତ୍ତେ ଦୁଃଖ ଲାଗୁଥାଏ- ସେ ଭାବି ଚାଲିଥାଆନ୍ତି ତାଙ୍କର ବିଗତ ଚୟାଲିଶ ବର୍ଷର ଜୀବନକୁ କାହିଁକି ସେ ଏ ପୃଥିବୀକୁ ଆସିଥିଲେ କ'ଣ କଲେ ଏତେଗୁଡ଼ାଏ ବର୍ଷକୁ ଧରି ସେ ? ଦିନ, ମାସ, ବର୍ଷ ବିତିଯାଇଛି, ସେ କ'ଣ ତାଙ୍କ ଜୀବନରୁ କିଛି ଆନନ୍ଦ, କିଛି ସାର୍ଥକତା ପାଇପାରିଛନ୍ତି।

ସମର୍ପିତାଙ୍କ ଆଖି ଜକେଇ ଆସିଲା। ପଛକୁ ମୁହଁ ବୁଲେଇ ଚାହିଁଲେ ଗୋଟାଏ ବିଷାଦର ଛାୟା ତାଙ୍କୁ ମାଡ଼ି ବସେ। ସେ କାହିଁକି ଜନ୍ମ ନେଇଥିଲେ ଏ କଥା ତାଙ୍କ ମନରେ ଆଲୋଡ଼ନ ସୃଷ୍ଟି କରେ। ଭଗବାନ କ'ଣ ତାଙ୍କ କପାଳରେ ଖାଲି ଦାୟିତ୍ୱ ଲେଖିଦେଇ ପଠେଇଥିଲେ ? ଭାଇ ଭଉଣୀଙ୍କ ଦାୟିତ୍ୱ ତୁଲାଉ ତୁଲାଉ ବୟସ ଗଡ଼ିଗଲା। ବୋଉ ଥରେ ବି ଭାବିଲା ନାହିଁ ସୁମିର କ'ଣ କିଛି ଦରକାର ବୋଲି। ଥରେ ବି ଭାବିଲା ନାହିଁ ତା'ର ବି ଗୋଟାଏ ଜୀବନ ଅଛି, ତା'ର ବି ଗୋଟାଏ ମନ ଅଛି। ଏକଥା ବୋଉ କି ଭାଇ ଭଉଣୀ କାହାକୁ ଲାଗେ ନାହିଁ। ସମସ୍ତେ ଧରିନେଲେ ତା' ଜୀବନଟା ଅନ୍ୟମାନଙ୍କ ପାଇଁ। ଯିଏ ଦେବାକୁ ଜନ୍ମ ହୋଇଛି ସେ ପାଇବାର ଗୋଟାଏ ଆଶା କ'ଣ ରଖିବ ? ଜୀବନଟା ତାକୁ ଅନ୍ୟମାନଙ୍କ ପାଇଁ ସମର୍ପଣ କରିବାକୁ ହେବ ବୋଲି, ବାପା ବୋଉ ବୋଧେ ତା' ନାଁ ଦେଇଥିଲେ ସମର୍ପିତା।

ସମର୍ପିତା ସେନାପତି ସହରର ମହିଳା କଲେଜର ଅଧ୍ୟାପିକା। ପିଲାଦିନୁ ତାଙ୍କର ପଢ଼ାପଢ଼ିରେ ଭାରି ମନ। ପାଠପଢ଼ି ଚାକିରି କରିବାର ସ୍ୱପ୍ନ ସବୁବେଳେ ତାଙ୍କ ମନ ଭିତରେ ଥାଏ। ବି.ଏ. ପଢ଼ିଲା ବେଳେ ତାଙ୍କର ବିବାହ ପ୍ରସ୍ତାବ ଆସିଥିଲା, କିନ୍ତୁ ସେ ମନା କରି ଦେଇଥିଲେ। "ନା, ବର୍ତ୍ତମାନ ମୁଁ ବାହା ହେବିନି। ଏମ୍.ଏ.ପାସ୍ କଲା ପରେ ବାହାଘର କଥା...।"

ବାପା ଯୁକ୍ତି କରିଥିଲେ, "ପିଲାଟି ଇଂଜିନିୟର, କିଛି ଡିମାଣ୍ଡ ନାହିଁ। ଦେଖୁଛୁ ମୋର ବଡ଼ ପରିବାର। ତୋ' ତଳକୁ ଦୁଇ ଭଉଣୀ, ପୁଣି ଦୁଇ ଭାଇ... ସମସ୍ତଙ୍କ ଦାୟିତ୍ୱ ଅଛି... ତା'ପରେ ସଂଯୋଗ ସବୁବେଳେ ଆସେନି...।"

ସମର୍ପିତା ଅଳ୍ପ ହସି ଦେଇ ଉତ୍ତର ଦେଇଥିଲେ, "ସଂଯୋଗ କଥା ଛାଡ଼ନ୍ତୁ ବାବା। ଭଲ ପାତ୍ର ପରା! ଅନିକୁ ବାହା କରିଦିଅ ସେଇ ପାତ୍ର ସାଥୀରେ। ମୁଁ ପଢ଼ା ସରିଲେ ବାହା ହେବି।"

ଏଇ ସିଦ୍ଧାନ୍ତଟା ଖୁବ୍ ମହଙ୍ଗା ପଡ଼ିଲା ସମର୍ପିତାକୁ। ଏହି ସିଦ୍ଧାନ୍ତଟା ତାଙ୍କ ଜୀବନକୁ ସମ୍ପୂର୍ଣ୍ଣ ରୂପେ ବଦଳେଇ ଦେବ ଏ କଥା ସେ ସମୟରେ ସେ କଳ୍ପନା ବି କରିପାରି ନଥିଲେ। ତଳ ଭଉଣୀ ଆନନ୍ଦିତା ତାଙ୍କଠାରୁ ମାତ୍ର ଦେଢ଼ବର୍ଷ ଛୋଟ। ଦେଖିବାକୁ ବେଶ୍ ସୁନ୍ଦର ହେଲେ ମଧ ପଢ଼ା ପଢ଼ିରେ ତା'ର ବେଶୀ ଆଗ୍ରହ ନଥିଲା। ବାପା ଏତେ ରାଜି ନଥିଲେ ମଧ ବୋଉ ଏଡ଼େ ଭଲ ପାତ୍ର ହାତଛଡ଼ା କରିବାକୁ ଚାହୁଁ ନଥିଲା। ଅନି ପ୍ରି-ୟୁନିର୍ଭସିଟି ପରୀକ୍ଷା ଦେଉଥାଏ। ପରୀକ୍ଷା ପରେ ପରେ ସମର୍ପିତା ପାଇଁ ଆସିଥିବା ପ୍ରସ୍ତାବ ସହିତ ଅନିର ବାହାଘର ହୋଇଗଲା।

ସେଦିନ ସମର୍ପିତାଙ୍କୁ ଟିକିଏ ବି ଦୁଃଖ ଲାଗି ନଥିଲା ବରଂ ମନେ ମନେ ଖୁସି ହୋଇଥିଲେ ବାହାଘରଟା ଏଡ଼େଇ ଦେଇପାରିଲେ ବୋଲି। କିଏ ଜାଣିଥିଲା ଭଗବାନ ତାଙ୍କ ପାଇଁ ଏତେ କଷ୍ଟ ସଜାଡ଼ି ରଖିଛନ୍ତି ବୋଲି।

ଆନନ୍ଦିତାର ବିବାହର ଦେଢ଼ବର୍ଷ ପରେ ତା'ର ପୁଅଟିଏ ହେଲା। ଘରେ ଖୁସିର ଯମୁନା ଛୁଟିଥାଏ। ବାପା ନାତି ପାଇଁ ସୁନାଚେନ୍ ଆଣିବାକୁ ଯାଇଥିଲେ। ପକେଟ୍‌ରେ ସୁନାଚେନ୍, ସ୍କୁଟର ଲଗେଜ କାରିଅରରେ ମିଠା ନେଇ ବାପା ଘରକୁ ଫେରୁଥାଆନ୍ତି ଆନନ୍ଦ ମନରେ। ସବୁ ଆନନ୍ଦ ଓ ଖୁସିର ପୂର୍ଣ୍ଣଚ୍ଛେଦ ପଡ଼ିଗଲା। କଞ୍ଚନାଛକ ପାଖରେ ପଛରୁ ଟ୍ରକ୍‌ଟିଏ ଆସି ବାଡ଼େଇ ଦେଲା। ବାପା ସ୍କୁଟରରୁ ଛିଟିକି ପଡ଼ିଲେ। ବାସ୍, ସେତିକିରେ ଶେଷ।

ଯେତେ କାନ୍ଦିଲେ କି ଗଲା ମଣିଷ ଆଉ ଫେରେ!

ସମର୍ପିତା ଆଠମାସ ପରେ ଇଂରାଜୀ ଅଧାପିକା ଭାବେ ସରକାରୀ କଲେଜରେ ନିଯୁକ୍ତି ପାଇଲେ। ସ୍ୱପ୍ନକୁ ଫିଙ୍ଗି ଦେଇ ବାସ୍ତବତାକୁ ଗୋଟେଇ ଧରିବାକୁ ବାଧ୍ୟ ହେଲେ ସମର୍ପିତା। ବୋଉର ଫାମିଲି ପେନ୍‌ସନ୍‌ରେ ଘର ଚଳିବା କାଠିକର ପାଠ। ସାନ ଭଉଣୀ ନିବେଦିତା ପ୍ଲସ୍ ଟୁ ପାସ୍ କରି ମେଡ଼ିକାଲ ଏନ୍‌ଟ୍ରାନ୍ସ ଦେଉଥାଏ। ଭାଇ ଗୌରବ ମାଟ୍ରିକ୍ ପାସ୍ କଲା ଫାଷ୍ଟ ଡିଭିଜନରେ। ଛୋଟ ଭାଇ ସୌରଭ ନବମ ଶ୍ରେଣୀରେ। ଚାକିରି ପାଇବା ପରେ ବାପାଙ୍କ ଫଟୋ ପାଖେ ଠିଆ ହୋଇ

ମନେ ମନେ ସଂକଳ୍ପ କରିନେଲେ ସମର୍ପିତା, "ବାପା ତୁମର ସମସ୍ତ ଦାୟିତ୍ୱ ମୋର...।" ସେଦିନ ବି ତାଙ୍କୁ ଦୁଃଖ ଲାଗି ନଥିଲା। ନିଜ ଭାଇ ଭଉଣୀଙ୍କ ପାଇଁ କିଛି କରିପାରିବେ ବୋଲି ମନରେ ଗର୍ବ ହୋଇଥିଲା।

ଖୁବ୍ ଅଳ୍ପ ପଇସାରେ ଚଳି ବାକି ଟଙ୍କାଟକ ଭାଇ ଭଉଣୀଙ୍କ ପଢ଼ା ପାଇଁ ଖର୍ଚ୍ଚ କରିବାରେ ଟିକିଏ ବି କୁଣ୍ଠାବୋଧ କରନ୍ତି ନାହିଁ ସେ। ଚାହୁଁ ଚାହୁଁ ସମୟ କୁଆଡ଼େ ଚାଲିଗଲା। ନିବେଦିତା ଡାକ୍ତର ହୋଇଗଲା ଓ ତା' କ୍ଲାସମେଟ୍ ଶୁଭାଶିଷକୁ ବାହା ମଧ ହୋଇପଡ଼ିଲା। ନିବେଦିତା ଝରଣା ପରି ଆଗକୁ ଦୌଡ଼ି ଚାଲିଥାଏ, ଟିକିଏ ରହିଯିବା ସେ ଜାଣେନି। ଅଳ୍ପଦିନ ଭିତରେ ସେ ଓ ତା' ସ୍ୱାମୀ ପି.ଜି. କରିବା ପାଇଁ ଚଣ୍ଡିଗଡ଼ ଚାଲିଗଲେ। ସମର୍ପିତା ଭାବିଥିଲେ ନିବେଦିତା ଡାକ୍ତରୀ ପାସ୍ କରି ଗଲେ ଭାଇମାନଙ୍କ ପାଠପଢ଼ା କଥା ନିଶ୍ଚେ ବୁଝିବ। ସେ ମନ ଖୁସିରେ ଖଣ୍ଡେ ଶାଡ଼ି କିଣିପାରିବେ କି କୁଆଡ଼େ ବୁଲିପାରିବେ। ହୁଏତ କେଉଁଠାରୁ ପ୍ରସ୍ତାବ ଆସିଲେ ହଁ କରି ସଂସାର ଗଢ଼ିବାକୁ ସାହାସ କରିପାରିବେ। କିନ୍ତୁ ସେମିତି କିଛି ହେଲାନି। ନିବେଦିତା ଟଙ୍କା କ'ଣ ଦେବ ବରଂ ଚଣ୍ଡିଗଡ଼ରେ କେତେ ଅସୁବିଧାରେ ସେମାନେ ଚଳୁଛନ୍ତି ସେ କଥା ଲେଖି ଲମ୍ବା ଚିଠି ଦିଏ।

ବୋଉ ଚିଠି ପଢ଼ି ମନ ଦୁଃଖ କରେ, "ଏ ମାସରେ କିଛି ଟଙ୍କା ନିବି ପାଖକୁ ପଠେଇ ଦେ ମା' ସୁମି। ଅଜଣା ଜାଗାରେ ପଇସା ନଥିଲେ କେଡ଼େ ହଇରାଣ ହେଉଥିବ।"

ବୋଉକୁ କ'ଣ ଉତ୍ତର ଦେବେ ସମର୍ପିତା? ରୂପ୍ ରହିଯାଆନ୍ତି ଏବଂ ଦରମା ପାଇଲା ପରେ କିଛି ଟଙ୍କା ପଠେଇ ଦିଅନ୍ତି ନିବେଦିତା ପାଖକୁ।

ବୋଉର ସବୁବେଳେ ଦାବି– ଆଜି ଅନି ପୁଅର ପ୍ରଥମାଷ୍ଟମୀ, କାଲି ମାମୁଁଠାର ବାହାଘର, ଏ ମାସରେ ସାନଭାଇ ସୌରଭର ଲୁଗାପଟା ହେବ। ସବୁରି କଥା ବୁଝୁ ବୁଝୁ ସମର୍ପିତା ଭୁଲିଗଲେ ନିଜ କଥା।

ସୌରଭ, ଗୌରବ ମଧ ପାରିଗଲେ। ସମୟ ବୋଧେ ଚାଲୁ ନଥିଲା, ଦୌଡ଼ୁଥିଲା। ବାପାଙ୍କ ମୃତ୍ୟୁ ବେଳକୁ ସମର୍ପିତାକୁ ଏକୋଇଶ ବର୍ଷ ହୋଇଥିଲା। ଏହା ଭିତରେ ତେଇଶ, ଚବିଶ ବର୍ଷ ବିତିଗଲାଣି। ବୋଉ ମଧ ଦୁଇ ବର୍ଷ ହେଲା ଚାଲିଗଲାଣି।

ସମର୍ପିତା ଲେକ୍ଚରରୁ ରିଡ଼ର ହୋଇଗଲେଣି। ଆଖିରେ ଚଷମା ପିନ୍ଧିବାକୁ ପଡୁଛି ପଢ଼ିବାବେଳେ। ସେ ପି.ଏଚ୍‌ଡ଼ି. କରିସାରିଲେଣି। ସମୟ ତାଙ୍କଠାରୁ କିଛି ନେଇଯାଇଥିଲେ ମଧ କିଛି ଦେଇଛି। ସେ ଆଜି ଡ଼. ସମର୍ପିତା ସେନାପତି, ସମାଜରେ

ତାଙ୍କର ଯଥେଷ୍ଟ ସମ୍ମାନ ଓ ମର୍ଯ୍ୟାଦା ଅଛି।

ତଥାପି ଘରକୁ ଫେରି ଆସିଲେ ଜୀବନଟା ତାଙ୍କୁ ଅଧୁରା ଅଧୁରା ଲାଗେ। ଅନେକ ସମୟରେ ତାଙ୍କର ମନେହୁଏ ସତେ ଯେମିତି ସେ କିଛି ହଜେଇ ଦେଇଛନ୍ତି। ବୁଝିପାରନ୍ତି ନାହିଁ ତାଙ୍କୁ ଏମିତି କାହିଁକି ଲାଗୁଛି।

କଲେଜକୁ ବାହାରିଲାବେଳେ ଅଇନାରେ ନିଜର ପ୍ରତିବିମ୍ବ ଦେଖି ସେ ଆଶ୍ଚର୍ଯ୍ୟ ହୁଅନ୍ତି। କେବଳ କାନମୂଳ ପାଖେ କେତେଟା ବାଳ ପାଚିଯାଇଛି ନହେଲେ ତାଙ୍କ ଚେହେରାରେ ଟିକିଏ ବି ପରିବର୍ତ୍ତନ ହୋଇନି। ସେ କେବେ ଗୋଟାଏ ଖୁବ୍ ବେଶୀ ଗୋରା ନଥିଲେ, କିନ୍ତୁ ରଙ୍ଗ ଯାହା ଥିଲା ସେୟା ଅଛି। ସେ ଅଧିକା ମୋଟା କିମ୍ବା ପତଳା ମଧ ହୋଇନାହାନ୍ତି।

କିନ୍ତୁ ଏକଦା ସୁନ୍ଦରୀ ରୂପେ ଗଣା ଯାଉଥିବା ତାଙ୍କ ସାନଭଉଣୀ ଅନିତା ଅନେକ ମୋଟା ହୋଇଯାଇଛି। କେତେ ଭଲ ବାଳ ଥିଲା ଅନିର। ଏବେ ତା' ମୁଣ୍ଡରେ ଲେମ୍ବୁପରି ଗଣ୍ଠିଟାଏ। ନିବି ତ ତାଙ୍କଠାରୁ ଅନେକ ଛୋଟ, ପ୍ରାୟେ ପାଞ୍ଚ ଛଅ ବର୍ଷ। କିନ୍ତୁ ଦେଖିଲେ ଲାଗୁଛି ସେ ଯେମିତି ତାଙ୍କଠାରୁ ପାଞ୍ଚବର୍ଷ ବଡ଼।

କଲେଜର ଅଧ୍ୟାପିକା ବନ୍ଧୁମାନେ ଚିଡ଼ାନ୍ତି, "ଡ. ସେନାପତି, ଆପଣଙ୍କର ଏଭରଗ୍ରୀନ୍ ରହିବାର ସିକ୍ରେଟ କ'ଣ? ଦୂରରୁ ଦେଖିଲେ ଆପଣଙ୍କୁ ଷ୍ଟୁଡେଣ୍ଟ ବୋଲି ଭ୍ରମ ହୁଏ...।"

ସମର୍ପିତା ଅଜ୍ଞ ହସି ଚୁପ୍ ରହନ୍ତି।

ଆଉ ଜଣେ ଅଧ୍ୟାପିକା ଉତ୍ତର ଦିଅନ୍ତି, "ଅକ୍ଷୁର୍ଣ୍ଣ ଶରୀର। ଆମ ଶରୀର ଉପରେ କି ଯେ ଅତ୍ୟାଚାର ଭାବନ୍ତୁ ତ। ସ୍ୱାମୀ, ସନ୍ତାନ ସମସ୍ତଙ୍କର ନାରୀ ଶରୀରଟା ସମ୍ପତ୍ତି, ଯାହା ମନ ଯାହା ତା' କରିବେ। ପୁଣି ସେମାନଙ୍କର ଲାଗି ସଂସାର ଯାକର ଚିନ୍ତା। ଏସବୁ ନେଇ ଆଉ ଚେହେରାକୁ କ'ଣ ରଖି ହୁଏ?"

ସମସ୍ତେ ହସନ୍ତି ଷ୍ଟାଫ କମନରୁମରେ, କିନ୍ତୁ ସମର୍ପିତା ଦୁଃଖ କରନ୍ତି। ଦୁଃଖ କରନ୍ତି ତାଙ୍କ ଭାଗ୍ୟ ପାଇଁ। ଭାବନ୍ତି ନାରୀ ଜୀବନର ସାର୍ଥକତା କେଉଁଠି? ନିଜକୁ ସ୍ୱାମୀ ସନ୍ତାନଙ୍କ ପାଇଁ ଜାଲି ଦେବାରେ ତ। ସେଇଟା ବିଧାତା ତାଙ୍କ କପାଳରେ ଲେଖି ନାହିଁ। ଏ ଚେହେରାରୁ ତାଙ୍କୁ ମିଳିବ କ'ଣ?

ତାଙ୍କ ମନ କଥା ବୁଝନ୍ତି କେବଳ ଶୋଭାଦିଦି, ଇତିହାସ ପ୍ରଧ୍ୟାପିକା। ଅନେକ ଥର ତାଙ୍କୁ କହନ୍ତି, "ସମର୍ପିତା, ଘର ପାଇଁ ଭାଇ ଭଉଣୀମାନଙ୍କ ପାଇଁ ବହୁତ କଲ। ରାତି ହୋଇ ଯିବା ପୂର୍ବରୁ ନିଜ ଜୀବନରେ ଦୀପଟିଏ ଜଳେଇବାକୁ ଚେଷ୍ଟା କର।"

ସମର୍ପିତା ଶୁଖ୍ଲା ହସ ହସି କହନ୍ତି, "ଶୋଭାଦିଦି, ବେଳ ଗଡ଼ି ଅନ୍ଧାର

ହୋଇଗଲାଣି । ଏଇଲେ ନା ଦୀପ ନା ଦିଆସିଲି ବି ମିଳିବ ଜୀବନ ଆଲୋକିତ କରିବା ପାଇଁ ।"

"ଏମିତି କାହିଁକି ଭାବୁଛ ? ଭଗବାନ ନିଶ୍ଚୟ କାହାକୁ ରଖିଥିବେ ତୁମ ଲାଗି । ପୁଣି ବିବାହ ପାଇଁ ବୟସର ସୀମାରେଖା କେବଳ ଲୋକ ଦେଖାଣିଆ । ଏବେ ସ୍ୱାମୀ ଅପେକ୍ଷା ଜଣେ ଭଲ ବନ୍ଧୁର ଆବଶ୍ୟକତା ବହୁତ ବେଶୀ... ।"

କଲେଜ ସାରି ସମର୍ପିତା ଘରକୁ ଫେରି ଆସନ୍ତି । ବର୍ତ୍ତମାନ ଘରେ ସେ କେବଳ ଓ ବାପାଙ୍କ ଅମଲର ଚାକର ଅନନ୍ତ ।

ଭଉଣୀ ଦୁଇ ଜଣ ନିଜ ସଂସାର ନେଇ ବ୍ୟସ୍ତ । ଆସିଲେ ବି ଦିନେ କି ଓଳିଏ । ଗୌରବ ଦିଲ୍ଲୀରେ । ତା' ପଞ୍ଜାବୀ ସ୍ତ୍ରୀ ଓଡ଼ିଶା ଆସିବାକୁ ବିଶେଷ ପସନ୍ଦ କରେନି । ସୌରଭ ଆମେରିକାର କାଲିଫର୍ଣ୍ଣିଆରେ ବିଗତ ଦଶବର୍ଷ ହେଲାଣି ରହିଛି । ବୋଉ ସୁଦ୍ଧଘରକୁ ଯାହା ଆସିଥିଲା, ଆଉ ଆସିନି । ହୁଏତ ସେ ସେଠି ରହିଯିବ, ଭାରତ ଫେରି ନ ପାରେ ।

ତାଙ୍କୁ ପ୍ରକୃତରେ ଭାରି ଡର ଲାଗେ । ଅନନ୍ତଟା ବୁଢ଼ା ହେଲାଣି । ତା'ପରେ... । ଏ ଘରେ ଏକା ଏକା ସେ କେମିତି ବଂଚିବେ... ।

ଦିନେ କଲେଜରେ ଶୋଭାଦିଦି ସମର୍ପିତାଙ୍କୁ ଏକୁଟିଆ ଡାକି ନେଇ କହନ୍ତି, "ଶୁଣ ସମର୍ପିତା, ତୁମ ପାଇଁ ମୁଁ ଗୋଟିଏ ପ୍ରସ୍ତାବ ଆଣିଛି । ପ୍ରସ୍ତାବଟି ଖୁବ୍ ଭଲ । ମୋ ସ୍ୱାମୀଙ୍କର ବନ୍ଧୁ । ସେ ଜଣେ ରେଲଓ୍ୱେ ଅଫିସର । ଦିଲ୍ଲୀରେ ଥାଆନ୍ତି । ମୋ ସ୍ୱାମୀଙ୍କ ସହ ଆଲ୍ଲାବାଦରେ ପଢ଼ୁଥିଲେ । ନିଜ କ୍ଲାସମେଟ୍ ଜଣଙ୍କୁ ବିବାହ କରିଥିଲେ । ଏବେ ପାଞ୍ଚବର୍ଷ ତଳେ ତାଙ୍କ ସ୍ତ୍ରୀ ମରି ଯାଇଛନ୍ତି । ତାଙ୍କର ଚଉଦ, ପନ୍ଦର ବର୍ଷର ଝିଅଟିଏ ଅଛି । ତେଣୁ ସେ ଚାହାନ୍ତି ଜଣେ ସ୍ତ୍ରୀ ଯିଏ ତାଙ୍କ ଝିଅର ମାଆ ହୋଇପାରିବ, ତାଙ୍କର ସ୍ତ୍ରୀ ଓ ବାନ୍ଧବୀ ମଧ୍ୟ ହୋଇପାରିବ... ।

ସମର୍ପିତା ଅନେକ ପରିମାଣରେ ଦ୍ୱନ୍ଦ୍ୱରେ ପଡ଼ିଗଲେ । କ'ଣ କରିବେ କିଛି ବୁଝିପାରୁ ନଥାଆନ୍ତି । "ନା, ନା, ମୁଁ ସେ ସବୁରେ ପଶିବିନି । ଏ ବୟସରେ ବାହା ହେଲେ ଲୋକେ ହସିବେ... ।" ଧୀର ସ୍ୱରରେ ଉତ୍ତର ଦେଲେ ସେ ।

"ସମର୍ପିତା, କିଏ କ'ଣ କହିବେ ସେ କଥା ଭାବି ଏ ସୁଯୋଗ ହରାଅ ନାହିଁ । ମୁଁ ତୁମର ବଡ଼ ଭଉଣୀ ପରି, ମୁଁ ଚାହେଁ ତୁମେ ସୁଖରେ ବାକି ଜୀବନ କଟାଅ । ବୁଢ଼ୀ ବୟସକୁ କିଏ ପଚାରିବ କହିଲ ? ଭାଇ ଭଉଣୀ କାହାର । ଏଇଲେ ତୁମ ପାଇଁ ସମୟ ନାହିଁ, ଆଉ ପରେ ହେବ ? ରିଟାୟାର୍ଡମେଣ୍ଟ ପରେ ଏକୁଟିଆ ରହିବା ଭାରି କଷ୍ଟ । ତୁମେ ଚାହିଁଲେ ମୁଁ ତୁମର ତାଙ୍କ ସହିତ ଦେଖା କରେଇ ଦେଇପାରିବି । କିଛି

ଗୋଟାଏ କାମରେ ସେ ଭୁବନେଶ୍ୱର ଆସିଛନ୍ତି। କାଲି ରାତିରେ ସେ ଆମ ଘରକୁ ଆସିଥିଲେ। ତାଙ୍କୁ ଦେଖିଲାବେଳୁ ମୁଁ ତୁମ କଥା ଭାବୁଛି...।”

“ଶୋଭା ଦି’, ମୁଁ ଟିକିଏ ଚିନ୍ତା କରେ। ଏଡ଼େ ବଡ଼ ନିଷ୍ପତ୍ତିଟାଏ ନେବା ପୂର୍ବରୁ ଭଲ କରି ଭାବିଚିନ୍ତି ନେବା ଉଚିତ।”

ଶୋଭାଦିଦି ଗମ୍ଭୀର ହୋଇ କହିଲେ, “ହଁ ସମୟ ନିଅ। କିନ୍ତୁ ଦିନେ ଦୁଇ ଦିନ। ବେଶୀ ଭାବିଲେ, ବହୁତ ଲୋକଙ୍କର ମତ ନେଲେ ତୁମେ କନ୍‌ଫିଉଜ୍ ହୋଇଯିବ। ଶାନ୍ତ ମନରେ ନିଜେ ଭାବି ମତେ ଶୀଘ୍ର କହିବ।”

ସମର୍ପିତା ଦୁଇଦିନ ଦୁଇ ରାତି ନିଜକୁ ନେଇ ବହୁତ ଭାବିଛନ୍ତି। ନିଃସଙ୍ଗ ବାର୍ଦ୍ଧକ୍ୟ ତାଙ୍କୁ ଡରେଇବାରେ ଲାଗିଲା। ଶେଷରେ ତୃତୀୟ ଦିନ ସକାଳେ ସେ ଶୋଭାଦି’ଙ୍କୁ ଫୋନ୍ କଲେ। “ଶୋଭା ଦି’, ମୁଁ ଆପଣଙ୍କ ସ୍ୱାମୀଙ୍କ ବନ୍ଧୁଙ୍କ ସହିତ ଦେଖା କରିବାକୁ ଚାହେଁ।”

“ମୁଁ ଜାଣିଥିଲି ତୁମେ ଏହା ହିଁ କହିବ। ଯେତେ ପାଠପଢ଼ା ଯେତେ ଭଲ ଚାକିରି କର ଗୋଟିଏ ନାରୀ ପାଇଁ ସ୍ୱାମୀ ଓ ସଂସାର ଅପରିହାର୍ଯ୍ୟ। ଭଗବାନ ସେଇ ମନ ଦେଇ ନାରୀକୁ ସୃଷ୍ଟି କରିଛନ୍ତି। ମୁଁ ଚେଷ୍ଟା କରୁଛି ଆଜି ସନ୍ଧ୍ୟାରେ ଆମ ଘରେ ତୁମ ଦୁହିଙ୍କର ସାକ୍ଷାତ ପାଇଁ।” ଶୋଭା ଦି’ଙ୍କ ସ୍ୱରରୁ ଜଣା ପଡ଼ୁଥିଲା ପ୍ରକୃତରେ ସେ ସମର୍ପିତା ପାଇଁ ବ୍ୟସ୍ତ।

“ନାଇଁ, ଆପଣ ଏତେ ହଇରାଣ ହେବେ କାହିଁକି ? ମୁଁ ତାଙ୍କୁ କେଉଁ ଏକ ହୋଟେଲରେ ଏକା ଦେଖା କଲେ ଭଲ ହେବ ବୋଧେ। ଏତେ ବୟସରେ ସମସ୍ତଙ୍କ ସମ୍ମୁଖରେ ନିଜ ମନ କଥା କହିବାକୁ ସଂକୋଚ ଲାଗିପାରେ...।”

ଶୋଭାଦିଦି ହସି ହସି ଉତ୍ତର ଦେଲେ, “ତୁମେ ଠିକ୍ କହୁଛ ସମର୍ପିତା। ହୋଟେଲ ହିଁ ଉପଯୁକ୍ତ ଜାଗା। ମୁଁ ସବୁ ବଦୋବସ୍ତ କରି ତୁମକୁ ଜଣେଇବି।

ସେହିଦିନ ସନ୍ଧ୍ୟାରେ ହୋଟେଲ ‘ବିଦେଶୀ’ରେ ଡ଼ଃ, ସମର୍ପିତା ସେନାପତି ଓ ଶ୍ରୀଯୁକ୍ତ ହିମାଂଶୁ ମିତ୍ରଙ୍କର ଦେଖାହେଲା।

ଉଭୟ ଉଭୟଙ୍କ ବିଷୟରେ ଶୋଭା ଦେ’ଙ୍କ ଠାରୁ ସବୁ କିଛି ଶୁଣି ସାରିଥାଆନ୍ତି। ତଥାପି ମିଷ୍ଟର ମିତ୍ର ଆରମ୍ଭ କଲେ, “ମୋ ନିଜ ବିଷୟରେ ସବୁ କଥା ମୁଁ ନିଜେ କହିଦେବାଟା ଉଚିତ ବୋଲି ମୁଁ ଭାବୁଛି... ମୁଁ ବୀରେନ୍ ଦେ ସହିତ ଆଲ୍ଲାବାଦରେ ଇତିହାସରେ ଏମ୍.ଏ. ପଢ଼ୁଥିଲି।

ସରିତା ଶ୍ରୀବାସ୍ତବ ବି ଆମ ସହିତ ପଢ଼ୁଥିଲା। ଆମେ ତିନିହେଁ ଖୁବ୍ ଘନିଷ୍ଟ ଥିଲୁ, କିନ୍ତୁ ସରିତା ଓ ମୋର ସମ୍ପର୍କ ଧୀରେ ଧୀରେ ଭିନ୍ନ ମୋଡ଼ ନେଲା, ମାନେ

ଆମେ ଦୁହେଁ ଦୁହିଁଙ୍କୁ ଭଲ ପାଇ ବସିଲୁ। ସେ ଏମ୍.ଏ. ପାସ୍ କଲାପରେ ଆମେ ଦୁହେଁ ରେଜିଷ୍ଟ୍ରି ମ୍ୟାରେଜ କରିଥିଲୁ, କାରଣ ମୋ ଘରେ ଆମ ସମ୍ପର୍କକୁ କେହି ସମର୍ଥନ କରୁନଥିଲେ। ସେତେବେଳକୁ ମୁଁ ସିଭିଲ୍ ସର୍ଭିସ୍ ପାଇ ଯାଇଥାଏ। ଟ୍ରେନିଂ ସମୟରେ ଏଠି ଆଠଦିନ ତ ସେଠି ପନ୍ଦରଦିନ। ସରିତା ଚାକିରି କରିବାକୁ ଚାହିଁଲା ନାହିଁ, ତେଣୁ ମୋ ସହିତ ସବୁଆଡ଼େ ବୁଲୁଥାଏ। ରେଲଓ୍ୱେ ଚାକିରିରେ ପ୍ରଥମ କେତେବର୍ଷ ବାରବୁଲା ଜୀବନ, କିନ୍ତୁ ସେ ଜୀବନକୁ ଆମେ ଦୁହେଁ ପୂରା ଉପଭୋଗ କରୁଥିଲୁ। ମୋର ପ୍ରଥମ ପୋଷ୍ଟିଂ ହେଲା ଲକ୍ଷ୍ମୀରେ, ବର୍ଷକ ପରେ ପୁଣି ବଦଳି। ଏମିତି କଟିଗଲା ପ୍ରାୟେ ଦଶବର୍ଷ ଏବଂ ସେତେବେଳକୁ ଆମେ ଦୁହେଁ ଜାଣି ସାରିଥିଲୁ ସରିତା ମାଆ ହୋଇପାରିବ ନାହିଁ ବୋଲି। ସରିତା ଏକଥା ନେଇ ବହୁତ ବ୍ୟସ୍ତ ରହୁଥିଲା, ହୁଏତ ପ୍ରତ୍ୟେକ ନାରୀ ପାଇଁ ମାଆ ହେବାଟା ନିହାତି ଆବଶ୍ୟକ। କିନ୍ତୁ ମତେ କିଛି ଖରାପ ଲାଗୁନଥାଏ। ମୁଁ ଏହାକୁ ଭାରି ସାଧାରଣ ଭାବେ ଗ୍ରହଣ କରିଥିଲି। ମୋ ବିଚାରରେ ମାଆ ହେବାକୁ ହେଲେ ଛୁଆଟାକୁ ନ'ମାସ ପେଟରେ ଧରିବା କଥା। ତା'ପରେ ତ ସେୟା- ଖୁଆଅ, ପିଆଅ, ପାଠ ପଢ଼ାଅ ଏବଂ ବଡ଼ କରି ଶେଷରେ ବାହା ସାହା କର। ମୁଁ ସରିତାକୁ କହିଲି, "ଏଥରେ ଏତେ ବ୍ୟସ୍ତ ହେବାର କିଛି ନାହିଁ। ତୁମେ ଛୁଆ ଜନ୍ମ ନକଲେ ମତେ କିଛି ଫରକ୍ ପଡ଼ୁନି। ଗୋଟିଏ ଅନାଥ ଶିଶୁକୁ ଜନ୍ମ ବେଳୁ ଆଣି ରଖ। ତା'ର ସମସ୍ତ ଯନ୍ ନେଇ ତାକୁ ବଢ଼ାଅ। ସେ ହିଁ ମୋ ପାଇଁ ହେବ ମୋର ସର୍ବସ୍ୱ- ସେ ରକ୍ତର ସନ୍ତାନଠାରୁ ବଳି ଅଧିକ ହେବ। ସରିତା ମୋ କଥା ଶୁଣି ଖୁସି ହୋଇଥିଲା। ଯଦିଓ ଆମେ ଦୁହେଁ ଅନାଥ ଆଶ୍ରମରୁ ବାଛିବୁଛି ସଦ୍ୟ ଜନ୍ମ ହୋଇଥିବା ସୁନ୍ଦର ଝିଅଟିଏ ଆଣିଲୁ ତାହା ପୂର୍ଣ୍ଣମାତ୍ରାରେ ଆନନ୍ଦ ଦେଇପାରିଲା ନାହିଁ ସରିତାକୁ। ଧୀରେ ଧୀରେ ତା'ର ବିଷାଦଗ୍ରସ୍ତ ରହିବା ଆରମ୍ଭ ହେଲା। ବହୁତ ଚିକିସା କରେଇଲାଇ, ମାତ୍ର ବିଶେଷ କଛି ଲାଭ ହେଲାନି। ଗତ ତିନିବର୍ଷ ତଳେ ସେ ସେଇ ଡିପ୍ରେସନ୍‌ରୁ ତା'ର ବିଭିନ୍ନ କମ୍ପ୍ଲିକେସନ୍ ହେଲା ଓ ଶେଷରେ ହାର୍ଟ ଫେଲିୟର। ଝିଅଟି ମୋର ସବୁକିଛି, ମୁଁ ତାକୁ ବହୁତ ଭଲ ପାଏ। ବିଚାରୀ ପିଲାଟି କେବେ ମାଆର ସ୍ନେହ ପାଇନି। ତୁମ ପରି ଜଣେ ଉଚ୍ଚ ଶିକ୍ଷିତା, ଦାୟିତ୍ୱସମ୍ପନ୍ନା ନାରୀ ମୋ ଝିଅ ନେହାର ଉପଯୁକ୍ତ ମାଆ ହୋଇ ପାରିବ ବୋଲି ମୋର ବିଶ୍ୱାସ।

ସମର୍ପିତା ଚୁପଚାପ୍ ସବୁ ଶୁଣୁଥିଲେ। ତାଙ୍କ ସମ୍ମୁଖରେ କାଚ ଗ୍ଲାସରେ କୋଲଡ୍ ଡ୍ରିଙ୍କସ୍ ଥୁଆ ହୋଇଥାଏ- ସମର୍ପିତାଙ୍କୁ ଲାଗିଲା ତାହା ପାନୀୟ ନୁହେଁ ତାଙ୍କର ଭବିଷ୍ୟତ। କ'ଣ କରିବେ ସେ? କୋଲଡ ଡ୍ରିଙ୍କସ୍ ପିଇବେ ନା ନାହିଁ?

ଏମିତି ଭାବନାରେ ଉବୁଟୁବୁ ହେଉଥିଲା ବେଳେ ସେ ଦେଖିପାରିଲେ ପନ୍ଦର ବର୍ଷର ଝିଅଟିଏ ନିଷ୍ପାପ ମୁହଁଟି ଗ୍ଲାସ ଭିତରେ । ଛଳ ଛଳ ଆଖି ଓ ଥରିଲା ଓଠରେ ଡାକୁଛି, 'ମାଆ' ।

ସମର୍ପିତାଙ୍କୁ ଲାଗିଲା ତାଙ୍କ ଅନ୍ତରାତ୍ମା ଭିତରେ କିଛି ଗୋଟାଏ ଆଲୋଡ଼ନ । ଏଇ ମାଆ ଡାକ ଶୁଣିବା ପାଇଁ ତ ତାଙ୍କ ମନ ଏତେ ବ୍ୟାକୁଳ ହେଉଥିଲା, ସୁପ୍ତ ମାତୃତ୍ୱ ତାଙ୍କ ଭିତରେ କାନ୍ଦୁଥିଲା । ସତରେ ଜନ୍ମ ନ ଦେଲେ କ'ଣ ହେଲା ଅନାଥ ପିଲାଟିକୁ ମାଆର ସ୍ନେହ ମମତା ଦେଲେ ସେ କ'ଣ ନିଜର ହୋଇ ଯିବନି । ସେ କ'ଣ ଏତେ କୃପଣ ଯେ ଯଥେଷ୍ଟ ଭଲପାଇ ପାରିବେ ନାହିଁ ପିଲାଟିକୁ । ପୁଣି ଚାହିଁଲେ ମିଷ୍ଟର ମିତ୍ରଙ୍କୁ । ସ୍ୱାମୀ ହିସାବରେ ସବୁକିଛି ତାଙ୍କ ପାଖରେ ଅଛି, ବ୍ୟକ୍ତିତ୍ୱ, ସାମାଜିକ ମର୍ଯ୍ୟାଦା ଇତ୍ୟାଦି ।

ମିଷ୍ଟର ମିତ୍ର କହିଲେ, "ମୋର ଯାହା କହିବାର ଥିଲା କହିଦେଲି । ଏଥର ଆପଣଙ୍କ ଉପରେ ସବୁ ।"

ସମର୍ପିତା ଉତ୍ତର ଦେଲେ, "ମୁଁ ରାଜି ଅଛି, ତଥାପି ଆଉ ଟିକିଏ ଭାବିବି । କାଲିକୁ ଶୋଭାଦି'ଙ୍କୁ ଜଣେଇ ଦେବି ।

"ନା, ମୋ ଫୋନ୍ ନମ୍ବର ନିଅ । ମୁଁ ରେଲୱେ ଗେଷ୍ଟ ହାଉସ୍‌ରେ ରହୁଛି । ସେଠାକୁ ଫୋନ୍ କରି ଆପଣଙ୍କ ମତାମତ ମତେ ଜଣାଇ ଦେବେ । ତେବେ ଗୋଟିଏ କଥା କହୁଛି– ଆପଣ ଭାରି ସୁନ୍ଦର । ଶୋଭା ମତେ ଯେତେ କହିଥିଲେ ତା'ଠାରୁ ଯଥେଷ୍ଟ ବେଶୀ । ଯେ କୌଣସୁ ପୁରୁଷ ଆପଣଙ୍କୁ ସ୍ତ୍ରୀ କରିପାରିଲେ ନିଜକୁ ଗର୍ବିତ ଅନୁଭବ କରିବ ।"

ସମର୍ପିତାଙ୍କ ମୁହଁ ଲାଲ ପଡ଼ିଗଲା । ସାରା ଦେହରେ ବିଦ୍ୟୁତ୍‌ର ସଂଚାରଣ । ବୟସ ସହିତ ମନର ସମ୍ପର୍କ ବଡ଼ ଦୁର୍ବଳ । ବୟସ ଯେତେ ହୋଇଥାଉ ରୂପର ପ୍ରଶଂସା ଶୁଣିଲେ ନାରୀ ମନରେ ମଲୟ ବୋହିବାକୁ ଆରମ୍ଭ କରେ, ଉଲ୍ଲାସରେ ପତ୍ର କଅଁଳି ଉଠେ । ଆଖିରେ ରଙ୍ଗ ଭରିଯାଏ, ନାସାଗ୍ରରେ ଚମ୍ପାର ସୁବାସ ମହକି ଯାଏ । ସେ ଦୌଡ଼ିଯାଏ ପଛକୁ । ସମର୍ପିତା ଭୁଲିଗଲେ ତାଙ୍କ ବୟସ । ତାଙ୍କୁ ଲାଗିଲା ସତେ ଅବା ସେ କିଶୋରୀଟିଏ, ଘୁରି ବୁଲୁଛନ୍ତି ସ୍ୱପ୍ନର ବଗିଚା ଭିତରେ ।

ରାତିସାରା ଆଖିରେ ନିଦ ନାହିଁ ସମର୍ପିତାଙ୍କର । ମିଷ୍ଟର ହିମାଂଶୁ ମିତ୍ରଙ୍କ ଛବି ତାଙ୍କୁ ଶୋଇବାକୁ ଦେଇନି ଏବଂ ସେ ନ ଦେଖିଥିବା ନେହା ନାମ୍ନୀ ଝିଅଟି ଥରକୁ ଥର ତାଙ୍କୁ 'ମାଆ, ମାଆ' ଡାକି ଅଥୟ କରି ପକାଇଛି ।

ସକାଳୁ ଚା' କପଟା ଧରି ସମର୍ପିତା ଫୋନ୍ ପାଖକୁ ଗଲେ । ଖୁବ୍ ସାହସର

ସହିତ ଡାୟଲ କଲେ ମିଷ୍ଟର ମିତ୍ରଙ୍କ ନମ୍ବର ।

"ହାଲୋ ।"

"ଇଜ୍ ଇଟ୍ ମିଷ୍ଟର ମିତ୍ର ସ୍ପିକିଙ୍ଗ...।" ସମର୍ପିତାଙ୍କ ସ୍ବର ଥରିବାକୁ ଆରମ୍ଭ କଲା । ଇୟେ କ'ଣ ? ତାଙ୍କୁ ଏମିତି କାହିଁକି ଲାଗୁଛି...?

"ଇୟେସ୍, ଆଇ ଆମ୍ ମିଷ୍ଟର ମିତ୍ର...।"

"ମୁଁ ଡ଼. ସମର୍ପିତା ସେନାପତି । ଆପଣଙ୍କୁ ଏତେ ସକାଳୁ ଫୋନ୍ କରି ବ୍ୟସ୍ତ କରୁଥିବାରୁ ଦୁଃଖିତ । କିନ୍ତୁ ଆଉ ଅପେକ୍ଷା କରିପାରୁନି... ନେହାର ମାଆ ହେବାକୁ ମୁଁ ରାଜି...।"

ମିଷ୍ଟର ମିତ୍ର ଏୟାଏ ଶୋଇଥିଲେ । ସମର୍ପିତାଙ୍କ କଥା ଶୁଣି ତାଙ୍କ ନିଦ ଏକାଥରେ ଭାଙ୍ଗିଗଲା । ସେ ଖଟରୁ ଉଠିପଡ଼ି କହିଲେ, "ହ୍ବାଟ୍ ଆଇ ଆମ୍ ହିଅରିଙ୍ଗ ? ମୁଁ କ'ଣ ଶୁଣୁଛି ସତରେ... ଡ. ସେନାପତି ଆପଣ ମୋ ପ୍ରତି ଏତେ ଦୟା କରିବେ ମୁଁ କଳ୍ପନା କରିପାରୁନି । କେବଳ ନେହା ପାଇଁ ମାଆ ନୁହେଁ ମୋ ପାଇଁ ଆପଣ ଖୁବ୍ ଭଲ ସ୍ତ୍ରୀ ଏବଂ ବାନ୍ଧବୀ ହୋଇପାରିବେ । ମୁଁ ପ୍ରକୃତରେ ଭାରି ଭାଗ୍ୟବାନ ।"

ସେଦିନ ରାତିରେ ସେମାନେ ଡିନର୍ କଲେ 'ବିଦେଶା'ରେ । କଥା ହେଲେ ଆସନ୍ତା ଅକ୍ଟୋବର ପ୍ରଥମ ସପ୍ତାହରେ ସେମାନଙ୍କ ବିବାହ ହେବ ସମର୍ପିତାଙ୍କ ଘରେ, ଖୁବ୍ ସାଧାରଣ ଭାବରେ କିଛି ନିହାତି ଅନ୍ତରଙ୍ଗ ବନ୍ଧୁ ଓ ପରିବାରର ସଦସ୍ୟମାନଙ୍କ ଉପସ୍ଥିତିରେ । ଏଇଟା ଅଗଷ୍ଟ, ମାସକ ମଧ୍ୟରେ ସମର୍ପିତା ଏକ ଲମ୍ବା ଛୁଟିର ବନ୍ଦୋବସ୍ତ କରିନେବେ । ପରେ ଚାକିରି କଥା ବିଚାର କରାଯିବ ।

ସେୟା ହିଁ ହେଲା । ସମର୍ପିତାଙ୍କ ଭାଇ ଗୌରବ, ଭଉଣୀ ଆନନ୍ଦିତା ଓ ନିବେଦିତା, ସେମାନଙ୍କର ସ୍ବାମୀ ଦୁହେଁ, ଶୋଭା ଦେ ଓ ତାଙ୍କ ସ୍ବାମୀ। ହିମାଂଶୁଙ୍କ ସହିତ ଆସିଥିଲେ ଦିଲ୍ଲୀରୁ ମିଷ୍ଟର ଚୋପରା, ମିଷ୍ଟର ଦୁବେ ଏବଂ ମିଷ୍ଟର ଆୟାର ।

ସମର୍ପିତା ପଚାରିଲେ, 'ନେହାକୁ ଆଣିଲନି ?"

"ତାର ଟେଷ୍ଟ ଚାଲୁଛି, ମିସେସ୍ ଚୋପରାଙ୍କ ପାଖେ ତାକୁ ଛାଡ଼ି ଆସିଛି।" ଖୁବ୍ ହାଲୁକା ଭାବରେ ଉତ୍ତର ଦେଲେ ହିମାଂଶୁ ।

ଦୁଇଦିନ ପରେ ଦୁଇମାସ ଛୁଟି ନେଇ ସମର୍ପିତା ସ୍ବାମୀଙ୍କ ସହ ଦିଲ୍ଲୀ ଚାଲିଗଲେ । କୋଡ଼ିଏ ବର୍ଷରୁ ବେଶୀ ହେଲାଣି ତାଙ୍କର ଚାକିରି । ଏବେ ଇଚ୍ଛା କଲେ ସେ ଅବସର ନେଇ ପାରିବେ, ଦୁଇମାସ ଜାଗାରେ ଚାରିମାସ ଛୁଟିରେ ରହିପାରିବେ । ଯେଉଁ ସୁଖ ତାଙ୍କୁ ଏୟାଏଁ ମିଳିନି, ତାକୁ ଉପଭୋଗ କରିବା ପାଇଁ ସେ ଅସ୍ଥିର ହୋଇପଡ଼ିଲେ ।

ଚାରିଆଡ଼େ ଆଖି ବୁଲେଇ ନେଇ ସମର୍ପିତା ପଚାରିଲେ, "ନେହା କାହିଁ ?"
"ମିସେସ୍ ଚୋପରାଙ୍କ ସହିତ ମସୋରୀ ବୁଲିଯାଇଛି। ଗୋଟିଏ ସପ୍ତାହ ପରେ ଫେରିବ।
ବ୍ୟସ୍ତ ହୁଅନି। ତାକୁ ସମ୍ଭାଳିବା ତ ତୁମର କାମ।" ମିଷ୍ଟର ମିତ୍ର ଛୁଟି ନେଇ ସାତଦିନ
ଘରେ ରହିଲେ। ସମର୍ପିତାଙ୍କର ସବୁ ସୁବିଧା ଅସୁବିଧା ବୁଝି ତାଙ୍କୁ ନୂଆ ପରିବେଶରେ
ଚଳିବା ପାଇଁ ପୂରା ସହଯୋଗ କଲେ। ସ୍ତ୍ରୀକୁ କିପରି ଭଲ ପାଇବାକୁ ହୁଏ ସେଥିରେ
ହିମାଂଶୁ ମିତ୍ର ପାରଙ୍ଗମ। ସମର୍ପିତା ଗାଧୋଇ ଆସିଲେ ସେ ଖୁବ୍ ଆଦର କରି ନିଜ
ହାତରେ ସମର୍ପିତାଙ୍କ ସୁନ୍ଦାରେ ସିନ୍ଦୂର ଲଗେଇ ଦିଅନ୍ତି। ହସି ହସି କହନ୍ତି,
"ତୁମି ବାଙ୍ଗାଲାର ବୋଉ... ସିନ୍ଦୂର ତମାକେ ଭାଲୋ ସାଜାବେ...।
ବାଙ୍ଗାଲାଟା ଖୁବ୍ ମିଠା ଭାଷା... ତୁମ ମୁହଁରେ ଭଲ ଶୁଭିବ ସିମି...।"

ମିଷ୍ଟର ମିତ୍ରଙ୍କ ଭିତରେ ଏତେ ରୋମାଣ୍ଟିକ୍, ଏତେ ପ୍ରେମୀ ଲୋକଟିଏ
ଲୁଚି ରହିଥିଲା ଏକଥା ଭାବି ସମର୍ପିତା ମନେ ମନେ ହସନ୍ତି। ସିନ୍ଦୂର ଝିର ପଡ଼େ
ସମର୍ପିତାଙ୍କ ନାକ ଉପରେ। ଦର୍ପଣକୁ ଚାହିଁ ସେ ଭାବନ୍ତି– ମନେପଡ଼େ ଅନି ନୂଆ
ବାହାହେଲା ବେଳେ ବୋଉ ତାକୁ କହିବାର– ଯାହାର ସିନ୍ଦୂର ମୁହଁ ଉପରେ ପଡ଼ିଯାଏ
ସେ ସ୍ୱାମୀ ସୁହାଗିନୀ ହୁଏ।

ବନ୍ଧୁମାନଙ୍କ ନିମନ୍ତ୍ରଣ ରକ୍ଷା କରିବା, ଆଗ୍ରା ବୁଲିଯିବା ଏବଂ ପରସ୍ପରର
ନିକଟତର ହେବାରେ ଆଖି ପିଛୁଲାକେ ସାତଦିନ କଟିଗଲା। ଜୀବନ ସାରାର ବାକିଆ
ଆନନ୍ଦକୁ ସୁଧମୂଳ ସହିତ ହିସାବ କରି ବିଧାତା ସବୁ ଦେଇଦେଲା ସମର୍ପିତାଙ୍କୁ ସାତ
ଦିନରେ।

ସାତଦିନ ପରେ ହିମାଂଶୁ ଅଫିସ୍ ବାହାରିଲେ। ସମର୍ପିତା ଚିରାଚରିତ ପତ୍ନୀଟିଏ
ପରି ତାଙ୍କ ଲୁଗାପଟା କାଢ଼ି ଖଟ ଉପରେ ରଖିଦେଲେ। ପେନ୍ ରୁମାଲ୍ ଧରି ଠିଆ
ହୋଇ ରହିଲେ। ମିଷ୍ଟର ମିତ୍ର ସମର୍ପିତାଙ୍କ ହାତରୁ ପେନ୍ ଓ ରୁମାଲ ନେଲାବେଳେ
କହିଲେ, "ଆଜି ସନ୍ଧ୍ୟାକୁ ନେହା ଫେରି ଆସିବ। କମଲାକୁ କହି ତା' ରୁମ୍‌ଟା
ସଜାଡ଼ି ଦେଇଥିବ। ମୁଁ ସନ୍ଧ୍ୟା ସୁଦ୍ଧା ଫେରି ଆସିବି। ହଁ, ତୁମେ ଠିକ୍ ସମୟରେ ଲଞ୍ଚ
ଖାଇ ନେଇଥିବ।"

ସମର୍ପିତା ହସି ହସି ମୁଣ୍ଡ ଟୁଙ୍ଗାରିଲେ।

ସମର୍ପିତା ଆଜି ମାଆ ହେବାକୁ ଯାଉଛନ୍ତି– ଅର୍ଥାତ୍ ତାଙ୍କ ଝିଅ ନେହା
ଘରକୁ ଫେରୁଛି। ସେ ନେହାକୁ ପ୍ରଥମ ଥର ପାଇଁ ଦେଖିବେ। ପ୍ରଥମରୁ ନେହା ତାଙ୍କୁ
ଭଲ ପାଇବା ଦରକାର। ନେହା ତାଙ୍କ ରକ୍ତର ନହେଲେ କ'ଣ ହେଲା, ସେ ତ
ହିମାଂଶୁଙ୍କ ଅଲିଅଲ ଝିଅ। ସେ ଲାଗିପଡ଼ିଲେ ନେହାର ରୁମ୍‌କୁ ନୂଆରୂପ ଦେବାପାଇଁ।

ଭଲ ସୁନ୍ଦର ଚାଦର ପକେଇଲେ ନେହା ଖଟରେ। ଗୋଲାପର ଗୋଟାଏ ବଡ଼ ତୋଡ଼ା ମଗାଇ ତା' ଟେବୁଲ ଉପରେ ରଖିଦେଲେ- ତା' ତଳେ ଛୋଟିଆ କାର୍ଡଟିରେ ଲେଖିଦେଲେ, "ବହୁତ ବହୁତ ଭଲ ପାଇବା ସହ ମୋ ସୁନା ଝିଅ ନେହା ପାଇଁ"- ମାମା।

ରାତି ଖାଇବାଟା ନିଜ ହାତରେ ରାନ୍ଧିଲେ। କମଲାକୁ ପଚାରି ବୁଝିନେଲେ ନେହାର ପସନ୍ଦ ଓ ସେଇ ଅନୁସାରେ ଚିକେନ୍ ରୋଷ୍ଟ, ପୁଡିଙ୍ଗ୍ ଇତ୍ୟାଦି କରି ରଖିଲେ।

ସନ୍ଧ୍ୟା ପୂର୍ବରୁ ମିଷ୍ଟର ମିତ୍ର ଫେରି ଆସିଲେ ଅଫିସରୁ। ତାଙ୍କ ମୁହଁରେ ସକାଳର ପ୍ରସନ୍ନତା ନଥାଏ। ବଡ଼ କ୍ଲାନ୍ତ ଦେଖା ଯାଉଥାଆନ୍ତି। ସମର୍ପିତା ଭାବିଲେ ଛୁଟି ପରେ ଅଫିସ୍ ଯାଇଥିବାରୁ ଥକି ଯାଇଛନ୍ତି ବୋଧେ। ଚା' କପେ ଆଣି ତାଙ୍କୁ ଧରେଇ ଦେଇ ସମର୍ପିତା ପଚାରିଲେ- "ଭାରି ଟାୟାର୍ଡ ଦିଶୁଛ ଯେ ?"

ଚା' ପିଉ ପିଉ ମିଷ୍ଟର ମିତ୍ର ଉତ୍ତର ଦେଲେ, "ମୁଁ ବଡ଼ ଚିନ୍ତିତ ହୋଇ ପଡ଼ିଛି ସୁମି। ମିସେସ୍ ଚୋପଡ଼ା ଫୋନ୍ କରି କହିଲେ ଆମ ବିବାହଟାକୁ ନେହା ଭଲରେ ଗ୍ରହଣ କରି ପାରୁନାହିଁ।

"ଉଇ ହାଭ୍ ଟୁ ହାଣ୍ଡଲ୍ ହର୍ ଭେରି କେୟାରଫୁଲି- ମାନେ ଟିକିଏ ଧୈର୍ୟ୍ୟର ସହ ସବୁକିଛି କରିବାକୁ ହେବ।"

ସମର୍ପିତା ସ୍ୱାମୀଙ୍କ ହାତ ଉପରେ ହାତ ରଖି କହିଲେ, "ତୁମେ ବ୍ୟସ୍ତ ହୁଅନି ହିମାଂଶୁ। ସମୟ ସବୁ ଠିକ୍ କରି ଦେବ। ନେହା ଆମର ବିବାହକୁ ଗ୍ରହଣ କରିବ ନିଶ୍ଚୟ, ହୁଏତ ଏଥିପାଇଁ ତାକୁ କିଛି ସମୟ ଲାଗିପାରେ।"

ସନ୍ଧ୍ୟା ସାତଟା ବେଳକୁ ମିସେସ୍ ଚୋପରାଙ୍କ ସହିତ ନେହା ଆସି ପହଞ୍ଚିଲା। ମିଷ୍ଟର ମିତ୍ର ନେହାକୁ କୋଳକୁ ଟାଣି ଆଣି କହିଲେ, "ଏଇ ଦେଖ ତୋ ନୂଆ ମାଆକୁ। ସେ ତୋର ସବୁ କଥା ବୁଝିବେ- ଆଉ କିଛି ଅସୁବିଧା ରହିବ ନାହିଁ ତୋର।"

ନେହା ମୁହଁଟା ହାଣ୍ଡି ପରି କରି ଉତ୍ତର ଦେଲା, "ମୋର ତ କେବେ କିଛି ଅସୁବିଧା ହୁଏନି...।" ଏତିକି କହି ଦୁମ୍ କରି ଚାଲିଗଲା ନିଜ ରୁମ୍ ଆଡ଼କୁ। ଅଳ୍ପ ସମୟ ପରେ ଫେରିଆସି ପଚାରିଲା, "ମୋ ଜିନିଷପତ୍ର କିଏ ଏପଟ ସେପଟ କରିଛି ?"

ମିଷ୍ଟର ମିତ୍ର ପ୍ରଶ୍ନବାଚୀ ଆଖିରେ ଚାହିଁଲେ ସମର୍ପିତାକୁ।

"ହଁ, ମୁଁ ନେହା ରୁମ୍ ସଜାଡ଼ି ଦେଇଥିଲି। ଭଲ ଚାଦର ପକେଇ ଦେଇଥିଲି ଓ ଫୁଲ ଆଣି ରଖିଥିଲି। ଭାବିଥିଲି ଆମର ସମ୍ପର୍କ ଗୋଲାପରୁ ଆରମ୍ଭ ହେବ।" ଧୀର ସ୍ୱରରେ ଉତ୍ତର ଦେଲେ ସମର୍ପିତା।

“ମୋତେ ଜମା ଭଲ ଲାଗେନି ମୋ ବିନା ଅନୁମତିରେ ମୋ ରୁମ୍‌ରେ କିଏ ପଶିଲେ। ପ୍ଲିଜ୍‌, ଏଣିକି ମୋ ରୁମ୍ ସଜାଡ଼ିବା କାହାର ଦରକାର ନାହିଁ।” ସେ ପୁଣି ତା’ ରୁମ୍‌କୁ ଚାଲିଗଲା।

ସମର୍ପିତାଙ୍କ ମୁହଁଟି ଶୁଖ୍‌ଯାଇଥାଏ।

ମିସେସ୍ ଚୋପରା ଆରମ୍ଭ କଲେ, “ମିସେସ୍ ମିତ୍ର ଧୈର୍ଯ୍ୟ ଧରନ୍ତୁ। ନେହାର ବ୍ୟବହାରରେ ବ୍ୟସ୍ତ ହୋଇ ପଡ଼ନ୍ତୁ ନାହିଁ। ତା’ ବୟସଟା ଏମିତି ଯେ ଛୋଟ ଛୋଟ କଥା ବି ତାକୁ ରଗେଇ ଦେବ। ମୋର ବି ତିନିଟି ଝିଅ। ମୁଁ ଜାଣେ ସେମାନଙ୍କ ମନସ୍ତତ୍ତ୍ୱ। ସେମାନେ ଭାରି ପର୍ଜେସିଭ୍ ଅର୍ଥାତ୍ ଅଧିକାରାମ୍ଳକ ହୋଇଥାନ୍ତି ଏଇ ବୟସରେ। ତା’ ପାପାଙ୍କ ବିବାହ ତା’ ପାଇଁ ଗୋଟାଏ ବିରାଟ କଥା। ପନ୍ଦର ବର୍ଷର ଝିଅ ପକ୍ଷେ ଅନ୍ୟ ଜଣେ ସ୍ତ୍ରୀକୁ ହଠାତ୍ ମାଆ ରୂପେ ଗ୍ରହଣ କରିବା ସହଜ ନୁହେଁ। କିଛି ସମୟ ଦେବା ତାକୁ। ମୁଁ ଗତ ପନ୍ଦର ଦିନ ହେଲାଣି ଯଥେଷ୍ଟ ଚେଷ୍ଟା କରିଛି ତାକୁ ବୁଝେଇବାକୁ...। ଆଇ ଥିଙ୍କ୍ ସି ଉଇଲ୍ ଚେଞ୍ଜ।”

ଚା’କପେ ପିଇସାରି ମିସେସ୍ ଚୋପରା ଚାଲିଗଲେ।

ସମର୍ପିତାଙ୍କ ମନଟା ଏକାବାରେ ଉଦାସ ହୋଇ ଯାଇଥାଏ। ବିବାହର ଏତେ ଅଳ୍ପଦିନ ଭିତରେ ଏତେ ବଡ଼ ଧକ୍କାଟାଏ ପାଇବେ ବୋଲି ସେ କେବେ ଭାବି ନଥିଲେ। ତଥାପି ମନକୁ ବୁଝାଇଲେ, ଧୀରେ ଧୀରେ ନିଶ୍ଚୟ ନେହାର ପରିବର୍ତ୍ତନ ହେବ। ମିସେସ୍ ଚୋପରାଙ୍କ କଥା ସତ, ଏ ବୟସ ଝିଅମାନେ ନିଜ ସ୍ନେହ ମମତା କାହା ସହିତ ଭାଗ ବାଣ୍ଟିବାକୁ ରାଜି ହୁଅନ୍ତିନି।

ରାତିରେ ତାକୁ ଏକା ଶୋଇବାକୁ ହେଲା, କାରଣ ଶୋଇବାର ଅଧଘଣ୍ଟା ପରେ ନେହା ଆସି କବାଟରେ ବାଡ଼େଇ ବାଡ଼େଇ ପାଟିକଲା, “ପାପା, ପାପା, ମୋତେ ଭାରି ଡର ଲାଗୁଛି। ମୁଁ ଏକା ଶୋଇ ପାରିବିନି...।”

ମିଷ୍ଟର ମିତ୍ର ତକିଆ ନେଇ ନେହା ରୁମ୍‌କୁ ଚାଲିଗଲେ। ଏମିତି ଦିନ ଗଡ଼ି ଚାଲିଲା। ସପ୍ତାହେ ଗଲା, ଦୁଇ ସପ୍ତାହ ଗଲା ନେହାର କିଛି ପରିବର୍ତ୍ତନ ସମର୍ପିତା ଲକ୍ଷ୍ୟ କରିପାରିଲା ନାହିଁ।

ସେଦିନ ମିଷ୍ଟର ମିତ୍ର ଅଫିସରୁ ଫେରି ସମର୍ପିତାଙ୍କ ସହ ଚା’ ପିଉଥାଆନ୍ତି। ଏଇ ସମୟଟକ ସମର୍ପିତାଙ୍କର, କାରଣ ଏଇ ସମୟରେ ନେହା ଖେଳିବାକୁ କ୍ଲବ ଯାଇଥାଏ। ସମର୍ପିତା ଆରମ୍ଭ କଲେ, “ହିମାଂଶୁ ତୁମେ ନେହା ସହିତ ଏତେ ସମୟ କଟାଉଛ। ତାକୁ ଟିକିଏ ବୁଝାଉନ ମୁଁ ତାକୁ ଭଲ ପାଏ ଏବଂ ସେ ମତେ ଭଲ ପାଇବା ଉଚିତ।”

କପ୍‌ଟା ସେଣ୍ଡର୍‌ ଟେବୁଲ୍‌ ଉପରେ ଥୋଇ ଦେଇ ମିଷ୍ଟର ମିତ୍ର ଟିକିଏ ବିରକ୍ତ ହୋଇ କହିଲେ, "ସୁମି, ନେହାକୁ କେତେ ବୟସ ହୋଇଛି ? ତୁମର ବୟସ ଓ ଅନୁଭୂତି ତା' ଅପେକ୍ଷା ଅନେକ ବେଶୀ। ତାକୁ କ'ଣ ବୁଝେଇବି ? ବରଂ ତୁମର ବୁଝିବା ଉଚିତ୍‌ ଯେ ନେହାକୁ କେତେ କଷ୍ଟ ଲାଗିଥ୍‍ବ ସେ ତା' ପାପାକୁ ଅନ୍ୟ ଜଣେ ସ୍ତ୍ରୀ ଲୋକ ସହିତ ଦେଖ୍‍। ଆଜିଯାଏଁ ସେ ଏକ ଚାଟିଆ ମୋ ଭଲ ପାଇବା ପାଇ ଆସୁଥିଲା। ତା' ପାପାର ଭଲ ପାଇବାରୁ ଅନ୍ୟ କିଏ ଭାଗ ନେବା ସେ ସହ୍ୟ କରିପାରୁନି।"

ସମର୍ପିତାଙ୍କୁ ଖୁବ୍‌ ଆଘାତ ଲାଗିଲା ହିମାଂଶୁଙ୍କର ଏଇ କେତେ ପଦ କଥାରୁ। ସେ ଦବିଲା ଗଳାରେ ଉତ୍ତର ଦେଲେ, ଏପରି ପରିସ୍ଥିତିରେ ଆପଣଙ୍କର ବିବାହ କରିବାର ଉଚିତ୍‌ ନଥିଲା। ଝିଅ ଓ ସ୍ତ୍ରୀ ର ସ୍ଥାନ ଭିନ୍ନ ଭିନ୍ନ। ଝିଅ ଜାଣିବା ଦରକାର ମାଆକୁ ବାପା ଭଲ ପାଆନ୍ତି। ବାପା ଜୀବନରେ ତାଙ୍କ ସ୍ତ୍ରୀର ଅଧିକାର ଅଛି। ସ୍ତ୍ରୀକୁ ଭଲ ପାଇଲେ ବାପା କିଛି ଭୁଲ୍‌ କାମ କରୁନାହାନ୍ତି। ସ୍ୱାମୀର କର୍ତ୍ତବ୍ୟ ସ୍ତ୍ରୀକୁ ତାର ଅଧିକାର ଦେବା। ଏ ଭଲ ପାଇବାରେ ଭାଗ ବଣ୍ଟାର ପ୍ରଶ୍ନ ଉଠୁନି।

"ମୁଁ କ'ଣ ତୁମକୁ ଭଲ ପାଏନି ସୁମି ? କେଉଁଥିରେ ତୁମର ଅସୁବିଧା କରିଛି ? ଅଫିସରୁ ଆସିଲେ ତୁମକୁ ସମୟ ଦେଇଥାଏ– ଆମେ ଦୁହେଁ ଏକାଠି ସମୟ ବିତାଇ ଥାଏଁ...।"

ସମର୍ପିତା ଖୁବ୍‌ କ୍ଷୁବ୍‍ଧ ହୋଇ ପଡ଼ିଥାଆନ୍ତି। ସେ ଉତ୍ତର ଦେଲେ, "ହିମାଂଶୁ, ହଁ ମୋର ଖିଆପିଆ କୌଣସିଥିରେ ଅସୁବିଧା ହେଉନି। ତୁମକୁ ବିବାହ କରିବା ପୂର୍ବରୁ ମୋର ବି ଏ ସବୁରେ ଅସୁବିଧା ହେଉନଥିଲା। ତୁମକୁ ବିବାହ କରିଥିଲି ସ୍ତ୍ରୀ ହେବାର ମୋହରେ, ମାଆ ହେବାର ଆଶା ନେଇ। କିନ୍ତୁ ତୁମେ ନେହାକୁ ଏତେ ଭଲ ପାଅ ବା ଏତେ ଡର ଯେ ସ୍ତ୍ରୀକୁ ତା'ର ପ୍ରାପ୍ୟ ଦେବାକୁ ପଛେଇ ଯାଉଛ। ମୁଁ ଖବର ପାଇଛି ଆମ ବିବାହ ପୂର୍ବରୁ ନେହା ଏକୁଟିଆ ଶୋଉଥିଲା। ଆପଣ ଟୁରରେ ଗଲେ କମଲା ଆସି ଘରେ ଶୁଏ। କିନ୍ତୁ ମତେ ଦେଖିଲା ପରେ ହଠାତ୍‌ ନେହାକୁ ଏତେ ଡର ମାଡ଼ୁଛି ଯେ ସବୁଦିନ ରାତିରେ ତା' ପାଖେ ଶୋଉଛ ?"

"ଦେଖ ସୁମି, ନେହା ସହିତ ନିଜକୁ ତୁଲନା କର ନାହିଁ। ସେ ପିଲାଟେ। ଆଖ୍ ବୁଝି ଦେଇ ନିଜ ଝିଅ ପରି ତାକୁ ସ୍ନେହ କର। ହୁଏତ ଦିଏ ସେ ବଦଲି ଯିବ।"

"ଝିଅ ପରି ତାକୁ ସ୍ନେହ କରିବି ବୋଲି ତ ତୁମକୁ ବିବାହ କରିଥିଲି। ସେଦିନ ହୋଟେଲ 'ବିଦାଶା'ରେ ଆମର ପ୍ରଥମ ସାକ୍ଷାତ୍‌ ପରଠାରୁ ମୁଁ ତାକୁ ନିଜ ଝିଅ ବୋଲି ଗ୍ରହଣ କରି ନେଇଥିଲି। ଅନେକ ସ୍ୱପ୍ନ ଦେଖିଥିଲି ନେହାର ମାଆ

ହେବାକୁ ନେଇ । କିନ୍ତୁ ମୋ କପାଳଟା ଫଟ୍‌... ମୋର ବୁଝିବାର ଥିଲା ନିଜ ରକ୍ତ ଓ ଅନ୍ୟ ଭିତରେ ଆକାଶ ପାତାଳରେ ଫରକ...।" କଥା କହୁ କହୁ କାଇଁ କାଇଁ ହୋଇ କାନ୍ଦି ଉଠିଲେ ସମର୍ପିତା ।

"ଛି, ଡୋଣ୍ଟ ବି ସିଲି । ତୁମ ପରି ଜଣେ ଶିକ୍ଷିତା ନାରୀ ପକ୍ଷେ ଏଇ ଛୋଟ କଥା ନେଇ କାନ୍ଦିବା ଶୋଭା ପାଏନି । ନିଜ ବୟସ କଥା ଭାବ । ସୁମି ବି ପ୍ରାକ୍ଟିକାଲ ।"

ମିଶ୍ର ମିତ୍ର ବାରମ୍ବାର ସମର୍ପିତାଙ୍କୁ ତାଙ୍କ ବୟସ ବିଷୟରେ ସଚେତନ କରାଇ ଦେବା ତାଙ୍କୁ ବହୁତ ବାଧିଲା । ଭାବିଲେ ତେବେ ହିମାଂଶୁଙ୍କର ଏ ବୟସରେ ବିବାହ କରିବାଟା କ'ଣ ଭୁଲ ହୋଇନି । ଆଉ କିଛି ନ କହି ନିଜ ରୁମ୍‌କୁ ଚାଲିଗଲେ ସେ । କିଛି ଗୋଟାଏ ବହି ପଢ଼ି ମନ ବଦଲେଇବାକୁ ଚେଷ୍ଟା କଲେ ସେ ।

ସମର୍ପିତା ସବୁ କଥାକୁ ଭଲ ରୂପେ ଭାବିଲେ । ସେ ନେହା ଓ ହିମାଂଶୁ । ସେ ବାହା ହୋଇ ସଂସାର କରିବାକୁ ଚାହୁଁଥିଲେ । ହିମାଂଶୁ ପୁରୁଷ, ତାଙ୍କର ସ୍ତ୍ରୀ ଦରକାର ଥିଲା । ନେହା, ଅନାଥ ପିଲାଟାଏ । ଯେଉଁ ଘରକୁ ଝିଅ ହୋଇ ଆସିଲା ସେଠାରେ ମାଆର ସ୍ନେହ ପାଇଲା ନାହିଁ । ସେ ମାଆ କ'ଣ ଜାଣିଲା ନାହିଁ । ପିଲାଟି ସ୍ନେହ କାଙ୍ଗାଲ ହୋଇ ବାପା ଉପରକୁ ଆଉଜି ପଡ଼ିଛି । ଦିନ ଆସିବ ନେହା ବଦଲିବ । ବର୍ତ୍ତମାନ ସେ ତାକୁ କ୍ଷମା କରି ନିଜ ଜୀବନ ସଜାଡ଼ିବା ଉଚିତ୍ । ନିଜକୁ ନିଜେ ସାନ୍ତ୍ବନା ଦେଇ ସମର୍ପିତାଙ୍କ ମନ ବୁଝିଗଲା । ସେ ବହୁତ ହାଲୁକା ଅନୁଭବ କଲେ । ରାତିରେ ଦିନର ଖାଇ ଭଲରେ ଶୋଇ ପଡ଼ିଲେ ।

ସକାଳୁ ଉଠି କିଛି କରିବେ ବୋଲି ଭାବିଲେ ସେ । ନିଜେ ରନ୍ଧାଘରକୁ ଯାଇ ଆଲୁ ପରଟା ଓ ଦହିରେ ଛୁଙ୍କ ଦେଇ ଦହି ଖଟା କଲେ । ସେ ଜାଣନ୍ତି ହିମାଂଶୁଙ୍କୁ ଆଲୁ ପରଟା ଭଲ ଲାଗେ । ଦିନେ ଦିନେ ନେହା କମଲାକୁ ଆଲୁ ପରଟା କରିବାକୁ କହିଥାଏ । ନେହା ସ୍କୁଲ ଯିବା ବେଳକୁ ଟେବୁଲ ଉପରେ ପରଟା ରଖି ସେ ଠିଆ ହୋଇ ରହିଲେ ।

ନେହା ତରତର ହୋଇ ଆସି ବସି ପଡ଼ିଲା ନିଜ ଚୌକି ଉପରେ । ପ୍ଲେଟ୍‌ରେ ଆଲୁ ପରଟା ଦେଖି ଚିତ୍କାର କରି କହିଲା, "କମଲା, କମଲା, ଏ ଆଲୁ ପରଟା କରିବାକୁ କିଏ କହିଥିଲା ତତେ ? ମୁଁ ଏଗୁଡ଼ା ଖାଇ ମୋଟା ହେବାକୁ ଚାହେଁ ନା ଜମା । ଯା'କୁ ଉଠେଇ ନେଇ ଯା' ମତେ ଟୋଷ୍ଟ, ଦୁଧ ଦେ ।"

ସମର୍ପିତା କିଛି ନ କହି ସେଠାରୁ ଚାଲିଗଲେ । କମଲା ଜଲଦି ଜଲଦି ଦୁଇଟା ଟୋଷ୍ଟ ଓ ଦୁଧ ଗିଲାସେ ଆଣି ଥୋଇ ଦେଲା ନେହା ପାଖେ । ନେହା ଓ ହିମାଂଶୁ ଚାଲିଯିବା ପରେ କମଲା ବାସନ ଧୋଉ ଧୋଉ ସମର୍ପିତାଙ୍କୁ ଶୁଣେଇ ଶୁଣେଇ

କହିଲା, "ନେହା ବେବି ଐସି ହେ, ଥୋଡ଼ା ଥୋଡ଼ା ବାତ୍ ମେ ଗୁସା... ପହେଲି ମେମ୍‌ସାହେବ କୋ ଭି ବହୁତ ସତାତି ଥୀ... ଆପ୍ ଇନକି ବାତ୍‌କୋ ବୁରା ମତ୍ ମାନିଏ...।"

ସମର୍ପିତା ପଚାରିଲେ, "ପହଲି ମେମ୍‌ସାହେବ କୋ କ୍ୟା ବିମାରୀ ହୁଆ ଥା ?"

"କୁଛ ନେହିଁ।"

"କୁଛ ନେହିଁ ତ ତବ୍ ଓ ମରି କୈସେ।" ବଡ଼ ଉତ୍କଣ୍ଠାର ସହିତ ପଚାରିଲେ ସମର୍ପିତା।

"ସୋ-ସାଇଡ୍ ମ୍ୟାଡମ୍‌ଜୀ ସୋମାଇଡ଼। କ୍ୟା କୁଛ ଦବାଇ ଖା ଲି ଥୀ। ଓ ଆଛି ଥୀ... ଚୁପ୍‌ଚାପ୍ ରହତି ଥୀ...।" ଏତିକି କହି ଥାଲିଗିନା ପୋଛି ଥାକରେ ସଜେଇ ରଖିଲା କମଲା।

ସମର୍ପିତାଙ୍କୁ ଆଶ୍ଚର୍ଯ୍ୟ ଲାଗିଲା, "କାହିଁ ଥରେ ବି ହିମାଂଶୁ ସରିତା ସୁଇସାଇଡ୍ କରିଛି ବୋଲି ତାକୁ କହିନାହାନ୍ତି।"

"କମଲା ତୁ ଏଠି କେତେଦିନ ହେଲା ଅଛୁ ?"

"ଦଶ ସାଲ୍ ସେ। ଯବ ବେବି ପାଞ୍ଚ ସାଲ୍ କି ଥୀ ?"

ସମର୍ପିତା କମଲାକୁ କହିଲେ, "ଶୁଣ ଆଜିଠାରୁ ତୁ ରାତିରେ ବେବି ପାଖେ ଶୋଇବୁ। ତୋ ବର ତ ନାଇଟ୍ ଓ୍ୱାଚର। ତେଣୁ ତୋର ଅସୁବିଧା ହେବନି। ମୁଁ ତତେ ଏଥିପାଇଁ ଅଧିକା ଟଙ୍କା ଦେବି।"

"ଜୀ ମେମ୍‌ସାହେବ।" ଉତ୍ତର ଦେଲା କମଲା।

ସେଦିନ ରାତ୍ରିଭୋଜନ ପରେ ବିଷ୍ଣୁର ମିତ୍ର ନେହା ପାଖୁ ଯିବାକୁ ବାହାରିଲା ବେଳେ ସମର୍ପିତା କହିଲେ, "ଆଜିଠାରୁ କମଲା ନେହା ରୁମ୍‌ରେ ରାତିରେ ଶୋଇବ। ତାକୁ ଆଉ ଡର ମାଡ଼ିବାର ପ୍ରଶ୍ନ ଉଠୁନି...।"

ମିଷ୍ଟର ମିତ୍ର ଓ ସମର୍ପିତା ତାଙ୍କ ବେଡ଼ ରୁମ୍‌ରେ ଶୋଇଲେ। ମିଷ୍ଟର ମିତ୍ର ପ୍ରଥମେ ଟିକିଏ ବ୍ୟସ୍ତ ଥିଲେ ନେହା ପାଇଁ। କିନ୍ତୁ ରାତି ବଢ଼ିବା ସହିତ ସେ ଚିନ୍ତା ତାଙ୍କର ଦୂରେଇ ଗଲା। ସ୍ତ୍ରୀ ସହିତ ଭଲରେ କଥାବାର୍ତ୍ତା ହେଲେ ଓ ସ୍ତ୍ରୀ ସହିତ ରାତିଟି ଆନନ୍ଦରେ କଟିଗଲା। ଏକ ନୂତନ ସୂର୍ଯ୍ୟୋଦୟର ସ୍ୱପ୍ନ ନେଇ ସମର୍ପିତା ଶୋଇ ପଡ଼ିଲା।

ଦିଲ୍ଲୀରେ ଅବ୍ଦ ଅବ୍ଦ ଥଣ୍ଡା ପଡ଼ିଲାଣି। ସମର୍ପିତାକୁ ଏମିତି ପାଗଟା ଭାରି ଭଲ ଲାଗେ। ହିମାଂଶୁ ଉଠି ବାଥରୁମ୍ ଯାଇଛନ୍ତି। କମଲା ଚା' ଟେବୁଲ୍ ଉପରେ ଥୋଇ

ଦେଇ କହିଲା,

"ଆଜ୍ ନେହା ବେବି ସ୍କୁଲ ନେହି ଜାୟେଗୀ?"

"କିଉଁ?" ସମର୍ପିତା ଚା' କପ୍‌ଟି ଧରୁ ଧରୁ ପଚାରିଲେ।

"ପତା ନେହିଁ।" ଜବାବ ଦେଲା କମଲା।

ସମର୍ପିତା ଭାବିଲେ ନେହାର ବୋଧେ ଦେହ ଭଲ ନାହିଁ ନିଜେ ଯାଇ ଦେଖି ଆସିବା ଉଚିତ୍।

ନେହା ରୁମ୍‌ର କବାଟ ଭିତରୁ ବନ୍ଦ। ସମର୍ପିତା କବାଟ ଠକ୍ ଠକ୍ କଲେ।

କବାଟ ଖୋଲିଲା ନେହା। ସମର୍ପିତା ତା' ମୁଣ୍ଡ ଓ ବେକକୁ ହାତରେ ଛୁଇଁ ପଚାରିଲେ, "କଣ, ଦେହ ଭଲ ଲାଗୁନି?"

"କାହିଁକି ସ୍କୁଲ ନଯିବା ପାଇଁ ଦେହ ଭଲ ନ ଲାଗିବାଟା କେବଳ ଗୋଟାଏ କାରଣ ହୋଇପାରେ? ମନ ଭଲ ନ ଲାଗିଲେ କ'ଣ ସ୍କୁଲ ଯିବାକୁ ବାଧ? ମୋ ଇଚ୍ଛା ହେଉନି ମୁଁ ଆଜି ସ୍କୁଲ ଯିବିନି ସେଥିରେ କାହାର କ'ଣ ଯାଏ ଆସେ? ବାସ୍ ନିଜେ ଖୁସିରେ ରୁହ... ମୋ କଥାରେ ମୁଣ୍ଡ ଖେଳେଇବା କିଛି ଦରକାର ନାହିଁ।"

ସମର୍ପିତାଙ୍କୁ ଯେ ନେହା କଥା ନ ବାଧିଲା ତା' ନୁହେଁ, ତଥାପି ସେ କହିଲେ, "ଛି ନେହା ଏମିତି କ'ଣ କହୁଛୁ? ମୁଁ ତୋ ଭଲ ମନ୍ଦରେ ବୁଝିବି ନାହିଁ ତ କିଏ ବୁଝିବ? ତୋ ମନ କାହିଁକି ଖରାପ ଶୁଣେ?"

ଚାପୁଡ଼ା ମାରିଲା ପରି ନେହା ଉତ୍ତର ଦେଲା, "ତୁ ଜମା ଜାଣି ଥିବ କି? ଡୋଣ୍ଟ ଟ୍ରାଇ ଟୁ ବି ଭେରି ଇନୋସେଣ୍ଟ। ତୁମେ ହିଁ ମୋ ମନ ଖରାପର କାରଣ, ଦୟା କରି ମତେ ଏକୁଟିଆ ଛାଡ଼ିଦିଅ- ମୁଁ ତୁମ ସହିତ କଥା କହିବାକୁ ଚାହେଁନି।"

ସମର୍ପିତା ଆଉ ବିଶେଷ କିଛି ନ କହି ଚାଲି ଆସିଲେ ସେଠାରୁ। ହିମାଂଶୁଙ୍କୁ ବା କ'ଣ କହିବେ- କହିଲେ କଥା ବଢ଼ିବ ଓ ଶେଷରେ ସେ ତାକୁ ହିଁ ଦୋଷ ଦେବେ। ଏ ଝିଅଟାକୁ କିଛିରେ ବୁଝେଇ ହେବନି। ନେହା କେବେ ତାଙ୍କର ହେବନି। ସତକଥା ପର କ'ଣ କେବେ ନିଜର ହେଲାଣି? ନେହା ତାଙ୍କ ନିଜ ଝିଅ ହୋଇଥିଲେ କ'ଣ ଏମିତି ହେଉଥାଆନ୍ତା। ମାସେରୁ ବେଶୀ ହେଲାଣି ତାଙ୍କର ସମସ୍ତ ଚେଷ୍ଟା ସତ୍ତ୍ୱେ ନେହା ମନରେ ଟିକିଏ ବି ପରିବର୍ତ୍ତନ ହେଲା ନାହିଁ ବରଂ ସେ ତାଙ୍କ ମନରେ ଆଘାତ ଦେବାରେ ଆନନ୍ଦ ପାଉଛି। ଭାବିଲେ, "କି ବଡ଼ା ବଢ଼େଇଛନ୍ତି ହିମାଂଶୁ! କି ଶିକ୍ଷା ଦେଇଛନ୍ତି ଝିଅଟାକୁ। ସାଧାରଣ ଭଦ୍ରାମି ବି ତା' ପାଖେ ନାହିଁ।"

ମନେ ମନେ ଖୁବ୍ ବିରକ୍ତ ହେଲେ ସମର୍ପିତା। ସ୍ୱାମୀ ବୋଲି ଯାହାର ହାତ ଧରିଲେ ସେ ତାଙ୍କ ମନ ବୁଝିବା କଥା। ସେ ତ ନେହାକୁ ବୁଝେଇ ପାରନ୍ତେ। ଯଦି

ସେ ଜାଣିଥିଲେ ତାଙ୍କ ଝିଅ କୌଣସି ସ୍ତ୍ରୀକୁ ସହ୍ୟ କରିପାରିବ ନାହିଁ ତେବେ ସେ ବିବାହ କରୁଥିଲେ କାହିଁକି ? ମତେ ଏମିତି ପ୍ରତାରିତ କରିବାଟା କ'ଣ ଠିକ୍ ?

ତଥାପି ସମର୍ପିତା ସ୍ୱାମୀଙ୍କୁ କିଛି କହିଲେ ନାହିଁ। ମିଷ୍ଟର ମିତ୍ର ବ୍ରେକ୍‌ଫାଷ୍ଟ କରି ଅଫିସ୍ ଯିବା ପୂର୍ବରୁ କମଲାକୁ ପଚାରିଲେ, "ବେବି କାହାଁ ହେ ?"

"ଅପନା ରୁମ୍ ମେ। ଇଷ୍କୁଲ ନେହିଁ ଜାୟେଗୀ। ସାୟଦ୍ ବେବି କି ତବିୟତ୍ ଠିକ୍ ନେହି ହୈ।" ଉତ୍ତର ଦେଲା କମଲା।

"ମୁଁ ଡାକ୍ତରଙ୍କ ସଙ୍ଗେ କଥା ହେବି। ଗାଡ଼ି ପଠେଇ ଦେବି। କମଲା, ତୁମେ ତାଙ୍କୁ ନେଇ ଡାକ୍ତରଙ୍କ ପାଖୁ ଚାଲିଯିବ।" ଏତିକି କହି ଦେଇ ମିଷ୍ଟର ମିତ୍ର ତରତର ହୋଇ ଚାଲିଗଲେ। ଠିକ୍ ନଅଟାବେଳେ ମନ୍ତ୍ରୀଙ୍କ ସହିତ ମିଟିଙ୍ଗ୍ ଅଛି।

ସମର୍ପିତା ଖାଲି ଚାହିଁ ରହିଲେ। ସେ ଚାହାଣିରେ ଶୂନ୍ୟତା ଭରି ରହିଥିଲା। ସେ ନିଜର କାମଦାମ ସାରି ଟାକ୍ସି ଖଣ୍ଡିଏ ଧରି ଘରୁ ବାହାରିଗଲେ। ଖବରକାଗଜରେ ଅନେକ ଥର ପଢ଼ିଛନ୍ତି ଡାକ୍ତର ଅନିତା ପାଣ୍ଡେଙ୍କ ବିଷୟରେ। ସ୍ତ୍ରୀରୋଗ ବିଶେଷଜ୍ଞ ବହୁ ପୁରାତନ, ବହୁ ଜଟିଳ ସମସ୍ୟାର ସମାଧାନ କରିପାରନ୍ତି ସେ। ତାଙ୍କ ପାଖେ ବହୁ ବନ୍ଧ୍ୟାନାରୀ ବି ଚିକିତ୍ସିତ ହୋଇ ମାଆ ହୋଇପାରିଛନ୍ତି। ତାଙ୍କର ନାମ କେବଳ ଭାରତ ନୁହେଁ ସମଗ୍ର ପୃଥିବୀରେ ବିଖ୍ୟାତ। ସେ ଭାରତରେ ଟେଷ୍ଟଟିଉବ ବେବି ଜନ୍ମ କରାଇବାରେ ଅଗ୍ରଣୀ।

ସମର୍ପିତା ଚାହାନ୍ତି ନିଜର ସନ୍ତାନ। ଯିଏ ତାଙ୍କର ରକ୍ତର ହେବ। ଯିଏ ତାଙ୍କୁ ଭଲ ପାଇବ। ନେହା କେବେ ବି ତାଙ୍କ ଝିଅ ହୋଇପାରିବ ନାହିଁ। ଯଶୋଦା ଏ ଯୁଗରେ ଜନ୍ମ ହୋଇଥିଲେ ତା' ପରି ଛଟପଟ ହୋଇନଥାନ୍ତେ... ? କୃଷ୍ଣ କ'ଣ ତାଙ୍କୁ ଭଲ ପାଇ ପାରିଥାଆନ୍ତେ।"

ଖବରକାଗଜରୁ ଡା.ପାଣ୍ଡେଙ୍କ କ୍ଲିନିକ୍‌ର ଠିକଣା ରଖିଥିଲେ ସମର୍ପିତା। ତେଣୁ ଟାକ୍ସି ଡ୍ରାଇଭର ପାଇଁ କିଛି ଅସୁବିଧା ହେଲାନି।

କ୍ଲିନିକ୍ ସମ୍ମୁଖରେ ଠିଆ ହୋଇ ଭାବିଲେ ସମର୍ପିତା। ତେବେ ଏଇ ଜାଗା ହେଲା ତାଙ୍କ ଆନନ୍ଦ ନିଲୟ। ଏଇଠି ତାଙ୍କ ମନୋସ୍କାମନା ପୂର୍ଣ୍ଣ ହୋଇପାରେ। ଡା. ପାଣ୍ଡେ ଜଣେ ଖୁବ୍ ନାମକରା ନାରୀରୋଗ ବିଶାରଦ। ସୁଖ ପ୍ରସବ, ବନ୍ଧ୍ୟା ନିରାକରଣ, ଅନୁର୍ବରତା ଦୂରୀକରଣ ସବୁ ବିଷୟରେ ତାଙ୍କର ଦକ୍ଷତା ଅଛି। ସମର୍ପିତା ରିସେପ୍‌ସନ୍‌ରେ ଯାଇ ନିଜର ନମ୍ବର ଲଗାଇ ଅପେକ୍ଷା କଲେ।

ଅଳ୍ପ ସମୟ ପରେ ନର୍ସ ଆସି ତାଙ୍କ ନାଁ ଡାକିଲେ। ସମର୍ପିତା କିଛି ସମୟ ପାଇଁ ଭୁଲି ଗଲେ ତାଙ୍କର ବୟସ, ଶିକ୍ଷାଦୀକ୍ଷା ଓ କର୍ମମୟ ଜୀବନ କଥା। ଡାକ୍ତରଙ୍କ

ସମ୍ମୁଖରେ ବସି ସାଧାରଣ ନାରୀଟିଏ ପରି କହି ବସିଲେ ତାଙ୍କର ସମସ୍ୟା- "ମୋର ବିବାହ ହେବାର ମାତ୍ର ଦୁଇମାସ ହୋଇଛି। ଯଦିଓ ମୁଁ ଜାଣେ ଦୁଇମାସ ଗର୍ଭଧାରଣ ପାଇଁ ବହୁତ ବେଶୀ ସମୟ ନୁହେଁ, ମୋ ମନରେ ଅନେକ ଭୟ। ମୁଁ ଶୀଘ୍ର ମାଆ ହେବାକୁ ଚାହେଁ, ଡା. ପାଣ୍ଡେ।" ନିଃସଙ୍କୋଚରେ କହି ପକେଇଲେ ସମର୍ପିତାr୍

ଡାକ୍ତର ପାଣ୍ଡେଙ୍କୁ ବୟସ ଷାଠିଏ ପାଖାପାଖି। ତାଙ୍କ ଜୀବନରେ ସେ ବହୁ ପ୍ରକାର ନାରୀ ଦେଖିଛନ୍ତି। କେଉଁ ନାରୀ ମାଆ ହେବାକୁ ଚାହେଁନି ତ କିଏ ମାଆ ହେବାକୁ ବ୍ୟାକୁଳ। କିଏ ଗର୍ଭ ନଷ୍ଟ କରିବାକୁ ଚାହେଁ ତ କାହାର ଅନିଚ୍ଛା ସତ୍ତ୍ୱେ ବାରମ୍ବାର ଗର୍ଭନଷ୍ଟ ହୋଇଯାଏ। କିଏ ଝିଅ ଚାହେଁ ନାହିଁ ତ କାହା ମନ ଝିଅଟିଏ ପାଇଁ ଆତୁର ହେଉଥାଏ। ପ୍ରତ୍ୟେକ ନାରୀ ପଛରେ ଥାଏ କିଛି ଗୋଟାଏ କାହାଣୀ। ଡା. ପାଣ୍ଡେ ଖୁବ୍ ମନଦେଇ ଶୁଣନ୍ତି। ସବୁ ରୋଗୀଙ୍କର ମନ କଥା- ତାଙ୍କ ମନର ଭୟ, ଆଶଙ୍କା ଓ ଆକାଂକ୍ଷା। ତା'ପରେ ଆରମ୍ଭ କରନ୍ତି ଚିକିତ୍ସା, ରୋଗୀର ମାନସିକ ଅବସ୍ଥା ବୁଝିଲେ ଚିକିତ୍ସା କରିବାରେ ସହଜ ହୋଇଥାଏ ତାଙ୍କୁ। ତାଙ୍କ ମତରେ ଡାକ୍ତର ଓ ରୋଗୀଙ୍କ ସମ୍ବନ୍ଧ ବିଶ୍ୱାସ ଓ ବୁଝାମଣା ଉପରେ ଅଧ୍ୟୁଷିତ ହେବା ଉଚିତ୍।

ଡା.ପାଣ୍ଡେ ବଡ଼ କୋମଳ ସ୍ୱରରେ କହିଲେ, "ମୋର ମନେ ହେଉଛି ଆପଣ ଯଥେଷ୍ଟ ଡେରିରେ ବିବାହ କରିଛନ୍ତି ମିସେସ୍ ମିତ୍ର। ତେବେ ଆପଣଙ୍କ ବୟସଟା ଠିକ୍ କେତେ ?"

"ମତେ ଛୟାଳିଶି ବର୍ଷ। ତେବେ ମୁଁ କ'ଣ ମାଆ ହୋଇପାରିବି ନାହିଁ ଡାକ୍ତର ?" ଖବ୍ ବ୍ୟାକୁଳ ହୋଇ ପଚାରିଲେ ସମର୍ପିତା।

ଡା. ପାଣ୍ଡେ ମୃଦୁ ହସି ଉତ୍ତର ଦେଲେ, "କିଏ କହିଲା ଆପଣଙ୍କୁ ଏ କଥା। ଏ ବୟସରେ ଯେ କେହି ମାଆ ନହୁଏ ଏମିତି ନୁହେଁ। ମୁଁ ମୋ' ମାଆର ସପ୍ତମ ସନ୍ତାନ ଓ ମାଆଙ୍କୁ ସେତେବେଳେ ଚଉରାଳିଶ ବର୍ଷ। ମୋ ପରେ ମଧ୍ୟ ମୋ ମାଆଙ୍କର ଆଉ ଗୋଟିଏ ପୁଅ ହୋଇଥିଲା। ତେବେ କଥା ହେଲା ବର୍ତ୍ତମାନ ଯୁଗରେ ଡାକ୍ତରମାନେ ଏ ବୟସରେ ଛୁଆ ଜନ୍ମ କରିବା ସପକ୍ଷରେ ନୁହଁନ୍ତି। କାରଣ ରିସର୍ଚ୍ଚ କହୁଛି ଏହି ବୟସରେ ଛୁଆ ହେଲେ ଛୁଆର ଶାରୀରିକ ଓ ମାନସିକ ଅଭିବୃଦ୍ଧିରେ ବ୍ୟାଘାତ ଘଟିବା ସମ୍ଭାବନା ବେଶୀ। ମୁଁ ବ୍ୟକ୍ତିଗତ ଭାବରେ ଏଥିରେ ପୂର୍ଣ୍ଣମାତ୍ରାରେ ଏକମତ ନୁହେଁ। ଲାଇଫ୍ ଇଜ୍ ଏ ବଣ୍ଡଲ ଅଫ୍ ଅନସର୍ଟେନ୍- କିଛିରେ ନିଶ୍ଚିତତା ଅଛି ଏମିତି କିଛି ନୁହେଁ। ସବୁଥିରେ ରିସ୍କ ଅଛି। ଆପଣ ଆପଣଙ୍କ ସ୍ୱାମୀଙ୍କୁ ସହଯୋଗ କରିବାକୁ କୁହନ୍ତୁ। ହୁଏତ ଆପଣ ସାଧାରଣ ଭାବରେ ଗର୍ଭବତୀ ହୋଇପାରନ୍ତି। ମା' ହେବାର ପ୍ରବୃତ୍ତି ସବୁ ନାରୀ ଭିତରେ ରହିଥାଏ। ତେଣୁ ଆପଣଙ୍କ ଇଚ୍ଛାକୁ ମୁଁ ପୂରା

ସମର୍ଥନ କରୁଛି । ଦୁଇମାସ କିଛି ବେଶୀ ସମୟ ନୁହେଁ । ତଥାପି ମୁଁ ଆପଣଙ୍କୁ ଟିକିଏ ପରୀକ୍ଷା କରିଦିଏ ।”

ସମର୍ପିତାଙ୍କୁ ପରୀକ୍ଷା କରିସାରି ଡା. ପାଣ୍ଡେ ହସି ହସି କହିଲେ, “ଆପଣଙ୍କର କିଛି ଅସୁବିଧା ନାହିଁ– ୟୁ ଆର୍ ପରଫେକ୍ଟ୍ଲି ଅଲ୍‌ରାଇଟ୍‌ । ସ୍ୱାମୀଙ୍କ ସହ ପ୍ରତ୍ୟେକ ରାତ୍ରୀ ଘନିଷ୍ଠଭାବେ କଟାନ୍ତୁ । ମୋ କଥା ବୁଝିପାରୁଥିବେ ନିଶ୍ଚୟ । ମୁଁ ଆପଣଙ୍କୁ କିଛି ଔଷଧ ଲେଖି ଦେଉଛି ତାକୁ ନିୟମିତ ଖାଆନ୍ତୁ । ମୋର ବିଶ୍ୱାସ ଆପଣଙ୍କ ଆଶା ପୂରଣ ହେବ ନିଶ୍ଚୟ ।”

ସମର୍ପିତା ଡା. ପାଣ୍ଡେଙ୍କ ହାତରୁ ପ୍ରେସ୍‌କ୍ରିପ୍‌ସନ୍‌ଟି ନେଇ ତାଙ୍କୁ ଧନ୍ୟବାଦ ଜଣାଇ ତାଙ୍କ କ୍ଲିନିକ୍‌ରୁ ବାହାରି ଆସିଲେ ।

ଟାକ୍‌ସି କରି ଘରକୁ ଫେରିବା ବାଟରେ ଡା. ପାଣ୍ଡେ ଲେଖିଥିବା ଔଷଧ କିଣିନେଲେ । ସକାଳେ ନେହା ସହିତ ହୋଇଥିବା ଘଟଣାକୁ ସେ ଭୁଲି ସାରିଲେଣି । ତାଙ୍କୁ ବର୍ତ୍ତମାନ ସବୁ ଭଲ ଲାଗୁଥାଏ । ଲାଗୁଥାଏ ଜୀବନରେ ବଞ୍ଚିବାର ଅର୍ଥ ଅଛି । ଛୋଟ ଛୋଟ କଥାରେ ମନ ମାରି ବସିବାଟା ନିହାତି ମୂର୍ଖାମି । ତାଙ୍କ ଘରପାଖ ‘କାଲକାଟ୍ ସୁଇଟ୍‌ସ୍‌’ରୁ ହିମାଂଶୁଙ୍କ ପାଇଁ ରସଗୋଲା କିଣିଲେ । ହିମାଂଶୁଙ୍କର ରସଗୋଲା ଭାରି ପସନ୍ଦ । ନିଜ ରୁମ୍ ପାଇଁ କିଛି ଫୁଲ କିଣି ଘରକୁ ଫେରିଲେ । ଘରକୁ ଫେରି ଲଞ୍ଚ ଖାଇ ନେଲେ । କମଲାଟାରୁ ଖବର ପାଇଲେ ଗାଡ଼ି ଆସିଥିଲେ ସୁଦ୍ଧା ନେହା ଡାକ୍ତର ପାଖକୁ ଗଲା ନାହିଁ । ସେ ମର୍ଣ୍ଣିଂ ସୋ ସିନେମା ଯାଇଛି । ସମର୍ପିତା କମଲା କଥା ନଶୁଣିଲା ପରି ରହିଲେ । ଭାବିଲେ ସେ ଯାହା କରୁଛି କରୁ । ନେହା କଥା ନେଇ ବୃଥାଟାରେ ମନ ଖରାପ କରିବାର କିଛି ଯଥାର୍ଥତା ନାହିଁ ।

ଖଟରେ ପଡ଼ି ତାଙ୍କର ମନେ ପଡ଼ିଲା ଆନନ୍ଦିତାର ବଡ଼ପୁଅ ଏ ବର୍ଷ ଇଂଜିନିୟରିଂ ଶେଷ ବର୍ଷରେ ଅଛି । ଝିଅ ବି.ଏ. ପଢ଼ି ସାରିଲାଣି । ସାନ ଭଉଣୀ ନିବେଦିତାର ପିଲାମାନେ ସ୍କୁଲ ଫାଇନାଲ ଦେବାକୁ ଯାଉଛନ୍ତି । ହୁଏତ ତା’ଘରେ ସମସ୍ତେ ହସିପାରନ୍ତି ତା’ର ମାଆ ହେବାର ନିଷ୍ଫଳ ଶୁଣି । କିନ୍ତୁ ସେଥିରେ ତାଙ୍କର ଯାଏ ଆସେ କେତେ ? ସେ ତାଙ୍କ ସମସ୍ତ ଜୀବନ ଭାଇ ଭଉଣୀଙ୍କ ପାଇଁ ଉତ୍ସର୍ଗ କରିଦେଇଥିଲେ, କିନ୍ତୁ କାଇଁ କିଏ ତ ଥରେ ବୁଝିଲାନି ତାଙ୍କ ମନ ? କିଏ ତ କହିଲା ନାହିଁ– “ଅପା, ମୋର ଏଇ ପିଲାଟି ତୋର, ତୁ ତାକୁ ରଖ, ସେ ତୋତେ ମାଆ ବୋଲି ଜାଣୁ” । ତେବେ ସେ କାହିଁକି କାହା କଥାକୁ ଏତେ ଗୁରୁତ୍ୱ ଦେବେ ? ପ୍ରତ୍ୟେକ ବ୍ୟକ୍ତିର ଅଧିକାର ଅଛି ସେ କେମିତି ବାଞ୍ଚିବ ସେ ବିଷୟରେ ନିଜେ ସ୍ଥିର କରିବାକୁ ।

ଟିକିଏ ଗଡ଼ପଡ଼ ହେବା ପରେ ସେ ଉଠି ବିଉଟି ପାର୍ଲର ଗଲେ । ଫେସିଆଲ୍

ଓ ମାସେଜ୍ ଇତ୍ୟାଦି କରି ମିଷ୍ଟର ମିତ୍ର ଅଫିସରୁ ଫେରିବା ପୂର୍ବରୁ ସେ ଘରକୁ ଆସି ଯାଇଥିଲେ ।

ନେହା ରୁମରୁ ଖୁବ୍ ଜୋରରେ ପପ୍‌ମ୍ୟୁଜିକ୍ ଶୁଭୁଥାଏ । ସେ ସେଥିପ୍ରତି ଧ୍ୟାନ ଦେଲେନି । ନେହାର କୌଣସି କଥାରେ ସେ ଆଉ ମୁଣ୍ଡ ଖେଲାଇବେ ନାହିଁ ବୋଲି ଠିକ୍ କରିଛନ୍ତି । ତା' ପାପା ତା' କଥା ବୁଝନ୍ତୁ ।

ମିଷ୍ଟର ମିତ୍ର ଅଫିସରୁ ଆସି ପ୍ରଥମେ ନେହା ପାଖକୁ ଗଲେ । ଝିଅର ଦେହ ଭଲ ଅଛି ଶୁଣି ଖୁସି ହେବା ସଙ୍ଗେ ସଙ୍ଗେ ତାକୁ ନେଇ ଡିନର୍ ପାଇଁ ହୋଟେଲ ଯିବା ପାଇଁ ପ୍ରତିଶ୍ରୁତି ଦେଲେ ।

"ପାପା, ଇନ୍ ୱାନ୍ କଣ୍ଡିସନ୍ । ମୁଁ ତୁମ ସହିତ ଏକା ଯିବି । ପ୍ଲିଜ୍ ପାପା... ପ୍ଲିଜ୍ ପାପା...।"

"ନାଇଁ, ସେମିତି ହୋଇପାରିବ ନାହିଁ ନେହା । ତୁ, ମୁଁ ଓ ସମର୍ପିତା ଆମେ ତିନିଜଣ ଯିବା । ମୁଁ ଭାବୁଛି ତୁ ମୋ କଥାରେ ରାଜି ?"

"ଓ.କେ ପାପା । ନେହା ପାପାଙ୍କୁ ଖୁବ୍ ଭଲ ପାଏ । ତାଙ୍କ ସହିତ ହୋଟେଲ ଯିବାଟା ତା'ର ଭାରି ପସନ୍ଦ । କିନ୍ତୁ କ'ଣ କରାଯିବ । ଆଜି ଡିନରରେ ଏ ସ୍ତ୍ରୀ ଲୋକଟିର ଉପସ୍ଥିତିକୁ ସହ୍ୟ କରିବାକୁ ହେବ । ଇୟେ କବାବ୍ ମେଁ ହଡ଼ି । ଯାକୁ ଫିଙ୍ଗି ଦେବା ଏତେ ସହଜ ନୁହେଁ । ପାପା ତାକୁ ପଚାରି ବାହା ହୋଇଥିଲେ ସତ, କିନ୍ତୁ ସେ ଜାଣିନଥିଲା ସେ ପ୍ରକୃତରେ ବାହା ହୋଇପଡ଼ିବେ । ଯାହାହେଉ ଏବେ ସେ ଯାହାପାରିବ ତା' କରିବ । ସମର୍ପିତାକୁ ସେ ଶାନ୍ତିରେ ରହିବାକୁ ଦେବନି ।

ରସଗୋଲା ଖାଇ ମିଷ୍ଟର ମିତ୍ର ଖୁସି ହେଲେ, ପଚାରିଲେ, "ବାହାରକୁ ଯାଇଥିଲ ସିମି ?" 'ହଁ ପାଖ ମାର୍କେଟକୁ, ଭାରି ବୋର୍ ଲାଗୁଥିଲା।" ଉତ୍ତର ଦେଲେ ସମର୍ପିତା ।

"ଏମିତି ଟିକିଏ ବିଲାବୁଲି କର । ମିସେସ୍ ଚୋପଡ଼ା, ମିସେସ୍ ଦୁବେଙ୍କ ଘରୁ ବୁଲିଯାଅ । ତୁମକୁ ଭଲ ଲାଗିବ । ହଁ, ଆଜି ରାତିରେ ଆମେ ଡିନର୍ ପାଇଁ ବାହାରକୁ ଯିବା । ତୁମେ ରେଡ଼ି ହୋଇଯାଅ ।"

ରାତି ଆଠଟାରେ ସେମାନେ ବାହାରିଲେ । ମିଷ୍ଟର ମିତ୍ର ଗାଡ଼ି କାଢ଼ିବା ମାତ୍ରେ ନେହା ଯାଇ ବସିପଡ଼ିଲା ତାଙ୍କ ପାଖ ସିଟ୍‌ରେ । ବାଧ୍ୟ ହୋଇ ସମର୍ପିତା ପଛରେ ବସିଲେ । ନେହା ଗପି ଚାଲିଥାଏ, "ପାପା, ତୁମେ ଜାଣ, ଏ ବର୍ଷ ମୁଁ ଆମ ସ୍କୁଲ ତରଫରୁ ରିପ୍ରେଜେଣ୍ଟ କରିବା ପାଇଁ ସିଲେକ୍ଟ ହୋଇଛି । ଅଲ୍ ୱାଲର୍ଡ ଷ୍ଟୁଡେଣ୍ଟ ମିଟ୍ ବେନ୍‌ଜିଙ୍ଗରେ ହେବ । ମୁଁ ଏଇ ଖବରଟା ଦେବାକୁ ସକାଳୁ ତୁମକୁ ଅପେକ୍ଷା କରି

ବସିଥିଲି। ତୁମେ ଆସିଲେ ତୁମକୁ ସରପ୍ରାଇଜ୍ ଦେଇଥାଆନ୍ତି। ମୋ ଦେହ ଖରାପ ଶୁଣି ବି ତୁମେ ସିଧା ଅଫିସ୍ ଚାଲିଗଲ। ପାପା, ମତେ ଭାରି ଖରାପ ଲାଗିଲା। ଆଇ ଗଟ ହର୍ଟ୍...। ପୁଣି ମନକୁ ବୁଝେଇ ସିନେମା ଚାଲିଗଲି...।"

"ସରି ନେହା, ମୋର ଜରୁରୀ ମିଟିଙ୍ଗ୍ ଥିଲା ମନ୍ତ୍ରୀଙ୍କ ସହ। କ'ଣ କରିଥାଆନ୍ତି କହିଲୁ? ସେ ଯାହା ହେଉ, ଆଇ ଆମ ପ୍ରାଉଡ୍ ଅଫ୍ ମାଇଁ ଡଟର୍। କେବେ ଯିବୁ ବେନ୍‌ଜିଙ୍ଗ?"

"ବୋଧେ ଜାନୁଆରୀ ପ୍ରଥମ ସପ୍ତାହରେ...।"

"ଦେଖ, ତୁ ଯିବା ପୂର୍ବରୁ ମୁଁ ସବୁ ବୁଝାସୁଝା କରେ। ତୁ କାହା ସଙ୍ଗେ ଯାଉଛୁ, କେମିତି ଯାଉଛୁ ସବୁ ବୁଝିବାକୁ ହେବ। ନହେଲେ ମତେ ଚିନ୍ତା ଲାଗି ରହିବ।"

"ପାପା, ତୁମେ ବୃଥାଟାରେ ବ୍ୟସ୍ତ ହେଉଛ। କେତେ ପିଲା ଯିବେ ଭାରତରୁ– କେତେ ଆସିଥିବେ ପୃଥିବୀର କୋଣ କୋଣରୁ। ଇଟ୍ ଉଇଲି ବି ଗ୍ରେଟ ଫନ୍...।"

ସମର୍ପିତା ପଛ ସିଟ୍‌ରେ ଚୁପଚାପ୍ ବସିଥାଆନ୍ତି। ନେହାର କଥା ସବୁ ତାଙ୍କର ଏ କାନରେ ପଶି ସେ କାନରେ ବାହାରି ଯାଉଥାଏ। ବାପଝିଅଙ୍କ ମଝିରେ କଥା କହିବାର କୌଣସି ଆବଶ୍ୟକତା ଅଛି ବୋଲି ତାଙ୍କ ମନ କହିଲା ନାହିଁ।

ହୋଟେଲ ଆସିଲା, ଗାଡ଼ି ରହିଲା। ସେ ମିଶ୍ର ମିତ୍ର ଓ ନେହାଙ୍କ ପଛେ ପଛେ ଚାଲିଥାଆନ୍ତି। ହୋଟେଲର ସୁନ୍ଦର ବାତାବରଣ, ସାଜସଜା କିଛି ବି ସମର୍ପିତାଙ୍କ ମନକୁ ଆନନ୍ଦ ଦେଇପାରୁନଥାଏ। ନେହା ମେନୁ କାର୍ଡ୍ ନେଇ ମେନୁ ଅର୍ଡର କଲା– "ପାପା, ତୁମେ ଇଣ୍ଡିଆନ୍ ଖାଇବ ନା କଣ୍ଟିନେଣ୍ଟାଲ୍?... ମୁଁ ତ କଣ୍ଟିନେଣ୍ଟାଲ ଖାଇବି...।"

"ତୁ ଯାହା ଭଲ ଭାବୁଛି ଅର୍ଡର ଦେ।" ନେହାକୁ ଚାହିଁ ଉତ୍ତର ଦେଲେ ମିଶ୍ର ମିତ୍ର। "ସିମି, ତୁମେ କ'ଣ ଖାଇବ?"

"ଯାହାହେଲେ ବି ଚଳିବ।" ସମର୍ପିତା କହିଲେ।

ବାପ ଝିଅଙ୍କ ଗପସପ ଭିତରେ ଦିନର ସରିଲା। ନେହା ଏମିତି ଗପି ଚାଲିଥାଏ ଯେ ସେ କ୍ଷଣକ ଲାଗି ମିଶ୍ର ମିତ୍ରଙ୍କୁ ଛାଡୁନଥାଏ। ସମସ୍ତ ସମୟ ମଧରେ କଥା କହିବା ତ ଦୂରର କଥା ନେହା ଥରେ ବି ତାଙ୍କ ମୁହଁକୁ ଚାହିଁନି।

ମିଶ୍ର ମିତ୍ର ମଝିରେ ମଝିରେ ପଚାରିଛନ୍ତି ସମର୍ପିତାଙ୍କୁ ତାଙ୍କ ପସନ୍ଦ ନାପସନ୍ଦ ବିଷୟରେ। କେବଳ ହଁ, ନାହିଁରେ ଉତ୍ତର ଦେଇଛନ୍ତି ସମର୍ପିତା।

ଘରକୁ ଫେରି ସମର୍ପିତା ଲୁଗାପଟା ବଦଳେଇ ଶୋଇବାକୁ ଆସିଲେ। ମିଶ୍ର

ମିତ୍ର ତାଙ୍କୁ ଚାହିଁ କହିଲେ, "ସିମି, ଆଜି ଦିନଟା ଭଲରେ କଟିଗଲା। ମନ୍ତ୍ରୀଙ୍କ ସଙ୍ଗେ ମିଟିଙ୍ଗ୍ ଖୁବ୍ ଭଲରେ ହୋଇଥିଲେ, ସନ୍ଧ୍ୟାଟା ବି ଖୁବ୍ ଏନ୍‌ଜୟେବୁଲ୍ ହେଲା। ବର୍ତ୍ତମାନ କେବଲ ତୁମେ ଓ ତା'ପରେ ସୁଖ ନିଦ୍ରା...।"

ସମର୍ପିତା ଚାହିଁଲେ ସ୍ୱାମୀଙ୍କୁ। ବେଡ ଲାଇଟର ସୁଇଚ୍ ଟିପିଲେ। ହିମାଂଶୁ ସମର୍ପିତାଙ୍କ ପାଖକୁ ଆସି ଦୁଇ ହାତରେ ତାଙ୍କ ମୁହଁକୁ ଟେକି ଧରିଲେ।

ସମର୍ପିତା ଭୁଲିଗଲେ ନେହାର ତାଙ୍କ ପ୍ରତି ଉଦାସୀନତାକୁ, ଭୁଲିଗଲେ ମିଷ୍ଟର ମିତ୍ରଙ୍କର ତା'ପ୍ରତି ଅତ୍ୟଧିକ ସ୍ନେହକୁ। ହଠାତ୍ ତାଙ୍କ ଦେହରେ କିଛି ଗୋଟାଏ ପରିବର୍ତ୍ତନ ହେଲା ପରି ତାଙ୍କୁ ଲାଗିଲା। ଆଖି ଧୀରେ ଧୀରେ ବୁଜି ହୋଇ ଆସିଲା। ହିମାଂଶୁ ତାଙ୍କ ହାତଧରି ତାଙ୍କ ଖଟ ଉପରକୁ ନେଇଗଲେ। ସ୍ୱାମୀଙ୍କୁ ନିଜ ବାହୁ ବନ୍ଧନରେ ରଖି ତାଙ୍କ ପ୍ରଶସ୍ତ କାନ୍ଧ ଭିତରେ ନିଜକୁ ହଜେଇ ଦେଲେ ସମର୍ପିତା। କିଛି ସମୟ ଚାଲିଗଲା ପ୍ରକୃତିର ପରମ ସତ୍ୟର ଉପଭୋଗରେ।

ସମର୍ପିତା ଉପଲବ୍ଧ କଲେ– ଏହା ହିଁ ବୋଧେ ରକ୍ତ ମାଂସ ଶରୀର ସବୁଠାରୁ ବଡ଼ ତୃପ୍ତି। ତୃପ୍ତିର ସ୍ୱରୂପ ହୁଏତ ତାଙ୍କ ଜଠରରେ ଜନ୍ମ ନେବ ଏକ ନୂତନ ଜୀବନ। ଧୀରେ ଧୀରେ ତାହା ରୂପ ନେବ ଗୋଟିଏ କୋମଳ ଶିଶୁ। ସମର୍ପିତା ତାକୁ କୋଳରେ ଜାକିଧରି ଅମୃତ ପାନ କରାଇବେ। ଶିଶୁଟି ବଡ଼ ହେବ...। ଆନନ୍ଦରେ ସେ ଆଖି ବୁଜି ଦେଲେ, ନିଦ କେତେବେଳେ ଲାଗିଯାଇଛି ସେ ଜାଣନ୍ତିନି।

ସେ ଉଠିଲା ବେଳକୁ ସକାଲ ସାତଟା ତିରିଶ। ହିମାଂଶୁ ଉଠି ଚା' ପିଇସାରି ଥାଆନ୍ତି। ସମର୍ପିତାଙ୍କ ଛୁଟି ସରି ଆସିଲାଣି। ସେ ଛୁଟି ବଢ଼େଇବା ପାଇଁ ଦରଖାସ୍ତ ଦେଲେ ସେଦିନ।

ସମୟ ଗଡ଼ି ଚାଲିଲାତ। ସେ ପୂଜା ପରେ ଦିଲ୍ଲୀ ଆସିଥିଲେ। ଅକ୍ଟୋବର ପ୍ରଥମ ସପ୍ତାହରେ ଡିସେମ୍ବର ଶେଷ ହେବାକୁ ବସିଲାଣି। ଖୁବ୍ ଶୀତ ହେଉଥାଏ ଦିଲ୍ଲୀରେ। ଏତେ ଶୀତ ସହିବାର ତାଙ୍କ ଅଭ୍ୟାସ ନଥିଲା। ତଥାପି ସେ ହିମାଂଶୁଙ୍କ ସହ ଏହାକୁ ସମ୍ପୂର୍ଣ୍ଣ ଉପଭୋଗ କଲେ। ହିମାଂଶୁ ତାଙ୍କୁ ବଙ୍ଗାଳୀ ଖେଚେଡ଼ି ରାନ୍ଧିବା ଶିଖାଇଲେ। କମଲା ତାଙ୍କୁ ବିଭିନ୍ନ ପ୍ରକାର ପରଟା କରି ଖୁଆଇଲା। ସେ ମିସେସ୍ ଚୋପଡ଼ାଙ୍କ ଠାରୁ ଗାଜର ହାଲୁଆ କରିବା ଶିଖିଗଲେ।

ଏହି ଚାରିମାସ ଭିତରେ ନେହା ତାଙ୍କୁ ଯେତେବେଳେ ଏକା ପାଇଛି କିଛି ନା କିଛି ନ କହି ଛାଡ଼ିନି। ସମର୍ପିତାଙ୍କ ମନରେ କଷ୍ଟ ଦେବା ଯେମିତି ନେହାର

ଜନ୍ମଗତ ଅଧିକାର। ତଥାପି ସେ ରୂପ ରହିବାକୁ ଶ୍ରେୟସ୍କର ଭାବି ନେଇଛନ୍ତି। ସେ ଜାଣନ୍ତି ନେହା ତାଙ୍କୁ କୌଣସି କାଳେ ଭଲପାଇବ ନାହିଁ। ତେଣୁ ତା' କଥାକୁ ଧରି ନିଜର ମନ ଦୁଃଖ କରି ଲାଭ କ'ଣ ? ହିମାଂଶୁଙ୍କ ପାଖେ ମଧ୍ୟ କୌଣସି ଆପତ୍ତି କରନ୍ତି ନାହିଁ। ଏଥିରେ ହିମାଂଶୁ ଖୁସି ଓ ସେ ମଧ୍ୟ ଖୁସି।

ବର୍ଷେ ସରିଗଲା। ନୂଆ ବର୍ଷର ସ୍ୱାଗତ ହେଲା। ଦିଲ୍ଲୀ ସହରରେ ମହାଆଡମ୍ବରରେ। ରେଲ୍ କ୍ଲବ୍‌ରେ ପୁରୁଣା ବର୍ଷକୁ ବିଦାୟ ଦେଇ ନୂତନ ବର୍ଷକୁ ଅଭିନନ୍ଦନ ହେଲା। ସେ ସ୍ୱାମୀଙ୍କ ସହିତ କ୍ଲବ ଯାଇଥିଲେ। ହିମାଂଶୁ ସାଧାରଣତଃ ଡ୍ରିଙ୍କ୍ କରନ୍ତି ନାହିଁ, କିନ୍ତୁ ସେଦିନ ଏତେ ଖୁସି ଥିଲେ ଯେ ଗୋଟେ ଦୁଇଟା ପେଗ୍ ନେଇଗଲେ। ସ୍ତ୍ରୀଙ୍କୁ ତ ପାଖରେ ଧରି ଗୀତ ବୋଲିବା ଆରମ୍ଭ କରିଦେଲେ-

"ତୁମ୍‌କୋ ଦେଖା ତୋ ତାଜ୍‌ମହଲ ୟାଦ ଆଗୟି
ସରବତୀ ଝିଲ୍‌ମେ ଖେଲତା ସା କମଲ...।"

ସମର୍ପିତା ଲାଜରେ ପୋଡ଼ିଗଲେ, କିନ୍ତୁ ରାତିଟା ତାଙ୍କୁ ନୂଆ ଲାଗିଥିଲା। ସାରା ଜୀବନର ଏମିତି ନୂଆ ବର୍ଷ ସେ କେବେ ଦେଖିନଥିଲେ। ଚାରି ତାରିଖରେ ନେହା ବେନ୍‌ଜିଂ ଚାଲିଗଲାତ। ହିମାଂଶୁ ନେହାକୁ ନେଇ ଟିକିଏ ବ୍ୟସ୍ତ ରହିଲେ ପ୍ରଥମ ଦୁଇ ତିନି ଦିନ। ବାପ ଝିଅ ଏକାଠି ମାର୍କେଟିଂ କଲେ। ପ୍ୟାକିଙ୍ଗ୍ କଲେ। ସମର୍ପିତା କୌଣସିଥିରେ ଅଂଶ ଗ୍ରହଣ କଲେ ନାହିଁ।

ନେହା ଚାଲିଯିବା ପରେ ସମର୍ପିତାଙ୍କୁ ଘରଟା ବଡ଼ ଶାନ୍ତ ମନେହେଲା। ଏହି ସପ୍ତାହଟି ସେ ଖୁବ୍ ଖୁସିରେ କଟାଇଲେ ଠିକ୍ ଯେମିତି ପ୍ରଥମେ ଦିଲ୍ଲୀ ଆସିଲାବେଲେ ସ୍ୱାମୀ-ସ୍ତ୍ରୀ ଦୁହେଁ ଏକାଠି ବୁଲିଗଲେ, ବାହାରେ ଡିନର୍ ଖାଇଲେ। ସିନେମା ଦେଖିଲେ। ହିମାଂଶୁଙ୍କର ଯେତେ କାମ ଥିଲେ ବି ସେ ସମର୍ପିତାଙ୍କୁ ସମୟ ଦିଅନ୍ତି।

ସମର୍ପିତା ପ୍ରାୟେ ସକାଳୁ ଉଠିପଡ଼ନ୍ତି। କିନ୍ତୁ ଗତ କିଛିଦିନ ହେଲା। ସକାଳୁ ତାଙ୍କ ଦେହଟା ଭଲ ଲାଗୁନି। ଭାବିଲେ ପ୍ରଚଣ୍ଡ ଶୀତ ପାଇଁ ବୋଧେ ଏପରି ଲାଗିଛି। ଖଟରୁ ଉଠି ପଡ଼ିଲା ବେଳେ ତାଙ୍କ ମୁଣ୍ଡଟା ବୁଲେଇ ଗଲା, ଲାଗିଲା ପୁରା ଘର, ଛାତ ସବୁକିଛି ବୁଲୁଛି। ଜଳଖିଆ ଖାଇବା ବେଳେ କିଛି ଖାଇବାକୁ ମନ ହେଲା ନାହିଁ।

ହିମାଂଶୁ ଅଫିସ ଚାଲିଯିବା ପରେ ସମର୍ପିତା ଖରାପଠିଆ ହୋଇ ବାରଣ୍ଡାରେ ବସି ଭାବିବାକୁ ଲାଗିଲେ ତାଙ୍କ ଦେହ ଖରାପର କାରଣ। ଭାବୁ ଭାବୁ ତାଙ୍କ ମନେ ପଡ଼ିଲା ଦେଢ଼ମାସରୁ ବେଶୀ ହେଲାଣି ତାଙ୍କର ମାସିକ ହୋଇନି। ତେବେ ସତରେ କ'ଣ ସେ ମାଆ ହେବାକୁ ଯାଉଛନ୍ତି। ଡା. ପାଣ୍ଡେଙ୍କ ଔଷଧ କାମ ଦେଇଛି ? ସମର୍ପିତାଙ୍କ

ମନ କୁଆଡ଼େ ଉଡ଼ିଗଲା– ଯଦି ପିଲାଟିଏ ହୁଏ ସେ ଝିଅ ହେଉ ବା ପୁଅ ହେଉ) ସେ ତାଙ୍କର ସମସ୍ତ ସ୍ନେହ ଆଦରର ଅଧିକାରୀ ହେବ। ନିଜ ମନ ମୁତାବକ ସେ ତାଙ୍କ ପିଲାକୁ ବଢ଼େଇବେ। ନେହା ପରି ନୁହେଁ, କଦାପି ନୁହେଁ। ସମର୍ପିତା କେଉଁ ସ୍ୱପ୍ନ ରାଜ୍ୟରେ ବୁଲିବାକୁ ଲାଗିଲେ– ଖଣ୍ଡ ଖଣ୍ଡ ମେଘ ଭିତରେ ଛୋଟ ପିଲାଟିଏ କୋଳରେ ଧରି ସେ ଆଖି ବୁଜି 'ଝୁଲରେ ହାତୀ ଝୁଲ' ଗୀତ ଗାଇବାର ସ୍ୱପ୍ନ ଦେଖିଲେ।

ପ୍ରଥମେ ସମର୍ପିତା ଭାବିଲେ ହିମାଂଶୁଙ୍କୁ ଫୋନ୍ କରି ଏ ଖବରଟା ଜଣେଇବେ। ଫୋନ୍ ପାଖକୁ ଯିବା ପରେ ତାଙ୍କୁ ଲାଗିଲା ହିମାଂଶୁଙ୍କ କୋଳରେ ମୁଣ୍ଡ ରଖି ରାତିରେ ସେ ଖବରଟା ଦେବେ। ତା'ପରେ ସ୍ୱାମୀ–ସ୍ତ୍ରୀ ଦୁହେଁ ମିଶି ଡା. ପାଣ୍ଡେଙ୍କ ପାଖକୁ ଯିବେ। ଯଦିଓ ହିମାଂଶୁ ମୁହଁ ଖୋଲି ବାପା ହେବାର ଇଚ୍ଛା କେବେ ପ୍ରକାଶ କରିନାହାନ୍ତି ତଥାପି କେଉଁ ପୁରୁଷ ଚାହେଁନି ନିଜର ପୁରୁଷତ୍ୱର ପ୍ରମାଣ। ହିମାଂଶୁ ନେହାକୁ ଯେତେ ଭଲ ପାଇଲେ ମଧ୍ୟ ସେ ତାଙ୍କ ରକ୍ତର ନୁହେଁ। ଏ ଖବର ଶୁଣିଲେ ସେ ନିଶ୍ଚୟ ଖୁସିରେ ଅଧୀର ହୋଇ ପଡ଼ିବେ। ତାଙ୍କୁ ବହୁତ ଆଦର କରିବେ।

କିନ୍ତୁ ନେହା ? ସେ ଭାରି ଦୁଃଖ ହେବ। ତେବେ ଏତେ ଶୀଘ୍ର ଏ ବିଷୟରେ ନେହାକୁ କହିବାର କିଛି ଆବଶ୍ୟକତା ନାହିଁ।

ଦିନସାରା ସମର୍ପିତା ଖଟରେ ପଡ଼ି ପଡ଼ି ଭବିଷ୍ୟତର ସୁନ୍ଦର ସ୍ୱପ୍ନରେ ବିଭୋର ହେଲେ। ହିମାଂଶୁ, ସେ ଓ ତାଙ୍କ କୁନି ଛୁଆଟି– ତାଙ୍କର ସମ୍ପୂର୍ଣ୍ଣ ସଂସାର। କ୍ୟାସେଟ୍ ଲଗେଇ ନିଜ ମନ ପସନ୍ଦର ଅନେକ ହିନ୍ଦୀ ଗୀତ ଶୁଣିଲେ।

କମଳା ଆସି ଖାଇବାକୁ ଡାକିଲା, "ଖାନା ଲଗା ଦି। ଆପ୍ ଖା' ଲିଜିୟେ...।"

ସମର୍ପିତା ଟେବୁଲ୍ ପାଖକୁ ଆସିଲେ, ମାତ୍ର ଖାଇବା ପାଟିକୁ ନେବା ମାତ୍ରେ ତାଙ୍କୁ ଲାଗିଲା ପେଟରୁ ପାଣି ସୁଦ୍ଧା ବି ବାହାରି ଆସିବ। ବେସିନ୍ ପାଖକୁ ଯାଇ ବାନ୍ତି କଲେ।

କମଳା ଦୌଡ଼ି ଆସିଲା ରନ୍ଧାଘରୁ। ପିଠି ଆଉଁସି ଦେଲା, ମୁହଁ ଧୋଇଦେଲାତ ହସି ହସି ପଚାରିଲା, "ମେମ୍ ସାହେବ, କୁଛ୍ ଖୁସ୍ ଖବର ହୈ ? ଆପ୍ ଲେଟ୍ ଯାଇୟେ ମେଁ ଥୋଡ଼ା କୁସ୍ ବନାକର ଲାତି ହୁଁ...।"

ସମର୍ପିତା ଜୁସ୍ ପିଇ ଶୋଇବାକୁ ଚେଷ୍ଟା କଲେ। ଶୋଉ ଶୋଉ ଶୋଇ ପଡ଼ିଛନ୍ତି ସନ୍ଧ୍ୟା ଯାଏଁ। ମିଷ୍ଟର ମିତ୍ର ଅଫିସରୁ ଫେରି ଦେଖିଲେ ସମର୍ପିତା ଶୋଇଛନ୍ତି। ରୁମରେ ଲାଇଟ୍ ଲଗେଇ ତାଙ୍କୁ ହଲେଇ ଦେଇ ପଚାରିଲେ, "ସିମି ଏମିତି ଅବେଳରେ ଶୋଇଛ ଯେ ?"

“ଦେହ ଟିକିଏ ଭଲ ଲାଗୁନଥିଲା।” ଆଉ ବିଶେଷ କିଛି କହିବାକୁ ଇଚ୍ଛା ହେଲାନି ତାଙ୍କର। ରାତିରେ ହିଁ କହିବେ ଶୁଭ ଖବରଟା। ଏବେଠାରୁ କହିଦେଲେ ଓଜନ କମି ଯାଇପାରେ ଆନନ୍ଦର।

“କିଛି ଗୋଟାଏ ଔଷଧ ଖାଇ ନେଲନି। ଡାକ୍ତର ସାକ୍‌ସେନାଙ୍କୁ ଫୋନ୍‌ କଲନି? ଦେହ କ’ଣ ହଉଛି କହ ମୁଁ ଏବେ ତାଙ୍କୁ ଫୋନ୍‌ କରି ପଚାରିବି।” ବ୍ୟସ୍ତ ହୋଇ କହିଲେ ମିଷ୍ଟର ମିତ୍ର।

“ଆରେ ସେମିତି କିଛି ନୁହେଁ। ଡାକ୍ତରଙ୍କୁ ଫୋନ୍‌ କରିବାର କିଛି ପ୍ରୟୋଜନ ନାହିଁ। ଦରକାର ହେଲେ କହିବି।” ଉତ୍ତର ଦେଲେ ସମର୍ପିତା।

ମନେ ମନେ ହସିଲେ। ଡାକ୍ତର ସାକେସେନା କ’ଣ କରିବେ ମୋର। ସେ ତ ମେଡ଼ିସିନ୍‌ ସ୍ପେଶାଲିଷ୍ଟ। ମତେ ତ ଡା. ପାଣ୍ଡେଙ୍କ ପାଖକୁ ଯିବାକୁ ହେବ।

ହସି ହସି ରାତ୍ରୀ ପ୍ରବେଶ କଲା ପୃଥିବୀରେ। ଥଣ୍ଡା ଲାଗୁଥିଲେ ମଧ୍ୟ ସମର୍ପିତା ତାଙ୍କ ଶୋଇବା ଘରର ଝରକାଟିଏ ଖୋଲି ଦେଇ ବାହାରକୁ ଚାହିଁଲେ। ଆକାଶରେ ଦ୍ୱିତୀୟା ଚାନ୍ଦ ସତେ ଯେମିତି ତାଙ୍କ ମନୋକାମନା ପୂର୍ଣ୍ଣ କରିବାକୁ ଅପେକ୍ଷା କରିଛି। ସମର୍ପିତା ଦୁଆ ମାଗିଲେ ଚାନ୍ଦକୁ– “ତୁମ ପରି ପିଲାଟିଏ ହେଉ ମୋର।”

ଝରକା ବନ୍ଦ କରି ଖଟ ଉପରକୁ ଆସିଲେ ସେ। ହିମାଂଶୁ ସେତେବେଳକୁ ରେଜେଇ ଘୋଡ଼େଇ ହୋଇ ପେପର ଖଣ୍ଡେ ଓଲଟାଇ ଥାଆନ୍ତି। ସକାଳେ ସବୁ ପେପର ପଢ଼ିବାକୁ ସମୟ ହୁଏନି। ତେଣୁ ଅନେକ ଦିନ ସନ୍ଧ୍ୟାରେ ସେ ପେପର ପଢ଼ନ୍ତି।

ସମର୍ପିତା ହିମାଂଶୁଙ୍କୁ ମନ ପୂରେଇ ଦେଖିଲେ, ବୁଝିପାରୁ ନଥାଆନ୍ତି କଥାଟା କେମିତି ଆରମ୍ଭ କରିବେ। ଟିକିଏ ସଂକୋଚ, କିଛି ବ୍ୟାକୁଳତା ଓ ଅନେକ ବେଶୀ ଆନନ୍ଦରେ ଭିଜିଭିଜି ସମର୍ପିତା ଧୀରେ ଧୀରେ କହିଲେ, “ଦେହଟା ସକାଳୁ ଭଲ ଲାଗୁନି। ଖାଇଲାବେଳେ ବାନ୍ତି ହେଲା, ମୁଣ୍ଡ ବୁଲାଉଛି... ମୁଁ ଭାବୁଛି କାଲି ଟିକିଏ ଡା. ପାଣ୍ଡେଙ୍କ ପାଖକୁ ଗଲେ ହୁଅନ୍ତା...।”

ଖବରକାଗଜ ଉପରୁ ମୁହଁ ନ ଉଠେଇ ହିମାଂଶୁ କହିଲେ, “ସେ ଡା.ପାଣ୍ଡେ କିଏ? କାହିଁକି ଡା. ସାକ୍‌ସେନାଙ୍କ ପାଖକୁ ଯାଉନ। ତାଙ୍କ ସହିତ ମୋର ସମ୍ପର୍କ ଖୁବ୍‌ ଭଲ। ହି ଉଇଲ୍‌ ଟେକ୍‌ ପ୍ରପର କେୟାର ଅଫ୍‌ ୟୁ...।”

“ପୁରୁଷମାନଙ୍କର କ’ଣ ବୁଝିବା ଶକ୍ତି ଏତେ କମ? ମୁଁ କହୁଛି ମୋର ବାନ୍ତି ହେଉଛି ଅଥଚ ହିମାଂଶୁ କିଛି ବୁଝିପାରୁନାହାନ୍ତି? ହଁ, ବୁଝିବେ ବା କେମିତି? ସରିତା ତ କେବେ ଏସବୁ ଦେଇ ଯାଇ ନଥିଲା...।” ଏମିତି ଭାବି ସମର୍ପିତା କହିବାକୁ

ଚେଷ୍ଟା କଲେ, "ହିମାଂଶୁ ଡା. ସାକ୍‌ସେନା ସ୍ତ୍ରୀରୋଗ ବା ପ୍ରସୂତି ବିଶେଷଜ୍ଞ ନୁହନ୍ତି। ସେ କ'ଣ କରିବେ... କଥା ହେଲା ତୁମେ ବାପା ହେବାକୁ ଯାଉଛ...।"

ହଠାତ୍ ଯେମିତି ହିମାଂଶୁଙ୍କ ଉପରେ କିଏ ଗୋଟାଏ ବୋମା ପକେଇ ଦେଲା। ଖବର କାଗଜଟା ଫିଙ୍ଗି ଦେଇ ଧଡ଼କିନା ଖଟରୁ ଉଠି ପଡ଼ିଲେ ସେ।

"ତୁମେ କ'ଣ କହୁଛ ସିମି ? ହ୍ୱାଟ୍ ଡୁ ୟୁ ମିନ୍ ?"

"ଆଇ ମିନ୍ ହ୍ୱାଟ୍ ଆଇ ସେଡ୍। ପ୍ରାୟେ ଦୁଇମାସ ହେଲା ମୋର ମାସିକ ହୋଇନି। ସେଥିରେ ଦେହ ଭଲ ଲାଗୁନି ସକାଳୁ। ବାନ୍ତି ହେଉଛି ଓ କିଛି ଖାଇବାକୁ ଇଚ୍ଛା ହେଉନି। ହିମାଂଶୁ ଭାବି ଦେଖ ଜଣେ ବିବାହିତା ନାରୀର ଏସବୁ ଲକ୍ଷଣ ଦେଖା ଦେଲେ ଏହାର ଅର୍ଥ କ'ଣ ହୋଇପାରେ।" ମୃଦୁ ହସି ଉତ୍ତର ଦେଲେ ସମର୍ପିତା।

"ନୋ, ନୋ, ଇଟ୍ କାଣ୍ଟ ବି। ତୁମେ କ'ଣ ବୁଝିପାରୁନ ସିମି ଏ ବୟସରେ ମୋର ପିଲାଟିଏ ହେଲେ କେତେ ପ୍ରୋବ୍ଲେମ୍। ମୁଁ ଆଉ ଚାରିଟା ବର୍ଷରେ ରିଟାୟାର୍ଡ କରିବି, ପିଲାକୁ ମଣିଷ କରିବି କେତେବେଲେ ? ପୁଣି ନେହା ଯଥେଷ୍ଟ ବଡ଼ ହେଲାଣି ସେ କ'ଣ ଭାବିବ।" ସମର୍ପିତା ହିମାଂଶୁଙ୍କର ଏପରି ପ୍ରତିକ୍ରିୟା ଆଶା କରି ନଥିଲେ। ତାଙ୍କୁ ବହୁତ ବାଧିଲା। ସେ କଠୋର ସ୍ୱରରେ କହିଲେ, "ବାହାହେଲା ବେଲେ କ'ଣ ଜାଣି ନଥିଲ ଏହା ସ୍ୱାଭାବିକ ବୋଲି। କିୟ ମୋ ସହିତ ସେପରି ସର୍ତ ମଧ କରିନଥିଲ। ତା'ଛଡ଼ା ତୁମେ ରିଟାୟାର୍ଡ କଲେ ବି ମୋର ଆଉ ଦଶବାର ବର୍ଷ ଚାକିରି ଅଛି। ଆମ ଦୁହିଁଙ୍କର ପର୍ଯ୍ୟାପ୍ତ ଆର୍ଥିକ କ୍ଷମତା ଅଛି ଦୁଇଟି ସନ୍ତାନକୁ ମଣିଷ କରିବା ପାଇଁ। ନେହା ପାଇଁ ଚିନ୍ତା କରନି। ସେ ଆଉ ଛୋଟ ପିଲା ନୁହେଁ। ସେ ଠିକ୍ ବୁଝିବ।"

ହିମାଂଶୁ ଅହସିଷ୍ଣୁ ହୋଇ ପଡ଼ୁଥାଆନ୍ତି। "ଓହ, ମୋ ପରି ବୋକା ଆଉ କେହି ନାହିଁ। ମୁଁ କାହିଁକି ଟିକିଏ ସାବଧାନ ହେଲିନି ପୂର୍ବରୁ। ଛି, କି ଲଜ୍ୟାର ବିଷୟ। ଗ୍ରାଣ୍ଡଫାଦର ହେବାର ବୟସରେ ମୁଁ କେଉଁ ମୁହଁରେ ଫାଦର ହେବି ? ଦେଖୁଛ ପରା ମିସେସ୍ ଚୋପରାଙ୍କର ବଡ଼ ଝିଅର ପୁଅ ହୋଇ ସାରିଲାଣି। ପ୍ରକୃତପକ୍ଷେ ମୋର ଅନେକ ବନ୍ଧୁ ଗ୍ରାଣ୍ଡଫାଦର ହୋଇ ସାରିଲେଣି...।"

"ତା' ମାନେ ନୁହେଁ ସେମାନେ ତୁମର ମାପକାଠି। ତେବେ ତ ତୁମର ବିବାହ କରିବା ଆଦୌ ଉଚିତ୍ ନଥିଲା। ତୁମ ବନ୍ଧୁମାନେ ସମସ୍ତେ ଶୀଘ୍ର ବାହା ହୋଇଥିଲେ ଏବଂ ସମସ୍ତଙ୍କର ଶୀଘ୍ର ପିଲାଛୁଆ ହୋଇଥିଲା। ସରିତା ଓ ତୁମର ମଧ ବିବାହର ଦୁଇତିନିବର୍ଷ ମଧରେ ସନ୍ତାନ ହୋଇଥିଲେ ତୁମେ ମଧ ନାତି ନାତୁଣୀଙ୍କ ମୁହଁ ଦେଖି ସାରନ୍ତଣି। ତା' ପରେ ନେହାକୁ ତୁମେମାନେ ଯଥେଷ୍ଟ ଡେରିରେ ଘରକୁ

ଆଣିଛ । ଯଦି ଗ୍ରାଣ୍ଡଫାଦର ହେବାକୁ ବଡ଼ ଆତୁର ତେବେ ନେହାକୁ କୋଡ଼ିଏ ଏକୋଇଶ ବର୍ଷରେ ବାହା କରିଦେଲେ ତୁମେ ବି ଛଅ, ସାତବର୍ଷ ଭିତରେ ନାତି ନାତୁଣୀ ଦେଖିପାରିବ । ସେ ସବୁ କଥା ପରେ । ବର୍ତ୍ତମାନ ଯିଏ ଆସୁଛି ତାକୁ ସ୍ଵାଗତ କର ।"

"ଇମ୍ପସିବୁଲ୍ । ଏହା କଦାପି ହୋଇପାରିବ ନାହିଁ । ପ୍ରାକ୍ଟିକାଲ ହୁଅ ସିମି । ଏ ବୟସରେ ଏତେ ଭାବପ୍ରବଣତା ଶୋଭା ପାଏନି । ତୁମେ କେଉଁ ଗାଇନାକୋଲିଜିଷ୍ଟଙ୍କ କଥା କହୁଥିଲ ତାଙ୍କ ପରାମର୍ଶ ନେଇ ଏ ଗର୍ଭନଷ୍ଟ କରିଦିଅ । ଆବୋରସନ୍ ଇଜ୍ ଦ ଅନ୍ଲି ସଲ୍ୟୁସନ । ଏତିକି କହି ହିମାଂଶୁ ଗୋଟାଏ ଦୀର୍ଘ ନିଃଶ୍ଵାସ ପକେଇଲେ ।

ସମର୍ପିତା ଖୁବ୍ ଦୃଢ଼ ସ୍ଵରରେ ଜବାବ ଦେଲେ, "ଇମ୍ପସିବୁଲ୍ । ମୋ ପାଇଁ ଏହା ଆଦୌ ଗ୍ରହଣୀୟ ନୁହେଁ । ମୁଁ ଗର୍ଭନଷ୍ଟ କରିବି ନାହିଁ । ଜୀବନରେ ଏତେ ଦିନରେ ମାଆ ହେବାର ସୁଯୋଗ ଆସିଛି ମୁଁ କାହିଁକି ତାକୁ ଆନନ୍ଦରେ ଗ୍ରହଣ କରିବି ନାହିଁ ? ତା'ଛଡ଼ା ମୋ ବିଚାରରେ ଭଗବାନଙ୍କ ଇଚ୍ଛା ବିରୋଧରେ ଯିବା ମୋର ପାପ ।"

"ତୁମେ କେଉଁ ଯୁଗରେ ଅଛ ସିମି ? ଏତେ ପାଠଶାଠ ପଢ଼ି ବି ତୁମ ବିଚାର ବହୁତ ପୁରୁଣାକାଳିଆ । ତୁମେ ଜାଣ ପ୍ରତିଦିନ ହଜାର ହଜାର ଗର୍ଭପାତ ହେଉଛି, ସରକାରୀ ଡାକ୍ତରଖାନାରେ ପ୍ରାଇଭେଟ୍ ନର୍ସିଂହୋମ୍‌ରେ । କାଇଁ କିଏ ତ ଭାବୁନାହାନ୍ତି ଏଇଟା ପାପ ବୋଲି ? ସରକାର ଏହାକୁ ଆଇନ ସମ୍ମତ କରିଦେଇଛନ୍ତି । ତୁମର ଚିନ୍ତା କରିବାର କିଛି ନାହିଁ । ମୁଁ ଭଲ ଡାକ୍ତରଙ୍କ ବନ୍ଦୋବସ୍ତ କରିଦେବି । ଇଟ୍ ଇଜ୍ ଏ ଭେରି ସିମ୍ପୁଲ୍ ଥିଙ୍ଗ...।"

"ନା ତୁମର କିଛି ବ୍ୟବସ୍ଥା କରିବାର ଆବଶ୍ୟକତା ନାହିଁ । ମୋର ଦକ୍ଷତା ଅଛି ମୋ ନିଜକୁ ଦେଖିବା ପାଇଁ । ତୁମେ ଯଦି ପିତା ହେବାକୁ ନ ଚାହୁଁଥାଅ ଓ ନେହାକୁ ଏକମାତ୍ର ସନ୍ତାନ ଭାବି ସାରା ଜୀବନ କଟେଇବାକୁ ଚାହଁ ତେବେ କଟେଇ ପାର । କିନ୍ତୁ ଭୁଲି ଯାଇନି ନେହା ତୁମ ରକ୍ତର ନୁହେଁ । କେବଳ ମୋ ଛୁଆ ହିଁ ତୁମର ପ୍ରକୃତ ସନ୍ତାନ ।"

"ୟୁ ଆର ଏ ରିୟଲି ମ୍ୟାଡ଼ ଓମ୍ୟାନ୍ । ତୁମ ବୟସରେ କିଏ ଛୁଆ ଜନ୍ମ କରେ ? ଛୁଆଟାର ଯଦି କିଛି ଶାରୀରିକ ବା ମାନସିକ ଅଭିବୃଦ୍ଧି ନ ହୁଏ ସେତେବେଳେ ନିଜକୁ କ୍ଷମା କରିପାରିବ ତ ସିମି । ମୋ କଥା ମାନ– ଗେଟ ୟୋର ସେଲ୍ଫ ଓ୍ବସ୍ତ।"

"ଅନେକ ଅଳ୍ପ ବୟସ୍କା ମାଆଙ୍କର ବି ବେଳେବେଳେ ବିକଳାଙ୍ଗ ଛୁଆ ଜନ୍ମ ହୁଏ । ସବୁ ଭଗବାନଙ୍କ ହାତରେ । ସେ ଯାହାହେଉ ନା କାହିଁକି ସେ ମୋର ସନ୍ତାନ ହେବ । ମୁଁ ତାକୁ ମୋର ସମସ୍ତ ସ୍ନେହ ମମତା ଦେଇ ବଢ଼େଇବି ।" ସମର୍ପିତାଙ୍କ

ସ୍ୱରରେ ନିଜ ଉପରେ ବିଶ୍ୱାସ ସ୍ପଷ୍ଟ ବାରି ହୋଇ ପଡ଼ୁଥାଏ ।

ଏମିତି ଯୁକ୍ତି ତର୍କରେ ରାତି ଆସି ଦୁଇଟା ବାଜିଗଲା । ମିଷ୍ଟର ମିତ୍ରଙ୍କୁ ପରଦିନ ସକାଳ ଫ୍ଲାଇଟ୍‌ରେ ବମ୍ବେ ଯିବାକୁ ଥାଏ । ସ୍ୱାମୀ ଯେତେ ବୁଦ୍ଧିମାନ, ବଳବାନ ଓ ଧନବାନ୍ ହେଉ, ସ୍ତ୍ରୀ ଯଦି କିଛି କରିବାକୁ ଚାହେଁ ତେବେ ତାକୁ ବାଧ୍ୟ ହୋଇ ହାର ମାନିବାକୁ ହୁଏ । ହିମାଂଶୁ ବୁଝିନେଲେ ସମର୍ପିତାଙ୍କ ସହିତ ବର୍ତ୍ତମାନ ଏ ବିଷୟରେ ଯୁକ୍ତିତର୍କ କରି କିଛି ଲାଭ ନାହିଁ । ସେ ବମ୍ବେରୁ ଫେରିଲେ ତାଙ୍କୁ ନେଇ ଡାକ୍ତରଙ୍କ ପାଖକୁ ଯିବେ ଓ ଡାକ୍ତରଙ୍କୁ କହିବେ ସମର୍ପିତାଙ୍କୁ ବୁଝାଇବେ ଏ ବୟସରେ ଗର୍ଭଧାରଣ କରିବାଟା କେଡ଼େ ରିସ୍କ । ସେ ତ ଦୁଇଦିନ ପରେ ବମ୍ବେରୁ ଫେରି ଆସିବେ । ସେତେବେଳକୁ ସମର୍ପିତା ମଧ୍ୟ ଟିକିଏ ଶାନ୍ତ ପଡ଼ି ଯାଇଥିବେ ।

ପରଦିନ ସକାଳୁ ମିଷ୍ଟର ମିତ୍ର ବମ୍ବେ ଚାଲିଗଲେ । ନେହା ଫେରିବାକୁ ଆଉ ତିନିଟା ଦିନ ରହିଲା । ଡ୍ରାଇଭରକୁ ଡାକି ସମର୍ପିତା ଡା. ପାଣ୍ଡେଙ୍କ ପାଖକୁ ଯିବାକୁ ସ୍ଥିର କଲେ । ଗତ ରାତିର ଯୁକ୍ତିତର୍କରୁ ମନଟା ଭାରାକ୍ରାନ୍ତ ଲାଗୁଥାଏ । ହିମାଂଶୁଙ୍କ ଉପରେ ଅଭିମାନ ହେଉଥାଏ । ଏତେ ବଡ଼ ଖୁସି ଖବରଟା ପାଇ ଖୁସି ହେବେ କ'ଣ ଓଲଟି କହୁଛନ୍ତି ଗର୍ଭ ନଷ୍ଟ କରିଦେବା ପାଇଁ । ହିମାଂଶୁ ଏମିତି କହିବେ ଏହା ତାଙ୍କ କଳ୍ପନା ବାହାରେ ଥିଲା । ଏଥିପାଇଁ ସେ ମନେ ମନେ ହିଁ ନେହାକୁ ଦାୟୀ କଲେ । ନେହା ପ୍ରତି ହିମାଂଶୁଙ୍କର ଅତିରିକ୍ତ ସ୍ନେହ ଏହାର କାରଣ । ନେହା ଡରରେ ସେ ପିତା ହେବାକୁ ଚାହାନ୍ତି ନାହିଁ ।

କମଳା– ଜୁସ୍ ଓ ଅଳ୍ପ ଜଲଖିଆ ଆଣି ତାଙ୍କୁ ଖାଇବାକୁ ବାଧ୍ୟ କଲା । ସେ ମନା କରୁଥିଲେ, କିନ୍ତୁ କମଳା ବାଧ୍ୟ କଲାରୁ କିଛି ଖାଇଲେ ।

ଡା. ପାଣ୍ଡେଙ୍କ ପାଖକୁ ଯିବା ରାସ୍ତାରେ ଅନେକ କଥା ଆସିଛି ସମର୍ପିତାଙ୍କ ମନକୁ । ଡା. ପାଣ୍ଡେଙ୍କ ଉପରେ ତାଙ୍କ ଅଗାଧ ବିଶ୍ୱାସ ଜନ୍ମିଛି ମାତ୍ର ଗୋଟିଏ ଥର ସାକ୍ଷାତରୁ । ଖୁବ୍ ବୁଝିବା ମଣିଷ । ତା'ଛଡ଼ା ସବୁଠାରୁ ବଡ଼ କଥା ହେଲା ବୟସ୍କା ନାରୀମାନଙ୍କର ଗର୍ଭଧାରଣ ଓ ପ୍ରସୂତି ନେଇ ଅନ୍ତର୍ଜାତୀୟ ସ୍ତରରେ ସେ ଜଣେ ଖ୍ୟାତିସମ୍ପନ୍ନା ଡାକ୍ତର । ତାଙ୍କ ପରି ଜଣେ ପ୍ରବୀଣା ଡାକ୍ତରଙ୍କ ପାଖେ ନିଜକୁ ସମର୍ପି ଦେଲେ ଆଉ ଚିନ୍ତା କ'ଣ ? ସେ ନିଶ୍ଚୟ ସମସ୍ତ ଦାୟିତ୍ୱ ଗ୍ରହଣ କରିବେ । ତା'ପରେ ଆଉ ସବୁ ଭଗବାନଙ୍କ ହାତରେ ।

ପୁଣି ମନକୁ ଆସିଲା ହିମାଂଶୁଙ୍କ କଥା । ସେ ଯଦି ଦିଲ୍ଲୀରେ ରହନ୍ତି ତେବେ ହିମାଂଶୁ ତାଙ୍କୁ କେବେହେଲେ ଶାନ୍ତିରେ ବଂଚିବାକୁ ଦେବେନି, ଗର୍ଭପାତ କରିବାକୁ ବାଧ୍ୟ କରିବେ ନିଶ୍ଚୟ । ଡାକ୍ତରମାନଙ୍କ ସାହାଯ୍ୟ ପାଇବା ତାଙ୍କ ପାଇଁ କଷ୍ଟ ହେବନି ।

ସମର୍ପିତାଙ୍କୁ ହଠାତ୍ ଚାରିଆଡ଼ ଅନ୍ଧାର ଦେଖାଗଲା– ସେ କୌଣସି କାରଣରୁ ନିଜ ସନ୍ତାନକୁ ହରେଇପାରିବେ ନାହିଁ। ତାଙ୍କ ଅନାଗତ ସନ୍ତାନ ତାଙ୍କ ପାଇଁ ଅମୂଲ୍ୟ। ଗାଡ଼ି ଘରକୁ ଫେରାଇ ନେବାକୁ ଡ୍ରାଇଭରକୁ କହିଲେ। ହିମାଂଶୁ ବମ୍ବେରୁ ଫେରିବା ପୂର୍ବରୁ ତାଙ୍କୁ ଦିଲ୍ଲୀ ଛାଡ଼ି ଚାଲିଯିବାକୁ ହେବ। ସେଥିରେ ହିଁ ତାଙ୍କ ଭାବି ସନ୍ତାନର ମଙ୍ଗଳ।

ପରଦିନ ସକାଳୁ ନୀଳାଚଳ ଏକ୍ସପ୍ରେସରେ ସେ ବାହାରି ପଡ଼ିଲେ ଭୁବନେଶ୍ୱର। କମଳାକୁ କହିଲେ, "ମୋ ଭଉଣୀର ଦେହ ଖରାପ। ଫୋନ୍ ଆସିଥିଲା ରାତିରେ। ତେଣୁ ମୁଁ ଚାଲିଯାଉଛି ଭୁବନେଶ୍ୱର। ସାହେବ ଫେରିଲେ କହିଦେବୁ।" ଟିକେଟ୍ କିଣି ଗାଡ଼ିରେ ଚଢ଼ିଲେ। କିଛିବାଟ ଯିବା ପରେ ଟି.ଟି.କୁ ଅନୁରୋଧ କରି ଟୁ.ଟାୟାର ଏ.ସି.ରେ ବର୍ଥଟିଏ ପାଇଗଲେ। ଆଜିକାଲି 'ରାଜଧାନୀ' ଚାଲିବା ପରେ ନୀଳାଚଳରେ ଏତେ ଭିଡ଼ ହେଉନି। ନିଜ ବର୍ଥରେ ବସିପଡ଼ି ସମର୍ପିତା ଅନୁଭବ କଲେ ସେ ସ୍ୱାଧୀନ। ମୃତ୍ୟୁଜନ୍ତା ଭିତରୁ ଖସି ପଳେଇ ଆସିଛନ୍ତି। ହିମାଂଶୁ ଦିଲ୍ଲୀରେ ପହଞ୍ଚିଲା ବେଳକୁ ସେ ଭୁବନେଶ୍ୱରରେ ପହଞ୍ଚ ସାରିଥିବେ। ବର୍ତ୍ତମାନ ଆଉ କିଛି ଚିନ୍ତା କରିବାର ନାହିଁ। ସେ ଶାନ୍ତିରେ ନିଃଶ୍ୱାସ ମାରିଲେ।

ଟ୍ରେନରେ ସମର୍ପିତା ଅନ୍ନ ଖାଇଛନ୍ତି, ଅନ୍ନ ଶୋଇଛନ୍ତି କିନ୍ତୁ ଭାବିଛନ୍ତି ଅନେକ କଥା ତାଙ୍କ ଭବିଷ୍ୟତକୁ ନେଇ। ଏହା ପରେ ତାଙ୍କର କ'ଣ କରିବା ଉଚିତ୍, ଦିଲ୍ଲୀ ଫେରି ଆସିବେ ନା ଭୁବନେଶ୍ୱରରେ ରହିବେ? ପିଲାଟିକୁ କେଉଁଠି ବଢ଼େଇବେ– ବାପଠାରୁ ଉପଯୁକ୍ତ ସ୍ନେହ ପାଇ ପାରିବତ ତାଙ୍କ ଛୁଆ? ନେହା ତ ତାଙ୍କ ଉପସ୍ଥିତିକୁ ସହ୍ୟକରିପାରେନି, ତାଙ୍କ ଛୁଆକୁ କିପରି ଗ୍ରହଣ କରିବ।

ସମର୍ପିତାଙ୍କ ସାମନା ବର୍ଥରେ ୨୦/୨୧ ବର୍ଷର ଝିଅଟିଏ ବସିଥାଏ। କଥାବାର୍ତ୍ତାରୁ ଜାଣିଲେ ଝିଅଟି ଜେ.ଏନ୍.ୟୁ.ରେ ସୋସିଓଲୋଜିରେ ଏମ୍.ଏ. କରୁଛି। ରେଭେନ୍ସା କଲେଜରୁ ବି.ଏ.ପାସ୍ କରିଥିଲା। ବାପା ତାର କଟକରେ ଏକ ବିଜିନେସ୍ କରନ୍ତି। ଦୁଇଦିନ ତଳେ ହାଟ୍ଆଟାକ୍ ହୋଇ ଆସି.ସି.ୟୁରେ ପଡ଼ିଛନ୍ତି। ତେଣୁ ସେ ବ୍ୟସ୍ତ ହୋଇ ବାପାଙ୍କୁ ଦେଖିବାକୁ ଯାଉଛି। ସମର୍ପିତା ଭାବିଲେ ଏଇଟା ହିଁ ରକ୍ତ– ନିଜ ପିଲା ଓ ମାଗି ଆଣିବା ପିଲା ଭିତରେ ପାର୍ଥକ୍ୟ। ଝିଅଟିର ବାପା ପାଇଁ କେତେ ଚିନ୍ତା, କେତେ ଉଦ୍ବେଗ। ଆଉ ସେ ନେହାକୁ କେତେ ଭଲ ପାଇବା ପାଇଁ ଚେଷ୍ଟା କରି କି ଫଳ ହେଲା। ନେହା ତାଙ୍କୁ ଥରେ ବି 'ମାଆ' ବୋଲି ଡାକିଲା ନାହିଁ। ସୃଷ୍ଟିର ଚରମ ସତ୍ୟ ଏଇଟା ବୋଧେ।

ଝିଅଟି କଟକରେ ଓହ୍ଲେଇ ଗଲା। ଯିବାବେଳେ ସମର୍ପିତାଙ୍କୁ ନମସ୍କାର

କରି କହିଲା, "ମାଉସୀ, ଆଶୀର୍ବାଦ କରନ୍ତୁ ମୋ ବାପା ଭଲ ହୋଇ ଯାଇଥାଆନ୍ତୁ।" ସମର୍ପିତାଙ୍କ ଆଖିରେ ଲୁହ ଜକେଇ ଆସିଲା ଝିଅଟିର କଥା ଶୁଣି। ତା' ବାପା ଆରୋଗ୍ୟ ପାଇଁ ସେ ମନେ ମନେ ଭଗବାନଙ୍କୁ ଡାକିଲେ। ଏହାପରେ ଭୁବନେଶ୍ବର। ସମର୍ପିତା ସିଟ୍ ତଳୁ ତାଙ୍କ ସୁଟକେଶ ଓ ବ୍ୟାଗ୍ କାଢ଼ିଲେ। ବିବାହ ପରେ ହିମାଂଶୁଙ୍କ ସଙ୍ଗେ ଦିଲ୍ଲୀ ଗଲାବେଳେ ସେ ଏ.ସି. ଫାଷ୍ଟକ୍ଲାସରେ ଯାଇଥିଲେ। ତାଙ୍କ ଜିନିଷ ଉଠେଇବାକୁ ଦୁଇଟା ଲୋକ ଥିଲେ। ବାଟ୍ୟାକ ସେ ଭି.ଆଇ.ପି.ର ବ୍ୟବହାର ପାଇ ପାଇ ଯାଇଥିଲେ। ଆଉ ଆଜି... ହସିଲେ ସେ। ସ୍ତ୍ରୀ-ସ୍ବାମୀ ବିନା ସ୍ବାମୀର କୌଣସି ମର୍ଯ୍ୟାଦା ଭୋଗ କରିପାରେନି।

ଭୁବନେଶ୍ବରରେ ଓହ୍ଲାଇ ଗୋଟେ ଅଟୋ କରି ସମର୍ପିତା ଘରକୁ ଗଲେ। ଆସିଲାବେଳେ ଘର ଚାବି ଦେଇ ଆସିଥିଲେ ପଡ଼ିଶାଘରେ। ପୁରୁଣା ଚାକର ଅନନ୍ତ ଗାଁକୁ ଫେରିଲେ ତାଙ୍କଠାରୁ ଚାବି ନେବ। ମଝିରେ ଯଦି ଭାଇ ଭଉଣୀ କିଏ ଆସନ୍ତି ସେମାନଙ୍କର ମଧ ଚାବି ଦରକାର ହୋଇପାରେ। ଅନନ୍ତ ପନ୍ଦର ଦିନରେ ଗାଁରୁ ଫେରି ଆସିଥିଲା। ପିଲାଟି ଦିନରୁ ସହରରେ ରହି ରହି ଗାଁ ପାଣି ପବନ ତା' ଦେହରେ ଯାଏ ନାହିଁ। ବିଲ ବାଡ଼ି କାମ ସେ ପାରେନି। ସବୁ କଥା ତା' ସ୍ତ୍ରୀ ବୁଝେ। ଏଠି ସେ 'ଅପା'କୁ ଦୁଇଟା ରାନ୍ଧିଦେଇ ବାକି ସମୟରେ ଟି.ଭି. ଦେଖେ। ଲୋକଟା ବିଶ୍ବସ୍ତ– ଅପାଙ୍କୁ ସେ ଭାରି ଭଲ ପାଏ।

କଲିଂ ବେଲ୍ ଶୁଣି କବାଟ ଖୋଲି ଅନନ୍ତ, "ଅପା, ତୁମେ...?" କହି ଆଁ କରି ରହିଗଲା କିଛି ସମୟ।

"ହଁ, ମୁଁ– ଯା' ଅଟୋରୁ ମୋ ଜିନିଷ ନେଇ ଆ।" ଉତ୍ତର ଦେଲେ ସମର୍ପିତା।

ଜିନିଷ ଆଣୁ ଆଣୁ ଅନନ୍ତ କହି ଚାଲିଥାଏ– ଅପା, କିଛି ଖବର ନାହିଁ, ଅନ୍ତର ନାହିଁ ହଠାତ୍ ଏମିତି ଚାଲି ଆସିଲ ଯେ? ଜୋଇଁବାବୁ ଆସି ନାହାନ୍ତି?

"ନା, ସେ କେମିତି ଆସିବେ? ଏତେ ଛୁଟି କେଉଁଠୁ ମିଳିବ? ଘର କଥା ବହୁତ ମନେ ପଡ଼ିଲା ଚାଲି ଆସିଲି। ପୁଣି କଲେଜରେ ଜଏନ୍ କରିବାକୁ ହେବ... ଚାକିରି ଖଣ୍ଡକ ତ ଅଛି...।"

ହଁ... ବା'... ଆଉ ସେ ଚାକିରିରୁ କ'ଣ ମିଳିବ। ଜୋଇଁବାବୁ ଆମର ଏଡ଼େ ବଡ଼ ହାକିମ, ତୁମର ଟଙ୍କାକୁ ସେ କ'ଣ ଚାହିଁ ବସିଛନ୍ତି? ଘର କଥା ମନେପଡ଼ିଲା ସେଇଟା ବୁଝୁଛି। ବାପା ମା' ନଥିଲେ କ'ଣ ହେଲା, ଏଇ ମାଟି ତ ସେଇମାନଙ୍କଠାରୁ ବଳି...।" ଅନନ୍ତର କଥା ସରୁ ନଥାଏ।

"ଆରେ ମତେ କପେ ଚା' ଦେବୁ କି ନାହିଁ କହିଲୁ? ନା ଏମିତି ଗପ ଚାଲିଥିବୁ?" ସମର୍ପିତା ହସି ହସି କହିଲେ।

"ଅପା କି କଥା କହୁଛ? ସତରେ ମୁଁ ଚାଣ୍ଡାଳଟା ତୁମକୁ ଖୁଆପିଆ କଥା ନ ପଚାରି ଗପ କରି ବସିଲି। ଛି...।"

"ହଉ, ଯାଆ। ଶୀଘ୍ର ଚା' କରି ଆଣେ।"

ସେଦିନ ରାତିରେ ସମର୍ପିତା ଭଉଣୀମାନଙ୍କ ପାଖକୁ ଫୋନ୍ କଲେ। ସେମାନଙ୍କର ଭଲ ମନ୍ଦ ପଚାରିଲେ।

ଅନି କହିଲା, "ଅପା, ତୁ ଦିଲ୍ଲୀ ଚାଲିଯିବା ପରେ ମୁଁ ଆଉ ଜମା ଘରକୁ ଯାଇନି। କାହିଁକି ଯିବି କହିଲୁ? ବାପା ବୋଉ ତ ନାହାନ୍ତି। ତୁ ଥିଲୁ ବୋଲି ଲାଗୁଥିଲା ବାପଘର ଅଛି। ତତେ ଦେଖିଲେ ଲାଗେ ବାପା ବୋଉ ଦୁହିଁଙ୍କୁ ଦେଖିଲା ପରି। ତତେ ମୁଁ ବହୁତ ମନେ ପକାଏ ଅପା। ଭାବେ ସମସ୍ତଙ୍କ ପାଇଁ କେତେ ନ କରିଛୁ। ତୁ ଖୁସିରେ ଏତେ ଦିନ ପରେ ଘର କରି ରହିଛୁ ଭାବି ମନକୁ ବୁଝେଇ ଦିଏ– ଆମ ନୂଆ ଭିଣୋଇ କେମିତି ଅଛନ୍ତି? ସେ କେବେ ଆସିବେ? ତାଙ୍କଠାରୁ କେତେ ଦିନ ଛୁଟି ନେଇ ଆସିଛୁ?"

ସମର୍ପିତା ହସି ହସି କହିଲେ, "ଛୁଟି ନେଇ ଆସିବି କ'ଣ? ଛୁଟି ନେଇ ଯାଇଥିଲି। ମୁଁ ରିଜାଇନ୍ କରିଛି ନା କ'ଣ? ମତେ ତ ପୁଣି ଜଏନ୍ କରିବାକୁ ହେବ। ଏତେଦିନର ଚାକିରିଟା ଏମିତି କିଏ ଛାଡ଼ି ଦିଏ।"

"ଅପା, ଭିଣୋଇ ରାଜି ତୁ ଏ'ଠି ରହିବା ପାଇଁ? ତାଙ୍କର ଅସୁବିଧା ହେବ ନାହିଁ?" ଏତିକି କହି ହସି ପକେଇଲା ଅନି। ସମର୍ପିତାଠାରୁ ଅନି ମାତ୍ର ଦୁଇବର୍ଷ ଛୋଟ। ସେ ଅପାକୁ ସାଙ୍ଗ ପରି ଭାବେ। ମନ କଥା କହେ ଠାଟ୍ଟା କରେ।

"ତୋର ସବୁଦିନେ ବଦମାସୀ। ଧେତ୍ ତାଙ୍କର ଗୋଟାଏ ଅସୁବିଧା କ'ଣ? ଘରେ ଲୋକବାକ ଅଛନ୍ତି ତାଙ୍କ କଥା ବୁଝିବା ପାଇଁ। ତା' ଛଡ଼ା ସେ ତୋ ବର ପରି ନୁହନ୍ତି। ବିନା ସ୍ତ୍ରୀରେ ରହିବାର ଅଭ୍ୟାସ ଅଛି ତାଙ୍କର...।"

ସମର୍ପିତାଙ୍କ ଫୋନ୍ ପାଇ ନିବି ଭାରି ଖୁସି ହେଲା, କହିଲା, "ଅପା ତୁ ଆସିଲୁ ଭଲ ହେଲା। ଟୁଟୁନ୍‌ର ବୋର୍ଡ୍ ପରୀକ୍ଷା ଯାଏଁ ରହିଯା। ଜମା ପଢୁନି ସେ। ମତେ ବି ସମୟ ହେଉନି ତାକୁ ଦେଖିବାକୁ। ମୁଁ ତାକୁ ତୋ ପାଖକୁ ପଠେଇ ଦେଉଛି। ପରୀକ୍ଷା ଯାଏ ସେ ସେହିଠାରେ ରହି ପଢ଼ାପଢ଼ି କରୁ।"

କ'ଣ ବା କହିବେ ସମର୍ପିତା ନିବିକୁ? ହଁ କଲେ।

ଭାଇ ଦୁଇଜଣ କାହିଁ କେଦେ ଦୂରରେ। ଗୌରବ ଅହମଦାବାଦ୍‌ରେ,

ସୌରଭ ଆମେରିକାରେ। ଯେ ଯାହାର ପରିବାର ଓ ଚାକିରି ନେଇ ବ୍ୟସ୍ତ, ଅପା କଥା ଭାବିବାକୁ ସେମାନଙ୍କ ପାଖେ ସମୟ ନାହିଁ। ସେମାନେ ଭାବନ୍ତି ତାଙ୍କୁ ପାଠ ପଢ଼େଇ ମଣିଷ କରିବାଟା ଅପାର କର୍ତ୍ତବ୍ୟ ଥିଲା, କିନ୍ତୁ କେହି ଭାବେ ନାହିଁ ଥରେ ସେମାନଙ୍କର ଅପା ପାଇଁ କିଛି କର୍ତ୍ତବ୍ୟ ଅଛି ବୋଲି। ଯଦି କିଏ ଟିକିଏ ଭାବେ ତେବେ ନିବି। କେବେ ଲୁଗା ଖଣ୍ଡେ କିଣି ଆଣି ଦିଏ, କେବେ ଆସି ତାଙ୍କୁ ଦେଖ୍ୟାଏ।

ତଥାପି ଗୌରବ, ସୌରଭଙ୍କ କଥା ସମର୍ପିତା ଭୁଲିପାରନ୍ତିନି। ସେ ସେମାନଙ୍କୁ ନିଜ ପିଲାପରି ଭଲ ପାଆନ୍ତି। କଇଁଟିଏ ଗଢ଼ିଆରେ ଫୁଟିଲେ ଗଢ଼ିଆ ଗର୍ବରେ ଉଛୁଳି ପଡ଼ିଲା ପରି ଭାଇ ଦୁହିଁଙ୍କର ସଫଳତା କଥା ସେ ସମସ୍ତଙ୍କୁ କହି ଗର୍ବ କରନ୍ତି। କଇଁକୁ ସମସ୍ତେ ସୁନ୍ଦର କହନ୍ତି, ତା' ରୂପରେ ମୁଗ୍ଧ ହୁଅନ୍ତି, ଗଢ଼ିଆକୁ କିଏ ପଚାରେ? ଏଥିରେ ଗଢ଼ିଆ କ'ଣ ମନ ଦୁଃଖ କରେ?

କେବଳ ଅନନ୍ତ ଗୋଟାଏ ଲୋକ ଯିଏ ନିଃସ୍ୱାର୍ଥ ଭାବେ ଭଲ ପାଏ ଅପାକୁ। ଅପା କ'ଣ ଖାଇବେ, ଅପାଙ୍କ ଲୁଗା ଇସ୍ତ୍ରୀ ହେବ, ଅପା କଲେଜ ଯିବା ଆଗରୁ ତାଙ୍କ ଗାଡ଼ି ପୋଛା ହେବ ସବୁ ଚିନ୍ତା ଅନନ୍ତର। ସମର୍ପିତାଙ୍କ ବାହାଘରରେ ସେ ସବୁଠାରୁ ବେଶୀ ଖୁସି ହୋଇଥିଲା। ଆଉ ପାଗଳଟା ଲୁଚେଇ ଅନେକ କାନ୍ଦିଥିଲା ବି।

ପରଦିନ ସକାଳୁ ସମର୍ପିତା କଲେଜ ଗଲେ ନାହିଁ, ନିବି ପାଖକୁ କଟକ ଗଲେ। ପ୍ରଥମେ ତାଙ୍କୁ ନିଜ କଥା ଦେଖିବାକୁ ହେବ।

ନିବି ଏତେ ସକାଳୁ ଅପାକୁ ଦେଖି ଆଶ୍ଚର୍ଯ୍ୟ ହୋଇ କହିଲା, "ଅପା, ତୁ ଏତେ ସକାଳୁ ଯେ? ପୁଣି କିଛି ନକହି?"

ଟିକିଏ ସମୟ ଚୁପ୍ ରହି ସମର୍ପିତା ଉତ୍ତର ଦେଲେ, "ହଁ ଚାଲି ଆସିଲି। ଭାବିଲି ଏଇଟା ପ୍ରଥମ କାମ। ତୋ' ସହିତ ଟିକିଏ କଥା ଥିଲା। ଅରଜେଣ୍ଟ, କିନ୍ତୁ ଏକୁଟିଆରେ...।"

ନିବିର ସଦେହ ହେଲା, ନିଶ୍ଚୟ ଅପାର କିଛି ଗୋଟାଏ ବଡ଼ ଅସୁବିଧା ହୋଇଛି, ନହେଲେ ଅପା ତ ଖାଲିଟାରେ ଏତେ ସକାଳୁ କାହା ଘରକୁ ଆସିବା ଲୋକ ନୁହେଁ।

"ହଉ ଅପା, ମୁଁ ଟିକିଏ ପରେ ହସ୍ପିଟାଲ ଯିବି। ଆଗେ ଶୁଭାଶିଷ ଚାଲି ଯାଆନ୍ତୁ। ତା'ପରେ ତୋର କ'ଣ କହିବାର ଅଛି ନିଶ୍ଚିନ୍ତରେ କହିବୁ।"

ନିବି ସ୍ୱାମୀଙ୍କୁ ଜଳଖିଆ ବାଢ଼ି ଦେଇ କହିଲା, "ଶୁଣ ତୁମେ ଆଗେ ଚାଲିଯାଅ। ଅପା ଏତେଦିନ ପରେ ଆସିଛି, ମୁଁ ତା' ସହିତ ଟିକିଏ କଥାବାର୍ତ୍ତା ହୋଇ ଘଣ୍ଟେ ଖଣ୍ଡେ ପରେ ଯିବି...।"

ଶୁଭାଶିଷ ଚାଲିଗଲେ । ଟୁଟୁନ୍‌କୁ ପଢ଼ିବାକୁ ବସେଇ ଦେଲା ନିବି । ଝିଅ ଟିନା ସକାଳ ସାତଟା ବେଳୁ ସ୍କୁଲ ଚାଲିଯାଇଛି ।

ଅପା ପାଇଁ ଓ ନିଜ ପାଇଁ ଦୁଇ କପ୍‌ ଗରମ ଗରମ କଫି ଆଣି ଖଟ ଉପରେ ବସିପଡ଼ି ନିବେଦିତା କହିଲା, "ଏଥର କହ କ'ଣ କହିବୁ ।"

ସମର୍ପିତା ଚାହିଁଲେ ନିବେଦିତାକୁ । କେମିତି ଆରମ୍ଭ କରିବେ କଥାଟା ବୁଝିପାରୁ ନଥାଆନ୍ତି । ନିବି ଡାକ୍ତର ହେଲେ ବି ତାଙ୍କଠାରୁ ଛୋଟ । ପାଟି ଲେଉଟି ନଥାଏ କହିବାକୁ ସେ ମାଆ ହେବାକୁ ଯାଉଛନ୍ତି ବୋଲି । ନିବିର ପୁଅ ଟୁଟୁନ ସ୍କୁଲ ଫାଇନାଲ ଦେବାକୁ ଯାଉଛି, ଆଉ ଏ ବୟସରେ ସେ ଛୁଆ ଜନ୍ମ କରିବେ । ତାଙ୍କୁ ଭାରି ମାଡ଼ିପଡ଼ିଲା । ଠିକ୍‌ କହୁଥିଲେ ହିମାଂଶୁ... । ପର ମୁହୂର୍ତ୍ତରେ ତାଙ୍କ ଛାତି ଭିତରଟା ଥରି ଉଠିଲା- ନା'... ସେ କଦାପି ଗର୍ଭନଷ୍ଟ କରିବେ ନାହିଁ ।

ମନକୁ ବୁଝେଇଲେ ନିବି ଡାକ୍ତର, ନିବି ମାଆ । ସେ ନିଶ୍ଚୟ ତାଙ୍କୁ ସାହାଯ୍ୟ କରିବ, ସେ ନିଶ୍ଚୟ ତାଙ୍କୁ ବୁଝିବ ।

ବହୁ ଶକ୍ତି ସଂଚୟ କରି ସମର୍ପିତା ଡରି ଡରି ଆରମ୍ଭ କଲେ, "ଗତ କେତେଦିନ ହେଲା ମୋ ଦେହ ଭଲ ଲାଗୁନି । ଖୁବ୍‌ ଅଳସୁଆ ଲାଗୁ । ମୁଣ୍ଡ ଭାରି ଭାରି ଲାଗୁଛି । ଥରେ ଦୁଇଥର ବାନ୍ତି ବି ହୋଇଛି... ।" ଆଉ କିଛି କହିବା ପ୍ରୟୋଜନ ମନେ କଲେନି ସେ । ଭାବିଲେ ଡାକ୍ତର ଭଉଣୀ ସବୁ ବୁଝି ପାରିଥିବ ।

ନିବି କିଛି ପ୍ରତିକ୍ରିୟା ନ ଦେଖାଇ ପଚାରିଲା, "ତୋ ପିରିୟଡ଼ ଠିକ୍‌ ହେଉଛି ତ ?"

"ନାଇଁ ଗତ ଦୁଇମାସ ହେଲା ହୋଇନି ।" ଉତ୍ତର ଦେଲେ ସମର୍ପିତା ।

ଏଥର ନିବି ଟିକିଏ ଚିନ୍ତିତ ଦେଖାଗଲା । ତଥାପି ହାଲୁକା ହେବାକୁ ଚେଷ୍ଟା କରି କହିଲା, "ବ୍ୟସ୍ତ ହୁଅନା ଅପା । କାଲି ପ୍ରଥମ ସକାଳୁ ତୋ ୟୁରିନ୍‌ଟା ପରୀକ୍ଷା କରେଇ ଦେବା । ଆଛା ହିମାଂଶୁ ଭାଇ ତୋର ଦେହ ଖରାପ ମାନେ ଏସବୁ ବିଷୟରେ କିଛି ଜାଣନ୍ତି ?"

"ହଁ, ସେ ଛୁଆପିଲା ଚାହାନ୍ତି ନାହିଁ । ହି ଇଜ୍‌ ଡେଡ୍‌ ଏଗେନଷ୍ଟ ଇଟ୍‌ । ସେ ମତେ ଡାକ୍ତର ପାଖକୁ ଯାଇ ଆବୋରସନ୍‌ କରିଦେବା ପାଇଁ କହୁଥିଲେ । ସେ ବମ୍ବେ ଯାଇଥିଲେ । ମୋ ମନ ଭଲ ଲାଗିଲା ନାହିଁ, ମୁଁ ଓଡ଼ିଶା ଚାଲି ଆସିଲି ତାଙ୍କୁ ନ ଜଣେଇ ।"

"ତେବେ ତୁ ଚାହୁଁ ?" ନିବେଦିତା ସିଧା ଚାହିଁଲା ସମର୍ପିତାଙ୍କ ଆଖିକୁ । କିଛି ଉତ୍ତର ଦେଲେ ନି ସେ ।

ନିବି କଥାଟା ଭୁଲେଇ ଦେଇ ଘଣ୍ଟା ଦେଖିଲା, "ଅପା ମୋର ଡେରି ହୋଇଗଲାଣି । ତୁ ଘରେ ଥା, ମୁଁ ତୋ ଗାଡ଼ି ନେଇଯାଉଛି । ଚାରିଟା ବେଳକୁ ଫେରି ଆସିବି । ଟୁଟୁନର ପଢ଼ା ଟିକିଏ ଦେଖିଦେବୁ...।"

କାନ୍ଧରେ ବ୍ୟାଗ୍ ଖଣ୍ଡିକ ଝୁଲେଇ ବେକରେ ଟେଥେସ୍କୋପଟା ପକେଇ ନିବି ବାହାରି ଗଲା । ସମର୍ପିତା ଶୁଣିପାରିଲେ ଗାଡ଼ି ଷ୍ଟାର୍ଟ ହେବାର ଶବ୍ଦ ।

ସେ ଟୁଟୁନ ପଢ଼ାଘରକୁ ଗଲେ । ଟୁଟୁନ୍ ଟେବୁଲ୍ ପାଖେ ବସି ଅଙ୍କ କଷୁଥାଏ । ତା' ମୁଣ୍ଡ ଆଉଁସି ଦେଇ ପଚାରିଲେ, "କିରେ କେମିତି ପଢ଼ାପଢ଼ି ଚାଲିଛି ।"

ଟୁଟୁନ୍ ଉତ୍ତର ଦେଲା, "ଭଲ । ହେଲେ ମାମା ସବୁବେଳେ ଭାବେ ମୁଁ କିଛି ପଢ଼ୁନି ବୋଲି । ମାଉସୀ, ତୁମ ଝିଅ ନେହା ପରା ନବମ ଶ୍ରେଣୀରେ ପଢ଼େ । ସେ କ'ଣ ସବୁବେଳେ ପଢ଼ୁଥାଏ । ମାମା କହେ ସେ କୁଆଡ଼େ ଭାରି ଭଲ ପଢ଼େ । ତା' କଥା କହି ମତେ ଗାଳି ଦେଉଛି ।"

"ହଁ ସେ ଭଲ ପଢ଼େ । କିନ୍ତୁ ତୁ ବି ତ ଭଲ ପଢ଼ୁ । ତୋ ମାମା ମିଛଟାରେ ତତେ ଗାଳି ଦେଉଛି ।"

"କେଜାଣି ମାଉସୀ । କିଏ କେତେ ମାର୍କ ରଖୁଛି, କାହାର ମାଥା ନଥାଇ ବି ସେ କେତେ ମନ ଦେଇ ପାଠ ପଢ଼ୁଛି ଇତ୍ୟାଦି କହି କହି ମତେ ବୋର କରି ଦେଉଛି ମାମା । ତା' କଥା ଶୁଣି ଶୁଣି ମତେ ଚିଡ଼ି ଲାଗିଲାଣି । ଶତକଡ଼ା ନବେ ଉପରେ ମାର୍କ ନ ରଖିଲେ ମାମା କହୁଛି ମାରି ମାରି ମତେ କିମା କରିଦେବ । ପ୍ଲିଜ୍ ମାଉସୀ, ତୁମେ ତାକୁ ବୁଝେଇ କହ ମତେ ଏମିତି ସବୁ ନ କହିବାକୁ...।"

ସମର୍ପିତା ଟୁଟୁନକୁ କୋଳକୁ ଡାକି ଆଣି କହିଲେ, "ମାମା ଚାହେଁ ତୁ ପରୀକ୍ଷାରେ ଭାରି ଭଲ କର । ସେଥିପାଇଁ ତତେ ସମସ୍ତଙ୍କ କଥା କହୁଛି । ମାଆମାନେ ପିଲାଙ୍କୁ ଏମିତି କହନ୍ତି ।"

"ତୁମେ ବି ନେହାକୁ ଏମିତି କହ ?" କୌତୁହଳୀ ଆଖିରେ ଟୁଟୁନ ଚାହିଁଲା ମାଉସୀ ମୁହଁକୁ ।

କ'ଣ ଉତ୍ତର ଦେବେ ସମର୍ପିତା ଟୁଟୁନକୁ ? ନେହା ତ ତାଙ୍କୁ ମା' ବୋଲି ଗ୍ରହଣ କରେ ନାହିଁ । କେଉଁ ଅଧିକାରରେ ସେ ନେହାକୁ ମନ ଦେଇ ପାଠ ପଢ଼ିବାକୁ କହନ୍ତେ ? ଟୁଟୁନ ପ୍ରଶ୍ନର କିଛି ଉତ୍ତର ଦେଇ ନପାରି ତା' ମୁହଁକୁ ଖାଲି କଳବଳ କରି ଚାହିଁଲେ ସମର୍ପିତା ।

ଟୁଟୁନ ହୁଏତ ଭୁଲି ସାରିଥିଲା ମାଉସୀଙ୍କୁ ପଚାରିଥିବା ପ୍ରଶ୍ନ କମ୍ଭା ବୁଝିପାରିଥିଲା ତାଙ୍କ ଦୟନୀୟ ଅବସ୍ଥା ।

ଟୁଟୁନ ପୁଣି ଆରମ୍ଭ କଲା, "ମାଉସୀ, ମାମା କହୁଥିଲା ସେ ମତେ ତୁମ ପାଖକୁ ପଠେଇ ଦେବ ମୋ ପରୀକ୍ଷା ଯାଏଁ...।"

ନେହା କଥା ଭାବି ସମର୍ପିତାଙ୍କ ମନ ଦବି ଯାଇଥିଲା। ନିଜ ମନକୁ ଖୋଜି ଆଣି ଉତ୍ତର ଦେଲେ ସେ, "ହଁ ତୁ ମୋ ପାଖେ ରହିବୁ ଭଲ କଥା। କିନ୍ତୁ ମୋ ପାଖେ ବି ତତେ ମନଦେଇ ପଢ଼ିବାକୁ ହେବ, ଯେମିତି ଶତକଡ଼ା ନବେ ଉପରେ ମାର୍କ ରହିବ।"

ସମୟ ଗଡ଼ି ଚାଲିଲା। ଶୁଭାଶିଷ ଓ ନିବେଦିତା ଦିନ ଚାରିଟା ବେଳକୁ ମେଡ଼ିକାଲ୍‌ରୁ ଫେରିଲେ। ଦୁହେଁ ଗାଇନାକ୍ଲୋଜିଷ୍ଟ। ସମୟ ଅଣ୍ଡେନି ତାଙ୍କୁ। ସକାଳେ ହସ୍‌ପିଟାଲ। ଦିନୟାକ କେତେ ନର୍ସିଂହୋମ ଯିବାକୁ ହୁଏ ତା'ର ସୀମା ନାହିଁ। ସେଥିରେ କେତେବେଳେ ଯଦି କିଛି ଏମରଜେନ୍ସି କେସ୍ ଆସିଯାଏ ତେବେ ରାତି ଅଧ କି ଦିନ ଦ୍ୱିପ୍ରହର କିଛି ଫରକ ପଡ଼େନି।

ନିବେଦିତା ଓ ଶୁଭାଶିଷ ଖାଇ ବସିଲେ। ସେମାନେ ଏମିତି ଅବେଳାରେ ଖାଆନ୍ତି। ଟିକୁନ, ନିବେଦିତାର ଝିଅ। ସେ ବି ସ୍କୁଲରୁ ଆସି ପହଞ୍ଚିଲା। ମାଉସୀଙ୍କୁ ଦେଖି ଭାରି ଖୁସି ତା'ର। ସମର୍ପିତା ଦିଲ୍ଲୀରୁ ଏମିତି ତରତର ହୋଇ ଚାଲି ଆସିଛନ୍ତି ଯେ କାହା ପାଇଁ କିଛି ଆଣି ନାହାନ୍ତି। ଖୁବ୍ ଖରାପ ଲାଗୁଥାଏ ତାଙ୍କୁ। ନିବେଦିତାକୁ କହିଲେ, "ନିବି, ମୁଁ ପିଲାଙ୍କ ପାଇଁ କିଛି ଆଣିପାରିନି। ତୁ ଖାଇସାରି ଟିକିଏ ରେଷ୍ଟ ନେଇଯାଆ। ତା'ପରେ ବଜାର ଯିବା।"

ନିବେଦିତା ଉତ୍ତର ଦେଲା, "କାହା ପାଇଁ କିଛି କିଣିବା ଦରକାର ନାହିଁ। ସେମାନଙ୍କ ରେଜଲ୍ଟ୍ ଭଲ ହେଲେ ତାଙ୍କ ପାଇଁ ଜିନିଷ କିଣା ହେବ, ଏବେ ନୁହେଁ। ସନ୍ଧ୍ୟାରେ ବସି ମୁଁ ଗପ କରିବି ତୋ ସାଙ୍ଗେ ଅପା।"

ନିବେଦିତା ସେଦିନ କ୍ଲିନିକ୍ ଗଲାନି। ଅପାକୁ ଜେଲ୍ ପାଖ ଦୋକାନର ଭେଜିଟେବୁଲ୍ ଚପ ଭାରି ଭଲ ଲାଗେ। ଅପା ପାଇଁ ତା' ମଗେଇଲା ନିବି। ଦି' ଭଉଣୀ ଏକାଠି ଚା' ପିଇଲେ।

ନିବେଦିତା ପାଖେ ସୀମାହୀନ ପ୍ରଶ୍ନ– ହିମାଂଶୁ ଭାଇ କ'ଣ ଖାଇବାକୁ ଭଲ ପାଆନ୍ତି, ତାଙ୍କ ଚାକିରି ଜୀବନ କେମିତି। ସମର୍ପିତାଙ୍କୁ ଚାକିରି ଛାଡ଼ି ଦେବାକୁ କହୁଛନ୍ତି ଏବଂ ଶେଷ ପ୍ରଶ୍ନ ପଚାରିଲା ବେଳେ ସେ ଖୁବ୍ ଗମ୍ଭୀର ଥିଲା, "ସେ ଗର୍ଭପାତ ଚାହାନ୍ତି କାହିଁକି ?"

"ସେ ତାଙ୍କ ପାଳିତ କନ୍ୟା ନେହାକୁ ନେଇ ସନ୍ତୁଷ୍ଟ। ତାକୁ ସେ ଅତ୍ୟଧିକ ସ୍ନେହ ଆଦର କରନ୍ତି। ତା' ମନରେ ଟିକିଏ ବି କଷ୍ଟ ଦେବାକୁ ସେ ଚାହାନ୍ତି ନାହିଁ।"

"ମାନେ... ତୋର ଛୁଆ ହେଲେ ନେହା ଦୁଃଖୀ ହେବ ?" ଆଶ୍ଚର୍ଯ୍ୟ ହୋଇ ପଚାରିଲା ନିବି।

"ହଁ, ନେହା ମତେ ବି ଗ୍ରହଣ କରିପାରିନି।" ଏତିକି କହୁ କହୁ ତାଙ୍କ ମନ ଭିତରେ ଜମାଟ ବାନ୍ଧିଥିବା ସବୁ ଦୁଃଖ ତରଳି ଆସିଲା ଆଖ୍ ଦେଇ।

ନିବେଦିତା ଆତମ୍ବିତ ହୋଇ ଶୁଣୁଥାଏ। ସମର୍ପିତା କହି ଚାଲିଥାଆନ୍ତି ନେହାର ତାଙ୍କ ପ୍ରତି ବ୍ୟବହାରର ବିବରଣୀ।

ସେ ମୋର କେବେ ଝିଅ ହୋଇପାରିବନି। ମୋର ସମସ୍ତ ଚେଷ୍ଟା ତା' ପାଖେ ହାର ମାନିଛି। ସେ ମତେ ଈର୍ଷା କରେ, ଘୃଣା କରେ। ସେଥିପାଇଁ ମୁଁ ଚାହେଁନି ଆବୋରସନ୍। ନିଜ ରକ୍ତର ପିଲାଟିଏ କେବେହେଲେ ମୋ ପ୍ରତି ଏତେ କଠୋର ବ୍ୟବହାର କରିବ ନାହିଁ। ମତେ ତ ମାଆ ବୋଲି ଡାକିବ। ସମର୍ପିତା ନିଜକୁ ଆଉ ସମ୍ଭାଳି ପାରିଲେ ନାହିଁ। ଛୋଟ ପିଲାଟିଏ ଭଲି କଇଁ କଇଁ ହୋଇ କାନ୍ଦି ଉଠିଲେ।

ନିବିକୁ ଅପାର ଲୁହ ବହୁତ ବାଧିଲା। ତା' ଛାତି ଫାଟିଗଲା ଅପା ପାଇଁ। ତା'ର ଆଖ୍ ଆଗରେ ନାଚିଗଲା ଅପାର ଜୀବନ ସିନେମାଟିଏ ପରି। କେତେ ନ କରିଛି ସେ ସମସ୍ତଙ୍କ ପାଇଁ, ଆଉ ତା' ପାଇଁ କାହା ପାଖେ ସମୟ ବି ନଥାଏ।

ଅପାକୁ ପାଖକୁ ଟାଣି ଆଣିଲା ନିବି। ଅପା ଆଖ୍ରୁ ଲୁହ ପୋଛିଦେଇ କହିଲା, "ମୋ ସୁନା ଅପାଟା ପରା! ତୋ ଆଖ୍ରେ ଲୁହ ଦେଖିଲେ ମତେ କେତେ କଷ୍ଟ ହେଉଛି ତୁ ଜାଣୁ? ତୁ ଆଦୌ ବ୍ୟସ୍ତ ହୁଅନା। ମୁଁ ତୋର ପୂରା ଯତ୍ନ ନେବି। ଆଜିକାଲି ମେଡ଼ିକାଲ ସାଇନ୍ସ କେତେ ଉପରେ ପହଞ୍ଚିଲାଣି। ତୋର କିଛି ଅସୁବିଧା ହେବନି। ତୁ ମାଆ ହେବୁ। ତୋ ଛୁଆ ତତେ ମାଆ ବୋଲି ଡାକିବ।"

ସମର୍ପିତା ନିବି କଥାରେ ବୁଝିଗଲେ। ତାଙ୍କ ମୁହଁରେ ଶୁଷ୍କ‌ଲା ହସ ଦେଖି ନିବେଦିତାକୁ ଲାଗିଲା ଅପାର ଏ ହସ ଲକ୍ଷେ ଟଙ୍କାର। ମନେ ମନେ ପ୍ରତିଜ୍ଞା କଲା ଅପାର ତା' ଉପରେ ଯେଉଁ ବିଶ୍ୱାସ ତାକୁ ସେ ରକ୍ଷାକରିବ।

ପରଦିନ ସକାଳେ ସମର୍ପିତାଙ୍କ ପରିସ୍ରା ନେଇ ସେ ଲାବୋରେଟରୀରେ ଦେଇ ଦେଲା ପ୍ରେଗ୍‌ନାନ୍‌ସି ଟେଷ୍ଟ ପାଇଁ।

ସମର୍ପିତା କହିଲେ, "ନିବି ମୁଁ ଭୁବନେଶ୍ୱର ଚାଲିଯାଉଛି। ହବ ଯଦି ଆଜି କଲେଜ ଯାଇ ଜଏନ୍ କରିଦେବି। ତୁଚ୍ଛାଟାରେ ଘରେ ବସି ଛୁଟି ସାରିବି କାହିଁକି ?"

"ହଁ, ଠିକ୍ କଥା। ଆଗକୁ ଛୁଟି ଦରକାର ପଡ଼ିପାରେ। ରିପୋର୍ଟ ଆସିଲେ ମୁଁ ଫୋନ୍ କରିବି ନହେଲେ ନିଜେ ନେଇ ଭୁବନେଶ୍ୱର ଆସିବି।"

ସମର୍ପିତା ଭୁବନେଶ୍ୱର ଫେରି ଆସିଲେ। ଟୁଟୁନ ବାହାରିଥିଲା ମାଉସୀ ସାଙ୍ଗେ

ଯିବା ପାଇଁ । କିନ୍ତୁ ନିବେଦିତା ମନା କଲା । "ନାରେ ଟୁଟୁନ୍ । ଏବେ ମାଉସୀ ଦେହ ଭଲ ନାହିଁ । ପରୀକ୍ଷା ପରେ ଯାଇ ରହିବୁ ।"

ସମର୍ପିତାଙ୍କୁ ଫେରିଲା ବେଳେ ବଡ଼ ଶାନ୍ତ ଲାଗୁଥାଏ । ନିବି ଯେ ତାଙ୍କ ମନ ବୁଝିବ ଏକଥା ସେ ଭାବିନଥିଲେ । ଯାହାହେଉ ନିବି ତାଙ୍କର ସମସ୍ତ ଚିନ୍ତା ନେଇଗଲା ।

ସେଦିନ ସେ କଲେଜ ଯାଇ ବୁଲି ଆସିଲେ । ଆସନ୍ତା କାଲିଠାରୁ ଜଏନ୍ କରିବାକୁ ସ୍ଥିର କଲେ ।

ଗୁଡ଼ାଏ ଯାତ୍ରା, ଗୁଡ଼ାଏ ଚିନ୍ତା, ଗୁଡ଼ାଏ ବ୍ୟସ୍ତତା ସବୁ ମିଶି ଯାଇ ସମର୍ପିତାଙ୍କୁ ଭାରି ଥକା ଲାଗୁଥାଏ । ନିବେଦିତା ସହିତ କଥା ହେବା ପରେ ସେ ନର୍ମାଲ୍ ଅନୁଭବ କରୁଥାଆନ୍ତି । କାଲି ଜଏନ୍ କରିବା ପୂର୍ବରୁ ଆଜି ଭଲ କରି ବିଶ୍ରାମ ନେଇ ଯିବେ ଭାବି ସେ ରାତି ନଅଟା ବେଳୁ ଖାଇଦେଇ ଶୋଇ ପଡ଼ିଲେ ।

ପ୍ରାୟେ ରାତି ଦଶଟା ବେଳକୁ ଫୋନ୍ ରିଙ୍ଗ୍ ହେଲାରୁ ତାଙ୍କ ନିଦ ଭାଙ୍ଗିଲା ।

"ହାଲୋ...୪" ସମର୍ପିତା ହାଇ ମାରୁ ମାରୁ କହିଲେ ।

"ହାଲୋ ସିମି, ଏମିତି ଅଚାନକ ଚାଲିଗଲ ଯେ ? କମଲା କହିଲା କାହାର ଦେହ ଖରାପ ଖବର ପାଇ ତୁମେ ଚାଲିଯାଇଛ । କାହାର କ'ଣ ହୋଇଛି ?" ଦିଲ୍ଲୀରୁ ହିମାଂଶୁ ପଚାରିଲେ ।

ନିଦୁଆ ନିଦୁଆ ସ୍ୱରରେ ସମର୍ପିତା ଉତ୍ତର ଦେଲେ, "ନାଇଁ ସେମିତି ବିଶେଷ କିଛି ନୁହେଁ । ଅନି ଦେହ ଖରାପ ଥିଲା । ମନ ଭଲ ଲାଗିଲା ନାହିଁ ଚାଲି ଆସିଲି– ଭାବୁଛି କାଲିଠାରୁ କଲେଜରେ ଜଏନ୍ କରିଦେବି ।"

"ତୁମ ଦେହ କେମିତି ଅଛି ? ମୁଁ ଯାହା କହିଥିଲି ସେ ବିଷୟରେ କେଉଁ ଡାକ୍ତରଙ୍କ ସଙ୍ଗେ ପରାମର୍ଶ କଲ ? ସବୁଠାରୁ ଭଲ ନିବେଦିତାକୁ କହ । ଆଜି ନେହା ଫେରିଲା । ସେ ଭାରି ଖୁସି ଅଛି ।"

ସମର୍ପିତା ଦୁଇଥର ହାଲୋ, ହାଲୋ କଲେ । କହିଲେ, "ଲାଇନ୍‌ରେ ବୋଧେ ବହୁତ ଡିଷ୍ଟର୍ବାନସେସ୍ ହେଉଛି । ତୁମ କଥା ମତେ କିଛି ଶୁଭୁନି । କାଲି ରାତିକୁ ଫୋନ୍ କରିବ ।"

ଫୋନ୍ ଥୋଇ ଦେଇ ସମର୍ପିତା ହସିଲେ– "ତୁମେ ଯାହା କହିଥିଲ ସେ କଥା ମୋ ପ୍ରାଣ ଥିବା ଯାଏ ମୁଁ କଦାପି କରିବି ନାହିଁ । ବର୍ତ୍ତମାନ ମୁଁ ଦିଲ୍ଲୀ ଯାଉନି ତେଣୁ କଥାର ମହତ୍ତ୍ୱ ମୋ ପାଖେ କିଛି ନାହିଁ । ଆଉ ନେହା । ସେ ଖୁସି ଅଛି ନା ମନ ଦୁଃଖରେ ଅଛି ସେଥିରେ ମୋର କିଛି ଆଗ୍ରହ ନାହିଁ ।"

ଏଥର ଶୋଇବାକୁ ଚେଷ୍ଟା କଲେ ସେ ॥ କିନ୍ତୁ ଥରେ ନିଦ ଭାଙ୍ଗିଗଲେ

ଆଉ କୋଉଠି ନିଦ ହେଉଛି ସହଜରେ। ବହୁତ ପୁରୁଣା କଥା ଗୋଟି ଗୋଟି କରି ଉଙ୍କିମାରିଲେ ମନ ଉହାଡ଼ରେ। ଅନି ବାହାଘର ଠାରୁ ଆରମ୍ଭ କରି ଆଜିଯାଏଁ। ବାପା, ବୋଉ, ଅନି, ନିବି, ଗୌରବ ଓ ସୌରଭ ସମସ୍ତେ ଆସି ଠିଆ ହେଲେ ତାଙ୍କ ଆଗରେ। ମଣିଷ ଜୀବନରେ ଭାଗ୍ୟଠାରୁ ବଳି ଆଉ କିଛି ନାହିଁ। ଭାଗ୍ୟ ସଙ୍ଗେ ମଣିଷ କେବେ ଲଢ଼ିପାରିବ ନାହିଁ। ବାପା ବୋଉ ଚାହିଁଥିଲେ ସେ ବାହା ହୋଇ ଘର କରନ୍ତୁ। କିନ୍ତୁ ତାଙ୍କରି ମୁହଁରୁ ଭାଗ୍ୟ କଥା କହିଲା। ସେ ରାଜି ହେଲେନି ବାହାଘର ପାଇଁ। ତାଙ୍କ ପାଇଁ ଆସିଥିବା ବରକୁ ଅନି ବାହାହେଲା। ଅନିର ବାହାଘର ପରେ ତାଙ୍କ ଜୀବନ ଗୋଟାଏ ଭିନ୍ନ ମୋଡ଼ ନେଲା। ବାପାଙ୍କ ଅକସ୍ମାତ ମୃତ୍ୟୁ ପରେ ଘରର ସବୁ ଦାୟିତ୍ୱ ତାଙ୍କ ଉପରେ ପଡ଼ିଲା। ସେଇଥିରେ କଟିଗଲା ତାଙ୍କ ଜୀବନର ମୂଲ୍ୟବାନ୍ ସମୟଟକ। ଅନି ଜୀବନ ଆଉ ଗୋଟାଏ ରୂପ ନେଲା। ତିନିଟା ଛୁଆଙ୍କ ଜଞ୍ଜାଳ ଓ ଶାଶୂ ଶ୍ୱଶୁରଙ୍କ ସେବା ଯନ୍ କରୁ କରୁ ଅନି ଅକାଳରେ ବୁଢ଼ୀ ହୋଇଗଲା। ସମର୍ପିତା ଅନି ପାଇଁ ଦୁଃଖ କରନ୍ତି, କିନ୍ତୁ ଅନିର ସେଥିଲାଗି ଚିନ୍ତା ନାହିଁ। ବୋଧେ ନିଜ ସଂସାର ଲାଗି ନିଜକୁ ଉର୍ସଗ କରିବାରେ ଅନି ପାଇଛି ଭରପୂର ଆନନ୍ଦ। ଆଉ ନିବି? ସେ ତ ମେସିନ୍ଟାଏ। ଜୀବନଟା ସାରା ଖାଲି ଦୌଡ଼ତାର। ପାଠ ପଢ଼ିବା ବେଳଠାରୁ ଆଜିଯାଏଁ ତାକୁ ଦିନଟେ ବିଶ୍ରାମ ନେବା ସେ ଦେଖି ନାହାନ୍ତି। ତଥାପି ସେ ଖୁସି। ବୋଧେ ବ୍ୟସ୍ତ ରହିବାଟା ତାକୁ ଆନନ୍ଦ ଦିଏ। ଭାଇମାନଙ୍କ ବ୍ୟକ୍ତିଗତ ଜୀବନ ବିଷୟରେ ସେ ବିଶେଷ କିଛି ଜାଣନ୍ତି ନାହିଁ ତଥାପି ସେ ଦୁହେଁ ବି ଖୁସି ଥିବା ପରି ତାଙ୍କର ମନେହୁଏ। ତେବେ ସେ ବି ଖୁସି ରହିବା ଉଚିତ୍। ଆନନ୍ଦଟା ପ୍ରତ୍ୟେକ ବ୍ୟକ୍ତି ପାଇଁ ଭିନ୍ନ। ଏହା ଏକ ମାନସିକ ଅବସ୍ଥା। ମଣିଷକୁ ଚେଷ୍ଟା କରି ଆନନ୍ଦ ଅନ୍ୱେଷଣ କରିବାକୁ ହୋଇଥାଏ। ସେ ଚେଷ୍ଟା କରିବେ ସେଇ ଅବସ୍ଥାରେ ନିଜକୁ ରଖିବା ପାଇଁ।

ଏମିତି ଅନେକ କଥା ତାଙ୍କ ଭାବନାର ପରିସର ଭିତରକୁ ଆସିଛି। ଥରକୁଥର ସେ ଏସବୁ ସେସବୁ କଥାକୁ ଆଡ଼େଇ ଦେଇ ନୀଳ ସମୁଦ୍ର କଥା ଭାବି ଶୋଇବାକୁ ଚେଷ୍ଟା କରିଛନ୍ତି। ସମୁଦ୍ରର ଅତଳ ପାଣି ଉପରେ ପଦ୍ମ ଉପରେ ଦିବ୍ୟଶ୍ରୁଟିଏ ଭାସୁଛି। ଏଇ ଦୃଶ୍ୟଟି ଖୁବ୍ ଆନନ୍ଦ ଦେଲା ସମର୍ପିତାକୁ। ନିଦ କେତେବେଲେ ଲାଗିଯାଇଛି ସେ ଜାଣନ୍ତି ନାହିଁ।

ସକାଳ ଉଠିଲା ବେଳକୁ ସେ ଆବିଷ୍କାର କଲେ ତାଙ୍କ ପେଟ ଭୀଷଣ ବିନ୍ଧୁଛି ଓ କିଛି ଗୋଟାଏ ଅଘଟଣ ଘଟିଯାଇଛି। ଭାରି ଡରିଗଲେ ସେ। ତରତର ହୋଇ ନିବେଦିତାକୁ ଫୋନ୍ କଲେ।

"ନିବି ଏମିତି କ'ଣ ହେଲା? ସକାଳୁ ଉଠି ଦେଖୁଛି ମୋର ଅଙ୍କ ଅଙ୍କ

ରକ୍ତସ୍ରାବ ହେଉଛି । ପେଟରେ ଭୟଙ୍କର କଷ୍ଟ ହେଉଛି । ମତେ କିଛି ଭଲ ଲାଗୁନି- ଭାରି ଭୟ ଲାଗୁଛି...” କହୁ କହୁ କାନ୍ଦି ପକାଇଲେ ସମର୍ପିତା ।

“ଅପା, ମୋତେ ବ୍ୟସ୍ତ ହୁଅନା । କିଛି ହେବନି । ଏମିତି ବେଳେ ବେଳେ ହୋଇଥାଏ । ଘରେ ଶୋଇ ରହିଥା । ମୁଁ ପ୍ରଥମେ ତୋ ୟୁନିନ୍ ରିପୋର୍ଟଟା ଦେଖେ । ମୁଁ ରିପୋର୍ଟଟା ନେଇ ସାରି ତୋ ପାଖକୁ ଯିବି । ଜମା ହଲଚଲ୍ ହେବୁନି । ଖାଲି ବାଥରୁମ୍ ଯିବୁ । ଅନନ୍ତକୁ କହ ଖାଇବା ପିଇବା ଖଟ ଉପରେ ଦେବ । ମେଣ୍ଟାଲି କାମ କରିବାକୁ ଚେଷ୍ଟା କର... ମୁଁ ରିପୋର୍ଟ ନେଇ ଦୁଇଟା ତିନିଟା ବେଳକୁ ପହଞ୍ଚିବି” କହିଲେ ନିବେଦିତା ।

ସମର୍ପିତା ସାନ ଭଉଣୀ କଥା ପିଲାଟିଏ ପରି ଶୁଣି ଯାଉଥାଆନ୍ତି, କିନ୍ତୁ ଆଖିରୁ ବୋହି ଚାଲିଥାଏ ଶ୍ରାବଣର ଧାରା । ଖାଲି ଛୋଟ ହୁଁଟିଏ କହି ଫୋନ୍ ରଖିଦେଲେ । କେତେବେଳେ ନିବେଦିତା ଆସିବ ତା’ରି ଅପେକ୍ଷାରେ ରହିଲେ ।

ମିନିଟ୍ଟା ଘଣ୍ଟାଏ ପରି ଲାଗୁଥାଏ, ଘଣ୍ଟାଟା ଦିନ ପରି ଲାଗୁଥାଏ । ଯନ୍ତ୍ରଣା ବଢ଼ି ଚାଲିଥାଏ ।

ନିବେଦିତା ଦିନ ଦୁଇଟା ବେଳକୁ ଆସି ପହଞ୍ଚିଲା । ଏତେ ବୟସରେ ଯେ ଅପା ଗର୍ଭବତୀ ଏକଥା ସେ ପୂର୍ଣ୍ଣମାତ୍ରାରେ ବିଶ୍ୱାସ କରି ପାରୁନଥିଲା । କିନ୍ତୁ ତା’ ପ୍ରେଗନାନ୍ସି ଟେଷ୍ଟର ରିପୋର୍ଟ ଦେଖିଲା ପରେ ତା’ର ସବୁ ସନ୍ଦେହ ଦୂର ହୋଇଗଲା । ଗର୍ଭପାତ ହୋଇଯିବାର ଲକ୍ଷଣ ଦେଖାଯାଉଥିଲେ ମଧ୍ୟ ସେ ତା’ର ପାରୁପର୍ଯ୍ୟନ୍ତ ଚେଷ୍ଟା କରିବ ଭ୍ରୁଣକୁ ରକ୍ଷା କରିବାକୁ । ଅପା କ’ଣ ନ କରିଛି ସମସ୍ତଙ୍କ ପାଇଁ । ତା’ ତ୍ୟାଗର କଳ୍ପନା କରିବା ଅସମ୍ଭବ । ନିବେଦିତା ବ୍ୟାକୁଳ ଅପାର ଏଇ ଗୋଟିଏ ଇଚ୍ଛା କେମିତି ପୂର୍ଣ୍ଣ ହେବ । ଅପାର କେମିତି କିଛି ନହେଉ- ତା’ ଗର୍ଭ ରହିଯାଉ ।

ନିବେଦିତା ଡାକ୍ତର ହେଲେ ମଧ୍ୟ ମଣିଷ । ସେ ଜାଣେ ଭଗବାନଙ୍କ ଇଚ୍ଛା ବିନା ଏ ପୃଥିବୀରେ କିଛି ହୋଇପାରେନି । ତେଣୁ ସେ ସବୁ ଠାକୁରଙ୍କୁ ଅପା ପାଇଁ ଡାକିବାକୁ ଲାଗିଲା ।

ଅପାକୁ ଖୁବ୍ ଯନ୍ତର ସହିତ ଗାଡ଼ିରେ ବସେଇ ଗାଡ଼ିକୁ ଧୀରେ ଧୀରେ ଚଲେଇ ସେ ଏକ ଭଲ ନର୍ସିଂହୋମ ନେଇଗଲା । ଏଠାରେ ଡାକ୍ତର ମହାନ୍ତିଙ୍କର ସ୍ତ୍ରୀରୋଗ ବିଶେଷଜ୍ଞ ହିସାବରେ ଖୁବ୍ ଖ୍ୟାତି । ସେ ପ୍ରଥମେ ‘ଅଲଟ୍ରାସାଉଣ୍ଡ’ କରିବାକୁ କହିଲେ । ନିବେଦିତା ଅପାକୁ ନେଇ ଅଲଟ୍ରାସାଉଣ୍ଡ ରୁମ୍‍କୁ ଗଲା । ଅଲଟ୍ରାସାଉଣ୍ଡର ଛବି ଦେଖୁ ଦେଖୁ ତା’ ମୁଣ୍ଡ ବୁଲେଇ ଗଲା- “ହେ ଭଗବାନ, ଟିଉବ୍ ପ୍ରେଗ୍‍ନାନ୍ସି ଅପାର ।”

ଡାକ୍ତର କହିଲେ ଶୀଘ୍ର ଶୀଘ୍ର ଅପରେସନ୍ ଥ୍ଏଟରକୁ ନେଇ ଯାଆନ୍ତୁ। ଆମ ହାତରେ ଆଉ ସମୟ ନାହିଁ।

ନିବେଦିତା ଏକବାରେ ଏକା। ଅପାକୁ ଏତେ କଷ୍ଟ ହେଉଛି ଯେ ସେ ଆଖି ଖୋଲୁନି। ପ୍ରାୟେ ଅଚେତ୍ ସେ।

ସ୍ଟ୍ରେଚର ପଛେ ପଛେ ନିବେଦିତା ଚାଲିଥାଏ...

ଭଗବାନଙ୍କୁ ଲୁହର ଦୀପ ଜାଳି ନିବେଦିତା ବିକଳ ହୋଇ ଡାକୁଥାଏ। ମୋବାଇଲ୍ ଫୋନ୍‌ଟା ହାତରେ ଥିଲେ ମଧ୍ୟ କାହାକୁ ସେ ଫୋନ୍ କରିପାରୁ ନଥାଏ। କାହାର ନମ୍ବର ତା' ମୁଣ୍ଡରେ ପଶୁନଥାଏ। ଅପାର ନିସ୍ତେଜ ଶରୀରଟାକୁ ଦେଖି ତା' ଛାତି ଫାଟି ଯାଉଥାଏ। "ଭଗବାନ ନିର୍ଦ୍ଦୟ ନୁହଁନ୍ତି, ମୋ ଅପାକୁ ରକ୍ଷା କର।"

ନିବେଦିତାର ସବୁ ଡାକ୍ତର ଚିହ୍ନା। ଅପରେସନ୍ ପାଇଁ ବ୍ୟବସ୍ଥା କରିବାରେ ବିଳମ୍ବ ହେଲା ନାହିଁ। ଅପାକୁ ଅପରେସନ୍ ଟେବୁଲ୍ ଉପରେ ଶୁଆଇ ଦେଇ ସମସ୍ତ ପରୀକ୍ଷା ଆରମ୍ଭ ହୋଇଗଲା।

ଡାକ୍ତର ମହାନ୍ତି ବ୍ଲଡ୍‌ପ୍ରେସର ମେସିନ୍‌କୁ ଚାହିଁ ରହିଥାଆନ୍ତି, ତାଙ୍କ ହାତ ସମର୍ପିତାଙ୍କ ହାତ ଉପରେ। ପଲ୍‌ସ ଦେଖୁଥାଆନ୍ତି। ତାଙ୍କ ମୁହଁର ପ୍ରତିକ୍ରିୟା ଦେଖି ନିବେଦିତା ଡରି ଗଲାଣି। "ପଲ୍‌ସ ଭୋରି ସ୍ଲୋ-ବ୍ଲଡ୍‌ପ୍ରେସର ଖସି ଯାଉଛି ଏକବାରେ। ବୋଧେ ଟିଉବ୍ ଫାଟିଗଲା। ଟିକିଏ ପରେ ଗମ୍ଭୀର ହୋଇ ଡାକ୍ତର ମହାନ୍ତି କହିଲେ- ଆପଣ ନିଜେ ଡାକ୍ତର ହୋଇ ଏତେ ଡେରି କରିଦେଲେ କେମିତି ? ଆଇ ଆମ ଭେରି ସରି।"

ନିବେଦିତାର କୌଣସି ପ୍ରାର୍ଥନା ଭଗବାନଙ୍କ ପାଖେ ପହଞ୍ଚିପାରିଲା ନାହିଁ। ପାଞ୍ଚ ମିନିଟ୍ ଭିତରେ ସବୁ ଶେଷ। ଯେତେ ଅକ୍‌ସିଜେନ୍ ଦେଲେ କି ଯେତେ କୃତ୍ରିମ ଉପାୟ ଅବଲମ୍ବନ କଲେ ବଞ୍ଚେଇବା ପାଇଁ ସବୁ ବୃଥା। ସମର୍ପିତାଙ୍କ ଶରୀର କେବଳ ଶରୀର ହୋଇ ରହିଗଲା। ଆତ୍ମା ଚାଲିଗଲା ଯେଉଁଠିକୁ ଯାହାର ଠିକଣା କାହା ପାଖେ ନାହିଁ।

ନିବେଦିତା ପଥର ପାଲଟି ଯାଇଥାଏ। କେତେ ଅଳ୍ପ ସମୟ ଭିତରେ ସବୁ କିଛି ଓଲଟିଗଲା। ଦିଲ୍ଲୀରୁ କେତେ ଆଶା ନେଇ ଅପା ଚାଲି ଆସିଥିଲା। ସେ କ'ଣ ଜାଣିଥିଲା ପିଲାଟିଏ ଗର୍ଭରେ ଧରିବା ପାଇଁ ତାକୁ ଜୀବନ ଦେବାକୁ ହେବ ? ସ୍ନେହ ରକ୍ଷୁଣୀ ଅପାର ମନ ବୁଝିଲେନି ଭଗବାନ।

ନିବେଦିତା ଆଉ କାନ୍ଦି ପାରୁନଥାନ୍ତି। ସମର୍ପିତାଙ୍କ ମୁହଁରେ ଏବେ ଦୁଃଖର ଛାୟା ବି ନାହିଁ। ସେ ଶାନ୍ତିରେ ଶୋଇବା ପରି ଦିଶୁଛନ୍ତି।

ନର୍ସ ଆସି ତାଙ୍କ ମୁହଁକୁ ଘୋଡ଼େଇ ଦେଲା। ନିବେଦିତାଙ୍କ ପିଠିରେ ହାତ ପକେଇ ଦେଇ ସମବେଦନା ଦେଲା।

ନିବେଦିତାକୁ ଲାଗିଲା ଅପା ଗୋଟିଏ ଶାମୁକା ପାଲଟି ଯାଇଛି- କହୁଛି, "ଶାମୁକା ଭିତରେ ମୁକ୍ତା ରହିଲେ ଶାମୁକାର ମୃତ୍ୟୁ ହୁଏ...। ତୁ କାହିଁକି କାନ୍ଦୁଛି ନିବି ?"

BLACK EAGLE BOOKS

www.blackeaglebooks.org
info@blackeaglebooks.org

Black Eagle Books, an independent publisher, was founded as a nonprofit organization in April, 2019. It is our mission to connect and engage the Indian diaspora and the world at large with the best of works of world literature published on a collaborative platform, with special emphasis on foregrounding Contemporary Classics and New Writing.

www.ingramcontent.com/pod-product-compliance
Lightning Source LLC
Chambersburg PA
CBHW050324110726
47899CB00007B/2369